HEYNE
BÜCHER

Von Utta Danella
sind als Heyne-Taschenbücher erschienen:

Regina auf den Stufen · Band 01/8201
Das Paradies der Erde · Band 01/5286
Gespräche mit Janos · Band 01/5366
Der dunkle Strom · Band 01/5665
Circusgeschichten · Band 01/8639
Flutwelle · Band 01/6204
Eine Heimat hat der Mensch · Band 01/8842
Die Jungfau im Lavendel · Band 01/6370
Die Hochzeit auf dem Lande · Band 01/6467
Das verpaßte Schiff · Band 01/6845
Der schwarze Spiegel · Band 01/6940
Eine Liebe, die nie vergeht · Band 01/7653
Die Unbesiegte · Band 01/7890
Der Garten der Träume · Band 01/7948
Das Hotel im Park · Band 01/8284
Morgenlicht und Abendwind · Band 01/8376
Land des blauen Vogels · Band 01/8432
Nina · Band 01/8678
Der blaue Vogel · Band 01/9098
Jacobs Frauen · Band 01/9389

UTTA DANELLA

NIEMANDSLAND

Roman

WILHELM HEYNE VERLAG
MÜNCHEN

HEYNE ALLGEMEINE REIHE
Nr. 01/9701

Umwelthinweis:
Dieses Buch wurde auf
chlor- und säurefreiem Papier gedruckt.

Der Titel erschien bereits
mit der Band-Nr. 01/6552

4. Auflage

Wilhelm Heyne Verlag GmbH & Co. KG, München
Printed in Germany 1998
Umschlagillustration: Marietta Frommberger
Umschlaggestaltung: Atelier Ingrid Schütz, München
Gesamtherstellung: Elsnerdruck, Berlin

ISBN: 3-453-09223-6

Noch heute geschieht es, daß ich mit klopfendem Herzen aus dem Schlaf auffahre, von Angst gejagt, auf der Flucht vor ihren Augen. Ihre Augen voller Haß...

Die fast schwarzen Augen von Madame-Mère, die Augen von Hortense, genauso dunkel, genauso erbarmungslos. Aber am schlimmsten war es, auch in Isabelles jungen Augen, aus denen mir Vertrauen und Freundschaft entgegengeblickt hatten, den Haß zu finden, am wildesten und am unversöhnlichsten.

»Du Mörderin!«

Das hatte Isabelle gesagt. Nicht die anderen. Dieser Alptraum begleitet mich seit damals. Zu manchen Zeiten blieb ich davon verschont, er schien versunken. Aber dann wieder, irgendwann, in einer Nacht – die Augen voller Haß.

Seit ich mit Philipp sprach und ihm alles sagte, was ich ihm nie hatte sagen wollen, als seine Augen mich ansahen, zweifelnd, erschreckt, unsicher, dann entsetzt, da war es mir, als ob es *ihre* Augen wären. Nun kommt der Traum wieder.

Erst letzte Nacht.

Dann stehe ich auf, ich kann nicht mehr schlafen. Ich gehe durch die Wohnung, nehme mir einen Whisky, eine Zigarette, ich versuche zu lesen, ich blicke aus dem Fenster, starre in die Dunkelheit, noch ist es Winter, letzte Reste Schnee schimmern unter den Bäumen.

Eigentlich ist es ein Wunder, daß ich nicht verrückt geworden bin. Es gab eine Zeit, da war ich nahe daran. Da war ich nahezu unberechenbar und muß auf meine Umgebung einen erschreckenden Eindruck gemacht haben.

Arme Ilse! Es muß damals schwer gewesen sein, mich zu ertragen. Die Zeit war verrückt genug, die letzte Kriegszeit, die erste Nachkriegszeit, und dazu ich. Ich weigerte mich, mit in den Keller zu gehen, als die Bomben auf Frankfurt fielen zu Beginn des Jahres 1945. Und wenn sie mich dazu gezwungen hatten, saß ich zwischen ihnen, die um ihr Leben zitterten, und sagte: »Hoffentlich erschlagen sie mich.«

Das sagte ich auch noch, nachdem ich Philipp geboren hatte, im Januar 1945, als er, ein kleines kümmerliches Bündel, mit in den Keller mußte, von mir kaum beachtet; meist hielt Ilse ihn im Arm.

»Denken Sie doch an Ihr Kind!« sagte Ilse darauf, die ständig um ihre Kinder bangte und mich nicht verstehen konnte. Und die alte Frau, ihre Mutter, saß da mit gefalteten Händen, ihre Lippen bebten, und alle hatten sie Angst, nichts als Angst.

Ich hatte keine. Ich wollte sterben.

»Mein Kind?« fragte ich und sah Ilse kalt an. »Wozu soll es leben? Niemand braucht es. Niemand will es.«

Auch das habe ich Philipp, der heute einundzwanzig Jahre alt ist, erzählt. Ohne Schonung. Genauso, wie ich es dachte und empfand.

Und daß ich versuchte, mir das Leben zu nehmen. Daß ich mir die Pulsadern aufschnitt, als der Krieg zu Ende war und mich die Bomben nicht erschlagen hatten.

Das alles mußte sich Philipp anhören. Das habe ich ihm zugemutet. Genau wie ich es damals den Menschen zugemutet habe, die mich aufgenommen hatten und mir Hilfe boten. Hilfe, die ich gar nicht wollte.

Wahrhaftig, es muß schwer gewesen sein, mich zu ertragen, zu allem anderen, das sie sowieso erdulden mußten. Ich verstehe es, daß sie mich nicht besonders mochten.

Ich blieb am Leben, und ich bin auch nicht verrückt geworden. Ich habe mich daran gewöhnt, mit meiner Schuld zu leben. Sie in mein Leben einzubauen, und auch, sie zu verdrängen. Ich bin mein eigener Psychiater gewesen, und das mit Erfolg, denn keiner wird heute in mir eine verstörte oder gebrochene Frau finden.

Gleichmütig und sehr gelassen meistere ich mein Leben; eine Frau von heute, die ein Geschäft leitet, Reisen unternimmt, Einkäufe tätigt, mit den Kunden umgehen kann, mit den Künstlern, die in der Galerie ausstellen – mit ihnen sogar besonders gut; sie schätzen mich und geben etwas auf mein Urteil. Eine moderne berufstätige Frau wie aus dem Bilderbuch. Mein Sohn ist gut erzogen, ist klug und selbständig, hat ein vorzügliches Abitur gemacht, studiert, ist beliebt und hat Freunde.

Ich hatte mich auf die Semesterferien gefreut, wenn Philipp für längere Zeit wieder bei mir sein würde, denn er fehlt mir, seit er in München studiert. Auch soweit bin ich also normal geworden, daß ich meinen Sohn liebe und froh bin, daß er am Leben blieb.

Warum erzählte ich ihm alles? Nur, weil er mich fragte? Er hat mich schon oft gefragt. Aber es ist leicht, einem Vierzehnjährigen keine Antwort zu geben, einem Siebzehnjährigen auszuweichen oder ihn abzulenken. Offenbar aber ist es unmöglich, einem Erwachsenen die Antwort zu verweigern. Er erwartet Antwort. Die ehrliche Antwort auf seine große Frage. Und vielleicht war meine selbstgebastelte psychiatrische Behandlung eben doch nicht wirksam genug, daß ich auf einmal so begierig darauf war, zu sprechen.

Philipp ist fort. Ich weiß nicht wohin. Und ich träume ihn wieder, diesen Traum. Ihre Augen voller Haß...

Aus Frankfurt rief heute vormittag Heino Winkler an. Benny Losert aus München, der ihn besucht hat, habe ihm da einen jungen Mann empfohlen, soll sehr begabt sein, wenn auch ein wenig schwierig. Das wäre doch eine Sache für mich, ich könnte doch gut mit Verrückten umgehen.

»Vielen Dank für deine gute Meinung. Was macht er denn, das unbekannte Talent?«

»Er hat in München an der Akademie studiert, hat sich dann dort anscheinend mit sämtlichen Professoren verkracht, ist rausgeflogen, dann hat der Midran – du weißt schon, der in der Briennerstraße – ihn sogar einstellen wollen, aber mit dem hatte er es sich auch in Windeseile verdorben, dazu kam dann wohl noch Liebeskummer, jedenfalls hat er sich von der Welt zurückgezogen und in die Einsamkeit vergraben.«

»Hübsche Geschichte. Genauso stellt sich der kleine Moritz die Laufbahn eines Genies vor.«

»Eben. Muß ein bißchen von gestern sein, der Knabe, wenn er so gar nichts vom heutigen Geschäft versteht. Aber Benny hat mir ein paar Sachen von ihm gezeigt, die er ihm kürzlich entrissen hat, nachdem er ihn aufgestöbert hatte, Zeichnungen und Graphiken, gar nicht so schlecht, sage ich dir. Sehr eigenwillig. Ich hab' mir gedacht, man sollte sich ihn mal anschauen. Wir könnten ihn mit unterbringen, wenn du die Sachen von der Köhler hängst. Ist doch eigentlich 'n bißchen knapp, was wir da haben.«

»Das wäre ja bereits in vierzehn Tagen, wie denkst du dir das denn?«

»Na, ich dachte ja bloß. Kümmere dich doch mal drum.«

»Wo sitzt denn der Junge?«

»Irgendwo im Schwarzwald in einem ganz versteckten Winkel. Ich hab's aufgeschrieben, wart mal – Eva! Wo haben wir denn die Adresse von dem Dingsda, Sie wissen schon, den uns Doktor Losert gestern empfohlen hat? – Moment, Iris. Sie findet's wieder nicht, immer dasselbe. Ich schicke dir die Adresse, ich werde gleich selber suchen. Und dann fährst du eben mal runter und schaust dir das an. Du hast doch Zeit, nicht?«

»Es geht, ja. Wäre ganz schön, wenn der was hätte. Das Angebot von der Köhler ist wirklich mager. Und eintönig dazu.«

»Ja, ich weiß, dir gefallen die Sachen nicht. Ich finde sie ganz gekonnt.«

»Sie werden dem Publikum sicher gefallen. Oder sagen wir mal, einem Teil des Publikums. Und das ist ja auch schon was wert.«

»Eben. Also ciao, Iris. Ich höre dann von dir.«

Heino Winkler ist, genaugenommen, mein Chef. Oder man kann auch sagen, mein Partner, denn immerhin bin ich ja seit einigen Jahren Teilhaber der Firma. Seit seines Vaters Tod vor zwei Jahren leitet Heino unser Hauptgeschäft in Frankfurt. Als ich ihn kennenlernte, war er sechzehn und blieb in der Schule sitzen. Sein Vater war sehr ungehalten und betrübt darüber, und ich, obwohl damals erst seit zwei Monaten im Geschäft, sagte zu Winkler senior: ›Ist das eigentlich so wichtig, Herr Winkler? Wenn Ihr Sohn zehn Jahre früher geboren wäre, lebte er vielleicht gar nicht mehr. Übrigens bin ich auch einmal sitzengeblieben.‹

Ich hatte bis zu dieser Zeit mit Konrad Winkler, der ein sehr zurückhaltender, verschlossener Mensch war, nie ein privates Gespräch geführt. Daher konnte ich auch nicht wissen, wie sehr ich ihn mit dem, was ich sage, getroffen hatte. Sein ältester Sohn war im Krieg gefallen.

Seit sieben Jahren leite ich die Filiale in Wiesbaden. Beste Lage, gegenüber dem Kurpark, unten im Laden Antiquitäten von der vornehmen Sorte, kein Trödel, alte Möbel, altes Porzellan, Bilder, wenig, aber sehr wertvoller Schmuck, im ersten Stock die Galerie, der meine besondere Liebe gilt. Eine verantwortungsvolle Arbeit. Das bilde ich mir jedenfalls ein. Sehr teure und sehr kostbare Dinge sind mir anvertraut. Mein besonderes Hobby sind die Ausstellungen junger, noch wenig oder gar nicht bekannter Künstler. So ein Fall wie dieser hier, einen verbockten maulfaulen Jungen im Schwarzwald hinter dem Ofen hervorzulocken und seine Bilder zu hängen, vielleicht zum erstenmal, so etwas macht mir Spaß. Ich habe mir in Fachkreisen einen ganz guten Namen gemacht mit meinen Entdeckungen. Hier in der Stadt habe ich treue und auch verständige Besucher, aus den umliegenden Städten, manchmal sogar bis aus München kommen Interessenten zu einer Vernissage oder zu einer späteren, stillen Betrachtung meiner Schützlinge.

Den Kunsthistoriker Losert aus München kenne ich gut; wenn er jemanden empfiehlt, dann ist das meist ein sicherer Tip. Meist besucht er mich, wenn er in die Gegend kommt, aber diesmal hat die Zeit offenbar nicht gereicht. Er sei von Frankfurt aus direkt zu einer Auktion nach London geflogen, erzählte Heino.

Na schön, fahre ich mal in den Schwarzwald. Obwohl... Unsinn, ich fahre in den Schwarzwald, das wäre doch gelacht, wenn ich das nicht schaffen würde. Zeit habe ich ja.

Das Geschäft ist ruhig, und Philipp ist fort.

Seit drei Tagen ist er fort. Ganz gut, wenn ich etwas vorhabe, das mich von meinen Gedanken ablenkt. Nichts auf der Welt ist wichtiger, als einen Beruf zu haben, der einen ausfüllt und einem Freude macht. Wenn ich meine Arbeit nicht hätte, wäre es mir unmöglich, mein Leben zu ertragen. Oder besser gesagt, es zu ertragen, mit meiner Schuld zu leben.

Meine Schuld. Sie haben es fertiggebracht, daß ich sie anerkenne, diese Schuld, die ich nicht sühnen konnte, nicht bis zum heutigen Tag, weil ich nicht schuldig geworden war. Vielleicht hätte ich doch einmal einen Psychiater befragen müssen, ob so etwas möglich ist. Daß man ein Verbrechen, eine Schuld, die nur in den Gedanken und Vorstellungen der anderen besteht, schließlich annimmt und sich zu eigen macht, daß man büßen möchte und im Grunde büßen muß für etwas, daß man nicht getan hat. Daß man letzten Endes schuldig ist, nur weil die anderen an diese Schuld glauben. Ich bin wehrlos dagegen. Ich war es damals, ich bin es heute. Ich werde es sein bis in alle Ewigkeit.

Günther war der einzige, mit dem ich darüber sprechen konnte. Er war der einzige, der genau wußte, was geschehen war, der wußte, was ich getan und nicht getan hatte. Aber als Zeuge war gerade er nicht zu gebrauchen.

Es gab Zeiten, in denen ich schwieg, verbissen schwieg. Und es gab Zeiten, in denen ich redete, unermüdlich, immer das gleiche, immer von vorn, die gleichen Fragen ohne Antwort, die gleiche Qual. Er nahm es hin, ob ich schwieg oder sprach, und ich weiß nicht, worunter er mehr gelitten hat, unter meinem Reden oder meinem Schweigen. Jedenfalls hat er geduldig versucht, mich von diesem sinnlosen Schuldkomplex – wie er es nannte – zu befreien. Aber ein Mensch wie er war damit überfordert.

Man kann so viel vergessen. Ich wundere mich oft, was Menschen alles vergessen können. Die große Liebe des vergangenen Jahres, das Glück von gestern, das Leid von vorgestern, Schmerzen, Krankheit, Not, den Krieg und auch die Toten. Sie vergessen es, es verschwindet aus ihrem Leben wie die Blüten des vergangenen Frühlings, wie der Schnee dieses Winters. Warum kann ich nicht vergessen? Warum kann ich es nicht wegwerfen und tun, als sei es nie gewesen? Die paar Jahre meiner Jugend, wiegen sie so schwer? Wie oft habe ich mir vorgenommen, nicht mehr zuzulassen, daß sie mein ganzes Leben vergiften. Daß sie mich für immer in ein Niemandsland verbannen, das so weit ist und so leer, daß es nicht einmal Grenzen hat, die man überschreiten kann.

Es sind nicht die starken Herzen, die nur einmal lieben können; das soll mir niemand erzählen. Stark ist, wer gar nicht liebt. Stark ist auch, wer eine Liebe nimmt und wieder fallen läßt und nach der nächsten greift. Ich habe es versucht, in dieser Weise stark zu sein. Es waren immer gescheiterte Versuche, ich habe Günthers Leben mit diesem sinnlosen Versuch belastet, bis *er* stark genug war, mich zu verlassen. »Vielleicht wirst du einmal zu dir kommen und erkennen, wie unsinnig es ist, was du treibst«, sagte er einmal. »Du bist nicht die einzige Frau auf dieser Welt, die verloren hat, was sie liebte. Die Menschheit wäre längst ausgestorben, wenn jeder sich so aufführen wollte wie du. Das Leben geht weiter, begreife das endlich.«

»Was wäre dabei, wenn die Menschheit ausgestorben wäre? Es wäre das Beste, was ihr passieren könnte.«

»Kann sein. Vielleicht geschieht es eines Tages. Aber noch ist diese Erde von Menschen bewohnt, und wir gehören dazu. Du auch, Iris. Du hast kein Recht, dich so zu quälen. Und mich auch. Und solange du lebst...« Er stockte und vollendete den Satz nicht. Möglicherweise dachte er an meinen Selbstmordversuch.

»Solange du lebst, willst du sagen«, setzte ich seinen Satz fort, »hast du die verdammte Pflicht und Schuldigkeit, die dir gestellten Aufgaben zu erfüllen. Das wolltest du doch sagen, nicht wahr? Ein schöner preußischer Satz, ich kenne ihn, ich bin mit ihm aufgewachsen. Aber was willst du eigentlich, ich handle ja danach. Ich lebe, ich arbeite, ich erziehe meinen Sohn, ohne ihn mit meiner Last zu beschweren. Er kennt sie nicht, er wird sie nie kennenlernen. Er sieht mich mit einem fröhlichen Gesicht. Und du? Gehörst du auch zu meinen Aufgaben? Du bist nicht an mich gebunden. Und du kannst ohne mich glücklich werden.«

»Ich wäre es gern mit dir geworden.«

Es klang traurig, und ich wußte, daß er traurig war. Genaugenommen mußte ich mich ihm gegenüber auch schuldig fühlen. Er liebte mich, und ich war hart und ungerecht ihm gegenüber, ich verletzte ihn, quälte ihn mit meiner Verzweiflung, und dann wieder ließ ich ihn glauben, ich liebte ihn auch. Nicht immer war es gelogen. Es gab Stunden, da versuchte ich in meinem Herzen die Liebe für ihn zu entdecken, die er immer darin gesucht hatte. – Aber ich war auch selbstsüchtig und trotzig. Ich war eine Verbannte und wollte eine Verbannte bleiben.

Solche Gespräche waren immer ein Stück Abschied. Ich wußte es, aber ich verhärtete mein Herz, ich wollte nicht nach der Hand greifen, die mir Leben versprach. Als er sich schließlich dazu entschloß, nach Südafrika auszuwandern, lehnte ich es ab, ihn zu begleiten. Er hatte bittere Jahre hinter sich, er auch. Jahre der Demütigung, des Ausgestoßenseins. Keiner wußte besser als ich, daß er kein Nazi im üblen Sinn gewesen war. Ein Glaubender, ein Begeisterter – und schließlich ein Enttäuschter. Das Schicksal so vieler seiner Generation.

Die Haft nach dem Krieg, der Kampf um seine Rehabilitierung, das hatte ihn zermürbt. Dazu kam der Kampf um mich. Ich hätte ihm helfen können, aber ich ließ ihn im Stich. Mir gefiel es besser, uns beide als Verfemte zu sehen, zwei, denen sowieso keiner helfen konnte.

Ironie des Schicksals – ein Jude war es, der Günther das Angebot machte, nach Südafrika zu kommen, der sich bereit erklärte, ihm beim Aufbau eines neuen Lebens zu helfen.

Dieser Jude hatte die Tragödie der Juden in Deutschland nicht miterlebt. Er war klugerweise als junger Mann bereits 1935 ausgewandert, konnte sein Vermögen mitnehmen und war weit genug entfernt vom Zentrum des Hasses und der Vernichtung, um nicht zu den Verdammten zu gehören.

Nicht nur die Zeit, auch die Entfernung kann eine Rolle spielen, wenn man von Haß frei bleiben soll.

Was ein echter Frankfurter Jude ist, also ein Frankfurter Bürger mit Tradition, der vergißt seine Vaterstadt nie ganz. 1952 war es, wenn ich mich recht erinnere, als Sigmund Reinauer Deutschland zum erstenmal wieder besuchte. Damals war alles schon wieder recht ansehnlich, fanden wir jedenfalls. Die vielen neuen Geschäfte, die neuen Häuser, die vielen Autos – aber das war es nicht, was er suchte; das hatte er in Johannesburg auch. Er konnte sich vor Kummer kaum fassen, als er Frankfurt wiedersah. Die Oper? Der Römer, die geliebte Altstadt? Wo war das alles geblieben?

Ich hatte Frankfurt erst kennengelernt, als es in Trümmern lag, und deshalb bedauerte mich Herr Reinauer sehr. Einen ganzen Abend lang erzählte er mir, wie die gotische Altstadt ausgesehen hatte, an jedes Haus, an jeden Winkel erinnerte er sich. Die Festspiele zum Beispiel, die man vor dem Römer aufgeführt hatte! »So etwas gibt es in der ganzen Welt nicht mehr, gnädige Frau. Den ›Götz‹ habe ich dort gesehen, mit Heinrich George. Kennen Sie den wenigstens noch?«

Ich kannte ihn, ich war als junges Mädchen oft ins Kino gegangen.

»Und die ›Jungfrau von Orleans‹ mit Ellen Daub in der Titelrolle. So etwas wird es nie wieder geben, glauben Sie mir. Uns geht es gut da unten, wir haben alles, was ein Mensch sich wünschen kann. Nur das – das fehlt mir. Und Sie müssen sich vorstellen, was das für ein Bild war. Sie machten lange Pausen zwischen den Akten, und dann saßen die Schauspieler in ihren Kostümen in den warmen Sommernächten vor den Kneipen und tranken ein Glas. Das war ein Bild, gnädige Frau! Die alten Gassen und Häuser und davor die Ritter und Landsknechte und die Mädchen in ihren Trachten, das ist unvergeßlich. Unvergeßlich!« Er hätte Frankfurt sehen müssen im Jahre 1945, als es nur aus Ruinen, leeren Fensterhöhlen und ausgebrannten Häuserresten bestand. Und dazu die Landsknechte jener Zeit, die heimgekehrten hungrigen Soldaten in ihren verschmutzten Uniformen, die hohlwangigen Gesichter, das hoffnungslose Elend.

Kein Theater, sondern Wirklichkeit. Auch das bleibt unvergeßlich.

Aber schon im Jahre 1952 erschien es absurd, davon zu sprechen – so tüchtig hatte man gearbeitet, so erstaunlich gedieh das neue Leben in der gemordeten Stadt. Sehr kritisch betrachtete Sigmund Reinauer alles, was man wieder aufgebaut hatte. Die Paulskirche? Gut. Sah ja wieder ganz annehmbar aus; früher natürlich... Das Goethehaus, wie? Total zerstört bis auf ein paar Stufen vor dem Eingang? Kaum zu glauben. Wer es nicht wußte, würde es nicht merken, daß Goethe nie einen Fuß in die Zimmer gesetzt hatte, die man jetzt wieder besichtigen konnte.

Sigmund Reinauer, der früher eines der besten und renommiertesten Juweliergeschäfte Frankfurts besessen hatte und ein wohlhabender Mann gewesen war, war ein reicher Mann geworden. Heute macht er Exportgeschäfte, Brillanten aus Südafrika für alle Welt. Ein kleiner hagerer Mann mit weißem Haar und klugen, hellen Augen, zäh, witzig, ohne jede Verbitterung. Seine blonde üppige Frau besaß wohl die herrlichsten Brillanten, die ich je gesehen hatte, sie blitzten an ihren Händen und abends auch an ihren Ohrläppchen und Handgelenken.

Als die Reinauers 1935 Frankfurt verließen, war Günther dreiundzwanzig Jahre alt. Polizeischule und Standortdienst hatte er hinter sich und lebte damals ganz seinem jungen sportlichen Ruhm, Meister im Fünfkampf. Und da er außerdem als zuverlässig, tüchtig und intelligent und mutig galt, hatte die Partei ihn näher ins Auge gefaßt und eine feine Karriere für ihn in der Tasche, kein Polizeidienst mehr, statt dessen Übernahme in die SS-Führerlaufbahn, zur weiteren Verwendung nach Berlin überstellt. Herrn Reinauer interessierte das nicht mehr. Es hatte ihn auch damals nicht sonderlich interessiert. Es war Günthers Vater, mit dem Herr Reinauer zu tun gehabt hatte – und dieser Vater, Inspektor der Kriminalpolizei von Frankfurt am Main, muß ein deutscher Beamter von bester Machart gewesen sein. Dieser Meinung war Herr Reinauer noch fast zwanzig Jahre später, als ich ihn kennenlernte.

Der Inspektor der Kripo war Sigmund Reinauer einmal im Verlauf einer üblen Betrugsaffäre sehr hilfreich zur Seite gestanden.

»Wie ein Mann, gnädige Frau. Ein aufrechter, deutscher Mann, unbestechlich, unbeeinflußbar.«

Schön, so etwas zu hören. Denn auch ehe Hitler seinen Thron bestieg, konnten die Juden in Deutschland nicht immer mit Gerechtigkeit und fairer Behandlung rechnen. Soviel war mir bekannt.

Herr Reinauer hatte es nicht vergessen. Was nun seinerseits großzügig war, denn wie gesagt: was vergessen Menschen nicht alles? Auch das Gute, das man ihnen getan hat, das vielleicht am schnellsten. Möglicherweise war die Situation wirklich sehr exzeptionell gewesen. Herr Reinauer gab sich einen ganzen Abend lang Mühe, mir den Fall zu erklären. Aber da er stets irgendwo in der Mitte anfing, begriff ich ihn nicht ganz. War auch unwichtig. Nur soviel wurde mir klar: vor Gericht waren alle gegen ihn, der Richter, der Staatsanwalt, die Zeugen, und er wäre verloren gewesen, wenn da nicht ein kleiner Inspektor von der Kripo hartnäckig und unbeirrt auf seiner Seite gekämpft hätte. Der stand seinen Mann, exponierte sich für einen Juden, und das ein Jahr bevor die Nazis an die Macht kamen...

Vielleicht hatte Herr Reinauer aus Johannesburg wirklich guten Grund, einem deutschen Beamten ein so freundliches Andenken zu bewahren. »Denn«, so sagte er zu mir gerührt, er hatte sogar Tränen in den Augen, »es kann seiner Beförderung nicht sehr nützlich gewesen sein. Ich weiß doch, wie es schon damals bei den Behörden zuging.«

Günther erzählte mir später, als wir allein waren, daß sein Vater damals schon Parteimitglied gewesen sei und daß man ihn zwar verwarnt, aber sonst nicht weiter behindert habe. »Und außerdem hätte mein Vater wirklich bis zum letzten Blutstropfen für die Gerechtigkeit gekämpft. Du kannst es mir glauben, Iris.« Ich sah Günther an und lächelte. »Ich glaube es. Deine Mutter sagt ja immer, daß du ihm so ähnlich bist. Wie gut, daß er nicht mehr erleben mußte, wie alles kam. Wo er dann wohl gekämpft hätte, auf welcher Seite, was meinst du?«

Herrn Reinauers Dank kam spät, aber er kam. Günther war der Nutznießer, da sein Vater nicht mehr lebte. Heute hat Günther eine leitende Position in einer Firma in Johannesburg; es gehe ihm gut, schrieb er mir. Das ist schon einige Jahre her. Ich erfuhr bei dieser Gelegenheit, daß er geheiratet hatte und auch schon ein Kind da war. Vielleicht sind es inzwischen zwei oder drei Kinder, und ich hoffe, die Frau ist so lieb und nett, wie er es verdient, und bekommt dafür auch ein paar hübsche runde Brillanten an die Finger gesteckt. Ach, ich bin boshaft, ich weiß auch nicht warum, es paßt nicht zu mir, es entspricht eigentlich nicht meiner Natur. Böse kann ich sein, ja, aber nicht boshaft.

Wenn ich mit ihm gegangen wäre... Es ist müßig, heute darüber nachzugrübeln. Ich ging nicht, weil ich nicht wollte. Herr Reinauer redete mir sogar zu, ich gefiel ihm.

Aber ich wollte nicht. Ich war trotzig. Ich wollte leiden und nicht lieben. Ich wollte unglücklich sein und nicht glücklich. Ich war Günthers Geliebte, viele Jahre lang, aber ich sagte zu ihm: »Alles, was ich je geliebt habe in diesem Leben, hat mir der Krieg genommen.«

Ich wußte, wie sehr ich ihn damit verletzte. Ich ließ mich von ihm umarmen, gebrauchte seine Liebe und gab ihm nichts dafür. Meinen Körper. Aber was bedeutete das schon?

Günther antwortete damals: »Du vergißt deinen Sohn.«

Darauf schwieg ich. »Denkst du nicht, es wäre besser für ihn, einen Vater zu haben?«

»Er braucht keinen Vater. Und gewiß nicht dich. Das wäre ein Hohn.«

Wie böse ich war! Philipp und Günther verstanden sich glänzend. Und wenn jemand dazu geeignet gewesen wäre, dem Jungen ein Vater zu sein, dann wäre Günther der richtige gewesen. Würde es nicht auch für Philipp gut sein, weit, weit fortzugehen? Johannesburg – auf der anderen Seite der Erde?

»Wenn er älter ist, wird er dich fragen.«

»Er wird mich nicht fragen, wenn ich nicht gefragt sein

will. Und wenn er mich fragt, werde ich ihm nur das sagen, was ich ihm sagen will. Und wenn es sein muß, werde ich ihn belügen.«

»Du wirst ihn nicht belügen, Iris.«

»Doch. Außerdem könnte er mich in Südafrika genauso fragen.«

»Das müßte nicht sein, wenn ich ihn adoptiere...«

Hochmut saß mir im Genick. »Das kommt sowieso nicht in Frage.« Ich tat, als sei ich hart und stark. Und mühelos imstande, mit allem allein fertig zu werden. Das war die dritte Phase. Erst litt ich nur. Und dann gefiel ich mir eine Zeitlang in der Rolle der verfolgten Unschuld. Und dann entschloß ich mich, kalt und hart zu werden. Eine Frau, die das Leben meistert, die tut, was sie will, und das, was sie will, auch kann. Keiner sollte mehr spüren, wie verletzt ich war, wie geschlagen, wie wehrlos.

Nun hat mein Sohn mich gefragt. Ich habe nicht gelogen. Ich habe ihm alles gesagt. Und das schlimmste ist, ich weiß nicht, ob er mir glaubt.

Mütter sind etwas Verhängnisvolles im Leben ihrer Kinder. Besonders Mütter, die allein sind. Kinder, die keinen Vater haben, sind der Mutter allzu sehr ausgeliefert. Ein Stiefvater ist immer noch besser als gar kein Vater. Schon allein darum, weil er die Mutter von den Kindern ablenkt, etwas wenigstens. Eine Mutter, die nichts hat als die Kinder und nur für sie lebt, ist eine Belastung für die Kinder. Irgendwann, eines Tages ist sie eine Belastung.

Wer wüßte das besser als ich. Darum habe ich mich immer bemüht, meinem Sohn soviel Freiheit zu geben, wie er braucht, um er selbst zu werden und mich dennoch weiter lieben zu können.

Wir waren zu zweit. Ich hatte einen Bruder. Aber da wir einander so ähnlich waren, mein Bruder und ich – wir waren Zwillinge –, waren wir im Grunde wie ein Kind. Für unsere Mutter waren wir der einzige Lebensinhalt. Sie formte uns nach ihrem Bild, nach der Vorstellung, die sie vom Leben und von der Welt hatte. Und das war eine Welt von gestern, wenn nicht von vorgestern, und ein Leben ohne Freiheit und ohne Luft.

Sie war in ihrer Weise eine starke Persönlichkeit, sie besaß die Stärke der Einseitigkeit, der Verbohrtheit, der Torheit. Ich weiß nicht, was aus meinem Bruder und aus mir geworden wäre, wenn wir unter anderen Bedingungen aufgewachsen wären. Bei einer anderen Mutter, in einer normalen Familie. Solche Gedankenspielereien sind natürlich müßig. Es ist nun einmal so gewesen. Und so, wie es war, war es schlecht.

Als der Krieg zu Ende war, als ich alles verloren hatte, was ich liebte, war meine Mutter noch da. Unser Haus in Berlin war ausgebombt und sie in einem Dorf in Thüringen gelandet. Später kam sie zu mir nach Frankfurt. Sie war sehr froh, mich wiederzuhaben, denn ich war nun erst recht der einzige Lebensinhalt für sie.

Sie war sehr alt geworden und nicht mehr gesund; die einsamen Jahre, die Bombennächte, der Kummer und die Sorge um ihre Kinder, die bittere Enttäuschung über alles, was geschehen war, hatten sie endlich zerstört. Ich bemühte mich, mit ihr auszukommen. Wir hatten nur ein Zimmer und eine Dachkammer, das war alles. Und ich war unausstehlich damals – ich sagte es bereits. Nein, ich glaube nicht, daß ich ihr die letzten Jahre ihres Lebens leichtgemacht habe.

Nachdem sie tot war, merkte ich erst, wie sehr sie mich schon wieder in den Käfig der Vergangenheit eingesperrt hatte. Ihr Tod gab mir die Freiheit wieder und ein wenig eigene Kraft. Ich glaube, von da an begann ich, langsam und zögernd, mich dem Leben und dem Alltag wieder zuzuwenden. Ich arbeitete, ich nahm auch mein Studium wieder auf, und das war eine harte Aufgabe in jener Zeit und kostete mich alles, was ich an Kraft und Mut aufbringen konnte. Ich brachte es nicht zu einem Abschluß, aber das war auch nicht notwendig; allein, daß ich wieder studierte und unter Menschen kam, daß ich arbeitete, war eine gute Therapie. Für Philipp blieb nicht sehr viel Zeit. Meist sorgte Ilse für ihn, bei der ich damals immer noch wohnte. Günthers Schwester war eine einfache, aber sehr natürliche Frau von großer Herzlichkeit. Sie kannte Philipp seit seiner Geburt, sie war der erste Mensch, der ihn liebevoll in den Arm nahm, denn ich war für lange Zeit ohne jedes Gefühl, auch für das Kind.

Ilses eigene Kinder waren schon größer, die jüngste Tochter vierzehn, und Ilse, die sehr mütterlich veranlagt war, hatte Freude an dem Baby. Mir war es recht. Später, als Günther aus dem Lager kam, lebten wir alle zusammen in ihrem Reihenhaus in Eschersheim. Es war sehr eng, und es brachte mich manchmal an den Rand des Wahnsinns, sie alle ständig um mich zu haben. Ilse, ihren Mann, ihre Mutter, die Kinder, meine Mutter, dann Günther und mein kleiner Sohn. Aber es war nicht daran zu denken, eine Wohnung zu bekommen. Und nachdem Mama gestorben war, mußte ich froh sein, Ilse zu haben, die sich um das Kind kümmerte, denn ich war oft den ganzen Tag außer Haus.

Sie liebten mich alle nicht besonders dort in dem Haus, und das war verständlich. Ich war von großer Zurückhaltung, sehr unzugänglich, wirkte sicher oft hochmütig – nein, ich war es auch. Und Ärger hatte ich ihnen gerade genug bereitet. Sie waren wohl der Meinung, ich müßte ihnen dankbar sein, daß sie mich aufgenommen hatten. Mit Recht waren sie dieser Meinung.

Und dazu Günther, der mich liebte und der immer bemüht war, alles geradezubiegen und es allen recht zu machen und mich zu verteidigen und was weiß ich noch.

Mit der Zeit zog sich Ilse merklich von mir zurück. Sie hatte endlich genug von mir. Sie begriff nicht, daß ich ihrem Bruder das Leben so schwer machte, daß ich ihn schlecht behandelte, daß ich mich nicht für ihn entscheiden wollte. Sicher hat Günther ihr gelegentlich sein Herz ausgeschüttet, er war kein verschlossener Mensch.

Es gelang mir dann, im Stadtinneren eine Wohnung zu finden, in einem dieser windigen, billig gebauten Häuser der Nachkriegszeit. Das heißt, eigentlich gelang es Günther, er schaffte das, weil er merkte, daß die Atmosphäre im Hause immer unerfreulicher wurde. Vielleicht dachte er auch, daß es zwischen uns leichter sein würde, wenn wir eine Wohnung für uns hätten. Aber da war es schon zu spät, es war alles verdorben, und kurz darauf ging er nach Südafrika.

Jetzt hatte ich Philipp für mich allein, das erleichterte mein Leben nicht. Er wurde das, was man ein Schlüsselkind nennt. Er ging in die Schule und wurde früh sehr selbständig. Ich hatte eigentlich nie ernsthaften Ärger mit ihm.

Als wir nach Wiesbaden übersiedelten, war er vierzehn Jahre alt. Ich hatte ein wenig Angst gehabt, wie er den Schulwechsel aufnehmen würde, aber es war für ihn eine Kleinigkeit, er war ein guter Schüler. Und in Wiesbaden gefiel es ihm von Anfang an. Er hatte sehr schnell einen Freund, einen Jungen aus seiner Klasse.

Aber jetzt ist Philipp verschwunden. Seit fünf Tagen ist er fort.

Kann ich nicht aufhören, daran zu denken? Er ist einundzwanzig, er ist erwachsen, er hat Ferien. Er kann tun und lassen, was er will.

Als wir geboren wurden, mein Bruder und ich, war unser Vater schon tot. Es war im Oktober des Jahres 1918. Und es liegt eine gewisse Bosheit des Schicksals darin, vielleicht auch eine gewisse Logik, daß wir, geboren zur Zeit des verlorenen Krieges, Kinder der Niederlage, an die Niederlage gekettet blieben. Schließlich war es nur ein Zufall, daß wir auf die Welt kamen, es war vom Schicksal nicht geplant. Eine kleine Verwundung meines Vaters, ein kurzer Urlaub zu Hause – hätte ihn der Granatsplitter nicht gestreift, sondern gleich getötet, wie ein halbes Jahr darauf, wir wären nicht da. Der nächste Krieg löschte das Mißverständnis aus. Die Kinder des Zufalls, die Kinder des Toten, des Besiegten, bekamen ihren eigenen Tod, ihre eigene Niederlage. Die zweieinhalb Dezennien, die dazwischenliegen, zählen kaum; ein kurzes Atemholen der Zeit.

Und da ich nun schon von meinem Bruder gesprochen habe, meinem zweiten Ich, will ich weiter von ihm sprechen. Es gab eine Zeit, da glaubte ich, ihn hassen zu müssen. Aber nichts, was geschah, was er tat, was uns trennte, konnte unsere Verbundenheit lösen. Ich bleibe an ihn gebunden, solange ich lebe. Wenn ich im Spiegel mein Gesicht betrachte, dann sehe ich gleichzeitig das seine und weiß, wie er heute aussehen würde. Ein schlanker, mittelgroßer Mann, gerade in den Schultern, das Genick steif von Abwehr. Die Augen graublau wie die meinen, bemüht, niemand durch sie hindurchblicken zu lassen, oft abweisend, kühl. Das Gesicht schmal, sehr gleichmäßig geformt. Der Mund, weich und sensibel, weit geschwungen, zu einer hochmütig-abweisenden Linie geformt, ein wenig Zynismus in den Winkeln, eine gerade schmalrückige Nase, hohe geschwungene Brauen, eine steile, sehr hohe Stirn. Und darüber das sehr weiche, sehr blonde Haar, ein fast silbern getöntes Aschblond, in unserem Alter eine sehr günstige

Haarfarbe, man entdeckt nicht so leicht die ersten grauen Haare darin.

Sein Gesicht? Mein Gesicht. Die Linien des Lebens, die ersten Falten, die ich in meinem Gesicht finde, wären in seinem auch. Nur wären sie in einem Männergesicht nicht von Nachteil. Schmale, sehr sensible Hände. Die Figur, ich sagte es schon, mittelgroß für einen Mann, groß genug für eine Frau, sehr schlank, sehr straff, ganz Haltung. Sicher noch der gute Reiter und Fechter, vielleicht auch noch der gute Tänzer von einst. Ein Mann, der den Frauen gefiele, falls ihm das geringste daran läge, ihnen zu gefallen. Vielleicht hätte er Karriere gemacht, wäre reich, mächtig, angesehen.

Vielleicht auch geschlagen vom Leben.

Mein Bruder ist tot.

Die Kinder waren einander so ähnlich, wie es nur Zwillinge sein können. Als sie klein waren, als man sie noch gleich kleidete, konnte man sie überhaupt nicht auseinanderhalten. Später unterschied man sie an der Kleidung, an den Haaren. Es dauerte lange, bis sie selbst richtig begriffen, daß sie zweierlei Menschen waren. Sie waren immer zusammen, sie taten stets das gleiche, sie stritten nie wie andere Geschwister, ihre Freuden waren die gleichen, ebenso ihre kleinen Schmerzen. Sie brauchten keine Freunde und Spielkameraden, sie waren sich selbst genug.

Melanie Vorwarth, ihre Mutter, liebte ihre beiden Kinder mit der gleichen besitzergreifenden egoistischen Liebe. Aber ein wenig bevorzugte sie immer Arnold. Er war ein Sohn und darum etwas Besonderes. Und er war von vornherein dazu bestimmt, Ersatz und Nachfolger des anderen Arnold, seines Vaters, zu werden.

»Du wirst ein Offizier wie dein Vater. Darum darfst du nicht weinen. Ein Junge weint nicht.«

»Wenn Iris weint, muß ich auch weinen.«

»Iris ist nur ein Mädchen.«

Aber Iris weinte nicht. Wenn ihr Bruder nicht weinen durfte, dann brauchte sie es auch nicht zu tun.

»Du gehst sofort in den Keller und holst die Schaufel herauf. Ein Soldat hat keine Angst. Niemals hat er Angst.«

»Ich kann ja mitgehen«, schlug Iris vor, die wußte, daß ihr Bruder Angst hatte. Soviel Angst, wie sie gehabt hätte, am Abend allein in den Keller gehen zu müssen.

»Du bleibst hier. Arne geht allein. Ein Junge hat keine Angst. Was würde dein Vater sagen!«

Die Lippen zusammengepreßt, das Gesicht verkrampft von der Anstrengung, sich zu bezwingen, ging der Vierjährige in den riesigen verwinkelten Keller des großen Hauses. Iris folgte ihm langsam bis zur Tür, doch ein energischer Ruf ihrer Mutter hieß sie stehenbleiben. Da stand sie, die Händchen zu Fäusten geballt, das Herz schlug ihr wild bis zum Hals hinauf, und all seine Angst litt sie mit. Bis er wiederkam, klebte auch ihr weiches helles Haar genauso feucht an den Schläfen wie das seine.

Der Krieg war damals vier Jahre vorbei. Es war genug zu seiner Verdammung gesagt und geschrieben worden. Und vor allem wußte es jeder inzwischen, fast jeder, daß Soldaten Angst haben, daß die Angst ihr ständiger Begleiter ist. Daß die Angst sie nicht weniger zermürbt und demoralisiert als Kugeln, Granaten und Bomben. Daß auch Offiziere davon nicht verschont bleiben. Weil auch sie, o neue Welt voller Wunder, weil auch sie ganz gewöhnliche Menschen waren.

Melanie Vorwarth wußte es nicht. All diese Neuentdekkungen der Nachkriegszeit nahm sie nicht zur Kenntnis. Eine andere Zeitung als den ›Lokalanzeiger‹ las sie nie. Radio gab es noch nicht. Und Bücher, in denen von solchen Dingen geschrieben wurde, waren ihr unbekannt. Sie las nur Romane, die von Liebe, Heldentaten, Ehre, Ruhm und ähnlichen Prachtdingen handelten. Die allerdings las sie in Mengen.

Sie stammte aus einer armen, kinderreichen Offiziersfamilie aus Potsdam. Ihre Erziehung war sehr preußisch und sehr einseitig gewesen. Ihr Vater brachte es bis zum Hauptmann und nicht weiter, übrigens fiel auch er im Weltkrieg.

Da er ihr keine Mitgift geben konnte, bestand wenig Hoffnung auf eine standesgemäße Heirat. Aber sie verliebte sich mit zwanzig Jahren in den Leutnant Arnold Vorwarth, einen hübschen schneidigen Jungen, der sogar so etwas wie Charme besaß. An Heirat war nicht zu denken, denn der Leutnant war so arm wie sie und bekam den Ehekonsens nicht.

Melanie, ein etwas kümmerliches, stilles, aber nicht reizloses Mädchen, hielt mit aller Kraft und Zähigkeit, die in ihr steckte, an ihrer Liebe fest. Irgendwann verlobten sie sich, und die langen Jahre ihrer unerfüllten Verbindung waren eine Quälerei. Bedeuteten für den Leutnant billige Erlebnisse in Hinterzimmern, bedeuteten für sie eine überzogene, verkrampfte Jungfräulichkeit, die sie frühzeitig verblühen ließ. Der Krieg half ihnen. Sie heirateten sofort nach Kriegsausbruch. Zusammengerechnet bestand ihre Ehe aus wenigen Wochen, aus den Urlaubswochen des Leutnants und des Oberleutnants Vorwarth.

Als sie die Kinder, unter großen Schmerzen übrigens, zur Welt brachte, war der Mann, auf den sie so lange gewartet, den sie so lange geliebt und ersehnt hatte, schon tot. Sie machte den Schmerz um ihn zu ihrem Lebensinhalt wie zuvor ihre hoffnungslose Liebe. Außer den Kindern natürlich. Überall standen Bilder des Toten, lagen Erinnerungsstücke; Auszeichnungen, die er erhalten hatte, Briefe, die er geschrieben, ein Pokal, den er im Rennen gewonnen hatte, alles lebte mit ihr und den Kindern. Seine Uniformen wurden regelmäßig ausgebürstet. Er war tot, aber er war immer noch da. Er war gegenwärtig, wie der Geist der vergangenen Zeit, den Melanie immer wieder beschwor und in dem sie ihre Kinder erzog. Sie heiratete nicht wieder. Es gab niemals einen Mann, der sie gewollt hätte, sie war früh verblüht, Bitternis um den Mund, Schärfe in den Zügen, nur ihre Gestalt wahrte lange eine mädchenhafte Anmut.

Übrigens verlangte es sie nicht nach einem Mann. Die lange Jungfräulichkeit, die unzureichende Erfüllung in der kurzen Ehe hatten es verhindert, daß sie sich zu einer normal empfindenden Frau entwickelte. Sie lebte in einem selbstgewählten Zölibat und litt keineswegs darunter. Und sie lebte gar nicht einmal so schlecht. Das hinwiederum verdankte sie den Kindern.

Es gab eine Schwester ihrer Mutter, Melanies Tante also, die sich sehr gut verheiratet hatte mit einem höheren Offizier, von Adel und mit ganz ansehnlichem Vermögen.

Friedrich von Benckendorff hatte den Krieg überlebt und war als General ausgeschieden. Die neue Zeit war ihm ein Greuel; er ignorierte sie, so gut es ging. Zudem war er mit einem schweren Arthritis-Leiden aus dem Krieg heimgekehrt, das ihn immer unbeweglicher machte und später zu Lähmungserscheinungen führte. Er war ein mürrischer unzugänglicher Mann, meist schlechter Laune, und keiner konnte sehr viel mit ihm anfangen.

Erstaunlicherweise kam Melanie von Anfang an sehr gut mit ihm zurecht. Sie waren bei allem Unterschied des Alters in den meisten Dingen einer Meinung, was Krieg, Nachkriegszeit, heutige Umwelt, die Plebs, die in dieser Zeit die Welt regierte, und alle damit zusammenhängenden Fragen betraf. Außerdem war Melanie, die im Krieg als Schwester ausgebildet worden war, eine überaus geduldige und unerschütterliche Pflegerin.

Daß sie ins Haus kam, dafür war die Frau des Generals, ihre Tante, verantwortlich. Zuerst hatte der General heftig dagegen protestiert, aber Frau von Benckendorff wollte die Kinder im Haus haben. Sie war eine warmherzige, mütterliche Frau und hatte zu ihrem Kummer keine Kinder. Sie überzeugte ihren Mann davon, daß das Haus, eine altmodische geräumige Villa in Halensee, Platz genug für alle bot und daß er von Melanie und den Kindern kaum etwas hören und sehen würde. Es gab einen Diener im Haus, eine Köchin, ein Hausmädchen – ein großzügiger Lebensstil.

Frau von Benckendorff mochte zwar die larmoyante Melanie nicht besonders, aber gutherzig, wie sie war, fühlte sie sich verpflichtet ihr zu helfen; von der knappen Pension des gefallenen Mannes konnte Melanie unmöglich mit den Kindern leben, und zur berufstätigen Frau war Melanie ungeeignet. Wenn man ihr aber schon half, dann wollte die Frau General auch die Kinder um sich haben. Das wünschte sie sich, das setzte sie durch. Leider hatte sie nicht viel davon, sie starb ganz plötzlich, Anfang der zwanziger Jahre, und das war, so könnte man sagen, für die Kinder ein großer Verlust. Nur wußten sie das natürlich nicht. Die liebesfähige, recht intelligente Frau wäre genau der Umgang gewesen, der ihnen gutgetan hätte. So blieben sie Melanie mit ihren verschrobenen Ansichten ausgeliefert.

Es gab noch einen Vormund, einen Vetter von Arnold Vorwarth, der in Küstrin lebte, natürlich von gleicher Art, natürlich auch ehemaliger Offizier, natürlich auch mit Ansichten von gestern. Ihn allerdings sahen die Kinder selten, er überließ Melanie die Erziehung fast völlig und wurde nur bei notwendigen amtlichen Angelegenheiten bemüht.

Für den General erwies es sich als großes Glück, daß Melanie ins Haus gekommen war. Besser als sie hätte niemand für ihn sorgen können, nicht einmal die eigene Frau. Er gewöhnte sich an Melanie, er brauchte sie und ihre aufopfernde Pflege, so daß ihr Bleiben in seinem Haus niemals in Frage gestellt war.

Die Inflation verschlang das Vermögen; immerhin blieb so viel übrig, daß ein einigermaßen standesgemäßes, wenn auch sehr bescheidenes Dasein möglich war. Der Diener und die Köchin verschwanden, es blieb ein Hausmädchen übrig, Melanie kochte selbst, kaufte auch meist selbst ein, besorgte alle Flick- und Näharbeiten und versorgte außerdem gewissenhaft den kranken Mann und die Kinder. Sie tat ihre Pflicht, wie sie es nannte. Und das befriedigte sie. Zur Entspannung las sie ihre Romane oder machte Handarbeiten.

Besuch kam selten ins Haus, höchstens einmal ehemalige Kameraden des Generals, alte, unzufriedene Herren und gelegentlich auch der Vetter aus Küstrin, wenn er sich in Berlin aufhielt. Er bekam dann ein Glas Portwein im Zimmer des Generals, eine Auszeichnung, die der Küstriner wohl zu schätzen wußte, denn er hatte es nur zum Hauptmann gebracht. Man sprach von den Zeitläufen, von diesen üblen Burschen, die heute das deutsche Reich regierten, man verdammte gemeinsam diese ganze lächerliche Farce, die sich Demokratie nannte, diese alberne Weimarer Republik, die an allem und jedem schuld war, was nicht sein durfte und sein konnte.

Die Kinder, als sie älter wurden, schnappten dies und jenes auf; natürlich verstanden sie es nicht. Sie wuchsen in einem Rahmen auf, der sie lehrte, daß die Welt, in der sie lebten, nichts taugte. Die Vorkriegszeit war das Traumbild, an dem die Erwachsenen herumpinselten und das immer glänzender und prächtiger und vollendeter wurde, je mehr es Vergangenheit wurde. Die Proleten von heute? Es lohnte nicht, sie zur Kenntnis zu nehmen.

Doch noch lebten die Kinder in ihrer eigenen versponnenen Welt, in der Traumwelt der Kindheit, an der selbst Erwachsene wenig verderben können.

»Ich bleibe immer bei dir«, sagte Arne zu seiner Schwester, und er meinte das ganz ernst.

Iris nickte dazu. Ebenso ernst. Es war selbstverständlich und konnte gar nicht anders sein.

Die Schule brachte die erste Trennung. Auf einmal waren sie zwei, denn sie kamen in verschiedene Schulen; die Volksschule erschien Melanie für ihre Kinder nicht angemessen, und in diesem Punkt stimmte der General ihr bei; man mußte die Kinder von dem gewöhnlichen Volk fernhalten. Dafür zahlte er bereitwilligst das Schulgeld. Iris kam in eine private Töchterschule, Arne in die Knabenschule. Beides sehr exklusive Anstalten.

Wenn heute die Rede ist von den wilden zwanziger Jahren, von ihrem Aufbruch und ihrem Umsturz, die in ihrer Bedeutung und Wirkung viel gewaltiger und revolutionärer waren als die Zeit nach dem zweiten Weltkrieg, dann ist das für mich eine Sage. Wir merkten nichts davon. Die zwanziger Jahre – das, was man darunter versteht, fanden im Hause meiner Kindheit einfach nicht statt. Die Röcke meiner Mutter wurden nicht kürzer, die Haare ließ sie sich auch nicht schneiden, die Worte, die Bücher, die Schlager dieser Jahre erreichten uns nicht. Meine Mutter oder das Mädchen brachten uns in die Schule und holten uns auch wieder ab. Und die Kinder und Lehrer, mit denen wir zusammentrafen, waren alles andere als modern oder zeitgemäß. Allerdings war der Unterricht sehr gut. Erst nachher, als die Wirtschaftskrise kam, die Elendsjahre, die zunehmenden politischen Wirren, kam ich mit der Außenwelt in Berührung.

Wir lernten beide leicht und mühelos, betrachteten die Schule aber mehr oder weniger als lästige Unterbrechung unserer Gemeinsamkeit, und wenn die Stunden, die wir dort verbringen mußten, vorüber waren, beeilten wir uns, einander wiederzutreffen. Die Schularbeiten machten wir gemeinsam, und dann lebten wir wieder in der Welt unserer Spiele und Träume. Wir bekamen damals beide Klavierunterricht und galten als begabt, und nach wie vor blieb es, wie es vorher war: was der eine tat, das tat der andere, was der eine konnte, mußte der andere gleichfalls können. Schulfreundschaften schlossen wir kaum. Es gab gelegentlich Einladungen zu einem Kindergeburtstag, und beide fanden wir es unsinnig, daß wir nicht zusammen gehen konnten. Denn ich war bei einem Mädchen eingeladen und Arne bei einem Knabengeburtstag. Zu uns ins Haus durften wir keine Kinder bringen, das hätte den General gestört.

Ich vergaß, den Garten zu erwähnen. Denn zu dem alten verwohnten Haus gehörte ein nicht sehr großer, aber verwunschener, abgeschlossener Garten, der mit der Zeit verwilderte, weil niemand ihn pflegte. Er war der richtige Ort für unsere Spiele, bei denen Arne mehr und mehr den Ton angab. Denn er bekam immer wieder zu hören: ›Du bist ein Junge. Du mußt dies und jenes tun, du darfst dir von Iris nichts sagen lassen.‹ Irgendwer hatte eines Tages festgestellt, daß Arne zu mädchenhaft weich und der ständige Umgang mit seiner Schwester eigentlich auch nicht das richtige sei. Und da er immer noch als zukünftiger Offizier erzogen wurde, obwohl dieser Beruf wirklich nicht sehr aussichtsreich erschien bei dem 100000-Mann-Heer, das der Versailler Vertrag dem Deutschen Reich zubilligte, änderte das an den Vorstellungen der mit seiner Erziehung Betrauten nicht das geringste. Also wollte man in ihm nach und nach die Männlichkeit wecken und festigen.

Heute, wo man soviel über Kinderpsychologie weiß und soviel darüber redet und schreibt, erscheint mir diese Erziehung absurd. Mein Bruder war künstlerisch sehr begabt.

Vom Klavierspielen sprach ich schon. Er zeichnete und malte sehr hübsch und mit großer Begeisterung. Wie ich übrigens auch. Denn es gab nichts, was wir nicht gemeinsam taten. Doch diese doppelte künstlerische Begabung, die nach der Meinung unserer Lehrer überdurchschnittlich war, wurde in keiner Weise gefördert.

Was wäre, frage ich mich oft, aus meinem Bruder geworden, wenn man ihn nicht von Kindheit an auf einen Weg gedrängt hätte, der eigentlich, davon bin ich überzeugt, nicht sein Weg war? Wenn man ihm diese verrückten, sinnlos gewordenen Ideale und Idole einer versunkenen Welt nicht gewaltsam aufgedrängt hätte? Soldat, Offizier sollte er werden, ein Elitegewächs vergangener Tradition – was für ein Wahnsinn und was für ein Verbrechen gleichzeitig an diesem sensiblen, eher scheuen Knaben, den das Schöne anzog, der stundenlang an einem Bildchen pinseln konnte, ganz versunken, ganz hingegeben, der plötzlich stehenbleiben und eine Blüte, ein Blatt anschauen konnte, minutenlang, alles andre vergessend, der den Himmel sah, seine Farben, die ersten Knospen im Frühling, die bizarre Form der Schneeflokken! Ja, das alles sah er und liebte er.

Statt dessen sollte er hart werden, ein Mann, ein Kämpfer, einer, der nicht weint, nicht zweifelt. Man hat ihn vergewaltigt von Kindheit an. Und er war zu schwach, sich dagegen zu wehren. Er ließ sich in eine Form pressen, in die er niemals paßte. Das erklärt so vieles. Seine Verständnislosigkeit, diese äußere, aufgesetzte Härte, dieses Hart-und-Erbarmungslossein-Wollen; der Bruch in seinem Wesen, so kann man es ganz einfach nennen.

Für mich wirkte sich das alles nicht so schlimm aus. Gewiß, meine Erziehung war weltfremd und töricht, aber niemand versuchte, mein Wesen zu ändern. Ich wurde nicht gezwungen, zu sein, was ich nicht war. Ich war ja nur ein Mädchen. Ich durfte Musik machen, malen und träumen und weinen und ängstlich sein. Und ich konnte lieben. Ein Blatt, eine Blume, die Sonne und die Vögel, meinen Bruder und endlich einen Mann.

Hat Arne deshalb meine Liebe so gehaßt, meine Liebe zu

einem Mann, weil er niemals lieben durfte und weil der einzige Mensch, den er geliebt hatte – ich, seine Schwester –, weil dieser Mensch ihn verließ? Nein, ich kann weder mit Haß noch mit Zorn an meinen Bruder denken. Nicht mehr. Mitleid ist es, was mich erfüllt darüber, daß ich ihm nicht helfen konnte, daß ich damals nicht begriff und wußte, was ich heute begreife und weiß. Wie leicht wäre es gewesen, wie gut hätte alles gehen können, wenn ich mit fünfundzwanzig Jahren verstanden hätte, was ich heute verstehe. Die Erwachsenen haben versagt. Keiner von ihnen lebt mehr. Ich wünschte mir, ihnen einmal zu sagen, wie sehr sie versagt haben. Daß sie es waren, die unser Leben zerstörten.

Einen Mann gab es noch in diesem abseitigen Leben in der alten Berliner Villa, der aus dem Rahmen fiel. Aber er kam nur selten, war nur ein flüchtiger Besucher, so daß er nicht viel ausrichten konnte.

Es war der Baron Ludwig von Freuendorf, ehemals Offizier des Großherzogs von Baden, später im diplomatischen Dienst, ein aufgeschlossener, sehr gebildeter und kultivierter Mann, der es fertigbrachte, in der Gegenwart zu leben, obwohl auch er aus der Welt von gestern stammte. Er besaß ein Haus in Baden-Baden und lebte dort in einem angenehmen, stilvollen Ruhestand. Solange er sich gesund fühlte, machte er hin und wieder eine kleine Reise, gelegentlich auch nach Berlin. Den General kannte er aus früheren Jahren, und da er von seiner Krankheit und seiner Isolation wußte, verfehlte er nie, ihn zu besuchen.

So ganz war er mit dem General nicht immer einer Meinung. Er sagte beispielsweise: »Bien sûr, mir war die alte Zeit auch lieber. Ich gäb' was drum, wenn wir unseren Großherzog noch hätten. Euren Kaiser, no ja, auf den könnt' ich verzichten. Aber unser Hof in Karlsruhe – no ja, c'est passé. Für uns spielt es ohnedies keine Rolle mehr. Wir haben ein ganz schönes Leben gehabt. Und sich heute alles so mitansehen, aus der Entfernung gewissermaßen, no ja, ich find's ganz amüsant. Solange ich meinen Wein hab' und meine Ruhe, bin ich zufrieden. In Baden-Baden ist's immer schön. Auch in der Republik.« Solche Reden verärgerten den General. Aber selbst Widersprüche vermochten seinen Gast nicht aufzubringen.

»Schau, lieber Freund«, sagte der Baron, »es hat keinen Zweck, sich zu alterieren. Jetzt sind die anderen dran. Die nächste Generation. Sie müssen schauen, wie sie mit allem fertig werden. Wir haben ihnen ohnehin eine schwere Hypothek aufgeladen. Diese Zeit ist kein Zuckerlecken, gewiß nicht. Ich bin ganz froh, daß ich nicht mehr jung bin.«

Aber er sagte auch: »Ihr müßt die Kinder für die Welt von heute erziehen. Nicht für die Welt von gestern. Das tut nicht gut. Sie werden es zu schwer haben. Heute gelten nun einmal andere Gesetze. Was soll ich denn sagen? Meine Tochter hat sich scheiden lassen und einen Schauspieler geheiratet. Früher wär' so was unmöglich gewesen. Heute geht's. Ich werd' mich hüten und sagen: es geht nicht. Sie ist sogar recht glücklich mit ihm, sagt sie. Und er soll ein ganz guter Schauspieler sein. Jetzt hat er ein Engagement nach München bekommen. No ja.«

Der Herr von Freuendorf fand also die neue Zeit auch nicht so überaus erfreulich, aber er hatte sich mit ihr arrangiert. Er war großzügig und war schließlich weit in der Welt herumgekommen.

Die zwei blassen, blonden Kinder in Berlin lebten in einem Glashaus, fand er. Wenn er in Berlin war, fuhr er mit ihnen in die Stadt und lud sie zu Schokolade und Kuchen ein, meist bei Kranzler Unter den Linden. Er war der einzige Mensch im Leben der Kinder, der je so etwas getan hatte; es schüchterte sie ein wenig ein, aber es gefiel ihnen auch. Sehr wohlerzogen saßen sie mit ihm am Tisch, antworteten, wenn er sie etwas fragte, meist antworteten sie gleichzeitig; mit der Zeit, als sie älter wurden, blickten sie sich erst an, dann schwieg das Mädchen, und der Junge gab die Antwort. Und nur, wenn Herr von Freuendorf, den sie Onkel Ludwig nannten, Iris direkt ansprach, gab sie auch direkt Antwort, jedoch nicht ohne sich vorher durch Blicke mit ihrem Bruder verständigt zu haben.

Sie mochten ihn gern. Er war anders als alle Menschen, die sie sonst kannten, er sprach mit diesem ungewohnten weichen süddeutschen Klang, immer mit etwas Französisch vermischt, und er hatte eine reizende, charmante Art mit Menschen – auch mit Kindern – umzugehen.

»Wenn ihr größer seid, müßt ihr mich einmal besuchen. Voulez-vous? In den Ferien. Baden-Baden ist schön, da gibt es viele Blumen, die ihr noch nie gesehen habt. Und wenn dann Kurgäste kommen, sind ganz berühmte Leute dabei. Früher, vor dem Krieg, kamen immer die russischen Großfürsten. Aber auch heute kommen viele reiche Leute, Amerikaner, Engländer. Auch Inder und Chinesen. Das müßt ihr einmal sehen. Während der Rennwoche in Iffezheim, da ist was los. Mögt ihr Pferde?«

Die Kinder sahen sich an. Dann nickte der Junge. »Ja.«

»Aber reiten könnt ihr nicht?«

Arne sagte: »Ich möchte es gern lernen.«

»Und du, Iris, möchtest du es auch lernen?«

Iris nickte tapfer. »Wenn Arne es lernt, dann lerne ich es auch.«

Arne verzog ein wenig verächtlich den Mund. »Sie ist nur ein Mädchen. Sie hat Angst vor Pferden.«

»Ich habe keine Angst«, widersprach Iris.

Ludwig von Freuendorf blickte die beiden nachdenklich an. Irgendwie rührten sie ihn immer. Er wußte auch nicht, warum. Was gingen ihn schließlich anderer Leute Kinder an! Aber instinktiv fühlte er, daß die beiden etwas entbehren mußten, was sie nötig gebraucht hätten. Er mochte Melanie nicht; Frauen wie sie hatten ihn nie interessiert. Zu seiner Zeit war er ein großer Frauenfreund und Frauenkenner gewesen. Und den General besuchte er nur noch aus Höflichkeit.

Aber diese Kinder – komisch –, sie interessierten ihn. Man konnte geradezu sagen, er hatte ein Faible für sie.

»Was willst du denn einmal werden?« fragte er den Jungen.

»Offizier. Wie mein Vater.«

»No ja, ob das heutzutage gerade das richtige ist?« Die

Antwort des Jungen hatte er erwartet, er kannte schließlich die Atmosphäre des Hauses, er kannte den Kult, den Melanie mit dem Toten trieb, kannte die Bilder, die stets mit Blumen geschmückt waren, und er kannte auf ihnen das schmale hochmütige Gesicht über dem hohen Uniformkragen, das vom Leben noch nicht geprägt war. Die Kinder sahen dem Gesicht auf dem Bild lächerlich ähnlich.

»Warum denn gerade Offizier? Es gibt doch andere Sachen, die viel interessanter sind.«

Iris sah ihren Bruder an, dann den Baron. »Er kann auch Maler werden«, schlug sie vor. »Er kann sehr schön malen.«

Arne schüttelte unwillig den Kopf. »Ich werde kein Maler.«

Sie gab nicht so schnell auf.

»Er kann auch schön Musik machen.«

Arne schüttelte wieder den Kopf. »Das ist etwas für Mädchen.«

»Musik ist auch etwas für einen Mann«, sagte Herr von Freuendorf. »Vorausgesetzt, er kann es gut.«

Es gab dann eine Pause, er kam zwei Jahre lang nicht nach Berlin. Er war krank gewesen, mit dem Geld mußte er nun auch ein bißchen haushalten.

Als er die Kinder wiedersah, waren sie zwölf, und es hatte sich manches geändert. Iris besuchte ein Lyzeum, Arne das Grunewald-Gymnasium, und es war die Rede davon, daß er in ein Internat kommen sollte. Melanie setzte ihm die Gründe weitschweifig auseinander. Der Junge sei zu weich, zu verträumt, in Mathematik sehr schlecht. Iris übrigens auch, aber sie waren beide gut in Sprachen. Und immer noch hingen sie viel zu sehr aneinander.

»Das geht einfach nicht mehr«, sagte sie, »Arnold muß unter Jungen kommen, er muß eine härtere Erziehung haben. Ich bin nur eine Frau. Und er hat nie einen Vater gehabt; das ist es eben.«

Was der Baron über Arne zu hören bekam, gefiel ihm wenig. Da gab es in Potsdam eine Schule, genauer gesagt, ein Internat, in dem die Jungen aus gewissen guten Familien, die noch in alten Traditionen lebten, erzogen wurden. Ehemals war es eine Kadettenschule gewesen. Dort sollte Arne hin, mit Beginn des neuen Schuljahres.

Offenbar hielt man also an den Offiziersplänen fest.

Und wenn es in der verrotteten Weimarer Republik schon keine Kadettenanstalt mehr gab, dann mußte es wenigstens etwas sein, was dem ähnlich war. »Das wird eine harte Trennung werden für die beiden«, sagte er nicht ohne Mitleid.

»Gewiß«, sagte Melanie, »aber es muß sein.«

Er blickte sie voller Abneigung an. Mager war sie und reizlos, unvorteilhaft frisiert und so furchtbar unweiblich. Aber was er dann noch zu hören bekam, verdarb ihm den Umgang mit Melanie ein für allemal. Da hatte sie doch seit neuestem neben dem toten Mann und den Kindern ein anderes Idol, einen etwas dubiosen Politiker, von dem der Baron bisher kaum Notiz genommen hatte, obwohl er allmählich eine Rolle zu spielen schien.

Adolf Hitler hieß der Mann, und Melanie wurde beredt wie nie zuvor, wenn sie von ihm sprach. »Er wird Deutschland retten, er wird unsere Schmach auslöschen.« Solche Sätze gab sie von sich und schlug dabei die Augen schwärmerisch zur Decke auf. Der Herr aus Baden-Baden verzog das Gesicht, als habe er Zahnschmerzen. »No ja, no ja, je ne sais pas – was man so über ihn hört…« Melanies Begeisterung für den Mann mit dem kleinen schwarzen Bärtchen erschien ihm keine Empfehlung.

Und dann dauerte es wieder einige Zeit, bis Herr von Freuendorf eine Reise nach Berlin machte. Als er diesmal kam, war der dubiose Mensch aus Österreich, der ihm immer unsympathischer geworden war – denn mit der Zeit konnte auch er ihn nicht mehr übersehen –, Reichskanzler geworden und Melanie seine fanatische Anhängerin. Arne ging immer noch in das Internat, das einst eine Kadettenanstalt gewesen war; es trug jetzt einen anderen Namen, nannte sich Nationalpolitische Erziehungsanstalt und war fest in den Händen der neuen Herren. »Nur die Besten kann man dort brauchen«, belehrte ihn Melanie stolz. »Nur die Allerbesten. Nur Jungen aus reiner germanischer Rasse und von hoher Intelligenz.«

Der Baron bekam Arne zu sehen. Er trug eine Uniform, war ein bemerkenswert hübscher Junge geworden, hatte tadellose Manieren und war – dies war neu – sehr selbstbewußt und sehr selbständig geworden. Er könne jetzt reiten, teilte er dem Baron mit, und zur Zeit nehme er Fechtunterricht. Über die zukünftige Offizierslaufbahn brauchte man gar nicht mehr zu sprechen, das war eine Selbstverständlichkeit geworden.

Das Mädchen trug Gott sei Dank keine Uniform, es wirkte sehr blaß, fast unscheinbar neben dem selbstsicheren Bruder, ein durchsichtiges Mondscheingeschöpf, so erschien es dem Baron. Und sie kam ihm irgendwie niedergedrückt vor. Vielleicht weil nun wirklich eine Trennung zwischen den Geschwistern entstanden war. Arne lebte in einer anderen Welt, er hatte jetzt Freunde und Kameraden, er hatte sich von ihr entfernt.

Allerdings – dies war offensichtlich – betrachtete er sie nach wie vor als sein Eigentum. Er hatte eine Art von gönnerhaftem Kommandoton ihr gegenüber, den sie widerspruchslos hinnahm. Bei diesem Besuch, 1933 war es, empfand der Baron eine spontane Zuneigung für Iris. Er war ein Frauenkenner. Und in diesem Mädchengeschöpf entdeckte er die Frau von morgen, die ihm reizvoll erschien. Auf jeden Fall ungewöhnlich und so gar nicht dem Bild entsprechend, das die Partei von der sogenannten deutschen Frau entworfen hatte.

»Willst du mich nicht nächstes Jahr in den Ferien einmal besuchen, Iris?«

Wie früher schon, blickte sie zunächst ihren Bruder an. Der sagte unbekümmert: »Ich habe keine Zeit. In den Ferien haben wir Landeinsatz. Oder wir gehen auf Fahrt.«

Der Baron war versucht zu sagen: Dich habe ich auch nicht eingeladen. Aber er war ein höflicher Mann, und so lächelte er Iris zu und sagte: »Würdest du dich nicht trauen, allein zu kommen?«

Iris machte ein hilfloses Gesicht. Gereist war man in dieser Familie noch nie. »Ich weiß nicht...« Und dann ein heller Blick zu ihm, ein vertrauensvolles Lächeln: »Ich möchte schon.«

»In den Osterferien vielleicht«, schlug der Baron vor. »Da ist es sehr schön bei uns, da blüht alles. Oder in den großen Ferien, das hätte den Vorteil, daß du länger bleiben kannst, da lohnt sich die Reise wenigstens. Gesellschaft hättest du auch. Meine Enkelin Evelyne kommt meistens in den Ferien. Sie ist ein wenig älter als du, eine sehr temperamentvolle junge Dame. Und sie kennt sich gut aus, sie kann Ausflüge mit dir machen. Und zum Baden gehen. Und Tennis spielen. Spielst du Tennis?«

Iris schüttelte den Kopf.

»Iris ist ganz und gar unsportlich«, sagte Arne geringschätzig.

Sie fuhr erst im übernächsten Jahr. Es war eine große Affäre, ein reger Briefwechsel war vorausgegangen. Melanie benahm sich, als unternehme ihre Tochter eine Weltreise. Schließlich konnte der Baron sie am Bahnhof von Baden-Oos in Empfang nehmen. Er sah mit Wohlgefallen, wie sie aus dem Zug stieg. Sie war nun fast siebzehn, und sie gefiel ihm. Sie trug ein blaues Kostüm und ein kleines blaues Hütchen und sah aus wie eine junge Dame. Sie bewegte sich sehr gelassen und mit Anmut, und als sie ihm die Hand reichte, war er fast geneigt, sie zu küssen. Aus einer anderen Zeit schien sie zu kommen, nicht aus dieser plumpen lauten Zeit, in der man aus jungen Mädchen Trampeltiere machte, wie der Baron fand.

Sie war gewachsen, groß geworden, sehr schlank, ein wenig scheu, aber niemals ungelenk und ungeschickt, wie es ihrem Alter entsprochen hätte.

Evelyne aus München, seine Enkeltochter, war ebenfalls da. Sie stammte aus der ersten Ehe von Sophie von Freuendorf, jener Tochter des Barons, die jetzt mit einem Schauspieler verheiratet war. Evelyne, in einem Künstlerhaushalt in München aufgewachsen, dunkelhaarig, pikant und ein wenig keck, war ein reizvoller Gegensatz zu der blonden Iris, im Aussehen wie im Wesen. Der Baron hatte seine Freude daran. Es freute ihn, daß die beiden Mädchen sich anfreundeten. Die lebhafte Evelyne – wenn auch fast zwei Jahre älter – war genau der richtige Umgang für die zurückhaltende Iris.

Wo Evelyne war, gab es keine Langeweile; sie fand schnell Verehrer, sie arrangierte Ausflüge und Picknicks, sie spielte fast jeden Tag im Rot-Weiß-Club, und der Baron, der früher ein ausgezeichneter Tennisspieler gewesen war, sah ihr gern zu und ermutigte Iris, den weißen Sport zu versuchen.

Evelyne lieh ihr ein Racket, hatte es aber bald satt, sich mit einer Anfängerin abzugeben. Der Baron plädierte für ordentlichen Unterricht. Iris, der es offenbar peinlich war, bei ihren ersten Versuchen Zuschauer zu haben, nahm die Unterrichtsstunden am frühen Morgen. Bis sie abreiste, hatte sie erstaunliche Fortschritte gemacht. Sie war braungebrannt, fröhlicher geworden, lebhaft und gesprächig und hatte sich in mancher Beziehung verändert.

Als sie im nächsten Jahr wiederkam, war sie eine recht gute Spielerin geworden; sie hatte in diesem Sommer auch in Berlin gespielt. Und sie war nun – wie der Baron fand – eine regelrechte Augenweide. Er sah ihr gern zu, wenn sie spielte. Sie hatte lange Beine mit gestreckten schmalen Oberschenkeln, sie spielte nicht sehr hart, nicht einmal energisch, mehr mit tänzerischer Grazie, aber ihre Schläge saßen präzise, es entging ihr fast kein Ball.

»Dieses Mädchen hat Rasse«, sagte Dr. Alexis, der einmal zusammen mit dem Baron den Spielern zusah. »Und zwar nicht in dem Sinn, wie man das heute versteht. Sie muß aus gutem Stall kommen.«

»Kommt wohl vom Vater. Sie würden sich wundern, wenn Sie die Mutter sähen.«

»Und der Bruder? Der gleiche Typ, sagen Sie. Zwillinge sind immer interessant.«

»Sie würden ebenfalls sagen, er hat Rasse. Nur leider verbiegt man ihm das Hirn in dieser komischen Anstalt. Denke ich mir jedenfalls.«

Die Herren blickten sich an und nickten. Sie waren in diesem Punkt einer Meinung.

Abends saßen sie auf der Veranda, die über dem Garten lag, die Nacht war warm, und es duftete nach den Blumen des Sommers. Der Baron schenkte Iris ein Glas von dem herben badischen Wein ein und fragte: »Wie geht's denn so bei euch zu Hause?«

»Oh – eigentlich wie immer. Onkel Friedrich kann sich kaum noch rühren. Er ist meist sehr schlechter Laune.« Sie stockte und fügte im Bemühen, gerecht zu sein, hinzu: »Was man ja verstehen kann.«

»No ja. Ein Glück, daß er deine Mutter hat. Sie kann ja gut mit ihm umgehen.«

»O ja.«

»Ist sie immer noch so begeistert von dem Herrn Hitler?«

Iris nickte ernst. »Noch viel mehr.«

»Und du?«

»Er hat Deutschland wieder stark und mächtig gemacht.«

»No ja. Wenn du meinst, daß wir das sein müssen.«

Sie blickte ihn an, ihre Augen schimmerten im Schein des Windlichts. »Das muß man sich doch wünschen.« Es klang kindlich.

»No ja. Ich weiß nicht. Es hat seine Vorteile. Aber auch gewisse Nachteile. Ich hab's schon mal erlebt, als wir stark und mächtig waren. Es hat kein gutes Ende genommen. – Und dein Bruder?«

Sie richtete sich auf. »Dem geht es gut. Er ist immer noch auf der ›Napola‹. Einer der Besten.«

»Dann bist du also nicht mehr viel mit ihm zusammen?«

»Nein. Ich sehe ihn selten.« Diesmal klang ihre Stimme traurig.

»Aber du hast doch sicher viele Freundinnen?«

Sie schüttelte den Kopf. »Nein. Eigentlich nur die Mädchen aus meiner Klasse. Eine richtige Freundin habe ich nicht.«

»Nächste Woche kommt Evelyne. Sie ist jetzt mit der Schule fertig. Mit ihr hast du dich doch gut verstanden, nicht?«

»Aber ja«, sagte Iris höflich. »Sehr gut.«

Der Baron seufzte. »Weißt du, was sie vorhat? Sie will partout Schauspielerin werden.«

»Das wollte sie voriges Jahr schon.«

»So? Mir hat sie nichts davon gesagt.«

»Ich glaube, daß sie sich gut dazu eignet.«

»Kann sein. Temperament hat sie. Und hübsch ist sie auch.«

Ärger hatte es mit ihr auch schon gegeben, das wußte er von seiner Tochter. Evelyne hatte einen Liebhaber, noch ehe sie ihre Schulzeit beendet hatte. Sophie, geborene Baronesse Freuendorf, wenn auch geschieden und zum zweiten Male – dazu mit einem Schauspieler – verheiratet, fand es empörend. Als sie ihren Vater dieses Frühjahr besuchte, hatte sie sich sehr erbost über ihre Tochter geäußert. »Früher gab's doch so was nicht, Papa, das mußt du doch zugeben. In dem Alter! Ich hab' ihr ein paar hinter die Ohren gegeben.«

»Kaum das richtige Mittel, um ein verliebtes Mädchen zur Räson zu bringen, meine Liebe. Und ob's das früher nicht gab? No ja, ich weiß nicht. Zu meiner Zeit hat man die jungen Mädchen oft schon mit siebzehn verheiratet. Deine Mutter war auch nicht älter, als wir heirateten.«

»Das ist etwas anderes.«

»Wieso?«

Seine Tochter hatte ihn ärgerlich angeblitzt mit genau den dunklen Augen, wie Evelyne sie besaß. »Sie will gar nicht heiraten, hat sie mir erklärt. Heiraten sei absolut altmodisch. Sie habe eben einen Freund, weil ihr die Liebe Spaß mache. Hat das ein Mädchen zu deiner Zeit auch gesagt?«

Der Baron schmunzelte. »Gesagt vielleicht nicht.«

»Und auch nicht getan.«

»Die Zeiten sind eben heute anders. Freier, nicht wahr? Früher ließ sich eine anständige Frau auch nicht scheiden.«

Daraufhin war Sophie beleidigt. Ihre Scheidung war nun mehr als zehn Jahre her, und der Papa wußte schließlich, wie unglücklich sie in ihrer ersten Ehe gewesen war.

Ludwig von Freuendorf, auf der Veranda an diesem Sommerabend, hob sein Glas mit dem hellen Wein und betrachtete Iris, ihr zartes schönes Gesicht mit dem geschwungenen weichen Mund. Ob sie schon einmal einen Mann geküßt hatte?

»Hast du denn irgendwelche Berufspläne?« fragte er.

»Ich würde gern Musik studieren. Aber Mama sagt, das

ist Unsinn. Es kostet viel Geld. Das haben wir nicht. Und sicher habe ich auch nicht genug Talent.«

Talent vielleicht schon, dachte der Baron, aber nicht genügend Härte für eine Künstlerlaufbahn – das gewiß nicht.

»No ja, sicher wirst du bald heiraten, ein hübsches Mädchen wie du...«

Darauf lächelte sie, in dieser ganz besonderen Art, die ihn immer entzückte. Das Lächeln begann wie zögernd in den Mundwinkeln und leuchtete zuletzt sehr hell in ihren Augen.

»Ach nein. Ich glaube nicht, daß ich heirate.«

»Warum nicht?«

»Ach – ich weiß nicht. Ich möchte eigentlich nicht. Ich habe mir immer gewünscht...«

»Ja?«

»Ich dachte mir immer, ich könnte wieder mit Arne zusammen sein. Wenn er mit der Schule fertig ist.«

»Das ist ein törichter Wunsch. Wenn er mit der Schule fertig ist, muß er einen Beruf erlernen. Ihr bleibt nicht immer Kinder, Iris.«

»Ja, ich weiß. Es ist nur...« Ihre Stimme wurde so leise, daß er sie kaum verstand. »Immer dachte ich, wenn die dumme Schule mal vorüber ist, dann – immer habe ich das gedacht. Es ist sehr dumm von mir – ich weiß.«

»Will er denn immer noch Offizier werden?«

»Ja.«

»Da kann er dich doch nicht brauchen.«

»Nein.« Wie betrübt das klang! Und was für ein Kind sie noch war! Leise fügte sie hinzu: »Er kann mich schon heute nicht mehr brauchen. Und er hat so viel an mir auszusetzen.«

»So? Hat er das? Was, zum Beispiel?«

»Ich bin ihm zu weich. Und er sagt, ich sei langweilig.«

»Das finde ich zwar nicht. Und er ist auf jeden Fall zu jung, um das zu beurteilen. Wie eine Frau, oder sagen wir, wie ein Mädchen ist und wie sie sein soll. Hat er denn schon eine Freundin?«

»Nein. Er macht sich nichts aus Mädchen.«

»So. Aber Freunde hat er sicher?«

»Ja, schon. Kameraden. Eigentlich hat er sich nur mit einem Jungen angefreundet, aber den konnte ich nicht leiden.«

»Warum?«

»Er war so laut. Und gab so an. Er paßte überhaupt nicht zu Arne.«

»Du sprichst in der Vergangenheitsform?«

»Ja. Er ist nicht mehr da. Er wollte das Abitur nicht machen.« Sie zog die Oberlippe ein wenig hoch. »Wahrscheinlich ist er zu doof. Und sie wollten ihn auch dort auf der Schule nicht mehr haben. Arne sagt, es gab gewisse Disziplinarschwierigkeiten. Mehr hat er darüber nicht gesagt.«

Wie sie das aussprach – Disziplinarschwierigkeiten. Der Baron hatte Arne Vorwarth einige Jahre nicht gesehen; aber nach Iris' Erzählungen konnte er sich ein Bild von ihm machen. Jung, ein bißchen aufgeblasen und hochfahrend, recht intelligent – das sicher, aber eben doch sehr einseitig beeinflußt da in dem Laden, wo er sich befand. Und kurz und abweisend mochte er seine Schwester beschieden haben: es gab Disziplinarschwierigkeiten, und er würde es mit dem gleichen hochmütig-abweisenden Ton gesagt haben wie Iris eben.

»No ja, ich nehme an, die jungen Leute werden angewiesen, über solche Dinge außerhalb der Schule nicht zu sprechen, das ist wohl so üblich. Übrigens möchte ich dich etwas fragen, Iris.«

»Ja?«

»Falls du antworten kannst. Immerhin kenne ich dich ein bißchen besser als deinen Bruder. Aber wie ich weiß, seid ihr euch doch sehr ähnlich. Geht er eigentlich gern in diese Schule?«

Iris überlegte ihre Antwort sorgfältig. Dann sagte sie: »Jetzt schon, glaube ich. Früher nicht. Am Anfang – damals, als er von uns wegmußte, da war er sehr unglücklich. Ja, sehr unglücklich. Einmal…« Sie stockte.

Der Baron schwieg und wartete. Mit jungen Menschen zu sprechen, erfordert Geduld. Und man durfte nie in ihre Geheimnisse, in ihre eigenste Welt eindringen. Was sie nicht freiwillig sagten, sollten sie verschweigen dürfen. Aber wie er richtig vermutet hatte, tat es Iris wohl, über ihren Bruder zu sprechen. Denn noch immer – soviel hatte der Baron mittlerweile schon begriffen – war er der wichtigste Mensch in ihrem Leben.

»Einmal hat er geweint«, fuhr sie nach einer Weile fort. Und eilig setzte sie hinzu: »Aber damals war er ja noch klein, es war ganz am Anfang. Er kam am Sonntag nach Hause, und nachmittags waren wir allein in meinem Zimmer, und da hat er geweint. Ich halte es nicht aus, Iris, sagte er. Ich will wieder nach Hause.«

Es war für sie ein furchtbares Ereignis gewesen. Es war sechs Jahre her, aber sie hatte es nicht vergessen. Ich kann dort nicht bleiben, Iris. Ich will wieder bei dir sein, Iris. Ich hasse sie alle. Alle.

Aber das war nur ein einziges Mal gewesen. Melanie erfuhr davon nichts. Sie bekam bei ihrem Sohn keine Tränen zu sehen. Und Iris sagte ihr davon nichts, denn später, als Arne sich wieder beruhigt hatte, schämte er sich, und sie mußte ihm versprechen, keinem Menschen etwas davon zu sagen.

»Ich glaube, heute ist er ganz gern dort. Er sagt es jedenfalls.«

Der Baron erinnerte sich an Kadettenanstalt-Tragödien, die zu seiner Zeit stattgefunden hatten, die sogar manchmal bis zum Selbstmord eines Jungen geführt hatten. Freilich, dies war keine Kadettenanstalt, die Zeit war freier geworden, und die Nazis hatten eine ganz geschickte Art, mit der Jugend umzugehen – das mußte man ihnen lassen. Ob es *à la longue* die rechte Weise war, Menschen in dieser Zeit zu erziehen – wer wußte das?

»Und er hat nie wieder gesagt, daß er diese Schule verlassen möchte?«

»Nein. Nie.«

»Er hat sich also angepaßt«, sagte der Baron, aber er dachte: Man hat ihn vergewaltigt. Denn in seiner Vorstellung – er konnte sich nicht helfen – paßte dieser Junge einfach nicht in die Form, die man ihm aufzwang. Von frühester Kindheit aufgezwungen hatte. Er hatte ihn gekannt, als er klein war. Gewiß, ein Kind verändert sich, aber er kannte schließlich Iris, und wenn die beiden einander wirklich so ähnlich waren, dann stieß man diesen Jungen auf einen falschen Weg. Das mußte sich früher oder später rächen.

Hatte er nicht genug Fälle in seinem Leben beobachtet, erfahren, miterlebt, wo es manchmal zu einer Katastrophe kam, wenn man einen Menschen in eine falsche Form preßte? Kein Mensch konnte ein Leben lang gegen seine Natur leben. Entweder zerbrach man ihn, machte eine Marionette aus ihm, oder er entwickelte sich zum Bösen, zu einem gefährlichen oder zu einem tief unglücklichen Menschen.

In seinem Elternhaus, in seiner gesamten Familie war man immer sehr liberal gewesen. Aber es gab einen Jugendfreund, den er nie vergaß. Ein geborener Künstler. Man zwang ihn in eine Beamtenlaufbahn. Mit vierundzwanzig nahm er sich das Leben. Oder ein andrer Fall... Der Baron verscheuchte diese Erinnerungen.

Er dramatisierte unnötig. Arnes Erziehung war schließlich von Kindheit an in ein und derselben Richtung verlaufen. Und ein wenig klüger war man heute wohl, was die Behandlung der Jugend betraf.

Iris, die an dem Gespräch Gefallen fand – denn mit wem konnte sie wohl je über Arne so ausführlich sprechen –, fuhr fort:

»In allen Fächern ist er der Beste. Nur Mathematik, das klappt nicht so ganz«, sie lächelte, »wie bei mir auch. Aber ich bin überhaupt keine besonders gute Schülerin. Arne hat großartige Zensuren. Und die allerbeste Beurteilung. Und im Sport ist er auch einer der Besten. Er will immer der Beste sein. Sonst hat er keine Ruhe.«

»So. Ehrgeizig also. Aber das bist du doch nicht.«

»Nein. Eigentlich nicht.«

»Das wäre also mal etwas, in dem ihr euch nicht ähnlich seid.«

»Ach, wir sind eigentlich heute in vieler Beziehung sehr verschieden. Es ist komisch.«

»Und seine künstlerischen Begabungen? Malt er noch? Spielt er noch Klavier? Oder dürfen sie das dort nicht?«

»O doch. Das hat man sehr gern. Der ganze Mensch soll in der Napola erzogen werden, sagt Arne immer. Der Körper, der Geist und auch – na ja, eben das Musische, nicht? Sie gehen immer auf Kunstausstellungen und so. Und er hat schon mal einen Preis bekommen für ein Bild, das er gemacht hat. Und er spielt nicht bloß Klavier, er spielt auch Cello. Sie haben ein Schülerorchester. Ich war schon mal zu einem Konzert eingeladen.«

Aha. Dagegen war nichts einzuwenden. Man sollte die Vorurteile abbauen, dachte der Baron. Vielleicht erzogen die Nazis ihren Nachwuchs doch ganz richtig.

»Und darum ist er wirklich dort jetzt ganz glücklich«, schloß Iris ihre Betrachtung. »Er hat sich nie mehr beklagt. Und er ist schon viel herumgekommen. In den Ferien sind sie im Gebirge gewesen und auch schon an der See. Und sie lernen auch ein Handwerk. Und im Reiten ist er überhaupt der Beste.« Sie kramte alles aus, was ihre wichtig erschien, um ihn und sich davon zu überzeugen, wie großartig das Leben ihres Bruders sei. Und dann fiel ihr noch etwas ein. »Und einen Freund hat er auch. Der ist zwar viel älter als wir, schon vierundzwanzig.«

»Nanu, wie ist er denn zu dem gekommen?«

»Das ist Günther. Der Bruder von Manfred.«

Der Baron verstand nicht gleich. »Manfred?«

»Na, der von der Schule mußte.«

»Ach so! Der mit den Disziplinarschwierigkeiten.«

»Günther ist jetzt in Berlin. Ich kenne ihn auch. Er kommt manchmal zu Besuch, wenn Arne da ist. Er stammt aus Frankfurt und er war bei der Polizei, so richtig Polizist. Aber jetzt hat er einen Lehrgang gemacht und ist bei der SS.«

»Ach, du lieber Himmel«, warf der Baron ein.

»Er ist Fünfkämpfer, ganz toll, sagt Arne. Er hat schon eine Menge Preise.«

»Den hat euch Manfred gewissermaßen vererbt.«

Sie lachte. »Ja. So kann man sagen. Aber er ist viel netter

als Manfred. Mama sagt, auch wenn er nur aus einfachen Kreisen kommt, hat er doch sehr gute Manieren.«

»Na, wenn Mama das sagt, dann wird's wohl stimmen.«

Dem Baron kam es vor, als verriete ihre Stimme eine gewisse Anteilnahme, wenn sie von diesem Günther sprach. Und er dachte sich, daß diese Besuche im Hause Vorwarth vielleicht mehr Iris galten als Arne.

Aber Iris und ein SS-Mann? Das war unvorstellbar. Das durfte einfach nicht sein.

Dieses Gespräch fand statt im Sommer des Jahres 1936.

Es war Iris' zweiter Aufenthalt in Baden-Baden, und er verlief, nachdem Evelyne eingetroffen war, so ähnlich wie der erste im Jahre zuvor.

Im nächsten Sommer kam sie nicht.

Der Baron sah sie erst wieder im Juli 1938. Da war sie neunzehn Jahre alt und lernte in seinem Hause den Comte Saint-Mar de Chaumencey kennen.

Gestern abend bin ich spät zurückgekommen von meiner Reise in den Schwarzwald zu Heinos Neuentdeckung. Es war gleichzeitig eine Reise in die Vergangenheit.

Wo immer ich hingefahren bin in den vergangenen Jahren, ich habe es strikt vermieden, das Stück südwärts, rheinaufwärts zu fahren: nie mehr den Schwarzwald, nie mehr Baden-Baden. So alt ich inzwischen geworden bin – ich muß leider zugeben, daß ich immer noch sehr kindisch bin. Schließlich bin ich in den vergangenen Jahren auch einige Male in Berlin gewesen, habe die Stadt meiner Kindheit wiedergesehen, einmal war ich auch in Halensee und habe die Stelle gesehen, wo unser altes häßliches Haus stand. Jetzt steht ein Neubau dort, der mir viel häßlicher vorkommt. Der Garten ist auch nicht mehr da.

Es berührte mich nicht weiter. Jedermann neigt dazu, seine Kindheit zu glorifizieren. Wie schön es zu Hause war, was für Spaß die Schule machte, wo man diese und jene Streiche verübt hatte.

Es war nicht schön bei uns zu Hause, bestimmt nicht mehr, nachdem Arne fort war. In die Schule ging ich nicht besonders gern, und Streiche habe ich nur wenige verübt.

Wenn es eine schöne Erinnerung an meine Jugend gibt, dann waren es die Wochen in Baden-Baden bei Onkel Ludwig. Dreimal im ganzen war ich da, und ich weiß alles noch ganz genau. Jedesmal war es dasselbe und jedesmal anders. Das erste Mal war ich noch sehr schüchtern und ängstlich bemüht, alles richtig zu machen, immer Mamas Ermahnungen im Ohr. Als ich zum zweiten Male die Ferien dort verbrachte, fühlte ich mich schon viel freier. Ich erinnere mich an viele Gespräche mit Onkel Ludwig, Gespräche, wie ich sie bis dahin mit keinem Menschen geführt hatte. Wen kannte ich denn schon? Mein Lebenskreis war so eng. Aber diesen Mann, diesen echten Kavalier aus der guten alten Zeit, sehe ich noch heute so lebendig vor mir, ja, ich habe sogar schon einmal eine Skizze von ihm gemacht, aus dem Gedächtnis. Und ich glaube, sie war ganz gut getroffen.

Ein nicht sehr großer, fast zierlicher Herr, weiß und voll das Haar, dunkle, lebhafte Augen, das Gesicht von guter Form, immer ein Lächeln um die Lippen und Charme in den Winkeln seiner Augen. Er war über siebzig und hatte immer ein wenig Beschwerden mit seinem Herzen, obwohl er sich nie beklagte und nie kränklich wirkte. Er starb während des Krieges, ich habe ihn nicht wiedergesehen.

Alle sind tot, die ich liebte. Keiner blieb bei mir im Niemandsland.

Es war für mich neu, daß jemand sich für mich interessierte, daß ich meine Gedanken mitteilen durfte und eine wohlüberlegte Antwort auf meine Fragen bekam. Niemals behandelte er mich wie ein dummes, unerfahrenes Kind. Er nahm mich ernst, und zu allem kam noch diese Bonhommie seines Wesens, die auch in einem jungen Mädchen stets die Dame respektierte.

Diesmal also faßte ich mir ein Herz und fuhr nach Baden-Baden hinein, das ich eigentlich nie hatte wiedersehen wollen. Unser bockiges Genie hatte ich zuvor in seinem Schwarzwalddorf aufgespürt, ich zeigte mich unbeeindruckt von seinem mürrischen Gesicht, und als er mir gleich am Anfang eine dumme Antwort gab, sagte ich zu ihm: »Paß auf, mein Junge, es imponiert mir nicht im geringsten, wenn du hier den launischen Künstler spielen willst. Erstens ist das altmodisch, und zweitens nimm zur Kenntnis, daß es solche wie dich in rauhen Mengen gibt. Wir können dich ausstellen, wir können es bleiben lassen. Mir ist es egal. Irgendwo mußt du schließlich mal anfangen, es sei denn, du versteifst dich darauf, dein Dasein in diesem idyllischen Nest hier zu beschließen. Wogegen nichts zu sagen wäre. Ich jedenfalls mache in zehn Tagen eine Ausstellung, ich hänge eine junge Dame, die sehr gekonnte Sachen macht, modern und ein bißchen zu glatt, für meine Begriffe jedenfalls, und dein widerspenstiges Zeug würde ganz gut dazu passen. So als gegenseitige Herausforderung, verstehst du. Und nun laß mich in Ruhe deine Meisterwerke anschauen und halte den Mund. Ich werde dir sagen, was ich davon halte.«

Diese kleine Rede und die Tatsache, daß ich ihn duzte, verblüfften ihn dermaßen, daß er kein Wort mehr sagte und stillschweigend Mappe auf Mappe vor mir aufblätterte. Er war ein fleißiger Junge, das mußte man zugeben; ich hatte eine Menge Auswahl und suchte das aus, was mir am besten gefiel. Übrigens duzte ich ihn anschließend nicht mehr, worauf er als Sechsundzwanzigjähriger Anspruch erheben durfte – vorausgesetzt, er benahm sich entsprechend. Ich lud ihn zum Essen ein, dann verpackten wir die Sachen, die wir ausgesucht hatten. Am Ende hatte er sich eifrig an der Auswahl beteiligt und auch begriffen, was ich wollte. Wir schieden als ganz gute Freunde, und er versprach, zur Eröffnung zu kommen. Ich saß schon im Auto, da fragte er wie ein artiger Junge: »Muß ich den Bart abnehmen?«

Ich lachte. »Nein, den können Sie dranlassen. Steht Ihnen sehr gut. Wiesbaden ist nicht München; bei uns findet man so etwas noch ganz interessant.«

Ich fuhr über die Schwarzwald-Hochstraße zurück, und da überfielen mich die Erinnerungen mit Macht. Hier war ich mit Jean-Claude gefahren, damals im Sommer. Mir war, als sähe ich sein herrisches Profil neben mir, die kühne Nase, die steile Stirn und dann manchmal sein Blick von der Seite, das Lächeln in seinen Augen. Liebte ich ihn da schon? Ach natürlich. Mir kommt es vor, als hätte ich ihn vom ersten Augenblick an geliebt. Wörtlich – von dem Moment, als er mir in die Augen blickte. Das konnte er – einer Frau in die Augen sehen. Er wußte, welche Wirkung er damit erzielte. War ich eine Frau? Doch – ich muß es wohl gewesen sein, mehr, als ich es damals selbst wußte.

Neuweier. In der Schloßschenke hatte ich den ersten Schwips meines Lebens. Bei uns zu Hause gab es fast nie Wein, mal ein Glas zu einer besonderen Gelegenheit, und ich war schon ziemlich groß, bis ich davon etwas abbekam. Bei Onkel Ludwig gab es immer Wein. Zum Mittagessen, zum

Abend. Aber natürlich trank ich nicht viel davon, zwei oder drei Glas. Bloß in diesem letzten Sommer, damals mit Jean-Claude, da trank ich für meine Verhältnisse oft und auch viel. Nicht nur Wein, auch Champagner. Und Cognac und sogar Whisky, damals noch etwas Seltenes, bekam ich zu kosten.

Auf einer unserer Fahrten kehrten wir im Schloß Neuweier ein. War es die Luft in dem alten Gemäuer, der gute Neuweier Mauerwein, oder war es einfach Jean-Claudes Nähe, sein Lächeln, seine Worte, seine Hand auf meiner – ich weiß es nicht. Ich hatte einen Schwips. Einen ganz kleinen sicher nur, aber ich redete mehr als sonst, ich lachte lauter, ich war so erregt, und als Onkel Ludwig mich wieder in Empfang nahm, sagte er mißbilligend: »Aber, ma petite, was ist denn mit dir los!« Und dann sah er Jean-Claude an und schüttelte tadelnd den Kopf. Und Jean-Claude lachte: »Sie ist ein bißchen beschwipst. Ist sie nicht süß? Es steckt viel mehr in ihr drin, als man vermutet, man muß nur danach suchen.«

Sollte ich nach Baden-Baden hineinfahren? Die Frage hatte mich während der ganzen Fahrt beschäftigt. Und dann wagte ich es.

Ich überstand es ganz gut. Ich parkte den Wagen, ging durch die Stadt, erkannte einige Läden wieder, entdeckte neue, stand vor dem Rathaus, dem Römerbad, stieg die Stufen wieder hinab, zum Schloß wollte ich nicht hinaufsteigen – nein, das nicht. Aber ich ging die Lichtenthaler Allee entlang, keine Blätter, keine Blumen, nur die Oos murmelte vertraut, die meisten Hotels waren noch geschlossen, und dann warf ich einen scheuen Blick hinüber, wo Onkel Ludwigs Haus stehen mußte. Da war es noch. Unverändert hübsch und harmonisch, alt und weißlichgrau, es sah aus wie damals. Wer mochte jetzt darin wohnen? Das Bellevue, Brenners Parkhotel, das Stephanie – ach nein, es war besser, ich fuhr nun weiter; ich fuhr durch bis Wiesbaden und blickte nicht zurück. Ich konnte es immer noch nicht. Sinnlos, noch weiter zu suchen, weiter zu schauen und sich unnötig zu quälen.

Sind Erinnerungen etwas Schönes? Etwas Wertvolles, wie es so oft heißt?

Nicht in meinem Leben.

Jeden Morgen warte ich auf Post. – Jeden Tag denke ich, es müßte eine Nachricht von Philipp kommen. Und als ich von dieser kleinen Reise zurückkehrte, rechnete ich fest damit, etwas vorzufinden, und wenn es nur eine maulfaule Ansichtskarte wäre. Liebe Iritschka, ich bin ein bißchen durch die Lande getrampt. Wie geht's Dir denn? Kuß auf die Nase, Dein Phil.

Nichts.

Ehe ich wegfuhr, war Klaus da, sein Freund. Die beiden sind unzertrennlich, sie waren Lausbuben zusammen und haben Schulsorgen und Abiturnöte geteilt. Eine Zeitlang sogar den gleichen Flirt, ohne daß es ihrer Freundschaft geschadet hätte.

Klaus war sehr verwundert, Philipp nicht vorzufinden.

»Weggefahren?« fragte er erstaunt. »Aber er hat gesagt, er würde die ganzen Semesterferien zu Hause bleiben. Er hat sich doch so gefreut, wieder bei Ihnen zu sein. ›Endlich mal wieder ein vernünftiger Mensch, mit dem man reden kann‹, hat er gesagt. Damit meint er Sie!« fügte Klaus hinzu und nickte nachdrücklich mit dem Kopf.

»Ich fühle mich hochgeehrt und weiß es zu schätzen«, sagte ich. »Mütter sind ja heutzutage nicht so sehr gefragt, nicht?«

»So eine wie Sie schon.«

»Ihr seid wirklich beide ganz reizende Leute. Aber weg ist er trotzdem.«

»Und Sie wissen nicht einmal, wo er ist?« Es klang ganz ungläubig, und ich hatte ein schlechtes Gewissen.

»Nein, ich weiß es nicht.«

»Hat er denn 'ne neue Braut?«

»Wenn, dann müßtest du das besser wissen als ich.«

Ich konnte ihm schlecht erzählen, was sich abgespielt hatte zwischen meinem Sohn und mir. Die ersten Tage waren ganz friedlich gewesen und sehr vergnügt, seine Berichte von der Uni, von seinen Studien, seinen Abenteuern mit Professoren, Kommilitonen und Mädchen – es war sein drittes Semester und sein erstes in München gewesen. Die ersten beiden hatte er in Frankfurt verbracht, und irgendwie hatten sie ihn nicht ganz befriedigt, hauptsächlich wohl deswegen, weil Wiesbaden so nahe war. Er kam sich da nicht so richtig flügge vor. Während des ersten Semesters hatte er zu Hause gewohnt, in seinem alten Zimmer; als das zweite begann, verkündete er, es sei eigentlich praktischer, ein Zimmer in Frankfurt zu mieten, es koste natürlich etwas mehr, aber mit der Hinundherfahrerei verschwende man doch viel Zeit.

Er war verlegen gewesen, dachte vielleicht, ich würde dagegen sein. Aber ich hatte zugestimmt. Ja, ich fände es auch besser. Aber das Zimmer allein machte es nicht. Frankfurt war einfach zu nahe, und darum mußte es München sein. Klaus hatte das ganze Programm getreulich mitgemacht. Er war etwas später aus München gekommen als Philipp, weil er – wie er langwierig berichtete – noch einen Job abwickeln mußte, den er angenommen hatte.

»Und jetzt ist der Blödmann nicht da«, meinte er enttäuscht. »Sie wissen wirklich nicht, wo er ist? Und wann er zurückkommt?«

»Wirklich nicht, Klaus. Tut mir leid. Er ist schließlich ein erwachsener Mensch, ich kann ihn nicht ausfragen wie ein kleines Kind.«

Klaus nickte anerkennend. »Das ist ja gerade das Tolle an Ihnen. Meine Mutter fragt mir tausend Löcher in den Bauch.«

Ich schluckte auch dieses Lob mit Anstand, und dann ließ ich Klaus von dannen ziehen, nachdem er seine Zigarette geraucht und einen Cognac mit mir getrunken hatte.

»Ich komm' dann wieder mal vorbei und frage, nicht?«

»Ja, tu das.«

Schließlich konnte ich ihm nicht erzählen von dem großen Gespräch mit meinem Sohn. Was geschah, nachdem er alle Münchner Erlebnisse berichtet hatte, und ich glaube, er hat nichts Wesentliches ausgelassen, ich erfuhr sogar von einem

Mädchen namens Lola, das eine Wucht sei und sich in sämtlichen Schwabinger Kneipen auskenne, aber etwa keine solche sei, sondern prima in Ordnung, wenn auch ein bißchen verrückt. Und sehr temperamentvoll. Das betonte er mehrmals. »Sehr temperamentvoll, Iritschka. Du kannst es mir glauben. Mit der kann man was erleben.«

Ich nickte verständnisvoll und meinte, Temperament sei etwas sehr Schönes bei einer Frau – schrecklich, wenn ein Mann immer erst mühselig anheizen müsse. So etwas schätze er meist erst in späteren Jahren, wenn er erfahren genug sei, die Präliminarien zu genießen.

Mein Sohn hatte mich etwas nachdenklich angesehen und ziemlich lahm darauf erwidert: »Eben.«

Soweit ich es begriffen hatte, war er in diese Lola offenbar verknallt, aber eine sehr ernste Sache schien es nicht zu sein. Ob er zu ihr gefahren ist? Nein, das glaube ich nicht.

Nachdem wir mit München, Schwabing und Lola durch waren, hatte er seine Bücher ausgepackt und sehr dekorativ ausgebreitet und verkündet, daß er nun arbeiten werde. Die Anfangssemester seien vorbei, und nun werde es ernst.

Gut. Doch dann kam das Gepäck. Es fing ganz harmlos an. Nach dem Abendessen, aus heiterem Himmel.

»Nach Frankreich fährst du nie, nicht?«

»Nein. Wenn in Paris etwas zu erledigen war, ist Herr Winkler selbst gefahren, das weißt du ja.«

»Einmal wollte er, daß du mitfährst.«

Das wußte er also noch.

»Ja.«

»Aber du bist nicht mitgefahren.«

»Nein.«

»Dabei sprichst du doch perfekt Französisch.«

»Nun ja.«

Längere Pause. Ich hatte eine Mappe vor mir liegen mit einer Preisliste und studierte eifrig darin. Aber ich spürte, daß er mich ansah. Unverwandt.

Und dann kam es ganz klar und entschieden. »Wirst du mir eigentlich nie die Wahrheit über meinen Vater erzählen?«

»Die Wahrheit? Aber Philipp, du weißt doch alles.«

»Ich weiß nichts.«

Wir sahen uns an, und ich merkte, wie ich errötete. Ja, bei Gott, die Röte stieg mir in die Wangen und in die Stirn unter dem Blick meines Sohnes.

»Du hast mich mit Ausreden abgefertigt. Meinst du, ich weiß das nicht? Und denkst du, ich bin nicht alt genug, um endlich die Wahrheit zu erfahren.«

Die Wahrheit! Mein Gott, diese Kinder, diese Generation, aufgewachsen nach dem Krieg, aufgewachsen in dieser Zeit der Prosperität, der Sicherheit, in dieser Zeit ohne Lügen und ohne Verstellung, ohne Zwang und ohne Druck.

Ich hatte es erlebt, als Philipp noch in die Schule ging, wie schwer es war, ihnen einen Begriff von jener Zeit zu geben, in der wir gelebt hatten, in der wir jung waren. Die Nazis waren Schweine und die Deutschen damals ein Pack von Verbrechern und das Ganze nicht zu begreifen und zu verstehen, und so etwas könnte ihnen nie passieren.

Punkt. Dresden lag auf dem Mond, und Berlin war irgend so eine sentimentale Angelegenheit, und nur so eine unterbelichtete Generation wie die vorhergehende konnte so etwas wie einen Krieg anfangen.

Um einem von ihnen die Wahrheit zu erzählen, die Wahrheit von gestern, was für eine und wessen Wahrheit es auch immer war, mußte man sehr weit ausholen. Da mußte man am Anfang beginnen. Und schon diesen Anfang begriffen sie nicht. Ich glaube, nur wer Kinder hat, versteht richtig, wie tief der Abgrund ist, der eine Generation von der anderen trennt. Denn irgendwann, wenn die Kinder älter werden, will man, daß sie einen verstehen. Es kommt eine Zeit, da müssen nicht mehr die Eltern die Kinder verstehen, sondern die Kinder die Eltern. Das ist viel schwerer.

Denn die Eltern bemühen sich. Sie sind kompromißbereit. Die Kinder lehnen ab, sie urteilen, sie verurteilen, sie verachten. Meine ganze Generation wird von ihren Kindern verachtet. Das ist ihre große Tragik. Nach allem, was wir erlebt und erlitten haben, wir Geschlagenen, wir Schuldigen, wir Gesteinigten, nach allem kommen nun unsere Kinder und werfen die letzten und die dicksten Steine auf uns. Ihr! sagen sie. Ihr habt das getan. Ihr habt das geduldet. Ihr habt das verbrochen. Wir verstehen euch nicht. Wir verachten euch.

Mein Sohn hat mich immer gern gehabt, er hat mich geliebt, glaube ich. Verachtet er mich jetzt auch? Hat er verstanden? Oder ist es an ihm vorbeigelaufen, was ich ihm erzählt habe, und hat er nur das herausgehört, was in seinen Kram paßt, in den Kram seiner heilen jungen, anscheinend so unbedrohten Welt? Die nie – nie – gefährdet war.

Weiß einer, der nicht gehungert hat, was Hunger ist?

Weiß einer, der nicht geweint hat, was Tränen sind?

Weiß einer, der nie bedroht war, was Angst ist?

Weiß einer, der immer aufrecht gehen durfte, was sich ducken heißt? – Plötzlich, ich weiß nicht, wie es kam, empfand ich Zorn gegen meinen Sohn. Zorn auf seine Selbstgerechtigkeit, auf seine Ahnungslosigkeit. Zorn, den der Kranke gegen den Gesunden empfinden mag. Zorn auf seine Verachtung, die ich nicht verdiente.

Wußte er, wie meine Jugend gewesen war? Er kannte nur die seine, und die war der Himmel auf Erden, auch ohne Vater und ohne viel Geld. Alle Arbeit hatte ich geleistet, die Mühen und Sorgen waren mein Teil gewesen.

Für ihn die unbeschwerte Freiheit. Und für mich?

Ich erinnere mich, daß ich aufstand, daß ich die Mappe zuschlug, daß ich ihn mit bösen schmalen Augen ansah. Und dann sagte ich: »Wenn du die Wahrheit wissen willst, die ganze Wahrheit, dann mußt du dir alles anhören. Alles! Verstehst du! Von Anfang bis zum Ende. Dann werde ich dir nichts ersparen. Willst du das?«

Er war erschrocken, ich konnte es deutlich sehen. Er sah mich an, als hätte er mich nie gesehen. Dann sagte er: »Ja.«

Und ich sprach.

Als erste sagte ich: »Dann nimm bitte zur Kenntnis, daß ich dich nicht liebte, als du auf die Welt kamst. Und als ich dich geboren hatte, wollte ich dich nicht einmal sehen. Ich weigerte mich, dich zu sehen, ich weigerte mich, dich in den

Arm zu nehmen. Und als du drei Monate alt warst, versuchte ich, mir das Leben zu nehmen. Willst du noch mehr hören?«

Er war blaß geworden. Er stand jetzt auch – mir gegenüber, und ich sah ihn an wie einen Feind. »Willst du noch mehr hören?«

»Ja.«

»Es hat Jahre gedauert, bis ich dich lieben konnte. Bis ich dich auch nur ertragen konnte.«

»Also hast du meinen Vater gehaßt.«

»Ich habe deinen Vater geliebt. Ich habe deinen Vater so geliebt, wie eine Frau einen Mann nur lieben kann. Ich wäre für deinen Vater gestorben, hundertmal, tausendmal, falls dies ein Beweis der Liebe ist. Man kann Liebe nicht beschreiben, und man kann sie nicht nach Graden einteilen. Die Menschen sind verschieden, ihre Liebesfähigkeit ist verschieden. Jeder Mensch ist wie ein Gefäß, in das eine gewisse Menge hineingeht. Ich habe alles, was in mich an Liebe hineinging, was in mir an Liebe Raum hatte, an zwei Menschen gegeben: an deinen Vater und an meinen Bruder. Für dich war nichts mehr übrig. Ich war wie ausgeleert. Und ich wollte nicht mehr leben. Und nicht mehr lieben. Nicht mehr sehen und nicht mehr hören. Ich konnte dich nicht lieben, weil ich deinen Vater zu sehr geliebt hatte. Du kannst das nicht begreifen, nicht wahr?«

»Es ist sehr schwer zu begreifen.«

Ich lachte. »Ich weiß. Für einen Mann ist es vermutlich gar nicht zu begreifen. Aber ich habe es erlebt – und ich begreife es auch nicht.«

Das war der Beginn meiner großen Beichte. Es brach aus mir hervor wie ein Wildwasser, hemmungslos und nicht mehr aufzuhalten, so als habe ich seit Jahren und Jahren darauf gewartet, einmal sprechen zu können.

Ich sprach zu meinem Sohn, auf den ich mich nicht freute, als er in mir war, den ich nicht liebte, nachdem ich ihn geboren hatte, den ich nicht lieben wollte, als er neben mir aufwuchs, neben mir und nicht mit mir, in meinem schrecklichen leeren Niemandsland, in dem es keine Liebe, keine Hoffnung mehr gab. Ich hatte ein Kind geboren und tat meine Pflicht, wie man es mich gelehrt hatte; wann es in mein Leben hineinwuchs und ein Stück von mir wurde, das kann ich nicht mehr genau sagen. Es geschah nach und nach, als ich langsam wieder begann, wie ein normaler Mensch zu leben, wenigstens äußerlich. Und wenn ich ihn nun verloren habe, meinen Sohn, so ist es ein gerechtes Schicksal. Und ich werde mich nicht darüber beklagen. Ich wollte ihn nicht und vielleicht will er mich nun nicht mehr. Und damit wären wir quitt.

Alles erzählte ich ihm, wie ich es angekündigt hatte, ich begann mit meiner und Arnes Kindheit, mit dem alten Haus in Berlin, mit Mama, an die er sich nur noch vage erinnert. Das ganze Drama rollte ich vor seinen Augen auf, mein Glück und meinen Untergang, ich war schamlos in meiner Ekstase, mich mitzuteilen, es war eine Art Exhibition, die halbe Nacht verging darüber, wir tranken, wir rauchten, und als ich nicht mehr konnte, ging ich einfach, ohne ein Wort zu sagen, aus dem Zimmer. Ich schloß mich in mein Schlafzimmer ein. Ich war ein wenig betrunken, ich lag angezogen auf dem Bett und starrte an die Decke. In der Wohnung rührte sich nichts...

Irgendwann muß ich eingeschlafen sein, ich hörte nicht, wie er ins Bett ging oder was er sonst tat.

Am nächsten Morgen ging ich mit benommenem Kopf hinunter ins Geschäft, Ludmilla war schon da, stand zwischen den Schaukästen und schaute vorwurfsvoll auf mich, als ich die Ladentür aufschloß.

»Gerade wollte ich klingeln, Frau Vorwarth. Ich dachte mir, vielleicht sind Sie krank.«

»Ja, mir war nicht sehr gut heute morgen. Ich habe eine schlechte Nacht gehabt.«

»Sie sehen auch wirklich schlecht aus.« Sie betrachtete mich mit einer gewissen boshaften Neugier. Ludmilla ist mir in einer Art Haßliebe verbunden. Seit drei Jahren arbeitet sie bei mir, ausgebildete Kunsthistorikerin mit dem Doktortitel, sie hat es also viel weiter gebracht als ich, und sie möchte mich immer gern unterkriegen, aber am Ende habe ich eben doch das bessere Gespür und das sicherere Auge, und das ärgert sie. Sie hat eine unglückliche Ehe hinter sich, ist geschieden, ihre kleine Tochter ist bei ihrer Mutter, und das alles trägt nicht dazu bei, sie zufriedener und umgänglicher zu machen. Dabei ist sie ewig auf der Suche nach einem neuen Mann trotz ihrer schlechten Erfahrungen. Keiner betritt bei uns den Laden oder die Galerie, ohne von Ludmilla prüfend gemustert zu werden, ob er wohl in Frage käme. Gelegentlich hat sie ein enttäuschendes Abenteuer; wenn es beginnt, tut sie zunächst geheimnisvoll, wenn es zu Ende ist – und das geschieht meist bald –, ist sie eine Zeitlang unerträglich, und dann erzählt sie mir eines Tages alles, aber auch wirklich alles.

Daß die Männer mich, die ich immerhin zehn Jahre älter bin als sie, meist anziehender finden, verzeiht sie mir nie. Eifrig sucht sie nach jeder Falte in meinem Gesicht und nach einem grauen Haar, das eventuell an meiner Schläfe sprießen könnte. Bei alledem aber bewundert sie mich, meine Figur, meine Beine, mein Aussehen, meine Sicherheit. Denn sie ist klein, ein wenig pummelig und hat eine verwegene Knubbelnase im runden Gesicht.

Soviel von Ludmilla.

Ich bekam an diesem Vormittag Besuch von einem netten alten Herrn, einem kenntnisreichen Sammler alter Gläser, der von Zeit zu Zeit hereinschaut und ein wenig unterhalten sein will. Wenn ich auf Reisen bin, versuche ich immer, irgendwo ein hübsches Stück für ihn aufzutreiben. Dann kam die Speditionsfirma, die einen Biedermeiersekretär brachte, den Heino spottbillig bei einer Auktion ergattert hatte – so lautete jedenfalls seine Meldung vor einiger Zeit –, und ich war etwas enttäuscht über den Neuerwerb. Um so mehr gefiel mir das Bild, das ovale Porträt einer hochgeschnürten Dame aus dem Biedermeier, das gleichzeitig kam. Wir berieten ein wenig hin und her, wie wir die neuen Sachen plazieren sollten, Ludmilla und ich, dann kamen hier und da Kunden, und dann kam der Bassist Baumgardt vom Theater herüber, es war gerade Probenpause; er wollte wissen, ob noch nichts für ihn da sei. Der riesige breite Mann, einsachtzig groß und Schultern wie ein Boxer, eine Stimme wie eine Orgel, sammelt Miniaturen; und ein bißchen verehrt er mich und benutzt, sooft es geht, die Gelegenheit zu einem Plausch.

So und auf ähnliche Weise ging der Vormittag hin. Philipp ließ sich nicht blicken, und ich war nicht böse darüber, denn natürlich war es mir peinlich, ihm nach dieser Nacht wieder entgegenzutreten.

Man konnte es drehen und wenden, wie man wollte. Nun war alles anders geworden zwischen uns.

Offenbar erging es ihm ähnlich. Als ich gegen mittag heraufkam, war er nicht da. Da die Haustür seitwärts auf die Nebenstraße führt, hatte ich nicht gesehen, daß er fortging.

Ich hatte keinen Hunger, aber irgend etwas mußte ich vorbereiten, falls er zum Essen kam. Doch dann fand ich auf meinem Schreibtisch die kurze Notiz:

Ich muß mal ein paar Tage nachdenken. Nicht böse sein. Du hörst von mir. Phil.

Das war alles. Keine weitere Erklärung, wohin er gegangen war, was er vorhatte, kein Gruß, kein liebes Wort. In seinem Zimmer sah ich, daß der Koffer verschwunden war, zwei Anzüge und die Lederjacke. Nun gut.

Bis jetzt habe ich noch immer nichts von ihm gehört. Meine Welt von gestern hat ihn vertrieben – den jungen Menschen von heute.

Viel Geld kann er nicht bei sich haben. Er bekommt von mir, was er braucht. Gelegentlich verdient er sich selbst etwas dazu. Er studiert Zeitungswissenschaft und Geschichte, das vergaß ich zu erwähnen. Wahrscheinlich will er Journalist werden.

Seitdem sind zehn Tage vergangen. Der letzte Schnee ist geschmolzen, manchmal riecht es schon nach Frühling, im Kurpark arbeiten die Gärtner.

Man behält viel mehr Erinnerungen an die Zeit der Kindheit und der ersten Jugend als an die späteren Jahre. Wenn ich an meine Mutter denke, sehe ich sie immer vor mir, wie sie damals in Berlin war. Sie saß im Erkerzimmer am Fenster, nähte oder las. Aber das war meist erst am späten Nachmittag oder am Abend. Tagsüber war sie beschäftigt und scheuchte das Mädchen herum; die meiste Zeit verbrachte sie mit dem General, rieb seine Beine mit Franzbranntwein ein, las ihm vor, servierte ihm sein Essen, das er immer allein einnahm und das auch stets extra für ihn zubereitet wurde.

Ich bekam ihn selten zu Gesicht, in seiner Hörweite mußten wir Kinder leise sein. Wenn wir ins Zimmer durften, mußte ich einen Knicks machen, Arne einen tiefen Diener, wir schwiegen und antworteten nur auf seine eventuellen Fragen mit präziser Kürze.

Möglicherweise hatte er Schmerzen, darüber erfuhren wir nichts, er beklagte sich nie. Der Arzt kam selten ins Haus. Beim Personal, das heißt bei dem jeweiligen Dienstmädchen, waren weder er noch meine Mutter beliebt; die Mädchen wechselten oft. Allein Ida hielt es drei Jahre aus, und das geschah wohl unseretwegen, Arne und mir zuliebe, denn sie liebte uns zärtlich und verwöhnte uns, soweit ihr das möglich war. Wir waren damals vielleicht sechs bis acht Jahre alt und erwiderten ihre Zuneigung mit Maßen. Wir waren kühle, vielleicht sogar hochmütige Kinder. Wir brauchten niemanden, wir hatten uns.

Ida heiratete einen Milchmann. Jedenfalls nannte ihn meine Mutter geringschätzig so, in Wahrheit besaß er eine große gutgehende Molkerei; Ida machte eine gute Partie. Anfangs besuchte sie uns manchmal noch und brachte uns immer etwas mit, Kuchenstücke aus ihrem Laden, eine Schüssel Schlagsahne, ein Täfelchen Schokolade. Dann bekam sie nach und nach selbst drei Kinder und vergaß uns.

Es kommt mir vor, als habe sich meine Mutter in all den Jahren nie verändert. Ich kann mir heute noch vorstellen, wie sie als Mädchen, als junge Frau ausgesehen haben muß: zweifellos ganz hübsch, wenn auch kein Typ, der heute Erfolg haben würde, aber damals wohl ganz zeitgemäß war – blond, bläßlich, schwärmerisch, prüde. Und lebensfremd.

Schwer ist es, sich vorzustellen, wie sie als Frau, als Liebende war. Es war ein vergeudetes Leben, aber ich glaube nicht, daß sie es selbst so empfand. Bis zuletzt, auch noch nach dem zweiten Weltkrieg, als wir in Frankfurt lebten, glorifizierte sie die Gestalt meines Vaters. Der tote Held. Auf dem Felde der Ehre. Für Kaiser und Vaterland. Niemals dagegen sprach sie von ihrem toten Sohn. Es war, als hätte sie ihn aus ihrem Gedächtnis, aus ihrem Leben gestrichen. Wenn ich von Arne sprach, später, nach einiger Zeit, tat ich es aus Trotz, um sie zu ärgern. Doch sie schwieg verbissen, und wenn ich nicht aufhörte, ging sie aus dem Zimmer, diesem einen gemeinsamen Zimmer, das wir zu dritt bewohnten. Ging hinauf in die kleine unheizbare Dachkammer, in der sie schlief. Niemals sprachen wir von Jean-Claude.

Das ist die Frage, die mich bewegt, noch heute: wozu braucht man eine Mutter, wenn man mit ihr über nichts sprechen kann? Nicht als Kind. Nicht als erwachsener Mensch. Wenn man keine Zärtlichkeit von ihr erfährt, kein Verständnis, kaum ein Lächeln. Haben wir je miteinander gelacht, früher wenigstens? Ich kann mich nicht erinnern.

Irgendwann, als ich begann, die zerbrochenen Stücke, die von mir übriggeblieben waren, zusammenzusuchen, und auch damit begann, meinen Sohn in mein Leben aufzunehmen, habe ich darüber nachgedacht und mir vorgenommen, eine andere Mutter zu sein. Ich hatte mich entschlossen, weiterzuleben und dieses Kind aufzuziehen, wohl der einzige Punkt in meinem Leben, in dem ich nicht ganz versagt habe. Ich bekämpfte die Düsternis, die Verzweiflung in mir, ich habe gelacht mit Philipp, ich habe ihn angehört, mit ihm geredet. Später, als es mir etwas besser ging, bin ich mit ihm in den Schulferien gereist, ich habe mich für seine Freunde, seine Schulsorgen interessiert; er durfte andere Kinder einladen – mein Gott, wenn ich es mir recht überlege, wenn ich ehrlich bin zu mir selbst, so hat Philipp mich viel mehr an das Leben gebunden, als mir selbst bewußt geworden ist.

Ich habe schließlich auch versucht, Günther zu lieben und später andere Männer, nur um niemals – niemals – so zu werden wie meine Mutter: keine frühzeitig verhärmte mißmutige Frau, die keinem Liebe geben konnte, weil sie selbst keine empfand. Also schlief ich mit Günther und dem und jenem später, auch wenn ich niemals glücklich war. Denn wenn man einmal geliebt hat, wenn man das große Spiel gespielt hat, ist man für das kleine Spiel verdorben.

Im wesentlichen also scheint der Unterschied zwischen meiner Mutter und mir so groß gar nicht gewesen zu sein, auch wenn ich nie das Bild eines Toten bekränzt habe. In meiner Wohnung gibt es keine Bilder von Arne und Jean-Claude. Aber diese Männer, diese anderen Männer, habe ich wohl gebraucht, um wenigstens rein äußerlich ein gewisses Gleichgewicht, eine Art Ausgeglichenheit vorzuweisen. Um wenigstens mir, den anderen, meinem Sohn die Illusion eines normalen Lebens vorspielen zu können.

Der Mann, den ich vielleicht hätte gern haben können – nein, das ist Unsinn, ich habe ihn sehr gern gehabt, er hat mir viel bedeutet, es war Dr. Konrad Winkler. Jahrelang mein Chef. Und mein Freund. Ein wirklicher Freund. Ein stiller, sehr gütiger Mensch, viel älter als ich, sehr verständnisvoll und sehr klug. Ich habe viel bei ihm gelernt.

Von Liebe war nicht die Rede, er war verheiratet, hatte Kinder. Aber ohne daß wir davon sprachen, wußte ich, wie sehr er mir zugetan war. Die gemeinsame Arbeit, die gemeinsamen Interessen verbanden uns mehr, als er in seiner Ehe gebunden war. Seine Frau war immer eifersüchtig auf mich. Und sie hatte Grund dazu, auch wenn nichts war als einige Küsse und viele vertraute Gespräche. Es war seine Idee, das Geschäft in Wiesbaden einzurichten und mir die Leitung zu übertragen und gleichzeitig eine Beteiligung anzubieten.

Vor zwei Jahren starb er; und Heino ist heute sein Nachfolger. Mit ihm verstehe ich mich gut, seine Mutter dagegen mag mich immer noch nicht.

Aber zurück zu meiner Mutter. Wie wichtig Mütter sind! Wie wichtig es ist, ob man sie lieben kann oder hassen muß, ob man ihnen vertraut oder ihnen am liebsten aus dem Wege geht.

Ich weiß nicht mehr genau, wann meine Renitenz gegen meine Mutter begann. Vermutlich im üblichen Alter, so mit vierzehn oder fünfzehn. Ich begann sie mit sehr kühlen, sehr kritischen Augen zu betrachten. Ihre Art sich zu kleiden, ihre altmodische Frisur, ihr ganzes Wesen, die Vornehmtuerei, das Gespreizte: ich fand das lächerlich. Nicht zuletzt war es ihre alberne Schwärmerei für Adolf Hitler, die mich abstieß, und sicher hatte ich dafür in meinem Alter keine politischen Gründe. Ich fand es nur einfach dämlich. Ihre Verehrung für diesen unseligen Menschen steigerte sich bis zur Hysterie, als er schließlich Reichskanzler geworden war. Sie rannte zu Aufmärschen, sie fuhr sogar einmal nach Nürnberg zum Parteitag, sie saß wie verhext vor dem Radio und hörte der keuchenden, schreienden Stimme zu.

Natürlich lebte auch ich in dieser Welt: in der Schule hörte ich auch nichts anderes, als daß der Führer ein Wunder und ein Wohltäter für dieses Deutschland sei, man verpaßte mir auch eine Uniform, ich mußte in den BDM, den ich haßte, auch nicht aus politischen Gründen, sondern nur weil mir die Nähe, die nahe Nähe der anderen Mädchen, verhaßt war, das aufdringlich Laute. Ich war keine gute Turnerin, ich haßte Volkstänze, und meinem musikalischen Ohr taten ihre dummen Lieder weh. Ich wollte nicht im Grunewald herumlaufen und alberne Spiele veranstalten, nicht in Zelten schlafen, und überhaupt wollte ich Distanz um mich haben. Einmal mußte ich mit den Mädchen in ein Sommerlager fahren, ich wollte es sogar selbst in dem verzweifelten Bemühen, mich anzupassen und auch vor allem Arne wieder näherzukommen. Wenn er das alles tat, warum sollte ich es nicht auch tun?

Es war eine Katastrophe. Sie nannten mich eine Zimtzikke und eine Spielverderberin, ich sonderte mich ab, ich wurde zurechtgewiesen, ich bockte und wurde schließlich krank, eine Magen- und Darmgeschichte, sie schickten mich frühzeitig nach Hause. Ich bin sicher, es war einfach eine seelische Abwehrreaktion, die mein Körper bereitwillig übernahm. Das war in dem Jahr, in dem ich das erste Mal nach Baden-Baden fahren durfte. Dort war alles anders, dort gefiel es mir. Und dann begann ich also plötzlich in gewisser Weise auch politisch zu kritisieren, abzulehnen, mit Worten und sehr entschiedenen Urteilen. Meine Mutter war entsetzt.

»Ich hasse diesen ganzen blöden Kram«, sagte ich einmal, »dieses lächerliche Getue. Deutsches Mädel! So ein Blech. Ich will damit nichts zu tun haben.«

»Du kannst froh sein, in dieser Zeit zu leben. In dieser großen Zeit, in der alles für euch junge Menschen getan wird. Der Führer liebt die Jugend.«

»Ach, du mit deinem Führer! Ich will von dem nicht geliebt sein. Was hab' ich denn davon?«

Sie hielt mir einen langen Vortrag, in dem all das ungereimte Zeug vorkam, das damals eben gängig war, und dann pries sie mir meinen Bruder als leuchtendes Vorbild, und das Ganze gipfelte in der mit Ekstase vorgebrachten Feststellung, daß wir beide, mein Bruder und ich, für diese Zeit geschaffen seien. »Solche Menschen wie ihr. Von echtem, reinrassig germanischem Typ.«

Ich fand das unbeschreiblich lächerlich. Immerhin hatte ich eine gute Schule besucht, für Geschichte hatte ich mich immer interessiert und wußte weitaus mehr darüber als meine Mutter. Den Unsinn mit dem germanischen Rasseideal fand ich besonders albern.

»Die Germanen waren miese kleine Herumtreiber«, antwortete ich, »bilde dir nicht ein, daß es solche Prachtmenschen waren, wie man uns vormachen will. Und reine Rassen gibt es in Europa überhaupt nicht und in Deutschland schon ganz bestimmt nicht. Wir sind ein einziger Mischmasch. Sicher haben wir auch einen jüdischen Urahn in der Familie.«

Meine Mutter schrie geradezu auf. »Iris! Bist du verrückt! Meine Familie ist rein arisch. Und deines Vaters Familie – Kind, du weißt nicht, was du redest. Wenn dich einer hörte! Wenn dein Vater das hören würde! Ein Jude in seiner Familie. Ein altes preußisches Offiziersgeschlecht!«

Und ich, renitent und auch noch wütend, schrie zurück: »Ich wünschte, ich hätte einen jüdischen Großvater. Das wäre wenigstens ein interessanter Mensch in dieser Familie.«

Man kannte mich im Familienrahmen ganz gewiß nicht

als besonders temperamentvoll, doch dies war ein echter Temperamentsausbruch. Er trug mir Hausarrest ein, das neue Kleid, das versprochen war, wurde gestrichen, ich durfte vier Wochen nicht ins Kino.

Tatsache ist, daß das einzige Mädchen, mit dem ich mich während meiner Schulzeit näher angefreundet hatte, Jüdin war. Das war noch vor der Nazizeit, und daß sie Jüdin war, wußte ich nur deshalb, weil sie während des Religionsunterrichts, zusammen mit drei Katholikinnen, die Klasse verließ. Was bedeutete das schon. Daß es mehrere Religionen gab, war mir bekannt.

Ich mochte Liane sehr gerne, sie war ein hübsches, sehr intelligentes Mädchen, eine der Besten in der Klasse, mit strahlend blauen Augen. Wir hatten eigentlich schon in der Sexta Freundschaft geschlossen – eine Freundschaft, die sich mit der Zeit vertiefte. Wir taten vieles gemeinsam, was heranwachsende Mädchen eben so tun. Schwimmen gehen, mit dem Rad spazierenfahren, Eis essen, ins Kino gehen, Bücher austauschen, und in Mathematik konnte ich bei ihr abschreiben. Meine Mutter wollte mir 1933 den Umgang mit Liane verbieten, die damals noch immer in meiner Klasse saß. Aber ich kümmerte mich nicht um das Verbot. Allerdings kam Liane nicht mehr zu uns ins Haus.

Sie krauste die Nase, das konnte sie auf sehr reizende Art, und sagte: »Ich kenne die Meinung deiner Mama. Wir wollen ihr meinen Anblick ersparen.«

Sie nahm es nicht schwer. Sie kam aus einem aufgeklärten sehr klugen Elternhaus, der Vater war ein bekannter Anwalt, und bereits 1934 siedelte die ganze Familie nach Amerika über, wo Lianes Onkel ein sehr wohlhabender Mann sein sollte. Damals war ich traurig, später und noch heute bin ich sehr froh darüber. So ist ihr alles Elend erspart geblieben. Eine hübsche, lebhafte und selbstbewußte Amerikanerin wird aus ihr geworden sein, bestimmt hat sie einen Beruf und einen netten Mann. Und keine bösen Erinnerungen.

Später hatte ich nie mehr eine Freundin. Ich fand keine, die mir gefallen hätte. Man hielt mich für eingebildet. »Iris hat einen Knall«, hieß es. Und in einem Zeugnis stand einmal der Satz: Iris ist leider sehr unkameradschaftlich.

Hat Arne die ständige Nähe der anderen, haben ihre Körper ihn nie gestört? Er war doch wie ich, er konnte sich doch nicht wohl gefühlt haben in der engen Gemeinschaft. Jahre später, während des Krieges in Paris, habe ich ihn das einmal gefragt. Er zog in seiner hochmütigen Art die Braue hoch. »Natürlich mochte ich das nicht. Ich konnte die anderen meist nicht leiden. Aber man muß da durch. Man muß sich selbst bezwingen können. Das ist Disziplin, verstehst du. Wer andere führen will, muß auch einmal zu den Geführten gehört haben. Sieh dir die englischen Eliteschulen an, dort ist es auch nicht anders.

Es geht meist recht einfach zu. Und sie müssen auch in enger Gemeinschaft leben, sie müssen sich überwinden, um später herrschen zu können.«

Es war seltsam: er hatte immer eine stille Bewunderung für Engländer und die englische Lebensart. Obwohl er nie in England gewesen war. Er hatte viel englische Bücher gelesen, sprach Englisch so gut wie Französisch, kannte die englische Geschichte genau. Und er war stets der Meinung, daß es nach dem Krieg eine enge Bindung zwischen England und Deutschland geben würde, zwischen dem siegreichen Nazideutschland und dem unbesiegten Großbritannien. Das war seine Zukunftsvorstellung. Eine Landung auf der britischen Insel, von der die Harmlosen immer redeten, lehnte er strikt ab. England dürfe weder beleidigt noch gedemütigt werden. Es müsse zurechtgewiesen, aber dann als Freund gewonnen werden. Unsere beiden Völker seien einander sehr ähnlich, behauptete er, Herrenvölker, zur Führung bestimmt. Dazu geschaffen, gemeinsam die Welt zu beherrschen.

Den Kommunismus verabscheute er aus tiefstem Herzen. Die Franzosen mochte er nicht, er hielt sie für verweichlicht und degeneriert, ihrer großen Vergangenheit nicht mehr würdig. Er verachtete sie wegen ihrer raschen Niederlage. Keine Kämpfer, sagte er, kein Herrenvolk.

Meine Liebe zu Frankreich, zu einem Franzosen, hatte er

nie verstanden; anfangs erfüllte sie ihn mit Zorn, dann versuchte er mit Überredung und ganz geschickten Argumenten, mich von dieser törichten Verirrung, wie er es nannte, zu kurieren. Er war immer entschlossen gewesen, mich von Jean-Claude zu trennen, mit letzter Konsequenz. Und nun war ich wieder bei ihm, in seiner Welt, in die ich seiner Meinung nach gehörte.

Jahrelang hatte eine Entfremdung zwischen uns bestanden, unter der ich sehr litt. Er auch. Denn eine Bindung wie unsere, diese enge Zwillingsbindung, ist nicht ohne unheilbare Wunden zu zerreißen. Ich hatte versucht, ihn und Jean-Claude einander näherzubringen, aber mir blieb zu wenig Zeit. Und Jean-Claude war, genau wie Arne, auf seine Art ein ›Herrenmensch‹. Es gab keine Annäherung zwischen ihnen, so sehr ich auch um Arnes Verständnis kämpfte. Ich wollte ihn ja nicht verlieren. Dieses Gefühl war nicht weniger stark als meine Liebe zu Jean-Claude.

Und nun, von Jean-Claude verlassen, saß ich in Arnes eleganter Wohnung in Paris, sah ihm zu, hörte ihm zu, dem Sieger, der Paris als seine Beute ansah, lauschte seinen Reden, die manchmal gescheit, oft aber auch töricht und sinnlos waren, unausgegoren in seinem jungen Kopf; dennoch war ich froh, bei ihm zu sein, froh, daß ich wenigstens ihn wieder hatte. Fremd und allein, wie ich damals war. So allein.

»Schwarz steht dir gut«, sagte er, »du siehst hinreißend aus. Ich bin stolz darauf, eine so schöne Schwester zu haben.«

Das Kleid, das ich trug, war aus schwarzem Georgette, es war ein teures Kleid von einem Pariser Couturier, das Jean-Claude mir noch gekauft hatte. Meine Schultern und Arme schimmerten durch den dünnen Stoff. Ich trug diese eleganten Kleider nur noch, wenn ich Arne besuchte; ich kam ja nirgends hin. Mein Haar war sehr lang damals, es reichte mir bis auf die Schultern, leicht in den Spitzen aufgebogen.

Es war lange her, daß mir jemand gesagt hatte, ich sei schön. Arne war in seiner Art auch ein sehenswerter Anblick. Ich sehe ihn noch vor mir, wie er in seiner eleganten

Uniform am Kamin lehnte, die Zigarette zwischen den Fingern, schmal, blond, hochmütig; er nahm das Glas mit dem *fine* vom Sims, schwenkte es lässig, nippte daran, lächelte mir zu, trank es aus und sagte dann halblaut über die Schulter: »Ganymed!«

Ganymed war – wie immer – lautlos zur Stelle, es schien, als lasse er seinen Herrn nicht aus den Augen, auch wenn man ihn selbst nicht sah.

Ganymed kam mit dem Mokka, füllte unsere Täßchen wieder, dann goß er aus der Kristallkaraffe Cognac nach, sein schönes ebenmäßiges Gesicht war wie ein Bild, ernst, ganz konzentriert auf das, was er tat. Ehe er aus dem Zimmer ging, man kann fast sagen, lautlos schwebte, noch ein rascher Blick zu Arne, der ihn nicht beachtete.

Imponierte mir das alles? Nicht einmal so sehr. Ich kannte einen großzügigen Lebensstil inzwischen aus eigener Erfahrung. Wie Arne in Paris lebte, war mir im Grunde unangenehm. Denn ich stand gewissermaßen zwischen den Fronten. Gewiß, er tat alles mit sehr viel Geschmack und in großem Stil. Seine Wohnung auf der Ile de la Bité war das Vornehmste, was ich je an Wohnung gesehen hatte, und das gilt bis in die heutige Zeit. Sie hatte einem reichen Bankier gehört, der verschwunden war. Der Mann mußte ein großer Kunstkenner und Ästhet gewesen sein, denn wer so kostbare Möbel, Kunstgegenstände und Bilder besaß, und zwar mit Verstand ausgewählt und plaziert, der mußte ein sehr kultivierter Mensch sein.

Arne ging sehr liebevoll und sehr pfleglich mit dieser Wohnung um. Und bei den Gesellschaften, die er gelegentlich gab, ging es sehr vornehm zu. Keine Gelage, keine Orgien, keine leichten Mädchen, wie das in anderen Fällen üblich war. Man speiste vorzüglich, er beschäftigte einen ausgewählten Koch aus dem Elsaß, es wurde mit Verstand und mit Maßen getrunken, und die Leute, die kommen durften, wählte Arne sorgfältig aus. Meist waren es höhere Ränge als er selbst, auch Herren von der deutschen Botschaft oder von fremden Missionen, auch Franzosen, soweit sie mit Deutschen verkehren mochten. Frauen waren, wenn überhaupt, selten dabei. Es kam gelegentlich eine Russin, eine ehemalige Großfürstin natürlich, eine sehr aparte Frau; dann traf ich einmal eine Engländerin, die mit einem Franzosen verheiratet war und den ganzen Abend ein sehr irritiertes Gesicht machte. Offenbar fühlte sie sich nicht sehr wohl in ihrer Haut. Einmal waren es Künstler, die in Paris gastierten, eine damals berühmte Pianistin war dabei. Und falls einer der Herren eine dezente Freundin besaß, die eine Dame war, durfte er sie auch mitbringen.

Einige Male war ich überhaupt die einzige Frau, und oft waren die Herren unter sich. Ich liebte diese Gesellschaften nicht besonders und kam lieber, wenn mein Bruder allein war.

Nein – mein Bruder brauchte Zimmer und Bad mit keinem zu teilen. Er war ein Snob geworden, des Führers sorgfältig erzogener Nachwuchs, und er kultivierte diese seine Haltung mit Andacht. Das Komische war, daß man es ihm glaubte. Sicher hatte er Feinde, das konnte gar nicht anders sein bei seiner Art und seinem Wesen, aber er hatte gewiß ebenso viele Freunde und vor allem Bewunderer. Leute, denen er maßlos imponierte. Er verstand es überhaupt, Leute um sich zu versammeln, die ihm ergeben waren. Eine echte Herrennatur eben, das kam damals an.

Er war im Stab des Oberbefehlshabers, ein erstaunlicher Posten für seine Jugend. Aber er galt nun einmal als Genie, als ungewöhnlich geschickt für schwierige Angelegenheiten, er kam mit allen zurecht, mit denen er zurechtkommen wollte. Der Marschall Pétain soll ihn, solange er noch amtierte, ganz besonders geschätzt haben. Bewundernswert war er – mein Bruder. Und daß ich nun seine Nähe suchte, gedemütigt und allein, das kam ihm gerade recht. Ich war der einsamste Mensch in Paris, ich lebte damals schon in einem Niemandsland. Keine Freunde, keiner, der mit mir sprach. Und ich hatte nichts zu tun. Jeder Tag war so lang wie ein Jahr.

Arne sah es mit Befriedigung. Das französische Abenteuer, wie er es immer genannt hatte, war damit wohl erledigt. Iris gehörte wieder ihm. Und er war dabei so liebevoll, so zartfühlend, daß ich – wie konnte es anders sein – immer froh war, ihn zu sehen und ihn zu sprechen.

Was für ein Mensch war er, mein Bruder? Immer wieder stelle ich mir die Frage, und ich werde wohl nie eine Antwort darauf finden. Vor allem auf die eine Frage: was wäre aus ihm geworden, wenn er in anderer Umgebung, unter anderen Bedingungen aufgewachsen und erzogen worden wäre?

War er ein Nazi? Er gehörte dazu, er hatte sich auf seine Art mit dieser Zeit und Ideologie arrangiert – er paßte sich ihr nicht an, er machte sie sich gefügig. Bei alledem war er sternenweit von dem entfernt, was damals Deutschland repräsentierte.

Nein. So kann man es auch nicht nennen. Denn auch dieses Deutschland von damals setzte sich aus vielerlei Menschen, Geistern, Meinungen, Strömungen zusammen. Vielleicht gab es viele wie ihn, die, wenn auch in anderer Art, abseits standen, obwohl sie dazu gehörten. Er jedenfalls war ein kleiner Souverän in seiner eigenen Welt, viel reifer als seine Jahre. Und er verstand, die anderen zu nutzen.

Und Frauen? Frauen gab es im Leben meines Bruders offenbar nicht. Heute frage ich mich, ob er eigentlich homosexuell war. Damals existierte dieser Begriff für mich nicht. Ich hätte gar nicht gewußt, was das ist. Wenn ich wirklich jemals von abartigen Veranlagungen gehört hatte, so hätte ich mir gewiß darunter nichts vorstellen können. Man war sehr engherzig in dieser Beziehung während der Nazizeit, es war ein großes Tabu. Obwohl es sicher nicht weniger homosexuell veranlagte Menschen gab als heute.

Heute spricht man offen darüber, ja, ganz im Gegenteil, es gilt sogar als chic und modern, sich zu Veranlagungen oder Spielen dieser Art zu bekennen. Ich hatte zu jener Zeit nie davon gehört.

Aber immerhin – nie ein Mädchen, nie eine Frau in Arnes Leben. Er war reizend zu Frauen, sehr höflich, sehr aufmerksam, er machte hübsche Komplimente, bemerkte das Kleid, die Frisur, die man trug, konnte sehr charmant plaudern. Und die Frauen waren sehr interessiert an ihm, das konnte bei seinem Aussehen und Auftreten gar nicht anders sein.

Schon als junger Mensch, noch in Berlin, als ich ihn während seiner Offiziersanwärterzeit manchmal zu einem Tanzabend begleiten durfte, konnte ich sehen, wie die Mädchen ihn umschwärmten. Es machte mich immer eifersüchtig. Aber er ist sehr nett zu jeder, jedoch zu keiner besonders.

Und nun in Paris? Ich wunderte mich manchmal, daß er offenbar keine Freundin hatte. Vielleicht aber kannte ich sie nur nicht. Oder es war eben doch das andere, was mir heute sehr wahrscheinlich vorkommt.

Zum Beispiel Ganymed, der junge Grieche, schön wie ein Gott der Antike, der meinen Bruder anbetete. Arne sah ihn kaum an, beachtete ihn kaum, ließ sich bedienen. Aber was verstand ich davon! Er hatte Ganymed auf dem Vormarsch, kurz vor Paris aufgelesen. Ganz klar wurde mir die Geschichte nie. Irgendein reicher Franzose, der ein Landhaus in der Nähe von Fontainebleau besaß, hatte den noch sehr jungen Ganymed aus Griechenland mitgebracht. Als die Deutschen kamen, blieb Ganymed zurück, offenbar hatte er ein bißchen geplündert, und die Bewohner des Ortes, die ihn haßten, hatten ihn grün und blau geprügelt und dann gefesselt in einem Keller liegen lassen. Die Deutschen würden ihn als Spion aufhängen, hatte man ihm verheißen, und dieses Schicksal erwartete der arme Junge nun in Verzweiflung.

Als man ihn zu meinem Bruder brachte, ließ der ihn zunächst zum Sanitäter bringen, seine Wunden wurden gereinigt und verbunden; dann geriet er in den Troß und machte sich nützlich, so gut er konnte, dankbar aus tiefstem Herzen, daß man ihn leben ließ und ihn einigermaßen freundlich behandelte. Später sollte er abgeschoben werden, zur Arbeit irgendwohin, in ein Lager oder sonstwohin, aber mein Bruder fischte ihn sich heraus, bekam ihn frei für sich, als Diener gewissermaßen, und diese Rolle spielte Ganymed, solange Arne in Paris war.

Was mag aus dem armen Ganymed geworden sein, der natürlich gar nicht Ganymed hieß?

Überlebte er, dient er heute einem anderen Herrn, war er in seine Heimat zurückgekehrt?

Es war im Oktober 1943, als Günther auch nach Paris kam. Er war in Rußland sehr schwer verwundet worden, hatte lange im Lazarett gelegen und war zu dieser Zeit für den Frontdienst untauglich. So arbeitete er also wieder, wie in den beiden letzten Jahren vor dem Krieg, für den SD, den Sicherheitsdienst, und war damit nun glücklich an der exponiertesten Stelle gelandet, an die man damals geraten konnte.

Armer Günther! Ein guter anständiger Mensch, brav und gerecht bis in den Grund seiner Seele, ein großer, breitschultriger, gutaussehender Mann, mit blauen Augen und dickem widerspenstigem braunem Haar, das er immer mit viel Wasser zu bändigen versuchte. Er hatte die Polizeischule in Frankfurt besucht, dann einige Jahre Polizeidienst getan und wollte später, genau wie sein Vater, zur Kriminalpolizei überwechseln.

Dann kamen seine sportlichen Erfolge, die ihn aus der Menge heraushoben, dann weitere Ausbildung, Lehrgänge, und unversehens war er dort gelandet, wo er nicht hinpaßte. Natürlich war er Nationalsozialist, einer von der gläubigen, gutwilligen Sorte, nicht so anspruchsvoll und zynisch wie mein Bruder. Nicht intellektuell, nicht unstet und nervös wie wir, sondern aufrecht, anständig, treu, gewissermaßen ein Ritter ohne Furcht und Tadel.

Arne machte seine Bekanntschaft im Jahre 1935, als es die sogenannten Disziplinarschwierigkeiten mit Günthers jüngerem Bruder Manfred gab. Der Vater war gerade krank, die Mutter zu ungeschickt, also mußte Günther sich mit der Sache befassen. Arne, der damals mit Manfred ein Zimmer teilte und mit ihm befreundet war, lernte also Günther kennen. Als Manfred dann von der Napola flog, verloren sie sich trotzdem nicht aus den Augen, und als Günther ein Jahr später nach Berlin kam, trafen sie wieder zusammen. So kam Günther zu uns ins Haus – anfangs sehr selten, später öfter, und dafür war wohl ich der Grund. Mit Manfred erlebte die Familie weiterhin wenig Freude, es gab sogar irgendeine peinliche Affäre, sehr peinlich im Rahmen dieser Familie. Es wurde auch später über Manfred nicht mehr gesprochen, der den Afrikafeldzug nicht überlebte. Als Arne damals in Berlin entdeckte, daß Günther mir ein wenig den Hof machte, wenn auch auf ganz wohlerzogene und zurückhaltende Art, reagierte er mit Eifersucht. Er tat, was er nie getan hatte: kritisierte mich ungerecht, entdeckte Fehler und Schwächen an mir und versuchte mich vor Günther herabzusetzen. Daß ich Angst hätte vor Pferden und nicht reiten wolle. Daß ich eine miserable Turnerin sei. Und überhaupt eine Transuse.

»Sie ist eine richtige Transuse, Günther. So ein Tränentier!« Das war gelogen, und er wußte das. Ich weinte nie. Arnes Benehmen kränkte mich sehr. Günther beeindruckte das nicht weiter, er hielt es für das übliche Geplänkel zwischen Geschwistern. Er habe auch eine Schwester, sagte er gutmütig, und Mädchen seien nun einmal anders. Und das sei auch wohl ganz richtig so.

Günther kam also gelegentlich ins Haus, nach Dienstschluß, und er war auf eine nette Art immer ein wenig unbeholfen, meine Mutter schüchterte ihn ein. Sie konnte ihn natürlich nicht richtig anerkennen, er war ihr nicht fein genug. Mich bewunderte er, und ich glaube, er hat mich damals schon geliebt. Er und Arne wurden mit der Zeit, trotz des Altersunterschiedes, so etwas wie Freunde, sowenig sie auch äußerlich und innerlich zusammenpaßten.

Immerhin war Günther der erste Mann, der mich küßte. Es geschah an einem Juniabend im Garten unseres Hauses, als Arne hineingegangen war, Bier zu holen. Es war ein heller, warmer Abend. Ich stand an den Sträuchern und zupfte ein bißchen herum, denn so viel weibliches Ahnen besaß ich auf jeden Fall, um Günthers Werben zu verstehen. Er trat neben mich, legte den Arm um meine Schulter, bog mein Gesicht zu sich und küßte mich. Er tat es lieb und behutsam, und als ich stillhielt, küßte er mich wieder. Das war alles. Dann kam Arne zurück, und es ergab sich lange keine Gelegenheit wieder, allein miteinander zu sein.

Ich fand es sehr aufregend, und es beschäftigte mich. Aber hauptsächlich die Tatsache, daß mich jemand geküßt hatte.

Der nächste, der mich küßte war Jean-Claude. Und das war ganz anders. Denn gleichzeitig mit diesem Kuß kam die Liebe. Nein – sie war zuvor schon dagewesen. Sie war immer da, seit ich Jean-Claude gesehen hatte, sie stand hinter mir, neben mir, sie war in mir und wartete. Wartete auf die richtige Stunde, auf den goldenen Moment ihres Auftritts. Wie ein Wunder war sie vom Himmel gefallen, zog eine Mauer um mich, legt einen Schleier über mich, der mich von der ganzen übrigen Welt trennte.

Die Liebe, die ich so vermißt hatte. Die mein Bruder mir entzogen hatte in den vergangenen Jahren, die meine Mutter mir nie gegeben hatte.

Ich war dumm und jung und so ungeübt. Ich flirtete nicht, ich bandelte nicht an, ich verliebte mich nicht – ich liebte. Von Anfang an mit letzter Hingabe und ohne jede Einschränkung. Das Wunder bestand darin, daß auch er mich liebte.

Zu jener Zeit, als Günther nach Paris kam, hatte er sich schon sehr verändert. Er war ein richtiger Mann geworden, sehr reif, sehr besonnen, geprägt auch durch Schmerzen und die lange Krankheit und vor allem durch das, was er erlebt hatte. Der Polenfeldzug, der Krieg in Rußland – sein Glaube an die Vollkommenheit des Nationalsozialismus war schwer erschüttert. Er war ein Mensch, den jedes Unrecht, jede Gemeinheit zutiefst abstieß. Was er in Polen erlebte, hatte genügt, ihm die Augen zu öffnen.

In seiner Seele, die dazu so gar nicht geschaffen war, entstand ein Konflikt. Und da er ein etwas langsamer Denker war, machte ihm das schwer zu schaffen. In Rußland war nicht nur sein Körper verwundet, auch seine Seele war tief verletzt worden. Und als er, nun einigermaßen genesen, nach Paris kam, war er eigentlich kein Nationalsozialist mehr, auch wenn er nach wie vor, und nun erst recht, für die Nazis arbeiten mußte.

Ich glaube, ich war der einzige Mensch, mit dem er je darüber sprach; und auch das nur sehr ungern und zögernd. Nicht nur für das Unrecht, das geschah, auch für die Dummheit und Indifferenz, die am Werk waren, hatten sich seine Augen geöffnet. Was ihn maßlos erbitterte, waren die Judenverfolgungen, die seiner Meinung nach nichts mit dem Krieg und vielleicht manchem damit notgedrungen verbundenen Unheil zu tun hatten. Einmal, als wir beide am Abend bei Arne waren, sagte er plötzlich: »Diese Wohnung hat einem Juden gehört, nicht wahr?«

Arne hob die Schulter. »Ich weiß nicht. Vermutlich.«

»Wenn man das alles hier so sieht – es muß ein kultivierter Mann gewesen sein.«

»Sicher. Und vor allem hat er Geld gehabt. Eine kultivierte Umgebung zu schaffen, erfordert zunächst einmal die Mittel dazu.«

»Und es stört dich nicht, Arne, in dieser von einem Juden geschaffenen Umwelt zu leben?«

»Nein, absolut nicht. Warum sollte es?«

»Was ist aus dem Mann geworden? Hat man ihn umgebracht? In ein Lager gesteckt?«

»Woher soll ich den das wissen? Soll ich vielleicht nachforschen, was aus den früheren Besitzern eleganter Pariser Wohnungen geworden ist?«

Günther schwieg. Ich bemerkte wieder diesen seltsam zerquälten Ausdruck in seinem Gesicht, der so gar nicht zu ihm paßte.

»Es ist dir nicht unbehaglich?« fragte er noch einmal.

»Nein, zum Teufel. Die Wohnung paßt zu mir viel besser als zu einem miesen Juden.«

»So mies kann er nicht gewesen sein, wenn man sich hier umsieht. Du hast dir jedenfalls bis heute aus eigener Kraft eine Umgebung wie diese noch nicht geschaffen. Du hast überhaupt noch nichts geleistet. Du nimmst dir bloß, was andere geschaffen haben.«

»Na, erlaube mal«, sagte Arne verärgert.

Wer Günther kannte, für den waren solche Reden ungeheuerlich. Er war immer ein ganz und gar unkomplizierter

Mensch gewesen, einer, für den zwei mal zwei vier ist. Und viel nachgedacht hatte er wohl nie. Doch nun tat er es.

Er sah mich an. »Verstehst du, was ich meine, Iris?«

»Du weißt, daß ich es verstehe«, antwortete ich ziemlich heftig. »Ich hasse euren Krieg, und ich hasse alles, was zur Zeit geschieht. Hier und anderswo. Ich verabscheue es. Natürlich hat Arne kein Recht, in dieser Wohnung zu sein. Und ihr habt alle kein Recht, in dieser Stadt und in diesem Land zu sein. Und eines Tages werdet ihr das teuer bezahlen müssen.«

Arne stand plötzlich auf, kam zu mir, blieb dicht vor meinem Sessel stehen und halb über mich gebeugt fragte er leise und böse: »Und du, meine Schwester? Wirst du es nicht auch bezahlen müssen?«

»Nein. Ich habe kein Unrecht getan wie ihr. Ich kam im Frieden in dieses Land. Ich war hier glücklich, ihr habt alles zerstört. Aber ich gehöre hierher, für immer.«

Darauf erfolgte einer der seltenen, aber dafür um so heftigeren Wutausbrüche Arnes. Er warf das Glas, das er in der Hand hielt, mit einem weiten Schwung von sich, daß es klirrend an der Wand zerschellte, und noch tiefer über mich gebeugt, mit wutglitzernden Augen, zischte er mich an: »Du gehörst nicht hierher. Du hast niemals hierher gehört. Und wenn wir von hier fortgehen, gehst du auch. Wenn das geschieht, was du jetzt denkst und was du vielleicht sogar hoffst, dann wird man dich hier davonjagen wie einen lästigen Hund.«

Ich muß totenblaß gewesen sein, aber ich wich seinem Blick nicht aus. »Nein. Jean-Claude liebt mich. Und ich liebe ihn. Und ich gehöre zu ihm.«

»Du gehörst zu mir. Wo ist er denn, dein heißgeliebter Jean-Claude? Getürmt ist er, ohne dich. Er sitzt in Algier oder in England oder in Amerika und hat dich längst vergessen. Ein Feigling wie alle Franzosen. Hat er gekämpft, dein Jean-Claude? Gelaufen ist er, wie die anderen auch. Gelaufen wie die Hasen sind sie. Und er mit, der Comte von Frankreich. Und seine teure Familie, die würde dich am liebsten heute schon auf die Straße schmeißen. Und das werden sie tun, das werden sie ganz gewiß tun, wenn es so weit kommt, wie du dir das wünschst. Und das wäre noch das wenigste, was dir passieren würde. Ich kenne die Absichten der Kommunisten hier im Land und die Pläne der sogenannten Résistance. Du wirst dich wundern, was sie mit dir machen. Du wirst froh sein, wenn ich dich aus dem Dreck ziehe. Wenn wir dich mitnehmen. Wenn wir dich nicht...«

Jetzt war Günther auch aufgestanden und zog Arne energisch von mir fort. »Laß sie doch in Ruhe, sie hat es schwer genug.«

Arne schüttelte seine Hand ab. »Du Narr! Spielst du immer noch den hilfreichen Ritter bei ihr? Hat sie dich nicht auch im Stich gelassen? Du wolltest sie doch immer. Oder nicht? Aber sie hat einen windigen Franzosen vorgezogen.«

»Du bist ja betrunken.«

Arne richtete sich auf, ganz ruhig wieder, sehr beherrscht. »Ich bin nicht betrunken. Ich bin nie betrunken, das weiß du sehr gut. Meine Schwester ist eine Verräterin. Und dafür wird sie büßen.«

Es war eine häßliche Szene. Und sie stand am Anfang von allem Ende. Der Beginn des Jahres 1944. Stalingrad war ein Jahr her, der Rückzug hatte begonnen. Der Rückzug an allen Fronten. Der Widerstand in Frankreich war groß geworden, war gewachsen und gewachsen aus dem bescheidenen Anfang des Jahres 1941 und hatte nun bereits alle – fast alle – Bevölkerungskreise des Landes ergriffen. Es war kein besetztes Land mehr, in dem sich die Sieger aufhielten. Es war Feindesland. Fast täglich floß Blut. Auf beiden Seiten. Und man sprach damals schon sehr unverhohlen von der Invasion der Alliierten, die eines Tages kommen würde.

Die Niederlage zeichnete sich immer deutlicher ab. Und mein Bruder war nicht so dumm, das nicht zu wissen.

Kurz danach brachen wir auf, Günther und ich. Er hatte einen Wagen unten stehen. Langsam fuhren wir durch das dunkle leere Paris. Es war Sperrstunde, kein Mensch auf den Straßen. Günther schaltete etwas mühsam, er fuhr langsam, sein rechter Arm, der einen Durchschuß gehabt hatte, war immer noch schwach. Ich hatte bis zuletzt Haltung bewahrt, kein Wort mehr gesprochen, aber jetzt, als ich im Auto saß, liefen mir die Tränen übers Gesicht. So verlassen war ich. Alles war zu Ende, ich wußte es schon. War Jean-Claude noch am Leben? Und wenn er je wiederkehrte, würde er mich noch lieben können, nach allem, was geschehen war zwischen seinem und meinem Land?

Ich gehöre zu ihm, ich gehöre hierher. Das hatte ich gesagt, aber ich wußte, daß es nicht die Wahrheit war. Ein kurzer glücklicher Sommer der Liebe – das war zu wenig. Ich wollte in diesem Land heimisch werden, aber ich war eine Fremde geblieben. Und war es mit jedem Tag mehr geworden.

Günther merkte, daß ich weinte. Er legte die Hand auf mein Knie, und das machte alles noch viel schlimmer, es schüttelte mich wie ein Krampf, ich preßte mein Gesicht in die Hände und schluchzte verzweifelt. Er fuhr an den Straßenrand und hielt. Dann legte er behutsam die Arme um mich, zog mich an sich und ließ mich weinen. Einmal leuchtete eine Taschenlampe in den Wagen, eine Streife, sie sah Günthers Uniform und ging weiter. Als ich mich etwas beruhigt hatte, sagte er: »Es war gemein von Arne, so mit dir zu reden.«

»Er hat recht. Ich weiß, daß er recht hat. Es ist alles zu Ende. Ich gehöre nicht hierher, und ich gehöre nicht mehr zu euch. Ich habe keine Heimat mehr.«

»Iris! Was ich dich immer fragen wollte. Du weißt wirklich nicht, wo der Comte ist?«

»Nein. Ich weiß es nicht.«

»Du würdest es mir nicht sagen, wenn du es wüßtest.«

»Ich würde es dir nicht sagen, wenn ich es wüßte. Aber ich weiß es nicht. Ich habe ihn das letzte Mal gesehen auf Saint-Mar. Es war im Herbst einundvierzig. Er war über die Demarkationslinie gekommen und hatte es gewagt, ins Château zu kommen. Sie verschwiegen es mir, seine Mutter und Marguerite. Sie mißtrauten mir damals schon. Er blieb nur ganz kurz, dann versteckte er sich bei einem Weinbauern. Von dort ließ er mich holen. Ich traf ihn im Wald über Chaumencey. Abends in der Dämmerung traf ich ihn heimlich.

Damals liebte er mich noch. Und er vertraute mir. Ich müsse Geduld haben. Er müsse wieder fort, und ich werde vielleicht lange nichts von ihm hören. Das sagte er.«

Und er küßte mich, lange und leidenschaftlich, und dann liebte er mich, das letztemal liebte er mich, auf dem kühlen Herbstboden des Waldes über Chaumencey. Es waren Sterne am Himmel, die Nacht war ganz still. Ich hatte Angst. Angst um ihn. Und ich war froh, als er endlich ging. Noch in der Nacht würde er über die Demarkationslinie zurückkehren, sagte er. Und ich sollte warten, bis alles vorbei sei.

Warten!

Ein Jahr, zwei Jahre, und noch dieser Winter. Ich wartete eigentlich nicht mehr.

»Und du hast seither nichts mehr von ihm gehört?«

»Nein.«

»Nun – wir wissen etwas mehr. Wir wissen, daß er in England war, bei de Gaulle. Und wir wissen, daß er seitdem wieder hier im Land war.«

»Mein Gott, Günther!«

»Ja, Iris, er spielt ein gefährliches Spiel. Vielleicht wird er es gewinnen. Denn verlieren werden wir am Ende. Das weißt du doch, Iris?«

»Ja. Ich weiß es.«

Eine Pause. Dann fragte ich: »Er war wieder hier seit damals, sagst du?«

»Ja. Das wissen wir bestimmt. Er hat mitgeholfen, das Maquis in der Bourgogne zu organisieren. Er hat Waffen und Geld von England herübergebracht. Und wir wissen auch, daß er an dem Überfall in Dijon vor anderthalb Jahren beteiligt war. Daß es sein Werk war. Zwei deutsche Offiziere kamen damals ums Leben, du hast vielleicht davon gehört. Wenn sie deinen Jean-Claude erwischen, ist es sein Tod.«

»Wieso wißt ihr das alles?«

»Wir wissen sehr viel. Ich war damals noch nicht hier, aber ich habe mich deinetwegen dafür interessiert und habe einiges erfahren. Wo er jetzt ist, wissen wir nicht. Aber du weißt, was in diesem Land vorgeht. Jeden Tag und jede

Nacht explodieren Bomben, werden Züge und Gleise gesprengt, werden Überfälle und Sabotageakte verübt. Es ist Krieg hier im Land, Iris. Und wir müssen genauso zurückschlagen, wie man uns schlägt. Das ist nun mal nicht anders. Ich – lieber Himmel«, er ließ mich los, richtet sich auf, und seine Stimme wurde plötzlich lauter, »ich wünschte, es wäre lieber heute als morgen zu Ende. Ich habe es satt. Ich habe es satt, das Töten und Morden. Auf beiden Seiten – auf allen Seiten habe ich es satt. Ich bin nicht auf die Welt gekommen, um zu töten. Es macht mich krank, und es ist sowieso alles umsonst. Wir können diesen Krieg nicht gewinnen. Und ich weiß nicht einmal, ob ich es mir noch wünsche.«

Darauf schwiegen wir lange. Dann nahm er meine Hand, küßte sie sanft und sagte: »Verzeih mir! Ich mache dir das Leben noch schwerer. Ich möchte dir so gerne helfen, Iris. Aber ich weiß nicht, wie. Vielleicht hat Arne recht, wenn er sagt, daß du von hier verschwinden solltest. Es kommen böse Zeiten. Nach Chaumencey willst du nicht zurück, weil die Alte dich nicht haben will, sagst du.«

»Nein. Die Comtesse will mich nicht mehr im Château sehen, sie hat es mir deutlich genug zu verstehen gegeben. Und die Leute im Dorf starren mich haßerfüllt an. Ich bin eine Deutsche. Für sie bin ich immer noch eine Deutsche. Ich kann nicht zurück.«

»Und hier bist du auch nicht glücklich?«

»Wie könnte ich das sein? Ich bin allein im Palais. Nur die alte Berthe und der Diener Maurice sind noch da. Sie sprechen kein Wort mit mir. Hortense kommt nicht mehr ins Haus, seit ich dort wohne. Der einzige Mensch, der mich nicht ganz verabscheut, war Raymond. Ihn durfte ich besuchen, er hat mit mir gesprochen. Er verstand das alles.«

»Der Schriftsteller?«

»Ja, er ist ein entfernter Verwandter der Familie. Aber er ist jetzt auch verschwunden, und keiner weiß, wohin. Oder man sagt es mir nicht.«

»Nun, aller Wahrscheinlichkeit nach hat er sich auch der Résistance angeschlossen. Jedenfalls steht er auf unsrer Fahndungsliste.«

»Und Jean-Claude? Wißt ihr wirklich nicht, wo er ist?«

»Nein. Wir wissen es nicht. Er kann in England sein, er kann sich den Invasionstruppen angeschlossen haben, er kann in Algier sein. Und er kann…« Er zögerte merklich. »Ja, er kann im Land sein.«

»Hier in Frankreich?«

»Es ist möglich.«

»Dann ist er in großer Gefahr!«

»Wir sind alle in Gefahr. Und es ist sein Vaterland. Ich kann verstehen, wenn er dafür kämpft.« Er lachte kurz auf. »Wenn man mich hören würde, bei meiner Dienststelle, sie würden mich noch heute nacht vor ein Kriegsgericht stellen. Aber hör zu, Iris! Es geht hier nicht um Jean-Claude. Du kannst ihm jetzt nicht helfen. Es ist sein Kampf. Jedenfalls wäre ich dafür, daß du Frankreich verläßt.«

»Nein.«

»Doch. Paß auf und hör mir zu. In die Bourgogne kannst du nicht zurück, du sagst es selbst. Und was willst du hier in Paris? Wenn es zu einer Invasion kommt, dann kommt es zum Kampf. Engländer, Franzosen und Amerikaner, Amerikaner vor allem, gut gerüstet und in großer Zahl, treten gegen uns an. Und dazu die Résistance hier im Land. Iris, wir haben keine Chance. Glaube es mir.«

»Aber ich – ich muß hier bleiben.«

»Nein. Du kannst hier nicht bleiben. Arne hat darin recht. Du würdest das nicht überleben. Weißt du, ob Jean-Claude rechtzeitig hier wäre, um dich zu retten? Geh nach Deutschland zurück. Natürlich nicht nach Berlin, dort ist es jetzt furchtbar, ich habe es miterlebt. Geh irgendwohin nach Süddeutschland, in eine Kleinstadt, in ein Dorf. Dort mußt du warten, bis der verdammte Krieg zu Ende ist. Möchtest du denn nicht am Leben bleiben? Für Jean-Claude? – Falls er am Leben bleibt.«

Ich schwieg. Ich war wie ausgeleert. Und ich wußte, daß er recht hatte. »Fahr mich nach Hause, Günther.«

»Iris, ich bitte dich von Herzen. Überlege dir das. Denke darüber nach. Arne oder ich, wir lassen dich nach Hause bringen.«

»Nach Hause?«

»Nach Deutschland. Mit einem Urlauberzug, einem Offizierstransport. Oder sogar mit dem Wagen, das ist noch am sichersten, bei den Zügen muß man jetzt immer Angst haben, daß sie in die Luft gejagt werden. Das kriegen wir ohne weiteres hin. Arne hat Geld genug. Du kannst irgendwo in Ruhe leben, bis der Krieg zu Ende ist.«

»In Ruhe leben...«

»Ja, verflucht, genau das meine ich. Müssen wir denn alle verrecken? Kannst du dich nicht wie ein vernünftiger Mensch betragen? Du bist eine Frau. Du hast ein Recht darauf, beschützt zu werden.«

»Fahr mich nach Hause.«

Das alte prächtige Palais der Comtes Saint-Mar de Chaumencey im Faubourg St-Germain war kalt. Heizen konnte man kaum. Mein Zimmer war groß. Herrlich in seiner starren prächtigen Schönheit. Ein riesiger Gobelin bedeckte die eine Wand. Und an der Wand gegenüber hing das Bild einer rosigen Rokokoschönheit. Hortense Comtesse Saint-Mar de Chaumencey, ein lächelndes Puppengesicht, riesige große schwarze Augen unter der weißen Perücke, ein voller üppiger Mund. Der weiße glatte Hals, auf dem das Köpfchen saß, war später von der Guillotine durchtrennt worden. Wenn ich im Bett lag, konnte ich die reich verzierte Decke bewundern, auf der Zeus seine verschiedenen Geliebten verführte.

Das breite Bett aber war klamm. Warmes Wasser gab es nicht. Nur hungrig war ich nicht wie die anderen Menschen in Paris. Ich hatte bei meinem Bruder gut gespeist. In seiner Wohnung war es auch warm gewesen.

Und wo war Jean-Claude wirklich? Sie beobachteten ihn, sie verfolgten und jagten ihn. Sie wollten ihn töten.

Mein Bruder, meine Freunde, mein Land – sie wollten ihn töten. Mein Land!

Welches war mein Land?

Ich hatte kein Vaterland mehr. Nicht hier, nicht dort.

Das war im Februar des Jahres 1944.

Aber im März, einen Monat darauf...

Zwölf Tage, seit Philipp das Haus verlassen hatte. Zwölf Tage ohne einen Brief, eine Karte, einen Anruf. Ich agiere wie eine Marionette. Das Geschäft, die Kunden, die Ausstellung ist vorbereitet und wird morgen eröffnet. Helga Köhler macht mich wahnsinnig mit ihren Einwänden, Wünschen, Launen. Heino Winkler kam heute aus Frankfurt herüber. Ich müsse nächste Woche nach Hamburg fliegen zu einer Versteigerung. Er habe keine Zeit, und ob ich schon wisse, was wir als nächste Ausstellung zeigen wollten? Nein? Plakate. Moderne Plakate. Einmal ganz etwas anderes. Paßt dir das nicht, Iris?

»Warum soll mir das nicht passen? Von mir aus Plakate.«

»Fehlt dir etwas, Iris? Du wirkst so apathisch.«

»So? Ein bißchen müde vielleicht. Das Wetter...«

»Scheußlich. Aber jetzt wird es bald Frühling, paß auf. Ist Philipp nicht da? Ich dachte, er hätte Semesterferien.«

»Er war da. Ist ein bißchen verreist.«

»Wohin denn?«

»Ich weiß es nicht.«

»Du weißt nicht? Ja, sag mal, das ist ja ganz was Neues bei euch. Ist was?«

»Was soll sein? Er wird halt langsam erwachsen.«

»Ach so, ich begreife. Er hat ein Mädchen. Ja, arme Iris, das ist ein Problem für Mütter. Wenn ich denke, was meine alte Dame angegeben hat, als ich damit anfing. Sie war ja zwar immer ein wenig spießig. Das bist du nicht.«

»Nein. Ich glaube nicht.«

»Was der Mensch braucht, muß er haben. Philipp ist jetzt ein Mann. Aber ich weiß schon, so etwas ist hart. Mein Gott, wenn ich denke – meine Mutter, wie die sich aufführte, als ich ankam und sagte, ich will heiraten! So ganz unrecht hat sie ja nicht gehabt. Also, das mußt du Philipp beibiegen, heiraten soll er bloß nicht zu früh.«

»Nanu? Ich könnte deine Frage zurückgeben; ist was?«

»Was soll sein. Ehe eben. Ich bin jetzt vier Jahre verheiratet, da ist der Honeymoon eben vorbei. Nö, soweit ist Anja ganz in Ordnung. Wir kommen schon klar. Und die Kleine ist einfach süß. Du mußt mal wieder rüberkommen, um sie anzusehen. In dem Alter sind sie wirklich goldig. Nö, so meinte ich's nicht. Ich denke nur manchmal, was man alles so versäumt.«

Dann ging er in den ersten Stock hinauf und scharmuzierte ein bißchen mit Helga Köhler, deren Bilder wir gerade hängten. Sie ist schwarzhaarig, ein bißchen hysterisch, recht hübsch, und in meinen Augen eine mäßige Malerin. Aber so etwas ist Ansichtssache.

Ende März. Frühling liegt in der Luft. In den Anlagen vor dem Theater habe ich heute die ersten Weidenkätzchen gesehen. Und der Springbrunnen lief zur Probe.

Vor zwei Monaten hatte Philipp Geburtstag. Er war da noch in München, und ich wußte nicht recht, ob er ihn feiern wollte oder lieber nebensächlich behandelt wissen. Eine Woche vorher, als wir einmal telefonierten, machte ich eine kurze Bemerkung darüber, und er sagte darauf: »Nö, bloß keine Schau, Iritschka. Ich geh' mit Klaus in Schwabing einen trinken. Wenn ich wieder zu Hause bin, darf ich dich mal vornehm zum Essen einladen, ja? In den Schwarzen Bock oder ins Schultheiß. Geritzt?«

»Wie du willst, dann mache ich auch kein Päckchen, und du bekommst dein Geschenk, wenn du hier bist.«

»Was ist es denn?«

»Das wirst du dann schon sehen.«

»Na, wenn's in ein Päckchen geht, ist es bestimmt kein Auto.«

»Bestimmt nicht.«

Einen Wagen wünscht er sich natürlich wie alle jungen Leute heute. Aber so dringend ist es auch wieder nicht. Wenn er hier ist, kann er meinen Wagen haben, und in München hat Klaus einen, dessen Eltern wohlhabende Leute sind. Mein Herr Sohn wird warten müssen, bis er sich selbst ein Auto verdienen kann; und wie ich ihn kenne, wird das nicht mehr lange dauern. Diesmal bekam er einen Photoapparat, den er sich auch schon lange wünscht. Und ein paar Bücher und Platten.

Sind wirklich einundzwanzig Jahre vergangen, daß ich ihn zur Welt brachte? War ich das wirklich? Täusche ich mich nicht? Lebte ich denn damals? Sie hatten mich in das Main-Gau-Krankenhaus gebracht, das noch einigermaßen betriebsfähig war, wenn sich auch das meiste im Keller abspielte. Ein Kind kam zur Welt, während draußen die Welt unterging, und ich weiß noch, wenn ich überhaupt etwas empfand, dann war es dies: was für eine absurde Welt!

Alles stirbt, alles zerbricht, und ein neuer Mensch wird geboren. Zur gleichen Zeit.

Heute ist aus diesem Kind ein Mann geworden. Der mich verlassen hat, wie alles mich verließ. Warum warte ich eigentlich – auf einen Brief, eine Karte, einen Anruf?

Oder auf seine Heimkehr?

Ich habe immer vergebens gewartet.

Der Baron von Freuendorf, 1864, dem Jahr des deutsch-dänischen Krieges, geboren, hatte seine militärische Laufbahn mangels Begabung und Interesse früh beendet und war bis Ende des ersten Weltkrieges in diplomatischen Diensten des Großherzogs von Baden tätig. Dies war ein Beruf, der ihm lag und den er liebte; er brachte ihn in der Welt herum, ohne ihn allzusehr zu strapazieren, so daß ihm für seine persönlichen Interessen genug Zeit blieb. Dazu gehörten Pferde, Frauen, Musik und Literatur, ein wenig Sport, gutes Essen und guter Wein. Viele Jahre verbrachte er in Paris, das ihm vertraut wurde wie eine zweite Heimat; und dort gehörte der Comte Saint-Mar de Chaumencey zu seinen besten Freunden, ein Mann seiner Art, nur eben in französischer Manier: sehr kultiviert, mit einem unwiderstehlichen männlichen Charme ausgestattet, ein Liebhaber von Frauen, Pferden und des guten Lebens schlechthin.

Die Familie Saint-Mar de Chaumencey gehörte zu den angesehensten Geschlechtern Frankreichs, sie war adelsstolz und traditionsbewußt, wenn auch auf sehr vornehm-zurückhaltende Weise. Natürlich konnte man bei entsprechender Fantasie ihre Herkunft bis auf die allerersten geschichtskundig gewordenen Burgunder zurückführen, die in grauer Vorzeit von der Insel Bornholm eingewandert waren und bis zum 5. Jahrhundert nach und nach das europäische Festland durchquerten. Möglicherweise hatte es auch Stammväter am sagenhaften burgundischen Hof von Worms gegeben, dem Schauplatz des Nibelungenliedes, aber das war natürlich nicht mehr authentisch festzustellen; es genügte, daß der Comte sich selbst von Zeit zu Zeit an diesen Vorstellungen ergötzte.

Lückenlos war der Stammbaum jedenfalls bis zum Beginn der Herrschaft der Capetinger in Frankreich zurückzuverfolgen. Ihre erste große Glanzzeit erlebten die Saint-Mar de

Chaumencey im Zeitalter der großen Herzöge von Burgund, les Grand Ducs de Bourgogne. Und es blieb bis an sein Lebensende ein Lieblingsthema des Comte Philippe, von den Heldentaten eines ganz bestimmten Vorfahren zu berichten, der zu Zeiten des Philippe Hardi, Philipps des Kühnen, dem ersten der großen Burgunderherzöge, lebte, liebte und stritt – und dies alles mit soviel Vehemenz und Nachdruck, daß seine Gestalt in der Geschichte des Hauses bis in die Gegenwart sehr lebendig blieb. Er hatte den Stammsitz, das Château Saint-Mar erbauen lassen, er verbrauchte vier Frauen, hatte fünfzehn Kinder (eheliche), von denen jedoch nur vier am Leben blieben, und beinahe wäre das Geschlecht mit ihm schon ausgestorben, denn von den vier Kindern waren drei Mädchen. Aber einem spätgeborenen Sohn gelang es, erwachsen zu werden und den Namen weiterzugeben.

Solange die großen Herzöge von Burgund Geschichte machten, in diesem knappen glanzvollen Jahrhundert ihrer Herrschaft, fand man die Saint-Mar de Chaumencey in dieser Geschichte verzeichnet. Einer sollte dabei gewesen sein, als Jean Sans Peur, Johann ohne Furcht, seinen großen Gegenspieler Ludwig von Orléans ermorden ließ, und möglicherweise war der gleiche Comte Zeuge, als Jean Sans Peur dann seinerseits auf der Brücke von Montereau unter Mörderdolchen sein gewalttätiges Leben beendete.

Für einige Zeit allerdings gab es auch eine Verstimmung zwischen einem der großen Burgunder und einem Saint-Mar; das geschah während der langen Regierungszeit Philipps des Guten, also zur Zeit der bittersten Niederlagen Frankreichs im Hundertjährigen Krieg. Philippe le Bon kämpfte auf seiten der Engländer gegen den französischen König, er erkannte den Anspruch des englischen Herrschers auf die französische Krone an, und der damalige Comte Saint-Mar de Chaumencey war mit seinem Lehnsherrn in diesem Punkt nicht einer Meinung. Er empfand offenbar, obwohl das nicht ganz zeitgemäß war, mehr französisch als burgundisch; er wollte den Dauphin, den späteren Karl VII., in Reims zum König gekrönt sehen, war also einer Meinung mit dem Bauernmädchen Jeanne d'Arc, das die Franzosen erst zum Sieg, dann den König zur Krönung nach Reims führte und zum Dank dafür später an die Engländer ausgeliefert und als Hexe verbrannt wurde.

Einer anderen, mehr privaten Lesart nach, entstand die Entfremdung zwischen dem damaligen Comte und Philippe le Bon in erster Linie deswegen, weil beide sich gleichzeitig für dieselbe Dame interessierten. Und der Herzog Philipp, ein emsiger Liebhaber und gewaltiger Ladykiller, hatte es nicht gern, wenn man in seinem Revier jagte. Wie dem auch sei, der Comte durfte sich am Hof in Dijon einige Jahre lang nicht sehen lassen und zog sich grollend auf sein Château zurück. Indessen nutzte er die Zeit nicht schlecht, etablierte sein Geschlecht für alle Zeiten im Burgundischen, kümmerte sich um Schloß, Land, Wirtschaft und Familie, dies vor allem, denn seine Frau kam in jedem Jahr nieder. Und da sie beide offenbar aus dauerhaftem Holz waren, blieben die meisten ihrer Kinder leben.

Denn als schließlich Charles Téméraire, Karl der Kühne, der letzte, der wildeste der Burgunderherzöge seine kurze ehrgeizige Herrschaft ausübte, so maßlos in seinen Ansprüchen wie unbesonnen in seinem Handeln, was er schließlich mit dem Leben auf dem Schlachtfeld bei Nancy bezahlte, während dieser Zeit nennt die Chronik bereits drei Saint-Mar de Chaumencey an der Seite des letzten Burgunders.

Die männliche Linie der Burgunderherzöge war mit Charles Téméraire ausgestorben. Die burgundische Herrschaft war vorbei. Mehr und mehr wuchs Burgund in Frankreich hinein, wohl zuerst widerstrebend, aber mit der Zeit wurden auch die Saint-Mar de Chaumencey gute und dann sogar erstklassige Franzosen: zur Zeit des Königs Franz I., Karls V. großem Widersacher, kämpften sie auf der Seite des französischen Königs, was sie durch halb Europa führte. Und dabei blieb es.

Es genügte, daß Baron Freuendorf aus Baden sich in dieser Geschichte auskannte, denn sein Freund, der Comte Philippe Saint-Mar de Chaumencey, fand kaum etwas so interessant wie die Geschichte seines Hauses und konnte sich und andere stundenlang damit unterhalten.

Kennengelernt übrigens hatten sich die beiden schon als verhältnismäßig junge Leute, in der zweiten Hälfte der achtziger Jahre, als der Comte auf Einladung des Großherzogs einen Besuch am Hof in Karlsruhe abstattete. Zwar hegte der Comte keine allzu große Zuneigung zum Deutschen Reich, Bismarck vollends haßte er aus tiefstem Herzensgrund, aber die Badener waren ja schließlich keine Preußen, und so lange lag die Zeit noch nicht zurück, da eine preußische Armee die badischen Revolutionäre zur Räson bringen mußte.

Der Baron seinerseits war auch kein Anhänger des Eisernen Kanzlers und tendierte stets nach dem Westen. Er tat damals für kurze Zeit Hofdienst in Karlsruhe, Preußen und Berlin waren weit, die beiden jungen Männer waren ungefähr gleichaltrig, und so stand ihrer Verständigung nichts im Wege.

Die Liebe zu schönen Pferden war es, die sie zusammenführte. Der Baron Freuendorf besaß zu jener Zeit einen Schimmelhengst aus reinster arabischer Zucht, ein Pferd von herzbewegender Schönheit, von hinreißendem und doch gebändigtem Temperament, ein echter Araber mit einem Wort, und es dürfte kaum übertrieben sein zu sagen, daß der Baron in seinem ganzen Leben kein Wesen mehr geliebt hatte als diesen Hengst, seine Frau und seine beiden Töchter nicht ausgenommen.

Der Comte war von diesem Pferd dermaßen begeistert, daß er bereits zwei Monate später nach Karlsruhe zurückkehrte aus keinem anderen Grund: es noch einmal zu sehen und vielleicht sogar reiten zu dürfen.

Daß Ludwig von Freuendorf ihm das schließlich gestattete, war der Beginn ihrer Freundschaft. Von da an blieben sie in Verbindung, sahen sich in regelmäßigen Abständen, verbrachten einmal einige Wochen im Frühling an der Riviera, wo sie beide Glück bei den Frauen und Pech an der Spielbank hatten. Und zwei Jahre darauf erlebte Ludwig den tiefen Kummer seines Freundes mit, als dessen Frau, Marie-Eugenie, bei der Geburt ihres Sohnes Charles starb.

Philippe Saint-Mar de Chaumencey heiratete erst sieben

Jahre später ein zweites Mal, eine entfernte Cousine aus ebenbürtiger Familie, Cathérine, ein großes, stattliches, dunkelhaariges Mädchen von etwas gewalttätiger Schönheit, mit der sich Ludwig nie so recht anfreunden konnte. Marie-Eugenie, eine zarte anmutige Pariserin, hatte ihm besser gefallen. Cathérines erstes Kind starb im Säuglingsalter, dann gebar sie eine Tochter, Hortense, und erst zwei Jahre darauf, kurz nach der Jahrhundertwende, den von ihr leidenschaftlich ersehnten Sohn. Sie hätte es sich selbst nie verziehen, wenn die erste Comtesse einen Sohn geboren hätte und sie nicht. Das nächste Kind, wieder ein Mädchen, starb nach 3 Jahren an Diphterie, und der Sohn, den sie ein Jahr später zur Welt brachte, verunglückte als Neunjähriger, als er heimlich ein junges wildes Pferd ritt. Er stürzte und brach sich das Genick.

Erstaunlicherweise bekam die Comtesse, womit kein Mensch mehr gerechnet hatte, ein Jahr nach dem Ende des ersten Weltkrieges noch einmal ein Kind, die Tochter Isabelle. Die Comtesse war damals immerhin schon an die vierzig Jahre alt, und daß sie noch einmal niederkam, überraschte niemanden mehr als den Comte, der in den vergangenen Jahren seine Frau sehr vernachlässigt hatte. So recht glücklich war er mit ihr nie geworden, sie war ihm zu herrschsüchtig, eine zu starke Persönlichkeit, er liebte mehr die zärtlichen anschmiegsamen Frauen, und die fand er schließlich anderswo.

Den Krieg macht er von Anfang bis Ende mit, zuletzt als Marschall von Frankreich, er wurde zweimal verwundet, was bewies, daß er nicht nur als Schreibtischkrieger verwendet wurde, sondern daß das tapfere Blut seiner Ahnen noch in ihm floß. Allerdings waren die Verwundungen nicht sehr schwer, er überlebte, haßte die Deutschen, was sich jedoch nie auf seinen Freund Ludwig von Freuendorf ausdehnte. Der war in seinen Augen kein typischer Deutscher. War mehr oder weniger aus Versehen in das Deutsche Reich hineingerutscht. Übrigens sprach der Comte fließend Deutsch, genauso wie Ludwig das Französische beherrschte. Anfangs der zwanziger Jahre sahen sie sich erstmals wieder, der

Comte Saint-Mar de Chaumencey als Sieger, der Baron von Freuendorf – mittlerweile im Ruhestand in Baden-Baden lebend – gewissermaßen als Besiegter. Sie waren nun beide über sechzig, immer noch gut aussehend, und es stellte sich in den ersten fünf Minuten heraus, daß der Krieg ihrer Freundschaft nichts hatte anhaben können. Ludwig erfuhr erst jetzt, was seinem Freund, der so viel Unglück mit seinen Kindern erlebt hatte, in diesem Krieg widerfahren war. Charles, der älteste Sohn, Marie-Eugénies einziges Kind, war sehr schwer verwundet worden, eine Unterleibsverletzung, man hatte ihm außerdem ein Bein abnehmen müssen. Zu dieser Zeit war er an den Rollstuhl gefesselt und lebte auf dem Château in der Bourgogne. Das Schloß lag nahe Beaune in der Côte d'Or, dem schönsten Teil Frankreichs, wie der Comte immer wieder versicherte.

Charles hatte den edlen Kopf des Geschlechts, aber nun gezeichnet von Schmerzen und Leid. Später kehrte er nach England zurück, wo er vor dem Krieg studiert hatte, und sein Vater verstand ihn. Er verstand, daß sein Sohn nicht weiter auf Saint-Mar leben mochte, wenn er nicht mehr in die Weinberge gehen, nicht mehr reiten, nicht mehr lieben konnte. In einer fremden Umwelt würde es leichter für ihn sein. Eine andere Welt und hoffentlich auch eines Tages eine ihm zusagende Tätigkeit würden ihm das Leben erleichtern. Die Heimat, nur vom Rollstuhl aus gesehen, mußte ihm zur Qual werden. Pierre, der beste und treueste Diener des Hauses, begleitete ihn über den Kanal.

Charles nahm in London seine Studien wieder auf, hauptsächlich Geschichte, er lebte in Hampstead in einem sehr idyllischen kleinen Haus, das abseits lag und einen wunderschönen Garten hatte, und schrieb eines Tages sein erstes Buch, das sich mit französischer Geschichte befaßte. Später folgten auch Bücher über englische Geschichte, und natürlich auch eines über die Herzöge von Burgund, dann hielt er sich ein Jahr in Deutschland – in Berlin – auf, gegen Ende der zwanziger Jahre, in dem verrückten Wirbel jener Zeit, und das Buch, das er daraufhin – wieder in England – schrieb, trug den Titel: ›Deutschland in dieser Zeit.‹ Es machte seinen Namen auch über Fachkreise hinaus bekannt, denn vor allem beurteilte er darin sehr genau die Gefahr, der Deutschland und damit auch die Völker seiner Umgebung entgegengingen. Im Gegensatz zu seinen Zeitgenossen nahm er den Politiker Adolf Hitler sehr ernst und hielt ihn für gefährlich.

Er schrieb: »Dieser Mann, von dem bei aller Primitivität eine gewisse Faszination ausgeht, die Faszination, die jeder erfolgreiche Demagoge aufzuweisen hat, verkörpert genau jenen Typ, der der deutschen Mentalität entgegenkommt. Die Deutschen werden niemals Pragmatiker, niemals Realisten sein, sie werden immer hin- und hergerissen zwischen Extremen leben, das ist die Folge ihrer zerrissenen, im Grunde nicht vorhandenen Geschichte. Ein Volk, das keine gemeinsame Vergangenheit besitzt, wird immer versuchen, gewalttätig eine gemeinsame Zukunft herzustellen. Daran scheiterten die deutschen Kaisergeschlechter, daran scheiterte das Deutsche Reich Bismarcks, und daran wird das Dritte Reich des neuen Verführers scheitern, sollte es je zur Tatsache werden. Und ich befürchte, daß dies geschehen wird. Und daß wir alle, die anderen Völker Europas, in diesen erneuten Untergang Deutschlands hineingerissen werden.«

Das Buch trug ihm sehr viel Kritik ein. Die späteren Ereignisse sollten ihm recht geben. Ludwig von Freuendorf kannte Charles Comte Saint-Mar de Chaumencey, den ältesten Sohn der Familie, der keine Frau besaß und niemals Kinder zeugen würde, nicht sehr gut, er war selten mit ihm zusammengetroffen. Jean-Claude hingegen, Cathérines Sohn, kannte er von frühester Kindheit an, denn er hatte bereits an seiner Taufe teilgenommen.

Jean-Claude, vom Krieg verschont, hatte sich zu einem sehr attraktiven, sehr temperamentvollen jungen Mann entwickelt, und als er Mitte der zwanziger Jahre zwei Semester in Heidelberg studierte, kam er oft nach Baden-Baden hinüber. Jean-Claude liebte, was auch sein Vater und der Baron in ihrer Jugend geliebt hatten: Frauen, Pferde, gutes Leben, Sport – und bei ihm kamen selbstverständlich Autos hinzu.

Er war überdurchschnittlich intelligent, überdurchschnittlich gut aussehend, und er hatte den bezwingenden Charme seines Vaters geerbt.

Bei seinem ersten Nachkriegsbesuch in Saint-Mar hatte Ludwig Freuendorf die jüngste Tochter seines Freundes kennengelernt, jenen Nachkömmling Isabelle, damals gerade vier Jahre alt. Philippe Saint-Mar de Chaumencey, der zwar alle seine Kinder geliebt und sorgfältig hatte erziehen lassen, sich jedoch nie mit ihnen viel abgegeben hatte, war geradezu vernarrt in die Kleine. Am liebsten hätte er sie den ganzen Tag um sich gehabt, dieses bezaubernde heitere Kind, dessen Großvater er eher hätte sein können als sein Vater. Isabelle durfte alles, was den anderen verwehrt worden war. Mit den Großen am Tisch essen, in Vaters Bett liegen, mit ihm auf seinem Rappen reiten, mit ihm in die Weinberge kutschieren, mit ihm nach Beaune, nach Dijon fahren – er nahm sie überall hin mit, er zeigte und erklärte ihr alles, was er selbst liebte, und er überforderte das Kind in gewisser Weise, denn er konnte es kaum erwarten, bis sie alt genug sein würde, an seinem Leben mehr und mehr teilzunehmen, denn natürlich war er sich seiner knapp gewordenen Zeit bewußt.

Politisch war er damals kaum noch interessiert; wie seine deutschen Standesgenossen lehnte er das Nachkriegsfrankreich mit seinen Wirren und Unsicherheiten ab. Nach Paris kam er sehr selten. Das schöne Palais im Faubourg St-Germain stand fast das ganze Jahr über leer, er lebte auf dem Château, seine Weinberge gehörten zu den berühmtesten auf der ganzen Côte.

Später einmal, so pflegte er zu sagen, wenn Isabelle erwachsen sei, würde man das Palais in Paris renovieren lassen, sie mußte in die Gesellschaft eingeführt werden, er würde ihr Paris und die Welt, was in seinen Augen so ziemlich das gleiche war, zeigen, er und kein anderer durfte das tun. Und dann würde man sie so glanzvoll wie möglich verheiraten.

Er starb, als Isabelle zwölf Jahre alt war, so rasch und elegant, wie er gelebt hatte, an einem Herzschlag. Stieg vom

Pferd an einem heißen burgundischen Sommertag, fiel um und war tot. Es sei eine angenehme Art zu sterben, sagte der Baron von Freuendorf, als er an der Beisetzung in der Familiengruft teilnahm. Man könne einem Menschen, den man liebe, nichts Besseres wünschen.

Die Comtesse, eine immer noch schöne und stattliche Frau, unbeweglich wie eine Statue, nickte dazu. Sie war der gleichen Meinung. Das Kind Isabelle aber war untröstlich und wurde von seiner Mutter getadelt, weil es sich gar zu hemmungslos seinem Schmerz hingab.

Hortense, die der Mutter sehr ähnlich war und in der gleichen starren Haltung wie diese verharrte, war natürlich auch da. Sie war mit einem hohen Beamten des Innenministeriums verheiratet und hatte zwei Kinder. Aus England war Charles gekommen, er saß nicht mehr im Rollstuhl, konnte sich mit einer Beinprothese verhältnismäßig gewandt bewegen, ein hagerer, sehr ernster Mann, der wenig sprach. Jean-Claude trauerte ehrlich um seinen Vater, mit dem er sich gut verstanden hatte – und das nicht zuletzt, weil er ihm so ähnlich war.

Es war das letzte Mal, daß der Baron Freuendorf auf Château Saint-Mar weilte; Cathérine lud ihn nicht ein, und es bestand für ihn kein Anlaß die weite Reise zu machen, nun, da sein Freund nicht mehr lebte.

Den einzigen von der Familie, den er hinfort sah, war Jean-Claude, der ihn gern in Baden-Baden besuchte, meist während der Rennwoche in Iffezheim. Jean-Claude hatte seinen Militärdienst absolviert, er war Offizier, er hatte studiert, vielseitig und ohne besondere Ambitionen, er war viel gereist, ein Jahr hatte er in den USA verbracht und seine Mutter zutiefst erschreckt, als er die Absicht äußerte, eine junge Amerikanerin zu heiraten, in die er sich verliebt hatte. Aber er verliebte sich oft, und meist ging das bald vorüber; aus der geplanten Ehe wurde nichts. Er kehrte nach Europa zurück, bekleidete vorübergehend einen Posten am Quai d'Orsay, aber da er sich mit den wechselnden Regierungen im unruhigen Nachkriegsfrankreich nicht verständigen konnte, kam er schließlich wieder in die Bourgogne, kümmerte sich um seine Weinberge, seine Bauern, seine Pferde. Und wenn ihm das zu langweilig wurde, ging er auf Reisen. Im Jahr 1938, nach einem Aufenthalt auf der Insel Capri, kam er nach Baden-Baden, um wieder einmal an der großen Woche in Iffezheim teilzunehmen.

Hier begegnete ihm im Hause des Barons von Freuendorf ein junges Mädchen aus Berlin, ein langbeiniges, blondes, ein wenig verträumtes und offenbar sehr unerfahrenes Geschöpf mit dem seltenen Namen Iris. Er war sechsunddreißig Jahre alt, ein erfahrener weitgereister Mann, ein Frauenkenner, ein Vielgeliebter und Vielbegehrter. Und gleichzeitig ein Mann, dem nie etwas Böses widerfahren war, der immer auf der Sonnenseite des Lebens gelebt hatte, und der dies als selbstverständlich hinnahm und genoß.

Er war ein wenig leichtherzig, ja sogar leichtsinnig, gutherzig, großzügig, verschwenderisch, man mußte sogar zugeben, einer, der immer etwas über seine Verhältnisse lebte. Und schließlich auch ein Mann, der seine Wirkung auf Frauen sehr gut kannte und auf seine charmante und stets kavaliermäßige Art davon Gebrauch machte.

Zum Kummer seiner Mutter hatte er seit jenem widerrufenen Versuch in den USA nie mehr daran gedacht, zu heiraten, auch wenn sie ihm unverdrossen immer wieder die – jedenfalls ihrer Meinung nach – würdigsten Töchter des Landes präsentierte.

Wenn es auch viele böse und quälende Erinnerungen in meinem Leben gibt, so besitze ich natürlich auch einige wundervolle Stücke aus meiner Vergangenheit, die zu betrachten, zu beschwören, zurückzurufen einem Flug in eine Märchenwelt gleicht.

Mein letzter Sommer in Baden-Baden, meine erste Begegnung mit Jean-Claude. Alles was später geschah, kann es nicht auslöschen.

Erst im Jahre 1938 kam ich wieder in den Ferien zu Onkel Ludwig. Im Jahr zuvor mußte ich auf ärztliche Anordnung drei Wochen an der Ostsee verbringen.

Mein Abitur machte ich mit einem Jahr Verspätung, ich

mußte die letzte Klasse wiederholen, aber es war nicht meine Schuld. Im letzten Schuljahr war ich lange Zeit sehr krank. Ich bekam im fast erwachsenen Alter noch Scharlach, der damals in der Schule, besonders in den unteren Klassen grassierte; ich hatte mich angesteckt. Es traf mich schlimmer als die jüngeren. Es dauerte lange, bis ich die verspätete Kinderkrankheit überwand, und anschließend bekam ich eine Nierenentzündung. Monatelang blieb ich der Schule fern, und mein Klassenlehrer meinte, daß es wohl keinen Zweck habe, unter diesen Umständen das Abitur zu versuchen.

Ich war so schwach und so gleichgültig, daß es mich nicht weiter bekümmerte. Auch meine Mutter trug es mit Fassung, sie sah ein, daß man mir keinen Vorwurf machen konnte. Damals lebte der General nicht mehr, er war Ende des Jahres 1936 gestorben. Wir hatten das Haus in Halensee geerbt, das alte unbequeme Haus, das nun erst recht für uns zu groß war. Da unsere finanziellen Verhältnisse nicht sehr rosig waren, kam meine Mutter auf die Idee, einige Zimmer zu vermieten. Einesteils tat sie es nicht sehr gern, andererseits aber war es eine einigermaßen standesgemäße Einnahmequelle für eine Dame der guten Gesellschaft.

Die ersten Mieter allerdings zogen erst im Spätsommer des nächsten Jahres ein, also nach jenem schon erwähnten Ferienaufenthalt an der See. –

Seltsamerweise habe ich die Zeit meiner langen Krankheit auch in guter Erinnerung behalten, und das verdanke ich meinem Bruder. In all den vergangenen Jahren war ich betrübt darüber gewesen, daß wir uns so entfremdet hatten. Oder vielleicht sollte ich besser sagen: daß wir einander notgedrungen ferngerückt waren. Arne lebte in der Schule unter seinen Kameraden, er war nur noch ein Besuch im Haus bei uns, und ich fühlte mich zurückgesetzt.

Doch als ich krank war, zeigte keiner größere Besorgnis als er. Solange ich Scharlach hatte, durfte er nicht ins Haus kommen. Aber er rief fast täglich an, um sich nach meinem Befinden zu erkundigen, er schrieb mir liebevolle Briefe – ja, er schickte sogar einige Male Blumen von seinem bescheidenen Taschengeld. Als ich mit der Nierengeschichte in der Klinik lag, kam er mich besuchen, sooft er Zeit fand, und er war so lieb und besorgt, daß es mich ganz glücklich machte.

»Du bist viel zu zart, viel zu zerbrechlich, Iris. Wenn du wieder gesund bist, wirst du mehr Sport treiben, das mußt du mir versprechen. Und mach dir bloß keine Sorgen um das Abi. Machst du es eben nächstes Jahr, spielt doch keine Rolle.«

Er sprach zu mir wie ein viel Älterer, wie ein richtig großer vernünftiger Bruder. Saß an meinem Bett, hielt meine Hand und war so zärtlich, daß ich für Stunden ganz verklärt war, nachdem er gegangen war. Ich war so hungrig nach Liebe und Zärtlichkeit. Ich bin es mein Leben lang gewesen. Ich bin es noch heute.

Einen besonderen Vorteil hatte meine Krankheit: ich kam um den Arbeitsdienst herum. Als ich schließlich das letzte Schuljahr wiederholt und mein Abitur glücklich bestanden hatte, war ich zwar wieder vollkommen gesund, aber ein wenig blutarm und immer noch das, was Arne zerbrechlich genannt hatte – auf keinen Fall eine kräftige deutsche Maid. Und glücklicherweise hatten wir einen Hausarzt, der Mut besaß. Ich kannte ihn schon seit meiner Kindheit, er hatte auch den Onkel General gelegentlich behandelt, der freilich am liebsten keinen Arzt sah und nur einen kommen ließ, wenn es absolut nicht anders ging. Und dieser Arzt setzte sich nun energisch dafür ein, daß ich vom Arbeitsdienst befreit würde. »Das ist nichts für Iris. Sie ist überhaupt nicht in dem Zustand, so etwas durchzustehen.«

Daß er die Uniformierung der Mädchen und alles, was damit zusammenhing, ablehnte, wußten wir ohnedies.

Was den Arbeitsdienst anbetraf, so war sogar meine Mutter mit dem Arzt einig. Sie hielt zwar alles oder fast alles, was der Führer tat und befahl, für gut und richtig, aber zu den wenigen Einschränkungen, die sie machte, gehörte der weibliche Arbeitsdienst. Daß ihre Tochter auf dem Land, bei einem Bauern oder irgendwo in einem fremden Haushalt arbeiten sollte, erschien ihr dégoûtant, wie sie sich ausdrückte. Zumal man ab und zu Geschichten hörte, wie freizügig es in den Arbeitsdienstlagern – auch der Mädchen – zuging.

Meine Mutter besaß sehr festgefügte moralische Ansichten. Und ich war sehr streng, sehr altmodisch erzogen; auf keinen Fall war ich das, was man heute mit aufgeklärt bezeichnet. Ich hatte keine Ahnung. Ich träumte wie jedes Mädchen von der großen Liebe, und ich tat es auf sehr poetische und weltfremde Art. Ich schwärmte für den einen oder anderen Filmschauspieler, besonders für Karl Ludwig Diehl und Adolf Wohlbrück, für einen Tenor der Berliner Staatsoper und für unseren Biologielehrer. Und in meinen Träumen endete alle Liebe mit einem Kuß. Wie im Kino, das ich nach wie vor leidenschaftlich gern besuchte. In der Vorstellung meiner Mutter sollte ich mich natürlich gut verheiraten. Woher allerdings der passende Mann kommen sollte, war nicht ganz klar. Wir hatten keinerlei gesellschaftlichen Umgang.

So war sie einverstanden, daß ich ›ein wenig studierte‹. Nicht im Hinblick auf einen Beruf, sondern weil das Studium erstens für ein Mädchen gesellschaftsfähig geworden war, und weil es mich zweitens mit jungen Männern zusammenbrachte, die später Akademiker sein würden. Für meine Mutter war die Zeit stehengeblieben, daran hatte auch der Führer nichts ändern können. Ein Akademiker oder ein Offizier, nur eins von beiden kam für mich in Frage. Das eine konnte man mit der Universität versuchen, für das andere würde mein Bruder sorgen, wenn er erst selbst Offizier war.

Ich hörte mir diese Spekulationen meiner Mutter gelegentlich an, meist widersprach ich oder machte mich lustig darüber. Andererseits hatte ich dem nichts Vernünftiges entgegenzusetzen, denn ich wußte selbst nicht, was ich wollte. Ich entschied mich schließlich für Kunstgeschichte und neue Sprachen. Das fand ihre Zustimmung.

Was die Ferien an der Ostsee betraf, so hatte ich daran keine sehr glücklich Erinnerungen, und zwar nur, weil ich mit meiner Mutter zusammen gereist war. Es war das erste und einzige Mal gewesen, daß wir gemeinsam Ferien gemacht hatten, und ich sehnte mich nicht nach einer Wiederholung. Wir hatten in einer kleinen, sehr bescheidenen Pension gewohnt, die Unterkunft war sogar, wie oft in Seebädern, ziemlich primitiv, und die Tatsache, daß wir ein Zimmer gemeinsam hatten, war für mich eine Qual. Und dann ihre Gespräche mit den anderen Gästen! Heute begreife ich natürlich, daß es einfach Unsicherheit und Ungewandtheit bei ihr war. Sie war nie gereist, sie war nirgends hingekommen, ihre Welt war so eng, und ihr Geist, Gott verzeihe mir, wenn ich es ausspreche, war beschränkt.

Sie kompensierte das damit, daß sie sich aufspielte. Sie tat unbeschreiblich vornehm, ließ die anderen Leute wissen, aus welch exklusiven Kreisen sie stammte, der Onkel General wurde erwähnt, der Baron in Baden-Baden und noch ein paar alte Fossilien, die gelegentlich bei dem General aufgetaucht waren. Dann natürlich: ihr toter Mann, der Offizier, ihr Sohn, der zukünftige Offizier. All das wurde den Mitgästen während der Mahlzeiten oder bei anderer Gelegenheit serviert. Ich gestehe, ich hätte sie manchmal ermorden können. Geliebt hatte ich sie nie besonders, und mein Respekt war auch mit zunehmendem Alter und Verstand sehr brüchig geworden, aber jetzt litt ich geradezu körperlich unter ihrem lächerlichen Benehmen.

Zu Hause war das natürlich nicht so, da war sie in ihrer Welt und konnte immerhin einigermaßen ernst genommen werden.

Ich fand während meines Aufenthaltes an der See einen einzigen Verehrer, einen schüchternen jungen Mann, der mich zweimal zum Tanzen ausführte. Und natürlich kam meine Mutter mit. Nach dem zweiten Mal erklärte sie mir, das sei kein Umgang für mich, es handele sich um einen Kaufhausangestellten, wie sie erfahren habe. Also wurde ein drittes Mal nicht mehr getanzt. Was ich bedauerte. Denn wenn mir der junge Mann auch keinen besonderen Eindruck gemacht hatte, ich tanzte sehr gern, und er tanzte sehr gut.

Wie war ich froh, als ich im Jahr darauf im Zug nach Baden-Baden saß. Allein. Im Stillen hatte ich immer gefürchtet, meine Mutter würde auf den Gedanken kommen, die gemeinsame Sommerreise zu wiederholen. Aber sie war wohl selbst erleichtert gewesen, als sie es hinter sich gebracht hatte und wieder in der vertrauten Umgebung war.

In Baden-Baden hatte sich nichts verändert. Es war grün, es blühte verschwenderisch in den Anlagen, die Oos floß leichtfüßig durch die Allee, die Leute waren nicht jung, aber hübsch gekleidet und angenehm anzuschauen, und in Onkel Ludwigs schönem weißem Haus fühlte ich mich gleich wieder heimisch.

Zwar bewohnte der Baron von Freuendorf sein Haus mittlerweile nicht mehr allein. Früher hatte er nur mit seiner Wirtschafterin darin gelebt, aber nun hatte er seit anderthalb Jahren den ersten Stock an einen Arzt vermietet. Dr. Alexis war ein Balte, ein gedrungener, auf sympathische Weise häßlicher Mann von hoher Intelligenz und bestrickenden Umgangsformen, den Iris bereits bei ihrem letzten Besuch, allerdings noch nicht als Hausbewohner, kennengelernt hatte. Der Baron war zu der Einsicht gekommen, daß das Haus für ihn allein zu groß sei. Außerdem verbesserte die Vermietung seine Einkünfte, denn das Leben war wesentlich teurer geworden. Er hatte sich gut überlegt, wen er sich ins Haus nehmen könne, und seine Menschenkenntnis ließ ihn auch diesmal nicht im Stich. Er kannte Dr. Alexis seit einigen Jahren, sie hatten gelegentlich einen Schoppen zusammen getrunken und ein gutes Gespräch geführt, und obwohl der Arzt um zwei Jahrzehnte jünger war als der Baron, war er so etwas wie ein Freund geworden.

Dr. Alexis übte keine Praxis im Hause aus. Er arbeitete in einem sehr exklusiven Sanatorium; sein Hauptinteresse jedoch galt einer damals noch wenig bekannten Wissenschaft, der Gerontologie. Alt werden sei nichts als eine dumme Angewohnheit, pflegte er zu sagen, gegen die man sehr wohl etwas unternehmen könne. Dabei sah er seinen jeweiligen Gesprächspartner aus dunklen Augen, die unter dicken buschigen Brauen lagen, herausfordernd an und wartete auf

Widerspruch, damit er Gelegenheit hatte, seine Thesen zu verkünden.

Er führte eine weltweite Korrespondenz mit Fachleuten dieser jungen Wissenschaft, und im Winter, wenn er Zeit hatte, reiste er, um Ärzte, Forscher und Laboratorien im In- und Ausland zu besuchen, wo er hoffen konnte, auf diesem seinem Spezialgebiet etwas dazuzulernen. Der Baron von Freuendorf, der immer ein guter Zuhörer gewesen war, bewies dies Talent auch im vorliegenden Fall, und so verstanden sich die beiden Männer an manchem Abend recht gut.

Am Tag ihrer Ankunft saß Iris abends mit den beiden Herren auf der Veranda über dem Gärtchen. Dr. Alexis war gekommen, um sie zu begrüßen, und war von dem Baron zu einem Glas Wein eingeladen worden. Es war sehr warm, die Luft von fast südlicher Weichheit und erfüllt von dem Duft nach Blüten, Gras und Laub und von dem Duft dieser seltsamen fremdländischen Bäume, die unten in der Allee standen.

Nachdem Iris von Berlin erzählt hatte, von den Ereignissen der vergangenen Zeit, kam man auf die Kurgäste zu sprechen, auf die Saison in diesem Jahr, auf die Berühmtheiten, die schon dagewesen waren oder noch erwartet würden, und von da kam der Doktor zu seinem Lieblingsthema.

»Sie werden nicht mehr altern, Iris. Bis Sie in die Jahre kommen werden, das Alter zu fürchten, wird man wissen, wie man es verhindert.«

»Schade, mein Lieber, daß es für mich zu spät kommt«, meinte der Baron. »Ich wünschte, Sie wären schon etwas weiter mit Ihren Forschungen.« Er nahm gedankenvoll einen Schluck aus seinem Glas, blickte zu den Büschen der Lichtenthaler Allee hinüber und fuhr fort: »Allerdings habe ich die Befürchtung, diese segensreiche Erfindung, die Sie oder einer Ihrer Kollegen eines Tages machen werden, kommt nicht nur für mich zu spät, sondern wird auch für viele andere nicht mehr von Nutzen sein. Weil sie gar nicht dazu kommen werden, das Alter zu fürchten.«

Dr. Alexis sagte darauf nichts. Iris, die nicht gleich verstand, blickte von einem zum anderen, doch dann begriff sie, was Onkel Ludwig meinte.

Er sprach von Krieg.

Hin und wieder sprach man jetzt von Krieg. Als im März dieses Jahres deutsche Soldaten Österreich besetzten, war die Kriegsfurcht wie ein Gespenst durch Berlin geschlichen. Manche Leute hatten sich sogar sehr offenherzig, und das hieß sehr zornig, sehr unglücklich oder sehr ängstlich dazu geäußert.

Im Hause Vorwarth hatte man auch davon gesprochen, und dort war das Gespräch anders verlaufen. Arne hatte sehr kühl erklärt, seiner Ansicht nach werde es Krieg geben, wenn nicht jetzt, dann später, und er war zusätzlich der Meinung, daß dies wenn auch nicht gerade wünschenswert, so eben doch vielleicht notwendig sein würde.

Günther, der bei dem Gespräch zugegen war, wollte von Krieg nichts hören. »Was für ein Unsinn! Krieg! Wie stellst du dir das vor. Heutzutage! Ausgeschlossen. Wir leben in einer modernen, aufgeklärten Zeit. Und der Führer will keinen Krieg. Und was er nicht will, das tut er auch nicht, das läßt er sich nicht aufzwingen. Er hat sich Zeit genommen für seinen langen Weg, er hat sich nie zu Gewalt zwingen lassen. Er wird ganz gewiß nicht gefährden wollen, was er für uns aufgebaut hat.«

Soweit Günther. Gutwillig, harmlos, und damals noch nicht fähig, tiefer zu blicken.

»Wer sagt dir, daß er nicht will«, sagte Arne, der zwar um vieles jünger, aber auch um vieles klüger war als sein Freund. »Wenn er alle Ziele erreichen will, die er sich vorgenommen hat, wenn er uns den Lebensraum und die Geltung verschaffen will, die wir brauchen und die wir beanspruchen können, dann wird er um Krieg nicht herumkommen. Freiwillig gibt uns keiner was. Und dann vergiß eins nicht: Versailles muß ausgelöscht werden. Das hat er sich vorgenommen.«

Iris hatte schweigend zugehört. Sie kannte alle diese Phrasen, sie war schließlich auch zu dieser Zeit in die Schule gegangen, und man hatte ihr das alles auch beigebracht.

Aber das Wort Krieg flößte ihr nacktes Entsetzen ein. Wie konnte man nur darüber reden, wie über etwas, das – ja, das möglich sein könnte. Aber es konnte nicht möglich sein.

Arne, der gern dozierte, hielt einen längeren Vortrag über Geschichte und schloß: »Das jedenfalls habe ich aus der Geschichte gelernt: es gab immer Völker, die ihre Niederlage in einen Sieg verwandelten, auch wenn ein paar Jahre oder Jahrzehnte dazwischen lagen. Das spielt, historisch gesehen, keine Rolle. Aber wie anders wollen wir das erreichen als durch einen Krieg? Das weiß der Führer auch.«

Melanie sagte mit einer gewissen düsteren Befriedigung: »Kriege wird es immer geben.«

Sie blickte ihren Sohn an, der bereits die Uniform trug. In ihrem Blick war keine Angst, keine Sorge. Der Krieg hatte ihr den Mann genommen, den sie liebte. Aber sie haßte den Krieg dennoch nicht.

Iris war bestürzt, daß man nun hier in Baden-Baden auch von Krieg sprach. Sie blickte von einem zum anderen, sie war fast traurig, es war ihr erster Abend hier, die Nacht war so schön, gab es denn nicht erfreulichere Themen?

»Sie haben recht, Baron«, sagte der Doktor nach einem kleinen Schweigen. »Die Narren sterben nicht aus. Gegen Dummheit findet man offensichtlich noch schwerer ein Mittel als gegen das Alter. Und die Verbrecher, die sich ihrer bedienen, wachsen auch immer wieder nach.«

Daß Onkel Ludwig ein Gegner des derzeitigen Regimes war, wußte Iris. Sie nahm es als gegeben hin, denn soviel war ihr immerhin bekannt, daß nicht alle Leute die Meinung ihrer Mutter teilten. Es bekümmerte sie wenig. Sie lebte noch in der Welt der Unschuld, in der Traumwelt des Jungseins. Politik interessierte sie nicht. Der Führer war der Führer, sie liebte ihn nicht, wie ihre Mutter ihn liebte, sie haßte ihn auch nicht, wie manche es taten, er war ihr im Grunde ziemlich gleichgültig. Sie fand ihn manchmal ein bißchen komisch, ein wenig lächerlich. Aber er war nun einmal da, er führte die Regierung, einer mußte es ja wohl tun, und alle anderen Männer in leitenden politischen Positionen der verschiedenen Länder, die sie gelegentlich in der Wochenschau zu sehen bekam, kamen ihr auch nicht viel attraktiver vor als er. Politiker waren vermutlich meist komische oder unsympathische Menschen. Was ihr imponierte, waren Künstler: Maler, Schauspieler, Sänger, Musiker, Dirigenten – das nur waren wirklich große und bedeutende Menschen. Sie konnte man bewundern und lieben.

Wenn sie in der Philharmonie saß und Furtwängler dirigierte, dann liebte sie ihn. Sie betete Erna Berger als Susanne an und Helge Roswaenge als Tamino. Oder Paul Hartmann, wenn er den Faust spielte, und Gründgens, wenn er Mephisto war. Und neulich hatte sie Walter Gieseking das Schumann-Klavierkonzert spielen hören und war zerflossen in Seligkeit. Das waren Menschen, die sie lieben und bewundern konnte.

Mit halbem Ohr nur hörte sie dem Männergespräch zu, das sich noch eine Weile bei dem Thema aufhielt. Sie sprachen beide, wie damals üblich, in Andeutungen, in unvollendeten Sätzen, in vorsichtig gewählten Worten.

Iris begann zu träumen. Sie blickte auf die Allee hinab, durch die Büsche schimmerten die hellen Kleider der Frauen, von irgendwoher klang Musik. Ob sie wohl hier einmal zum Tanzen gehen konnte? Würde es jemand geben, der sie dazu einlud? In ihrem Koffer hatte sie ein neues Kleid mitgebracht, ein Kleid aus steifem weißem Organdy mit einem spitzen Ausschnitt, der von einer rosa Schleife abgeschlossen wurde, und in verkleinerter Form kehrten die rosa Schleifen am weiten Saum des Rockes wieder. Ein Meisterwerk der Hausschneiderin.

Sie war sehr stolz auf dieses Kleid, und sie wollte es gern ausführen. Gedankenverloren drehte sie an den Spitzen ihres Haares, das sie jetzt halblang in einer Innenrolle trug. Neuerdings zog sie vorsichtig die blonden Augenbrauen mit einem dunklen Stift nach und benutzte auch einen Lippenstift, obwohl ihre Mutter auch das dégoûtant fand.

»Eine Dame schminkt sich nicht.«

»Vielleicht hat sie es zu deiner Zeit nicht getan. Heute tut man das. Es ist doch albern zu sagen, die deutsche Frau schminkt sich nicht.«

»Dein Ton gefällt mir nicht, Iris.«

»Ich weiß schon, warum du das sagst. Du bildest dir ein, dein Führer will das nicht.«

Wenn Iris mit ihrer Mutter über Hitler sprach, wählte sie meist die Formulierung ›dein Führer‹, weil sie wußte, ihre Mutter ärgerte sich darüber.

»Er will es auch nicht.«

»Ob du dich da nicht täuschst? Der Führer hat am liebsten Umgang mit Filmschauspielerinnen, das weiß schließlich jeder. Und schminken die sich etwa nicht? Wenn ihm das nicht gefiele, würde er sie nicht einladen. *Dich* hat er noch nicht eingeladen.«

Iris kam sich selber kindisch vor, sie versuchte, das Gesagte abzuschwächen. »Alle Mädchen schminken sich heute. Als ich neulich mit Arne beim Tanzabend war, hatten alle Mädchen rote Lippen. Man würde direkt auffallen, wenn man so ganz ohne ankäme.«

Dr. Alexis beobachtete Iris über den Tisch hinweg. Er sah ihr verlorenes Träumen in das Dunkel hinab, das eitle Spiel mit dem Haar, den Andeutung eines Lächelns um ihre Lippen.

»Woran denken Sie, Iris?«

Iris wandte den Kopf zu ihm und blickte ihn. »Oh – an nichts.«

»Und wenn das Nichts einen männlichen Namen trüge, würden Sie es uns vermutlich nicht erzählen.«

Iris lachte. Es klang hell und kindlich. »Es gibt kein Nichts mit einem männlichen Namen. Leider.«

»Auf das Leider möchte ich besonders hinweisen«, sagte der Doktor lächelnd und hob sein Glas. »Auf Ihr Wohl, Iris. Es ist schön, Sie hier zu haben. Es tut gut, Jugend und Schönheit zu sehen in dieser unerfreulichen Zeit.«

»Ist sie denn unerfreulich?« fragte sie naiv.

»Wie man's nimmt«, war die diplomatische Antwort. »Es kommt auf den Betrachter an. Unerfreulich ist es auf jeden Fall, Sie an Ihrem ersten Abend hier mit unserem pessimistischen Geschwätz zu langweilen. Habe ich recht, Baron? Wir sind zwei langweilige Kavaliere. Anstatt unseren reizenden

Gast auszuführen, sitzen wir hier und malen den Teufel an sämtliche Wände.«

»Ich weiß nicht, Doktor, ob wir die richtigen Kavaliere für eine so junge Dame wären. Sie gingen ja vielleicht noch gerade an, jedenfalls für den ersten Abend. Ich muß leider passen. So gern ich mein Leben lang mit jungen Damen ausgegangen bin, in der Großvaterrolle schmeckt es mir nicht recht. Und nachdem Sie mich mit Ihrer Verjüngung im Stich gelassen haben, verstecke ich mich mit Iris lieber hier auf meiner Veranda.«

»Sehr egoistisch, Baron. Für Iris keine sehr unterhaltsame Umgebung.«

»Ich hoffe, einen Abend wird sie es mit mir aushalten.«

»Jeden Abend, Onkel Ludwig. Ich habe mich so gefreut, hierherzukommen.«

»Ich danke dir, ma petite. Und ich weiß es zu schätzen. Ich habe gar nicht gehofft, dich dieses Jahr zu sehen. Wärst du nicht lieber wieder an die See gefahren?«

»Nein, gar nicht. Und bestimmt nicht mit Mama.«

»So. Dann war das kein rechter Erfolg im letzten Jahr?«

»Es war ziemlich langweilig; und du kennst Mama.«

Der Baron nickte mit Nachdruck. »Bien sûr, ich kenne sie. Offen gestanden würde ich auch nicht allzu gern mit ihr verreisen.«

Sie lachten alle drei, und dann erkundigte sich der Baron nach Arne, was Iris sehr beredt machte. Sie schilderte ausführlich Arnes glanzvolles Abitur, seine jetzige Tätigkeit, sein blendendes Aussehen.

»Ich kann es mir vorstellen«, sagte der Baron. »Ich brauche dich nur anzusehen. Falls er dir noch so ähnlich sieht, dann wird er eines Tages der hübscheste Leutnant sein, den unsere neue Armee aufzuweisen hat. Sind die Mädchen nicht recht hinter ihm her?«

»Ich weiß nicht. Er kümmert sich nicht viel um Mädchen. Er hat keine Zeit, sagt er.«

»Ehrgeizig, wie? Da wird er wohl Karriere machen.«

»Bestimmt«, sagte Iris mit Überzeugung.

Die beiden Herren tauschten einen Blick, sie dachten beide

das gleiche. Aber sie griffen das unerfreulich Thema nicht wieder auf.

»Übrigens, ma petite, was deine Unterhaltung betrifft, so ist dafür gesorgt. Übermorgen kommt Evelyne. Allerdings beehrt sie mich diesmal nur für eine Woche. Sie hat ebenfalls wenig Zeit. Im September tritt sie ihr erstes Engagement an. In – wo war es doch gleich, Doktor? Mein Gedächtnis wird immer schlechter.«

»Sie sprachen von Görlitz, soweit ich mich entsinne.«

»Richtig, Görlitz. Kaum zu glauben. Da will das arme Kind nun hin und Theater spielen. Ein komischer Beruf.«

Dr. Alexis lachte. »Seien Sie nicht so südwestlich, Verehrtester. Weiter östlich wohnen auch menschenähnliche Wesen. Und jeder muß mal klein anfangen. Das ist wie bei einem Offizier, der wird auch zunächst in die Provinz geschickt. Und kann unter Umständen dort hängenbleiben. Genau wie ein Schauspieler, der nicht weiterkommt.«

»Evelyne wird weiterkommen, daran zweifle ich nicht. Sie hat einen kleinen Teufel im Leib, der sich wohl noch auswachsen wird. Und immerhin eine gute Protektion an ihrem Stiefvater, der in München eine große Rolle spielen soll. Nicht nur auf der Bühne, wie ich mir habe sagen lassen. Meine Tochter, die geborene Baronesse Freuendorf, soll sehr häufig im Hause des Gauleiters von München – wie heißt der Mensch doch gleich? na, ist ja egal – anzutreffen sein. Merkwürdig, nicht? Tja. Übrigens – das wird dich interessieren, Iris, Evelyne hat auch schon gefilmt. Sie hat erst unlängst eine kleine Rolle in einem Film gehabt.«

»Nein! Wirklich?« rief Iris überrascht und ein wenig neidisch. Denn wie für jedes junge Mädchen war die Filmwelt eine Wunderwelt für sie, deren Bewohner man bestaunte.

»Das ist aber noch nicht alles«, sagte der Baron. »Ich habe noch einen Besuch zu bieten. Zur Rennwoche kommt Jean-Claude. Vielleicht schon vorher, wie er mir schrieb.«

Den sagenhaften Comte aus Frankreich kannte Iris bisher nur aus Onkel Ludwigs Erzählungen, so beeindruckte sie diese Ankündigung wenig. Es war viel interessanter, Evelyne wiederzusehen, den angehenden Star.

»Fährt der Comte wieder mit dem Auto?« fragte Dr. Alexis.

»Gewiß. Ohne so ein Ding kann er ja nicht leben. Wenn ich an die Entfernung denke! Neapel bis hierher. Er ist zur Zeit in Capri, ich erzählte es Ihnen wohl. Mon Dieu, wie anstrengend muß das sein.«

»Nein, bei den Wagen, die der Comte fährt, stelle ich es mir nicht so strapaziös vor.«

»No ja, jetzt hat er wieder so ein verrücktes Ding. Wie hieß das doch gleich? Ein – ein – na, ich weiß nicht. Und ungeheuer schnell fährt die Karre. In der Stunde, warten Sie mal, was schrieb er denn gleich?«

»Es war ein Bugatti«, sagte der Doktor nicht ohne Andacht. »Und er fährt ziemlich hundertachtzig Kilometer in der Stunde. Fantastisch. Also – mir würde es schon Spaß machen, mal so eine Karre – wie Sie das zu nennen belieben – in der Hand zu haben.«

Dr. Alexis besaß auch einen Wagen, einen Olympia, und er fuhr gern Auto, das betonte er immer. Onkel Ludwig, der Pferdefreund, hatte sich mit Autos nie anfreunden können. Doch jetzt meinte er großzügig: »Aber mein Lieber, das läßt sich doch arrangieren. Wenn Jean-Claude hier ist, werde ich ihn bitten, Ihnen einmal das Steuer zu überlassen.«

Der Doktor lachte. »Sie verfügen sehr großzügig über die Autos anderer Leute, Baron. Man überläßt seinen Wagen nicht gern einem fremden Fahrer. So wenig, wie man seine Frau herleiht.«

Der Baron schmunzelte. »Früher sagte man: sein Pferd und seine Frau gibt man keinem anderen in die Hand.«

»Man beachte die Reihenfolge. Haben Sie es gehört, Iris?«

»Ja«, sagte Iris und wagte eine kühne Erwiderung. »Sicher ist sie richtig. Vielleicht kann man an einem Pferd mehr verderben als an einer Frau.«

»Ma petite, was muß ich hören! Was sagen Sie dazu, Doktor? So werden Kinder mit einemmal erwachsen.«

Ja. Sie kam sich erwachsen vor. Sie war kein Kind mehr. Die Schule lag hinter ihr. Das Leben begann. Sie hatte ganz deutlich das Gefühl, daß es nun beginnen würde.

Die Woche mit Evelyne war turbulent, sie brachte den ganzen Haushalt durcheinander. Evelyne trug die kürzesten Shorts, die man je hier gesehen hatte, flirtete mit jedem Mann, der ihr in die Quere kam, erzählte von ihren Erlebnissen in der Schauspielschule, bei den Dreharbeiten, von dem offenbar sehr abwechslungsreichen Leben im Hause ihres Stiefvaters. Dazwischen memorierte sie ihre Rollen und ließ sich abhören. Sie sprach auch sehr ungeniert von ihren Liebhabern, deren Zahl sich schon ganz ansehnlich summiert hatte. Iris kam aus dem Staunen nicht heraus.

Sie gingen zum Tennisspielen, zum Tanzen, zum Baden, in die Läden zum Einkaufen. Natürlich schminkte Evelyne sich, und das nicht zu knapp, und sie brachte Iris bei, wie man die kleinen Schönheitsmittel richtig und geschickt handhabt.

Schon am zweiten Abend, als sie ausgehen wollten, sagte Evelyne: »Also du läufst rum, das ist kaum zu glauben. Und so was kommt aus Berlin. Man könnte denken, du stammst aus dem vorigen Jahrhundert. Setz dich hin und laß mich das mal machen.«

Daraufhin wurde Iris von Evelyne sachverständig zurechtgemacht, und als sie das Ergebnis im Spiegel besah, gefiel sie sich sehr gut. Dennoch sagte sie: »Ach nein!«

»Ach ja!« ahmte Evelyne sie nach. »Mensch, bist du spießig! Dabei hast du so ein gut geschnittenes Gesicht. Du könntest glatt zum Film gehen.«

Iris, die sich immer noch nicht von ihrem Anblick im Spiegel lösen konnte, lachte amüsiert. »Das wäre gerade das richtige für mich.«

»Das ist überhaupt nicht schwer. Ich hab' das jetzt miterlebt, ich kann dir sagen, du kommst aus dem Staunen nicht heraus, wie blöd die alle sind. Die Larsen hat die Hauptrolle gespielt, die Schwedin, du weißt schon. Und immer habe ich sie bewundert und sie für eine tolle Schauspielerin gehalten. Denkst du! Sie ist dumm wie eine Kuh. Der Regisseur muß ihr alles vormachen. Aber auch alles! Jeden Schritt und jeden Blick und jedes Wort. Sie kann allein nicht von hier bis zur Tür gehen. Wenn du dann im Kino sitzt, heulst du Rotz und

Wasser, so herzzerreißend wirkt das. Na, ich weiß jetzt Bescheid.«

Die Tage mit Evelyne vergingen wie im Flug. Auf dem Tennisplatz fand Iris sich schnell wieder zurecht, und als Evelyne abreiste, mit dem Wagen abgeholt von einem ihrer zahlreichen Verehrer, hatte sie es fertiggebracht, Iris mit Tanzpartnern wie mit Tennispartnern zu versorgen.

Bedauerlicherweise hatte das schöne weiße Organdykleid ihren Beifall nicht gefunden.

»Gott ja«, hatte sie gesagt, »ganz niedlich. Für irgend so eine Maid. Aber nicht für dich. Das ist nicht dein Stil.«

Das gab Iris Stoff zum Nachdenken. Dein Stil! Das leuchtete ihr ein. Sie erkannte sofort, daß Evelyne recht hatte. Aber wie machte man das, seinen Stil zu finden und sich danach zu kleiden? Überhaupt, wenn man so wenig Geld hatte wie sie?

»Es ist nicht das Geld allein«, belehrte Evelyne sie. »Sicher – mit Geld ist es leichter und macht mehr Spaß, aber man kann sich auch mit wenig Geld so anziehen, daß man seinen Typ unterstreicht und das beste daraus macht. Du darfst niemals etwas Niedliches oder etwas Hausbackenes tragen, du mußt großzügige, einfache Sachen anziehen, oder auch mal etwas ganz Tolles, sehr Aufwendiges. Solltest du mal Geld dafür haben. Kann ja noch kommen. Aber sonst lieber schlicht, eher untertreiben. Du mußt nicht wie viele andere Frauen durch Kleidung auffallen. Du bist in der glücklichen Lage, daß du das nicht nötig hast, so wie du aussiehst. Du mußt dein Gesicht wirken lassen, deine Figur, deine Haltung. Ich sage dir, du siehst in einem Rock und einer Bluse eleganter aus als in diesem komischen weißen Schleifending da.«

Evelyne zog sich mehrmals am Tag um. Und am Tage vor ihrer Abreise, als man abends noch einmal zum Tanzen gehen wollte, und zwar mit denselben Herren, mit denen sie schon zweimal verabredet gewesen waren, sagte sie am Nachmittag plötzlich: »Ich muß mir ein Kleid kaufen. Ich bin durch. Dasselbe kann ich nicht noch einmal anziehen.«

Sie schleppte die sprachlose Iris mit in die Stadt, in eines der elegantesten Geschäfte, erkannte dort mit sicherem Blick, was in Frage kam, und kaufte sich ein Kleid, so eben im Vorübergehen, wie andere sich eine Zeitung kaufen. Es imponierte Iris sehr, und sie meinte, nicht ohne Neid: »Da muß man eben Geld haben.«

»Ich habe ja noch keins«, sagte Evelyne leichtherzig. »Das bißchen, was ich mit dem Film verdient habe, ist schon fast ganz draufgegangen. Aber Papi ist sehr großzügig. In Görlitz verdiene ich ja so gut wie gar nichts. Aber er schickt mir schon. Und die Kleider, die ich kaufe? Die kann ich später auf der Bühne tragen, da brauche ich pausenlos etwas. Für Görlitz ist das alles todschick, was ich habe.«

Am Abend durfte Iris das Weiße nicht wieder anziehen. »Nö, also wirklich, das kennt nun langsam hier jeder. Und überhaupt, ich habe dir ja dazu meine Meinung gesagt. Aber warte mal!«

Und damit begann Evelyne in ihrem Kleiderschrank zu wühlen und zog etwas heraus, was Iris noch nicht gesehen hatte. »Da! Probier das mal. Dir müßte es eigentlich passen. Mir ist es immer zu eng um die Hüften. Das ist mein ganzer Kummer, da hab' ich ein paar Zentimeter zu viel.«

Das Kleid war aus rauchblauer, federleichter Seide, die sich wie eine zweite Haut an den Körper schmiegte. Über die eine Schulter verlief ein Träger, die andere Schulter war nackt. Jedoch war am unteren Ende des Trägers ein loser langer Chiffonschal befestigt, den man ganz nach Laune und Geschmack über die freie Schulter drapieren konnte.

»Das wär's«, sagte Evelyne befriedigt, nachdem Iris das Kleid angezogen hatte. »Du wirst mir heute alle Männer abspenstig machen.«

»Aber das kann ich doch nicht anziehen!«

»Das ziehst du an, oder du bleibst zu Hause. Ich schenke es dir. Ich sag' ja, mir paßt es nicht richtig. Du hast eine tolle Figur, du mußt sie nur zeigen. Und ich mach' dich zurecht und frisiere dich. Gott, bin ich ein selbstloser Mensch. Ich muß nicht ganz normal sein.«

Großzügig war Evelyne und sich ihrer selbst so sicher, daß sie es fertigbrachte, eine andere hübsche Frau neben sich zu dulden.

Als sich Iris vor dem Weggehen Onkel Ludwig präsentierte, machte er anerkennend: »À la bonheur! Du hättest mir nicht vor dreißig Jahren begegnen dürfen. Ach, was sage ich! Nicht vor zwanzig. Was hat denn das Teufelsfrauenzimmer mit dir angestellt?«

Iris lachte, ein wenig aufgeregt. »Sie hat mir dieses Kleid geschenkt. Und mich geschminkt, du siehst ja. Und dann die Haare!« Sie deutete vorsichtig, mit spitzem Finger, auf ihren Kopf, sie wagte Evelynes komplizierte Frisur nicht anzurühren. Das Haar war seitwärts hochgesteckt, ein paar Locken in die Stirn gebürstet, und irgendwo hielten zwei silberne Schleifchen das ganze zusammen. Dazu kamen: ein wenig Rouge auf den Wangen, ein wenig Blau auf den Lidern und getuschte Wimpern. Alles stammte aus Evelynes Leichner-Schminkkassette, die sie übrigens Iris bei der Abreise ebenfalls vermachte.

Evelyne ihrerseits in dem neuen sahnefarbenen Kleid, das sie an diesem Tag erstanden hatte, kräftig geschminkt und ebenfalls sehr geschickt frisiert – sie hatte wunderschönes, dichtes, langes rotbraunes Haar –, entlockte dem Baron nur noch ein Kopfschütteln.

»No ja, ihr beiden, also ich weiß ja nicht. Ihr stellt mir doch nichts an?«

»Dafür können wir nicht garantieren, Großpapa«, lachte Evelyne und setzte sich auf seine Sessellehne. »Sind wir keine Sünde wert?«

»Ein Glück, daß du zum Theater gegangen bist, du Fratz. Da kannst du dich wenigstens austoben, mit Schminke, Kostümen und Frisuren. Und mit deinem Temperament. Wenn du keine Bühne zur Verfügung hättest, um das alles anzustellen, was so in dir herumwirbelt, das wäre nicht auszudenken.«

»Ich werde nicht nur auf der Bühne etwas anstellen, Großpapa. Aber da natürlich auch. Du wirst von mir hören!«

»Daran zweifle ich nicht.«

So gesehen, waren die Tage mit Evelyne für Iris sehr lehrreich. Das Kleid, die Farbtöpfchen und ein paar Kenntnisse, was man mit seinem Gesicht, seinen Augen, seinem Körper anfangen konnte, blieben zurück.

Und bald darauf konnte sie es gebrauchen.

Bühne frei für den nächsten Auftritt!

Nach Evelyne war es ein Mann – der Comte Saint-Mar de Chaumencey aus Frankreich.

Man wußte nicht genau, wann er kommen würde; ein Zimmer im ›Bellevue‹ war für ihn reserviert, und damit hatte es sich zunächst. Iris, noch beschäftigt mit einigen Verehrern, die Evelyne ihr ebenfalls hinterlassen hatte, verging die Zeit im Flug, und sie dachte gar nicht mehr an den angekündigten Besuch.

Eines späten Nachmittags, als sie vom Tennisplatz kam, war er da. Sie war erhitzt, das Haar verwirrt, sie trug weiße Shorts und eine ärmellose weiße Bluse und kam ganz erfüllt ins Haus zurück, denn sie hatte ein Match gegen einen guten Spieler gewonnen.

Zu schade, daß Onkel Ludwig das nicht gesehen hatte! Er kam oft hinüber auf die Plätze, um ihr beim Spielen zuzusehen, aber heute war er nicht gekommen. Nun wollte sie ihm wenigstens von ihrem Sieg berichten.

Im Salon war er nicht, auch auf der Veranda nicht, sie rief seinen Namen und öffnete gleichzeitig die Tür zum sogenannten Herrenzimmer, das zur Straße hin lag, ein mit dunklen, strengen Möbeln eingerichteter Raum, in dem der Baron seine Korrespondenzen zu erledigen pflegte.

Er war nicht allein. Sie trat zurück, sagte:

»Oh, Verzeihung! Ich wußte nicht, daß du Besuch hast.«

»Komm nur herein. Iris. Jean-Claude ist gekommen.«

Zögernd und ein wenig befangen trat Iris ein. Aus einem der Clubsessel erhob sich ein Mann in einem hellgrauen, außerordentlich eleganten Anzug, und sofort war sie gebannt von dem Blick dunkelbrauner Augen.

»Das ist meine kleine Freundin Iris«, sagte der Baron. »Ich habe dir von ihr erzählt, Jean-Claude.«

»Ich freue mich, daß ich Sie endlich zu sehen bekommen«, sagte der fremde Mann, trat auf sie zu, neigte den Kopf und lächelte.

Iris war befangen. So einen Mann hatte sie noch nie gesehen. Ein schmales Männergesicht mit sehr ausgeprägten Zügen, braungebrannt von der Sonne, und dann dieser Blick. Sie reichte ihm die Hand, die er nahm, über die er sich, einen Handkuß andeutend, beugte, und sagte dabei: »Und mir scheint, ich habe viel versäumt. Warum hast du mir nicht längst gesagt, ich müsse kommen und Iris kennenlernen, cher Ludwig?«

»Das habe ich dir sicher schon einmal gesagt«, antwortete der Baron amüsiert. »Aber vor zwei Jahren warst du nicht hier, und im vorigen Jahr hat sie mich versetzt.«

Jean-Claude ließ ihre Hand los, lächelte und sah sie an mit diesem eindringlichen Blick, den nur ein Franzose für eine hübsche Frau aufbringen kann. »Ich bin sehr glücklich, daß ich *dieses* Jahr gekommen bin und Iris auch.«

Vom ersten Moment, so konnte man es nennen, war es ein Flirt. Von Jean-Claudes Seite aus natürlich, und so war er es gewohnt, mit einer einigermaßen attraktiven Frau umzugehen.

Iris errötete, ärgerte sich darüber, wurde noch befangener und wußte nicht, was sie sagen sollte.

»Komm, mein Kind, setz dich«, sagte der Baron. »Trink einen kühlen Schluck mit uns. Du bist ja ganz erhitzt vom Spiel.«

»Oh, danke. Ich sollte mich vielleicht erst umziehen.«

»Bleiben Sie noch einen Moment so, wie Sie sind, Iris«, sagte Jean-Claude und betrachtete sehr genau ihre langen nackten Beine. »Ein reizvoller Anblick in dieser Umgebung. So etwas habe ich bei dir noch nie zu sehen bekommen, Ludwig.«

»Da könntest du recht haben. Ich freue mich sehr, dir einmal etwas Neues bieten zu können.«

Iris setzte sich verwirrt in einen der Sessel, die Beine eng zusammengestellt, nahm das Glas, das man ihr bot, und trank, ohne zu schmecken, was es war.

Jean-Claude griff nach dem Rackett. »Darf ich Ihnen das abnehmen?«

Sie ließ den Schläger los, er legte ihn vorsichtig auf einen kleinen Tisch, dann setzte er sich auch.

»Vor einer Stunde ist er angekommen«, berichtete der Baron.

»Und für heute abend sind wir zum Dinner geladen.«

Iris blickte von einem zum anderen und suchte nach einer flotten Antwort, so wie Evelyne sie zweifellos gefunden hätte. Aber alles, was ihr einfiel, war: »Wir? Ich auch?«

»Du auch. Du machst dich hübsch, und dann lassen wir uns von der großen weiten Welt erzählen.«

Evelyne blieb den ganzen Abend ihre unsichtbare Begleiterin. Schon als sie sich nach dem Bad anzog und zurechtmachte, das ganze Programm zelebrierte, das Evelyne ihr beigebracht hatte, stand ihre Freundin ihr gewissermaßen zur Seite. »Na los, mach schon, nicht so zimperlich. Nimm ruhig ein bißchen Farbe. Und die Wimpern sind wichtig.«

Sie tuschte ihre Wimpern, bis sie tiefschwarz waren, zog die Brauen nach, stäubte vorsichtig Puder auf ihr Gesicht und malte andächtig den geschwungenen Bogen ihrer Lippen nach.

Wie dieser Mann sie angesehen hatte! Es machte sie mit einem Schlag um Jahre reifer. Erwachsen. Machte eine Frau aus ihr. Und wie er sprach! Diese dunkle Stimme war wie eine Liebkosung. Er sprach hervorragend deutsch, nur mit einem kleinen Akzent, der alles nur noch reizvoller machte. Wie er ihren Namen aussprach! Iriis! Mit der Betonung auf der letzten Silbe und einem leichten schwebenden Ansteigen auf dieser letzten Silbe. Das war schlechthin überwältigend. Sie starrte ihr Bild im Spiegel an, und dann versuchte sie Evelynes herausforderndes Lächeln.

›Na, na, Iris‹, sagte sie zu ihrem Spiegelbild und ahmte seinen Tonfall nach, ›du benimmst dich wie eine Klosterschülerin, die zum erstenmal einen Mann zu Gesicht bekommen. Evelyne würde sich totlachen.‹

Es war sehr hilfreich, an Evelyne zu denken. Aber es war auch gut, daß Evelyne nicht da war.

Dann stand sie vor dem Kleiderschrank und überlegte. Das weiße Organdykleid kam nicht in Betracht, das hatte Evelyne ihr gründlich vermiest. Aber was dann? Das Kleid von Evelyne? Ach nein. Und das blaue mit den weißen Tupfen? War auch so blöd. Und das weiße Leinenkleid war zu sportlich. Sie hatte überhaupt viel zu wenig Kleider.

Ratlos biß sie sich auf den Fingerknöchel, was sie immer tat, wenn sie sich nicht entscheiden konnte.

Dann zog sie sich den Morgenrock über, stürmte aus dem Zimmer, tat, was sie noch nie getan hatte: Onkel Ludwig um Rat fragen.

»Ja?« fragte der Baron, als sie an seine Tür klopfte. Er war schon umgekleidet, trug einen sehr eleganten dunkelblauen Anzug, der wunderbar mit seinen weißen Haaren harmonierte. Er sah ihr ratloses Gesicht. »Was ist, ma petite?«

»Was soll ich nur anziehen?«

Der Baron verstand sofort. Schließlich kannte er Frauen gut genug. Und die Wirkung, die Jean-Claude ausübte, kannte er ebenfalls.

»Nun warte«, sagte er sehr ernsthaft, »laß mich überlegen. Was kommt denn in Frage?«

»Ich hab' ja nicht viel«, sagte Iris kläglich. »Du kennst ja mein Repertoire.«

Es endete damit, daß er mit in ihr Zimmer ging und konzentriert die Kleider musterte, die Iris vor ihm ausbreitete.

»Warum nimmst du nicht das da?« fragte er und wies auf das Rauchblaue von Evelyne. »Es stand dir doch sehr gut.«

»Ja? Meinst du? Ist das richtig für heute abend?«

»Genau richtig.«

Ein anderes Problem war die Frisur. Zum Friseur ging sie selten. Sie wusch ihre Haare selbst und drehte die Enden auf Lockenwickel. Aber dazu war keine Zeit mehr. Wie hatte Evelyne das nur gemacht? Die Seiten hochgebürstet, die Schleifen irgendwo befestigt, und dann die Locken in die Stirn. Das klappte nicht.

Schließlich bürstete sie mit wilder Entschlossenheit ihr Haar gegen den Strich, bis es knisterte, ließ es hinabfallen, strich es auf einer Seite hinter das Ohr, da kam die kleine Silberschleife hin, auf der anderen Seite fiel es in die Wange. Auch nicht schlecht. Ob ihm das gefiel? Nun – und wenn nicht, was machte das? Sie benahm sich mehr als albern. Wie ein lächerlicher Backfisch führte sie sich auf, nicht wie eine Frau von annähernd zwanzig Jahren.

»Sehr hübsch«, lobte der Baron, als sie endlich auftauchte, die Augen glänzend vor Erregung.

Jean-Claude erwartete sie in der Halle des Hotels. Er trug ein weißes Dinnerjackett; so etwas hatte Iris bisher nur im Film gesehen. Doch neben ihm verblaßten sämtliche Filmstars. Offenbar fand nicht nur sie das, auch alles anderen Frauen blickten ihm nach. Das bemerkte Iris auch.

Zunächst führte er sie in die Bar zu einem Aperitif. Dort traf man Frau von Gorsky, die Frau eines reichen Industriellen, die einen eigenen Rennstall besaß. Ihre Pferde liefen in der kommenden Woche in Iffezheim. Eine bildschöne, sehr aparte Frau, Iris kannte sie vom Sehen.

»Mein lieber Comte«, rief die Schöne und reichte Jean-Claude die Hand zum Kuß, und dann plauderte man, und es war alles wirklich wie im Film.

Und so blieb es den ganzen Abend über. Iris gelangte während der ganzen Zeit nicht mit den Füßen auf den Boden. Sie sprach, sie lächelte, sie bemühte sich, gewandt und lässig zu erscheinen, sie aß und trank und wußte nicht was, und während all dieser Zeit spürte sie Jean-Claudes Blick. Er war sehr charmant, machte ihr ein Kompliment über ihr Kleid, später über ihr Haar, zuletzt über ihre Augen. Er tat es mit Selbstverständlichkeit, ganz nebenbei, es klang durchaus glaubhaft, sie hatte in steigendem Maß das Gefühl, schön zu sein. Er gab ihr dieses Gefühl. Er erzählte von Italien, das der Baron auch gut kannte, sie sprachen von Mussolini, vom heutigen Italien, aber die Politik wurde nur gestreift, dann war Paris an der Reihe, das Leben in Frankreich heute. Dann sprach er von seiner Familie, von seiner engeren Heimat. Plötzlich fragte er Iris: »Kennen Sie die Bourgogne?«

Iris schüttelte den Kopf. »Ich kenne gar nichts. Nur Berlin und Baden-Baden.«

»Und die Ostsee. Vergiß die Ostsee nicht, ma petite«, sagte

der Baron. »Dort war sie im vergangenen Sommer, als sie mich versetzt hat.«

»Sie müssen bald einmal nach Frankreich kommen«, meinte der Comte höflich. »Ich würde mich freuen, Ihnen Dijon und Beaune zu zeigen, Iris. Jetzt ist es sehr heiß. Aber im nächsten Monat, das wäre eine gute Zeit. Oder Sie kommen zur Weinlese. Hätten Sie keine Lust?«

Iris blickte ihn sprachlos und verzaubert an. Was für ein Mann! Seine Welt schien keine Grenzen zu haben. Italien, Frankreich, die Bourgogne, Paris – alles Selbstverständlichkeiten.

»Nun? Möchten Sie nicht? Sie können auf Saint-Mar wohnen. Das Château ist alt, aber ganz komfortabel. Wir können in die Wälder reiten, wir machen ein Picknick in den Weinbergen, und abends scheint der Mond über die Hügel. Es ist bei uns auch sehr romantisch.« Und romantisch betonte er ebenfalls ein wenig langgezogen auf der letzten Silbe, es klang nicht romantisch, es klang leichtfertig.

Der Baron räusperte sich. »Très romantique«, wiederholte er ein wenig spöttisch, »was du darunter verstehst, mon cher. Du solltest Iris nicht den Kopf verdrehen. Sie ist an diese Art von Romantik nicht gewöhnt.«

»Dann wird es Zeit, daß sie sie kennenlernt«, sagte Jean-Claude lachend. »Ihr Deutschen nehmt das Leben zu schwer. Unsere Art von Romantik hat auch ihre Reize.«

Nach dem Essen saßen sie in der Halle und tranken Champagner, und Iris kam es vor, als träume sie.

Plötzlich nahm Jean-Claude ihre Hand. »Wollen wir tanzen?«

Sie ging vor ihm her, und eigentlich war es verwunderlich, daß sie noch einen Fuß vor den anderen setzen konnte und nicht einfach durch den Raum flog.

Aber sie war verloren, ganz und gar verloren, als er den Arm um sie legte und mit ihr tanzte. Natürlich tanzte er gut und natürlich auch ganz korrekt, aber dennoch tanzte er anders als die Männer, mit denen sie bisher getanzt hatte. Sie spürte ihn von Kopf bis Fuß, und sie veränderte sich in seinem Arm, schon bei diesem ersten Tanz, wie nichts in diesem Leben sie bisher verändert hatte. Sein Gesicht war ganz nah, seine Stimme an ihrem Ohr. »Sie sind bezaubernd, Iris. Werden Sie mich besuchen?«

»Ich – ich weiß nicht.«

»Mein Land Burgund ist sonnig-grün...«, zitierte er plötzlich. »Kennen sie das?«

»Nein.«

»Ein deutscher Dichter. Börries von Münchhausen.«

»Nein. Ich kenne es nicht.«

Sie hatte andere Gedichte in der Schule gelernt. Andere Gedichte und andere Lieder. Keines vom Land Burgund.

»Mein Land Burgund ist sonnig-grün, sei du die Königin. Und wenn die weißen Lilien blühn, nimm sie als Zepter hin. Kennen Sie es wirklich nicht?« Er lachte leise. »Ich habe mein Deutsch gut gelernt, n'est-ce pas?«

Sie blickte verwirrt zu ihm auf, und als er ihre Augen sah, diese hellen graublauen Augen unter den viel zu schwarz getuschten Wimpern, diese Augen, so kindlich, so wehrlos, nicht gewachsen seinem Spiel, geschah etwas Seltsames mit dem Comte Saint-Mar de Chaumencey. Er war es gewohnt, mit jeder einigermaßen hübschen Frau zu flirten. Er war gewöhnt an das Spiel mit dem Feuer und an das Feuer selbst und an alle Variationen, die dieses Spiel erlaubte. Aber er hatte niemals solche Augen gesehen und niemals einen solchen Blick. Er verliebte sich schnell und oft und oft auch leidenschaftlich, und Frauen waren meist eine sichere Beute für ihn. Aber das war hier nicht wichtig. Dies war nicht irgendeine Frau. Seltsam – was war sie? Er lockerte seinen Griff ein wenig, bog den Kopf zurück und sah in dieses Gesicht, das er gestern noch nicht gekannt hatte. Und dann blickte er auf diesen Mund. Kein dummer Kleinmädchenmund. Schöne weitgeschwungene Lippen, unberührt vom Leben, nicht gezeichnet von Wissen, von Spott, von Gier. Ein Mund, den er gern küssen würde. Kein anderer. Er.

So begann das. Wie ein Märchen begann es.

Mehr als vierzehn Tage sind vergangen, seit Philipp das Haus verlassen hat. Und noch immer keine Nachricht.

Die Ausstellung ist eröffnet. Die Sachen von der Köhler haben gefallen, wie erwartet. Wer ein bißchen tiefer blickt, blieb vor den anderen Arbeiten stehen, bei meinem verrückten kleinen Schwarzwälder. Er ist übrigens nicht gekommen. Hübsch, wenn ein junger Mensch Hemmungen hat. Wenn er gar keine hat, taugt er meist nicht viel. Diese aalglatte Sicherheit, die sie heute so gern zur Schau tragen und die sogar manchmal echt ist – sie verspricht so wenig. Alles braucht seine Zeit.

Wenn die jungen Menschen wüßten, wie töricht sie sind, wie sie sich selbst betrügen, wenn sie alles vorwegnehmen wollen, wenn sie sich keine Zeit lassen. Was kommt dabei heraus – nur diese jugendlichen, frühzeitig gealterten Spießer, die alles schon wissen, alles schon kennen, die alles schon satt haben. Ihre Gesichter sind mürrisch, ihr Tempo träge, ihre Herzen vertrocknet, ehe sie zu schlagen gelernt haben. Wer ist eigentlich schuld daran, daß man der Jugend heute das Jungsein raubt? Der Wohlstand, die Sattheit, der technische Fortschritt, wir selbst, die Älteren? Wie werden sie sein mit dreißig, mit vierzig? Alt, satt, überdrüssig, impotent.

Sie haben nie geträumt. Und wer nicht träumt, kann nicht wirklich leben.

Sobald Jean-Claude auf die Bühne getreten war, vom gleichen Augenblick an, hatte sich alles verändert. Ich gebrauche absichtlich diesen Ausdruck: ›auf die Bühne getreten‹. Denn er trifft am besten die Situation. Er war ein Star, der sich selbst spielte, sich selbst darstellte, und das in einer Vollendung, die er selbst wohl am meisten genoß. Wäre er nicht als Comte in einem Château im sonnig-grünen Land Burgund zur Welt gekommen, er hätte sich zweifellos zum Schauspieler, zum Star geeignet. Ich hatte später genug Gelegenheit, festzustellen, wie leicht es ihm fiel, immer und überall die Starrolle zu spielen, immer überzeugend, immer in Höchstform. Es war keine Heuchelei dabei und keine Pose, er war der Herr der Bühne, auf der er agierte. Er war es, der Stil, Tempo und Niveau der Inszenierung angab. Um ihn gruppierten sich die anderen.

Mir war sehr schnell meine Rolle zugewiesen worden, mir blieb nicht Zeit, Publikum zu sein oder mich in einer Nebenrolle zu versuchen. Eine Hauptrolle war mir zugedacht – eine Hauptrolle, der ich nicht gewachsen war.

Es war wirklich ein Traum, was da in jenem heißen August 1938 begann. Ein Traum, der sich ohne Übergang, ohne mir Zeit zur Überlegung zu lassen, zu einer unglaubhaften Wirklichkeit verdichtete, die mich in immer rasenderem Tempo mitriß, mit mir davonraste in dem sich steigernden Tempo, in dem die Vollblüter über die Iffezheimer Rennbahn galoppierten.

Der erste Abend, die folgenden Tage und Abende – es war wie ein Rausch, aus dem keiner mich erwecken konnte. Onkel Ludwig versuchte es, Dr. Alexis; beide sahen, was geschah, und hatten Angst um mich. Ich hörte ihre warnenden Worte und hörte sie nicht.

Denn da war plötzlich etwas in mir erwacht, von dem ich keine Ahnung gehabt hatte. Ein blasses blondes Mädchen, eine uninteressante Familie, Verhältnisse unter dem Durchschnitt dessen, was den Lebensbereich eines jungen Mädchens in jener Zeit ausmachte – und plötzlich stand ich einer Fremden gegenüber, die ich selbst war, die aus einem anderen Dasein zu kommen schien, nicht aus dem, das ich kannte, in dem ich bisher gelebt hatte.

Es gab nur noch Jean-Claude in meinem Leben. Kein friedvolles Promenieren auf der Allee, keine Spaziergänge in die Wälder, keine ruhigen Abende auf der Veranda. Auch kein Tennis mehr, denn Tennis spielen mochte er nicht. Er wollte mit dem Auto durch die Gegend fahren, mit diesem verrückten Sportkabriolett, dem alle Leute nachstarrten, er wollte reiten und abends nächtelang trinken, tanzen, flirten, spielen. Ich lernte in wenigen Tagen den ganzen Schwarzwald kennen, wir fuhren mit seinem Wagen kreuz und quer, und immer in einem rasanten Tempo. Ich erfuhr, daß er Rennen gefahren war, und fragte ihn, ob das nicht sehr gefährlich sei.

»Ça ne risque rien«, sagte er lachend und erzählte im gleichen Atem, daß er sich in Amerika einmal mit dem Wagen überschlagen habe. »Nichts passiert, ein paar Schrammen. Ich habe immer Glück.« Das sagte er und bekreuzigte sich gleichzeitig, und ich sah nichts als sein kühnes scharfes Profil neben mir, während er mit leichter Hand den Wagen durch die Kurven steuerte und dann davonfegte, daß einem Hören und Sehen vergingen. Aber ich hatte keine Angst. Dabei war ich bisher in meinem Leben kaum mit dem Auto gefahren. Wo denn auch – und mit wem?

Wir kehrten unterwegs in feudalen Hotels und kleinen Gasthäusern ein, wir tranken badischen Wein und am Abend französischen Champagner. Ich aß Dinge, die ich nicht einmal dem Namen nach kannte; ich gewöhnte mich daran, an einer Bar zu sitzen, und ich kam sogar in die Spielbank. Und das ging alles so schnell vor sich, war nach drei, vier Tagen zu einer Selbstverständlichkeit geworden, daß es mir schien, als kenne ich diesen Mann und sein verrücktes Leben schon jahrelang.

Oder mit ihm durch die Stadt zu streifen. Plötzlich blieb er stehen; er hatte etwas in einem Schaufenster gesehen, das ihm gefiel, denn Baden-Baden bot Luxus genug, der auch seinen Pariser Geschmack befriedigte.

»Ravissant!« Wir gingen hinein, und er kaufte es. Für mich. Ein Schal, ein Täschchen, ein kleines Schmuckstück. Einmal einen Gürtel, dessen Verschluß eine Schlange aus echtem Gold bildete, dann wieder irgendeine dumme Spielerei, einmal gefiel ihm eine Kette aus Glasperlen, die er mir umlegte – und gleich wieder abnahm. »Ah, mais non, Sie müssen echten Schmuck tragen.« Statt dessen bekam ich eine silberne Puderdose.

Ich sagte immer dasselbe: »Aber nein! Das geht doch nicht.«

Und er: »Mais oui, Iris, c'est pour vous. Personne ne peut l'avoir. Seulement vous.«

Eines Tages kam er mit einem Kleid an, das er gekauft hatte, ohne daß ich dabei war, weil er fand, es müsse mir gefallen. Ein ärmelloses, rohseidenes Kleid, durch den Kragen einen blau-rot gestreiften Schal gezogen, sehr schick, sehr erwachsen, es stammte aus dem teuersten Laden der Stadt und paßte mir wie angegossen. Er kannte meine Figur genau.

»Aber ich kann doch nicht...«

Ich konnte, und ich tat es.

Bis zu diesem Zeitpunkt war nichts geschehen. Nicht einmal geküßt hatte er mich. Ich weiß nicht – war es Raffiniertheit, wollte er mich und sich in die unerwartete Situation hineinsteigern? Er gab mir nichts als ein Lächeln, ein Streicheln über die Wange, seine Hand an meinem Ellenbogen, wenn wir eine Straße überquerten, seine Hand, die er mir reichte, wenn ich aus dem Wagen stieg. Es waren immer nur kurze flüchtige Berührungen, und sie erregten mich täglich mehr. Jeden Abend wartete ich sehnsüchtiger darauf, daß er mich zum Tanzen aufforderte, damit ich endlich seinen Arm, seine Nähe spürte.

Ja. Das war ich, Iris. War ich das noch? Eine Fremde, in der eine unbekannte Wildheit verborgen war, von der ich nichts gewußt hatte.

Das Reiten zum Beispiel. Arne hatte recht – ich habe vor Pferden immer Angst gehabt. Einmal hatte ich Reitstunden genommen, aber der Versuch war nach kurzer Zeit erfolglos abgebrochen worden. Jetzt ging ich ohne Zögern mit Jean-Claude zum Reiten. Er besorgte mir eine Hose, ich mußte mir Stiefel von ihm kaufen lassen, er selbst unterrichtete mich, und ich hatte überhaupt keine Angst mehr. Die Pferde paßten zu ihm, wie der verrückte Wagen zu ihm paßte, und ich wollte dazu gehören. Sogar einige Ausritte machte ich mit ihm, und wenn er gesagt hätte, ich solle ein Flugzeug lenken, dann hätte ich das auch probiert. Ich hatte auf einmal keine Angst mehr. Vor nichts.

Doch. Einmal. Um ihn. Wir waren am Morgen draußen auf der Rennbahn beim Training. Natürlich kannte er viele Leute dort, Rennstallbesitzer, Trainer, Jockeis, und die Gorsky war da und zeigte ihm ihren jungen schwarzen Hengst, den man nun doch nicht starten könne, er sei einfach zu ungebärdig, keiner könne ihn reiten; erst gestern habe er seinen Reiter abgeworfen, der liege jetzt im Krankenhaus.

Und plötzlich saß Jean-Claude auf dem Pferd, es kam zu

einem wilden Kampf, der Hengst stieg und buckelte; doch dann rasten beide über die Bahn, Jean-Claude tief geduckt über den seidenglatten schwarzen Hals des Pferdes, es schien, als flögen sie; ich schloß entsetzt die Augen, während die Experten um mich herum Wetten abschlossen, ob sich der verrückte Franzose wohl den Hals brechen würde.

Die Gorsky rief – nein, sie schrie auf den Platz hinaus: »Himmel, was für ein Mann!« Und als er wiederkam, schweißgebadet, aber strahlend, die Zähne blitzend in dem braunen Gesicht, schlang sie die Arme um ihn und küßte ihn vor allen Leuten. Er hielt sie fest und küßte sie auch, eine Ewigkeit, wie es mir schien, die anderen lachten; dann kam ein großer blonder Mann in schwarzer Uniform, schüttelte Jean-Claude die Hand und sagte: »Alle Hochachtung, mon capitaine, c'était formidable.« Jean-Claude lachte auch ihn an, dann leerte er das Champagnerglas, das man ihm reichte.

Ich stand ein paar Schritte abseits, mich kannte ja keiner – und er hatte mich wohl vergessen; die anderen beachteten mich sowieso nicht. Wer war ich denn? Aber dann fiel ich ihm ein. Nachdem er die Gorsky geküßt, dem SS-Mann die Hand geschüttelt, den Sekt getrunken hatte, sah er mich an.

»Sie sind ja ganz blaß, Iris.«

Ich schluckte. Ich schwieg.

Er kam zu mir, den Triumph noch im Gesicht. »Ich habe ihnen gezeigt, daß man ihn reiten kann, den schwarzen Teufel? Einem Wilden muß man wild begegnen. Und ihm dann den Herrn zeigen.«

»Ich habe Angst gehabt.«

»Um mich, chérie?«

Auf einmal sahen mich alle an. Die Gorsky ein wenig spöttisch, die anderen verwundert – es war am vierten Tag nach Jean-Claudes Ankunft, sie hatten sich noch nicht daran gewöhnt, mich ständig an seiner Seite zu sehen.

Einer soll mir sagen, wie man es fertigbringt, einem solchen Mann zu widerstehen – wenn es schon geschieht, daß er einem Mädchen wie mir seine Aufmerksamkeit schenkt...

An einem warmen schwülen Nachmittag wartete ich auf

ihn, er werde mich abholen, hatte er gesagt, wir würden etwas unternehmen. Ich trug das neue rohseidene Kleid und war bei Onkel Ludwig im Zimmer, der sich nicht wohl fühlte. Das drückende Wetter machte ihm zu schaffen.

»Mein Herz ist doch schon ziemlich brüchig«, meinte er. »In meinem Alter muß man eben sehr langsam leben.«

»Ja«, sagte ich gleichgültig.

»Ein hübsches Kleid, Iris.«

»Ja? Gefällt es dir?«

»Mhm. Ich weiß nur nicht, ob es richtig ist, daß du dir von einem Mann einfach ein Kleid schenken läßt.«

»Oh – aber ich...« Ich wandte mich ihm zu. Bisher hatte ich ihm kaum angesehen, hatte nur nach draußen gelauscht, auf das Auto, auf Jean-Claudes Schritt. »Ich kann nichts dafür. Er hat es einfach mitgebracht.«

»Hm. Ja. No ja. Ich bin wohl ein sehr altmodischer Mensch. Zu meiner Zeit ließ sich eine Dame nichts anderes schenken als Blumen, Pralinen, vielleicht ein Fläschchen Parfum. Es sei denn...«

»Es sei denn?«

»Nun ja.«

»Du wolltest sagen, es sei denn, sie ist die Geliebte des Mannes.«

»So etwas in der Art wollte ich sagen.«

»Ich bin nicht seine Geliebte.« Ich warf den Kopf zurück, mein Haar, duftig und wohlgepflegt, denn ich wusch es jetzt jeden dritten Tag, wischte mir über die Wange. »Aber das liegt nicht an mir.«

Darauf entstand ein kleines Schweigen, und dann sagte Onkel Ludwig: »Was würde deine Mutter sagen, wenn sie das hörte?«

Ich lachte unbekümmert. »Ich kann es mir ungefähr vorstellen. Aber es ist mir egal.«

»Und dein Bruder? Wäre es dir auch egal, was er sagt?«

»Es wäre mir genauso egal. Was versteht er denn davon?«

»Ich glaube, ich sollte dich mit dem nächsten Zug nach Hause schicken.«

Da hörte ich das Auto vor dem Haus, beugte mich rasch

zu Onkel Ludwig, küßte ihn auf die Wange. »Laß mich doch. Es ist so schön. Und es ist ja sowieso bald vorbei.«

»Weißt du das wenigstens, ma petite?«

»Ja. Ja, natürlich. Das weiß ich.«

Dann kam die Sache mit dem Abendkleid. Zum Abschluß der Renntage fand ein Ball statt, und natürlich würde Jean-Claude daran teilnehmen, und ebenso natürlich sollte ich mitkommen.

»Aber ich habe dazu nichts anzuziehen.«

»Das ist doch kein Problem. Wir kaufen für Sie das schönste Abendkleid, das wir finden können. Und wenn wir es hier nicht finden, fahren wir nach Karlsruhe oder nach Frankfurt und kaufen es da. Oder noch besser, ich lasse aus Paris per Expreß eines schicken. Mon Dieu, Iris, warum haben Sie das nicht früher gesagt?«

Wir fanden es in Baden-Baden, schwarze Spitze über türkisfarbenem Untergrund, und ziemlich dekolletiert. Es war ein Kleid für eine Frau von dreißig, nicht für ein Mädchen von zwanzig. Mama wäre in Ohnmacht gefallen, wenn sie mich darin gesehen hätte, und gleich noch einmal, wenn sie erfahren hätte, daß ich mir von einem fremden Mann ein Abendkleid schenken ließ.

Ich war in einem Zustand, daß ich mir kaum noch etwas dabei dachte. Ich war wie berauscht nach dem Kauf, ich plapperte aufgeregt wie ein Kind auf dem Heimweg, sagte, daß ich mich auf den Ball freue und daß ich überhaupt noch nie auf einem Ball gewesen sei. Er hörte mir lächelnd zu, und als wir nach Hause kamen, folgte er mir in mein Zimmer und sah mir zu, wie ich das Kleid sorgfältig auf einen Bügel hängte und es bewundernd anblickte.

»Nun? Zufrieden?«

»Es ist wunderschön. Oh, ich bin sehr glücklich.«

»Vous êtes heureuse, Iris?« Er sah mich an, sein Gesicht war auf einmal ernst, er hob die Hand, strich mir leicht mit der Fingerspitze über die Wange. »Genügt ein Kleid, um dich glücklich zu machen, Iris? Genügt immer noch ein Kleid?«

Ich wußte keine Antwort, vergaß das Kleid, blickte ihn

nur an, regungslos, atemlos, sah seinen Mund, der so nahe war, und schloß die Augen, als er mich küßte.

Das erste Mal. Mein Herz klopfte wild, und sein sanfter behutsamer Kuß steigerte sich, wurde leidenschaftlich, er hielt mich fest in den Armen, ich spürte seinen Körper an meinem. Ich spüre ihn heute noch, diesen Kuß, diesen Körper.

Keine Zeit, kein anderer Mund, kein anderer Körper haben diesen Augenblick auslöschen können.

Und dann war auf einmal alles vorbei. Es endete so abrupt, wie es begonnen hatte. Die große Woche war zu Ende, die Pferde abgereist, alle Feste gefeiert, alle Tänze getanzt, in den Anlagen, in der Stadt war es wieder stiller geworden.

An einem Vormittag stiegen sie zum Schloß hinauf, und auf einmal sagte er: »Morgen reise ich ab, chérie.«

Wenn er erwartet hatte, Iris bestürzt zu sehen, so hatte er sich getäuscht. Sie wartete seit Tagen auf diesen Satz und war darauf vorbereitet, ihm mit Haltung zu begegnen.

»Morgen«, wiederholte sie, und es klang ganz gelassen.

Er lächelte, drehte sie leicht an den Schultern zu sich herum. »Es scheint dir nicht viel zu bedeuten.«

Iris hob langsam die Lider, in einer nicht koketten, aber sehr bewußten Art – etwas, das ihr seit kurzem gelang.

»Doch.«

»Und?«

»Was und? Soll ich weinen? Das kann ich später immer noch.«

»Weinen, mon amour?« Er küßte sie behutsam rechts und links der Augen. »Du sollst nicht weinen meinetwegen. Und warum auch? Wir werden uns wiedersehen. Vielleicht sehr bald. Wann fährst du nach Berlin zurück?«

»Nächste Woche, denke ich.«

»Und dann kommst du mich besuchen in Chaumencey?«

Sie schüttelte den Kopf. »Nein. Das geht nicht.«

»Warum nicht?«

Es war schwer, darauf zu antworten. Er wußte selbst gut genug, warum es nicht ging. Schließlich sagte sie:

»Meine Mama würde es nicht erlauben.«

»Auch nicht, daß wir uns in Paris treffen?«

»Auch nicht.«

»Très bien«, sagte er, und es klang durchaus zufrieden. »Du bist ein bébé, und das ist gut so. Ich finde es sehr richtig, daß deine Mama dich nicht zu einem fremden Mann in ein fremdes Land reisen läßt. Ich würde es meiner Tochter auch nicht erlauben.«

Iris lachte. »Dann sind wir uns ja einig.«

Sie standen eine Weile und blickten auf die Stadt hinab. Es war ein trüber, etwas kühler Tag. In der Nacht war ein schweres Gewitter niedergegangen, und noch immer hingen die Wolken tief und grau, die Berge waren verhüllt.

»Es waren nur vierzehn Tage«, sagte Iris erstaunt.

Er verstand. »Ja, vierzehn Tage. Eine kurze Zeit oder eine lange, das kommt darauf an. Zeit ist ein relativer Begriff. Es kommt darauf an, was man mit ihr angefangen hat.«

»Ich habe nie so viel erlebt wie mit dir«, sagte sie ehrlich. »Es war sehr – aufregend. Für mich jedenfalls.«

Er legte den Arm um sie. »Wirklich? Was wirst du dann sagen, wenn es wirklich aufregend wird?«

Unsicher blickte sie ihn an. Sie wußte nie bei seinen verspielten Gesprächen, was er ernst meinte, was Scherz war. Sie wußte ja nicht einmal, ob er – ob er sie liebte? Natürlich nicht. Sie war nicht so dumm, sich dergleichen einzubilden. Sie war sich vollkommen klar darüber, was sie für ihn war. Aber auch, was er für sie bedeutete. Und daß er es nicht merken durfte. Sie mußte auf seinen leichten Ton, sein Spiel eingehen.

»Ich weiß noch nicht. Es wird mir etwas einfallen.«

Er drehte sie zu sich. »Ich hoffe, es wird dir nichts einfallen.«

Oh, ich muß wissen, wie es sein wird…

Ihre Augen waren groß und ganz dunkel. »Was?«

»Das wirst du sehen, chérie.«

Und er küßte sie, mitten auf der Schloßterrasse, die an diesem trüben Tag leer war.

Sie küßte ihn wieder. Das hatte sie bereits gelernt. Jean-

Claude war ein Meister im Küssen. Vier Tage waren vergangen seit dem ersten Kuß; seither kannte sie seine Lippen, den Geschmack seines Mundes, das ganze zärtliche Spiel. Ein Kuß, was war ein Kuß? Bei ihm war es ein ganzes Programm, und dazu eines, das sich nie wiederholte.

»Ich küsse dich gern«, sagte er, als er sie losließ. »Ich möchte dich noch oft küssen. Und du?«

Atemlos erwiderte sie: »Ja, ich auch.«

»Und du versprichst mir, keinen anderen Mann zu küssen.«

»Oh, Jean-Claude!«

»Versprich es mir!« Seine Finger berührten ihre Lippen. »Das ist mein Mund. Kein anderer darf ihn berühren. Ich bin furchtbar eifersüchtig, ich warne dich. Wenn ich erfahren würde, daß ein anderer dich geküßt hat, würde ich dich nie mehr küssen.«

Die mühsam bewahrte Fassung verlor sich ganz. »Nein«, flüsterte sie und legte ihren Mund an seine Wange. »Ich will keinen anderen mehr küssen. Nie mehr.«

Er hatte nie gesagt: ich liebe dich. Er sagte es auch jetzt nicht. Nur ein wenig verwundert über sich selbst war er. Dieses hübsche übermütige Spiel, das er so nebenbei und leichtfertig begonnen hatte mit einem kleinen unerfahrenen Mädchen, nahm er das etwa ernst?

Sie stiegen langsam die Stufen zur Stadt hinab, gingen durch die Straßen. Sie war sehr still, er plauderte wie immer, und es wirkte keineswegs so, als leide er unter der bevorstehenden Trennung. Eine kleine Gereiztheit stieg in Iris auf. Aber sie beherrschte sich. Was dachte sie sich eigentlich? Sie wußte doch Bescheid. Ganz genau wußte sie Bescheid.

»Ich glaube, Onkel Ludwig wird froh sein, wenn ich abreise, was meinst du, chérie?«

»Das kann sein.«

»Er hat sehr gut auf dich aufgepaßt. Und wir wollten ihn ja auch nicht ärgern. Andrerseits muß er ja auch nicht alles wissen. Ich mache dir einen Vorschlag, Iris. Angenommen, du reist in zwei, drei Tagen hier ab, fährst bis Karlsruhe, dort erwarte ich dich, und wir fahren nach Straßburg hinüber. Du solltest Straßburg unbedingt einmal sehen, eine sehr schöne alte Stadt.«

Im Gehen blickte sie ihn von der Seite an, er lächelte, gewinnend, charmant, so wie nur er lächeln konnte. Sie war plötzlich wütend. »Nein«, sagte sie kurz.

»Chérie! Sei nicht so schrecklich grundsätzlich. Du bist ein großes erwachsenes Mädchen. Onkel Ludwig muß es nicht wissen, die Mama muß es nicht wissen, nur du und ich, wir beide. Möchtest du nicht bei mir sein, für ein paar Tage?«

»Für ein paar Tage!« wiederholte sie böse. »Genügt nicht auch *ein* Tag? Eine Nacht?«

Er blieb stehen, schien erschrocken. »Habe ich dich beleidigt? Aber so meine ich es nicht. Nur – ach, chérie, was für ein Gesicht! Lach doch, sei nicht böse mit dem armen Jeannot. Nur für den Anfang, dachte ich, damit du Mut bekommst. Ein paar Tage Straßburg. Und das nächste Mal sehen wir uns in Paris. Ich dachte, du würdest gern bei mir sein.«

Sie ging entschlossen weiter. »Nein. Nein, ich glaube nicht.«

Jean-Claude sagte nichts mehr, aber er war hochzufrieden. So und nicht anders sollte sie reagieren. So und nicht anders sollte sie sein, gerade sie. Natürlich würde es leicht für ihn sein, sie zu verführen, es wäre schon jetzt nicht schwer gewesen, und sicher würde er es eines Tages tun, aber es war viel schöner, daß sie nein sagte.

Sie überquerten die Brücke und gingen die Allee entlang, die auch ganz leer war, die Büsche noch naß und schwer vom Regen, die Blumen zerzaust vom Gewittersturm.

Iris war unglücklich. Und zornig zugleich. Aber er sollte das nicht merken. Sie ging sehr gerade aufgerichtet, ein kleiner Abstand war zwischen ihnen.

Ich werde ihn nie wiedersehen, dachte sie.

Er brachte sie bis zu Onkel Ludwigs Haus, hob ihre Hand an die Lippen. »Bitte, sage Ludwig, daß ich heute abend komme zu einem Abschiedsbesuch.«

Kein Wort davon, daß sie am Nachmittag etwas unternehmen würden, daß sie am Abend noch einmal ausgehen, noch einmal tanzen würden.

Ich werde ihn nie wiedersehen. Iris verbrachte einen furchtbaren Nachmittag. Und alle Gedanken, die sich zu diesem Thema denken ließen, kreuzten sich in ihrem Kopf.

Ich habe es doch gewußt. Oder nicht? Aber wenn ich will, kann es weitergehen. Für einige Tage. Warum soll ich eigentlich nicht nach Straßburg fahren? Warum nicht? Ich liebe ihn. Er erwartet es. Und sicher wäre es wunderbar. Warum benehme ich mich so blöd? Ich bin eine Gans. Spießig bin ich, Evelyne hat ganz recht. Sie würde fahren. Ich werde ihm heute abend sagen, daß ich komme. Morgen, Übermorgen. Ich fahre auch heute gleich mit, wenn er will. Nein, er fährt ja erst morgen. Also gut, ich fahre morgen mit. Nein, ich denke nicht daran. Doch, ich will es. Mir ist alles egal. Ein paar Tage, und dann wird es vorbei sein. Aber so ist es morgen schon vorbei, und ich habe ihn nur geküßt und sonst nichts. Aber wenn ich mit ihm fahre, dann – ja, ich komme, ich werde es ihm sagen. Ich komme, und ich bleibe, so lange er will. Eine Nacht, ein paar Tage, es ist mir wirklich egal.

Sie starrte in den Spiegel, blickte sich an, das blasse, entschlossene Gesicht, die verzweifelten Augen. Eine Fremde, die sie nicht kannte. Ich werde ihm heute abend sagen, daß ich mit ihm nach Straßburg fahre.

Beim Mittagessen hatte sie dem Baron Jean-Claudes Abschiedsbesuch für den Abend angekündigt. Sie sprach ruhig, ihr Gesicht war eine Maske. Für Onkel Ludwig allerdings nicht schwer zu durchschauen.

»So«, sagte er, »er reist also morgen. Nun ja, er ist sowieso sehr lange geblieben in diesem Jahr. Und du?«

»Ich denke, daß ich nächste Woche nach Hause fahre.«

»Das meinte ich nicht.«

Sie sah ihn an, und er sah die ganze Verzweiflung in ihrem Blick, auch wenn sie dabei lächelte.

»Ich weiß, was du meinst. Aber es ist nun einmal so.«

Der Baron war ein wenig gerührt. Mein Gott, so eine erste Liebe, und dann mußte sie an einen Mann geraten wie diesen Jean-Claude. Das war ein zu großer Brocken für sie. Gut, daß es ein Ende hatte.

Er konnte sich ungefähr vorstellen, wie sie den Nachmittag verbrachte, und einige Male war er versucht, in ihr Zimmer zu gehen. Aber das durfte er nicht. Er durfte ihren Stolz nicht verletzen. Sie mußte das allein auskämpfen. Arme Kleine! Er hatte keine Ahnung, zu welchem Entschluß sie kam, bis der Nachmittag zu Ende ging.

Ich werde ihm sagen, daß ich mit ihm nach Straßburg fahre. Oder nach Paris. Oder wohin er will.

Sie sagte es jedoch nicht. Sie verbrachte den Abend in vorbildlicher Haltung mit Onkel Ludwig und Jean-Claude bei einer Flasche Wein und einem etwas stockenden Gespräch. Ja, auch Jean-Claude war nicht so amüsant wie sonst. Man hätte erwarten können, daß er vielleicht sagen würde: »Laß uns den letzten Abend noch genießen, chérie. Gehen wir essen, gehen wir tanzen oder ins Casino.« Irgend so etwas hätte zu ihm gepaßt. Und noch viele hübsche bunte Worte zum Abschied. Und ein paar leidenschaftliche Küsse. Und vielleicht noch einmal die gleiche Frage: Kommst du mit?

Nichts von alledem. Er saß sehr gemessen und ernst mit den beiden im Herrenzimmer.

Es war wie am Tag seiner Ankunft, aber nur der Raum war der gleiche. Sonst war alles anders. Wie anders es war! Und er nahm sehr gemessen, wenn auch mit herzlichen Worten von dem Baron Abschied, und an dem Baron war es, ein wenig erstaunt und befremdet zu sein über diesen kühlen Abend und diesen kühlen Abschied nach dem Wirbel der vergangenen Tage, der ihm oftmals angst gemacht hatte. Um Iris.

Iris bekam einen Handkuß und sonst nichts. Ein freundliches »Au revoir, Iris«, und dann war er gegangen.

War wirklich gegangen.

Der Baron hatte ihn zur Haustür begleitet; als er sie hinter dem seltsam veränderten Besucher geschlossen hatte, schüttelte er verwundert den Kopf, und dann ging er zurück ins Herrenzimmer, denn Iris hatte ihn nicht zur Tür begleitet.

Da stand Iris mitten im Zimmer. Sie war blaß, und ihre Augen standen voller Tränen.

»Aber, ma petite«, sagte der Baron, selbst ganz unglücklich, »aber meine arme Kleine, nimm es nicht so schwer. Sieh mal, das Leben ist so. Und du weißt ja nicht, vielleicht seht ihr euch nächstes Jahr wieder, nicht? Schau, das ist immer so, es ist halt nun einmal…«

»Sag nichts mehr«, unterbrach ihn Iris, »bitte nicht. Ich weiß alles selbst. Und es ist schon vorbei. Ich denke nicht mehr daran. Ich bin – ich geh' jetzt schlafen. Gute Nacht!«

Und dann lief sie aus dem Zimmer. Der Baron wußte, daß er ihr nicht folgen durfte. Was sollte er ihr auch sagen? Daß zu jedem Anfang ein Ende gehört?

Zu jeder Liebe ein Abschied?

Das erfuhr sie jetzt selbst. Es war unnötig, ihr darüber einen Vortrag zu halten.

Fast war es eine Erleichterung, wieder zu Hause zu sein und alles so vorzufinden, wie es früher gewesen war. Früher, dachte sie – als seien nicht vier Wochen vergangen, sondern vier Jahre.

Vom ersten Tag an versuchte sie, ihre Gefühle unter Kontrolle zu bringen und sich zu distanzieren. Es war vorbei, und das beste war, man dachte nicht mehr daran.

Natürlich dachte sie ununterbrochen daran. Sie lag im Bett, starrte ins Dunkel, und er war da, seine Stimme, seine Hände, sein Mund. Die Fahrten durch das Land, die nie zuvor erlebten Abende in der großen Welt, sein spöttisch-zärtlicher Blick – Tage und Nächte, Wochen und Monate konnte man daran denken. Leider gab es keine Schule mehr, die sie abgelenkt hätte. Und bis das Studium begann, dauerte es noch eine Weile. Sie saß am Klavier, hörte mitten in einer Sonate auf zu spielen und starrte in die Luft. Oder sie kritzelte in ihrem Skizzenbuch, ließ den Stift sinken und träumte vor sich hin. Melanie beobachtete das mit einiger Verwunderung. »Urlaub hast du nun gerade lange genug gehabt. Wenn du sonst schon nichts zu tun hast, könntest du dich ein bißchen nützlich machen, Iris. Es gibt genug Arbeit im Haus.«

»Ja, Mama.«

Zur Zeit hatten sie drei Untermieter. Die Lehrerin einer Fachschule, einen jungen Behördenangestellten und als Glanzstück den Regierungsrat Finsterwald, einen älteren verwitweten Herrn, der bei ihnen wohnte, seit Melanie vermietete. Er verfügte über die beiden Zimmer, die früher der General bewohnt hatte, und er war der einzige, dem so etwas wie Familienanschluß gewährt wurde. Melanie kochte für ihn, kümmerte sich um seine Wäsche und seine Anzüge, und manchmal aß er sogar mit ihnen zusammen, am Abend oder sonntags. Dadurch hatte Melanie einen Gesprächspartner und wurde einmal im Monat ins Theater eingeladen. Das war ihr im Leben noch nicht passiert.

»Finden Sie nicht«, fragte sie ihn eines Abends, »daß Iris sich verändert hat?«

»So? Ist mir nicht aufgefallen.«

»Sie ist oft so abwesend.«

»Liebe gnädige Frau, sie war immer ein wenig verträumt. Junge Mädchen sind eben so.«

Er hatte selbst nie Kinder gehabt und wußte wenig über junge Mädchen. Iris betrachtete er mit Wohlgefallen.

Einmal sagte Melanie zu ihrer Tochter: »Eigentlich hast du diesmal wenig erzählt von Baden-Baden.«

»Oh, so viel ist nicht zu erzählen. Es war wie immer. Sehr schön.«

Es stimmte. Ihr Bericht war knapp ausgefallen. Zwar waren alle darin vorgekommen, der Baron, Dr. Alexis, Evelyne, die Bekannten Evelynes, auch der Comte aus Frankreich war erwähnt worden, sie hatte von den Kurgästen erzählt, von den Rennen, von den herrlichen Toiletten der Damen und den wunderbaren Blumen, die überall blühten. Nichts allerdings von dem, was sie wirklich erlebt hatte.

Einmal kam Günther zu einem kurzen Besuch und fand ebenfalls Iris ganz verändert. Sie behandelte ihn wie einen Fremden, schien ihn kaum zu bemerken. Das kleine Einverständnis, das zuvor dagewesen war, das die Küsse, hier und da ein Händedruck, ein heimlicher Blick zustande gebracht hatten, schien es nie gegeben zu haben.

Arne, der an einer Übung teilnahm, wurde erst im Oktober zu seinem und Iris' Geburtstag zurückerwartet.

Das Abendkleid hatte sie sorgfältig versteckt, zusammengelegt und eingepackt ganz unten in einer Kommodenschublade. Das war natürlich barbarisch und würde dem Kleid nicht gut bekommen. Aber vermutlich würde sie es sowieso nie wieder anziehen.

Von Jean-Claude hörte sie nichts, und das war trotz aller vernünftigen Gedanken eine Enttäuschung. Sie hatte nichts Bestimmtes erwartet – aber irgend etwas eben doch. Sicherlich hatte er sie bereits vergessen. An Onkel Ludwig hatte sie einen artigen, kurzen Brief geschrieben und sich bedankt, und der Brief war gegenüber früheren Briefen nichtssagend ausgefallen. Antwort erhielt sie von Dr. Alexis, der ihr mitteilte, der Baron befinde sich zur Zeit in der Klinik. Nichts Ernstliches, kein Grund zur Besorgnis, eine kleine Kreislaufschwäche. In diese Zeit fielen die Besetzung des Sudetenlandes und die dramatischen Tage des ›Friedens von München‹, als Hitler, Mussolini, Chamberlain und Daladier sich auf die Lösung der ›Sudetenkrise‹ einigten. Was man so ›sich einigen‹ nannte. Und da war es trotz allem wieder: das Gespenst Krieg.

Iris nahm es kaum zur Kenntnis. Ihre Mutter und der Regierungsrat sprachen davon, sie selbst äußerte keine Meinung. Sie lebte wie auf einer Insel. Die Insel der glücklichen Erinnerung. Eines Tages würde sie sie verlassen müssen – das wußte sie.

Dann kam der Geburtstag, sie wurden zwanzig, Arne und sie. Melanie hatte eine kleine Feier vorgesehen. Arne wollte einen Kameraden mitbringen, Iris hatte Günther eingeladen.

Arne war jetzt Fahnenjunker; sein feingeschnittenes Gesicht wirkte trotz aller Sonnenbräune immer noch merkwürdig mädchenhaft weich. Er küßte Iris zärtlich, als er kam. »Du wirst immer hübscher, kleine Schwester. Weißt du, was sie bei meiner Einheit sagen? Der Vorwarth hat die schönste Schwester im ganzen Regiment.«

»Vielen Dank. Schade, daß ich so wenig Freundinnen habe, dann bekäme ich sicher entsprechend Ähnliches zu hören.«

Er kam allein. Sein Freund werde etwas später kommen, sagte er, und seine Braut mitbringen.

»Du hast doch hoffentlich nichts dagegen, Mama?« fragte er höflich wie immer.

Sie tranken Kaffee, Melanie hatte Kuchen gebacken, am Abend sollte es eine kalte Platte und Bowle geben. Arne bekam von seiner Schwester ein silbernes Zigarettenetui mit seinen Initialen, denn er rauchte seit neuestem, und von seiner Mutter ein Paar Maßreitstiefel, für die sie lange gespart hatte.

Iris hatte ein Kleid bekommen. Es war dunkelblau und

brav, von der Hausschneiderin angefertigt. Evelynes Beifall hätte es sicherlich nicht gefunden. Sie gefiel sich auch nicht darin, aber ihrer Mutter zuliebe hatte sie es angezogen.

Arne schenkte ihr einen Ring, über den sie sich sehr freute. Ein schmaler silberner Reif mit einem kleinen Saphir.

»Wie schön! Wie bist du denn darauf gekommen?«

»Na, ich dachte, du bist jetzt alt genug, daß du auch mal ein Schmuckstück kriegen müßtest.«

»Der war sicher sehr teuer.«

»Es geht«, sagte er ein wenig großspurig. »Für dich ist mir nichts zu teuer.«

Sie lachten sich an, und sie küßte ihn auf die Wange und dann auf den Mund. Zum erstenmal verschwand die Leere aus ihrem Herzen. Sie war ja gar nicht allein, sie hatte Arne. »Ich bin froh, daß du da bist«, sagte sie.

Er legte den Arm um sie und seine Wange an ihre. »Und ich, daß du da bist.«

Es war eine Geste und ein Spruch aus ihrer Kinderzeit.

Später fragte er: »Was hast du mir da geschrieben? Du bist wieder zum Reiten gegangen?«

»Ja, stell dir vor. Ein Bekannter hat mich mitgenommen. Es ist sogar ganz gut gegangen.«

»Und du hast keine Angst mehr gehabt?«

»Kein bißchen. Ich hatte auch ein sehr braves Pferd.«

»Wer war denn dieser Bekannte?«

»Ach, ein Franzose. Ein Freund von Onkel Ludwig.«

»Ach der! Ich weiß schon. Dieser Comte, der ihn manchmal besucht.«

»Ja. Der.«

Arne beunruhigte das nicht weiter. Seiner Meinung nach handelte es sich um einen älteren Jahrgang.

»Dann solltest du aber jetzt nicht wieder aufhören. Sicher gibt es für Studenten billige Reitkurse. Später, sobald ich es mir leisten kann, kaufe ich mir sowieso ein eigenes Pferd. Das kannst du dann reiten, wenn ich keine Zeit habe.«

Günther kam um sechs. Er brachte Blumen, Pralinen und für Arne eine Flasche Cognac. Er strahlte und freute sich, die Geschwister zu sehen.

»Gratuliere zum Geburtstag und zum Fahnenjunker. Gewachsen bist du aber nicht mehr, wie ich sehe.«

Arne runzelte ärgerlich die Stirn. Günther war einen Kopf größer als er.

Günther bekam wie immer diesen andächtigen Ausdruck in den Augen, wenn er Iris ansah. Niemand konnte übersehen, wie gern er sie hatte. Er bemühte sich, leise und höflich zu sein, er ›machte auf Kavalier‹, wie Arne es nannte. Und er erzählte, daß man ihn befördert habe, und fügte treuherzig hinzu, was er nun im Monat verdiene. Dabei sah er zuerst Iris, dann Arne und zuletzt Melanie an.

Iris machte, ohne daß es ihr bewußt wurde, eine hochmütige Miene. Und auf geradezu lächerliche Weise wiederholte sich dieser Ausdruck in Arnes Gesicht.

Iris dachte: Er, nachdem ein Mann wie Jean-Claude mich geküßt hat?

Arne dachte – nein, er dachte es nicht, er empfand es nur: Iris ist für keinen da. Nur für mich.

Melanie zeigte sich noch am wohlwollendsten. Gewiß, der Hochmut, dieser ganz und gar unberechtigte Hochmut der Vorwarths, steckte auch in ihr. Günther, der ehemalige Polizist, schien ihr nicht der geeignete Mann für ihre Tochter. Obwohl er nun offenbar Karriere zu machen schien, was man nicht ganz übersehen durfte. Und dieses Studium von Iris, das war sowieso eine etwas fragwürdige Angelegenheit, lange würde man das finanziell nicht schaffen können, das knappe Erbe vom General war so gut wie verbraucht. An einen Beruf für ihre Tochter dachte Melanie nicht. Sollte Iris etwa in ein Büro gehen und Briefe tippen? Das kam nicht in Betracht.

Bald darauf erschienen die anderen Gäste, ein netter junger Leutnant und seine Verlobte, ein junges Mädchen mit wachen Augen, typische Berlinerin, unbelastet von den Komplexen der Familie Vorwarth, denn sie war, wie man bald erfuhr, Sekretärin in einer Handelsfirma und war von ihrer Tätigkeit sehr erfüllt. Lisa, so hieß das Mädchen, trug einiges dazu bei, die anfangs etwas steife Atmosphäre aufzulockern. Sie sprach sehr offenherzig, sie war nüchtern und klarköpfig und für ihre Jugend erstaunlich souverän. Dazu war sie fesch angezogen, gut frisiert und geschickt zurechtgemacht.

Iris gefiel das fremde Mädchen. Sie hatte so wenig Umgang mit Gleichaltrigen.

»Eigentlich«, sagte sie plötzlich in eine Gesprächspause hinein, »würde ich so etwas auch gern machen.«

»Was?« fragte Arne.

Iris blickte Lisa an. »Das, was Sie machen. In einem Büro arbeiten, meine ich. Man verdient Geld und ist selbständig und...« Sie verstummte, weil alle sie ansahen.

»Du? In einem Büro?«, fragte ihre Mutter. »Du kannst das doch gar nicht, was man da verlangt.«

»Das kann man ja lernen«, meinte Lisa. »Aber ich denke, Sie wollen studieren?«

»Ja, schon. Aber das dauert so lange, bis man etwas verdient. Und kostet viel Geld. Und einen Beruf habe ich dann immer noch nicht.«

»Wieso?« fragte Lisa und musterte Iris kühl und sehr sachlich. »Wenn Sie studieren wollen, müssen Sie doch wissen, was Sie werden wollen. Es ist doch lächerlich, nur zum Zeitvertreib zu studieren. Eine moderne Frau muß einen Beruf haben und ihr eigenes Geld verdienen. Schließlich leben wir nicht mehr im vorigen Jahrhundert.«

»Na ja, eben«, sagte Iris ein wenig eingeschüchtert. Sie kam sich diesem Mädchen gegenüber, das kaum älter war als sie, ein wenig töricht vor.

»Ich habe nur die mittlere Reife«, fuhr Lisa ungeniert fort. »Wir hatten leider nicht das Geld für Abitur und Studium. Mein Vater war Journalist. Und er war Sozialdemokrat.« Sie sagte das mit einer gewissen Betonung, und der Blick, den sie ohne Scheu von einem zum anderen schickte, war herausfordernd. »Das machte das Leben für uns nicht gerade leichter. Außerdem habe ich zwei Brüder, die auch etwas werden müssen. Ich wäre an sich gern Ärztin geworden.«

Ein kurzes, etwas betretenes Schweigen entstand. Diese Lisa war ohne Zweifel ein ungewöhnliches Mädchen. Der

Leutnant, ihr Verlobter, der sie gut genug kannte, räusperte sich, lachte dann und griff nach ihrer Hand. »Das wäre mir aber gar nicht recht gewesen, dann hättest du ja keine Zeit für mich, wenn wir mal verheiratet sind.«

»Genausoviel, wie du für mich hättest«, erwiderte Lisa ungerührt. »Ich halte es für sehr wichtig, daß eine Frau einen richtigen Beruf hat. Ganz egal, ob verheiratet oder nicht. Finden Sie nicht auch, gnädige Frau?«

Das ging an die Adresse von Melanie, und die Herausforderung lag nun auch in der Stimme. Denn Lisa hatte bereits begriffen und die Leute, die sie heute kennengelernt hatte, richtig eingeordnet.

»Gewiß«, sagte Melanie kühl. »Heute ist das ja so üblich. Ich fürchte nur, wenn eine Frau verheiratet ist und Kinder hat, bleibt ihr wenig Zeit zu einem Beruf.«

»Das kommt ganz auf die Frau an. So die Heimchen-am-Herd-Tour, die heute wieder Mode ist, die paßt nicht in unsere Zeit. Was nützt uns denn die ganze Frauenemanzipation, wenn wir wieder nur das Hausmütterchen spielen sollen.« Und wieder wanderte ihr Blick angriffslustig im Kreise.

»Hört, hört«, sagte Günther und lachte ein wenig dümmlich. »Eine emanzipierte Frau.«

Der Leutnant sagte etwas verlegen: »Aber Lisakind!«

Und Arne: »Frauenemanzipation! Das ist ja schon wieder altmodisch.«

Darauf Lisa, den Kopf im Nacken: »Vorübergehend! Würde ich sagen.«

Iris fühlte sich angeregt. »Ich möchte wirklich einen Beruf haben«, sagte sie und blickte etwas scheu zu Arne hinüber.

»Was wollen Sie denn studieren?«

»Kunstgeschichte und neue Sprachen.«

»Na ja, Kunstgeschichte«, sagte Lisa, »das ist ja sehr schön, aber bietet wohl wenig Möglichkeiten. Aber Sprachen, das ist prima. Dann können Sie Dolmetscherin werden, da verdienen Sie sehr gut. Sie brauchen nicht einmal einen Abschluß. Die Freundin meines älteren Bruders macht das auch. Sie war ein Jahr in England und arbeitet jetzt im Auswärtigen Amt. Sie hat eine sehr gute Stellung. Sie reist viel und, wie gesagt, sie verdient prima.« Ein kühler Blick traf Iris. »Sie müssen nur wissen, was Sie wollen.«

Iris nickte. Und sie dachte: Warum kenne ich solche Mädchen nicht? Ich möchte so eine Freundin haben wie diese Lisa. Ob ich so etwas an der Universität finde?

Dann servierte Trudchen die kalte Platte, die Pfirsichbowle, die Pfirsiche von Melanie selbst eingemacht. Und kurz darauf kam der Regierungsrat nach Hause und wurde aufgefordert, an dem Fest teilzunehmen.

Und etwas später kam ein Anruf für Iris. Das Mädchen kam herein und meldete: »Gnädiges Fräulein, Telefon für Sie!«

»Für mich?«

Am Telefon war Jean-Claude. Iris bekam weiche Knie, als sie seine Stimme hörte. Zum erstenmal war es ihr gelungen, ein paar Stunden lang nicht an ihn zu denken. Und nun rief er an. Zuerst verstand sie kein Wort. Er sprach Französisch. Und obwohl sie in der Schule genügend Französisch gelernt hatte, um ein bescheidenes Gespräch zu führen, war sie jetzt so verwirrt, daß ihr keine einzige Vokabel einfiel. Er lachte und wechselte ins Deutsche über.

»Ich will dir gratulieren, chérie. Und ich würde dich gern küssen an deinem Geburtstag. Und ich habe einen großen Rosenstrauß hier, den ich dir gern geben möchte. Essen wir zusammen bei Kempinski zu Abend?«

»Du bist in Berlin?«

»Naturellement.«

»Woher weißt du, daß ich Geburtstag habe?«

»Du hast es mir erzählt, und ich habe es mir gemerkt. Wir essen zusammen, und dann gehen wir zum Tanzen in eine hübsche dunkle Bar. Willst du?«

Sie hatte nie in ihrem Leben bei Kempinski gegessen, und in einer Bar war sie in Berlin auch noch nicht gewesen.

»Ich habe Besuch.«

»Oh, eine Geburtstagsfeier. Wer ist denn da?«

Seine Stimme, der bezaubernde Akzent, der leichte, verspielte Ton, die Welt veränderte sich wieder, erhielt neuen Glanz.

»Mein Bruder ist da und Freunde von ihm.«

»Ah ja, dein Bruder. Er hat ja auch Geburtstag, das habe ich vergessen.« Eine kleine Pause, dann: »Ich würde ihn gern kennenlernen, deinen Bruder. Darf ich auch kommen zu deiner Geburtstagsfeier?«

Iris verschlug es für einen Moment den Atem. Jean-Claude hier bei ihnen im Haus! Das war eine unvorstellbare Situation. Nein. Das ging nicht. Aber sie sagte verwirrt: »Natürlich, wenn du willst – ich würde mich freuen.«

Er lachte amüsiert. »Wirklich, chérie? Ich bin auch ganz brav, du brauchst keine Angst zu haben. Ganz comme il faut, deine Mama wird keinen Grund zur Besorgnis haben.«

Sie stand mit klopfendem Herzen, nachdem sie den Hörer aufgelegt hatte, und biß sich auf den Fingerknöchel. Was nun? Der erste Gedanke: dieses schreckliche Kleid, ich muß mich umziehen. Und ich muß mich ein wenig zurechtmachen.

Und dann: ich muß es ihnen sagen. Ob er Bowle trinkt? Sicherlich nicht. Für einen Franzosen mußte es ein schreckliches Getränk sein. Wie sorgfältig er immer den Wein ausgesucht hatte...

Ihr Knöchel war schon ganz weiß. Trudchen, neugierig in der Nähe geblieben, blickte sie mit ängstlichen Augen an. »Ist was?« fragte sie treuherzig. Sie mochte die junge Dame des Hauses.

Iris blickte wie erwachend zur ihr hin. »Es kommt noch Besuch.«

»Fein«, freute sich Trudchen, »wir ham ja noch Wurst. Und die Bowle könn' wir verlängern.«

»Nein, nein, das geht nicht. Haben wir noch anderen Wein da?«

»Andern Wein? Nee, nur noch zwei Flaschen von demselben.«

Ein billiger Rheinwein, zu süß. Bestimmt nicht nach Jean-Claudes Geschmack.

»Champagner haben wir auch nicht?«

»Wat for'n Ding?«

»Ja, schon gut.«

Sie ging zur Treppe, um in ihr Zimmer hinaufzusteigen, kehrte wieder um. Sie mußte es ihnen erst sagen. Mein Gott, was sollte sie denn sagen? Sie hatte es ganz falsch gemacht. Sie hätte zu ihm in die Stadt fahren müssen, sie hätte...

Sie war ganz blaß, als sie ins Zimmer kam.

Alle sahen sie an.

Iris lächelte mühsam. »Es – es kommt noch Besuch.«

Melanie machte ein erstauntes Gesicht. »Besuch? Wer denn?«

Auch Arne sah sie befremdet an. »Was ist los mit dir? Wer kommt denn?«

Iris zögerte. »Ja, nämlich...« Und dann, in das erwartungsvolle Schweigen hinein sprach sie den ganzen imposanten Namen aus. »Der Comte Saint-Mar de Chaumencey.«

Das Schweigen hielt an.

Arne runzelte die Stirn, die Gästen blickten verständnislos.

Lisa kicherte. »Das klingt ja bombastisch.«

»Wir müssen noch etwas zu trinken besorgen. Ich meine etwas Richtiges. Und dann – und ich – entschuldigt mich einen Moment.«

Sie ging mit steifen Beinen aus dem Zimmer, dann rannte sie die Treppe hinauf und wußte, daß sie sich idiotisch benommen und alles verraten hatte. Sie riß die Schranktür auf, fuhr mit zitternden Händen durch die Kleider, dann zum Spiegel, dann die obere Schublade der Kommode, wo Evelynes Schminkkästchen verborgen war – nein, erst mal überlegen. Welches Kleid? Sie zog sich das Dunkelblaue hastig über den Kopf, hörte den Schritt ihrer Mutter auf der Treppe und zog das Kleid rasch wieder aus. Sie machte sich lächerlich, wenn sie jetzt in einem anderen Kleid auftauchte.

»Was soll denn das bedeuten?« fragte Melanie. »Ist der Mann denn in Berlin?«

Iris lachte nervös. »Ja, denk dir. Ganz zufällig. Er hat hier zu tun.« Sie bürstete sich wie wild die Haare.

»Weiß er denn, daß du Geburtstag hast?«

»Ich hab's ihm gerade erzählt. Darum kommt er her.«

»Warum bist du denn so aufgeregt? Und was machst du denn da, du kriegst ja lauter Haare auf das Kleid, auf Dunkelblau sieht man das so.«

»Ich bin nicht aufgeregt – es ist nur – ich weiß nur nicht...«

Melanie trat hinter sie und nahm ihr die Haare von der Schulter. »Was meinst du damit, etwas Richtiges zu trinken?«

»Na ja, mit der Bowle, die reicht ja nicht.«

»Die reicht schon. Der Krug ist noch halb voll, und wir haben noch Wein, Arne macht das gerade. Aber ich verstehe das Ganze nicht.«

»Mein Gott, Mama, was ist denn dabei groß zu verstehen. Er ist eben zufällig hier und hat mich angerufen. Ich hätte nicht sagen sollen, daß er kommen kann, nicht?«

Melanie blickte ihre Tochter nachdenklich an. »Ich finde es merkwürdig. Du hast kaum von dem Grafen gesprochen. Und daß er jetzt hierherkommt – beiß nicht immer auf deinem Finger herum, das ist ja eine schreckliche Angewohnheit.«

Sie warf ihrer Tochter noch einen strafenden Blick zu und ging hinaus.

Iris war auf sich selbst unbeschreiblich wütend. Sie benahm sich wie eine Gans. Ganz gelassen hätte sie ins Zimmer kommen müssen, ganz gelassen sagen: »Es kommt noch ein Gast. Wird die Bowle reichen?«

Mit fliegender Hast begann sie ihre Wimpern zu tuschen, ein wenig Rouge auf die Wangen, ein wenig Puder, das schreckliche Kleid mußte sie anbehalten, aber vielleicht... Sie begann in der Schublade zu wühlen, dann fiel ihr das rohseidene Sommerkleid ein, das mit dem gestreiften Schal. Der Schal ließ sich herausziehen und um das Dunkelblaue schlingen; das sah schon besser aus.

Sie besah sich im Spiegel, ihre Wangen glühten, das Rouge wäre nicht nötig gewesen. Und die Augen glänzten – die Iris der Sommertage, die Iris von Baden-Baden fand sich im Spiegel wieder.

War ja egal, was die anderen dachten. Er kam.

Er hatte sie nicht vergessen.

Ob sie ihm noch gefiel? Wieso? Hatte sie ihm je gefallen? Doch. Wäre er sonst heute hier? Ich möchte dich gern küssen an deinem Geburtstag – ein Schauder zog ihr die Schulterblätter zusammen. Seine Hände, sein Mund.

Ich liebe ihn. Oh, Jean-Claude, ich liebe dich. Wenn du mich diesmal fragst, ob ich mitkommen will, dann komme ich mit. Wohin du willst. Solange du willst.

Sie war eine andere, als sie wieder ins Zimmer trat. Alle sahen es.

Arnes Augen wurden wachsam.

Lisa sagte: »Schick – mit dem Schal. Sieht viel besser aus so.« Sie lächelte. Ihre Zungenspitze erschien flink an der Oberlippe. Ihr Blick huschte zu Günther, zu Arne, dann zu Melanie. Bis jetzt hatte sie es langweilig gefunden. Nun schien es interessanter zu werden.

Der Comte Saint-Mar de Chaumencey hatte, wie nicht anderes zu erwarten, einen großen Auftritt.

Iris lief hinaus, als es klingelte, sie wartete im Flur, bis Trudchen die Tür geöffnet hatte, bis er vor ihr stand. Ihre Augen waren riesengroß und ganz dunkel, ihr Herz klopfte, sie konnte kein Wort sprechen.

Der Comte nahm ihre kalte Hand, küßte sie, sagte etwas, wieder auf französisch, es war wohl ein Glückwunsch, währenddessen hatte Trudchen die Blumen ausgewickelt, einen riesigen Strauß rosa Rosen. Außerdem hatte er zwei Päckchen mitgebracht, und dann mußten sie zu den anderen hinein. Sie erlebte es wie in Trance. Sie redete. Machte die Herren bekannt. Melanie bekam die Hand geküßt und das eine Päckchen überreicht – es war eine große violette Orchidee in einer Cellophanschachtel, und Melanie war sehr verwirrt. – Wer hatte ihr je eine Orchidee geschenkt?

Jean-Claude war ganz Herr der Situation, leicht, locker, ein wenig amüsiert. Er war ein Schock in diesem Hause, und so ähnlich hatte er es sich vorgestellt. Er taxierte die Mutter, die jungen Leute mit einem Blick. Hübsches Mädchen, die Kleine mit dem braunen Haar, wie sie ihn verschmitzt anlächelte, eine Freundin von Iris? Sehr junge Offiziere, sehr nett, sehr wohlerzogen, und dies also unverkennbar ihr Bruder. Er sah die Reserve in Arnes Blick. Fast war es schon Feindschaft. Jean-Claude registrierte es und übersetzte es gleichzeitig richtig: Eifersucht.

Währenddessen plauderte er schon, entschuldigte sich wegen seines Eindringens, aber der Baron von Freuendorf habe ihm extra aufgetragen, Iris zu besuchen, wenn er nach Berlin käme. Er bedauerte es sehr, daß er die Geburtstagsfeier störe, andererseits aber finde er es sehr nett, gerade diesen Abend hier verbringen zu dürfen, und er sei gerade vor zwei Stunden angekommen. Ein paar wichtige Geschäfte habe er in Berlin, er müsse den französischen Botschafter sprechen, non, merci, er habe schon gegessen, und dabei sah er alle an, lächelte, war charmant, mit einem Wort: Jean-Claude.

Für die Platte mit den belegten Broten dankte er, das dubiose Getränk, das man ihm vorsetzte, ließ er zunächst unberührt, und dann sagte er: »Ich habe eigentlich vorgehabt, Iris zu entführen, zu einem kleinen Bummel. Es gibt so hübsche Nachtlokale in Berlin. Könnten wir nicht alle gehen, hätten Sie keine Lust?«

»Aber das wäre wunderbar«, rief Lisa begeistert, was ihr einen strafenden Blick des Leutnants eintrug.

»Wir sind in Uniform«, sagte Arne steif.

»Nun, es wird ein Lokal in Berlin geben, wo die Herren in Uniform hingehen können, n'est-ce pas? Was schlagen Sie vor, Madame, wo gefällt es Ihnen am besten?« Die Frage galt Melanie, die, um Haltung und Gleichmut bemüht, nicht sofort eine Antwort fand. Und wie sprach man diesen Menschen eigentlich an?

»Ich kenne mich nicht aus mit Nachtlokalen«, brachte sie schließlich hervor.

»Aber die Herren doch sicher?« Jean-Claude blickte von einem zum anderen, ein wenig übertrieb er seinen französischen Akzent, ein wenig überzog er, ganz glücklich fühlte auch er sich nicht.

Iris war ruhiger geworden, sie ärgerte sich auch ein wenig über seine Art, die die anderen unsicher machte, und sie ärgerte sich über Arne, der gewandt genug gewesen wäre, wenn er nur gewollt hätte.

»Ich glaube, Comte«, sagte sie kühl, und im Moment war sie ihm gewachsen, »hier kennt sich keiner sehr gut mit Nachtlokalen aus. Vermutlich haben Sie darin die meiste Erfahrung. Auch in Berlin.«

Jean-Claude hätte am liebsten laut gelacht. Wie süß sie war! Und am liebsten hätte er gesagt: »Bien sûr, chérie, in Berlin und anderswo, und du wirst sie auch kennenlernen in Berlin und anderswo. Und nun küß mich und laß uns weglaufen.« Aber er machte ein seriöses Gesicht und erwiderte: »Oh, nein, Mademoiselle, in Berlin kenne ich mich nicht sehr gut aus. Ich bin eigentlich immer nur kurz hier gewesen. Das letzte Mal vor zwei Jahren.«

»Packen Sie doch endlich aus«, rief Lisa, »ich bin schon so neugierig.«

Das Päckchen hielt Iris noch immer in der Hand. Alle Augen sahen ihr zu, als sie es auspackte, und eine Riesenflasche Lanvin ans Licht kam.

»Oh, wie wundervoll!« Das war wieder Lisa. »Machen Sie es gleich auf, ich muß unbedingt daran schnuppern.«

Sie hatte begriffen, und sie wollte Iris helfen.

Jean-Claude hatte mittlerweile sein Glas erhoben und mit einem ganz offiziellen Glückwunschblick zu Iris einen Schluck genommen.

Iris, die ihn beobachtete, hätte beinahe laut aufgelacht, und das vertrieb ihre Befangenheit. Sie lächelte ihm zu, als er ihr sein Glas entgegenhob.

»Auf Ihr Glück, Iris!«

»Danke, Comte«, sagte sie sehr sicher, ganz Dame von Welt. »Wenn ich gewußt hätte, daß Sie kommen, hätte ich für Champagner gesorgt.«

»Oh!« rief Lisa entzückt. »Haben Sie schon einmal welchen getrunken, Iris?«

»Ja, natürlich, in Baden-Baden. Sehr oft sogar.«

Die Verbindung war hergestellt, das geheime Einverständnis. Nur zwei Leute im Raum besaßen die Antenne, um zu empfangen: Arne und Lisa.

Lisa machte es Spaß. Sie erwies sich als große Hilfe, was die Konversation betraf. Sie plauderte unbefangen mit Jean-Claude, sie flirtete sogar ein wenig. Paris, so ließ sie wissen, sei schon lange ihr Traum. Aber diese schrecklichen Devisen, nicht wahr, man bekomme ja kein Geld für Auslandsreisen. Das Problem ließe sich lösen, meinte Jean-Claude. »Es wäre mir ein Vergnügen, Ihnen Paris zu zeigen, Mademoiselle. Kommen Sie doch einmal, zusammen mit Iris.« Dann lächelte er Melanie an: »Die Damen können bei meiner Schwester wohnen, damit wäre die Devisenfrage gleich gelöst.«

Der Leutnant suchte nach einer passenden Antwort, die nicht unhöflich war, aber auf jeden Fall zurechtweisend sein sollte; doch da ergriff überraschend der Regierungsrat das Wort. Er sei, ließ er wissen, vor vielen Jahren einmal in Paris gewesen, und das gehöre zu den schönsten Erinnerungen seines Lebens. Sehr ausführlich begann er davon zu schwärmen, vom Louvre bis Versailles kam alles dran, und das hielt das Gespräch für längere Zeit in Gang.

Und dann war es soweit, daß eigentlich keiner sich mehr Jean-Claudes Charme entziehen konnte, ausgenommen Arne, der sehr schweigsam blieb.

Dennoch war Iris ganz froh, als der Leutnant schließlich sagte, sie müßten nun gehen, es sei an der Zeit. Und er müsse Lisa noch nach Hause bringen.

»Ich habe meinen Wagen da«, sagte Jean-Claude. »Darf ich Sie fahren, Mademoiselle?«

Beim Abschied wandte sich Jean-Claude sehr formell mit der Frage an Melanie: »Erlauben Sie, Madame, daß ich Iris morgen mittag abhole?«

Melanie lächelte und gab ihre Zustimmung. Ein wenig fühlte sie sich geschmeichelt, daß ihre Tochter so illustren Umgang hatte. Und die Spurenelemente an Weiblichkeit, die noch in ihr vorhanden waren, konnten sich Jean-Claudes Zauber nicht entziehen.

Arne blieb unzugänglich bis zum Schluß. Er spürte, daß Iris die Gegenwart des fremden Mannes verändert hatte. Auch Günther war bedrückt, er war sehr schweigsam gewesen, und nun zum Abschied suchte er Iris' Blick, aber sie schien ihn nicht zu sehen.

Dann waren sie alle fort. Iris beherrschte sich mühsam, ein hysterisches Lachen saß ihr im Hals. Es war absurd gewesen, aber das war nun einerlei. Morgen! Morgen kam er.

Ein Glück, daß der Regierungsrat dabei war. Er war gesprächig von der Bowle, von dem ungewohnten Betrieb – er ersparte Iris das Alleinsein mit ihrer Mutter. Sie sei müde, erklärte sie nach einer Weile, sagte gute Nacht und verschwand.

Sie fürchtete, ihre Mutter würde noch in ihr Zimmer kommen und Fragen stellen. Aber Melanie kam nicht. Und sie stellte keine Fragen. Nicht an diesem Abend, nicht am nächsten Morgen.

Arne haßte Jean-Claude vom ersten Augenblick an. So wie ich ihn vom ersten Augenblick an geliebt hatte. Kann ich mich darüber beschweren, daß Jean-Claudes Familie mich nicht liebte?

Heute – in der Zeit, in der wir jetzt leben, in der die Völker einander so nahegerückt sind, da überhaupt die Jugend so ungezwungen einander begegnet, hört sich das alles unsinnig, geradezu irrsinnig an. Aber allein darum geht es wohl nicht. Es waren persönliche Motive.

Arne und ich – eine vergleichbare Situation. Und menschliche Herzen verändern sich nie – zu keiner Zeit. Hatte ich Arne nicht immer als meinen Besitz betrachtet? War ich nicht immer eifersüchtig gewesen auf seine Umwelt, seine Freunde, dieses Leben, daß er ohne mich lebte?

Mir blieb es erspart, daß er ein Mädchen, eine Frau, liebte. Wie hätte ich mich verhalten, wenn er eines Tages mit einer Fremden angekommen wäre? Wenn ich gemerkt hätte, daß sie ihm mehr bedeutete als ich?

Es war viel schlimmer, was ich ihm antat.

Sein Beruf, seine Kameraden, seine Laufbahn, all das, was

ihm wichtig war, es wog gering gegen das, was in mein Leben gekommen war. Er hat mich nicht verraten. Ich verriet ihn.

Denn er war mehr als mein Bruder. Er war mein zweites Ich. Und ich war nicht mehr ich selbst, wenn Jean-Claude in meiner Nähe war. Nicht mehr die, die Arne kannte. Ich reagierte wie eine Frau. Plötzlich war ich eine Frau geworden.

Das begriff Arne nicht, der zu jener Zeit noch nie wie ein Mann reagiert hatte. Der es vielleicht nie getan hat. Was Frauen betraf.

Jean-Claude kam am nächsten Tag pünktlich um zwölf Uhr. Er wechselte ein paar höfliche Worte mit Melanie, dann bestieg Iris das ihr vertraute Auto, und als sie darin saß, fiel die Spannung ab, sie vergaß alles andere. Sie war nur noch für ihn da.

Sie fuhren langsam hinaus in Richtung Paulsborn, es war ein milder blauer Herbsttag, auf den Straßen viel Verkehr, aber Iris sah nichts davon, sie hätte ebensogut durch Wolken fahren können.

»Wohin, chérie?«

»Das ist mir egal.«

»Wo möchtest du gern essen?«

»Es ist mir egal.«

»Was möchtest du essen?«

»Es ist mir auch egal.«

»Ist es dir auch egal, daß ich da bin?«

»Nein!«

»Freut es dich?«

»Ja.«

»Möchtest du mich küssen?«

»Ja.«

Er fand eine Seitenstraße, eine schmale Straße zwischen Gärten, wo die märkischen Kiefern über die Mauern blickten. Er stoppte den Wagen, hielt an, wandte sich zu ihr. »Look at me.«

Sie blickte ihn stumm an.

»Ich komme gerade aus England, weißt du. Ich habe meinen Bruder besucht. Ich habe nämlich auch einen Bruder.«

»Ja, ich weiß.«

»Und als ich wieder in Paris war, wollte ich eigentlich nach Hause fahren. Ich wollte gern sehen, was der neue Wein macht, wie weit sie mit der Lese sind. Wie hoch und blau der Himmel über der Bourgogne noch ist. Und mein Pferd Bayard wollte ich gern wiedersehen, es hatte mich lange vermißt. Aber dann fiel mir Iris ein. Iris, die Geburtstag hat. Ich sah in mein Notizbuch und fand den Geburtstag von Iris. Sie wird zwanzig Jahre, dachte ich mir, sie ist nun kein bébé mehr, sie ist schon fast eine Frau. Ich habe ihr verboten, einen anderen Mann zu küssen, aber wenn ich sie zu lange allein lasse, wird sie es doch tun. Vielleicht an ihrem Geburtstag. Zwanzig Jahre und so lange nicht geküßt. Ich konnte es nicht riskieren.«

Iris saß regungslos, hörte ihm zu.

Er legte den Arm hinter sie auf die Lehne des Sitzes, beugte sich näher zu ihr.

»Wen hast du geküßt, seit ich dich nicht mehr gesehen habe, Iris?«

Sie schüttelte den Kopf.

»Wen, Iris?«

»Niemand?«

»Personne?«

»Personne.«

»Dann küß mich jetzt, Iris.«

Sie hob den Arm, legte ihn um seinen Hals, legte ihren Mund auf den seinen und küßte ihn. Sie tat es zum erstenmal von selbst, sie tat es bewußt und gewollt. Und es war kein Spiel mehr.

Es war nie ein Spiel gewesen, soweit es sie betraf. Es war immer alles gewesen, Leben und Tod.

Und es gab nichts auf der Welt, nicht, nichts, als jetzt dies: seine Arme, die sich um sie schlossen, seine Nähe, seinen Mund.

»Wirst du mit mir kommen, Iris?«

»Ja.«

Ein Radfahrer, der langsam vorbeifuhr und anerkennend pfiff, weckte sie. Jean-Claude richtete sich auf, strich sich das dunkle Haar aus der Stirn, dann lächelte er.

Seine Hand glitt unter ihre Kostümjacke, legte sich zärtlich um ihre Brust. Iris erschrak. Das hatte er noch nie getan. Aber dann schloß sie die Augen wieder, ihr Kopf sank zurück auf die Lehne, auf seinen Arm, und sie wartete auf seinen Mund.

»Du gehörst mir, chérie. Dein Bruder wird dich mir geben müssen. Und Günther wird dich nicht bekommen.«

Es ist sehr seltsam, wenn eine Frau ihren Körper entdeckt. Sein Eigenleben. Heute spricht man sehr viel vom sexuellen Bedürfnis auch sehr junger Mädchen. Ich hatte es nicht. Ich hätte nicht gewußt, was das ist. Ich kannte meinen Körper nicht.

Ich nehme an, es ist eine Frage der Erziehung und der Umwelt. Der Atmosphäre, in der man lebt. Vielleicht, wenn Kinder in einem Haus aufwachsen, in dem es Eltern gibt, die sich lieben – vielleicht ist dann eine gewisse erotische Atmosphäre da, die für die Heranwachsenden eine Art natürlicher Vorbereitung ist. Wie gesagt, ich weiß das nicht. Man kann es auch wohl in der heutigen Zeit, in der überall, in jeder Zeitung, jedem Film, davon die Rede ist, nicht objektiv beurteilen.

Meine Welt war frei davon. Und meine Vorstellungen von Liebe, ich sagte es schon, endeten bei einem Kuß.

Dabei war die Zeit, in der ich aufwuchs, keineswegs prüde. Ich wußte immerhin, daß manche Mädchen schon während der Schulzeit Bekanntschaft mit der Liebe gemacht hatten, ich hörte davon, aber es berührte mich nicht. Auch Evelyne hatte von ihren Liebhabern erzählt; ich hatte mir das angehört, fand es interessant – und mehr nicht.

Ich war das Produkt meiner Umgebung; meine Mutter hatte nie von Liebe, von körperlicher Liebe gesprochen, ich wußte nur, daß Menschen sich lieben, daß sie irgendwie Kinder bekommen, daß sie glücklich dabei wurden oder auch nicht. Aber mehr wußte ich nicht. Zweifellos war das nicht der normale Zustand für mein Alter, nicht für die Zeit, in der ich lebte. Und so – so unvorbereitet, wie ich war, mußte mich dieses unbegreifliche Gefühl einfach überwältigen. Aber natürlich gelang es mir nicht gleich, das richtig einzuordnen und zu überschauen. Ich war Objekt. Ich war ein hilfloses Objekt.

Zeitweise. Denn immerhin gelang es mir immer wieder, wenn Jean-Claude mich losließ, wenn ich nicht in seiner Nähe war, halbwegs zur Besinnung zu kommen. Nicht ganz, natürlich nicht. Aber ein wenig. Und dann hatte ich Angst.

Und was geschah in den Tagen, die er in Berlin verbrachte? Nichts weiter, als daß ich immer tiefer, immer rettungsloser in diesem Meer des Gefühls versank. Sicher wußte er das, beobachtete es, erfahren, wie er war, und sicher genoß er es. Denn man mag es betrachten, wie man will, sehr aufgeklärt modern oder sehr altmodisch oder in sämtlichen Variationen, die dazwischenliegen: Das Ausgeliefertsein einer sehr jungen, ganz unerfahrenen Frau an ein großes Gefühl, an eine überwältigende Hingabe, ist das schönste Erlebnis, das einem Mann, der versteht, widerfahren kann.

Ein Mann muß sehr klug und sehr erfahren sein, ein wahrer Liebhaber, ein Liebender, wenn er sich diesen Genuß nicht verderben will. War das der Grund, daß Jean-Claude, dieser Künstler, dieser Meister der Liebe, sich selbst und mir diesen Genuß nicht verdarb?

Ich kam nie dazu, ihn das zu fragen. Aber auch ohne ihn zu fragen, weiß ich: So war es.

Was also geschah in Berlin? Eine Fortsetzung der Tage in Baden-Baden.

Er würde einige Tage in Berlin bleiben, hatte er gesagt. Und was mich beschäftigte, war die Frage: wie viele Tage? Er wohnte im ›Adlon‹, und allein diese Tatsache war so eindrucksvoll, auch für meine Mutter, daß wir nur respektvoll verstummen konnten. Wir hatten nie einen Menschen gekannt, der im ›Adlon‹ wohnte. (Daß Jean-Claude immer über seine Verhältnisse lebte und gelebt hatte, konnte ich damals noch nicht wissen. Die Familie war keineswegs so reich, wie sein Auftreten vermuten ließ. Aber die Allüren gehörten zu ihm wie sein Charme und sein blendendes Aussehen.

Selbst Madame Cathérine, seine Mutter, die in allen Dingen sehr strenge Ansichten hatte, und bei allem Pomp, mit dem sie sich gern umgab, außerordentlich sparsam war, opponierte niemals gegen seinen Lebensstil. Sie billigte es ihm zu, es gehörte zu ihm.)

Das ›Adlon‹ unter den Linden. Ich speiste dort einmal mit ihm. Es war nur gut, daß ich mich in Baden-Baden an exquisite Restaurants gewöhnt hatte und mich mit einigem Gleichmut darin bewegen konnte. Meiner Mutter imponierte es gewaltig. Ich erlebte zum erstenmal, daß ihr etwas und jemand – außer dem Führer – imponierte. Sie widersprach nicht, sie verbot mir nichts, sie staunte.

In den acht Tagen, die Jean-Claude in Berlin verbrachte, lernte ich ein ganz neues Berlin kennen. Exklusive Restaurants, auch wirklich einige Nachtlokale, aber auch die Umgebung, Wälder und Seen, die ich so gut wie überhaupt nicht kannte. Wer war schon mit mir hinausgefahren? Ein paar Schulausflüge, baden im Wannsee oder in der Havel, das war alles, was ich kannte. Mama machte niemals Ausflüge. Schwimmen konnte sie nicht, und Arne verließ zu jung das Haus.

Jean-Claude wußte mehr über Berlin und seine Umgebung als ich.

»Sag mal, chérie, da soll es doch am Schlachtensee so ein hübsches Restaurant geben, im englischen Landhausstil. Warst du schon mal da?«

Er gewöhnte sich daran, daß ich zu all diesen Fragen den Kopf schüttelte, und einmal sagte er: »Wie hast du eigentlich gelebt, chérie? In einer sehr abgelegenen Welt, wie mir scheint.«

»Ich habe das nicht gewußt«, sagte ich in plötzlicher Erkenntnis, »aber es muß wohl so gewesen sein.«

Manchmal ärgerte es mich, daß ich so dumm und unerfahren war, und ich bemühte mich dann, so zu tun, als wüßte ich dies und jenes – nicht nur, was die Frage nach Restaurants betraf, in denen man gut speisen konnte. Doch er durchschaute mich sehr rasch, lachte mich aus, und ich begriff schließlich, daß mein Reiz für ihn nicht zuletzt an meiner Ahnungslosigkeit lag.

Erstaunlich war die Haltung und das Verständnis von Mama. Wenn man bedenkt, daß sie es von mir nicht gewöhnt war, daß ich viel – und nicht nur tagsüber, sondern oft bis spät in die Nacht – ausging, mit einem fremden Mann dazu, der ganz und gar aus jedem ihr gewohnten und verständlichen Rahmen fiel, dann war ihre großzügige Haltung eigentlich kaum zu erklären. Höchstens damit eben, daß Jean-Claude ihr großen Eindruck machte.

Eine Frau war sie eben doch, man konnte es nehmen, wie man wollte. Und für große Namen und vornehme Leute hatte sie schon immer viel übrig gehabt. Wäre es nur ein Monsieur Soundso aus Frankreich gewesen, sie hätte wohl anders reagiert. Dazu kam Jean-Claudes bestrickendes Benehmen. Er brachte ihr fast jedesmal etwas mit, wenn er mich abholte: Blumen, Pralinen, einmal ein Döschen Pâte de foie gras, dann ein Fläschchen Parfum, und er überreichte diese kleinen Geschenke immer mit den liebenswürdigsten Worten; dazu behandelte er sie, als sei sie nicht eine reizlose ältere Frau, sondern eine Dame von Welt und dazu noch eine Frau, die man ansah. All das bewirkte, daß sie ihn einfach gut leiden mochte. Ich ertappte sie dabei, daß sie in den Spiegel blickte, sich am Haar herumzupfte, wenn sein Auftritt bevorstand; daß sie ihm sehr bald mit einer gewissen Grandezza die Hand zum Kusse reichte und ein Lächeln auf ihre Züge zauberte, das ich nie darauf erblickt hatte. Ach, arme Mama, wie unrecht habe ich dir vielleicht getan, vorher und später auch… Konntest du dafür, daß dein Leben so im Schatten blieb? Wären die Umstände anders gewesen, wärst auch du eine andere geworden.

Ihr unerwartetes Verständnis machte es mir möglich, offen mit ihr über ein Problem zu sprechen, das mich beschäftigte: meine mangelhafte Garderobe. Denn das war ein ständiger Kummer in jenen Tagen. Was sollte ich nur anziehen?

Evelyne hatte meinen Blick geschärft, und Sommerkleider waren leichter zu variieren, aber jetzt wurde es schwierig.

Da das Wetter einigermaßen schön blieb, half tagsüber mein graues Kostüm, obwohl ich es leid war, immer das gleiche zu tragen. Die Blusen wechselte ich täglich, eingedenk Evelynes Rat, daß mir ein einfacher Rock und eine weiße Bluse besser stehe als ein geschmackloses Kleid. Aber abends? Kempinski, Lutter und Wegener, das ›Adlon‹, Borchardt – was trug man in diesen Lokalen, wenn man mit einem so gut aussehenden Mann ausging? Meine Jugend allein – so könnte ich aus heutiger Sicht sagen – genügte im Grunde. Damals genügte sie mir nicht.

Ich fand alle meine Kleider doof. Keins schien mir für diese teuren Restaurants geeignet. Ich sah, wie andere Frauen gekleidet waren; schon in Baden-Baden hatte ich dafür einen Blick bekommen. Und die Berlinerin war immer eine elegante Frau gewesen. Ich kam mir vor wie eine Provinzlerin und ärgerte mich unausgesetzt darüber.

Eines Tages, beim Mittagessen, wir saßen in dem schon erwähnten Restaurant am Schlachtensee, sagte Jean-Claude: »Für übermorgen habe ich Karten für die Staatsoper, chérie. Carmen. Ich dachte, wir müßten einmal zusammen in die Oper gehen. Hast du Lust?«

Und statt zu antworten: ja, wunderbar! – sagte ich: »Was soll ich denn da anziehen?«

Jean-Claude schien diese Frage ganz normal zu finden. »Nun«, sagte er, »ja, was meinst du? Wie wäre es mit dem Abendkleid, das wir in Baden-Baden gekauft haben? Wäre es nicht für die Oper ganz passend? Ich könnte dazu einen Smoking tragen, und wir wären bestimmt ein ansehnliches Paar.«

Ich druckste verlegen herum, und er fragte: »Gefällt es dir nicht mehr? Oder hast du es seither so oft angehabt, daß du es nicht mehr leiden magst?«

»Ich habe es nur ein einziges Mal angehabt. Mit dir. Auf dem Ball.«

»Und?«

Ich biß mir wieder einmal auf den Fingerknöchel, er kannte diese dumme Angewohnheit nun schon und zog mir den Finger aus dem Mund, küßte die Stelle, auf die ich gebissen hatte, und fragte: »Was ist mit dem Kleid?«

Ich gestand, daß ich es versteckt hatte, weil ich nicht wußte, wie ich Mama die Existenz des Kleides erklären sollte. Es amüsierte ihn königlich.

»Je comprends. Mon Dieu, chérie, du bist bezaubernd. Ich erlebe Dinge mit dir, von denen ich nicht wußte, daß es sie gibt. Ich könnte mich direkt in dich verlieben.«

Das war nun nicht sehr hübsch gesagt, und es verletzte mich sehr. Ich blickte zu dem breiten Fenster hinaus auf den See, der in der Herbstsonne glitzerte. Es fehlte nicht viel, und ich hätte geweint. Da küßte er mich nun seit Tagen, hielt mich zärtlich im Arm, redete allen möglichen Unsinn, ich liebte ihn zum Steinerweichen, und er meinte lässig, er könne sich direkt in mich verlieben!

Er bemerkte meinen Zustand und verstand zweifellos, wie mir zumute war. Er verstand die Gefühle einer Frau immer recht gut, das sollte ich noch erfahren. Er nahm meine Hand, streichelte sie, sagte: »Mach kein böses Gesicht, chérie! Jeannot hat geschwindelt. Er ist längst in dich verliebt. Aber wie machen wir es mit dem Kleid? Ich sehe ein, wir dürfen Mama nicht allzusehr schockieren, sonst verbietet sie dir den Umgang mit mir. Und was mache ich dann, wenn ich wieder einmal nach Berlin komme und dich sehen möchte?«

Ich sah ihn nicht an, blickte immer noch auf den See hinaus.

»Du möchtest doch ganz gern, daß ich einmal wiederkomme?«

»Ich weiß nicht«, sagte ich trotzig.

»Aber ich weiß es. Du wirst sehen, daß du dich freust, wenn ich wiederkomme.«

Ach – diese verspielte leichte Art! Es gelang mir einfach nicht oder nur sehr selten, ihm ebenso zu begegnen, so sehr ich es auch wünschte.

»Und dabei habe ich gerade gedacht, ob wir nicht mal am Kurfürstendamm einkaufen gehen sollten. Ich kenne da einen Laden mit sehr schicken Sachen, ich habe dort schon gekauft, und da wäre ich gern mit dir hingegangen. Aber ich sehe ein, es ist sehr schwierig.«

Ich bekam einen steifen Hals. Also bitte, ich hatte es ja gewußt, meine doofen Kleider gingen ihm auf die Nerven. Und er hatte am Kurfürstendamm eingekauft. Mit wem? Für wen? Sicher doch nicht, um seiner Schwester ein Kleid aus Deutschland mitzubringen!

»Ich lasse mir von einem fremden Mann keine Kleider schenken«, sagte ich bockig.

»Nom de Dieu, chérie! Bin ich ein fremder Mann? Und ich habe dir doch schon Kleider gekauft, n'est-ce pas?«

»Ich bedauere es noch nachträglich. Onkel Ludwig fand es auch unpassend.«

Darüber lachte er laut. Für ihn war das alles ein großer Spaß, und ich war nun langsam ehrlich wütend. Er sah es mir an.

»Chérie! Wollen wir streiten? Zum erstenmal?«

Ihre Unterlippe zitterte, in ihren Augen standen nun wirklich Tränen.

»Oh, bébé, non, non! Verzeih mir! Ich bin ein ganz abscheulicher Mensch.« Er nahm ihre Hand, küßte sie, drehte ihr Gesicht zu sich und küßte sie auf den Mund, unbekümmert darum, daß sie in einem Lokal saßen, das zwar an diesem Werktag nicht übermäßig besucht war, in dem sich aber immerhin einige Leute aufhielten. »Je suis un salaud, und du hättest recht, mich nie wieder anzuschauen. Soll ich gehen und da draußen ins Wasser springen, oder wirst du mir verzeihen? Iris! Chérie! Siehst du, ich habe noch nie ein Mädchen gekannt, wie du eins bist, darum mache ich alles falsch. Ich weiß nur, daß jede Frau sich über hübsche Kleider freut, und ich will doch nur, daß du dich freust. Wir wollen die Rechnung kommen lassen und da draußen noch ein wenig am See spazierengehen. Und wenn du mir nicht verzeihst, springe ich bestimmt in den See, du wirst sehen.«

Er sprang nicht in den See, er küßte sie, sobald sie außer Sichtweite anderer Leute waren, so lange und so zärtlich, bis sie ihren Ärger vergaß.

»Siehst du, ich gebe zu, es ist ungewöhnlich sich einfach Kleider schenken zu lassen. Von einem fremden Mann, wie du ganz richtig gesagt hast. Ich werde es nicht mehr tun, solange ich noch ein fremder Mann für dich bin. Das kann sich ändern, nicht wahr?«

Sie tat ununterbrochen ungewöhnliche Dinge, begriff er das nicht? Seine Welt und ihre Welt – ein Ozean lag dazwischen. Später mußte sie erfahren, daß auch seine Welt sehr konservativ war. Seine Schwestern waren in Klosterschulen erzogen worden und hatten sich niemals von einem fremden Mann ein Kleid schenken lassen. Allerdings hätten sie es nicht nötig gehabt. Und die Frauen, mit denen er bisher befreundet gewesen war, nun, sie besaßen Geld genug, sich ihre Kleider selbst zu kaufen, oder sie waren von anderer Art als Iris und seine Schwestern.

Aber das änderte nichts daran, daß Iris das schöne Abendkleid gar zu gern angezogen hätte, wenn sie mit ihm in die Oper ging. Und so landeten sie, nachdem sie versöhnt waren, wieder bei diesem Thema.

»Könntest du Mama nicht sagen, Onkel Ludwig habe es dir geschenkt? Oder eine andere Idee! Wir mieten für dich ein Zimmer im Adlon, und du ziehst dich dort um.«

Da mußte sie lachen. »Das geht doch nicht.«

»Nein, du hast recht. Das geht nicht. Ich bin wirklich ein Dummkopf.«

»Ich ziehe es an«, sagte Iris entschlossen. »Natürlich ziehe ich es an. Mir wird schon etwas einfallen. Ich werde sagen, Evelyne hat es mir geschenkt.«

Wenn man lieben lernt, lernt man lügen. Die Lüge ist die kleine listige Schwester der Liebe. Auch das war eine neue Erfahrung für Iris.

Aber nicht nur Iris, auch der Comte Saint-Mar de Chaumencey machte so seinen Erfahrungen; auch er hatte täglich mehr Anlaß nachzudenken, zum Beispiel über sich. Und über dieses Mädchen aus Berlin.

Das kam so ganz allmählich, blieb zunächst untergründig und war gerade an diesem Tag, dem Tag des Gesprächs über die Kleider, so weit gediehen, daß es nicht mehr verdrängt werden konnte.

Er sah Iris an diesem Tag nicht mehr. Am Abend hatte er eine Verabredung zum Essen bei Horcher mit zwei Herren von der französischen Botschaft. Der eine war ein flüchtiger Bekannter, der andere jedoch sein Cousin Antoine, der zu jener Zeit der Botschaft in Berlin attachiert war.

Zwei junge Damen speisten mit ihnen, eine sehr hübsche Schauspielerin, die, wie Jean-Claude erfuhr, am Anfang einer hoffnungsvollen Karriere stand, während die andere einen Teil ihrer Karriere schon hinter sich hatte: eine recht kapriziöse Erscheinungen aus preußischem Landadel, geschieden und ein wenig demi-monde.

Um diese Dame ging es dem Cousin Antoine hauptsächlich, er war ihr, nun, man konnte vorsichtig sagen, ein wenig verbunden und wollte ihr behilflich sein, nach Paris überzusiedeln, was die Dame aus verschiedenen Gründen sehnlichst wünschte. Und was seine Schwierigkeiten hatte. Denn allzusehr konnte sich Antoine in diesem Fall nicht engagieren, er war schließlich verheiratet. Jean-Claude kam ihm gerade recht, er sollte behilflich sein.

Davon war am Telefon bereits in Andeutungen gesprochen worden; an diesem Abend wurde bei vorzüglichem Essen und gutem Wein, natürlich ganz nebenbei, weiter darüber verhandelt.

»Nett, dich einmal in Berlin zu sehen«, sagte Antoine. »Du warst lange nicht hier, wie ich weiß.«

»Nein. Früher gefiel es mir besser. Die Atmosphäre – nun ja.«

Damit war genug gesagt. Die Herren nickten. Das Berlin der zwanziger, der beginnenden dreißiger Jahre mochte seine Reize gehabt haben, auch für einen Mann aus Paris. Das Berlin der Nazizeit, bei allem großstädtischen Leben, das es nach wie vor bot, war eine andere Sache; das bedurfte keiner näheren Erläuterung.

»Und was hat dich diesmal hergeführt?« wollte Antoine wissen. »Hat es einen Grund?«

»Doch. Es hat einen Grund.«

Antoine kannte seinen Cousin. »Eine Frau also.«

»Sehr richtig.«

»Laß mich raten. Nicole Perrot dreht zur Zeit einen Film in Babelsberg, sie ist sehr attraktiv, ich hatte das Vergnügen, sie kennenzulernen. Ist sie es?«

»Leider nicht. Ich kenne sie gar nicht.«

»Hm. Dann weiß ich eigentlich nicht... Raconte-moi!«

»Es gibt im Moment nichts darüber zu erzählen.«

Es klang unvermutet ernst, und Antoine war ein wenig verwundert. Etwas Ernstes? Schade, daß er mit Jean-Claude nicht allein war. Affären, ernste und weniger ernste, interessierten ihn stets außerordentlich.

»Eh bien, mein Lieber, du wirst dich auf jeden Fall noch in der Botschaft sehen lassen. Seine Exzellenz möchte dich gern sprechen.«

»So?«

»Ja. Er ist der Meinung, du seist nun langsam in dem Alter, daß etwas einigermaßen Vernünftiges aus dir werden könnte.«

»Du hast ihm erzählt, daß ich hier bin.«

»Ich habe. Morgen abend ist ein Empfang in der Botschaft; man hat dir heute eine Einladung ins Hotel geschickt. Ich hoffe, du kommst.«

»Wenn es denn sein muß...«

»Es sind ein paar Leute da, die dir Spaß machen werden. Manchmal erlebt man ganz drollige Dinge hier. Diese Deutschen in dieser Zeit – man muß es erlebt haben.« Der letzte Satz war französisch gesprochen. Seine Bekannte, die verstanden hatte, lächelte spöttisch, die andere junge Dame, die offenbar nicht französisch verstand, blickte verständnislos.

Antoine wechselte ins Deutsche zurück. »Also, du kommst. Und mach dich auf ein ernsthaftes Gespräch mit dem Chef gefaßt.«

»Denkt er denn, ich sollte in diplomatische Dienste gehen?«

»Das denkt er. Er hält dich für gut geeignet dazu. Und man sollte, das ist seine Meinung, das Feld nicht nur den –

nun ja, Leute aus unseren Kreisen sollten sich nicht gar zu sehr zurückhalten. Du könntest deine Weintrauben auch noch in späteren Jahren nachzählen, sagt er.«

Jean-Claude wußte, daß es noch mehr Leute in Frankreich gab, die der Meinung waren, sein mehr oder weniger nichtsnutziges Leben, in dem es weder Arbeit noch Aufgaben gab, sei auf die Dauer kein Gewinn für das Vaterland. Erst unlängst in Paris hatte ein alter Herr, entfernter Verwandter und Freund seines Vaters, ihm ins Gewissen geredet.

»Das Vaterland kann auf die Dienste eines Comte Saint-Mar nicht verzichten«, hatte er zu hören bekommen. »Ein wenig sollten die guten alten Familien sich ihrer Pflichten bewußt sein und nicht nur den linksgerichteten Kreisen das Feld überlassen.«

Sein Cousin Raymond, ein junger Schriftsteller, der bei diesem Gespräch zugegen war, hatte spöttisch gelacht. In seinen Augen waren die alten Familien passé. Die neue Zeit hatte keine Verwendung für sie.

Man würde sehen. Später einmal – es blieb noch Zeit genug zu arbeiten, wenn es sein mußte. Aber wer weiß, vielleicht kam nun doch eine Wende, die Jahre der Jugend, der unbeschwerten Freude, des Herumbummelns, gingen sie langsam zu Ende? Hatte nicht auch Charles, den er kürzlich in England besucht hatte, Andeutungen in dieser Richtung gemacht?

Nicht zu spät kehrte Jean-Claude ins Hotel zurück. Er verbrachte einen nachdenklichen Abend, zunächst in der Bar, dann in seinem Zimmer.

Aber er dachte nicht so sehr über seine Zukunft als brauchbares Mitglied der französischen Gesellschaft, als Diener des Vaterlandes nach, sondern über das Mädchen Iris, das ihn von Tag zu Tag mehr beschäftigte. War es denn wirklich ein ernsteres Gefühl, war es – langsam, langsam. Mit dem klaren pragmatischen Verstand des Franzosen begann er über sich und seine Gefühle nachzudenken. Was gefiel ihm an ihr? Zunächst ihr Typ. Sie war nicht irgendein hübsches junges Mädchen, sie hatte Rasse, sie hatte sogar

Persönlichkeit, wenn auch noch unentwickelt und ungeprägt. Ihr Gesicht, ihre Figur, ihre Hände, alles gefiel ihm. Und dann ihr Wesen; Stolz, eine gewisse Sprödigkeit, und wie sich das alles während der Zeit, die sie mit ihm verbracht hatte, änderte. Wie sie sich wandelte! Er kannte Frauen, viele Frauen, reizvolle Frauen. Fast war er schon ein wenig übersättigt. Aber nun dies! Es war ein Spiel gewesen, nichts sonst. Es hatte ihm Spaß gemacht, sie mitzunehmen, ihr all das zu zeigen, was sie nicht kannte. Daß er sie schließlich geküßt hatte, war nichts weiter als Routine – es gehörte dazu. Und was danach kam, würde auch dazu gehören. Aber warum empfand er anders bei ihr? Eigentlich hätte er sie rasch vergessen müssen, wie er andere kleine Abenteuer vergaß, viel weitergehende Abenteuer vergessen hatte. Aber sie nicht.

Von Baden-Baden war er nach Hause gefahren, er hatte Maman und Isabelle von seinen Erlebnissen berichtet, von Iris hatte er nicht gesprochen, verständlicherweise, er erzählte niemals zu Hause von seinen Affären. Nur eben – dies war keine übliche Affäre. Es war weniger, und es war mehr. Es war etwas, das sich gar nicht richtig einordnen ließ. Aber er vergaß sie nicht. Dann kam Besuch aufs Château, und natürlich war wieder eine junge Dame aus bestem Haus in heiratsfähigem Alter dabei, das kannte er schon, das arrangierte Maman immer wieder und ganz unverdrossen, sooft sie darauf hoffen durfte, ihn zu Hause zu sehen. Sie wollte, daß er endlich heiratete. Daß das Haus Saint-Mar de Chaumencey einen Erben bekam. Und auch sie wollte, daß er etwas Nützliches tue, daß er eine Rolle übernahm, die seinem Namen angemessen war.

Einige Tage hatte er sich von seiner charmantesten Seite als Gastgeber gezeigt, war mit der hübschen, wohlerzogenen jungen Dame in den Wäldern geritten, in den Weinbergen herumspaziert, hatte ihr, wie man es von ihm erwartete, ein wenig den Hof gemacht. Man hatte gut gespeist, sich angeregt unterhalten, doch eines Morgens überraschte er Maman mit der Ankündigung, er müsse sofort nach Paris fahren.

»Jetzt?« hatte Maman-Mère etwas ungehalten gefragt.

Da er immer noch großen Respekt vor ihr hatte und gewohnt war, ihr Rechenschaft abzulegen, hatte er genau begründet, warum und wieso er dringend nach Paris müsse, wen er sprechen und treffen müsse, er verstand sich ganz gut aufs Lügen, und dann hatte er noch am Nachmittag seinen Wagen in Gang gesetzt und war losgebraust. An diesem Tag fuhr er nur bis Dijon. Dort besuchte er Constance.

Constance bewohnte am Rand der Stadt ein wundervolles Haus, für französische Begriffe geradezu verwegen modern gebaut und ausgestattet. Sie hatte einen Mann, der viel Geld verdiente, zwei wohlgeratene Kinder. Sie war mittlerweile Anfang vierzig und ein bißchen mollig geworden, aber noch immer war sie eine schöne Frau und vor allem klug.

Sie war seine erste große Liebe gewesen. Die erste Frau von Niveau, die in sein Leben getreten war. Er war einundzwanzig, als er sie kennenlernte, sie war verwitwet, hatte eine Tochter aus der ersten Ehe, die inzwischen auch schon verheiratet war, und sie war, diese hübsche, sehr temperamentvolle Constance, durchaus in der Lage, einen jungen Mann nachhaltig zu beschäftigen.

Das dauerte immerhin über zwei Jahre; dann heiratete Constance wieder, und da sie eine Frau von Geschmack und Grundsätzen war, veränderte dies ihre Beziehung, beendete aber nicht ihre Freundschaft. Jean-Claude litt ein wenig, nicht zu sehr, er ging darauf zum Studium nach Heidelberg, und als er Constance später wiedersah, zeigte es sich, daß sie sich noch immer gern hatten und daß vor allem Constance, die inzwischen eine Tochter geboren hatte, gewillt war, ihrem ehemaligen jungen Geliebten eine Freundin und Beraterin zu sein.

Glücklicherweise wußte ihr Mann nicht, welche Rolle Jean-Claude früher in ihrem Leben gespielt hatte; der junge Comte wurde als Freund von Constances Familie eingeführt, und damit waren alle Teile zufrieden. Und hier und da, wenn Jean-Claude der Sinn nach einem vernünftigen Gespräch mit einer gescheiten Frau stand, tauchte er in Dijon auf.

Diesmal hatte er Glück. Constances Mann war auf Reisen.

Nachdem er mit ihr und den Kindern zu Abend gegessen hatte, blieb er mit ihr allein, und es wurde ein anregender Abend. Constance war hellhörig. Der Name Iris tauchte ihrer Meinung nach einige Male zu oft auf.

»Hast du dich verliebt, Jeannot?«

Er erwiderte ehrlich: »Ich weiß nicht.«

»Dann ist es nicht ganz ohne Bedeutung. Entweder man ist verliebt und weiß es ganz genau. Oder man weiß ebenso genau, daß man es nicht ist. Wenn man aber nicht weiß, ob ja oder nein, dann ist es ein ernster Fall.«

Jean-Claude machte ein der Situation angemessenes ernstes Gesicht, denn mit einer Frau über Liebe oder Verliebtheit zu sprechen, war immer ein sehr wichtiges Thema. Sie sagte: »Erzähl mir von ihr!«

Das war gar nicht so leicht. Einer Französin ein Mädchen wie Iris zu beschreiben – das hatte seine Schwierigkeiten. Außerdem war er ein Gentleman. Es wäre ihm nie in den Sinn gekommen zu schildern, was er empfand, wenn er eine Frau im Arm hielt und küßte. Aber während er von Iris sprach, merkte er selbst, wie engagiert er war. Er hatte es nicht gewußt, solange er in Baden-Baden war. Constance schien zu demselben Schluß zu kommen.

»Es gibt zwei Möglichkeiten«, entschied sie. »Entweder du vergißt sie, oder du siehst sie wieder und bringst es zu Ende.«

»Was soll das heißen: bringst es zu Ende?«

»Was für eine Frage aus deinem Mund! Sie wird deine Geliebte wie jede andere auch, die dir gefallen hat.«

»Sie ist kein Mädchen, das man zu seiner Geliebten macht. Und ich möchte es auch gar nicht.«

Constance hatte ungläubig gelächelt. »Mir scheint, du wirst alt, mein Freund. Was für Bedenken! Nun gut, dann vergiß sie.« Eine andere Möglichkeit zog sie offenbar nicht in Betracht. Und so half ihm das Gespräch mit Constance auch nicht viel weiter.

Dann ein paar Tage in Paris, allein mit der Dienerschaft

im Hôtel Saint-Mar, dem Stadtpalais mit seiner kalten steifen Pracht, in dem er sich trotz aller Kostbarkeiten, die dort angehäuft waren, noch nie wohl gefühlt hatte. Er besuchte seine Schwester Hortense, mehr aus Höflichkeit denn aus innerem Bedürfnis, sah ein paar Bekannte, verbrachte eine lange Nacht mit Raymond in Künstlerkreisen und faßte dann überraschend den Entschluß, nach London zu reisen und Charles zu besuchen. Mit einem Wort: Er war rastlos. Er wußte nicht recht, wohin mit sich selbst.

Charles also – das Oberhaupt der Familie.

Früher, als Jean-Claude jung war, hatte er mit diesem Halbbruder, der soviel älter war, der dazu noch dieses schreckliche Gebrechen hatte, nie viel anfangen können. Sie hatten sich selten gesehen und waren sich fremd geblieben.

Seit einigen Jahren hatte sich das geändert. Er hätte selbst nicht zu sagen gewußt wann und wieso – eines Tages hatte er eine plötzliche Zuneigung zu Charles in sich entdeckt. Es tat wohl, mit ihm zu sprechen, es war angenehm, mit ihm zusammen zu sein; heute war es so, daß neben seiner jungen Schwester Isabelle, die er zärtlich liebte, Charles ihm von allen Angehörigen seiner Familie am nächsten stand.

»Welcome!« sagte Charles, als Jean-Claude überraschend eintraf. Und Jean-Claude wußte, daß es wirklich so war.

Charles bewohnte ein bezauberndes kleines Haus in Hampstead, ein richtiges altes Cottage in einem grünen, leicht verwilderten Garten, der voller Blumen war; es war eine friedliche, in sich abgeschlossene kleine Welt hinter hohen grünen Hecken.

Ob der Frieden ebenso in Charles' Gemüt wohnte, das wußte Jean-Claude nicht. Es war sehr schwer, Charles näherzukommen, und noch schwieriger, zu wissen, was er empfand. Zum Beispiel, wenn er seinen jungen, so lebensfrohen Bruder traf. Charles hatte sehr viel von englischer Wesensart angenommen, er war verschlossen, sehr ruhig, dazu kam seine hagere Figur, das schmale, von Leid gezeichnete Gesicht, das ihn älter aussehen ließ, als er war.

Mit ihm im Hause lebte Pierre, ehemals Diener auf Saint-Mar und Charles zuliebe in dem fremden Land heimisch geworden. Pierre, inzwischen über sechzig, betreute seinen Herrn aufmerksam und liebevoll. Dann gab es Mrs. Cunnigham, die Wirtschafterin, und Mr. Applebee, genannt Bee – der Hund, ein Beagle. Ein seltsamer Haushalt, ein seltsames Leben für einen Comte Saint-Mar de Chaumencey. Aber wohl für Charles die beste Art, dieses zerbrochene Leben zu Ende zu führen.

Seit einigen Jahren war er daran gewöhnt, daß Jean-Claude zu überraschenden Besuchen auftauchte, und es war so weit gekommen, daß er sich darüber freute. Auch ihm war der jüngere Bruder so gut wie unbekannt gewesen, und es gab eine Zeit, da war er froh, wenn er nichts von der Familie in der Heimat hörte. Aber das hatte er überwunden, und nun empfand er den Besuch Jean-Claudes als Bereicherung seines einsamen Daseins. Wie stets drehte sich auch diesmal das Gespräch vornehmlich um Politik und speziell natürlich um die beängstigende Entwicklung in Deutschland. Die Münchner Konferenz, die Besetzung des Sudetenlandes, das waren die beherrschenden Themen.

Charles blickte sehr pessimistisch in die Zukunft.

»Chamberlain irrt«, sagte er, »there's no peace for our time. Not even for a short time. Es wird Krieg geben, und zwar schon bald.«

Jean-Claude widersprach. »Ich kann es mir nicht denken. Es wäre Wahnsinn, wenn Hitler einen Krieg beginnt – in seiner Lage.«

»Er ist nicht aufzuhalten, und wir haben zu lange zugesehen. Man hat es ihm zu leicht gemacht. Die Deutschen können sich aus eigener Kraft nicht von ihm befreien, und ich fürchte, so wie die Dinge liegen, wollen sie es zur Zeit auch gar nicht. Erfolg schmeckt gut. Er vernebelt das Gehirn. Zweifellos gibt es in Deutschland auch jetzt noch eine starke Opposition. Aber sie ist stumm und hilflos, soweit sie sich überhaupt noch im Land befindet. Die Zeit, in der man ihr hätte helfen können, haben wir ungenutzt verstreichen lassen.«

»Es wäre Wahnsinn«, wiederholte Jean-Claude leise. »Deutschland hat keine Freunde. Auch Mussolini will nicht, das hat man jetzt deutlich genug gesehen. Hitler müßte ein Narr sein. Es wäre dieselbe Ausgangssituation wie 1914. Kann ein Volk so töricht sein, den gleichen Fehler zu wiederholen? Nach so kurzer Zeit?«

»Hitler ist ein Narr. Und ein Volk ist immer so klug oder so töricht wie seine Führung. Und wie willst du Hitler, den von seinen Erfolgen berauschten Hitler, jetzt noch aufhalten? Ganz abgesehen davon, daß er den Krieg braucht. Deutschland ist bankrott. So kann man Wirtschaft nicht betreiben, wie die Nazis sie betrieben haben. Wenn er keinen Krieg macht, wird alles zusammenbrechen. Er hat va banque gespielt. Die Reichsmark hängt in der Luft. Sie ist keine Währung mehr, sie ist wertloses Spielgeld. Ein Coupon, der an keiner Kasse einzulösen ist. Nur der Krieg kann das verschleiern.«

»Aber der Krieg kann diesen Zustand nicht ändern.«

»Nein. Natürlich nicht. Aber er gibt ihm noch ein wenig Zeit. Er ist einer, der von der Hand in den Mund lebt, von heute auf morgen. Etwas anderes bleibt ihm nicht übrig.«

»Und wir.«

»Wen meinst du mit wir? Frankreich? England?«

»Nun – in erster Linie Frankreich natürlich.«

»Da sehe ich auch sehr schwarz. Unsere Rüstung steht auf dem Papier. Frankreichs innenpolitische Kämpfe haben das Land geschwächt und das Volk müde und unlustig gemacht.«

»Du weißt, es gibt in Frankreich viele Leute, die mit Hitler sympathisieren.«

»Ich weiß. Und es ist sogar zu verstehen. Jedes Volk ersehnt im Grunde eine gewissen Ordnung. Gesicherte Zustände, die sich überschauen lassen. Die Politik ist ein großes Geschäft für Hasardeure geworden, nicht nur in Deutschland. Und vielleicht ist ein Krieg der einzige Weg, um die ehrlichen Männer wieder an die Spitze zu bringen.«

»Eine undankbare Aufgabe.«

»Gewiß. Eine Aufgabe, die stets mit Undank belohnt wird. Die Weltgeschichte bietet genügend Beispiele dafür. Aber nur ein Krieg kann die Starken, die Mutigen und die Entschlossenen zum Handeln bringen. Heute haben sie keine Chance, heute sind die Schwätzer und Spieler dran, und die machen alles täglich nur noch schlimmer. In jedem Land. Und weißt du, was das Erschreckendste daran ist? Daß es so schnell gegangen ist. Der letzte Krieg ist noch nicht lange her, und er war schlimm genug. Aber keines der Völker hat daraus gelernt. Sie haben ihre guten Männer vergrämt, verjagt, zu Tode gequält, und sie haben die Scharlatane an die Spitze gesetzt. Rußland könnte man ausnehmen. Vielleicht – ich weiß es nicht. Sie sind noch zu sehr mit sich selbst beschäftigt und schlucken am Blut ihrer Revolution. Wenn sie es schaffen würden, mit den neuen Ideen und ihrem Glauben, dann könnten sie ein Beispiel für uns werden.«

Das verwunderte Jean-Claude sehr. »Daß du so etwas sagst! Hättest du keine Angst vor dem Kommunismus?«

»Kommunismus ist nur ein Wort. Was sich daraus entwickelt, bleibt abzuwarten. Ich sehe es als Historiker. Wir sind alle degeneriert und faul und dumm geworden. Der Sieger in diesem Krieg wird Rußland sein. Wir alle sind nur die Verlierer.«

»Also brauchte sich Hitler nur mit Rußland zu verbinden, wenn er klug wäre. Seine Ideologie und die sowjetische sind einander ja sehr ähnlich.«

»Hitler ist nicht klug.«

Später kamen sie auf ein erfreuliches Thema. Jean-Claude mußte von Saint-Mar erzählen, was er früher stets vermieden hatte, weil er fürchtete, Charles zu verletzen. Aber mittlerweile wußte er, daß Charles gern von daheim hörte.

»Ich wundere mich, daß du jetzt unterwegs bist«, sagte Charles. »Die Weinlese hat begonnen.«

»Ich kehre bald zurück. Ich fahre nur noch für einige Tage nach Berlin.«

»Nach Berlin?«

Charles stellte keine Frage mehr, und Jean-Claude zögerte mit einer näheren Erklärung für diese Reise, weil es schwer zu erklären war. Statt dessen sagte er: »Und warum kommst du nicht wieder einmal zur Lese nach Hause? Wir würden uns alle freuen.«

Charles schwieg darauf. Manchmal hatte er Heimweh. Je älter er wurde, um so stärker wurde es merkwürdigerweise. Er dachte jetzt oft an die Zeit seiner Kindheit, er sehnte sich nach der Sonne, nach den Weinhügeln, nach dem starken Licht der Bourgogne. Aber noch immer fürchtete er die Heimkehr. War es denn noch seine Heimat? Würde er nicht ein Fremder sein, ein höflich aufgenommener Gast – sonst nichts? Mit seiner Stiefmutter verband ihn nichts, seine Schwestern, besonders die jüngere, kannte er kaum.

»Vielleicht«, meinte er vage, »im nächsten Jahr einmal.«

Niemals hatte Jean-Claude zu Charles von seinen Frauenaffären gesprochen. Man sprach im Hause des Blinden nicht vom Sonnenschein. Aber diesmal, und das war ihm selbst eine Überraschung, erwähnte er Iris. Nur ganz nebenbei. Er erzählte von seinem Aufenthalt in Baden-Baden und von dem Baron von Freuendorf, den Charles kannte, und da tauchte der Name Iris auf.

Wenn Charles sich wunderte, daß in der Unterhaltung mit seinem Bruder erstmals von einer Frau die Rede war, dann zeigte er es nicht. Immerhin gab es jetzt eine Erklärung für die Reise nach Berlin, da er nun wußte, daß diese junge Dame dort lebte.

An diesem Abend im Oktober, nachdem Jean-Claude bei Horcher gegessen, in der Bar noch einen letzten Drink genommen und dabei so merkwürdige Gedanken in seinem Kopf entdeckt hatte, verlangte er spät in der Nacht ein Gespräch nach England. Er wußte selbst nicht genau, warum er das tat. Er wollte mit seinem Bruder sprechen.

Charles zeigte sich im ersten Augenblick besorgt, als der unerwartete Anruf kam. Ob etwas passiert sei, wollte er wissen.

»Nein, nein«, sagte Jean-Claude in Berlin und lachte ein wenig verlegen, »ganz und gar nicht, keine Sorge. Tut mir leid, wenn ich dich erschreckt habe. Du hast doch hoffentlich noch nicht geschlafen?«

»Nein, ich lese noch. Und was ist also los?«

»Eigentlich nichts. Ich wollte dir nur gern guten Abend sagen. Oder besser müßte ich sagen: Guten Morgen.«

Sie tauschten ein paar Höflichkeiten aus, erkundigten sich nach dem gegenseitigen Befinden, erwähnten sogar das Wetter. Und dann entstand eine kleine Pause. Wieder lachte Jean-Claude, es klang unsicher.

»Sicher hältst du mich für verrückt.«

»Warum?«

»Nun – weil ich dich mitten in der Nacht anrufe.«

»Um mir guten Morgen zu sagen. Das wäre schon geklärt. Oder gibt es doch noch einen anderen Grund?«

Jean-Claude war nahe daran, das Gespräch so spontan zu beenden, wie er es begonnen hatte. Doch dann sagte er:

»Du erinnerst dich...«

»Ja?«

»Ich habe dir von einem Mädchen erzählt, das ich kürzlich kennengelernt habe.«

»In Baden-Baden. Handelt es sich darum?«

»Ja.« Wieder ein nervöses kleines Lachen. »Charles, ich muß dich etwas fragen. Du brauchst nicht zu antworten, wenn du nicht willst.«

»Wenn ich kann – werde ich antworten.«

»Charles! Was würdest du sagen, wenn ich heirate?«

Diesmal blieb es in England für eine kleine Weile still.

»Eine Deutsche?«

»Ja.«

»Nun, ich würde sagen, du bist alt genug, um zu wissen, was du tust. Du hast Zeit genug gehabt, um dich umzusehen, und das hast du ja wohl auch getan. Erwartest du von mir ein Urteil über eine Frau, die ich nicht kenne?«

»Nein. Natürlich nicht. Nur eine Antwort auf die Frage, ob du es für möglich hältst, daß ich eine Deutsche heirate.«

»Es ist schwer für mich, darauf zu antworten. Aber sehr seltsam finde ich, daß du diese Frage überhaupt stellst. Es gibt mancherlei Gründe, um zu heiraten. Wie ich dich kenne, würdest du ja wohl aus – nun ja, aus Liebe heiraten. Wenn wir mal diesen Begriff ins Gespräch bringen wollen. Ich nehme an, es handelt sich darum?«

Ein Seufzer in Berlin. Dann: »Zum Teufel, ja. Ich glaube, ja.«

Charles mußte lachen: »Na gut. Dann spielt es wohl keine Rolle, welcher Nationalität die Dame ist. Wenn du sie also liebst, aufrichtig und aus tiefstem Herzen« – nun klang ein wenig Ironie in seiner Stimme mit –, »dann ist es doch unerheblich, woher sie kommt. Da du ein Mann von Geschmack bist und, wie ich mir habe sagen lassen, ein Frauenkenner, so ist dein Urteil wohl in jedem Fall kompetenter als meins. Und daß du keine Frau heiraten würdest, die – nun, sagen wir, unpassend wäre, davon bin ich überzeugt. Hast du schon daran gedacht, als du hier bei mir warst?«

»Nein. Eigentlich nicht.«

»Und jetzt hast du sie wiedergesehen?«

»Ja.«

»Und deine Mutter?«

»Sie wird außer sich sein. Und nicht nur sie. Auch die ganze Familie.«

»Ja. Du könntest es dir ja noch einmal sorgfältig überlegen. Du hast dir so lang Zeit gelassen mit dem Heiraten; so eilig wird es dir dann wohl nicht sein. Und sie ist ja offensichtlich auch noch sehr jung, wie ich mich erinnere.«

»Sie ist vor einigen Tagen zwanzig geworden.«

»Hm. Also dann laß dir und ihr noch ein wenig Zeit. Zeit zum Überlegen, das kann nie von Schaden sein.«

»Gut. Das werde ich tun. Auf jeden Fall aber – du hättest ernstlich nichts dagegen?«

»Wie käme ich dazu? Und was geht es mich an? Daß ich ein vorurteilsfreier Mensch bin und keineswegs ein Chauvinist, das dürfte dir bekannt sein. Abgesehen davon – ein wenig Blutauffrischung täte unserer Familie ganz gut. Es ist eigentlich sehr viel in der Verwandtschaft herumgeheiratet worden im letzten Jahrhundert. Früher, zu Zeiten unserer glorreichen Ahnen, heiratete man viel großzügiger über Grenzen und Länder hinweg.«

Jean-Claude lachte, es klang erleichtert, geradezu froh.

»Das ist auch ein Gesichtspunkt. Daran habe ich noch gar nicht gedacht.«

»Na, siehst du, wozu große Brüder manchmal gut sein können. Sie ist sicher sehr hübsch?«

»Das trifft es nicht. Sie hat ein wunderbares Gesicht. Sie ist noch jung. Aber sie wird eine herrliche Frau werden.«

»Aha. Ja – also, dann...«

»Ich danke dir, Charles. Und entschuldige, daß ich dich so spät gestört habe. Aber du siehst, daß ich – daß ich etwas ratlos bin.«

»Ein ganz ungewohnter Zustand bei dir.«

»Das finde ich auch.«

»Ich wünsche dir alles Gute, mein Freund!« So beschloß Charles das Gespräch, und es klang herzlich.

Jean-Claude blieb unbeweglich sitzen, als er den Hörer aufgelegt hatte. Mein Freund, hatte sein Bruder zu ihm gesagt. Es klang gut in seinen Ohren. Er hatte viele Freunde. Aber nun hatte er etwas Besonderes: einen Bruder, der sein Freund war.

Er blickte auf die Uhr. Eine Stunde nach Mitternacht. Aber zum Schlafen hatte er nicht die geringste Lust. Er solle sich das alles gut überlegen, hatte Charles gesagt. Nun gut, warum nicht gleich damit anfangen? Nachdem der Gedanke nun formuliert und sogar ausgesprochen war, ließ er sich nicht so schnell beiseite schieben.

Er nahm nochmals den Hörer ab und bestellte eine Flasche Champagner aufs Zimmer. Die trank er, nicht ganz, rauchte dazu einige Zigaretten und dachte nach. Es war alles in allem ein ungewohnter Vorgang. Er war immer ein Lebenskünstler gewesen, hatte das Leben und die Liebe leicht genommen. Und nun, bei seinen nächtlichen Meditationen, kam er zu der erstaunlichen Feststellung, daß ihm fast alle diese Frauen, die sein bisheriges Leben verschönt hatten, nicht sehr viel bedeutet hatten.

Liebe? Da war Constance, als er blutjung war, und das war sicher Liebe gewesen – oder was man in diesem Alter eben darunter verstand. Dann gab es noch zwei oder drei Fälle, die er – in der Rückschau – ernst nehmen konnte. Ach ja, und Joan, die Amerikanerin? Das war keine Liebe gewesen, auch wenn er damals vorübergehend die Absicht gehabt hatte, sie zu heiraten. Aber das lag mehr an ihr. Amerikanerinnen wollten immer gleich heiraten, und sie ließen einen das wissen. Bei ihm war es mehr eine kurze stürmische Verliebtheit in Amerika gewesen, Joan gehörte dazu. Aber Geneviève, die durfte man nicht vergessen. Sie war wohl neben Constance die Frau gewesen, die ihm am meisten bedeutet hatte. Auch sie sehr jung, sehr zart, sehr anschmiegsam. Eine Heirat stand nie zur Debatte, jedenfalls nicht, soweit es ihn betraf. Sie stammte aus einfachen Verhältnissen, war eine unbekannte kleine Schauspielerin und drei Jahre lang seine Geliebte gewesen. Er hatte ihr eine Wohnung eingerichtet und sooft er in Paris war, lebte er mit ihr zusammen. Wenn er wieder abreiste, fragte sie nie, wohin, und ob er wiederkäme. Aber sie litt darunter, das blieb ihm nicht verborgen.

Einmal machte sie einen Selbstmordversuch, was ihn sehr verärgerte; er haßte solche Komplikationen. Später erfuhr er, daß sie eine Abtreibung hinter sich hatte, und labil wie sie war, hatte sie das sehr verstört. Darüber war er abermals verärgert. Was wäre schon gewesen, wenn sie das Kind zu Welt gebracht hätte? Geneviève nannte ihn bei dieser Gelegenheit einen brutalen Egoisten, und bald darauf verließ sie ihn. Ein reicher Amerikaner wurde ihr nächster Freund. Seitdem hatte er sie nie wiedergesehen und auch nichts von ihr gehört. Es wäre ein tröstlicher Gedanke, wenn der Amerikaner sie geheiratet hätte.

Und nun saß er nachts allein in seinem Hotelzimmer und dachte an Heirat. Quelle folie! Er war wohl glatt verrückt. Am besten, er reiste ab. Wollte er nicht immer schon einmal nach Indien? Eine schöne lange Schiffsreise, Indien, Singapur, Hongkong; wenn wirklich ein Krieg käme, wie Charles behauptete, dann war es Zeit, sich vorher noch etwas von der Welt anzusehen.

Ja. Er würde eine schöne weite Reise machen. Eine gute Idee. Befriedigt ging er zu Bett.

Er sah Iris am nächsten Tag nicht, rief nur einmal an, um sie daran zu erinnern, daß er sie am folgenden Abend abholen würde zur Oper, sie wisse ja Bescheid.

So blieb auch Iris ein Tag lang Zeit, um sich ein wenig auf

sich selbst zu besinnen, was natürlich ein erfolgloses Beginnen war. Es war schrecklich, ihn nicht zu sehen, einen ganzen Tag lang und noch einen zweiten. Aber wenigstens konnte sie die Aktion Kleid vorbereiten.

Melanie, die inzwischen die Kümmernisse ihrer Tochter, ihre Garderobe betreffend, kannte, gab ihr selbst das Stichwort. »Was wirst du anziehen?«

Und Iris erwiderte im gleichmütigen Ton: »Oh, am besten das Abendkleid, das Evelyne mir geschenkt hat.«

Melanie dachte an das Rauchblaue, das sie kannte, und war sehr überrascht, als die Staatsrobe zum Vorschein kam. Iris hatte das Kleid über Nacht ans offene Fenster gehängt, und es zeigte sich, daß es die Wochen in den Tiefen der Kommodenschublade gut überstanden hatte. Nur das türkisfarbene Unterkleid mußte ein wenig aufgebügelt werden.

»Aber das kenne ich ja gar nicht«, wunderte sich Melanie.

»Nein?« tat Iris erstaunt. »Na ja, ich hab's ja auch noch nicht angehabt.«

»Du hast es mir nicht einmal gezeigt.«

»Ich hatte ein wenig Angst, du würdest schimpfen, daß ich mir von Evelyne Kleider schenken lassen.«

Sie log bereits sehr gewandt, ein ganz neues Talent, das sie da entwickelte.

»Ich hätte auch geschimpft. Wie kommt sie dazu, dir Kleider zu schenken. Und noch dazu so etwas Teures!« Melanie faßte, nicht ohne Bewunderung, mit spitzen Fingern den Rock des Kleides und betrachtete es sachkundig.

»Mein Gott, Mama, du kennst Evelyne nicht. Sie ist so. Sie hatte so viele Kleider mit und sagte, sie könne jedes nur einmal anziehen. Und meine Kleider gefielen ihr nicht. Und dann gab sie mir eben die, die sie nicht mehr mochte.«

»Ich finde das sehr komisch. Hast du es denn schon einmal angehabt?«

»Ja. Bei dem großen Ball, am Ende der Rennwoche.«

»So.« Immer noch kopfschüttelnd betrachtete Melanie teils ihre Tochter, teils das Abendkleid. »Ein seltsames Kleid für ein junges Mädchen.«

Das war es wirklich. Am Abend, Jean-Claude war bereits da, verschlug es Melanie für eine Weile die Sprache, als Iris ins Zimmer trat. Sie wußte, daß sie gutaussehende Kinder hatte und war auch immer ein wenig stolz darauf gewesen, aber es war ihr bisher nicht bewußt geworden, daß ihre Tochter sich zu einer Schönheit entwickelt hatte.

Wie eine Gestalt aus einer anderen Welt wirkte sie in dem etwas düsteren, bürgerlichen Wohnzimmer. Das Kleid fiel lang an ihr herab, um die Hüften lag es eng an und erweiterte sich erst in Kniehöhe zu einer leichten glockigen Form. Sie wirkte sehr schlank und sehr groß darin, geradezu hoheitsvoll. Der Ausschnitt ließ den Ansatz glatter schöner Schultern sehen und darüber das junge helle Gesicht, wie immer in den letzten Tagen – Melanie hatte sich damit halbwegs abgefunden – sorgfältig zurechtgemacht. Und duftig und schimmernd das fast schulterlange offene Haar, mattes Aschblond mit einem leichten Silberton darin.

Auch Jean-Claude unterbrach sich mitten im Satz, als er sie sah. Ja. Sie war die Frau, die an seine Seite gehörte. Kein anderer, kein grober Deutscher sollte sie in die Hände bekommen. Das dachte er wirklich, und es war gewiß nicht sehr höflich, als Gast in einem deutschen Haus so etwas zu denken; aber es war sein Empfinden.

Keiner soll dich küssen, nur ich, das hatte er gesagt. Und nun: keiner wird dich lieben. Nur ich.

Iris, die an der Tür stehengeblieben war, ließ den anderen Zeit, sie zu betrachten. Sie hatte sich zuvor im Spiegel gesehen und sich selbst gefallen, und sie hatte mittlerweile gelernt, so bewußt und weiblich zu reagieren, daß sie Sinn für einen effektvollen Auftritt hatte.

Jean-Claude erhob sich, trat zu ihr, nahm ihre Hand, die sie ihm mit jener veränderten Geste reichte, die Frauen gewinnen, wenn sie ein langes Kleid tragen, er küßte ihre Hand und sagte leise: »Comme vous êtes belle, ma chère.«

Sie waren ein schönes Paar. Viele Blicke folgten ihnen. Und sie saßen in einer Loge, was für Iris ein Ereignis war. Und dann trafen sie schließlich in der Pause Antoine,

Jean-Claudes Cousin, diesmal in Begleitung seiner Frau. Und Jean-Claude sah befriedigt, daß sein Cousin Iris mit jener Intensität betrachtete, die ein Franzose für eine Frau immer dann aufbringt, wenn sie ihm des Betrachtens wert erscheint.

Während seine Frau mit der Gewandtheit der Diplomatengattin mit Iris zu plaudern begann, bemühten sich die Herren um eine Erfrischung, und Antoine sagte: »Jetzt verstehe ich dich, mon vieux. Das ist ein verständlicher Grund für deinen Berlinbesuch.«

»Findest du?«

»Bezaubernd. Ganz bezaubernd. Aber ich kenne sie nicht. Ich bin ihr noch nirgends begegnet.«

»Das ist auch nicht gut möglich. Sie verkehrt nicht in deinen Kreisen, weder in den offiziellen noch in den inoffiziellen. Sie ist eine sehr behütete Tochter aus gutem Hause.« Diese Bemerkung schien ihm angebracht.

»Très bien. Hübsch, daß es so etwas noch gibt. Und wie bist du, ausgerechnet du, an so etwas geraten?«

»Das ist mein besonderes Talent.«

»Eine ernste Sache?«

Und zu seinem eigenen Erstaunen sprach Jean-Claude Comte Saint-Mar de Chaumencey in aller Gelassenheit – besser gesagt, es sprach aus ihm: »Ich will sie heiraten.«

»Nom de Dieu!« Das war alles, was Antoine in tiefster Verwunderung herausbrachte. Schließlich war es in der ganzen Familie bekannt, wie heiratsscheu Jean-Claude bisher gewesen war.

Während man ihnen die Sektgläser füllte, hatte Jean-Claude Gelegenheit, sich abermals über sich selbst zu wundern, kaum weniger, als sein Cousin sich gewundert hatte. Jetzt redete er schon zu einem zweiten Menschen von dieser Heirat. Wollte er nicht noch einmal in Ruhe darüber nachdenken?

»Aber sprich nicht darüber«, fügte er eilig hinzu, »vor allem nicht zu ihr. Sie weiß es nämlich noch nicht.«

Das wiederum fand Antoine höchst amüsant; er lachte noch in sich hinein, als sie zu den Damen zurückkehrten. Irgendwie fand Antoine aber Gelegenheit, seiner Frau die Neuigkeit zuzuflüstern, denn als man sich am Ende der Pause verabschiedete und Antoine es wortreich bedauerte, daß man anschließend nicht zusammen speisen könne, da er noch eine Verpflichtung dienstlicher Art zu absolvieren habe, sagte seine Frau sehr liebenswürdig zu Iris, sie möge sie doch einmal besuchen. Jeden Donnerstag empfange sie einige Damen zum Tee, aber natürlich sei ihr auch jeder andere Tag recht, sie möge nur zuvor anrufen, Jean-Claude werde ihr gern die Nummer geben.

Iris bedankte sich etwas verwirrt, und Jean-Claude lächelte vor sich hin, als sie zu ihren Plätzen zurückkehrten. Die Reaktion seiner Verwandten war erfreulich. Sie schienen Iris auf den ersten Blick zu akzeptieren.

Nach der Oper speisten sie in einem kleinen, exquisiten Restaurant am Kurfürstendamm und gingen anschließend ins ›Quartier Latin‹, ein Nachtlokal, das gerade in Mode war.

Iris bewegte sich nun bereits mit großer Sicherheit. Und Jean-Claude bemerkte, daß ihr stets bewundernde Blicke folgten, daß Ober und Geschäftsführer sich beeilten, ihr zu Diensten zu sein, und daß sie nun gewandt genug war, mit einem Lächeln, einem kleinen Neigen des Kopfes, mit sehr natürlicher Anmut dafür zu danken.

Sie hatte schnell gelernt. Sie würde auch in Paris an seiner Seite eine gute Figur machen. Und wenn er also wirklich, wie man ihm gestern abend auf der Botschaft nahegelegt hatte, eine Laufbahn diplomatischer Art anstreben sollte, so würde sie auch in diesem Fall reüssieren. Daß sie eine Deutsche war? Man würde sich daran gewöhnen. Und am Ende gab es dem Ganzen sogar einen besonderen Reiz.

Wie schon zuvor an einem Abend vermißte er ein Collier um ihren schlanken Hals. Oder Ohrgehänge vielleicht, das würde gut zu ihr passen. Gewiß, sie war jung genug, ohne Schmuck auszukommen. Aber es würde ihm Spaß machen, ihr etwas zu schenken.

»Ich hätte dir gern zum Abschied ein Geschenk gemacht«, sagte er. »Aber du hättest sicher wieder gesagt, Mama findet es unpassend.«

Sie hatte nur eins herausgehört: Zum Abschied.

»Du reist ab?«

»Ja. Morgen.«

Es war wie das letzte Mal. Natürlich hatte sie gewußt, daß er nicht endlos bleiben werde. Aber es kam immer so plötzlich. Doch sie beherrschte sich vorbildlich. Sie lächelte sogar.

»Du fährst nach Paris?«

»Nein. Nach Chaumencey. Ich möchte mit meinen Leuten die Weinlese feiern. Möchtest du nicht mitkommen?«

Sie blickte vor sich hin und schwieg.

»Ich weiß, Mama erlaubt es nicht. Ich hätte sie heute gern danach gefragt, aber ich wagte es nicht.«

Er konnte es nicht lassen, den Versucher zu spielen.

»Wenn du natürlich lieber nach Paris fahren würdest«, fuhr er nach einem kurzen Schweigen fort, »dann fahren wir nach Paris. Ganz nach deinen Wünschen, chérie.«

Sein Blick. Sein Lächeln. Und dann legte er seine Hand auf die ihre, sie hob langsam die Lider und sah ihn an. Gar nicht mehr kokett, sondern hilflos und ein wenig unglücklich. Es rührte ihn. Er wollte ja gar nicht, daß sie mit ihm fuhr. Jetzt wollte er es nicht mehr. Wenn er sie wirklich heiraten würde – und dieser Gedanke war bereits kein Spiel mehr, sondern wurde immer mehr eine erwünschte und ersehnte Wirklichkeit –, dann sollte sie nicht zuvor seine Geliebte sein. So unkonventionell er bisher gelebt und geliebt hatte, in diesem Punkt war er konventionell. Sie würde die Comtesse Saint-Mar de Chaumencey sein, die Herrin der Familie, die Mutter seiner Kinder und keines Mannes Geliebte, auch nicht die seine. Er hob ihre Hand an seine Lippen.

»Ich sehe, du möchtest nicht, chérie. Aber hast du wenigstens den Wunsch, daß ich wiederkomme?«

Er hielt immer noch ihre Hand, und Iris war voll widersprechender Empfindungen, am liebsten hätte sie gesagt: Ja. Ja. Ich fahre mit dir. So, wie sie es oft in Gedanken gesagt hatte.

»Du willst, daß ich wiederkomme?«

»Ja«, flüsterte sie.

»Darf ich dann ein Geschenk für dich mitbringen?«

»Und du wirst mich dann wieder fragen, ob ich mitfahre? Nach Paris oder sonstwohin?« fragte sie zurück, und es klang auf einmal sehr erwachsen, gar nicht kleinmädchenhaft.

»Vielleicht. Bestimmt sogar.«

»Ich möchte nach Hause«, sagte Iris.

Jean-Claude war hochbefriedigt. Genauso und nicht anders hatte er es sich erwartet.

Auf der Heimfahrt saß sie gerade, hoch aufgerichtet neben ihm. Vor ihrem Haus angelangt, hielt er sie fest.

»Du wirst ein bißchen über das nachdenken, was ich dir gesagt habe.«

Sie schwieg. Er küßte sie. Zunächst widerstrebte sie, doch er hielt sie fest, küßte sie sehr zärtlich, und dann sagte er, was er noch nie zu ihr gesagt hatte: »Je t'aime. Iris, je t'aime.«

Am nächsten Tag kamen Blumen und ein paar freundliche Zeilen.

Die Blumen waren nach einigen Tagen verwelkt.

Länger blieb es Iris im Ohr: Je t'aime.

Sie wiederholte es flüsternd, nachts, allein in ihrem Bett. Und dann bemühte sie sich mit aller Kraft und aller Verzweiflung, ihn zu vergessen.

Dann begann Gott sei Dank das Semester, und ich stürzte mich mit einer Vehemenz in mein Studium, als sei ich von tausend Teufeln des Ehrgeizes getrieben. Die Universität war für mich unbekanntes Terrain; diese große, für den Neuling völlig unübersichtliche Berliner Universität, die in jenen Jahren des Aufbruchs der Jugend zum Platzen voll war, erschien mir wie ein unbekannter Kontinent, vor dem ich, hätte ich mich in normaler Verfassung befunden, wohl erst einmal scheu zurückgewichen wäre. Aber jetzt war mir das gerade recht. Was mir da geboten wurde, konnte gar nicht kompliziert und reichhaltig genug sein.

Ich belegte sämtliche Vorlesungen, die mich nur irgendwie interessierten, ich trug mich für Proseminare ein, ich stellte mir einen vollgestopften Stundenplan zusammen und stürzte mich in die Arbeit, als stünde ich vor sämtlichen Prüfungen der Welt und wäre nicht nur ein ahnungsloses Erstsemester.

Wilhelm Pinder, der berühmte Kunsthistoriker, las damals in Berlin, seine Vorlesungen waren ständig überfüllt, und ich klemmte mich zwischen all die fremden jungen Menschen und hörte und staunte und versuchte angestrengt, wenigstens einiges zu verstehen.

Wie nicht anders zu erwarten, entstand zunächst ein wilder Wirrwarr in meinem Kopf; aber es gelang mir stundenweise, Jean-Claude aus meinem Leben zu vertreiben.

Ich verbrachte ganze Tage in der Universität und kam vollkommen erschöpft nach Hause. Dann setzte ich mich über die vielen neuen Bücher, die ich aus der Bibliothek nach Hause schleppte, und las und büffelte, obwohl ich kaum aufnehmen konnte, was da auf mich einstürmte.

»Mein Gott«, sagte Mama, »das ist ja furchtbar. Ich hätte nie geglaubt, daß studieren so anstrengend ist.«

Nun, Studieren konnte man es eigentlich noch nicht nennen, es war ein wahlloses Hineinfressen von durchweg nicht verstandenem Stoff; ich saß nachts lange auf, las und verglich, war am nächsten Tag müde, stürzte aber dennoch schon früh wieder weg und kam erst am Abend zurück.

Es war keine schlechte Therapie, die ich mir da selbst verordnet hatte. Jedenfalls soweit es mein Gefühlsleben betraf. Körperlich übernahm ich mich, ich wurde blaß und schmal, die letzte Sonnenbräune verblich, und weil ich auch zu wenig schlief, wurde ich nervös.

Vermutlich war das der Grund, daß es zu dem Streit mit Arne kam. Das redete ich mir jedenfalls ein. Vielleicht wäre der Streit auch so gekommen.

Ich hatte meinen Bruder längere Zeit nicht gesehen, einmal war er dagewesen, hatte lange auf mich gewartet, aber ich hatte an diesem Abend ein historisches Proseminar und kam erst spät nach Hause. An einem Sonntagnachmittag trafen wir uns endlich. Ich saß in meinem Zimmer über den Büchern, und ich hörte auch, daß er kam, ließ mich aber zunächst nicht blicken. Das war fast gehässig von mir, ich wußte, wie empfindlich er war. Nach einer Weile kam er herauf und fragte ein wenig spitz: »Würdest du mir wenigstens die Freude machen, mit uns Kaffee zu trinken?«

»Ach! Du bist da? Ich habe dich nicht kommen hören.«

Das war geschwindelt, vielleicht ahnte er es. Er zog die Brauen hoch und sagte: »Wie sich die Zeiten ändern, nicht? Früher merktest du immer, wenn ich kam.«

»Man sieht dich so selten, daß man dich wirklich vergessen könnte.«

»So weit ist es also schon mit dir.«

»Was soll das heißen?«

»Na, ich meine nur. Man macht sich so seine Gedanken.«

Er nahm einige der Bücher in die Hand, las die Titel laut und meinte spöttisch: »Klingt ja alles wahnsinnig gelehrt. Da wirst du ja ein unheimlich kluges Mädchen werden. Verstehst du denn etwas von dem, was da drinsteht?«

»Ich bemühe mich.«

»Allerhand. Ich dachte, du hättest augenblicklich ganz andere Interessen.«

»Wieso?« Und als er schwieg, fragte ich angriffslustig: »Was meinst du damit?«

Er warf mir einen schrägen Blick zu. »Komm mit hinunter, der Kaffee wird kalt.«

So fing es an, und so plänkerten wir weiter. Kleine Sticheleien auf beiden Seiten, eine neue Art, miteinander umzugehen. Und natürlich dauerte es nicht lange, da kam er mit dem heraus, was ihm am Herzen lag.

Irgendwann fiel der verhängnisvolle Satz, nachdem Mama höchst eindrucksvoll geschildert hatte, wie emsig ich arbeite und wieviel und wie lange ich unterwegs sei.

»Ist sie wirklich immer in der Universität, wenn sie nicht zu Hause ist?«

Mama begriff nicht. Aber ich wußte, was er meinte.

»Wo soll ich denn sonst sein?« fragte ich betont und sah ihn an; mein Ton und mein Blick hätten ihn warnen sollen.

»Ja, das frage ich mich auch. Immerhin kenne ich einige

Leute, die studieren, und weiß nur zu gut, daß sie keineswegs den ganzen Tag im Hörsaal sitzen. Schon gar nicht, wenn sie solche Greenhorns sind.«

»Vielleicht könnten wir ein Kindermädchen engagieren, das mich begleitet.«

»Man sollte sich auf jeden Fall einmal darum kümmern, was du so den ganzen Tag tust und treibst. Und an manchen Abenden, an denen du auch nicht zu Hause bist.«

»Aber Kinder!« sagte Mama erstaunt. Mißtraut hatte sie mir nie. Und was Arne da andeutete, erschien ihr ungeheuerlich.

»Was will er denn von dir?« fragte sie, ungehalten über ihren prachtvollen Sohn, eine ganz ungewohnte Reaktion.

»Er will damit andeuten«, sagte ich kühl, »daß ich die Universität nur als Vorwand benütze, um ein leichtfertiges Leben zu führen. Nicht – Arne, das meinst du doch?«

»Wundern würde es mich nicht, nachdem du neuerdings so zweifelhafte Bekanntschaften machst.«

Ich sprang auf. »Sagtest du zweifelhafte Bekanntschaften? Darf ich erfahren, wen du damit meinst?«

»Nachdem ich bisher nur einen deiner Verehrer kennengelernt habe, besteht wohl kein Zweifel daran, von wem ich spreche.«

Ich fragte tückisch: »Du sprichst von Günther?«

»Günther!« rief er wütend. »Spiel mir doch nicht so ein lächerliches Theater vor. Ich weiß zufällig genau, daß Günther dich seit Wochen nicht gesehen hat. Ewig heißt es: das gnädige Fräulein hat keine Zeit, das gnädige Fräulein ist nicht da, das gnädige Fräulein arbeitet. Außerdem würde es mir nie einfallen, in solch einem Zusammenhang Günther zu erwähnen. Ich weiß schließlich, daß er ein anständiger Kerl ist.«

»Aha! Und wer ist deiner Meinung nach der unanständige Kerl, mit dem ich meine Zeit verbringe?«

»Jetzt ist aber Schluß! Iris! Arne!« rief Mama sehr energisch. »So ein albernes Gerede! Arne, ich verstehe dich nicht. Sprichst du von dem Comte?«

Endlich war das Stichwort gefallen.

»Sehr richtig. Ich spreche von diesem windigen Franzosen, den das gnädige Fräulein so angehimmelt hat. Und der sie, wie ich von dir weiß, jede Nacht durch seine zweifelhaften Nachtlokale geschleppt hat.«

So ging es weiter und steigerte sich rasch. Ich blieb Arne keine Antwort schuldig, ich war so wütend, wie mich in diesem Hause noch keiner gesehen hatte. Ich warf ihm Engstirnigkeit, Kleinbürgerlichkeit, Nazigrößenwahn, natürlich auch kindische Eifersucht vor, ich weiß nicht mehr genau, was alles über meine Lippen kam, es ist auch nicht nötig, sich länger dabei aufzuhalten – genug, es war ein böser, ein häßlicher Streit. Unser erster wirklicher Streit.

Mama, die so etwas noch nie erlebt hatte, stand uns vollkommen hilflos gegenüber. Ihre Einwürfe verhallten ungehört, wir übersahen sie völlig, wir bissen uns wie zwei bösartige junge Hunde, verletzten uns, wo wir nur konnten, und schließlich stürzte ich aus dem Zimmer und knallte laut die Tür hinter mir zu.

Oben, den Kopf zwischen meine Bücher gelegt, schluchzte ich verzweifelt.

Der Streit mit Arne hatte alles aufgewühlt. Sieben Wochen waren vergangen, seit er abgereist war, und ich hatte kein Wort von ihm gehört.

Je t'aime – es war eine Lüge. Alles war Lüge. Seine Küsse, seine Zärtlichkeit. Und ich wäre am liebsten mit ihm gefahren, nach Paris oder sonstwohin. Wie gut, daß ich es nicht getan hatte. Ein Abenteuer für den Comte Saint-Mar de Chaumencey, das wäre ich gewesen und sonst nichts, eins unter vielen. Und weil ich nicht mitgespielt hatte, war ich für ihn erledigt.

Gut. Bon. Er für mich auch. Restlos und für alle Zeiten. Ich würde mir einen Liebhaber zulegen, ganz gewiß, einen, den ich wollte. Ein paar Bekanntschaften hatte ich an der Universität schon geschlossen, und daß sich die jungen Männer dort gelegentlich nach mir umsahen, hatte ich durchaus zur Kenntnis genommen. Aber bitte! Und Günther war schließlich auch noch da. Auf den konnte ich immer zurückgreifen. Ich heulte und war so dumm und so kindisch zornig, wie man es in diesem Alter aus enttäuschter Liebe nur sein kann. Ach – wie man es vielleicht in jedem Alter sein kann.

Und nun hatte ich mich also wegen dieses Menschen aus Frankreich noch mit meinem Bruder verkracht. Aber es war gemein, was Arne alles gesagt hatte. Und gemein, wessen er mich verdächtigte.

Ich mußte darüber nachdenken und hörte für eine Weile auf zu weinen. Was Arne für eine Fantasie entwickelte! Er stellte sich offenbar vor, Jean-Claude sei noch in der Stadt, und ich treffe ihn heimlich und – ja, ich sei seine Geliebte. Das regte nun auch meine Fantasie an. So etwas wäre natürlich möglich. Ein Zimmer im Adlon, ein Zimmer in einem anderen Hotel, eine kleine Wohnung... Ich mochte ein unbeschriebenes Blatt sein, aber ein paar einschlägige Bücher hatte ich immerhin schon gelesen, um mir gewissen Vorstellungen zu machen.

Und ich kam, weiblich-törichterweise, zu dem Ergebnis: warum eigentlich nicht? Wenn Jean-Claude mich wirklich geliebt hätte, dann wäre das eine Möglichkeit gewesen. Warum sollte ich mit ihm fahren? Warum konnte er nicht meinetwegen hier bleiben?

Aber er liebte mich eben nicht. Das war eine Tatsache, und ich mußte mich mit ihr abfinden. Und ich liebte ihn auch nicht – auf jeden Fall nicht mehr, und damit war es erledigt.

Dann weinte ich ein bißchen weiter.

Arne kam nicht herauf zu mir. Er ging, ohne sich zu verabschieden.

Dann kam Mama, besah sich mein verheultes Gesicht und sagte kopfschüttelnd: »Also ich finde das dégoûtant. Ich habe Arne meine Meinung gesagt. Er hat sich schlecht benommen. Ich wollte, daß er hinaufgeht zu dir und sich entschuldigt. Für einen Offizier hätte sich das gehört. Aber er ist weggelaufen. Ein ganz und gar ungezogenes Benehmen.«

Ich schwieg und machte ein unglückliches Gesicht. Ich tat mir selbst sehr leid, aber irgendwie war es tröstlich, daß Mama meine Partei ergriff, daß sie für mich und gegen Arne war. Das hatte ich noch nie erlebt.

»Und nun hör auf zu weinen«, sagte sie schließlich. »Leg dich ein bißchen hin und mach die Augen zu. Ich kann es nicht ausstehen, wenn man sich so gehen läßt. Du mußtest ihn auch nicht so reizen.«

»Ich ihn?«

»Ja, ich gebe zu, er hat sich schlecht benommen. Ich weiß auch nicht, was er gegen den Comte hat. Ich habe ihm deutlich noch einmal gesagt, daß der Comte ein Mann von besten Manieren ist, ein echter Kavalier. – Iris!«

»Ja.«

»Es ist doch nichts gewesen zwischen dir und dem Comte?«

»Fängst du jetzt auch an?«

»Nein. Ich hätte an so etwas nie gedacht. Arne hat mich darauf gebracht.«

»Das ist ja wunderbar«, sagte ich erbost. »Erst muß ich mich von meinem Bruder beschimpfen lassen, und jetzt verdächtigst du mich, daß ich – daß ich Jean-Claudes Geliebte bin.«

»Iris! Was für ein Wort! Geliebte!«

»Das meinte er doch. Und du nun auch noch.«

»Ich meine es nicht. Und ich glaube es nicht.«

»Und er ist auch nicht mehr in Berlin, und ich treffe ihn nicht heimlich, wie Arne sich das offenbar einbildet. Ich habe seit dem Abend, als wir in der Oper waren, keinen Ton von ihm gehört. Er ist eben ein höflicher Mann, der mich ein paarmal ausgeführt hat, und damit hat es sich. Du hast zu viele Romane gelesen. Und Arne hat eine ganz verdorbene Fantasie. Ich möchte wissen, was *er* eigentlich treibt, wenn er auf solche Ideen kommt. *Ich* habe anderes im Kopf. Ich habe wirklich Arbeit genug, und wenn ich mich so anstrenge, dann hat das einen Grund. Ich werde vier Semester studieren, wenn das Geld so lange reicht, vielleicht kriege ich auch ein Stipendium, wenn ich es schaffe, und dann werde ich mir eine Arbeit suchen und nebenbei weiter studieren. So etwas kommt nicht von selber, dafür muß man etwas tun.«

Oh! Armer mißverstandener Unschuldsengel! Wie gefiel ich mir in dieser Rolle, und wie genoß ich Mamas zerknirschtes Gesicht. Ja, wirklich, ich tat ihr leid; es hätte nicht viel gefehlt, und sie hätte sich bei mir entschuldigt. Ich mußte mich hinlegen, sie kochte extra noch einmal frischen Kaffee und brachte ihn mir ins Zimmer. Später kam sie noch einmal, um nach mir zu sehen, und dann fiel die Frage, die sie bisher nie gestellt hatte, die ihr aber wohl lange auf den Lippen gelegen hatte.

»Iris – aber ein wenig verliebt warst du schon in den Comte?«

Eine seltsame Frage aus Mamas Mund. Ich glaube, wir waren uns in unserem gemeinsamen Leben nie so nahe, wie an diesem Nachmittag im Dezember nach dem Streit mit Arne.

»Ja«, sagte ich ehrlich. »Nicht nur ein wenig.«

Ich blickte aus meinen verweinten Augen zu ihr auf und fragte: »Kannst du es nicht verstehen?«

Ihre erstaunliche Antwort: »Doch, mein Kind.«

Seltsame Zufälle gibt es.

Am nächsten Tag kam ein Brief von Jean-Claude. Er erkundigte sich höflich nach meinem Ergehen, und ich solle ja nicht vergessen, was er mir am letzten Abend gesagt hätte. Eigentlich sei es seine Absicht gewesen, vor Weihnachten noch zu einem kurzen Besuch nach Berlin zu kommen, aber zu ihrer aller Überraschung habe sein Bruder Charles sich für Weihnachten angesagt, er komme aus England zu Besuch, was überhaupt noch nie dagewesen sei. Man werde Weihnachten daher nicht auf Saint-Mar feiern, die Reise sei im Winter für Charles zu weit und zu anstrengend, sondern in Paris, und da sei für ihn noch einiges vorzubereiten. Im Stadtpalais funktioniere die Heizung nie so ganz richtig, das müsse nun noch behoben werden.

Diese Weihnachtsbegegnung war, wie ich später erfahren sollte, ein ausgewachsener Familienrat, der sich mit einer jungen Dame aus Berlin, mit Iris Vorwarth, befassen sollte. Wie gut, daß ich davon keine Ahnung hatte.

So war ich nur einfach glücklich. Glücklich über diesen

Brief, über jedes Wort, das darin stand. Und ich rätselte lange darüber nach, was er meinte, ich solle nicht vergessen, was er am letzten Abend gesagt hatte. Was war es, das ich nicht vergessen sollte? Daß ich mit ihm nach Paris fahren sollte? Oder – je t'aime, Iris? War es das, was ich nicht vergessen sollte?

Am Schluß seines Briefes hieß es, daß er sich erlauben werde, mir zu Weihnachten ein kleines Geschenk zu übersenden. Und er bitte auch Madame Melanie, mir zu erlauben, es anzunehmen und gleichzeitig einen respektvollen Handkuß von ihm entgegenzunehmen. Und an mich denke er mit viel Liebe – Jean-Claude.

Es war ein Wunderwerk von einem Brief. Es war kaum glaublich, daß in dieser Trampelwelt, in der wir lebten, jemand noch solche Briefe schreiben konnte.

Ich war im siebten Himmel. Und auch Mama war sehr beeindruckt und ihre gute Meinung von Jean-Claude damit endgültig befestigt. Sie studierte den Brief mehrmals, kaum weniger oft als ich, und sie meinte, wenn Arne wiederkäme, werde sie ihm den Brief zu lesen geben, damit er lerne, wie sich ein Mann von Welt ausdrücke und benehme.

Und was das wohl für ein Geschenk würde?

Ich war wieder glücklich. Die Arbeit war keine Droge mehr. Sie wurde zur Freude, und ein wenig leichter machte ich es mir auch: ich verbot mir nicht mehr, an Jean-Claude zu denken und von ihm zu träumen.

Er schickte mir ein Geschenk, und eines Tages würde er wiederkommen, und es war eben doch mehr. Und vielleicht auch ein wenig Liebe bei ihm.

Seit diesem Brief wußte ich, daß es nicht zu Ende war. Und vielleicht wußte ich schon damals, tief, ganz geheim in meinem Herzen, daß es erst anfing.

Das ›kleine‹ Geschenk kam zwei Tage vor Weihnachten zusammen mit Blumen für Mama, und es kam nicht etwa mit der gewöhnlichen Post, sondern ein Bote der französischen Botschaft brachte es, denn es war per Kurierpost gereist, wie ich aus dem beiligenden Brief entnahm.

Das war nun also wirklich ein Höhepunkt, der die ganze Familie – einschließlich des Regierungsrates Finsterwald – in Aufregung versetzte.

Das Briefchen stammte von Madame de Monteron – der Frau von Cousin Antoine, die wir in der Oper getroffen hatten –, und sie schrieb darin sehr liebenswürdig, sie warte immer noch auf meinen Anruf und Besuch. Beides müsse nun unbedingt gleich zu Beginn des neuen Jahres stattfinden.

Es folgten dann noch höfliche Wünsche für Weihnachten und Neujahr, gleichfalls für meine Familie, und ich kam mir sehr wichtig vor.

Das Geschenk bestand aus einer wunderschön gearbeiteten, sehr schlichten Kette aus Gold mit einer kunstvoll gefaßten Perle vorn, und Jean-Claude schrieb dazu, er sei der Meinung, diese Kette müsse sehr gut zu meinem Abendkleid passen. Er habe sie extra dafür ausgesucht.

»Die ist echt«, sagte Mama andächtig, »sie muß sehr teuer gewesen sein.«

Und dann bekam sie ein ganz nachdenkliches Gesicht. Ich dachte schon, sie würde mir sagen, ich dürfe so ein kostbares Geschenk nicht annehmen. Sie betrachtete mich lange prüfend, und ich wurde rot, wofür es doch eigentlich gar keinen Grund gab, denn falls sie nun wieder dachte, ich hätte doch mit Jean-Claude...

Was Mama sich auch immer denken mochte, sie sprach es nicht aus. Aber es waren wohl Gedanken, die jeder Mutter beim Anblick einer hübschen Tochter, die ein wertvolles Geschenk von einem Mann erhielt, kommen mußten.

Arne, der die Kette in ihrer Schachtel, gebettet auf dunkelblauen Samt, unterm Christbaum liegen sah, machte ein grimmiges Gesicht und sagte nur: »Aha!«

Nichts weiter. Er hatte sich vorgenommen, friedlich zu sein, und ich hatte es mir auch vorgenommen, und Mama hatte ihn wohl noch verwarnt. So blieb also ungesagt, was ihm noch auf der Zunge liegen mochte.

Tatsache jedoch war, daß unser Verhältnis getrübt war, wir waren höflich, aber kühl zueinander, daran änderte auch

Weihnachten nichts. Früher hätte es mich sehr unglücklich gemacht, aber dafür war zur Zeit kein Platz in meinem Herzen. Denn ich war glücklich. Über das Geschenk, über den Brief, über Jean-Claude.

Er würde wiederkommen. Ein Mann schenkte vielleicht einer Frau, die seine Geliebte gewesen war, so eine Kette zum Abschied. Aber wenn sie nicht seine Geliebte gewesen war, dann mochte es eine Versuchung sein, eine Lokkung, ein Versprechen, auf jeden Fall eine ausgestreckte Hand.

Eine Hand. Seltsam – eine leere, eine ins Leere gestreckte Hand. Das habe ich heute gesehen.

Gegen Mittag kam wieder einmal Baumgardt, der Bassist, zu mir ins Geschäft. Ich hatte ihn angerufen und ihm mitgeteilt, daß ich eine ganz entzückende Miniatur bekommen habe, 18. Jahrhundert, Paris, vielleicht sogar ein Isabey, auf jeden Fall aus seiner Schule. Losert hatte sie in London ersteigert, und sie, als er mich auf dem Rückweg vor zwei Tagen besuchte, hier gelassen, weil er wußte, daß ich einen Interessenten dafür hatte.

Baumgardt faßte das kleine Ding mit seinen großen feinnervigen Händen und betrachtete es entzückt.

»Was für ein bezauberndes Geschöpfchen«, sagte er und damit meinte er das weißperückte großäugige Mädchen, das ihm ein wenig kokett von diesem Bildchen entgegenlächelte. »Zum Verlieben, nicht?«

»Daran kann Sie wirklich niemand hindern«, erwiderte ich, »aber leider wird auch diese Liebe unerwidert bleiben.«

Damit spielte ich auf ein vorausgegangenes Gespräch an; ich war vor zwei Tagen in der Oper gewesen und hatte ihn als König Philipp gehört, und seine große Arie ›Sie hat mich nie geliebt‹ hatte mich wieder tief ergriffen. ›Don Carlos‹ ist neben ›Othello‹ meine liebste Verdi-Oper, und die Arie des Philipp gehört für mich zum schönsten, was Verdi geschrieben hat. Ich hatte dem Sänger das gerade gesagt und auch wie wunderbar er gewesen sei. Man muß Künstler loben, das ist für sie so wichtig wie die Luft zum Atmen, wenn nicht noch wichtiger, und außerdem verdiente er dieses Lob. Er hatte wirklich herrlich gesungen.

»Das ist mein Schicksal«, sagte er und blickte mich ein wenig melancholisch an, »meine Liebe wird nie erwidert. Auf der Bühne nicht und im Leben nicht. Wenn ich denke, wie lange ich Sie schon liebe, Iris, und immer hoffnungslos.«

Ich lächelte. »Dann halten Sie sich lieber an die kleine Marquise hier. Es dürfte Ihrer Frau auch besser gefallen.«

»Sie sind ein prosaisches Mädchen, Iris. Ich spreche von Liebe, und Sie sprechen von meiner Frau.«

Das war alles nicht so ernst gemeint – ich kannte seine Frau, und wenn er auch ganz gern ein wenig flirtete, so war seine Ehe recht harmonisch.

Er fragte, ob ich nicht Lust hätte, für ein paar Minuten mit in den Kurpark zu kommen, es sei so schön heute, fast schon Frühling, und er habe da ein paar Schneeglöckchen entdeckt. Es war wirklich frühlingshaft draußen, die Luft mild, der Himmel zärtlich blau, und die Sonne wärmte bereits ein wenig. Auf dem noch winterlich feuchten Rasen hüpften Amseln und Spatzen, und obwohl die Büsche noch kahl waren, ahnte man bereits das erste Grün; man wußte, daß es bald da sein werde und konnte es deshalb fast schon sehen.

Wir promenierten auf den Wegen hin und her, er erzählte von seiner nächsten Partie, dann kam ein bißchen Theaterklatsch und dann fragte er, was denn der andere Philipp mache, mein Herr Sohn, ob er immer noch nicht an Land gekommen sei.

»Nein. Er ist noch verreist.«

Er sah mich von der Seite an, merkte offenbar, daß ich nicht darüber sprechen wollte; vermutlich dachte er, es habe eine kleine Meinungsverschiedenheit gegeben. Er wußte nichts über mein Leben.

Ob ich nicht wieder einmal Lust hätte, an einem spielfreien Abend mit ihm essen zu gehen; in seinem Stammlokal gebe es jetzt einen wunderbaren Elsässer Wein, und er wisse, daß ich eine verständige Weintrinkerin sei. Ja, gern, sagte ich, das sei eine gute Idee.

Wir lächelten uns an, und er brachte mich ins Geschäft zurück. Ludmilla hatte inzwischen die Miniatur verpackt, er versenkte sie liebevoll in seine Manteltasche, nachdem er einen Scheck ausgeschrieben hatte.

Und dann kam der zweite Besuch an diesem Tag, ein gänzlich unerwarteter; mein kleiner Wilder aus dem Schwarzwald. Am Nachmittag, so gegen vier Uhr – ich war im Büro –, kam Ludmilla herein und sagte: »Herr Conz ist da.«

»Wer? Sebastian Conz?«

»Der. 'n ganz netter Junge, nicht?«

Ich warf Ludmilla einen mißtrauischen Blick zu. Sie würde doch nicht auf die Idee kommen, es auch auf ihn anzulegen, auch mit dem zu poussieren? Bei ihr konnte man da nie sicher sein.

Er stand im Laden, trug einen verknautschten Trench, sein Bart war noch dran, seine dunklen Augen sahen mich sanftmütig an. Unter dem Arm trug er ein großes verpacktes Etwas. Ein Bild.

»Das ist nett, daß Sie kommen. Ich wäre wirklich traurig gewesen, wenn Sie sich Ihre Ausstellung nicht einmal angesehen hätten.«

»Ach so, nö, deswegen komm' ich eigentlich nicht.«

»Weswegen dann?«

»Hier«, er hob den Arm, behutsam wie eine Mutter ein Baby heben würde, »da hätte ich noch was. Ist gerade erst fertig geworden.«

»Ein bißchen spät. Aber wir wollen es uns ansehen. Gehen wir hinauf.«

Unsere Galerie im ersten Stock besteht aus fünf Räumen, zwei größere, drei kleine. Für diesmal hatten wir nur drei benötigt. Die Fenster sind hoch und hell, das Licht ist sehr günstig, und an diesem Vorfrühlingstag war es besonders vorteilhaft. Wir haben auch eine moderne Lichtanlage, indirekt für jeden Raum, vervollständigt durch verschiedene Einzelleuchten, um einzelne Bilder speziell anzuleuchten. Konrad Winkler hatte bei der Einrichtung der Galerie nicht gespart. »Wenn man etwas tut, soll man es ordentlich tun oder bleiben lassen«, war seine Devise gewesen, und glücklicherweise hat sein Sohn sie übernommen, auch wenn er sich ganz gern burschikos gibt.

Herr Conz wickelte sein neuestes Werk aus, lehnte es an einen der Polstersessel, warf mir einen kurzen Blick zu und schlenderte dann mit betonter Gleichgültigkeit von dannen, von Bild zu Bild, von Raum zu Raum, und gab keinen Ton von sich.

Ich stand vor diesem seltsamen Bild und versuchte, es zu begreifen.

Diesmal hatte er in Öl gearbeitet. Das war selten bei ihm. Hier hingen nur zwei kleine Ölskizzen, der Rest waren Aquarelle und Graphiken. Das neue Bild war verhältnismäßig groß. 55 mal 70 etwa; es war natürlich noch ungerahmt, und es war ebenso befremdend wie fesselnd. Im ersten Moment wollte ich mich schon enttäuscht abwenden, dachte: Öl – in der Größe, das soll er lieber bleiben lassen oder später machen – aber dann stand ich und starrte das Bild an und wurde immer unsicherer.

War es eigentlich gut? Unsinn – was hieß gut! Gut war vielleicht ein wohlschmeckender Schweinebraten.

Also – war es richtig? War es gelungen? Alles so blöde Worte! Es ist so schwer, für ein Kunstwerk einen Ausdruck zu finden, einen einigermaßen sachlichen Ausdruck, meine ich. Und was sollte es eigentlich darstellen? Natürlich – es mußte gar nichts darstellen. Moderne Kunst kann ohne das auskommen. Ist nur Ausdruck, nur Empfinden, auch oft Wirrwarr und Protest oder was auch immer.

Aber meine Erfahrung hat mich gelehrt; wenn einer was zu sagen hat, wenn er etwas gedacht oder empfunden hat, als er malte, dann drückt das Bild auch etwas aus, dann ruft es in dem Betrachter zumindest irgendeine Reaktion hervor, ein Echo – und sei es noch so vage.

Und dieses Bild – je länger ich es ansah, um so mehr hielt es mich fest.

Es ist sehr schwer, mit Worten ein Bild zu beschreiben. Da war eine Art Straße. Ein Weg. Nein, eher eine Landstraße. Sie verlief in der Ferne, perspektivisch ganz exakt gesehen, und im Vordergrund waren an den Seiten so etwas wie Bäume angedeutet. Aber dann verwandelten sich die Bäume in eine Art Zaun, und gegen Ende, wo die Straße immer enger wurde, war es schon wie eine Mauer. Und ganz vorn lag mitten auf der Straße eine Hand, eine leere, ausgestreckte, nach oben geöffnete Hand. Eine Hand, die nichts festhielt, die auf eine beklemmende Art hoffnungslos wirkte. Eine armselige, leere, verlassene Hand, die nichts hielt, der nichts gehörte, die nur wie eine trostlose Bitte war.

Es ist verflucht schwer, so etwas zu beschreiben – es klingt so leicht kitschig. Die Hand da auf der Straße, die leere Hand auf der leeren Straße, die immer enger wurde, enger durch die Perspektive und enger durch ihre Abgrenzungen. Und darüber war ein Himmel. Das sollte es wohl sein, ein giftiger nackter Himmel, mehr grün als blau – giftig, feindselig, abweisend. Und ganz am Ende, wo die Straße zwischen den grauen engen Mauern verlief, verschwand, versickerte, da war ein Licht, ein helles Licht, ein goldener Schein.

Zwei Leute, die gekommen waren, ohne daß ich sie bemerkt hatte, standen hinter mir. Ein Herr und eine Dame.

»Komisch nicht?« sagte die Dame.

»Ja«, machte der Mann, »ich weiß nicht – aber irgendwie...«

Ich sah sie an, lächelte, grüßte, sie gingen weiter. Ich kannte sie nicht. Vielleicht schon erste Kurgäste. Oder sonstwie Fremde in der Stadt.

Ich sah mich nach Sebastian um. Er war im letzten, kleinen Raum. Dort hatte ich an eine Wand seine Graphiken gehängt; an der anderen Wand hingen Helga Köhlers bunte Bildchen, glatt und erfreulich anzuschauen, manche waren abstrakt, manche gegenständlich, sie konnte beides, und beides gelang ihr. Wir hatten schon verschiedene verkauft, ihre Sachen paßten gut in eine moderne Wohnung, über moderne Polstermöbel und zwischen Bücherregale.

Von Sebastian hatten wir noch nichts verkauft, ein paar Interessenten waren allerdings vorgemerkt.

Er sah mich an, und ich sah ihn an; dann ging ich zurück zu seiner Straße.

Diese Hand…

Nach einer Weile kam er und stellte sich hinter mich. Er schwieg, und ich fragte: »Was haben Sie sich dabei vorgestellt?«

Er sagte: »Wenn Sie es nicht sehen können, ist es mißlungen.«

Ich seufzte ein wenig. Also gut. Ich würde es versuchen.

»Ich erkläre Bilder ungern«, sagte ich. »Es ist das Leben, nicht wahr? Die leere Straße, die enger und häßlicher wird und ins Nichts verläuft. Aber da hinten ist kein Nichts. Da ist dieses Licht. Ist der Himmel da hinten? Nicht über der Straße, sondern an ihrem Ende?«

Er hob seine Hand in einer offenen fragenden Gebärde, sie glich der Hand auf der Straße, und ich sah, daß es seine Hand war.

»Ich weiß es auch nicht«, sagte er. »Ich weiß nicht, was es ist. Vielleicht ist da auch nichts. Es könnte aber auch etwas sein.«

»Es sieht aus, als ob da etwas wäre. Etwas Schönes, Leuchtendes.«

»Ja.«

»Ja. Haben Sie darüber nachgedacht, was es sein könnte?«

»Nein. Ich weiß es nicht.«

»Vielleicht – das Glück?«

Er sah mich an, dann grinste er.

»Wenn Sie meinen, Madame…«

Ich wurde richtig verlegen. »Na ja, irgendwo könnte es ja sein, nicht? Auf jeden Fall ist es unerreichbar für diese Hand, was immer es ist. Das Glück, die Erleuchtung, die ewige Seligkeit, das Paradies. Unerreichbar.«

»Eben«, sagte er.

Das war Sebastian Conz und sein neues Bild.

Ich sagte, ich würde es morgen gleich rahmen lassen und dazuhängen.

»Eigentlich…«, sagte er.

»Was?«

»Gut. Hängen Sie es dazu.«

Dann gingen wir hinauf in die Wohnung, um Tee zu trinken. Später ließ ich ihn allein, ging hinunter, um nach dem Geschäft zu sehen und zu schließen.

Als ich wieder heraufkam, lag er lang ausgestreckt auf dem Teppich und hatte den Plattenspieler in Gang gesetzt. Er spielte das Doppelkonzert von Bach, die Augen hatte er geschlossen und sah aus wie ein schlafendes Kind. Trotz seines etwas ungepflegten Bartes und der schmuddeligen Jakke. Er sah aus, als sei er bei dem Licht am Ende der Straße angelangt.

Ich sagte nichts, setzte mich in den Sessel und zündete mir eine Zigarette an. Wir schwiegen, bis die Platte zu Ende war, dann sagte er, ohne sich zu rühren, ohne die Augen zu öffnen: »So möchte ich malen, wie der Musik gemacht hat.«

»Mein lieber Freund, Sie sind nicht gerade bescheiden.«

»Nein. Warum auch? Hatten Sie das vermutet?«

»Versuchen Sie es halt, so zu malen. Sie haben Zeit genug. Sie sind jung.«

»Jungsein ist Scheiße.«

»Gewiß. Manchmal. Ältersein ist auch Scheiße. Und Altsein vermutlich erst die ganz richtige Scheiße.«

Er lachte, wälzte sich auf den Bauch, stützte seinen Kopf auf die Arme und blickte zu mir auf. »Ich liebe Sie.«

»Sehr gut. Sonst noch was?«

»Nicht so, wie Sie vielleicht meinen. Sondern richtig.«

»Ich meine gar nicht. Und richtig ist immer gut.«

»Was heißt das, richtig ist immer gut?« fragte er streng.

»Etwas richtig zu tun, ganz egal, was es ist. Malen oder lieben, oder leben oder jung sein. Richtig muß man es tun.«

»Und was ist richtig?«

»Für jeden anders. Das, was man selbst darunter versteht.«

»Ich weiß aber nicht immer, was ich darunter verstehe.«

»Das geht nicht nur Ihnen so.«

»Ihnen auch?«

»Mir auch. Und ich habe sowieso das meiste in meinem Leben falsch gemacht.«

»Das kann ich mir nicht vorstellen.«

»Es ist aber so.«

»Sie kommen mir irgendwie, na ja, 'ne Menge klug vor.«

»Das täuscht.«

»Malen Sie auch?«

»Nein. Ich habe früher, als ich jung war, so ein bißchen gemalt. So zum Spaß. Und dann noch mal später im Krieg. Ja – da am meisten.«

»Aber da waren Sie doch noch jung.«

»Ja, stimmt. Da war ich noch jung. Da hatte ich sehr viel Zeit und war viel allein.«

»Was haben Sie denn da gemalt?«

»Ach, nur so ganz dilettantisch. Home-made gewissermaßen. Ich habe es nie gelernt.«

»Das kann man sowieso nie lernen. Die Technik vielleicht. Das andere lernt man nicht. Was haben Sie gemalt?«

»Landschaften hauptsächlich. Und ein altes Schloß. Und Bäume.«

»Was für eine Landschaft?«

»Eine Landschaft in Burgund. Bourgogne, an der Côte d'Or.«

»Kenne ich nicht. Muß ein schönes Licht da sein.«

»Ja, das ist es. Ein Weinland-Licht. Golden und blau und grün.« Ich legte den Kopf zurück auf die Sessellehne und plötzlich, ich wußte auch nicht, wie ich darauf kam, sprach ich leise vor mich hin: »Mein Land Burgund ist sonniggrün…«, und gleich darauf würgte es mich im Hals, und ich war nahe daran, loszuheulen wie ein verlassenes Kind.

»Das haben Sie gemalt? Das kann ich mir gut vorstellen.« Und er wiederholte meine Worte: »Mein Land Burgund ist sonnig-grün – ja, das kann man malen. Zeigen Sie mir doch bitte die Bilder.«

Ich konnte nicht antworten, denn ich war voll und ganz damit beschäftigt, meine Fassung, meine Beherrschung wiederzugewinnen. Ich tat, was ich lange nicht mehr getan hatte. Steckte meinen Fingerknöchel in den Mund und biß mit aller Kraft darauf.

»Zeigen Sie mir die Bilder!«

»Nein«, antwortete ich erstickt, »ich habe sie nicht mehr.«

Er richtete sich auf und sah mich aufmerksam an.

»Ach so.«

Dann machte er so eine Art Flachwendung auf dem Teppich, bis er vor dem Plattenspieler landete, kramte in den Platten, fand etwas, und ich hörte die Pfiffe und den Kontrapunkt, mit dem die »Westside-Story« beginnt. Bei den Tänzen rockte er, auf dem Teppich liegend, ein bißchen mit, und bis das Cello vor dem Tonight-Duett das Maria-Thema übernahm, war ich wieder einigermaßen ich selbst.

»Wollen wir zum Essen gehen?« fragte ich.

»Können wir nicht hierbleiben? Ich find's so heimatlich bei Ihnen.«

»Sie können Bier haben oder Wein. Und ich mache uns was zum Essen zurecht.«

»Prima. Und dann erzählen Sie mir von Burgund.«

»Das werde ich nicht tun.«

»Nicht von dem Mann, mit dem Sie da geschlafen haben. Von dem Land.«

»Seien Sie nicht so unverschämt! Haben Sie eigentlich schon eine Bleibe?«

»Nö.«

»Gut, dann werde ich mal anrufen. Wir haben da eine hübsche kleine Pension, da wohnen Sie sehr nett.«

»Kann ich nicht bei Ihnen schlafen?«

Nun war ich doch etwas verblüfft. »Bei mir?«

»Ja. Bei Ihnen. Oder mit Ihnen, ganz wie's beliebt. Und sagen Sie nicht noch einmal, ich sei unverschämt. Eine kluge Frau sollte sich nicht wiederholen.«

»Erstens bin ich keine kluge Frau, und zweitens wäre die Wiederholung doch ganz angebracht.«

»Nö, bestimmt nicht. Ich möchte Sie nämlich gern malen. Ihr Gesicht, wissen Sie – ich habe noch nicht viel Porträts gemacht, fällt mir schrecklich schwer. Aber bei Ihnen könnte ich.«

»So.«

»Und da müßte ich aber erst…«

»Also nun ist Bahnhof, ja? Und jetzt werde ich uns etwas zu essen machen.«

Er wälzte sich wieder über den Teppich, bis er direkt zu meinen Füßen lag, legte seinen Kopf an mein Knie, blickte von unten zu mir herauf, dann küßte er mein Knie und fragte:

»Haben Sie ihn sehr geliebt, diesen Mann in Burgund?«

»Ich habe ihn sehr geliebt.«

»Hat er Sie verlassen oder Sie ihn?«

»Er mich.«

»Und dann haben Sie die Bilder gemalt?«

»Ja.«

»Und dann weggeschmissen?«

»Halten Sie jetzt den Mund und stochern Sie nicht in meinem Leben herum. Ich kann das nicht leiden.«

»Und das Schloß, das Sie gemalt haben, stand das auch in Burgund?«

»Ja.«

»Wie sah es aus?«

»Wie die Schlösser dort aussehen. Sehr alt, wuchtig und schwer, heller rotgelber Stein, fast rosa könnte man sagen. Das Ganze ein offenes Rechteck, also nach vorn offen, meine ich. Vier dicke Türme an den Ecken, mit spitzen Giebeln darauf. Schmale hohe Fenster; später haben sie dann komische Renaissancebalkons und Brüstungen drangeklebt – ach, ich weiß nicht mehr genau, wie es aussah.«

»Ich seh's vor mir. Ich bin noch nie dort gewesen. Ich bin überhaupt noch nirgends gewesen. Kein Geld. Und das Schloß hat Ihnen ein alter Kastellan gezeigt, und Sie sind mit Ihrem Geliebten darin herumgelaufen und haben alles angeschaut und waren sehr glücklich.«

»Ich war sehr glücklich, und ich habe in dem Schloß gewohnt.«

»Nicht möglich.«

»Doch. Man wohnt dort noch in diesen Schlössern. In manchen. Und ringsherum sind alte Bäume und dicke grüne Büsche, und alles ist voller Vögel. Und hinter der Parkmauer beginnen die Weinhügel – Hügel voller Weinstöcke, so weit das Auge reicht... Und wenn Sie jetzt nicht davon aufhören, schmeiße ich Sie auf der Stelle hinaus.«

»Das tun Sie nicht. Es tut Ihnen gut, davon zu sprechen. Sie haben ganz tiefe dunkle Augen bekommen. So werde ich Sie malen. Ich kann mir genau vorstellen, wie Sie damals ausgesehen haben. Ist es lange her?«

»Sehr lange. Aber ich werde uns jetzt etwas zu essen machen.«

»Und rufen Sie nicht in der Pension an. Ich bleibe hier. Ich will mit Ihnen schlafen.«

»Sie bleiben nicht hier.«

Er ließ sich auf den Teppich sinken, lächelte vor sich hin und sagte friedlich: »Das werden wir ja sehen.«

Während ich in der Küche war, eine Büchse Crevetten aufmachte, eine Sauce dazu anrührte, Brote strich und Toast röstete, hörte ich im Zimmer die Piaf singen.

Non, je ne regrette rien…

Ein unverschämter Mensch. Und ich kam mir ein bißchen albern vor. Weil es mir irgendwie wohltat, daß er da war.

Seit Philipp fort war, hatte ich jeden Abend hier allein gesessen. Und gedacht. Und gegrübelt.

Es war offenbar nicht nur Jean-Claudes Spezialität überraschend abzureisen, sondern auch ohne große Ankündigung wieder aufzutauchen. Diesmal kam er einige Tage nach Beginn des neuen Jahres – nicht mit dem Wagen, sondern mit dem Expreß aus Brüssel. Es war sehr kalt geworden. Auch in Berlin lag Schnee.

In Brüssel hatte er Silvester in Gesellschaft seines Cousins Raymond de Perrier verbracht, dessen neuestes Stück dort uraufgeführt worden war. Genaugenommen waren sie gar nicht verwandt. Raymond, der vier Jahre jünger war als Jean-Claude, stammte aus der Familie jener Marie-Eugenie, die die erste Frau von Jean-Claudes Vater gewesen war und bei der Geburt ihres Sohnes Charles starb. Also konnte höchstens von einer Verwandtschaft zwischen Charles und Raymond die Rede sein, die einander gar nicht kannten.

Jean-Claude und Raymond waren seit vielen Jahren befreundet, sie waren einander in vieler Beziehung ähnlich, beide lebenslustig und ein wenig leichtsinnig. Beide geistreiche Unterhalter; und da Jean-Claude immer gern in Künstlerkreisen verkehrt hatte, lag es nahe, daß er Raymond oft begegnete. Raymond war ein typischer homme de lettres, voll gallischem Esprit und bissigem Witz. Er hatte zwei Bücher geschrieben, die ziemlich unbeachtet geblieben waren, statt dessen hatte er mit einigen Theaterstücken recht beachtliche Erfolge erzielt.

Von Paris war Jean-Claude mit einer gewissen Erleichterung nach Brüssel gereist – bereits einen Tag, nachdem er seinen Bruder Charles an die Bahn begleitet hatte, der ebenfalls nichts ungern abgefahren war.

Die Tage, die hinter ihnen lagen, waren recht stürmisch verlaufen. Jean-Claudes Heiratspläne standen zur Debatte und wie nicht anders zu erwarten, stießen sie bei einem Teil der Familie auf Widerspruch. Jean-Claude seinerseits hatte

Wochen dazu gebraucht, bis er es wagte, zu seiner Mutter von seinen Heiratsabsichten zu sprechen. Denn vor Madame-Mère, wie man die Comtesse im Familienkreis nannte, hatte er auch heute noch einen heiligen Respekt, und da er sie nicht nur fürchtete, sondern auch liebte, fiel es ihm schwer, ihren Unmut zu erregen.

Es war ein dicker Brocken, den die Comtesse Saint-Mar de Chaumencey da zu schlucken bekam.

Sie liebte ihren einzigen Sohn abgöttisch, ohne es jedoch sonderlich zu zeigen; das entsprach nicht ihrer Art. Es war seit langem ihr Wunsch, daß er heiratete. Sein leichtsinniges Leben behagte ihr ganz und gar nicht. Sie hatte es einige Jahre geduldet, aber als Dauerzustand gefiel es ihr gar nicht. Er sollte also heiraten und möglichst ein Mädchen, das seine Mutter für ihn aussuchen wollte: Es sollte schön sein, jung, gesund, aus bester Familie und mit Vermögen. Und nun kam er mit der absurden Idee, eine Ausländerin zu heiraten, eine Deutsche obendrein, die offensichtlich arm war und nicht einmal von Adel.

Die Stimmung auf Saint-Mar war sehr unterkühlt, nachdem Jean-Claude schließlich Ende November mit seinen Plänen herausgerückt war. Die Weinlese war vorüber, die Ernte zufriedenstellend ausgefallen, alle Feste waren gefeiert. Zuletzt, wie immer am dritten Sonntag im November, die ›Trois Glorieuses‹, die drei großen Tage: Die Weinprobe auf Clos de Vougeot, der Verkauf, die Versteigerung und das große Festessen im Hospiz in Beaune und schließlich am Montag ›la Paulée‹ in Meursault. Diese drei Tage wurden immer als offizieller Abschluß der Weinlese verstanden.

Von einer schon müden, goldroten Sonne beglänzt, flammte das Weinlaub auf den Hängen, eine plötzliche Stille war eingekehrt nach all der emsigen Tätigkeit der letzten Wochen. Das Jahr des Winzers hatte seinen großen Höhepunkt erreicht und überschritten, die Trauben waren gekeltert, die Arbeit, die jetzt noch zu tun war, fand meist in Haus und Keller statt.

Madame-Mère nahm an den mit der Weinlese verbundenen Festen und Zusammenkünften nur noch geringen Anteil. Natürlich besuchte sie die Gottesdienste, natürlich empfing sie wie stets am ersten Tag der Lese Etienne Cluney, den größten und reichsten Weinbauern von Chaumencey, zu einem Imbiß und zu einem Trunk, ebenso wie sie diesen Besuch am letzten Tag der Lese bei Etienne erwiderte. Das war Tradition und üblich, daß der Herr und die Herrin von Saint-Mar an diesen Tagen zugegen waren. Genauso hielt man es am St.-Vinzenz-Tag, dem 22. Februar, an dem offiziell das Jahr des Weinbauern mit dem ersten Rebenschnitt beginnt.

Sonst besuchte die Comtesse Saint-Mar de Chaumencey eigentlich nur noch das große Fest, das nahe Verwandte von ihr zu Ende der Lese gaben, die bei Meursault einen prächtigen Herrensitz besaßen und denen einige der berühmtesten Grands Crus – der großen Lagen – gehörten.

Größere Reisen unternahm Madame-Mère nicht mehr gern. Sehr selten, daß sie einmal nach Dijon fuhr, noch seltener nach Paris. Nicht, daß sie es nicht gekonnt hätte, ihre Gesundheit war ausgezeichnet, aber sie hatte keine Lust dazu. Sie hatte sich nie viel aus Reisen gemacht, sie war in der Bourgogne geboren und hatte immer am liebsten hier gelebt.

War die Lese vorbei, kam die Zeit der Erschlaffung und der Ruhe. Die Winzer, die Bauern und sogar die Bewohner der Städte bereiteten sich auf den Winter vor, der in diesem Teil Frankreichs oft recht kalt und ungemütlich werden konnte.

Jedoch war es keine friedvolle Ruhe, die in diesem Jahr auf Saint-Mar einkehrte. Madame Cathérine hatte schon bemerkt, daß Jean-Claude verändert war, er feierte nicht unbeschwert wie sonst mit den anderen, er war unstet, nervös, ja, manchmal geradezu hektisch. Er hatte sprunghafte Launen, etwas, das man an ihm nicht kannte. Selbst seiner Schwester Isabelle, die nun die Klosterschule verlassen hatte und wieder zu Hause lebte, war es aufgefallen. Nun bekam die Comtesse die Erklärung für das veränderte Verhalten ihres Sohnes: l'amour.

Er war verliebt, ihr herrlicher Sohn, und offenbar so ernsthaft, daß er an Heirat dachte. Wogegen nichts einzuwenden gewesen wäre, wenn nicht...

Es gab keinen Streit zwischen Jean-Claude und seiner Mutter, das war in diesem Hause nicht üblich. Es gab ein Gespräch, und aus ihm entsprang eine tiefgehende Meinungsverschiedenheit. Er hatte seinen Wunsch geäußert und keinen Zweifel daran gelassen, daß er ihn in die Tat umsetzen werde. Und Madame-Mère hatte ihre Ablehnung ebenso deutlich zum Ausdruck gebracht.

Eine sehr gespannte Atmosphäre herrschte in dem Château. In dieser Situation war Jean-Claude auf die Idee gekommen, Charles zu Hilfe zu rufen. Schließlich war er das Familienoberhaupt, er mußte gehört werden, und wenn er auch nicht der Sohn der Comtesse war, so respektierte sie doch das Vorrecht seiner Erstgeburt.

Charles tat ihm den Gefallen und sagte sein Kommen für die Weihnachtstage zu. Woraufhin man sich entschloß, Weihnachten in diesem Jahr in Paris zu verbringen. Das gab Jean-Claude die Möglichkeit, Saint-Mar zu verlassen und nach Paris zu fahren, um, wie er sagte, dort alles Notwendige vorzubereiten. Das schöne alte Haus im Faubourg St-Germain, das so gut wie nie bewohnt wurde, beherbergte zur Zeit nur Maurice und Berthe, ein altes Dienerehepaar; allerdings hielt Gaston, der Sohn der beiden, Polizist im Arrondissement, ein wachsames Auge auf das Anwesen.

Man mußte noch Personal für die Feiertage engagieren; das hätte natürlich Berthe, die darin Erfahrung hatte, leicht allein besorgen können, aber Jean-Claude war der Vorwand gerade recht, um der eisig gewordenen Luft von Saint-Mar zu entfliehen.

In Paris hatte er den spontanen Einfall, rasch einmal nach Berlin zu fahren und Iris zu besuchen, vielleicht sogar sie mitzubringen und der Familie als eine Art Weihnachtsüberraschung zu präsentieren. Aber er verwarf den Gedanken rasch wieder. Das konnte er ihr nicht zumuten. Sie würde sowieso keinen leichten Stand haben, und er mußte wenigstens soweit alles vorbereiten, damit ihr Ärger oder gar Demütigung erspart blieben.

Er widerstand auch dem Wunsch, sie wiederzusehen. Wenn er sie das nächste Mal sah, mußte er klare Verhältnisse geschaffen haben, und sie mußte erfahren, was er mit ihr vorhatte. Schließlich war er kein unbedachter junger Mann, er war erwachsen und wußte, was er wollte.

Die Familie war in zwei Teile gespalten. Auf der einen Seite seine Mutter und seine Schwester Hortense und dazu deren Mann Emile, hoher Regierungsbeamter, Offizier des Weltkrieges, mehrfach dekoriert, aber auch verwundet, und noch heute ein entschiedener Gegner, wenn nicht gar Feind der Deutschen. Auf der anderen Seite Charles, der große Bruder, liberal und tolerant von Natur aus, verständnisvoll und nicht geneigt, diese Angelegenheit – Jean-Claudes Heirat – als Weltereignis Nummer eins zu betrachten. Charles war im Krieg weitaus schlimmer verwundet worden als Emile, er haßte die Deutschen dennoch nicht, er war ein Kenner der Geschichte und stets imstande gewesen, die Fehler auf beiden Seiten zu erkennen.

Allerdings war er kein Freund von Hitlerdeutschland.

Aber das konnte ihn nicht veranlassen, gegenüber einem unbekannten jungen Mädchen aus Deutschland, das sein Bruder heiraten wollte, eine feindselige Haltung einzunehmen. Wenn Jean-Claude dieses Mädchen liebte und der Meinung war, sie sei die Richtige für ihn. Nun gut, das war seine Angelegenheit, sein Leben.

So ungefähr lautete Charles' Meinung.

Auch Isabelle war Jean-Claudes Verbündete. Für sie war der Krieg Historie und die Deutschen irgendwelche merkwürdigen Leute aus dem Osten, ein bißchen barbarisch und zurückgeblieben, aber irgendwie fand sie das Ganze auch interessant, und eine so außergewöhnliche Liebesgeschichte erschien ihr – sie war achtzehn – höchst romantisch und anziehend.

»Wie sieht sie aus, Jean-Claude? Erzähl mir! Ist sie sehr schön? Blond, sagst du? Hast du kein Bild von ihr? Ach, erzähl mir alles. Wie du sie kennengelernt hast und wie das alles gegangen ist. Bitte, Jean-Claude!«

Jean-Claude befriedigte ihre Neugier, so gut es ging, er

schilderte Iris, ihre erste Begegnung in Baden-Baden, er erzählte dies und das, natürlich bei weitem nicht alles; jedenfalls machte es ihm Freude, über Iris zu sprechen. »Ich bin sehr zufrieden mit dir«, meinte Isabelle. »Du wirst mir helfen.«

»Wobei, bébé?«

»Wenn ich es genauso machen werde wie du. Ich suche mir auch einen Mann nach meinem Geschmack aus und lasse ihn mir nicht von Maman servieren.«

»Das wird sich alles finden. Erst wirst du jetzt mal deine kleine Nase vor die Tür stecken und dir ein wenig die Welt betrachten. Du hast wenigstens noch zwei, drei Jahre Zeit, bis du heiratest.«

»Bien sûr, erst werde ich das Leben genießen. Und die Liebe.«

»Auch das wird sich finden. Ich werde gut auf dich aufpassen, du wirst mir keine Dummheiten machen.«

»Wenn du erst verheiratet bist, hast du sowieso keine Zeit mehr, auf mich aufzupassen.«

»Die habe ich immer. Und Iris wird mir dabei helfen.«

»Ob wir Freundinnen sein werden?« fragte Isabelle, die sich besonders darüber freute, daß ihre zukünftige Schwägerin kaum älter war als sie selbst.

»Ich hoffe es, Isabelle. Du könntest Iris sehr helfen, sich bei uns zurechtzufinden.«

Isabelle seufzte. »Ein wenig eifersüchtig bin ich ja, wenn du heiratest, Jeannot. Aber ich werde nett sein zu Iris, ich verspreche es dir.«

Charles kehrte nach England zurück, Jean-Claude fuhr nach Brüssel, beide erleichtert, es hinter sich zu haben, denn schließlich war es Madame-Mère und ihrer Tochter Hortense und deren Mann nicht gelungen, Jean-Claude von seinem Plan abzubringen.

Bei aller Liebenswürdigkeit blieb Jean-Claude hart. Die Familie mußte sich mit der zukünftigen Comtesse, die aus Deutschland kommen würde, abfinden.

Bis zu diesem Zeitpunkt hatte Iris keine Ahnung, was da auf sie zukam. Und Melanie Vorwarth, als sie den Anruf

Jean-Claudes in der frühen Dämmerung eines Januartages entgegennahm, war ebenso ahnungslos. Oder vielleicht nicht ganz so ahnungslos? Ein wenig Gedanken machen Mütter sich wohl immer in solchen Fällen. Sie teilte ihm mit, daß Iris nicht zu Hause sei, und als er höflich fragte, ob er dennoch kommen und zusammen mit ihr auf Iris warten dürfe, erwiderte sie: »Aber bitte. Selbstverständlich, Comte, ich freue mich, Sie zu sehen.«

Und dann tat sie, was ihre Tochter auch getan hätte: ging in ihr Schlafzimmer, zog sich eines ihrer besseren Kleider an, frisierte sich sorgfältig und erwartete mit einer gewissen Spannung den angekündigten Besuch.

Er kam wie immer mit Blumen, mit Handkuß, mit seinem bestrickenden Charme, und als Melanie ihn fragte, was sie ihm anbieten dürfe, ob er mit ihr Tee trinken wolle – tranken Franzosen eigentlich Tee? – sie hatte keine Ahnung – oder etwas anderes vorziehe, erwiderte er geradezu entzückt, er würde außerordentlich gern mit ihr Tee trinken. Und dann saßen sie sich also an dem kleinen runden Erkertisch gegenüber. Es war der gemütlichste Platz im Haus; und er behandelte die reizlose Melanie, als sei sie eine schöne und junge Frau. Und in der Tat wurde sie unter seinen Blicken und Worten hübscher und jünger. Es war auch nicht schwierig, allein mit ihm hier zu sitzen, und auch nicht schwierig, sich mit ihm zu unterhalten.

Nach einer Weile konnte sie auch den Satz anbringen, den sie vorbereitet hatte, und ihm damit das erhoffte Stichwort geben.

»Ich weiß nicht, Comte, dieses Weihnachtsgeschenk für Iris, diese Kette – sie ist sehr schön, und Iris hat sich sehr gefreut, aber ich weiß nicht, ob Sie ihr so ein kostbares Geschenk machen sollten. Es ist doch ein wenig – nun...«

Unter seinem Lächeln ging das Ende ihres schönen Satzes verloren, und er vollendete ihn für sie.

»Ein wenig unpassend, wollten Sie sagen, Madame, nicht wahr? Sie haben gewiß recht, von Ihrem Standpunkt aus. Aber vielleicht werden Sie nachträglich Ihre Genehmigung erteilen, wenn Sie meinen Standpunkt kennengelernt haben.«

Er war ganz Herr der Situation, aber sie war es auch, Melanie, die graue Maus, die es nun verstand, mit Würde und Haltung die Rolle zu spielen, die ihr zugeteilt wurde.

»Wenn Sie gehört haben werden, Madame, warum ich diesmal gekommen bin. Und ich bin sehr dankbar für die Gelegenheit, erst mit Ihnen allein zu sprechen.«

Er machte eine kleine wirkungsvolle Pause, Melanie ein ernstes Gesicht. Sie tauschten einen bedeutungsvollen Blick, dann fuhr Jean-Claude fort: »Ich möchte Iris fragen, ob Sie meine Frau werden will. Aber zuvor möchte ich von Ihnen wissen, ob Sie einverstanden sind, daß ich diese Frage an Iris richte.«

Das spielte sich genauso ab, wie Melanie es sich erträumt hatte: ganz im Stil der guten alten Zeit. Dieser Comte war ein Mann von Welt und Format, er fragte zuerst sie – die Mutter. Und wenn er ihre Sympathie nicht schon besessen hätte, so wäre sie ihm gewiß in dieser Stunde zuteil geworden.

Sie benahm sich keineswegs ungeschickt, gebrauchte keine unnötigen Floskeln wie etwa: »Ach nein! Welche Überraschung!« oder »Das kommt aber sehr unerwartet.« Sie sagte ruhig und sehr bestimmt: »Ich kenne Sie wenig, Comte. Ich weiß so gut wie nichts über Sie und Ihr Leben und kann daher nicht beurteilen, ob Iris in dieses Leben hineinpassen würde. Es muß sehr schwierig sein. Ich meine, eine Heirat in ein fremdes Land und in ganz fremde Verhältnisse. Iris ist noch sehr jung und hat wenig Gelegenheit gehabt, die Welt und die Menschen kennenzulernen. Das kam daher, daß mein Mann so früh starb und ich immer allein war mit den Kinder und…«, nun überkam sie doch so etwas wie Rührung, ihre Stimme schwankte ein wenig, »nein, es wird schwierig sein für Iris. Und ich – ich kann ihr dabei nicht helfen.«

»Das wird dann meine Aufgabe sein. Ich kann ihr helfen. Sie kommt in eine fremde Welt, damit haben Sie recht. Aber da es meine Welt ist, und da ich Iris liebe, glauben Sie nicht, Madame, daß es mir gelingen wird, sie dort heimisch zu machen?«

»Und Ihre Familie? Weiß sie davon? Wird sie es akzeptieren?«

Jean-Claude war ehrlich genug, zuzugeben: »Nun, meine Familie – nicht alle ihre Mitglieder sind mit mir einverstanden. Ja – ich habe es ihnen gesagt. Ich hielt es für richtig, diese Seite der Angelegenheit zu klären, ehe ich mit Iris spreche. Sehen Sie, Madame, Sie stammen selbst aus konservativen Kreisen und können sich vielleicht in die Situation hineindenken. Meine Mutter ist eine außerordentlich konservative Frau mit sehr festgefügten und zweifellos auch etwas einseitigen Ansichten. Sie hat fast ihr ganzes Leben auf dem Land verbracht und sich nie viel aus Paris und der großen Welt gemacht. An ihr ist die moderne Zeit so gut wie vorübergegangen. Das sind Schwierigkeiten – ich gebe es zu. Sie wird zweifellos Iris mit einer gewissen Reserve entgegentreten.« Er lächelte. »Obwohl – mehr oder weniger tut das jede Mutter, wenn ein Sohn sich eigenmächtig eine Frau ausgesucht hat, n'est-ce pas? Natürlich wird jede Form gewahrt. Und Iris wird ja mit mir leben, und wir werden sicher meist in Paris sein. Mein Bruder dagegen hat nichts gegen meine Heirat einzuwenden, er ist ein moderner Mensch ohne Vorurteile.«

Hortense erwähnte man besser erst gar nicht.

»Und Isabelle, meine kleine Schwester, freut sich schon sehr auf Iris.«

In diesen Bahnen bewegte sich das Gespräch noch eine Weile, der Tee war ausgetrunken, es war mittlerweile draußen dunkel geworden.

Dann klingelte es, und Melanie sagte: »Das wird Iris sein.«

Darauf schwiegen sie und sahen sich an, keiner von ihnen rührte sich.

Iris hatte gerötete Wangen von der Kälte und machte »Puh!«, als Trudchen ihr die Haustür öffnete. »Ganz schön kalt heute.«

»Er ist wieder da«, flüsterte Trudchen aufgeregt.

Iris brauchte nicht zu fragen, von wem die Rede war. Sie streifte sich das Mützchen vom Kopf, zog den Mantel aus, den Trudchen aufhängte, die runden Augen auf das gnädige

Fräulein gerichtet, das vor dem Garderobenspiegel stand und sich mechanisch das Haar kämmte.

Sollte sie hinaufgehen und sich umziehen? Nein, das wäre albern. Sie trug einen Rock und den lavendelblauen Pullover, und nach Evelynes Meinung kleidete sie so etwas besser als ein Durchschnittskleid. Also ging sie ins Wohnzimmer.

Mama und Jean-Claude saßen ganz friedlich am Erkertisch und sahen ihr entgegen. Dann stand Jean-Claude auf, kam auf sie zu, küßte erst ihre Hand, und dann beugte er sich zu ihr und küßte sie auf die Wange. Bis jetzt hatte keiner ein Wort gesprochen. Iris wurde erst rot, dann blaß, warf einen raschen Blick zu ihrer Mutter hin.

»Überraschender Besuch«, sagte Iris, nur um etwas zu sagen, denn diese stumme Begrüßungsszene war verwirrend.

»Überraschend?« sagte er. »Hast du mich nicht erwartet?«

Seine Stimme! Und wie er sie ansah! Wie er einen ansehen konnte! Er nahm sie in Besitz mit diesem Blick, zog sie ganz zu sich heran, es bedurfte keiner Geste, keiner Umarmung. Sie kannte das schon. Und sie leistete keinen Widerstand.

Aber auch für Jean-Claude war es ein seltsamer Moment. Seit einer Stunde saß er hier und wartete auf sie. Wartete, daß sie ins Zimmer kam, daß er sie ansehen konnte und daß sie ihm bestätigen würde, was er fühlte und empfand. Und auch mit klarem Kopf gedacht hatte.

Ja. Es war eine Bestätigung. Sie war es. Sie meinte er. »Hast du mich denn wirklich nicht erwartet, Iris?« wiederholte er, und seine Stimme, sein schwebendes, ansteigendes ›Iriis‹ war wie eine Liebkosung.

»Doch«, sagte sie, »natürlich.«

Melanie stand auf. »Ich werde dir Tee machen«, sagte sie, »es ist ziemlich kalt draußen, nicht?«

Ihre Stimme klang so ganz anders als sonst, sehr sanft und sehr weich.

»Ja, es ist ziemlich kalt«, stimmte Iris zu.

Kaum war Melanie aus dem Zimmer, schloß Jean-Claude

sie in die Arme. »Mon amour«, sagte er zärtlich, »wie glücklich bin ich, dich wiederzusehen.« Er küßte sie ohne weitere Umstände mitten in Melanies Wohnzimmer, er tat es mit der größten Selbstverständlichkeit, und Iris wunderte sich nicht einmal darüber, sie schloß die Augen, überließ sich seinen Armen und seinem Kuß.

Jetzt merkte Iris, wie sehr sie ihn vermißt hatte. Wie man sich daran gewöhnen konnte, die Arme eines Mannes um sich zu spüren, seine Nähe, seinen Körper, wie wunderbar, wie unvergleichlich wunderbar das war. Er war ihr schon so vertraut, sein Mund, sein Atem, seine Hände, und einen kurzen Moment lang, einen kurzen seligen Augenblick lang, gab sie sich ganz hin, vergaß sie sich selbst, war nichts als eine Frau, die Liebe wollte.

Er spürte es. Seine Hände griffen sie fester, sein Körper antwortete.

Da löste sich Iris von ihm. »Mama kann jeden Augenblick hereinkommen.«

»Mama kocht Tee und wird nicht so rasch kommen. Nicht ehe du mir gesagt hast, ob du mich liebst.«

Das hatte er noch nie gefordert. Iris sah ihn an und schwieg und erkannte, daß alles anders war als bisher.

»Nun? Ist es so schwer, das zu sagen? Ich möchte es gern von dir hören.«

»Du weißt es doch«, murmelte sie.

»Sag es!«

Iris legte ihre Stirn an seine Wange und flüsterte: »Ja. Ich hab' dich lieb.«

»Wirst du mit mir kommen?«

»Wohin?«

»Zu mir. In mein Leben. Du mußt alles verlassen. Berlin. Dieses Haus, die Universität. Auch wenn du so eine fleißige Studentin bist, wie ich gehört habe. Und deine Mama und deinen Bruder. Alles wirst du verlassen und zu mir kommen. Natürlich wirst du alles gelegentlich wiedersehen. Aber leben wirst du mit mir.«

»Leben werde ich mit dir?«

»Ja, chérie. Ich denke, daß wir im Frühjahr heiraten können. Im April oder Mai. Länger möchte ich nun nicht mehr auf dich warten. Ich habe nie so lange auf eine Frau gewartet.«

»Heiraten?«

»Ja, heiraten, chérie. Du wirst dich wohl dazu entschließen müssen. Du bist selbst schuld. Du wolltest nicht freiwillig mit mir kommen, so ein bißchen zum Spaß. Nun mußt du es ganz im Ernst tun mit allen Konsequenzen. Und dann darfst du nie mehr von mir fort.«

In ihrem Gesicht war zunächst nur Schreck, keine Freude. Dann stieg ihr das Blut in die Wangen, und sie steckte den Finger in den Mund und biß auf ihren Knöchel.

In diesem Moment kam Melanie herein, Trudchen folgte ihr mit dem Tablett und blickte neugierig auf das Paar, das in der Mitte des Zimmers stand, der tolle Mann und das gnädige Fräulein, das sich in den Finger biß und aussah, als habe es der Blitz getroffen.

Jean-Claude trat einen Schritt zurück, blickte Melanie an und hob mit bekümmerter Miene die Schultern. »Ihre Tochter, Madame, macht ein sehr entsetztes Gesicht, wie Sie sehen. Ich fürchte, ich werde – ja – wie sagt man gleich? –, ich fürchte, sie wird mir einen Korb geben.«

Trudchen hätte beinahe das Tablett fallen lassen.

»Nimm den Finger aus dem Mund, Iris«, sagte Melanie. »Und stellen Sie das Tablett hin, Trude. Es ist gut. Sie können gehen.«

Das war hart. Trudchen stolperte fast über ihre eigenen Füße, während sie das Zimmer verließ und überlegte, ob sie das wohl richtig verstanden hatte.

»Mama!« sagte Iris – und es klang sehr kläglich.

Jean-Claude nahm einige Schritte Abstand, steckte die Hände in die Hosentaschen und betrachtete amüsiert die zukünftige Comtesse Saint-Mar de Chaumencey. Er hatte nie darüber nachgedacht, wie es sein würde, sich gewissermaßen zu verloben. Aber es zu erleben, lohnte sich auf jeden Fall. Immer hatte es ihm Spaß gemacht, eine Frau zu erobern, schnell und stürmisch oder raffiniert und umständlich, je nach Laune und dem Format und der Stimmung der

Dame, aber dies war ohne Zweifel ein besonderer Leckerbissen. Er würde wunderbare Dinge mit ihr erleben.

Melanie sah ihn an, sein lächelndes Gesicht, seine funkelnden Augen, seine spielerische Sicherheit, und fast tat ihr Iris leid. Sie würde kein ebenbürtiger Partner für diesen Mann sein. Aber schließlich, was verstand sie, Melanie, davon! Was verstand sie überhaupt von der Liebe und davon, was an der Seite eines solchen Mannes aus einer Frau werden konnte.

Wenn er doch nur kein Franzose wäre – das fremde Land, die fremde Familie, die fremde Sprache, es war wie eine unübersteigbare Mauer.

»Iris!« sagte sie, und ihre Stimme klang mitleidsvoll.

»Mama! Du hast das gewußt?«

»Der Comte war so liebenswürdig, mich zuvor über seine Absichten zu informieren«, sagte Melanie mit Würde und freute sich über die gelungene Formulierung.

Iris warf ihr einen verzweifelten Blick zu, Jean-Claude jedoch verbeugte sich leicht in Melanies Richtung und sagte: »Sie würden mir eine Ehre erweisen, Madame, wenn Sie mich Jean-Claude nennen würden. Auch wenn ich noch nicht weiß, wie Iris sich entscheiden wird.«

»Aber, ich«, sagte Iris und vermied es, ihn anzusehen, »ich kann das alles nicht.«

»Was kannst du nicht, chérie?«

Ja – was war es, was sie nicht konnte? Auf diese Frage wußte sie keine Antwort. Ihn lieben? Das tat sie ja bereits. Aber alles, was dazu kam. Jedes Mädchen sah in einem Mann, in den es sich verliebte, einen eventuellen Ehemann. Aber das war ihr bei ihm nie in den Sinn gekommen. Alles mögliche hatte sie sich vorgestellt, und zu allem möglichen war sie bereit gewesen, in ihren Träumen war es immer mehr geworden. Aber dies…

Da stand sie und war vollkommen ratlos.

Jean-Claude kam näher, ging um sie herum, trat dicht hinter sie und sagte: »Setz dich hin, chérie, und trink deinen Tee, bevor er kalt wird. Und währenddessen kannst du in Ruhe überlegen. Und wenn du meinst, daß ich nicht der

Richtige bin, dann mußt du es dem armen Jeannot sagen. Er wird sehr traurig sein. Und...«

Da wandte sie sich rasch zu ihm um, legte ihr Gesicht an seines, sie zitterte ein wenig, aber dann spürte sie seine Arme um sich und fing an glücklich zu werden.

Es war alles in allem eine sehr gelungene Vorstellung.

Jean-Claude war hochbefriedigt. Melanie machte ein gerührtes Gesicht. Sie begann sich mit dem Gedanken vertraut zu machen, daß ihre Tochter eine französische Comtesse werden würde. Sehr schade, daß der General das nicht mehr erleben konnte. Und erst Arnold – ihr Mann. Was hätte der wohl gesagt? Und endlich dachte sie – nein: wagte sie es, an ihren Sohn zu denken. Ein Gedanke, der schon eine Weile untergründig spürbar gewesen war.

Und das beeinträchtigte ihre Zufriedenheit mit dieser schönen Szene ein wenig.

Eine Weile später sprachen sie dann von Arne. Jean-Claude fing davon an.

»Wir sprachen vorhin von meiner Familie, Madame. Ihre Zustimmung habe ich gefunden. Aber Ihr Sohn? Was wird er sagen. Ich weiß, wie sehr Iris an ihrem Bruder hängt.«

Iris, die immer noch nicht recht begriff, was mit ihr geschah, blickte von einem zum anderen.

Sie hatte bereits an Arne gedacht. Und sie wußte, was Arne sagen würde. Der häßliche Streit war nicht vergessen.

»Arne«, sagte sie leise, ehe ihre Mutter antworten konnte, »Arne wird...« Sie blickte Jean-Claude an. »Er kennt dich ja gar nicht. Aber Arne wird es überhaupt nicht gern haben, wenn ich – heirate.«

Sie stockte vor dem Wort. Es war so ungeheuerlich. So schnell konnte man das nicht verarbeiten.

»Nun – er mußte damit rechnen, nicht wahr? Und ich hoffe, daß Arne und ich – daß wir Freunde werden können«, sagte Jean-Claude. Es klang höflich, aber ein wenig kühl. Er wollte Iris. Er wollte Iris für sich und seine Welt. Und er würde sie trennen von der Welt, in der sie bisher gelebt hatte, ganz und gar. Er war nicht der Mann, der teilte, auch nicht mit einem Bruder.

Iris schwieg. Der Gedanke an Arne bedrückte sie. Mußte sie ihn wirklich verlassen?

Alles mußt du verlassen und zu mir kommen, hatte Jean-Claude gesagt. Ein ganz anderes Leben würde es sein, ein Leben, von dem sie sich keine Vorstellung machen konnte.

Und was noch dazu gehörte, erfuhr sie kurz darauf. Ohne Umschweife, im sachlichen Ton teilte Jean-Claude ihnen mit, daß Iris natürlich zur katholischen Kirche übertreten müsse.

Das machte Melanie sprachlos. Und Iris bekam schon wieder ein entsetztes Gesicht. »Ich soll – ich soll katholisch werden?« Es klang ganz fassungslos.

»Ja, chérie, das geht nicht anders. Ein paar Konzessionen mußt du mir und meiner Familie machen. Es ist eine Formsache. Was mich betrifft – ich bin kein sehr frommer Mann, man findet mich selten in der Kirche. Aber ich denke, es ist üblich, daß eine Frau die Religion ihres Mannes annimmt. Und in dem Rahmen, in dem wir leben werden, gibt es keine andere Möglichkeit. Meine Mutter würde sich sonst einer Heirat sehr energisch widersetzen, sie ist eine fromme Frau.«

Er war geneigt, von den Kindern zu sprechen, die sie haben würden, aber er unterließ es. Er sah, wie verstört Iris war, man durfte es nicht noch mehr komplizieren.

»Aber das – das kann ich nicht«, sagte Iris verzweifelt.

»Da ist doch nichts dabei.« Jean-Claude war ganz sachlich, und man konnte merken, daß es über diesen Punkt keinerlei Verhandeln geben würde. Er sah Melanie an und sagte: »Ist der Protestantismus in Ihrer Familie so verwurzelt, Madame, daß darüber keinerlei Kompromiß möglich ist?«

Die klare Frage verlangte eine klare Antwort.

Melanie, nicht weniger ratlos als ihre Tochter, hob die Schultern. »Nun – nein, das würde ich nicht sagen. Aber das muß nun wirklich Iris entscheiden.«

Sehr fromm war man in diesem Hause nie gewesen. Die Kinder waren im entsprechenden Alter konfirmiert worden ohne besonderen Aufwand und ohne daß es ihnen besonderen Eindruck gemacht hätte. In die Kirche ging man selten.

Weihnachten eventuell. Auch an Ostern. Aber nicht immer und in den letzten Jahren so gut wie nie.

Doch jetzt erstmals regte sich in Iris Widerspruch.

»Ich will das nicht«, sagte sie.

»Warum, Iris?« fragte Jean-Claude ernst und ganz ohne seinen leichten Ton.

»Es kommt mir – ich weiß auch nicht, es kommt mir wie Verrat vor.«

»Verrat woran? An deiner Kirche? Bedeutet sie dir so viel?«

»Nein – das ist es nicht.«

»Was dann?«

Es ist schwer zu erklären. Und sie konnte es auch nicht erklären. Nicht Verrat an der protestantischen Kirche, die eine Institution war, an die sie nichts band. Aber Verrat an sich selbst. Sie sollte irgend etwas aufgeben. Sie sollte einen Preis zahlen. Sie sollte sich mit Haut und Haar ausliefern an eine unbekannte Welt. Man erwartete es von ihr.

Es war ernüchternd. Kein rosaroter Traum von Liebe und Küssen und Romantik. Es war eine sehr strenge Wirklichkeit, die sich sofort bemerkbar machte.

Jean-Claude schien zu verstehen, was sie dachte. Er nahm ihre Hand, und seine Stimme war wieder liebevoll, als er sagte: »Hör mir zu, Iris. Ich komme aus einer sehr alten und sehr festgefügten Familie. Nicht, daß ich mir darauf etwas einbilde, noch daß ich viel Gebrauch davon mache. Ich lebe an sich sehr frei und sehr ungebunden, und ich werde das auch weiterhin tun. Aber es gibt ein paar Spielregeln, an die ich mich halten muß. Und du mußt dich nicht in einen Trotz versteifen, der hier fehl am Platz ist. Ich sehe ein, daß im Moment sehr viel auf dich einstürmt, und wir werden heute abend nicht mehr darüber sprechen. Du wirst dich jetzt hübsch machen, und wir drei werden zum Essen in die Stadt fahren und eine gute Flasche Champagner trinken. Ich hoffe, Madame, Sie machen mir die Freude, mitzukommen. Ich bitte Sie darum.«

Melanie, die immer noch nicht ganz ihre Fassung wiedergefunden hatte, nickte stumm.

»Und du, Iris, sollst wissen, daß ich für dich da bin. Immer und überall. Und diese eine Bitte wirst du mir erfüllen. Es ist eine Formalität. Ich werde mich hier bei unserer Botschaft erkundigen, welche Kirche, welcher Priester in Frage kommt, wie wir vorgehen, ohne daß es dich unnötig belastet. Du bekommst ein paar Unterweisungen, und das ist alles. Du wirst es für mich tun, chérie. Diesen Wunsch erfüllst du mir, ja? Und ein ganzes Leben werde ich dann deine Wünsche erfüllen.«

Iris sah ihn an. Sie liebte ihn. Sie liebte ihn so sehr. Aber sie hatte Angst. Eine große unerklärliche Angst. Hatte es nicht begonnen wie ein Spiel? Warum wurde nun solch ein erschreckender Ernst daraus.

Das war ihre Verlobung im Januar des Jahres 1939.

Diese Verlobung war nur ein Kinderspiel gegen die Hochzeit.

Wenn immer behauptet wird, der Hochzeitstag sei der glücklichste Tag im Leben einer Frau, so kann ich zwar nicht für andere urteilen, aber soweit es mich betraf, war es der schlimmste Tag, den ich bis zu diesem Zeitpunkt erlebt hatte. Es war, schlicht gesagt, ein Alptraum.

Wir heirateten in Paris, nicht in Chaumencey. Jean-Claude hatte das so bestimmt, und mir war es egal. Er erklärte mir, warum Paris vorzuziehen sei, denn lieber hätte er zu Hause Hochzeit gemacht. Aber es wäre ein Fest von mehreren Tagen geworden, die ganze Gegend hätte daran teilgenommen, und das wollte er mir nicht zumuten. In Paris könne es schneller und unauffälliger vor sich gehen, mit weniger Gästen und weniger Aufwand.

Nun – mir war es Aufwand genug. Natürlich mußte es Notre-Dame sein, natürlich war es doch eine sehr zahlreiche Gesellschaft, die sich einfand. Bis heute weiß ich nicht, wieviel Leute es waren und wer sie alle waren; Verwandte, Bekannte, Offizielle.

Man sagt, eine Braut müsse schön und strahlend und glücklich sein. Ich war nichts davon. Ich glaube, ich war eine sehr blasse, sehr eingeschüchterte, sehr ängstliche Braut.

Die vielen Menschen, die ich nicht kannte. Und die ich nicht verstand. Das war das schlimmste.

Ich hatte fleißig Französisch gebüffelt im vergangenen Vierteljahr. In der Universität, zu Hause, ich hatte Konversationsstunden genommen. Und daneben war ich katholisch geworden, wie Jean-Claude es verlangt hatte.

Das war eigentlich verhältnismäßig reibungslos vor sich gegangen; der noch junge, sehr sympathische Priester, zu dem mich Lucienne, Antoines Frau, selbst hingebracht hatte, war sehr verständnisvoll und gar nicht dogmatisch gewesen. Er begriff, um was es ging, und daß man mir die Sache nicht unnötig schwer machen durfte. Er verlangte weder große Bekenntnisse noch allzuviel Wissen von mir, er sagte sogar einmal, und das war wirklich sehr großzügig und fortschrittlich gedacht: »Wir sind alle beide Christen, Iris. Und wir glauben an den gleichen Gott. Wir kennen ihn nicht, wir wissen nichts von ihm, und wir sollten uns auch gar kein bestimmtes Bild von ihm machen, denn dann würden wir uns selbst belügen. Der christliche Glaube ist nichts als ein großangelegter Versuch. Der Versuch, einen Weg zu beschreiten, der kein Ziel hat. Keines jedenfalls, das ein lebender Mensch je erreichen wird. Und der Glaube ist nichts als eine Hilfe, diesen Weg nicht zu verlieren. Er ist wie ein Stock, den man benützt, um sich das Laufen zu erleichtern. Das geht mir nicht anders als Ihnen. Zu sagen: Ich weiß! Das wäre eine große Dummheit und eine Lüge obendrein. Was wir sagen können, lautet: Ich hoffe. Ich glaube!«

Ich denke, das war für einen katholischen Priester damals sehr unkonventionell gesprochen. Und es erleichterte mir den ganzen Vorgang sehr. Ich erzählte Lucienne davon, die ich während der Zeit zwischen meiner Verlobung und Hochzeit sehr lieb gewann. Sie war sehr nett zu mir und half mir viel. Sie half mir bei der Auswahl meiner Garderobe, sie machte mich mit anderen Franzosen in Berlin bekannt, und sie sprach ausschließlich französisch mit mir, und nur, wenn sie merkte, daß es mich ermüdete, sprachen wir deutsch. Und sie sagte auch, daß sie absichtlich diesen jungen Pater ausgesucht habe, weil sie ihn und seine Art kannte.

Einmal sagte sie: »Ich weiß, das ist alles sehr schwer für Sie, Iris. Liebe ist schön, und wenn man jung ist, meint man, sie sei die Hauptsache. Aber eine Ehe besteht zum allerwenigsten aus der Art von Liebe, die man sich als Mädchen vorstellt. Sie bedeutet Verständnis, Einfühlung, Verzicht – gerade für eine Frau. Und bei Ihnen kommt erschwerend hinzu, daß Sie in ein fremdes Land heiraten. Ich lebe ja selbst in einem fremden Land, es ist schon das zweite, es ist oft schwer, sich zurechtzufinden, gerecht zu sein und nicht immer nur an gewohnten Maßstäben zu messen. Sie werden dazu noch einen Mann haben, der einem anderen Volk angehört.« Und dann lächelte sie und fügte hinzu: »Aber da es Jean-Claude ist, glaube ich, daß Sie es nie bereuen werden.«

Leider war gerade sie, die mir bei dieser Gelegenheit hätte helfen können, bei meiner Hochzeit nicht anwesend. Sie hatte wenige Tage zuvor ihr erstes Kind geboren.

Der alte weißhaarige Priester, der die Trauung vornahm, sah nicht so verständnisvoll aus wie der in Berlin. Ich hatte den Eindruck, er blicke mich drohend an, und ich hatte die ganze Zeit Angst, etwas falsch zu machen, denn natürlich waren mir die Gebräuche der katholischen Kirche noch immer sehr fremd.

Dann kam der Empfang im Palais, dessen riesige Räume, dessen kostbare Pracht mich bedrückten. Und all die fremden Leute, die mich ansahen, zu mir sprachen; es war furchtbar, aber ich verstand sie nicht. Mein ganzes schönes Französisch war wie weggeblasen. Es war etwas anderes, sich zu zweit gegenüberzusitzen, sich zu unterhalten, langsam und deutlich, und auch einmal fragen zu können, wenn man etwas nicht verstand. Aber hier redeten sie alle auf einmal, sie redeten schnell, und sie redeten durcheinander, sie hätten genausogut Chinesisch reden können. Ich war so angestrengt und so verloren, daß ich einfach nicht folgen konnte.

Und dazu die hoheitsvolle und abweisende Miene der Comtesse, die ich zuvor nur einmal gesehen hatte und die wie eine strenge Göttin aussah in ihrem hochgeschlossenen schwarzen Kleid.

Hortense, Jean-Claudes Schwester, würdigte mich kaum eines Blickes, und ihr Mann, ein großer magerer Herr mit gelblichem Gesicht, vermied es, in meine Nähe zu kommen. Sie konnten mich nicht leiden, das war offensichtlich. Ihre Kinder, ein Junge von vierzehn und ein Mädchen von siebzehn, machten es selbstverständlich den Eltern nach.

Ich will nicht ungerecht sein. Madame-Mère war nicht unfreundlich, sie sprach mich an, sie sah mich an, aber sie war unerreichbar. Und alle anderen Leute bemühten sich, nett zu sein. Wenn ich sie nur verstanden hätte! Wenn ich nur unbeschwert mit ihnen hätte reden können! So blieb es meist bei einem »Oui, merci. Comment? Ah oui, merci bien« – ungefähr damit erschöpfte sich mein Vokabular an diesem Tag. Sie müssen den Eindruck gewonnen haben, daß Jean-Claude mit Blindheit geschlagen war, eine Frau zu heiraten, die weder schön noch strahlend, noch charmant war und nicht mehr als fünf Worte reden konnte.

Jean-Claude selber war reizend zu mir. Er begriff alles ganz genau, er wich kaum von meiner Seite, er hielt meine Hand, ich fühlte seine Schulter an meiner, er half mir, wo es ging, nahm mir die Antwort ab, und dazwischen sprach er immer wieder deutsch mit mir, damit ich mir nicht so ganz ausgestoßen vorkäme.

Und noch zwei andere Menschen halfen mir: Jean-Claudes Bruder Charles und ein junger, sehr schlanker kleiner Mann, dunkel, mit scharfen Zügen, ganz von der Art, wie man sich einen intellektuellen Franzosen vorstellte. Er hieß Raymond, und ich begriff soviel, daß er Schriftsteller sei und irgendwie mit Jean-Claude verwandt.

Einmal nahm er mich beiseite, als wir vor dem Essen in der Empfangshalle des Palais herumstanden, Champagnergläser in den Händen, und Jean-Claude gerade von einem gewichtig aussehenden älteren Herrn mit Beschlag belegt wurde.

»Venez vite« sagte dieser Raymond zu mir und nahm mich einfach bei der Hand und zog mich beiseite hinter eine dicke Säule. »Da kommt die Marquise Maintenon gerade auf Sie zugesegelt, das möchte ich Ihnen ersparen. Sie heißt gar nicht Maintenon, sie heißt irgendwie anders, aber ich nenne sie immer so. Genauso stelle ich mir die Maintenon vor. Sie muß eine Schreckschraube gewesen sein, Ludwigs letzte.«

Und da er merkte, daß ich nicht alles verstanden hatte, wiederholte er die ganze Ansprache noch einmal, langsam und deutlich sprechend, fragte immer wieder dazwischen »Compris?«, bis ich wirklich alles verstanden hatte. Und mit ihm konnte ich mich dann auch leidlich unterhalten.

Ich sagte sogar zu ihm: »Sie müssen nicht glauben, daß ich immer so dumm bin, wie ich heute wirke. Aber es ist wirklich alles sehr schwierig.«

»Heiraten muß schrecklich sein«, gab er zu. »Ich habe vor, es nie zu tun. Und daß dies alles für Sie hier schwierig ist, glaube ich gern«, er machte eine weite Bewegung in den Raum hinaus, »schrecklich, schrecklich, all diese Leute. Denken Sie, ich komme sonst mit so etwas zusammen? Ich verstehe Jean-Claude nicht, daß er Ihnen das zumutet. Konntet ihr nicht still und friedlich irgendwo in der Provinz heiraten? Oder am besten in der Schweiz?«

»Er hätte es gern getan. Aber er sagte, es würde seine Mutter verärgern, und er könne nicht alle Verwandten und Bekannten vor den Kopf stoßen, und es müsse eben sein.«

Ich brachte das einigermaßen flüssig und verständlich heraus, Raymond nickte, meinte: »Kann sein, daß er recht hat. Und einen Familiendünkel hat er ja auch, der gute Jean-Claude, auch wenn er es nicht zugibt. Sie werden es schon noch merken, das kommt mit der Zeit heraus. Na, lassen Sie, bald ist es vorbei. Trinken Sie doch endlich Ihr Glas aus, Sie müssen ein wenig Farbe bekommen, pauvre petite, Sie sind ganz blaß. Nun trinken Sie schon, ich holen Ihnen gleich ein anderes Glas.«

Ich trank also ziemlich rasch den Champagner aus, er tat mir gut, und dann trank ich ein zweites Glas und wurde ein wenig benebelt, was kein Wunder war bei all der Aufregung und Anspannung.

Und Kummer hatte ich auch an diesem Tag, der der schönste meines Lebens sein sollte. Arne war nicht dabei.

Es sollte nicht wie ein Affront wirken, er hatte vorgegeben, er sei unabkömmlich, und vielleicht stimmte es auch. Er war in Prag, das wir kurz zuvor besetzt hatten. Die ganze Tschechoslowakei war nun von Deutschland kassiert, und auch das trug nicht dazu bei, die Stimmung meiner neuen Landsleute gegen mich freundlicher zu machen. Denn nachgerade fürchtete man Deutschland sehr, das bekam ich zu hören und zu spüren in nächster Zeit, auch Jean-Claude hatte es bereits ausgesprochen.

Aber sicherlich hätte Arne Urlaub bekommen können, wenn er ernsthaft gewollt hätte. Wie nicht anders zu erwarten, stand er meiner Heirat sehr ablehnend gegenüber. Wir hatten nicht mehr gestritten, aber seinen Blick, seinen enttäuschten, tief verletzten Blick, als er es erfuhr, vergesse ich nie. Ich wußte, was ich ihm antat. Ich verließ ihn und verriet ihn, so sah er es. Ich verließ und verriet auch mein Vaterland, und das konnte er mir nicht verzeihen.

Einmal war er mit Jean-Claude zusammengetroffen, ich hatte es gewollt und arrangiert. Es war sehr schwer gewesen, denn auch Jean-Claude war zurückhaltend; er kam bis zu unsrer Hochzeit nur dreimal und nur für sehr kurze Zeit nach Berlin. Wir hatten kaum Gelegenheit, miteinander zu sprechen, und ich kann sagen, daß er mir, statt vertrauter, wieder fremd geworden war. Damals in Baden-Baden und auch bei seinem ersten Besuch in Berlin war er mir näher gewesen als in den Wochen, die meiner Hochzeit vorangingen. Ein seltsamer Zustand.

Einige Male war ich nahe daran zu fragen: Muß ich denn eigentlich? Ich will gar nicht.

Ich ging noch auf die Universität, ich wollte wenigstens ein Semester abschließen, das war wenig genug, es machte mir so viel Spaß, und es tat mir leid, daß ich das alles aufgeben sollte.

Ja also, das Zusammentreffen zwischen Jean-Claude und Arne. Es fand an einem Abend Ende Februar statt, und es war für alle Teile quälend. Jean-Claude war sehr liebenswürdig, er versuchte, es Arne leichtzumachen, aber mein Bruder war steif und abweisend, und das wirkte sich schließlich auf Jean-Claudes Haltung aus.

Als ich in meinem Bett lag, weinte ich. Ich weinte stundenlang. Ich fühlte, daß ich etwas verlor, und ich wußte noch nicht, was ich gewann und ob ich etwas gewinnen würde. Ich war im Niemandsland – damals schon.

Ich sprach noch einmal mit Arne allein, einige Tage später, aber er war nun auch zu mir so kalt und fast feindselig. Ich sei ein Deserteur, sagte er, eine Frau ohne Charakter, die auf den ersten besten geschickten Charmeur hereinfalle. Das hätte er von mir nicht erwartet. Ich wurde nicht zornig, ich stritt nicht, ich war nur sehr unglücklich.

An diesem schrecklichen Hochzeitstag nun war er nicht dabei – Prag oder nicht Prag, was kümmert mich Prag, es war eine Demonstration. Ich verließ ihn, und er zeigte mir, daß er mich nun auch verlassen hatte. Keiner konnte begreifen, was es für mich bedeutete. Es war eine Wunde, die auch die Liebe, die auch das Glück einer Ehe, falls es ein Glück werden sollte, niemals heilen konnte. Niemals.

Mama war da, und sicher war der Tag für sie genauso eine Qual wie für mich. Ich hatte dafür gesorgt, daß sie ein elegantes Kleid bekam, ich hatte alles getan, sie herauszustaffieren, aber natürlich war sie völlig isoliert, zumal sie kaum französisch sprach – nur die paar Reste, die ihr aus der Schulzeit geblieben waren. Eine große Hilfe war für sie der Baron von Freuendorf, Onkel Ludwig, der mitgekommen war, obwohl es ihm gesundheitlich nicht besonders gut ging. Er war reichlich überrascht gewesen zu erleben, was sich da aus der Begegnung in seinem Hause entwickelt hatte. Und einige Male während dieses Tages lag sein Blick auf mir, forschend, zweifelnd, und ich konnte mir ungefähr denken, was er sich dachte. Ich kam kaum dazu, mit ihm zu sprechen; jedenfalls kümmerte er sich um Mama, blieb an ihrer Seite, dolmetschte für sie und erleichterte es ihr, den Tag zu überstehen.

Ich kann mir kaum vorstellen, daß jemand glücklicher gewesen sein könnte als Mama, nachdem sie wieder in ihrem

Hotelzimmer angelangt war, und noch glücklicher wird sie gewesen sein, als sie am nächsten Tag den Zug nach Berlin besteigen konnte. Onkel Ludwig schrieb mir kurz darauf, er hätte mit ihr noch nach Versailles fahren und ihr mehr von Paris zeigen wollen, aber sie sei dafür nicht zu haben gewesen. Sie wolle nach Hause und das möglichst gleich, habe sie gesagt, und so sei man also gereist.

Jean-Claude fand mich und Raymond nach einer Weile hinter unserer Säule und fragte: »Was macht ihr hier?«

»Ich flirte mit deiner Frau, mon vieux. Sie ist sehr reizend, wenn auch etwas gelangweilt und angestrengt von diesem Unternehmen. Ich hoffe, ihr werdet eines Tages in Paris leben; du wirst dann viel zu tun haben, und ich kann mich deiner Frau widmen. Auf diese Zeit freue ich mich.«

Jean-Claude lachte und sagte, das könne er sich gut vorstellen, aber Iris sei anders, als er es von Frauen gewöhnt sei, und da werde er sich wohl eine Abfuhr holen.

»Anders?« sagte Raymond. »Frauen sind alle gleich, wenigstens in diesem Punkt. Schau dir ihren Mund an und die Art, wie sie den Kopf wendet – da steckt alles drin, und wenn du es bis jetzt nicht entdeckt hast, dann werde ich es tun.«

»Ich verbiete dir, meiner Frau auf den Mund zu sehen. Und was es zu entdecken gibt, entdecke ich selbst und behalte es für mich.«

In dieser Art plänkelten sie noch ein bißchen weiter; es ging sehr schnell, ich verstand nur die Hälfte, aber es war trotzdem eine Entspannung, und ich sagte: »Ich möchte noch ein Glas Champagner.«

»Jetzt gehen wir essen, chérie«, sagte Jean-Claude, »trink nicht so viel, es macht dich unnötig müde.«

Darauf lachte Raymond und sagte irgend etwas, es muß frech gewesen sein, denn Jean-Claude runzelte die Stirn und gab ihm eine scharfe Antwort. Raymond zog eine Grimasse und kniff eine Auge zu, als er mich anlächelte, und ich lächelte zurück.

Ich glaube, es war das erste Mal an diesem Tage, daß ich lächelte, und ich war mir bereits darüber klar, daß ich Raymond gut leiden mochte. Daß er mir ein Freund sein könnte. Dieses Gefühl täuschte mich nicht. Er war in den bitteren Jahren, die folgten, der einzige wirkliche Freund, den ich in Frankreich besaß.

Dann kam also das Essen, es dauerte lange, und es gab unendlich viele Gänge. Aber ich habe vergessen, was es war, und ich habe es auch an diesem Tag nicht ganz mitbekommen, denn ich aß kaum etwas. Ich war zu nervös und zu angespannt, zu essen. Ich hatte das Gefühl, mein Magen sei zusammengeschrumpft und unfähig, etwas aufzunehmen. Also stocherte ich auf meinem Teller herum; jeder Bissen, den ich in den Mund schob, verursachte mir Übelkeit. Dafür trank ich ziemlich viel. Von diesem und jenem Wein, alles schwere und gute Weine, und noch heute wundert es mich, daß ich nicht betrunken wurde.

Mir gegenüber saß Charles, mein neuer Schwager. Charles, der ältere Comte Saint-Mar de Chaumencey. Der Blick seiner grauen Augen war freundlich und ein wenig mitleidig. Ja – er hatte als einziger der Familie graue Augen. Alle anderen hatten diese sehr dunklen, fast schwarzen Augen. Bis auf Isabelle, die hellbraune hatte.

Charles sprach mit mir, sehr ruhig, sehr gelassen, er sprach langsam, und ich verstand ihn und brachte es auch fertig, ein paar vernünftige Antworten zusammenzubringen. So lange jedenfalls, bis die Kopfschmerzen mich überfielen. Rasende Kopfschmerzen, wie ich sie noch nie hatte. Sicher kam es von der Aufregung und der Verkrampfung, in der ich mich befand, und sicher auch von dem vielen Wein. Ich bemerkte, daß meine Hand zitterte, und Jean-Claude merkte es auch, er legte seine Hand auf meine und flüsterte mir zu:

»Es ist bald vorbei, chérie. Dann verschwinden wir. Aber tu mir den Gefallen und iß etwas. Du hast so gut wie nichts gegessen.«

Bliebe noch Isabelle zu erwähnen, die auch nett und freundlich gewesen war, aber die viel zu gut unterhalten wurde, der man den Hof machte, die ihr erstes langes Kleid genoß und natürlich kaum Zeit fand, sich mit dieser faden Braut aus Deutschland zu beschäftigen.

Endlich war das Essen vorbei. Die Gäste verteilten sich in die verschiedenen Räume, es war bereits hoher Nachmittag, es wurde Mokka serviert, aber ich blieb zurück, ich konnte kaum noch den Kopf bewegen, so weh tat er mir und so erschöpft war ich.

Jean-Claude kam und brachte mir eine Tasse mit dem schwarzen Gebräu, das mir nicht schmeckte. Er sagte: »So, nun ist es genug. War es sehr schlimm?«

Ich schüttelte den Kopf und hätte am liebsten ein bißchen geweint, und er sah es mir wohl an.

Er sagte: »Du gehst jetzt hinauf und ziehst dich um, ich komme dann auch gleich. Wir gehen über die Hintertreppe und fahren weg.«

Es war eine Erleichterung, einen Moment ganz allein zu sein. Ich sah mich in dem fremden großen Zimmer um, in dem meine Sachen waren, meine Koffer waren gepackt, und auf dem Sofa lag mein Kostüm, ein sehr elegantes fahlgrünes Gabardinekostüm; ich war so stolz gewesen, als es mir von einem der besten Berliner Schneider angemessen worden war. Aber jetzt zog ich es achtlos an, genauso achtlos, wie ich das lange weiße Kleid aus Seide und Tüll abstreifte und einfach liegen ließ, wohin es gefallen war.

Mein Hochzeitskleid. Wie sorgfältig ausgesucht, wie bewundert, wie bestaunt – vorbei! Ich würde es nie mehr anziehen. Nach einer Weile kam Jean-Claude mit Mama; er sagte, er sei gleich umgezogen, und dann würde er mich holen.

»Du rauchst ja, Iris«, sagte Mama, als sie mich da sitzen sah, schon in Rock und Bluse, eine Zigarette zwischen den Fingern. »Seit wann rauchst du denn?«

»Seit heute. Nein, schon seit einigen Tagen. Es beruhigt mich.«

»So.« Sie sagte nichts weiter, sie verstand wohl, daß es für mich schwer gewesen war.

»Ja, nun ist es ja vorbei. Ich gehe dann auch gleich. Der Baron sagt auch, er sei müde und das Herz täte ihm weh. Wir gehen ins Hotel und legen uns hin. Morgen fahre ich nach Hause. Gott sei Dank.«

»Arme Mama!«

Wir blickten uns in die Augen, und es war einer der seltenen Momente, in denen ich sie liebte. Sie sagte nach einer Weile: »Ich werde jetzt sehr allein sein.«

Ich lächelte, stand auf, beugte mich über sie und küßte sie auf die Wange.

»Ach wo. Ich komme dich oft besuchen. Immer werde ich nicht so blöd sein, wie ich heute gewirkt habe. Ich werde schon sagen, wenn ich nach Berlin fahren möchte. Denkst du, ich will immer nur französisch sprechen? Ich möchte auch wieder mal deutsch reden. Und du hast Arne, er wird ja bald von Prag zurückkommen, und wenn ich nicht da bin, kommt er sicher öfter zu dir. Und der liebe Finsterwald! Ein Glück, daß du den hast.«

Und dann zählte ich noch ein paar Bekannte auf. Sie lächelte und bemühte sich, tapfer zu sein.

Aber dann hatte sie doch die Augen voller Tränen, als wir uns von ihr verabschiedeten, Jean-Claude und ich, und ich mußte auch weinen, als ich sie umarmte und küßte. Der Diener, der meine Koffer holte, sah uns neugierig und ein wenig geringschätzig an.

Jean-Claude küßte Mama auf die Wange und sagte: »Nun, nun, keine Tränen. Wir werden Sie bald besuchen, Maman. Oder noch besser, besuchen Sie uns in Chaumencey, im Sommer oder noch besser zur Weinlese, da ist es nicht mehr so heiß und da ist es bei uns sehr lustig.«

An der Tür wandte ich mich noch einmal um. Da stand sie in ihrem feinen seidenen Kleid, schmal und ganz verlassen, und es war das letzte Mal, daß ich sie sah vor dem Jahr 1945.

Denn bis die Weinlese begann, war Krieg zwischen Deutschland und Frankreich.

Bis die Weinlese begann, waren aus einer Grenze, über die man hin- und herreisen konnte, Westwall und Maginotlinie geworden.

Ich hatte keine Ahnung, was Jean-Claude vorhatte und wohin wir eigentlich fuhren, als ich endlich neben ihm im Auto saß. Von einer Hochzeitsreise war eigentlich nie die Rede gewesen, wir hatten uns ja kaum gesehen in letzter Zeit, und er hatte nur gesagt, wir würden wegfahren, sobald die Zeremonie vorüber sei.

Es war mir gleichgültig, ich hoffte nur, es würde keine lange Reise sein. Mein Kopf schmerzte immer noch, mir war ein wenig übel, ich war müde, und der Mann, der neben mir saß und der nun mein Mann war, war der fremdeste Mensch auf der Welt.

Ich wagte nicht, an das zu denken, was nun kommen würde. Denn ob man es für möglich hält oder nicht, ich war eines der wenigen Mädchen meiner Zeit, das als Jungfrau in die Ehe ging. Kaum zu glauben, daß es so etwas noch gab. Ich finde, es ist eine barbarische Sitte, und es ist gut, daß das inzwischen ausgestorben ist. Ich meine, daß ein Mädchen nach all der Aufregung einer Hochzeit auch noch der ersten Begegnung mit der Liebe ausgesetzt wird.

Als wir aus der Stadt heraus waren, blickte mich Jean-Claude einmal kurz von der Seite an.

»Nun, Iris, so schweigsam?«

Ich seufzte nur, und er lachte. »Es war ein böser Tag, ich weiß. Aber du hast dich tapfer gehalten. Man hat mir viele Komplimente über dich gemacht.«

»Es ist nett, daß du das sagst. Aber ich glaube es nicht. Ich muß schrecklich ausgesehen haben.«

»Durchaus nicht. Sehr scheu hast du ausgesehen und sehr jung. Geradezu rührend. Sie ist noch ein halbes Kind, hat Onkel Claude zu mir gesagt. Du bist viel zu alt für sie. Wie findest du das? Bin ich dir zu alt?«

»Nein, ich glaube nicht. Ich mache mir nichts aus grünen Jungen.« Ich war nun ein wenig entspannt, sah ihn an und lächelte.

Er legte die Hand auf mein Knie. »Das erleichtert mich sehr. Heute habe ich wirklich befürchtet, du machst dir nichts mehr aus mir – du hast mich kaum angesehen.«

»Ach, Jean-Claude, ich mußte doch so aufpassen. All diese fremden Leute. Und ich konnte nicht mit ihnen reden. Immer hatte ich das Gefühl, sie halten mich für eine Idiotin. Außerdem habe ich schreckliche Kopfschmerzen.«

»Du hast zu viel getrunken. Und kaum gegessen. Nun, jetzt wirst du bald deine Ruhe haben.«

»Wohin fahren wir eigentlich?«

»Nicht sehr weit. Ich habe heute auch keine Lust zu einer längeren Tour. Wir fahren nur bis Sens, da bist du bereits auf burgundischen Boden, und da sollst du sein in der ersten Nacht mit mir. Das wünschte ich mir.«

Ich schluckte stillschweigend die erste Nacht hinunter, und mir war ziemlich zweierlei zumute.

»Dort gibt es ein sehr hübsches Hotel und ein ausgezeichnetes Restaurant. Wir werden gut zu Abend speisen...«

»Schon wieder essen!«

»Aber du hast ja kaum etwas gegessen, chérie. Nur eine Kleinigkeit, wir werden etwas Leichtes finden, und dann kannst du bald schlafen gehen. Morgen werden wir dann überlegen, was wir tun, wir bummeln durchs Land, vielleicht fahren wir nach Lothringen hinein oder ins Elsaß bis Straßburg. Oder ein bißchen in die Schweiz, ganz nach Lust und Laune. Ab jetzt kannst du befehlen.«

Dann erzählte er noch etwas über Sens, die alte Bischofsstadt, die eine sehr berühmte Kathedrale habe, und als wir in die Stadt einfuhren, sah ich die Kathedrale in der Abenddämmerung. Aber sie interessierte mich nicht im geringsten. Ich wußte, daß es in Frankreich Kathedralen über Kathedralen gab und daß sie alle berühmt waren, und sicherlich würde ich sie mit der Zeit zu sehen bekommen und würde sie entsprechend bewundern. Das war ich Pinder schuldig. Aber nicht heute.

Ich konnte kaum noch die Augen offenhalten, die Kopfschmerzen waren unerträglich.

Es dunkelte schon, als wir vor dem Hotel vorfuhren. Es war ein hübscher Bau, sehr einladend im Landhausstil hergerichtet, aber ich nahm das alles kaum wahr. Und dann fand ich mich in einem Zimmer wieder, einem schönen großen Raum mit seidenbespannten Wänden, sparsam möbliert, doch alles, was ich sah, war das riesige breite Bett, das in der Mitte des Zimmers stand.

Ein Bett. Nur eines! Und darin sollte ich mit dem Mann

schlafen, den ich zwar heute geheiratet hatte, den ich aber kaum kannte? Das konnte niemand von mir verlangen!

Am Kopfende war die schmale Rolle, auf der Franzosen unerklärlicherweise schlafen können, und Jean-Claude deutete meinen fassungslosen Blick wohl in dieser Richtung, denn er sagte:

»Du bekommst ein Kissen. Ich werde sofort für dich Kissen bestellen.«

Man brachte das Gepäck; Jean-Claude war im Hotel sehr aufmerksam begrüßt worden, man kannte ihn wohl, in unserem Zimmer standen Blumen, und vielleicht wußten sie sogar, daß wir auf der Hochzeitsreise waren. Und ich fand das blödsinnig und wäre am liebsten weggelaufen.

»Was machen denn die Kopfschmerzen?« fragte Jean-Claude liebevoll.

Ich verdrehte die Augen und machte ein übertrieben leidendes Gesicht. »Furchtbar! Kaum auszuhalten.«

»Weißt du was, chérie? Du ziehst dich aus und legst dich eine halbe Stunde hin. Und ich gehe und besorge dir ein paar Tabletten, ja?«

Er zog mir die Kostümjacke von den Schultern, knöpfte mir die Bluse auf, aber dann schob ich seine Hände weg.

Ich bemerkte, daß er mich ansah, aber ich vermied seinen Blick und murmelte:

»Danke, ich kann schon.«

Ich öffnete meinen Koffer, nahm den Morgenrock heraus und ging ins Badezimmer. Dort zog ich mich aus und stellte mich einen Augenblick unter die Dusche; dabei starrte ich gebannt auf die Tür, und noch immer hatte ich nur einen Wunsch: auf und davon zu gehen.

Als ich ins Zimmer zurückkam, hatte man gerade die Kissen gebracht, und er war dabei, ein großes weißes Tuch, eine Art riesiges Badetuch, über das Bett zu breiten. – Wozu denn das?

Er sah meinen befremdeten Blick und sagte. »Darauf wirst du weicher liegen, chérie.«

Die Bettdecke war einladend zurückgeschlagen, das Bett war verlockend, aber ich...

»Nun komm«, sagte er und wollte mir den Morgenrock abnehmen, doch ich hielt ihn fest.

Er lachte, nahm mich in die Arme und küßte mich.

»Ist es so furchtbar, chérie, mit Jeannot hier zu sein? Du mußt doch keine Angst haben. Leg dich hin, ich gehe jetzt und hole dir Tabletten. Dann wird dir gleich besser sein.«

Er ging und ließ mich allein, und das war bestimmt sehr anständig von ihm.

Ich kam mir bei alldem so dumm und so albern vor, ich benahm mich wie ein kleines Mädchen. Ich liebte ihn doch. Und ich war hundertmal in meinen Träumen mit ihm sonstwohin gefahren und hatte mir die tollsten Dinge ausgemalt, und jetzt war ich rechtmäßig verheiratet und benahm mich, als wolle mir einer ans Leben.

Ich schleuderte wütend den Morgenrock auf einen Sessel, dachte flüchtig an mein Nachthemd im Koffer. Aber wozu braucht man ein Nachthemd, wenn man sich bloß eine halbe Stunde hinlegt? Also kroch ich elend und beschämt ins Bett, zog die Decke hoch und machte die Augen zu.

Wie konnte ein Mensch bloß auf die Idee kommen, zu heiraten!

Als Iris erwachte, wußte sie verständlicherweise im ersten Moment nicht, wo sie sich befand. Sie streckte sich, es war so schön warm, und sie lag weich und angenehm, es war fast dunkel – nur ein leichter Dämmerschein im Raum. Und dann besann sie sich.

Sie hatte heute geheiratet, aber das lag hinter ihr, und sie waren nach – wohin gleich? –, ach ja, nach Sens gefahren, und offenbar hatte sie geschlafen. Wie lange? Die Kopfschmerzen waren weg, und sie fühlte sich leicht und frei.

Aber wo war Jean-Claude? Sie drehte den Kopf. Da saß er in einem schwarzen seidenen Morgenrock in der Ecke des Sofas, er hielt ein Buch in der Hand, neben ihm brannte eine kleine Tischlampe.

Er sah sie an und lächelte.

»Nun? Ausgeschlafen?«

»Ich bin eingeschlafen«, murmelte sie verwundert.

»Ja. Und ich denke, daß es dir gutgetan hat. Was machen die Kopfschmerzen?«

»Sie sind weg. Entschuldige bitte. Habe ich lange geschlafen?«

»Drei Stunden.«

»Nein!« Sie richtete sich hastig auf. »Nicht möglich.«

Er stand auf und kam, setzte sich auf den Bettrand. Sie legte sich zurück, zog die Decke hoch und blickte ihn erschrocken an.

»Oh, Jean-Claude! Das tut mit leid. Warum hast du mich nicht geweckt? Wie spät ist es denn?«

»Fast elf Uhr.«

»Und du wolltest zum Essen gehen!«

»Ich war nicht hungrig. Und ich habe uns für alle Fälle etwas heraufbringen lassen, falls du Hunger haben würdest.« Er wies auf einen kleinen Tisch, den man dort aufgebaut hatte, sie sah einen Sektkühler, aus dem ein Flaschenhals ragte, und daneben eine Flasche Vichy und ein paar Platten und Teller. »Ein bißchen Hummer und etwas Schinken und Käse. Und Obst. Möchtest du etwas?«

»Wenn ich ein Glas von dem Wasser haben könnte?«

»Das war zu erwarten«, sagte er lächelnd, ging, goß ihr ein Glas von dem Mineralwasser ein und brachte es ihr.

»Bist du sehr böse?«

»Warum sollte ich böse sein, chérie?«

»Weil ich mich so blöd benehme.«

»Du benimmst dich nicht blöd. Du bist bezaubernd. Und ich liebe dich.«

Iris blickte zu ihm auf, dann legte sie ihre Hand an seine Wange. Sie hatte keine Angst mehr. Und es war schön, mit ihm hier zu sein, in dem stillen dämmrigen Raum, sie war mit ihm allein, er war ihr Mann. Und sie liebte ihn auch.

»Was ist das?« fragte sie. »Es hört sich an, als regnete es.«

»Ja. Es regnet.«

Es war ein sanftes gleichmäßiges Geräusch, beruhigend und friedlich, und sie sagte: »Schön.«

»Was? Daß es regnet?«

»Ja. Draußen regnet es. Hier nicht.«

»Nein. Hier nicht.«

Er beugte sich über sie und küßte sie. Sie legte beide Arme um seinen Hals und schloß die Augen.

Sie öffnete sie auch nicht, als er sich zu ihr legte. Zum erstenmal spürte sie seinen nackten Körper an ihrem nackten Körper, es war ein wundervolles Gefühl, auch wenn ihr Herz nun wieder klopfte.

All das war seltsam und beängstigend, aber sie hatte wirklich keine Angst mehr, und eigentlich war es doch schön, daß es heute geschah und nicht an einem anderen Tag.

Jean-Claude übereilte nichts. Er ließ ihr Zeit, er ließ sich Zeit. Sie sollte nicht erschrecken und sie sollte eine beglükkende Erinnerung behalten an diesen Tag. Das hatte er sich vorgenommen in den Stunden, als er neben ihr auf dem Sofa gesessen und auf ihr Erwachen gewartet hatte. Zuerst war es nur sein Mund und dann seine Hände und ganz zuletzt erst er selbst. Sie verspürte kaum einen Schmerz, aber bereits Glück.

Glück beim ersten Mal zu erleben, geschah selten einer Frau. Das konnte sie nicht wissen.

Aber was sie wußte von dieser Nacht an: Sie liebte ihn. Und sie würde nie einen anderen Mann lieben können. Was immer Liebe sein mochte und welche Formen sie haben konnte und was man darunter verstand – für sie waren er und die Liebe eins.

Sie war eine glückliche Frau, als sie in seinen Armen einschlief, spät in der Nacht, und es war ganz selbstverständlich, bei ihm und mit ihm zu schlafen, in einem Bett, in einem großen breiten Bett, das in einem fremden Land stand, das ihre Heimat sein würde. Weil es seine Heimat war.

Einer meiner Getreuesten ist der Studienrat Pranner. Er besucht jede Ausstellung, sieht sich alles sehr ausführlich und sachverständig an, und dann will er mit mir darüber reden. Manchmal tun wir das in den Ausstellungsräumen, einige Male waren wir auch schon oben in der Wohnung. Wenn ihm die Kollektion gefällt oder sonstwie interessant oder belehrend erscheint, kommt er noch einmal mit seinen Schülern. Er ist Zeichenlehrer an einer Oberschule. Natürlich malt er selber auch und gar nicht schlecht. Einmal haben wir Sachen von ihm ausgestellt, und die hiesige Presse hat sehr freundlich darüber geurteilt – er kennt den zuständigen Redakteur –, doch es ist eine Gemeinheit, wenn ich das sage, denn die Bilder waren wirklich hübsch.

Er kommt auch diesmal, wir gehen zusammen hinauf, ich lasse ihn eine Weile allein, aber nicht zu lange, denn es beunruhigt mich, daß Sebastian sich auch oben herumtreibt. Sicher kann er es sich nicht verkneifen, ein paar dreckige Bemerkungen zu der Ausstellung zu machen. Er hat das schon ein paarmal gemacht, wenn Besucher da waren, und da keiner weiß, wer er ist, sind die Leute natürlich befremdet.

Einmal habe ich ihn dann vorgestellt, und da ist er sofort verschwunden. Hinterher war er beleidigt.

»Sie müssen nicht sagen, wer ich bin. Ist doch viel schöner; ich kann die Leute ärgern und kann alles madig machen, was da hängt, wenn sie nicht wissen, wer ich bin.«

»Sie können Ihre eigenen Bilder soviel madig machen, wie Sie wollen, Sie Ungeheuer. Aber nicht wenn sie bei mir hängen. Und auch nicht die Bilder Ihrer Kollegen.«

»Die Schnulzen von der Ziege.«

Er hat Helga Köhler inzwischen kennengelernt, sie kam noch einmal angereist. Die beiden haben sich benommen wie zwei Katzen, die sich anfauchen.

Ich gehe also nach einer kleinen Weile hinauf, der Studienrat ist erst beim fünften Bild angelangt, er macht das immer sehr gründlich. Ein paar andere Besucher sind auch noch da, und mein lieber Sebastian sitzt auf einem Fensterbrett mit einem Skizzenblock in der Hand und zeichnet. Wahrscheinlich Karikaturen von den Leuten, die hier durchgehen. Das kann er gut. Ich habe ihm schon vorgeschlagen, ob er nicht Karikaturist werden möchte, damit könnte er viel Geld verdienen.

»Geld interessiert mich nicht«, war die Antwort.

Ich schaue nicht hin zu ihm, jedenfalls nicht richtig, aber ich merke, daß er den Studienrat aufs Korn genommen hat und ihn zeichnet. Er tut das sehr unauffällig, der Betroffene merkt es nicht.

Wie ich bei ihm vorbeikomme, streckt er mir mit einem Grinsen den Skizzenblock hin. Wie ich vermutet habe. Der Studienrat – wie er mit gesammelter Miene, prüfenden Blikkes, die Stirn gerunzelt, da vor den Bildern steht. Ich werfe Sebastian einen drohenden Blick zu, dann geselle ich mich zu dem Studienrat, der sofort über die Bilder zu reden anfängt. Mit erhobener Stimme und zweifellos mit Sachkenntnis. Aber ebenso zweifellos mit einer gewissen Wichtigtuerei.

Ich lege ihm die Hand auf den Arm und spitze warnend die Lippen. Die anderen Besucher sollen sich ihr eigenes Urteil bilden und nicht etwas erzählt bekommen, was sie gar nicht hören wollen.

»Verzeihen Sie, gnädige Frau«, sagt er schuldbewußt. »Sie wissen ja, ich kann's nicht lassen. Da bricht immer wieder der Schulmeister bei mir durch.«

Ich lächle ihn freundlich an, er redet weiter, in etwas gedämpfterem Ton.

Sebastian hopst vom Fensterbrett herunter, stellt sich hinter uns, macht eine beflissene Schülermiene und hört zu. Der Studienrat ist zufrieden, wenigstens etwas Publikum zu haben.

Unglücklicherweise sind wir gerade bei dem Bild mit der Hand angekommen.

»Interessant, interessant«, sagt er und legt den Kopf schief. Und dann beginnt er das Bild zu analysieren.

Ich brauche Sebastian nicht anzusehen, um zu wissen, daß er grinst. Und dann kommt es auch schon.

»Das ist schlechthin Kitsch«, sagt er wegwerfend.

Der Studienrat dreht sich zu ihm um, betrachtet ihn strafend wie einen unbotmäßigen Schüler und meint: »Aber junger Mann, so pauschal und oberflächlich darf man nicht urteilen. Was ist Kitsch? Sehen Sie…« Und darauf folgt ein längerer Vortrag über Kitsch, den sich Sebastian ergeben anhört, und nachdem der Studienrat in Windeseile die Jahrhunderte der Malerei durchtrabt hat, sagt Sebastian: »Sie sind 'n ganz kluger Mensch, sind Sie. Jedenfalls reden Sie mächtig klug. Aber so was kann täuschen. Sehen Sie, wenn ich mir den Schinken hier ansehe, bloß so ansehe eben, dann ist das doch 'ne klare Sache: Kitsch.«

Der Studienrat scheint nun ernstlich erzürnt, aber ehe er zu einer längeren Replik ansetzen kann, sagte ich:

»Lassen Sie sich mit diesem Kindskopf auf keine Diskussion ein. Das ist Sebastian Conz. Er hat dieses Bild gemalt. Und wenn er der Meinung ist, es sei Kitsch, dann wird es wohl stimmen. Er muß es schließlich wissen.«

»Oh«, sagt der Studienrat. »Herr Conz! Wie interessant! Sehr erfreut. Pranner. Studienrat Pranner. Ein wenig bin ich auch ein Künstler, wissen Sie, und ich…« … und so weiter und so weiter, und es wäre eine herrliche Gelegenheit für Sebastian, so richtig unverschämt zu werden, da geschieht etwas Überraschendes.

Ein junges Mädchen, ein schmales dunkelhaariges Ding, das ebenfalls hier die Runde macht – sie ist, wie ich bemerkte, heute schon zum zweitenmal da –, war in unserer Nähe und hat gehört, was ich sagte. Sie kommt heran, zückt die Drucksache, die unsere Besucher bekommen – kleine Einführung, ein paar Daten über die ausstellenden Künstler –, strahlt den Sebastian an und sagt ganz aufgeregt:

»Sie sind Sebastian Conz? Wirklich? Oh, bitte, geben Sie mir ein Autogramm. Ich finde Ihre Sachen wunderbar. Ich habe lange nichts gesehen, was mir so gut gefallen hat.« Und dabei sieht sie ihn an mit großen leuchtenden Augen, sie ist wirklich sehr niedlich, und das bringt nun den guten Sebastian aus der Fassung. Ein Autogramm hat er wohl noch nie gegeben.

»Na los«, sage ich, »schreiben Sie halt Ihren Namen auf den Prospekt. Für den Fall, daß Sie schreiben können.«

Jetzt lächelt er die Kleine an wie ein ganz normaler junger Mann – aber er sagt: »Sie sind sehr hübsch. Aber Sie haben einen schlechten Geschmack.«

Daraus entwickelt sich eine Debatte zwischen den dreien, dem Studienrat, dem jungen Mädchen, die, wie sich herausstellt, Gebrauchsgraphikerin ist, und dem jungen Künstler.

Und da die Debatte in einigermaßen zivilisierten Bahnen verläuft, verlasse ich die Gruppe nach einer Weile und gehe wieder hinunter ins Geschäft, wo an diesem Tag gut zu tun ist. »Na?« fragt Ludmilla, die genau weiß, warum ich hinaufgegangen bin.

»Sie reden.«

»Der Sebastian und der Studienrat?«

»Mhm.«

Ludmilla kichert. »Na, das möchte ich hören.«

»Da eine hübsche junge Dame auch noch dabei ist, benimmt sich Sebastian einigermaßen menschlich.«

»Eine junge Dame?«

»Eine hübsche junge Dame«, betonte ich.

»Eine Freundin von Herrn Conz?«

»Möglich. Ich weiß es nicht.«

Ludmilla ist eifersüchtig. Bis jetzt war sie es auf mich. Denn natürlich ist ihr nicht verborgen geblieben, daß das Verhältnis zwischen mir und Sebastian ein wenig ungewöhnlich ist. Für ihren Geschmack zu offenherzig. Oder auch zu herzlich. Sie kann nicht übersehen, daß er mich verehrt. Quatsch, verehrt! Dieser Ausdruck ist im Zusammenhang mit Sebastian vollkommen unangebracht. Zumal er selber bei jeder passenden und unpassenden Gelegenheit laut verkündet: »Ich liebe Sie, Iris.« Manchmal sagt er auch: »Ich liebe dich, Iris.«

Ich überhöre es oder sage: »Wie nett von Ihnen.«

Ludmilla ist sehr hellhörig. Und sie läßt keine Gelegenheit vorübergehen, mir irgendeine Liebenswürdigkeit hinzureiben. »Ist noch ziemlich jung, der Herr Conz, nicht? Könnte glatt Ihr Sohn sein.«

»Könnte er notfalls.«

So in der Art etwa. Und es ärgert sie auch, daß er mich malt. Er malt mich gewissermaßen, wo er geht und steht. Bis jetzt sind es flüchtige Skizzen, aber er redet viel davon, wie er mich malen wird. Und was er alles in meinem Gesicht entdeckt hat. Das ärgert Ludmilla sehr. Zumal er von ihr bis jetzt nur eine Karikatur gemacht hat, und die war wirklich sehr unfreundlich, das muß ich zugeben.

Vorgestern mußte ich mit ihm in den Kurpark gehen. Er hat da einen Baum entdeckt. Der Baum steht mitten auf einer Wiese und ist noch kahl, er ist sehr groß und mächtig, und sein leeres Geäst streckt sich in die Höhe und die Tiefe und die Breite. Er ist ein Anblick, dieser Baum. Wenn man ihn einmal so ansieht, wie ein Malerauge ihn sieht.

Ich mußte mich unter den Baum stellen, und Sebastian malte eine ganze Stunde versunken an mir und dem Baum herum, bis ich ganz steif war und kalte Füße hatte, denn der Boden ist immer noch feucht. Der Frühling kommt in diesem Jahr nur zögernd.

Heute vormittag hat er mir gezeigt, was er inzwischen daraus gemacht hat. Mir stockte fast der Atem. Er hat ein Aquarell gemacht in ganz zarten hingetupften Farben. Das graue kahle Geäst des Baumes, fast zum Gitter stilisiert, ein blauer Himmel dahinter und davor mein Gesicht, nicht in der Proportion, sondern groß, viel zu groß im Verhältnis zu dem Baum. Mein Gesicht, jünger, als es heute ist, sehr stumm, sehr verschlossen, hochmütig und kalt.

»Iris in ihrem Käfig«, sagte er dazu.

Ich weiß nicht, wann er das eigentlich macht. Die meiste Zeit hängt er hier herum, im Laden oder oben in der Galerie, und wie gesagt, ich muß immer Angst haben, wenn Leute kommen, daß er Unsinn schwatzt. Unten im Laden macht er so ziemlich alles mies, was wir da haben. Und nur meine sehr ernsthafte Drohung, daß ich ihn endgültig hinauswerfe, wenn er seinen Mund nicht wenigstens hält, wenn Kunden da sind, bringt ihn dazu, seine Kommentare zu unterdrükken.

Manchmal sitzt er oben in meiner Wohnung, ich habe ihm da eine Ecke eingerichtet, wo er arbeiten kann, dann ist er wieder lange unterwegs, streift durch die Stadt oder durch die Umgegend, und es ist erstaunlich, was er alles in wenigen Tagen entdeckt hat. Er kennt die Stadt besser als ich.

Ganz verzweifelt war er, als ich ihm heute morgen sagte, daß ich für drei Tage nach München fahre.

»Dann komme ich mit. Ich kann ohne dich nicht leben.«

»Du kannst sehr gut. Und ich kann dich in München nicht brauchen.«

Es liegen ein paar Angebote vor, ich muß mir verschiedenes ansehen, auch einen jungen Maler besuchen, der eventuelle für eine Ausstellung in Frage käme, und mir seine Sachen ansehen.

»Was soll ich denn hier machen ohne dich?«

»Was du sonst auch machst. Du könntest Ludmilla ein bißchen helfen, wenn ich nicht da bin. Da du sowieso hier herumwimmelst, kannst du dich auch nützlich machen.«

»Soll ich vielleicht euren Kitsch mit verkaufen?«

»Warum denn nicht? Schließlich sorge ich für dich wie eine Mutter für ihren Sohn.«

»Du sorgst für mich wie eine Frau für den Mann sorgt, den sie liebt.«

»Du hast nicht alle Tassen im Schrank, mein Lieber.«

»Darf ich wirklich nicht mitkommen?«

»Nein.«

»Du bist grausam, Königin. Ich werde dich so grausam malen, wie du bist. Man wird deine Brust offen sehen, und da, wo ein Herz sein sollte, wird ein kalter grauer Stein sein.«

»Sehr hübsch. Das machst du. Am besten, du fängst gleich an.«

Er entzündete sich an diesem Gedanken. »Auf der einen Seite ein schöner rosiger Busen und auf der anderen Seite ein

Loch und darin ein kalter Stein. Und darüber dein hochmütiges lächelndes Gesicht. Das male ich.«

»Tu, was du nicht lassen kannst.«

Geäst hinter meinem Kopf, das ein Käfig ist. Ein Stein in meiner Brust, wo das Herz sein soll. Er kennt mich schon ganz gut, dieser malende Lümmel.

Nach München fahre ich immer gern. Nicht wegen München selbst, das nicht mehr ist, was es früher war; es hat viel von seinem Charme und seiner besonderen Note verloren. Es ist zu laut, zu hektisch, zu menschenreich geworden, es teilt das Schicksal aller Städte heute; es hat sein Gesicht verloren. Zunächst ist es das Auto gewesen, das die Städte krank und häßlich machte, dann kam der hinter dem Auto herjagende, sich überschlagende Straßenbau, der jeder Stadt die Persönlichkeit nimmt. Bis jetzt hat man sich in München nicht entscheiden können, die innere Stadt autofrei zu machen. Das hätte vielleicht noch etwas gerettet.

Ich bin früher, in den fünfziger Jahren, einige Male mit Konrad Winkler in München gewesen, der sich gut in der Stadt auskannte, er hatte dort studiert. Er zeigte mir Schwabing und hübsche heimelige kleine Kneipen, in denen nette Leute verkehrten. Heute ist Schwabing ein billiges Amüsierviertel geworden mit schlechtem Publikum. Ich weiß nicht, ob es die Welt von morgen ist – dann erscheint mir das Dasein in der Welt von morgen nicht sehr lebenswert.

Ich fahre gern nach München, weil ich dort den einzigen Freund treffe, den ich noch habe, den einzigen wirklichen Freund. Und gleichzeitig den einzigen Menschen, der alles über mein Leben weiß. Dr. Alexis, Onkel Ludwigs Hausgenosse aus Baden-Baden.

Allerdings wohnt er nicht in München, er hat ein kleines Sanatorium im Isartal, wo er jetzt hauptberuflich das betreibt, was damals sein Steckenpferd war: die Gerontologie oder, wie die Behandlung in diesem Fall heute heißt, die Geriatrie. Die Behandlung der Krankheit, die Alter heißt. Das Sanatorium ist sehr teuer und sehr exklusiv, es kommen reiche und berühmte Leute dahin, die sich spritzen lassen und nach einer bestimmten Therapie behandelt werden, damit sie nicht altern. Das beste Aushängeschild für das Sanatorium ist Dr. Alexis selbst. Er ist inzwischen ein alter Herr, aber er sieht immer noch blendend aus, und man würde ihm kaum mehr geben als sechzig, höchstens fünfundsechzig. Er ist ungebrochen in seiner Vitalität, sein scharfer Geist ist unvermindert. Ich war auch einmal vierzehn Tage zur Behandlung dort – als Gast, nicht als zahlender Patient.

»Ich habe dir versprochen, Iris, daß du nicht alt wirst, und das halte ich. Komm jedes Jahr, und du wirst dein Leben noch einmal neu beginnen können.«

Ich habe gelacht und gefragt: »Wozu?«

Die Behandlung seinerzeit hat mir gutgetan. Ich kann es nicht leugnen.

Dr. Alexis hat sich einen jungen Kollegen herangezogen, der mit ihm zusammenarbeitet und später das Sanatorium weiterführen wird.

»Denn sterben will ich eines Tages«, sagt Dr. Alexis. »Wer will schon ewig leben? Man sollte nur so lange leben, wie einem das Leben Spaß macht. Und eine wirklich fortschrittliche Welt wird dem Menschen die Möglichkeit geben, sein Leben zu beenden, wenn der Becher leer ist. Die Pille gegen unerwünschten Nachwuchs? Sehr gut! Ein wahrer Fortschritt. Aber die Pille für einen leichten Tod – die fehlt uns noch. Erst das wird die Menschen frei machen. Denn die wirkliche Freiheit besteht darin, zu entscheiden, ob man leben will. Man wird nicht gefragt, wenn man das Leben erhält, ob man es haben wollte. Aber man sollte die Freiheit haben, es wegzulegen, wenn man es nicht länger behalten will.«

Manchmal treffen wir uns in der Stadt. Wir essen dann meist zusammen bei Schwarzwälder, einem Lokal, das er liebt und ich auch, weil es noch den Stil und die Kultur früherer Zeit bewahrt hat. Manchmal fahre ich zu ihm hinaus.

Diesmal auch. Wie immer tut es mir gut, mit ihm zu sprechen. Bei ihm brauche ich keine Maske zu tragen. Er weiß alles von mir. Er weiß auch, daß da, wo mein Herz sein sollte, kein Stein ist. Aber ein Loch – eine leere Stelle.

Ich erzähle ihm von Philipp, von unserem Gespräch und daß er nun seit mehr als zwei Wochen fort ist. Er hat sofort eine Erklärung dafür. »Warum machst du dir Sorgen, Iris? Er ist in Frankreich.«

Er spricht aus, was ich auch denke.

»Aber was um Himmels willen tut er da? Und er hat kein Geld. Es ist unmöglich, daß er sich so lange in Frankreich aufhalten kann, es ist ein teures Pflaster dort.«

»Aber ich bitte dich, für einen jungen Menschen heutzutage ist das doch kein Problem. Es gibt Jugendherbergen, es gibt so viele Möglichkeiten, er wird andere Studenten treffen, sie helfen einander. War er schon einmal in Frankreich?«

»Nein. Nie. Und er spricht nicht einmal gut französisch. Nur so das Notwendigste. Und was macht er dort?«

»Iris! Mach nicht so ein verzweifeltes Gesicht. Das ist doch klar, was er dort macht. Du hast ihm alles erzählt! Du wolltest das nicht, aber nun hast du's doch getan. Was macht er also? Er geht den Spuren seiner Herkunft nach. Er will mehr über seinen Vater wissen. Das ist doch ganz verständlich.«

»Das ist doch Unsinn. Er weiß doch alles, was er wissen wollte. Und mehr gibt es nicht zu wissen.«

»Er will es mit eigenen Augen sehen. Ich begreife das.«

»Du begreifst immer alles«, sage ich erbost, worauf er lacht.

»Ich bemühe mich jedenfalls. Ich verstehe ja auch dich.«

Die Familie Saint-Mar de Chaumencey – ich habe mich immer angestrengt bemüht, möglichst nicht an sie zu denken. Für meine Träume kann ich nichts. Aber tagsüber will ich nicht an sie denken. Wer mag von ihnen noch am Leben sein? Charles? Er war ein kranker Mensch. Madame-Mère? Sie müßte heute Mitte achtzig sein. Sie war aus hartem Holz, aus dauerhaftem Holz – das mal bestimmt.

Philipp kann nicht einfach zu ihnen gehen und sagen: Hier bin ich.

Sie haben ihn nicht anerkannt. Sie glaubten mir nicht, daß Jean-Claude der Vater sei, sie wollten es nicht glauben. Sie haben mich der Lüge, des Ehebruchs und des Verrats beschuldigt. Philipp ist in Deutschland geboren.

Aber wenn sie ihn sehen? Wenn sie ihn heute sehen, dann würden sie sofort erkennen, daß er Jean-Claudes Sohn ist. Die Ähnlichkeit ist unverkennbar.

Aber er ist mein Sohn. Er gehört mir und nicht ihnen. Ich will mit ihnen nichts mehr zu tun haben.

»Er ist ohne mein Wissen dorthin gefahren«, sage ich. »Ich hätte es ihm nie erlaubt.«

»Mach dich nicht lächerlich, Iris. Er ist erwachsen. Du hast ihm nichts mehr zu erlauben.«

Als ich nach Hause komme, ist ein kleiner Brief von Philipp da. Aus Frankreich. Aus Avignon.

Er ist nicht in Paris, nicht in Burgund, er ist in der Provence. Jetzt verstehe ich gar nichts mehr.

Er schreibt ganz unbefangen.

»Geliebte Iritschka, ich bin hier ein bißchen durch das Land meiner Väter getrampt. Gefällt mir ganz gut. Und langsam verstehe ich sogar manches, was die Leute sagen.

Ich habe einen Kumpel gefunden, er studiert in Paris, der hat mich durch die Lande geschleust und dafür gesorgt, daß man mich nicht für einen Trappisten hielt. Er heißt Gérard und ist wirklich nett. Hättest Du was dagegen, wenn er uns besucht? Ich habe gesagt, er könnte bei uns mal Ferien machen oder so. Ich muß mich doch revanchieren. Hier ist schon richtig Frühling, schön warm. Ich hoffe, daß ich noch im Mittelmeer baden kann, ehe ich heimkehre. Bist Du böse auf mich, weil ich so klammheimlich fort bin? Bitte nicht.«

Ich bin maßlos erleichtert. Er ist durch das Land seiner Väter getrampt. Ganz im unbeschwerten Stil der heutigen Jugend, und einen Kumpel hat er auch gefunden, genau wie Dr. Alexis es vermutet hat. Kein Wort von der Familie. Es war offenbar wirklich so eine spontane Regung bei ihm, er wollte da mal hin, und daß er meist ausführt, was er will, weiß ich ohnedies.

Keine Adresse. Ich hätte ihm doch Geld überweisen können.

»Du leuchtest, Königin«, sagt Sebastian. »Du siehst richtig glücklich aus. Mir ist es nicht gelungen, dich glücklich zu machen, du läßt mich nicht. Und jetzt bist du glücklich, weil der Junior geschrieben hat. Komisch, als Mutter kommst du mir ganz verfremdet vor.«

Er weiß, daß ich einen Sohn habe. Sonst weiß er nichts. Über Philipp habe ich nie mit ihm gesprochen.

Aber während meiner Abwesenheit hat ihn Ludmilla offenbar so weit aufgeklärt, wie sie informiert ist. Erstens, Ludmilla hat ein Schandmaul, und zweitens hat Sebastian so eine hinterhältige Art, die Leute auszuhorchen. Jedenfalls die, die sich aushorchen lassen. Er wird nun alles über mein Leben der vergangenen Jahre wissen – soweit Ludmilla davon weiß. Das ist nicht viel. Er wird über Philipp wissen, was Ludmilla weiß – das ist ein wenig mehr.

Sebastian malt ein neues Bild von mir. Diesmal muß ich ihm sogar sitzen, obwohl ich erkläre, dafür keine Zeit zu haben. Die nächste Ausstellung – die mit den Plakaten – wird vorbereitet. Heino hat eine Menge herangeschafft, er kommt selber mehrmals von Frankfurt herüber und ist erstaunt, Sebastian immer noch vorzufinden als so eine Art Hausgenosse.

»Willst du den eigentlich adoptieren, Iris?« fragt er einmal.

Es ist mir ein wenig peinlich, zumal sich Sebastian so benimmt, als ob er zur Familie gehört. In seiner selbstverständlich unverschämten Art, die zweifellos auch etwas Unwiderstehliches hat.

Einmal, ich muß wieder still sitzen, im besten Licht, während ich eigentlich eine Menge Arbeit zu erledigen hätte, frage ich ihn: »Mußt du nicht wieder mal nach Hause fahren?«

»Nach Hause? Wo ist denn das?«

»Das weiß ich nicht. Zuletzt war es im Schwarzwald.«

»Ach da, ja. Du sollst lächeln, Königin. Mach nicht so ein strenges Gesicht. Diesmal male ich dich lächelnd. Mit deinem kleinen überlegenen, ein wenig spöttischen und gleichzeitig unschuldigen Lächeln. Das Bild wird so berühmt werden wie die Mona Lisa. In hundert Jahren wird es im Louvre hängen.«

»Ich kann nicht pausenlos lächeln.«

»Nicht pausenlos. Manchmal. Aber wenn du nicht lächelst, mußt du entspannt und wohlwollend sein. So wie deine Gefühle mir gegenüber nun mal sind. Willst du mich loswerden, Königin?«

»So gelegentlich wieder mal.«

»Wegen dem Herrn Sohn, nicht wahr?«

»Auch.«

»Darf ich nicht wenigstens die neue Ausstellung noch mit einrichten? Wenn du doch soviel Arbeit hast...«

»Du malst, und ich sitze hier.«

»Eben. Dann wird es doppelt soviel Arbeit. Du brauchst mich einfach. Wenn die Plakate hängen, verschwinde ich. Aber ich komme zurück. Ich muß noch viele Bilder von dir machen. So ein Modell wie dich finde ich nicht wieder.«

Ich weiß nicht, wie viele Bilder es schon sind. Er arbeitet sehr schnell. Es seien alles nur Skizzen, sagt er. Ausführen wird er sie später.

Während ich in München war, hat er noch ein Aquarell gemacht. Ein Stück rosa Mauer, ein paar dicke grüne Zweige hängen in das Bild, und darauf sitzen lauter Vögel. Und mein Kopf, ganz jung, das Haar lang und blond bis auf die Schultern hängend.

Es hat mich verblüfft. Heute trage ich das Haar kurz.

»Das bist du in deinem Burgunder Schloß. Und das sind die Vögel von Burgund.«

»Ich habe das Haar damals wirklich so getragen«, sage ich erstaunt.

»Das wußte ich. Ich kenne dich doch. Ich kenne dich ganz genau. Ich weiß, wie du zu jeder Zeit deines Lebens ausgesehen hast. Soll ich ein Kinderbild von dir machen?«

Das ist der Moment, wo ich nahe daran bin, ihm von Arne zu erzählen. Zu keinem Menschen spreche ich von Arne. Aber jetzt hätte ich beinahe gesagt: »Du kannst zwei Kinder malen: einen Jungen und ein Mädchen. Und sie sind einander ganz ähnlich. Als sie Kinder waren, waren sie wie ein Kind.«

Seltsam, daß ich diesem Sebastian gerade jetzt begegnet bin. Auch wenn er sich manchmal unmöglich aufführt, kann ich ihm nicht böse sein. Er lenkt mich ab, er bringt es fertig, daß ich auch an anderes denke, nicht nur an das, was mich traurig macht. Und dann kann ich nicht anders: Ich muß sein Talent bewundern. Er ist wirklich ein Künstler. Wo er geht und steht, sieht er. Auch das, was nicht zu sehen ist. Er kann es weit bringen. Man kann das heute nicht wissen. Der Markt ist so verlogen.

Ich habe ihm ein paar Adressen genannt, ich bin bereit, ihn zu empfehlen. Er winkt immer nur lässig ab.

»Eilt ja nicht. Kommt alles schon. Die werden mir noch nachlaufen.«

Wir haben zwei Bilder von ihm verkauft, ich habe ihm Vorschuß gegeben, er bezahlt jetzt seine Rechnung in der Pension selbst. Die erste Zeit habe ich bezahlt. Jetzt bringt er mir Geschenke mit; was er sieht und was ihm gefällt, kauft er für mich.

»Spar dir dein Geld. Du wirst es brauchen.«

»Ich brauche kein Geld. Geld ist für Spießbürger.«

»Geld verschafft dir Freiheit.«

»Ich bin frei.«

Auf dem Bild vor der rosa Schloßmauer habe ich langes offenes Haar, meine Schultern sind nackt, und ein Zweig, ein langer grüner Zweig, auf dem die Vögel sitzen, hängt über meine Schulter, wirft ein wenig Schatten in mein Gesicht und auf meine nackte Schulter. Ich sehe sehr jung aus, gelöst, fast kindlich. Und glücklich. Meine Augen sind tiefblau.

»So hast du ausgesehen, als du verliebt und glücklich warst.«

»Es könnte sein.«

Mein Sommer in Burgund. Jung. Glücklich und ausgefüllt mit Liebe.

Es muß ein Traum gewesen sein. Kein Mensch auf dieser Erde kann je so glücklich sein.

Ist es Wirklichkeit gewesen? Habe ich es erlebt?

Tausend Bilder könntest du malen, Sebastian. Tausend Bilder einer glücklichen, liebenden jungen Frau. Bilder vor der Schloßmauer, vor dem ganzen Schloß, denn ich könnte dir genau erzählen, wie das Schloß ausgesehen hat, Bilder voller Vögel, Bilder voller Bäume und Blumen und voller grüner Büsche, Bilder von Weinhängen und Wäldern. Bilder mit Pferden, mit Hunden – aber kein Bild mit einem Mann. Ich besitze kein Bild von Jean-Claude. Ich kann dir nicht beschreiben, wie er ausgesehen hat. Ich will es nicht. Ich kann es nicht.

Es ist nicht wahr gewesen. Es war ein Traum.

Wir waren nur knapp vierzehn Tage unterwegs auf unserer sogenannten Hochzeitsreise. Jean-Claude war voller Ungeduld, mich in sein Schloß zu bringen, mich in seine Welt zu führen. Wir fuhren von Sens aus wirklich nach Lothringen, dann ins Elsaß, ich sah Straßburg, Colmar, und dann steuerten wir durch die Burgunder Pforte in das Land der Verheißung. Denn das war es langsam für mich geworden.

Diese Hochzeitsreise war gleichzeitig eine Studienreise in Geschichte und Kunstgeschichte. Jean-Claude besaß gute Kenntnisse über sein Land; wenn sie auch oft nur oberflächlich waren, wußte er doch das Wesentliche, und was er nicht wußte, las er mir aus Büchern vor, oder er fand einen kundigen Führer. Manchmal hatte er auch Bekannte oder Freunde: In Straßburg war es ein junger Kunsthistoriker, der uns die Stadt zeigte, mit uns über die Route du vin fuhr und einen ganzen Tag mit uns durch Colmar streifte. Es war ermüdend, auch für Jean-Claude, er sagte einmal lachend: »Ein Glück, daß ich dich geheiratet habe, bébé. Auf diese Weise bekomme ich wenigstens etwas zu sehen und lerne etwas dazu.«

Mein Pensum war bei weitem anstrengender, denn ich lernte nicht nur Städte, Kathedralen, Schlösser, Geschichte, französische Lebensart und französische Küche kennen, ich lernte auch im Fach Liebe.

Einen besseren Lehrmeister als Jean-Claude konnte es kaum geben. Nur schade, daß diese Reise so anstrengend war. Es war einfach zuviel für mich, all die neuen Eindrücke, die fremden Menschen, das Bemühen, mich in meiner neuen Landessprache zu verständigen; und ich bemühte mich wirklich – ich redete darauflos, und es befriedigte mich sehr, wenn ein Ober oder Hotelportier nicht verständnisvoll ins Deutsche wechselte, sondern französisch mit mir sprach und mich verstand. Ich wollte, wenn ich nach Chaumencey kam, mit meiner neuen Familie sprechen können und nicht wie ein stummer Gast durch die Gegend wandeln und mich blamieren.

Ich machte Fortschritte. Jean-Claude lobte mich ausführlich, und es amüsierte ihn, wenn ich versuchte, auch ein einigermaßen intelligentes Gespräch zu führen, so mit seinem Freund aus Straßburg, der seinerseits nur zu bereit war, mit mir deutsch zu sprechen, denn er beherrschte es perfekt.

Meine Fortschritte als Ehefrau oder besser gesagt als Geliebte waren sicher nur mäßig. Ich war manchmal so müde, daß mir die Augen schon zufielen, wenn ich mich auszog. Oder wenn Jean-Claude mich auszog, was er gern tat.

»Chérie, siehst du Jeannot noch?«

»Natürlich.«

»Ich glaube nicht. Du schläfst schon halb.«

Er hob mich hoch, trug mich ins Bett, und ich schlief wirklich schon halb, während er mich küßte.

Er war nicht böse, nahm mich in die Arme und flüsterte: »Schlaf, mon petit bébé. Kleine Kinder brauchen viel Schlaf. Wir haben noch viel Zeit für die Liebe.«

Und dann ließen wir Kathedralen Kathedralen sein und blieben fünf Tage in einem verzauberten kleinen Ort im Elsaß, abseits von der großen Straße. Wir wohnten in einem altmodischen Hotel, das auf einem Hügel lag; ringsherum war alles grün, und es blühte, die Luft war weich. Hier holte ich den Schlaf der letzten Wochen nach.

Ich sagte: »Das ist ein herrliches Land.«

»Ja«, antwortete Jean-Claude ernst, »ein herrliches Land mit blutgetränktem Boden. Ein Grenzland. Einmal war es die Mitte eines Reiches. Wenn es das nur geblieben wäre! Wenn Charlemagnes großer Plan sich verwirklicht hätte, wenn er Nachkommen gehabt hätte, die sein Werk fortgeführt hätten, dann sähe Europa heute anders aus.

Drüben der Schwarzwald, hier die Vogesen und dazwischen der Rhein. Die Menschen sind hier nicht anders als dort. Überall wächst Wein, überall lieben sie das Leben, sie sind Lebenskünstler hier wie dort. Du weißt, wie ich das badische Land liebe. Und du sagst nun, dies hier sei auch ein schönes Land. Warum konnten sie nicht beieinander bleiben, warum mußten sie zum Zankapfel werden?«

»Dann hätte Lothars Zwischenreich bestehen bleiben müssen«, sagte ich, um zu zeigen, daß ich auch in Geschichte Bescheid wußte.

»Es wäre zu wünschen gewesen. Und noch besser wäre es, wenn es überhaupt ein Reich geblieben wäre. Und heute?« Er machte ein bekümmertes Gesicht. »Heute, chérie, habe ich Angst, es wird bald wieder Blut in diesen Boden fließen.«

»Nein, Jean-Claude, ich glaube es nicht.«

»Ich möchte es auch nicht glauben. Aber dieser Hitler! Jetzt legt er sich mit Polen an. Er will den Krieg. Er will ihn einfach.«

»Er will ihn nicht. Er hat immer gesagt, daß er ihn nicht will.«

»Gesagt! Er hält alle seine Reden zum Fenster hinaus, und sie sind für die Toren bestimmt. Er braucht den Krieg. Er muß ihn haben, weil er sonst verloren ist. Er hat eine Bankrottwirtschaft betrieben. Wenn er seinen Krieg nicht bekommt, ist er pleite. Er soll über das ›Münchener Abkommen‹ im vergangenen Herbst maßlos wütend gewesen sein. Er wollte da schon anfangen. Und er wird anfangen, sobald man ihm die geringste Chance dazu gibt.«

»Ich glaube es nicht«, beharrte ich.

»Es ist eine reine Wirtschaftsfrage. Du verstehst nichts davon, Iris. Die Deutschen verstehen erstaunlich wenig von Wirtschaft, das hat mich immer gewundert. Hitler hat Deutschland zugrunde gewirtschaftet. Du weißt selbst, daß man in Deutschland keine Devisen bekommen kann, nicht für die kleinste Auslandsreise. Das deutsche Geld ist nicht gedeckt, es ist also praktisch nicht vorhanden. Und kein Land kann heute noch eine separate Wirtschaft machen. Nicht in dieser so eng gewordenen modernen Welt. Das kann vielleicht ein Negerstamm im tiefstem Busch. Aber nicht Deutschland in der Mitte Europas.

Mit unserer Wirtschaft steht es auch nicht gut, das gebe ich zu. Aber sie orientiert sich noch am Weltmarkt. Deutschland dagegen – ach, chérie, mach kein so unglückliches Gesicht. Ich bin froh, daß ich dich hier habe. Was auch geschieht, Burgund ist weit vom Schuß. Dir wird nichts geschehen. Komm, gehen wir wieder hinunter. Sehen wir, was der Patron für uns zum Abendessen hat.«

Dieses Gespräch fand auf einem Spaziergang statt, der uns auf einen Hügel geführt hatte, wo ein schmaler Weg am Waldrand entlanglief; wir sahen von dort in das Tal hinab auf unser hübsches kleines Dorf, auf das Dach unseres Hotels. Der Spitz, der ins Haus gehörte, kam uns schweifwedelnd entgegen, wir streichelten ihn, und dann saßen wir auf der breiten Veranda. Der Patron, ein rundlicher älterer Herr, der selbst kochte, kam an unseren Tisch, als wir den Aperitif nahmen, und zählte gemächlich auf, was er uns abends servieren könne.

Jean-Claude und er berieten lange und ausführlich über das Menü und über den Wein, während ich innerlich ein wenig seufzte. Das Essen – das war auch so eine Sache! Es war mit schuld an meiner ewigen Müdigkeit. Nie in meinem Leben hatte ich soviel und so gut und so lange gegessen wie auf meiner Hochzeitsreise durch Lothringen und das Elsaß. Ich konnte es kaum schaffen. Zu Hause hatten wir immer sehr einfach gegessen, und außerdem war Mama keine besonders leidenschaftliche Köchin. Und dazu der Wein, den ich in solchen Mengen auch nicht gewöhnt war. Konnte es Jean-Claude wundern, daß ich so rasch müde wurde, wenn wir am Abend einen oder manchmal sogar zwei Liter tranken?

Wir fuhren auf den Grand Ballon und den einsamen Vogesenkamm entlang. Was für eine Landschaft! Unberührt wie nach der Erschaffung der Welt. Wir kamen auch zum Hartmannsweilerkopf, wo sich im Weltkrieg die Heere gegenüberlagen, wo so erbittert gekämpft wurde. Mein Land und sein Land – die Erbfeinde, wie es hieß. Es kam mir absurd vor. Ich sah das Mahnmal und die vielen Gräber und schwieg.

Aber ich dachte: Nein, es durfte nicht wieder geschehen. Nicht noch einmal. Nicht in dieser frühlingsgrünen Welt, die voller Leben und voller Frieden war.

Oder war sie es schon nicht mehr?

Auch Jean-Claude sagte nichts. Er hatte meine Hand fest in seiner Hand, so gingen wir schweigend wieder hinab, und als wir beim Wagen waren, schloß er mich in die Arme und küßte mich. Er hatte dasselbe gedacht wie ich. Wir lebten. Wir liebten uns und wollten glücklich sein. Das große Sterben gehörte einer vergangenen Zeit an.

Dann fuhren wir nach Burgund hinein. Zuerst nach Besançon, das sich so malerisch in den Bogen des Doubs schmiegt. Auch hier war Frühling, und mir gefiel die Stadt mit ihren alten Römerbauten und den engen Gassen; ganz besonders gefiel mir die Kathedrale, die auf dem ansteigenden Berg lag. Ich hatte nun schon einen Blick dafür bekommen, bemerkte Einzelheiten, und einmal sagte ich: »Es ist ein Jammer, daß wir jetzt schon geheiratet haben. Du hättest mich noch ein Jahr lang studieren lassen müssen. Dann könnte ich viel gescheiter über alles reden, was ich hier sehe.«

»Ich möchte nicht, daß du so gescheit bist. Es ist nicht gut, wenn eine Frau mehr weiß als ihr Mann. Ich bin sehr altmodisch, chérie.«

»Aber du willst doch keine dumme Frau.«

»Du bist klug genug für Jeannot.«

Aber ich hatte meinen akademischen Tag und sagte: »Könnte ich nicht später, wenn wir in Paris leben, noch ein bißchen weiterstudieren? An der Sorbonne? Wenn ich richtig gut Französisch kann? Wäre das nicht fein?«

Er blickte mich erstaunt an und widersprach dann ganz entschieden. »Nein. Es gefiele mir gar nicht. Du sollst nicht studieren. Du sollst für mich leben. Für mich und« – er lächelte und küßte mich auf die Nasenspitze – »unsere Kinder. Dieu le veuille!«

Das hatte ich mittlerweile begriffen, daß Jean-Claude und wohl auch die Familie von mir erwarteten, daß ich einige Kinder bekam. Sie hatten nun mal, wie Raymond es genannt hatte, den Familiendünkel. Dieses einzigartige Geschlecht, das sie in ihren Augen waren, mußte weiterleben.

Jean-Claude hatte mir einmal in allem Ernst und nicht ohne Naivität einen langen Vortrag gehalten über burgundische Geschichte und über die Kreuz- und Querheiraten der großen Geschlechter nach Norden, nach Süden, nach Osten. Er fühlte sich ganz im Einklang mit seinen großen Vorfahren, daß er sich eine Frau von jenseits des Rheins geholt hatte: die hatten das nämlich auch getan.

Jean sans Peur, der zweite der großen Burgunderherzöge, hatte sich seine Frau aus Bayern geholt; acht Kinder hatte sie ihm geboren. Nur einen Sohn allerdings, den späteren Philippe le Bon. Und der wiederum brauchte drei Frauen, um endlich einen Sohn zu zeugen. Einen ehelich geborenen Sohn, denn die Frauen, die Philippe geliebt und die ihm einen Bastard geboren hatten, waren nicht zu zählen. Und dieser Sohn, der endlich geboren wurde von der letzten der drei Frauen Philippes, war Charles Téméraire, Karl der Kühne, der maßlose Hitzkopf, der nach der Kaiserkrone griff, sein eigenes Reich verspielte und elend auf dem Schlachtfeld endete. Er hinterließ nur eine Tochter, Maria von Burgund. Sie wurde die Frau des Habsburgers Maximilian. Auch sie starb früh, und damit war das große Reich Burgund erloschen. Aber die Herzöge wurden so die Ahnen der Habsburger, Karl V. war ein Enkel der Maria von Burgund.

Wie ungeheuerlich ist das, was auf dieser Erde geschah – das, was man Geschichte nennt! Sie haben vor uns gelebt. Sie zwingen uns, einen Weg zu gehen, den wir nicht wählen können. Ihre Siege sind wie glanzvolle Monumente; zur Bewunderung aufgestellt. Aber ihre Niederlagen, ihre Fehler, ihre Torheiten sind lebendig geblieben. Und wir müssen noch heute dafür bezahlen.

Geschichte begegnete einem hier auf Schritt und Tritt in diesem Land. Und da ich nicht aus dem Geschlecht der Valois war und auch nicht aus einem ihrer Vasallen wie Jean-Claude, ängstigte es mich.

Wie alt diese Städte waren! Römer waren durch Besançon gezogen, waren dort geblieben, hatten dort gebaut. Wie alt dieser Stein war, den meine Hand berührte!

Wir stiegen zur Zitadelle hinauf, ich blickte auf die grünen Hügel hinunter, auf die silberne Schleife des Flusses, der die Stadt umschloß.

Noch älter erschien mir Dôle, alt und verwinkelt, und – ja – auch schmutzig, die Geburtsstadt Pasteurs. Und ich dachte im stillen: Kein Wunder, daß er sein Leben den Bakterien und der Hygiene weihte, wenn er hier aufgewachsen ist. Und mitten in der engen Stadt ein großer Platz, umgeben von uralten baufälligen Häusern – aber mittendrin – la Cathédrale! Die Kathedrale, riesig, mächtig, eine Kirche für eine Großstadt, nicht für ein altes verschlafenes Nest.

Langsam wurde es mir mit den Kirchen zuviel. Jean-Claude unterhielt sich mit einem Pater, und da ich immer noch eine Scheu hatte vor katholischen Priestern – ich kam mir wie ein Eindringling vor in dieser Welt, die mir noch fremd war und immer bleiben würde –, ging ich wieder aus der Kathedrale hinaus und setzte mich auf die Mauer, die ihre Stufen begrenzte. Der Stein war warm, die Maisonne schien wie im Hochsommer. Es war Mittagsstunde, der Platz war leer, nur eine alte Frau schlurfte langsam vorüber.

Da wußte ich nun schon, daß die Mittagsstunde in Frankreich heilig war, daß Viertel nach zwölf, spätestens halb eins alle Straßen, alle Plätze leer waren, alle Läden geschlossen. Ganz Frankreich speiste zu Mittag. Selbst die Welt könnte nicht vor zwei Uhr untergehen. Erst mußte gegessen werden. Und da kam auch schon Jean-Claude in großer Eile und zog mich von der Balustrade herunter.

»Komm, chérie, höchste Zeit, wir müssen essen gehen. Ich kenne ein hübsches Restaurant hier, sie machen wunderbare Quenelles de brochet.«

»Kommt er auch aus dem Doubs, der Hecht?« fragte ich, um ein wenig Interesse zu zeigen, denn am liebsten hätte ich gesagt: Ach, laß das Mittagessen ausfallen. Ich möchte hier auf diesem alten Platz vor der Kathedrale sitzen bleiben, die

Sonne scheint so warm, da oben fliegen Vögel um die Türme, sind es Dohlen? Man sagt doch immer, Dohlen fliegen um Kirchtürme, nicht? Und da drüben ist eine Frau am offenen Fenster, sie rührt mit aller Kraft in einer großen Schüssel, sie ist zu spät dran mit ihrem Essen, und der Mann wird schimpfen, er wird einen zweiten Aperitif trinken, denn es ist schlimm, was sie ihm antut, wenn sie das Essen nicht rechtzeitig auf den Tisch bringt. Und da kommt eine große graue Katze, sie macht ein zufriedenes Gesicht, sie hat schon gespeist – sicherlich gibt es Legionen von Ratten und Mäusen in diesem alten Gemäuer –, und wenn ich hier sitzen bleibe, kommt sie vielleicht zu mir und setzt sich neben mich in die Sonne und schnurrt auf französisch. Und dann laß uns in den Wald fahren und einen Platz finden, einen stillen grünen, wo wir uns hinlegen können und schlafen – und dann wirst du sehen, wie ich heute abend essen kann, wo immer wir auch sein mögen. Dann werde ich endlich einmal ein bißchen Hunger haben.

Aber statt dessen hopste ich folgsam von der Mauer und beriet kurz darauf ernsthaft, welches Hors d'œuvre das Mittagessen eröffnen und welchen Wein ich dazu trinken wollte.

Ah, ja! Es war nicht ganz einfach, französisch verheiratet zu sein.

Meine Gefühle, als wir uns dem Ziel unserer Reise näherten, waren sehr gemischt. Obwohl wir nun seit vierzehn Tagen Mann und Frau waren und ich mir wie eine erfahrene und sehr erwachsene Frau vorkam, und obwohl ich nun auch mit französischen Sitten und französischen Seltsamkeiten ein wenig Bekanntschaft gemacht hatte, sah ich dem Einzug in das Schloß von Jean-Claudes Vätern mit bangem Herzen entgegen.

Ich fand, es werde eine Menge von mir verlangt. Heiraten – nun gut, das taten viele; das brachte man mit mehr oder weniger Anstrengung hinter sich, und so etwas Besonderes war es am Ende auch nicht, sonst wäre es nicht so weit verbreitet. Einfach heiraten – das konnte schließlich jeder. Heiraten wie in meinem Fall, so ganz unvorbereitet und in keiner Weise darauf eingestellt, man könnte sagen, noch nicht reif dafür, jedenfalls im seelischen Bereich – das war an sich schon eine Überrumpelung, aber auch nicht die erste ihrer Art.

Aber dazu noch heiraten in ein fremdes Land, zu wildfremden Leuten, die eine fremde Sprache redeten – das war ein gewaltiges Unternehmen. Und nun mußte es ausgerechnet ein Schloß sein! Konnte es nicht eine ganz normale Wohnung sein? Nein, ein altes Château aus dem 14. Jahrhundert, in dem sich weder ein Hotel befand noch ein Museum, noch wenigstens ein reicher Amerikaner – ein Château, das seit eben diesem Jahrhundert Wohnsitz ein und derselben Familie war, nicht einmal die Französische Revolution hatte daran etwas ändern können –, und in so etwas mußte ausgerechnet ich einheiraten. Hätte ich doch damals in eine leichtfertige Reise nach Paris oder Straßburg eingewilligt, wie ich es mir so oft in Gedanken ausgemalt hatte, dann wäre mir das alles erspart geblieben.

So ungefähr räsonierte ich vor mich hin, als wir uns meiner neuen Heimat näherten. Ich versuchte es mit einer Art Galgenhumor, aber mir war im Grunde recht elend zumute. Weder das kühne Profil an meiner Seite noch alle Liebe in meinem Herzen konnten mich ermutigen.

Ohne daß ich es wußte, hatte ich wohl einige Male hörbar vor mich hin geseufzt. Jean-Claude legte seine Hand auf meinen Oberschenkel und fragte: »Was ist denn, chérie? Bedrückt dich etwas?«

»Ich bin von tiefer Reue erfüllt.«

»Nanu? Was hast du denn so sehr zu bereuen?«

»Daß ich so ein Feigling war. Und nicht mit dir nach Paris gefahren bin, als du es mir vorschlugst. Das wäre eine schöne diskrete Angelegenheit gewesen, du hättest mich auch wunderbar geliebt, und ich brauchte keine Ehefrau zu werden und im Schoß der Familie Platz zu nehmen.«

Er lachte. »Ja, siehst du! Die Tugend kommt manchmal teuer. Es ist eine alte Erfahrung, daß ein tugendsames Leben viel mühsamer ist als ein sündiges.«

»Das scheint zu stimmen. Bei uns gibt es sogar ein Sprichwort vom schmalen Pfad der Tugend, der schwierig zu beschreiten ist. Hätte mich nur jemand rechtzeitig darüber aufgeklärt.«

»Das ist die Strafe, weil du den armen Jeannot so lange hast zappeln lassen. Du hättest eine unbeschwerte Geliebte werden können. Und nun bist du eine Ehefrau mit allen Lasten und Pflichten.«

»Ich werd' mir's merken. So etwas passiert mir nicht noch einmal. Das nächste Mal mache ich es anders.«

»Auch diese Möglichkeit hast du verspielt. Für die Comtesse Saint-Mar gibt es kein nächstes Mal und keinen anderen Mann. Ungetreue Ehefrauen werden bei uns im Turm eingemauert. Lebendig. Denke daran.«

»Und was passiert einer Schloßfrau sonst noch so im Laufe des Tages? Ich meine, bevor man sie einmauert? Was hat sie zu tun, wie behandelt man sie, was muß sie alles beachten? Du hast mir bis jetzt die Spielregeln nicht erklärt.«

»Die lernst du schnell. Vor allem, wo auch immer, ob hier, da, dort oder im Château, muß Iris den Jeannot lieben, ihm gehorchen und bei ihm sein. Das ist die Hauptaufgabe. Alles andere findet sich.«

So redeten wir hin und her am letzten Tag unserer Reise, und ich bemerkte, daß auch Jean-Claude ein wenig nervös war. Ein ungewohnter Zustand bei ihm.

Wir hatten an diesem Tag nicht weit zu fahren. Er hatte sehr sorgfältig geplant und es so eingerichtet, daß wir am Nachmittag in Chaumencey ankommen würden.

Die beiden letzten Tage hatten wir in Dijon verbracht, und die lebendige Stadt, die einen ganz besonderen Charme besaß, hatte mir gut gefallen. Wir hatten ein bißchen eingekauft, für mich natürlich, denn noch immer mußte er alles kaufen, was ihm gefiel, aber auch ein paar Mitbringsel für Madame-Mère und Isabelle und für eine Dame namens Marguerite, die offenbar eine wichtige Persönlichkeit war: Sie dirigierte das Gesinde im Schloß und schien seit Menschengedenken diesen Posten innezuhaben.

Ich hatte einige der Sehenswürdigkeiten von Dijon betrachten können, so die Kirche Notre-Dame mit ihrer einzigartigen Fassade voller Figuren, ein Meisterwerk der Gotik, aber noch mehr hatte mich die Kathedrale Saint-Benigne beeindruckt, ein herrlicher alter Bau; die Abtei, zu der sie gehörte, wurde bereits im 6. Jahrhundert errichtet. In ihrer jetzigen Form stammte die Kathedrale aus dem 13. und 14. Jahrhundert, doch waren noch einige ihrer älteren Teile erhalten.

Jean-Claude ließ mir nicht viel Zeit, sie mir genau anzusehen.

»Wir kommen oft genug nach Dijon. Und wenn es dich interessiert, wird mein Freund Marquand dich einmal führen. Er lehrt hier an der Universität und versteht viel mehr davon als ich. Außerdem ist er ein sehr charmanter Mann. Er wird entzückt sein von dir, chérie.«

Vor dem Palais des Ducs, dem wundervollen Schloß der Herzöge von Burgund, hielten wir uns länger auf. Dazu konnte auch Jean-Claude einiges erzählen, denn die Geschichte der vier großen Burgunderherzöge war ihm wohlvertraut; dafür hatte sein Vater gesorgt.

»Das Jahrhundert der großen Burgunderherrschaft war Papas Steckenpferd. Er wußte alles über die Herzöge und alles über die Zeit, und wenn er davon anfing, hörte er nicht wieder auf. Einmal, es war während des Krieges, ich muß ungefähr fünfzehn Jahre alt gewesen sein, besuchte mich Papa im Internat. Er kam von der Front, sah müde, alt und bekümmert aus. Was für ein erbärmlicher Krieg das ist, sagte er. Man sitzt in diesen Mauselöchern, im Dreck und Schlamm, man bekämpft einen anonymen Feind, der kein Gesicht hat, man tötet ins Nichts hinein. Es ist menschenunwürdig. Das ist kein ehrlicher Kampf, das ist nur noch ein widerliches Abschlachten, es ist unserer nicht würdig, es ist der Deutschen nicht würdig. Ah, wäre Charles damals nicht besiegt worden, wäre er nicht so ein tollkühner Narr gewesen, der sich nicht zum Denken Zeit ließ, wäre er nicht so elend verreckt im vereisten Sumpf, und hätte er klug verhandelt, diplomatisch gehandelt wie seine Väter und gesiegt, dann hätte er die Kaiserkrone errungen. Und wir führten diesen Krieg heute nicht. Dann wäre das Reich entstanden, das große europäische Reich unter burgundischer Herrschaft, und die Geschichte hätte einen anderen Verlauf genommen!

Ich wußte, wovon mein Vater sprach, von welchem Charles die Rede war, Charles Téméraire, Karl der Kühne, der letzte der Herzöge. Kein Land in Europa war zu jener Zeit so mächtig wie das großburgundische Reich, es reichte von der Nordküste, von den Niederlanden und dem heutigen Belgien, bis herab zur Schweizer Grenze. Dieses Land war so stark, so reich und so wohlgeordnet wie kein anderes. Der König von Frankreich, Ludwig XI. zu jener Zeit, war ein Nichts gegen den Burgunder. Nur klüger war er. Er intrigierte sehr geschickt gegen den Herzog. Und Charles machte es ihm leicht. Man nennt ihn den Kühnen – aber er war tollkühn, maßlos in seinen Ansprüchen und unüberlegt in seinem Handeln. In den zehn Jahren seiner Herrschaft gelang es ihm, alles zu vernichten, was seine drei Vorgänger aufgebaut hatten. Er wollte die Krone des Heiligen Römischen Reiches – und sie hätte ihm zugestanden. Und wenn er sie errungen hätte, dann wäre das Reich Karls des Großen wiederentstanden, und wahrscheinlich wäre alles anders gekommen bis auf den heutigen Tag. Aber er ging nicht klug vor, er kämpfte auf zu vielen Schlachtfeldern, Eduard von England, ließ er im Stich, so daß der sich mit Ludwig einte.

Seine ersten großen Niederlagen erlitt Charles in der Schweiz. Er nahm dieses Bergvolk nicht ernst, für ihn waren die Schweizer Hinterwäldler. Sie schlugen ihn am Murtensee. Und da merkten alle anderen auch, daß der Stern der Herzöge von Burgund im Sinken war. Alle verließen ihn, einer nach dem anderen. Aber er kämpfte weiter, verbissen und sinnlos, anstatt Frieden zu machen und Verbündete zu suchen. Er kämpfte gegen den Lothringer, ein ganz überflüssiger Kampf, denn wenn er sein wirkliches Ziel im Auge gehabt hätte und darauf zugegangen wäre, dann war Lothringen sowieso sein. Doch er hörte keinen Rat und ließ sich nicht Zeit zum Überlegen.

Wie ein Besessener muß er gewesen sein am Ende, er sah nicht die Übermacht des Gegners, nicht sein dezimiertes Heer. Er soll gesagt haben, er werde in die Schlacht gehen, auch wenn er ganz allein kämpfen müsse. Es war sein letzter Kampf. Im Januar 1477 fiel er vor Nancy. Seine nackte, ausgeplünderte Leiche war eingefroren im Sumpf und halb zerfetzt von Wölfen, als man sie fand. Sie wußten nicht, ob es wirklich der Herzog war, den man mit Prunk und großer Trauer beisetzte.

Der das tat, war übrigens der Sieger, René II. von Lothringen, ein junger Mann von vierundzwanzig Jahren. Die Überlieferung sagt, er habe bitterlich um seinen besiegten Gegner geweint. Hätte Charles gesiegt, wäre das burgundische Reich nicht untergegangen – vielleicht hätte es den Weltkrieg nicht gegeben und auch nicht den zweiten, der jetzt auf uns zukommt.«

Jean-Claude hob die Schultern.

»Wer kann das wissen? Wenn Karl der Kühne das Reich damals geeinigt hätte, so ist es immer noch fraglich, ob es viereinhalb Jahrhunderte gehalten hätte. Zu wechselvoll ist der Lauf der Geschichte, und jedes Jahr fällt in ihr eine neue Entscheidung. – Was hast du, chérie? Du bist ganz blaß?«

Wir standen auf dem weiten Platz vor dem Herzogspalast, ich hatte aufmerksam alles betrachtet, die Türme, den prunkvollen Bau, und genauso aufmerksam Jean-Claudes langem Vortrag gelauscht.

Die Maisonne war warm, doch jetzt zog mir ein Frösteln die Schulterblätter zusammen.

Blut, Mord, Krieg. Damals wie heute. Das schreckliche Bild, das ich vor mir sah: der tote Herzog im vereisten Sumpf, die wilden Tiere, für die der mächtige Mann nichts als ein Kadaver war. Ich schauderte!

Dieser Krieg von damals, er war lange her. Der Krieg, dieser jämmerliche, menschenunwürdige Krieg, den der Comte verdammte, als er seinen Sohn besuchte, lag noch gar nicht sehr lange zurück. Der Comte hatte ihn überlebt. Mein Vater nicht. Dieser Krieg war schuld, daß ich meinen Vater nie kennenlernte.

Und nun – es war gerade zwanzig Jahre her, zwanzig Jahre: zwei Jahrzehnte, nicht Jahrhunderte danach – gehörte das Wort Krieg immer noch zum täglichen Vokabular. Es war seltsam. Wann hatte das eigentlich begonnen? Vor zwei Jahren, vor einem Jahr? Und nun sprach auch Jean-Claude davon. Immer wieder, bei dieser und jener Gelegenheit tauchte das Wort auf – la guerre. Der Krieg, der auf uns zukommt...

Warum eigentlich? Wo, wie? Ich konnte ihn nicht sehen. Ich hatte eben geheiratet, ich stand neben dem Mann, den ich liebte, er zeigte mir seine Heimat, es war Mai, der Himmel war blau und dieses Land so schön, sonnig-grünes Burgund. Und Karl der Kühne war schon so lange tot. Sollte ich um seinen Tod noch weinen?

»Aber du hast ja Tränen in den Augen, chérie! Iris! Was hast du? Was ist geschehen?« Er nahm mich bei den Armen, zog mich an sich und blickte mich besorgt an.

»Ach, nichts. Diese Geschichte von Charles Téméraire – so ein schreckliches Ende. Die Wölfe, sagst du, haben ihn zerrissen? Gab es denn damals Wölfe in Frankreich?«

Er küßte mich, streichelte mir die Wange. »Wie dumm von mir, dir so häßliche Sachen zu erzählen. Es ist gar nicht gut für dich, so etwas zu hören. Du bist zu sensibel, chérie. Es ist so lange her, denk nicht mehr daran.«

Es ist so lange her. Er sagte das gleiche, was ich gedacht hatte. Aber ich weine auch nicht um Karl den Kühnen. Nicht um das, was gewesen war. Ich hatte Angst vor dem, was kommen würde. La guerre – was für ein häßliches Wort, knapp, brutal, hart. Krieg – noch häßlicher klang das deutsche Wort in meinen Ohren, ein greller, schriller Laut.

Ich schluckte. »Es ist schon gut. Ich bin dumm.«

»Komm, wir gehen einen Aperitif trinken, und dann wird Jeannot dir eine hübschere Geschichte erzählen. Weißt du, was ich eben auch denken mußte? Wie schade es ist, daß Papa nicht mehr lebt. Er hätte dich auf Händen getragen.«

Ich versuchte ein Lächeln und putzte mir die Nase. »Obwohl ich eine Deutsche bin?«

»Darüber hätte Papa sich schnell hinweggesetzt. Er liebte die Frauen so sehr. Und gerade eine, wie du bist – zart, schön, weich, mit großen Augen und ein wenig scheu, so beschützenswert –, weißt du, das waren die Frauen, die er anbetete.«

Er lachte leise. »Maman ist von anderer Art. Sie war genau das Gegenteil seines Typs. Aber seine erste Frau, Charles' Mutter, die muß so eine zarte schlanke Lilie gewesen sein. Papa hat nur ein einziges Mal von ihr zu mir gesprochen. Das war, als ich anfing, mich für Frauen zu interessieren. Da erzählte er mir einmal von Marie-Eugenie. Und da merkte ich, daß er sie nicht vergessen hatte.

Schau, Iris, da drüben ist ein Café mit ein paar Tischen davor, da werden wir uns ein wenig ausruhen. Soviel gelaufen wie mit dir in den letzten vierzehn Tagen bin ich seit zehn Jahren nicht mehr.«

Die letzten vierzehn Tage! Vielleicht kam einmal die Zeit, wo ich sie in Ruhe aus der Entfernung betrachten konnte. Noch bildeten sie ein einziges Durcheinander in meinem Kopf und in meinem Herzen. Die vielen neuen Eindrücke, das schöne Land, die alten Städte – aber diese gewaltige Vergangenheit bedeutete wenig gegen die unerhörte Gegenwart der Liebe, gegen den Mann, zu dem ich jetzt gehörte.

Nicht eine Stunde war es langweilig gewesen. Jean-Claude war ein sehr amüsanter Unterhalter, das hatte ich schon bei unserem ersten Zusammentreffen in Baden-Baden erfahren. Und er war ein wundervoller Liebhaber. Das wußte ich nun.

Gewiß, mir fehlten die Vergleiche. Aber kann eine Frau mehr als glücklich sein, kann sie mehr sein als restlos erfüllt von einem Mann und seiner Liebe, kann mehr geschehen, als daß sie seine Umarmung immer heftiger ersehnt und immer leidenschaftlicher erwidert?

Und all die wundervollen Dinge, die er mir sagte! Seine Liebe war nicht stumm, er konnte über mein Gesicht, meine Augen, meinen Körper, den er vollkommen nannte, ausführlich reden, auch über kleinste Details, es entzückte ihn, wie ich mein Haar zurückstrich, wie ich ein Glas zur Hand nahm, wie ich ihn ansah, ihm zuhörte. Immer wieder fiel ihm etwas Neues ein.

So sagte er eines Abends, bevor wir zum Essen gingen – es war ein trüber Tag gewesen, und wir hatten den Nachmittag im Bett verbracht, denn er meinte, er müsse mich am Nachmittag lieben, abends sei ich doch wieder zu müde –, da also sagte er, nachdem er meinen Hals geküßt hatte: »Heute abend trinken wir roten Wein, chérie. Ich wette, es ist bei dir wie bei Agnes.«

Ich verstand nicht gleich. »Agnes?«

»Agnes – ja, wie heißt sie, das arme Kind, das man in der Donau ertränkte? Ah, ja, Agnes Bernauer. Die Frau des Herzogs Albrecht von Bayern. Du kennst die Geschichte sicherlich.«

»Doch, ich kenne sie. Es gibt sogar ein Schauspiel von Hebbel, wir haben es in der Schule gelesen.«

»Siehst du, das meine ich. Da sagt der Herzog Albrecht zu seiner schönen Agnes, wenn sie roten Wein trinke, sehe man, wie er durch ihre weiße Kehle fließt, so zart sei ihre Haut. Ich muß achtgeben heute abend, man wird es bei dir auch sehen, deine Haut ist genauso kinderzart und hell.«

Solche Sachen sagte er, und wo gäbe es eine Frau, die davon nicht bezaubert wäre? Ich war eitel, natürlich. Manchmal hatte ich mir früher schon gefallen, manchmal aber fand ich andere Mädchen viel hübscher. Seit ich mit Jean-Claude zusammen lebte, hatte ich sehr viel Selbstvertrauen bekommen. Ich fand mich schön, weil er mich schön fand. Denn eine Frau ist immer so schön, wie der Mann, der sie liebt, sie sieht. Und ich war mit meinem eigenen Körper sehr vertraut geworden, Jean-Claudes Unbefangenheit hatte sich auf mich übertragen und meine prüde Erziehung sehr schnell besiegt. Ich spazierte splitternackt durchs Zimmer, ich betrachtete mich im Spiegel, mir gefielen meine schlanken Hüften, meine langen schmalen Schenkel, die kleinen festen Brüste; er hatte mich darauf aufmerksam gemacht, und nun sah ich das alles selbst. Und immer mehr begriff ich, daß all dies nicht nur zum Ansehen da war, daß es voller Leben, voller

Empfindung, voller Nerven war, die immer sensibler reagierten.

Ich genoß es, wenn er mich langsam auszog, und da jede seiner Handhabungen von einer Liebkosung begleitet war, oft von einer sehr erfahrenen und sehr überlegten Liebkosung, so war ich immer sehr rasch bereit pour faire l'amour. Was mir an Routine fehlte – gemessen an ihm war ich ja eine Dilettantin –, das ersetzte ich durch wachsende Begeisterung und Hingabe. Das genügte, denn mir war klargeworden, daß er von mir keinerlei besondere Künste erwartete. Der Meister war er und ich die Schülerin; gerade meine Unerfahrenheit war für ihn ein besonderer Reiz, und es wäre nicht einmal klug gewesen, allzu rasche Fortschritte zu machen. Und somit hatte ich für mich die alte Weisheit neu entdeckt, daß die Schwäche einer Frau oft ihre größte Stärke ist.

Manchmal dachte ich darüber nach, wie viele Frauen er wohl schon geliebt hatte, wie er sie geliebt, wie sehr er sie geliebt hatte, wie viele seine Arme um sich gespürt, seinen festen, straffen Körper gefühlt hatten.

Die Franzosen galten nun einmal als besondere Künstler der Liebe, sicherlich ein Vorurteil wie tausend andere, wenn Völker miteinander verglichen werden, aber auf Jean-Claude traf es gewiß zu.

Hatte es Frauen in seinem Leben gegeben, die er mehr geliebt hatte als mich? Ich hütete mich, so eine törichte Frage zu stellen. Und in gewisser Weise konnte ich sie mir sogar selbst beantworten. Er hatte mich geheiratet – das war Antwort genug.

Wir fuhren durch die Cote d'Or. Der Himmel war von leuchtendem Blau, Wälder und Wiesen und Weinberge waren so grün da, alte Bäume und auf den Weiden weiße Kühe. Jean-Claude kannte hier jedes Stück Land, jedes Dorf, jeden Weinberg; er wußte, welcher Wein da oder dort wuchs, wie er schmeckte, was er für Eigenheiten hatte; alles wäre wunderbar gewesen, und ich hätte zugestimmt, daß dies ein herrliches Land sei, wenn diese Fahrt nicht dieses Ziel gehabt hätte. Wenn ich nicht in einer Stunde oder in einer halben Stunde – ich hatte keine Ahnung – ankommen und aussteigen mußte. Und da würde die Comtesse Cathérine sein, meine Schwiegermutter also, belle-mère sagte man auf französisch – das klang sehr hübsch, aber sie würde mich vermutlich auf ihre hoheitsvolle Art kühl begrüßen und kritisch betrachten. Und nicht nur sie allein. Wer wußte denn, was dort noch für Leute lebten – so ein Schloß hatte eine Menge Dienerschaft und dann die Leute aus Chaumencey –, alle würden sie mich wie durch ein Vergrößerungsglas beobachten und kritisieren. Ich hatte jetzt schon trockene Lippen und feuchte Hände, und bestimmt würden mir wieder sämtliche Wörter fehlen, um mich einigermaßen zivilisiert verständigen zu können.

Ich war wohl doch zu dumm und für das große Leben nicht geschaffen. Schloßherrin! Ich! Es war zum Lachen. Nein, zum Weinen. Und ich wollte überhaupt jetzt nach Hause. Nach Berlin. In mein stilles kleines Zimmer in Halensee.

Dabei blickte ich gehorsam nach rechts und links auf alles, was Jean-Claude mir zeigte und erklärte, er fuhr langsam, das Verdeck war nach hinten geschlagen; ein weicher warmer Wind blies mir das Haar in den Nacken, ich lächelte und nickte und sagte immer wieder, wie gut mir hier alles gefalle, und dabei kamen wir dem Ort immer näher, den er ›chez nous‹ nannte.

Zu Hause. Das Dorf Chaumencey. Das Château Saint-Mar.

Heilige Mutter Gottes, hilf mir! Wenn ich nun schon katholisch geworden war, half vielleicht schon ein solches Stoßgebet. Oder gab es einen besonderen Heiligen für zugereiste Bräute aus fernem Land und von bescheidenem Stand?

Und sollte es etwa ein Trost für mich sein, daß Jean-Claude zusehends ebenfalls nervöser wurde? Er fuhr immer langsamer, er redete immer mehr, er zündete sich eine Zigarette nach der anderen an, und sein Nasenflügel, jedenfalls der mir zugewandte, vibrierte leicht. Also war es offenbar auch für ihn keine ganz leichte Sache, mich im Schloß seiner

Väter zu installieren. Möglicherweise hatte auch er, sonst die Sicherheit in Person, ein wenig Angst vor Madame la Comtesse.

Plötzlich bog er in einen Feldweg ein, der zu einem Wald führte, am Waldrand hielt er, wir stiegen aus und gingen ein wenig auf und ab.

»Jetzt sind wir bald da, chérie.«

»Ja?« sagte ich kläglich.

»Du mußt wirklich keine Angst haben.«

»Nein.«

»Wir fahren heute nicht nach Beaune hinein, das machen wir in den nächsten Tagen, da schaust du dich dort in Ruhe um, und wir besuchen Tante Juliette, sie konnte zu unserer Hochzeit nicht kommen, sie ist schon sehr alt und sehr gebrechlich, aber eine ganz reizende Dame. Sie galt einmal als die schönste Frau der ganzen Côte, und du findest noch heute genug Leute, die von ihr schwärmen. Sie tanzte nächtelang, heißt es; während der Weinlese ging es von einem Schloß zum anderen, und die Männer rissen sich um sie, sie duellierten sich ihretwegen und prügelten sich sogar. Aber sie hat nie geheiratet. Stell dir so war vor! Es gibt einige verwegene Versionen, wieso, aber die wirkliche Wahrheit habe ich nie erfahren. Und dann müssen wir natürlich zu Camille gehen, er hat einen uralten Cave, einen Weinkeller, weißt du, in dem die Weine lagern. Oh, das wird ein anstrengender Nachmittag, wir müssen vorher gut essen, denn bei ihm muß man die Weine probieren, die er besonders liebt. Und er liebt viele.«

Noch mehr Leute. Noch mehr Verwandtschaft, und vermutlich kannte er auch sonst in diesem Land und in der Stadt Beaune jeden zweiten, das machte ich mir jetzt erst so richtig klar. Und alle würden mich besichtigen wollen.

Nein, es war nicht recht, was er mir antat. Er hätte mich verführen und dann wieder nach Hause schicken müssen, das wäre ein vergleichsweise leichtes Geschick gewesen.

»Du hast schon wieder geseufzt, chérie. Du sollst keine Angst haben. In ein paar Wochen wird es dir vorkommen, als hättest du immer hier gelebt.«

Er nahm mich in die Arme und küßte mich lange und sehr zärtlich. Dann bog er den Kopf zurück, sah mich an und sagte:

»Ich bin sehr stolz und sehr glücklich, eine so schöne Frau mitzubringen.«

Ach, Jean-Claude! Geliebter!

Es ging alles soviel leichter, als Iris erwartet hatte, und das war nicht zuletzt der Anwesenheit von Charles zu verdanken, mit der sie nicht gerechnet hatten.

Es war dies, wie Iris später von Jean-Claude erfuhr, das erste Mal seit dem Tod des alten Comte, daß Charles auf Saint-Mar weilte.

Am Tag der Hochzeit war nicht die Rede davon gewesen; Charles hatte sich auch erst später dazu entschlossen. Um ein wenig Hilfestellung zu geben, wie er Jean-Claude am Abend bei einem Aperitif auf der Terrasse erklärte.

Als er ihnen in der riesigen Halle des Schlosses entgegentrat, schoß Jean-Claude vor Überraschung und Freude das Blut in die Wangen, er umarmte seinen Bruder und küßte ihn auf die Wangen, etwas, was noch nie geschehen war, und er sagte: »Wie freue ich mich, dich zu sehen! Charles! Wie freue ich mich! Wie schön, daß du da bist.«

Der Empfang war feierlich, aber dadurch auch sehr herzlich. Die Comtesse stand etwas im Hintergrund, sie trat würdevoll hinzu, aufrecht, kühl, aber sie lächelte, und Iris war fast versucht, einen Knicks zu machen, ihr Herz klopfte, sie wirkte sehr kindlich und sehr befangen, aber sie brachte immerhin einige passende Dankesworte für die Begrüßung ihrer Schwiegermutter zustande. Charles küßte ihr die Hand, sein Lächeln war warm, er vergaß den kühlen Engländer und wurde wieder Franzose, er sagte: »Charmant, charmant! Jean-Claude, du bringst uns eine bezaubernde junge Frau ins Haus.«

Sie war hübscher als am Tage ihrer Hochzeit, wo sie so blaß und ganz in Weiß gewesen war; inzwischen hatten Sonne und Fahrtwind ihr Gesicht gebräunt, Liebe ihre Haut und ihre Augen zum Leuchten gebracht. Sie trug ein lichtblaues

Sommerkleid mit kurzen Ärmeln, sie war kein Mondscheingeschöpf mehr, sondern eine Frau, die liebte und geliebt wurde, und das sah man ihr an.

Isabelle, in einem rosa Röckchen und einer weißen Bluse, die hellbraunen Locken auf den Schultern, küßte ihre neue Schwägerin auf die Wange und rief: »Fein, daß ihr da seid. Ich hab' schon Angst gehabt, ihr kommt zu spät. Wir müssen morgen nach Beaune fahren, Madeleine hat Geburtstag, und sie wird sich verloben, stell dir vor, Jean-Claude, sie ist erst achtzehn, genau wie ich, und ich habe gesagt, ich bringe euch mit. Sie sind ja alle schon so neugierig auf dich, Iris. Und Madeleine sagt, ein junges Ehepaar bei einer Verlobung bringt Glück.«

»Morgen schon, bébé?« meinte Jean-Claude. »Aber laß uns doch erst ein paar Tage ausruhen.«

»Das geht nicht. Der Geburtstag ist morgen und die Verlobung auch, und ihr müßt einfach mitkommen. Oh, es wird ganz toll, du wirst sehen. Wir tanzen im Park, und Henri ist auch da.«

Das letzte war etwas leiser gekommen, Jean-Claude lächelte und strich seiner Schwester über die Wange.

Dann mußte Iris Marguerite begrüßen, eine ältere, strengblickende Frau, die keine Miene verzog, und dann noch Josèph, der, wie sie schon wußte, der älteste und erste der Diener im Hause war.

Und dann war es überstanden. Sie gingen die breite Steintreppe hinauf, und Iris betrat zum erstenmal die Räume, in denen sie leben würde, jedenfalls wenn sie auf Saint-Mar war.

Schon das Dorf Chaumencey hatte ihr gefallen, als sie es durchfuhren; es lag tief in die rebenbestandenen Hänge eingebettet, es war groß und stattlich, die Häuser alt, keine Bauernhäuser, wie man sie in Deutschland kannte – sie waren mehrstöckig, aus einem hellen grauen, fast gelblich schimmernden Stein gebaut –, und immer wieder begrenzten Mauern die Straßen, was einen geschlossenen Eindruck hervorrief und gar nicht dörflich wirkte, sondern eher das Bild einer distinguierten Kleinstadt ergab, dazwischen hier und da ein palaisähnliches Gebäude, Bäume und Büsche, viel Grün, große Höfe, die in Gärten mündeten, und auch vor den Häusern blühten Blumen.

Das Schloß sah man nicht, wenn man nach Chaumencey hineinfuhr, es lag abgewandt, mit der Front ins Freie, und zunächst fuhr man nur an der übermannshohen Schloßmauer entlang, die keinen Blick darüber gestattete. Nur die hohen Wipfel der Bäume sah man, die Mauer war lang, ein riesiger Park schien zum Schloß zu gehören. Dann das Tor, ein hohes Gitter, es wurde von einem jungen Mann geöffnet, der die Mütze zog, als sie durchfuhren.

Das Schloß selbst war trotz aller Vorbereitung dann doch eine Überraschung, es war groß und alt und wuchtig – kaum zu glauben, daß man darin wohnen konnte.

Die vier dicken Türme an jeder Ecke und eine weite Brücke davor, ein imposantes Portal – es war wirklich ein Märchenschloß.

Der Rasen und die Wege waren gut gepflegt, drei Farben waren vorherrschend: der helle Stein, das leuchtende Grün, das tiefe Blau des Himmels darüber.

Die Halle, in die man eintrat, war düster, aber der Raum, der dahinterlag, fast ein Saal, kaum kleiner als die Halle, war hell. Man hatte, wie Iris erfuhr, später die hohen Fenster einbauen lassen und die breite Terrasse davor, von der man einen herrlichen Blick ins Land hatte, über die Rebenhügel, auf die Wälder und Wiesen.

Iris brauchte lange, um sich an diese Dimensionen zu gewöhnen und vor allem daran, daß man in solch einem Bauwerk wohnen und leben konnte. Irgendwie kam sie sich deplaziert vor, in einem modernen Kleid hier herumzulaufen; in diesen Rahmen gehörten Damen in langen Roben und Herren in reichverzierten Gewändern, wie man sie auf den Bildern sehen konnte, die in der Halle und oben in den weiten Gängen hingen. Die Familie Saint-Mar in sämtlichen Gliedern war hier zu bewundern, oft von bekannten Meistern verewigt, manchmal auch nur von einfachen Malern, dafür um so lebensechter festgehalten. Ein kunstgeschichtliches Studium oder, besser gesagt, ein kostümgeschichtliches, konnte man hier ohne weiteres ganz nebenbei absolvieren. Und immer wieder kehrte das Gesicht wieder, das sie kannte und liebte; die steile Stirn, die scharfe Nase, der schöngeschnittene Mund und die dunklen blitzenden Augen.

Es mußte sehr seltsam sein, fand Iris im stillen, immer so von seinen Ahnen umgeben zu sein und, da es zu jedem Bild auch einen Lebenslauf und eine Geschichte gab, mit ihnen zu leben.

Es wurde auch sehr deutlich, wenn man die Bilder betrachtete, daß Madame-Mère der Familie verwandt war und daß offenbar schon öfter eine Frau aus dieser Linie in diesem Hause gelebt hatte. Auch ihr Gesicht konnte man an den Wänden wiederfinden.

Iris hatte auch bald einen Liebling unter diesen Bildern: eine Frau, sehr schön, ein ebenmäßiges Gesicht voll Melancholie und trauriger Süße, die Augen dunkel, das Haar goldblond und hochgesteckt, und nur zwei dicke Locken fielen auf die nackten Schultern.

»Wer ist sie?«

»Diane. Meine Urgroßmutter. Gefällt sie dir? Mir gefiel sie auch immer sehr gut. Sie stammt nicht von hier, sie kam aus Angers, und sie starb schon mit vierundzwanzig. Im Kindbett, in dem die armen Frauen früher meist starben. Mein Urgroßvater soll untröstlich gewesen sein, ein Jahr lang bekam ihn niemand zu sehen. Keiner durfte ins Schloß hinein, und er ging nirgends hin. Nicht einmal der Priester durfte ihn besuchen. Er ließ sich von niemandem sprechen. Er sei verrückt geworden vor Gram und Kummer – hieß es.

Um die drei Kinder, die Diane ihm geboren hatte, ehe sie starb, kümmerte er sich nicht. Sie wurden vom Personal, das natürlich ausreichend vorhanden war, großgezogen. Das einzige, was mein Urgroßvater tat: Er ritt jeden Tag in die Wälder, jagte wie ein Wilder davon, und keiner durfte ihn ansprechen, keiner bekam einen Gruß von ihm. Der Weinbau interessierte ihn nicht mehr, die Winzer und die Bauern bekreuzigten sich, wenn er an ihnen vorbeijagte.

Dann brachte er ein Mädchen mit ins Schloß, irgendein Bauernmädchen, das er in einem Dorf gefunden hatte, ein kräftiges braunhaariges junges Ding, sie teilte sein Bett und bekam jedes Jahr ein Kind, aber sonst redete er kaum mit ihr. Sie ist zu bedauern, die Arme, denn vermutlich hat sie ein schweres Leben gehabt. Die Leute im Schloß achteten sie nicht als Herrin, sie gehörte nicht zu ihnen, sie werden sie schlecht behandelt haben, aber sie gehörte auch nicht zu dem Mann, der sie benutzte. Mein Urgroßvater verschwand dann eines Tages nach Paris; dort blieb er und soll ein ziemlich tolles Leben geführt haben. Geheiratet hat er nie wieder.«

Solche Geschichten beeindruckten Iris sehr. Immer wieder fragte sie, was dieser getan und wie jene gelebt hätte, manchmal kannte man die Geschichte in allen Einzelheiten, manchmal war sie nur bruchstückhaft überliefert, und Jean-Claude sagte eines Tages zu Iris: »Wie schade, chérie, daß mein Vater dich nicht erlebt hat. Er wäre entzückt von dir gewesen, und er hätte dir Tag und Nacht von seinen Ahnen und ihren wahren und erfundenen Erlebnissen erzählt.«

Die Räume, die sie bewohnten, lagen im ersten Stock im Ostflügel des Schlosses und waren nicht weniger eindrucksvoll als das Schloß selbst. Am Tage ihres Einzugs ging Iris schweigend von einem Zimmer ins andere und dachte bei sich: das ist wie im Film.

Die Räume waren groß und hoch; auch hier hingen Bilder und Gobelins und lagen prächtige Teppiche auf den Steinböden, die Möbel waren alt und kostbar. Ein reiches Land war Burgund immer gewesen, und schon die großen Herzöge hatten einen Aufwand getrieben, der in ganz Europa ungewöhnlich war. Die Habsburger, damals noch ein heraufkommendes und sehr armes Geschlecht, waren Bettler gegen die Burgunder, und die burgundischen Herzöge, zu deren Reich auch die wohlhabende Provinz Flandern und die reichen Handelsstädte Gent, Brügge und Antwerpen gehörten, wußten sehr gut, was repräsentieren hieß. Sie kleideten sich in die prächtigsten Gewänder, es rauschte um sie herum nur so von Seide, Samt und Pelz, es klirrte von Gold und Geschmeide, und in ihren Schlössern herrschten ein Prunk und eine Pracht, die den französischen Königshof in den tiefsten Schatten stellte. Die berühmtesten Künstler der Epoche kamen an den burgundischen Hof. Rogier van der Weyden, Hubert van Eyck, Jan van Eyck malten dort ihre schönsten Bilder. Claus Sluter meißelte seine herrlichsten Statuen – auch er stammte aus den Niederlanden, war somit Untertan der Burgunderherzöge und außerdem einer der größten und kühnsten Bildhauer, die je auf dieser Erde geschaffen haben.

All dies färbte auf die Zeitgenossen und die Vasallen der Herzöge ab. Auch sie bauten und ließen malen und bildhauern, auch sie kleideten sich mit Pracht und repräsentierten im vollen Glanz ihrer Zeit.

Vieles davon hatte die französische Revolution zerstört. Die Torheit der Revolutionäre bestand auch damals darin, nicht nur Neues schaffen zu wollen, um das Leben der Menschen zu verbessern, sondern Altes zu zerstören, eine Tradition zu vernichten, um alle Bindung an das Vergangene zu zerreißen; das Vergangene mußte schlecht sein, damit das Kommende nur noch gut sein konnte, weil man das aber so genau noch nicht kannte, war es besser, erst eine zertrümmerte Welt zu schaffen, in der auch das Schöne und das Edle von gestern untergehen sollte, damit kein Mensch mehr sagen konnte: seht, wie war das schön!

Und die noch größere Torheit war es zu glauben, daß so etwas möglich sei. Daß man das, was gelebt, getan, gedacht, gehandelt und geschaffen worden war auf dieser Erde, auslöschen konnte. Seit Menschen auf dieser Erde leben, haben sie weitergegeben, ihre Dummheit, gewiß, ihr Verbrechen, ihre Schande und ihre Unvollkommenheit. Aber das, was blieb und was immer überlebte und was das Dasein des Menschen, der sich gottähnlich glaubt, überhaupt nur rechtfertigt, was ihn einzig verdienen läßt, daß seine Art erhalten bleibt, das schufen die Künstler. Wenn irgendwo Gottes Hand, Gottes Auge und Gottes Atem bis auf diese dunkle und furchtbare Erde gelangte, dann berührten sie eines Künstlers Hand, erleuchteten eines Künstlers Auge und tönten aus eines Künstlers Mund. Die so oft Geschlagenen, Verkannten, Verstümmelten, sie allein sind Gottes Kinder.

Vieles hatte glücklicherweise die Französische Revolution überstanden, war gerettet worden und einer helleren und vernünftigen Zeit anvertraut, die wußte und verstand.

Das jedenfalls war es, was Iris oft dachte. Und wie schon während ihrer Hochzeitsreise bedauerte sie oft, daß sie nicht Gelegenheit gehabt hatte, in ihrem Studium ein wenig weiterzukommen, um das alles, was sie jetzt umgab, was sie sah und kennenlernte, besser zu verstehen. Sie nahm sich vor – ob nun ihr Jean-Claude es billigte oder nicht –, später ihr Studium wiederaufzunehmen. Gab es nicht Bücher genug, gab es nicht Bilder und Bildwerke zu sehen, zu erkennen und zu verstehen, und waren ihre Augen nicht dafür geöffnet und wurden immer aufnahmefähiger? Diesen Weg erkannte sie als den ihren, auch wenn sie einen Mann liebte und mit ihm lebte.

In diesem ihrem Sommer von Burgund waren dies alles freilich nur kurze und nicht zu Ende gedachte Gedanken; sie lebte allein für den Mann, den sie liebte. Für das Glück und die Erfüllung ihrer jungen Liebe.

Und es blieb auch keine Zeit für anderes.

Zunächst mußte sie im Schloß einigermaßen heimisch werden, was viel leichter ging, als sie gedacht hatte. Ihre und Jean-Claudes Räume waren ganz getrennt von denen der anderen, sie lebten dort völlig ungestört, und wenn sie wollten, konnten sie für sich bleiben und trafen die Bewohner des Schlosses dann nur bei den Hauptmahlzeiten, die zu Iris' Beschwernis tagaus tagein überreich waren und immer sehr feierlich serviert wurden.

Die burgundische Küche war ein einziger Genuß, das erfuhr sie schon am Abend ihrer Ankunft. Sie hatten an diesem Tage ausnahmsweise einmal nicht zu Mittag gespeist, wohl weil auch Jean-Claude voraussah, was ihnen am Abend bevorstand. Als sie an diesem Tag, so gegen sechs, endlich allein in ihren Räumen waren und sich Iris das erste Mal umgesehen hatte, fragte er: »Nun? Gefällt es dir?«

»Es ist umwerfend! Hier soll ich wirklich wohnen?«

»Fürs erste, chérie.«

»Werde ich dich hier auch immer wiederfinden?«

»Du wirst mich niemals suchen müssen.«

Er schloß sie in die Arme und küßte sie. »Tu es bienvenue, mon amour. Und du sollst hier glücklich sein.«

Zu ihrer heimlichen Freude hatte sie gesehen, daß man zwei Schlafzimmer eingerichtet hatte, jedes mit einem riesigen Himmelbett ausgestattet, das pompös mitten im Raum stand. Das war sehr schön, denn bei aller Liebe zu Jean-Claude erschien es ihr auf die Dauer etwas strapaziös, immer gemeinsam in einem Bett, in einem Zimmer zu schlafen. Auch der geliebteste Mann oder die geliebteste Frau mußte dabei zur Plage werden. Sie verfügte auch über ein eigenes Badezimmer, so groß, daß man darin ein Fest hätte veranstalten können.

»Nun ja«, meinte Jean-Claude, »das war selbstverständlich früher kein Badezimmer, aber wenn man es nun schon dafür eingerichtet hat, hielt man es wohl nicht für nötig, es zu verkleinern. Das hat alles mein Vater veranlaßt, der gern viel Platz um sich hatte und Bequemlichkeit liebte. Es sind seine Zimmer, die wir bewohnen.«

Jean-Claude verschwand nach einer Weile, während Iris mit Hilfe eines jungen Mädchens, das sich als Marie vorgestellt hatte, ihre Koffer auspackte. Die Kleine war zierlich und dunkelhaarig und ein wenig scheu, sie errötete jedesmal, wenn Iris sie ansprach, und schickte sogleich ein schüchternes Lächeln hinterher. Unaufgefordert ließ sie ein Bad einlaufen, und als Iris nachher in einen weißen Bademantel gehüllt in ihr Schlafzimmer zurückkam, war Jean-Claude wieder da. Er hatte sich umgezogen, trug einen dunklen Anzug und meinte, er würde nun hinuntergehen und mit Charles einen Aperitif trinken. Man speise um acht Uhr, aber es wäre nett, wenn Iris schon vorher käme, um auch einen Begrüßungsschluck zu haben.

»Was soll ich denn anziehen?«

»Das Blumenkleid«, antwortete er, und das hätte sie sich fast denken können, denn sie wußte, daß er sie in diesem Kleid am liebsten sah.

Sie machte sich an diesem Abend besonders sorgfältig zurecht, und wie immer, wenn sie mit Pinselchen und Töpfchen hantierte, dachte sie an Evelyne. Liebe Evelyne! Ohne ihre Lehren hätte Jean-Claude wahrscheinlich nie einen Blick an sie verschwendet. Wo sie wohl war? Noch in Görlitz oder bereits in einem guten Engagement an einer größeren Bühne oder gar bei der Ufa oder der Tobis? Auf jeden Fall erfolgreich und ständig verliebt, daran war kaum zu zweifeln.

Iris betrachtete sich sehr genau in dem großen, goldgerahmten Spiegel. Ob sie die Haare ein bißchen nach Evelynes Art hochsteckte? Sie drehte sich einmal um die eigene Achse, und das gewünschte Blumenkleid, das einen weiten schwingenden Rock besaß, tanzte um ihre langen Beine. Es war aus leichter schmiegsamer Seide, hellrote Blüten in weitem Abstand auf sahneweißem Grund, es hatte einen runden Ausschnitt, in den Jean-Claudes Weihnachtsgeschenk, die Kette mit der Perle, hervorragend paßte. An den Füßen trug sie weiße Sandaletten mit hohen Absätzen. Sie gefiel sich selbst. Kein Grund also, Hemmungen zu haben. Sie war die Comtesse Saint-Mar de Chaumencey, ob das nun verrückt war oder nicht. Und sie war jung und schön, ihr Mann sagte es ihr jeden Tag, und er mußte es schließlich wissen.

Sie kam in großer Haltung unten auf die Terrasse, sie kam wie eine Frau, die ihre Wirkung kennt. Der Diener, der an der Tür stand, die ins Freie führte, verneigte sich, die beiden Männer standen auf, und Isabelle, die auf der Brüstung saß, rief: »Wie süß!«

Madame-Mère, in schwarzer Seide, sagte nichts. Aber in ihrem Blick lag ein gewisses Wohlgefallen. Es gab viel auszusetzen an dieser Heirat, daran ließ sie keinen Zweifel zu, aber wenigstens war diese Deutsche, die ihr Sohn ins Haus gebracht hatte, eine gute Erscheinung.

Jean-Claude nahm dem Diener das Glas ab und reichte es Iris. Sie war durstig, und das Getränk schmeckte ihr. Es war kühl und herb, sie hatte keine Ahnung, was es war, es gab so viele dieser Getränke, die man vor dem Essen nahm, und daß Jean-Claude besondere Drinks bevorzugte, die oft gar keinen Namen hatten, war ihr schon bekannt. Eine Weile verlor sie sich ganz an das Bild, das sie sah – sie hielt immer noch das Glas in der Hand und schaute, und in ihrem Gesicht malte sich das Entzücken so deutlich, daß die anderen verstummten und sie ansahen.

Das Schweigen machte sie aufmerksam, sie blickte wie erwachend um sich. »Oh, excusez-moi«, sagte sie, »ich habe nicht aufgepaßt. Es ist so schön hier.«

»Du hast nichts versäumt«, sagte Jean-Claude. »Das Wichtigste hast du bemerkt.«

Von der Terrasse aus blickte man weit in die Ferne. Der Park lag etwas tiefer, so daß die Wipfel der Bäume den Blick nicht störten. Unter dem hellen Abendhimmel, noch beglänzt vom letzten Sonnenlicht, breitete sich die Landschaft frei nach allen Seiten hin, die sanften Hügel mit den Weinstöcken, die Wiesen dazwischen, die dunkleren Wälder, dazwischen einige Felder, eine Weide mit den weißen Kühen, die aussahen, als entstammten sie der Herde griechischer Götter, und ganz in der Ferne senkte sich der Himmel mit einer rosigen Kante auf dieses grüne Land, schloß es ab, als habe die Welt dort ein Ende. Und in der Stille hörte man den vielstimmigen Chor der Vögel von Saint-Mar, diese vielen wechselnden Stimmen, die sie in ihrem Leben nie mehr vergessen sollte.

»Es ist so schön hier!« wiederholte Iris. »Ich habe so etwas Schönes noch nie gesehen.«

Jean-Claude stand auf und trat hinter ihren Stuhl. Seine Stimme war ganz dunkel, als er sagte: »Es ist von nun an deine Heimat, Iris.«

Er hatte sie geheiratet, er hatte sie umarmt und geküßt, und es war nicht nur aus Begierde geschehen, aber an diesem Abend, in dieser Stunde begann die Liebe für ihn wirklich. Er war bereit gewesen, sie in sein Leben zu nehmen, aber auch er konnte zuvor nicht wissen, wie das sein würde, ob es standhielte. Aber von dieser Stunde an wußte er es.

Iris wandte den Kopf und blickte zu ihm auf, ihre Blicke trafen sich. Und jeder konnte sehen, wie nahe sie einander schon waren. Isabelle seufzte. Sie war jung, doch sie begriff. Auch sie war schon verliebt, aber es war noch ein Spiel.

Das Gesicht der Comtesse war stumm. Sie besaß nicht sehr viel Fantasie. Und geträumt hatte sie nie. Für sie war es Ehe gewesen und Pflicht. Und Repräsentation. Niemals ein Spiel und niemals ein Augenblick der Wahrheit.

Auch Charles' Gesicht schien unbewegt. Das hatte er sich anerzogen. Aber er begriff und er erkannte. Und in seinem Blick war Melancholie.

An ihn dachte Jean-Claude zuerst, als sich sein Blick aus Iris' Augen löste. Man durfte Charles nicht quälen, man durfte es ihm nicht zu sichtbar vor Augen führen.

»Laßt uns ein Glas Champagner trinken«, sagt er.

»Auf das Land, auf unser Land, und auf Iris, die jetzt zu ihm gehört.«

»Wir wollen jetzt essen, Jean-Claude«, sagte seine Mutter.

»Es ist noch nicht acht, Maman. Wir haben noch etwas Zeit. Ich habe mich gefreut auf diesen Abend. Gefreut auf den Tag, an dem ich Iris hierher bringen würde. Es soll ein glücklicher Tag für sie sein. Sie soll am Ende ihres Lebens sagen können: Es war ein glücklicher Tag.«

Die Comtesse zog erstaunt die Brauen hoch. Solche Worte hatte sie von ihrem Sohn noch nie gehört. War er nicht immer leichtherzig und sehr unformell gewesen?

Isabelle rief: »Mon Dieu, Jean-Claude, am Ende ihres Lebens – wie sich das anhört! Du fängst doch nicht etwa an, seriös zu werden?«

Jean-Claude lachte sein sorgloses Lachen, das man an ihm kannte. »Ich werde es mal versuchen, Isabelle. Du wirst mir dann sagen, wie es mir steht.«

Auf einen Wink seiner Augen verschwand der Diener, um den Champagner zu holen.

Später speisten sie an einer langen feierlichen Tafel, und es war ein langes anstrengendes Essen, es begann mit Weinbergschnecken, dann gab es Krebse in einer herrlichen Weinsauce, dann Geflügel und zu jedem Gang einen wunderbaren Wein. Iris tat ihr bestes, der burgundischen Küche Ehre angedeihen zu lassen.

Als sie nicht zu spät zusammen in ihre Zimmer kamen, ließ sie den letzten tiefen Seufzer dieses Tages hören. Jean-Claude lächelte. »Du hast dich tapfer gehalten, chérie.«

»Ja, nicht wahr? Müssen wir jeden Tag so viel essen?«

»Nein. Das wäre mir auch zu viel. Und nun sag mir, in welchem Bett du heute nacht schlafen willst?«

»Ich weiß es nicht. Vielleicht erst ein bißchen in dem einen und dann in dem anderen?«

»Ganz wie Madame befehlen. Jeannot ist dein gehorsamer Diener.«

Aber sie schlief rasch ein, nachdem er sie geliebt hatte. Und erwachte erst von dem Morgenjubel der Vögel.

Und da lag sie, wie immer in den vergangenen zwei Wochen, an seiner Seite.

Helga Köhler und Sebastian Conz sind abgehängt, und in den letzten beiden Tagen haben wir uns mit der Vorbereitung für die Plakate-Ausstellung beschäftigt. Heino kam selber herüber, das ist ja sowieso mehr oder weniger seine Angelegenheit, denn ich habe ihm bei der Auswahl und der Herbeischaffung der Objekte kaum geholfen.

Als alles fertig ist, muß ich zugeben: Das Ergebnis ist eindrucksvoll.

»Was sagst du, Iris?« fragt mich Heino zum zwanzigstenmal. »Ist das nicht ein Ding? Das ist doch mal was anderes. Bin neugierig, wie es ankommt. Sind tolle Sachen dabei, was? Das könnten sie in der Schweiz nicht besser machen.«

In der Schweiz hat er sich die Anregung für diese Schau geholt. Er hat einmal in Zürich eine Ausstellung von Plakaten gesehen, und seitdem hat ihn der Gedanke nicht losgelassen.

»Das ist doch einfach eine Wucht!« Er bleibt wieder einmal vor seinem Lieblingsstück stehen, einem fast wandhohen Monstrum; da steht in knallroter Schrift auf schwarzem Grund im oberen Teil das Wort ›LEBEN‹, und in dem Schwarzen strahlt eine goldgelbe runde Sonne, darunter wird es blau, in dem Blauen steht ein nacktes Mädchen, sie hat den einen Arm überschwenglich hochgereckt und einen Fuß auf das Dach eines supermodernen Autos gesetzt, das in gelbem Sand steht, und ganz unten steht klein, in mieses Grau gesetzt: ›nicht vegetieren‹.

Sebastian steht neben mir, er grinst und meint: »Hübscher Busen. Sticht einem fast die Augen aus. Und alles so schön bunt.«

»Eben«, macht Heino, der für Spott unempfänglich ist. »Das haut genau hin. So ist unser Leben heute.«

»Armer Irrer!« sagt Sebastian darauf. Nun blickt Heino ihn an, nicht gekränkt, nur verwundert, und sagt friedlich:

»Das verstehst du nicht, mein Junge.«

Das verstehen sie beide nicht, denke ich. Was verstehen sie schon vom Leben?

Aber es stimmt nicht, was Sebastian betrifft, ich muß mich da selbst korrigieren. Er versteht sehr viel – auch das, was er nicht erfahren hat. Er ist ein Künstler, ein wirklicher Künstler, und es ist in ihm drin. Ich muß an sein Bild mit der Hand denken, das so ungefähr das Gegenteil ausdrückt von diesem Plakat hier, und in dem doch trotz aller Hoffnungslosigkeit mehr Verheißung ist.

Übrigens hatte sich ein Käufer für das Bild gefunden. Der Mann kam aus Berlin, aber Sebastian konnte sich noch nicht entschließen, es zu verkaufen. Das war auch ganz gut, denn der schönste Erfolg unserer Ausstellung – für mich – besteht darin, daß ein bekannter Galeriebesitzer aus München kürzlich hier war, drei Tage bevor wir diese Ausstellung schlossen, der von Sebastians Arbeiten sehr angetan war und eine Ausstellung von ihm in München machen will. Das ist der deutsche Magritte, sagte er, und in München muß er groß gestartet werden.

Sebastian tat sehr wurschtig, als interessiere ihn das gar nicht, ich habe ihn fortgeschickt, ehe er pampig werden konnte, und habe die Sache für ihn verhandelt. Am Ende kam er dann und sagte: »Gut. Ich bin einverstanden. Aber ich mache da zur Zeit ein paar Porträts, und ich möchte, daß eines oder zwei davon mitgehen.«

Das wäre schön, sagte der Galerist aus München, und wann würden die fertig, und wen stellten sie dar?

Das werde er dann schon sehen, antwortete Sebastian kurz, und wann sie fertig würden, wüßte er selbst noch nicht, schließlich backe er keine Brötchen. Diese Porträts seien überhaupt das Wichtigste, was er bisher gemacht habe, und die Leute würden Superpreise dafür bezahlen. Es sei nur noch die Frage, ob er sie verkaufen werde.

Und dann grinste er wieder, dieses unverschämte Grinsen aus dem Mundwinkel heraus, und fügte hinzu: »Sie sind mit Herzblut gemalt, verstehen Sie? So richtig echt mit jeder Menge Herzblut. Wie in der guten alten Zeit.«

Aber man müsse doch wissen, wen sie darstellten.

»Na, was denn schon? Eine Frau natürlich.«

Die Frau bin ich. Was er nun von seinen vielen Skizzen ausführen wird und wie, davon habe ich keine Ahnung und mir ist ein wenig bange vor dem Ergebnis. Ich habe mich auch standhaft geweigert, ihm für die Aktzeichnungen zu stehen, die er machen wollte – nicht, weil ich besonders prüde bin, nur weil es mir albern vorkam. Ich sei nicht mehr in dem Alter, daß man von mir Akte mache, sagte ich, es gebe genügend geeignete Modelle.

»Du hast den allerschönsten Körper, den ich kenne, aber du brauchst mir nicht zu stehen, ich male ihn auch so.«

»Du wirst kein Aktbild von mir machen.«

»'türlich nicht. Mich interessiert dein Gesicht viel mehr. Dein schönes, hochmütiges, stolzes, kaltes Gesicht. Dein lebendiges Gesicht. Dein abweisendes Gesicht, das mich belügen will. Und das mich nicht belügen kann. Busen und Popo haben viele. So ein Gesicht wie du hat keine. Außerdem ist mir dein Körper greifbar lieber als auf dem Papier.«

Es ist nicht so einfach mit diesem Jungen. Ich bin ganz froh, daß er nun bald abreisen wird, zurück in seine Einsamkeit, um zu arbeiten. An meinem Gesicht, das ihn nicht belügen kann.

Am Tage vor der Plakate-Eröffnung kommt er am Vormittag ins Geschäft und sagt: »Draußen findet jede Menge Frühling statt. Ich möchte, daß du mit mir spazierengehst. Ist sowieso kein Mensch da. Und sollte einer kommen, kann Ludmilla allein versuchen, euren Kitsch an den Mann zu bringen.«

Ludmilla lächelt süßsauer, sie ist Sebastians Mundwerk nicht gewachsen und hat es aufgegeben, ihm zu parieren.

»Gehen Sie nur, Frau Vorwarth«, sagt sie und lächelt süffisant, »ich mache das hier schon.«

»Ich habe zu tun«, antworte ich, wie immer leicht verärgert über Sebastians Dreistigkeit, die mich kompromittiert.

»Du hast nichts zu tun«, beharrt er, »und in drei Tagen bin ich sowieso weg. Dann kannst du arbeiten, bis du schwarz wirst. Los, komm!«

Er nimmt meine Hand, zieht mich vom Schreibtisch weg, und das Ergebnis ist, daß ich schließlich mit ihm hinausfahre nach Biebrich, um im Schloßpark mit ihm spazierenzugehen.

Er hat das Schloß noch nicht gesehen. Und als wir davorstehen, beobachte ich sein Gesicht von der Seite, sehe seine sprechende Mimik, und ehe er den Mund aufmachen kann, um eines seiner vernichtenden Urteile von sich zu geben, sage ich:

»Fang bloß nicht wieder mit deinem ewigen Kitsch an. Ich kann's nicht mehr hören.«

»Okay, Königin, aber was ist denn das sonst hier? Was soll denn der Nippes da oben auf dem Dach? Hast du das in deinem Schloß auch gehabt?«

»Herrgott, sei nicht so kindisch. Das ist nun mal ein Barockschloß, und da fanden sie das eben schön. Schau dir die beiden Seitenflügel an, sind sie nicht sehr hübsch und harmonisch?«

Er macht eine Handbewegung, als werfe er einen Ball in die Luft. »Hübsch und harmonisch! Laß uns doch ein Tänzchen wagen, edle Königin. Hübsch und harmonisch! Du bist nicht hübsch und harmonisch, und ich bin es nicht, und kannst du mir sagen, was auf dieser Welt hübsch und harmonisch ist? Und wer will denn das auch? Hübsch und harmonisch ist Scheiße.«

Na gut, mit dem ist einfach nicht zu reden. Eine Weile starrt er dann in den Rhein, findet ihn absolut nicht hübsch und harmonisch, aber ehrlich und dreckig, und am besten gefallen ihm die Schleppkähne, die vorüberziehen. Auf so einem Kahn zu leben, das würde ihm Spaß machen, entdeckt er.

»Und zwar nicht hier, sondern in Holland. Und wenn ich ein paar Bilder verkauft habe – in München werde ich viel verkaufen –, dann kaufe ich mir in Holland so einen Kahn, und dann schippern wir durch die Kanäle.«

»Wir?«

»Natürlich. Du kommst mit. Du mußt gelegentlich mein Hemd waschen und an Deck aufhängen und trocknen, ich brauche dann nur noch ein Hemd, das zweite ist sowieso schon ganz zerschlissen, und du kochst für mich Bohnensuppe. Und ich male dich, dein Gesicht, braungebrannt und fröhlich, über dem stillen Wasser des Kanals, denn du bist dann fröhlich, Königin. Und du wirst nie mehr an das verdammte Burgunder Schloß denken, weil es auf meinem Kahn viel schöner ist.«

»Ach, hör auf, du gehst mir auf die Nerven. Und außerdem denke ich nie an das Burgunder Schloß. Es bedeutet mir nichts mehr.«

»Wenn es dir nichts mehr bedeutet, dann male es für mich.«

»Eben sagst du, ich soll nicht daran denken, und nun soll ich es malen. Halt den Mund, oder ich gehe auf der Stelle weg und lasse dich hier stehen.«

Er nimmt mich mitten in den Anlagen am Rheinufer in die Arme, hält mich eisern fest, ich drehe das Gesicht zur Seite, aber er läßt mich nicht los, bis ich ihn ansehe, und dann küßt er mich auf die Stirn.

»Warum willst du mich nicht lieben, Königin?«

»Weil es lächerlich ist. Du solltest es dir nicht wünschen. Ich habe bisher noch jedem Unglück gebracht, den ich liebte.«

»Und dem, der dich liebte, auch?«

»Dem auch.«

Ich mache mich heftig frei, wende mich ab, und dann gehen wir über die Straße, in den Schloßpark hinein. Er ist leer an diesem Vormittag, nur ein paar Mütter mit Kinderwagen; ein alter Herr spaziert vorüber, den Hut in der Hand. Die Sonne scheint warm. Die Knospen sind schon dick, heute oder morgen beginnt es zu blühen. Wir gehen schweigend nebeneinander her. Nach einer Weile greift er nach meiner Hand und hält sie fest. Mir kommt es albern vor, hier mit einem jungen Mann Hand in Hand spazierenzugehen, ein junger Mann, der mein Sohn sein könnte, wie Ludmilla zutreffend festgestellt hat.

Hoffentlich begegnen wir niemandem, der mich kennt.

Ach, ist ja egal. Alles ist egal. Ob man lebt oder stirbt, ob man geliebt wird oder nicht, nichts ist hübsch und harmonisch in dieser Welt, und zu allerletzt ist es mein Leben gewesen, und wer meinen könnte, es sei es jetzt, der täuscht sich. Alles, was geschah, ist mit mir und lebt mit mir, und es wird mit mir sterben, und erst wenn ich weg bin, wird es auch weg sein. Das Schloß in Burgund wird weg sein und das burgundische Land im Sommer und der Mann, den ich liebte, und Arne, den ich tötete, und mein Sohn – den ich verlor. Alles wird weg sein und ich endlich auch, und dann sollen sie doch auf dieser Welt machen, was sie wollen, es kümmert mich nicht mehr.

Und warum soll ich eigentlich darauf warten? Ich kann das morgen haben, wenn ich will. Das Wegsein. Alles wegräumen, alles wegschmeißen, mit einem Griff. Und der Raum, der dann noch bleibt, wird dunkel sein und leer. Leer. Endlich.

Wir kommen schweigend bis zum See, dort stehen wir. Am Ufer verloben sich die Enten, sie sind sehr eifrig bei der Sache, und Vögel gibt es hier auch, und bald wird es Grün geben und noch wärmere Sonne und Blumen – ach, zum Teufel mit allem. Ich will es nicht mehr sehen.

Diesmal dreht er mich ganz sanft zu sich herum. Und auch seine Stimme ist sanft und leise, und seine Maleraugen, die durch alles hindurchsehen, sind sanft und dunkel, und er sagt: »Warum ist soviel Verzweiflung in deinen Augen, Iris?«

»Das bildest du dir nur ein.«

»Wenn ich etwas sehe, dann sehe ich es. Du weißt, daß du mich nicht belügen kannst, Königin. Dein Gesicht ist in mir drin. Bis zur letzten Stunde meines Lebens werde ich es malen können. Und wenn ich blind würde, könnte ich es noch sehen. Warum hast du allen Unglück gebracht, die du liebtest?«

»Mußt du mich eigentlich quälen?«

»Du quälst dich selbst genug. Wen hast du noch geliebt außer diesem Mann in Burgund?«

Ich starre auf das Wasser, das im Sonnenlicht glitzert.

»Meinen Bruder.«

»Du hast einen Bruder?«

»Ich hatte einen Bruder.«

»Ist er tot?«

»Er ist tot, und ich bin schuld an seinem Tod.«

»Das redest du dir wahrscheinlich nur ein.«

»Das ist eine dumme Bemerkung.«

»Stimmt.« Er bückt sich, hebt ein Steinchen auf, wirft es ins Wasser, es gibt einen Kreis, der sich langsam vergrößert, vergleitet, vergeht.

»Ich habe nichts in meinem Leben so sehr geliebt wie meinen Bruder, bis – und auch dann liebte ich ihn noch. Eines Tages sagte ich zu ihm: Ich hasse dich. Ich verabscheue dich. Ich will dich nie wieder sehen. Nie. Nie. Ich wünschte, es hätte dich nie gegeben.«

»Und da fiel er um und war tot?«

»Dann nahm er seine Pistole und schoß sich in den Kopf.«

»Weil du das gesagt hattest? Du hattest sicher Grund dazu?«

»Ich hatte Grund dazu.«

»Und für ihn war es Grund genug, sich zu erschießen? Also, um mal wieder auf den Teppich oder auf den Parkweg zurückzukommen, so ganz normal finde ich das nicht. Du hattest Grund, das zu sagen. Und für ihn war dein Grund genug Grund, sich umzubringen?«

»Ach, laß mich doch in Ruhe. Du bist ja nur albern.«

»Ich bin gar nicht albern. Ich bin todernst, und ich erschieße mich auch gleich, wenn du mir das nicht glaubst. Ich versuche nur klarzukommen, nicht? So ganz einfach ist es nicht, das wirst du ja wohl zugeben.«

»Es geht dich nichts an.«

»Nichts. Ich würde nur die ganzen Gründe gern auseinanderpusseln.«

Warum Arne es tat? Nur weil ich den Haß weitergab, der mir von allen Seiten entgegenschlug? Mußte ich ihn nicht hassen, nach allem, was geschehen war?

Nein. Ich war es nicht allein. Seine Welt brach zusammen. Seine stolze Siegerwelt, in der er Herr gewesen war. Und Herr wollte er bleiben. Er wollte kein Besiegter sein, kein Verdammter, kein Gedemütigter. Er nicht.

Doch wenn ich gesagt hätte: Er hat nichts getaugt, dieser Sieg. Er war ein Unrecht, und er trug von der ersten Stunde an die Niederlage in sich, das mußt auch du erkennen. Du bist jung, und dein Leben beginnt erst. Die Welt ist nicht hübsch und harmonisch, die, in der du bisher gelebt hast, war es nicht, und die, die kommen wird, kann es auch niemals sein. Aber du wirst in ihr leben und wirst dich selbst finden. Den, der du bist. Bisher warst du ein Kunstgebilde. Man hat etwas aus dir gemacht, das du nicht bist. Nicht du. Aber du wirst dich suchen. Und ich helfe dir dabei. Ich bin dein zweites Ich, wir gehören zusammen. Ich bin verloren, und du glaubst, du seist es auch. Aber du sollst es nicht sein. Ich will dir helfen.

Ich will dir helfen zu einem neuen Leben, zu dem du bisher den Mut nicht gehabt hast.

Ich will dir helfen, mein Bruder.

Konnte ich das sagen? Damals?

Könnte ich es sagen, heute? Wenn er mich noch hören könnte?

Meine Augen sind blind von Tränen. Das Wasser des Sees scheint in sie gedrungen zu sein, füllt sie, überströmt sie. Nein. Das Wasser des Sees ist lebendig. Meine Tränen sind tot, wie meine Augen tot sind. Wie ich tot bin. Die verlassene Tote im Niemandsland. Keiner hat sie begraben. Wer kommt schon in das tote Land?

Sebastian nimmt wieder meine Hand, und wir gehen langsam weiter. Er sagt nichts, und ich sage auch nichts, aber ich klammere mich an seine Hand, halte sie fest, sie ist warm und lebendig, wie diese Frühlingswelt ringsum warm und lebendig ist. Es ist sehr schwer, kalt und tot zu sein inmitten einer solchen Welt.

Es ist seltsam mit diesem Jungen, der da in mein Leben geschneit ist. Er ist der erste fremde Mensch, mit dem ich über das Vergangene spreche. Warum eigentlich?

An diesem Tag kommt mir zum erstenmal der Gedanke, daß ich mit ihm in gewisser Weise mein Gespräch mit Philipp fortsetze.

Seit ich mit Philipp sprach – das ist wie ein Markstein geworden in meinem Leben. Immer wieder denke ich das: Seit ich mit Philipp sprach...

Seit jener Nacht ist alles so nahe, ist alles wieder da, was ich so sicher verborgen hatte. Ganz versteckt in den dunkelsten Tiefen, verdrängt aus dem wohlgeordneten, tätigen Leben, das ich führe.

Und alles, was ich Philipp nicht gesagt habe, und das ist viel, auch wenn ich anfangs glaubte, ich hätte ihm alles gesagt – das ist jetzt auferstanden, das ist wieder da.

Und nun spreche ich zu einem Fremden davon, den es nichts angeht.

Viel habe ich Philipp erzählt. Viel Böses, viel Häßliches. Aber ich habe nicht von meinem Leben in dem Schloß in Burgund gesprochen, nicht von den Vögeln und den Bäumen. Warum eigentlich nicht?

Warum habe ich nur zu Sebastian davon gesprochen? Warum erzählte ich Philipp nicht von meinem Sommer in Burgund, von meinem Glück?

Dieser eine Sommer, der aus Tagen und Nächten, aus Wochen und Monaten bestand, obwohl es mir heute vorkommt, als sei es nur ein Tag gewesen, ein einziger leuchtender Sommertag, und nur eine Nacht, eine einzige selige Liebesnacht.

Aber wie konnte ich Philipp das erzählen?

Charles reiste dann erst nach drei Wochen ab, und es schien fast, als verlasse er seine Heimat nur ungern. Er müsse wieder einmal nach Hause, meinte er, Pierre mache sich sicher bereits große Sorgen, und außerdem habe er eine angefangene Arbeit da liegen. Und gelegentlich müsse man sich auch wieder einmal um das Weltgeschehen kümmern.

»Ach, laß das doch«, sagte Jean-Claude darauf. »Je weniger man davon hört und sieht, um so besser. Wir werden ihm sowieso nicht entgehen.«

Es war die Zeit, in der die Feindseligkeiten zwischen Deutschland und Polen sich täglich steigerten, in der Druck und Gegendruck, Herausforderung und Bösartigkeit, Lüge und Verrat den Weg bereiteten für den Krieg, der drohend hinter den Kulissen auf seinen Auftritt wartete. Die Zeit, in der die Menschen in Europa immer mehr in eine jagende Angst hineingetrieben wurden, in der sie das Feuer bereits knistern hörten und noch nach einem Fluchtweg suchten, in der die Luft für die, die es schon einmal erlebt hatten, nach Brand und Rauch und nach totem Fleisch roch. Die Zeit, in der verzweifelte Menschen, Juden und Verfolgte der Nazis, aus Deutschland, aus Europa zu entkommen suchten; die Zeit, in der die bisher Hoffnungsvollen resignierten, und nur noch die Toren und die Blinden sich über den strahlenden Sommer freuen konnten.

Die Zeit, in der auch Chamberlain und Daladier begriffen, daß sie mit ihrem Kniefall vor dem Diktator no peace for our time erkauft hatten.

Ich wußte das alles nicht, ich habe es erst später erfahren. Und wenn Charles und Jean-Claude es wußten, so sprachen sie niemals davon. Jedenfalls nicht, wenn ich dabei war.

Charles kam mir in den drei Wochen, die wir zusammen auf Saint-Mar verbrachten, sehr nahe. Man könnte sagen: Ich gewann ihn lieb. Ich hatte sehr schnell jede Scheu vor ihm verloren, wir unterhielten uns manchmal stundenlang, vornehmlich über die Geschichte Frankreichs und Burgunds, und mein Interesse daran freute ihn.

Er stimmte mir auch zu, als ich ihm von meinem Plan erzählte, später mein Studium wieder aufzunehmen.

»Jean-Claude will es zwar nicht, aber ich möchte es trotzdem gern. Ich kann doch mein Leben nicht nur mit Faulenzen und Vergnügen verbringen.«

»Das ist ein sehr vernünftiger Standpunkt, Iris. Auch für eine Frau. Und ich würde sagen, gerade für die Frau von Jean-Claude sehr wünschenswert. Ich hoffe, daß Jean-Claude durch Sie sein Leben in Zukunft etwas ernsthafter betrachtet. Auch er sollte begreifen, daß er nicht nur zum Vergnügen auf der Welt ist. Er hat alles angefangen und nie etwas beendet. Am besten ging es noch bei der Armee, er hat es wenigstens zum Capitaine gebracht, aber er war nicht sehr gern Soldat, soweit mir bekannt ist. Ein Studium hat er nicht abgeschlossen, den diplomatischen Dienst hat er angefangen und bald wieder quittiert, und schließlich ist er auch kein versierter Landwirt oder Weinbauer. Sie wissen ja, daß unsere Weinberge zum größten Teil verpachtet sind, und die wenigen, die noch vom Schloß bewirtschaftet werden, besorgt Laroche, den Sie kennengelernt haben. Jean-Claude ist jetzt siebenunddreißig, es wird Zeit, daß er mal etwas arbeitet. Arbeiten sage ich – und das meine ich. Es ist nicht gut für einen Menschen, sein Leben so zu verspielen.«

Es schmeichelte mir, daß Charles so ernsthaft auf mich einging und so ausführlich mit mir über Jean-Claude sprach. Das Gespräch fand an einem warmen Juninachmittag im Park statt, auf der sogenannten Sonnenwiese, wie Isabelle den verborgenen Rasenfleck nannte, eine kleine Wiese, umgeben von Ebereschen und dichten Büschen.

Ich lag auf einer Decke im Gras, nur mit einem zweiteiligen Luftanzug bekleidet, und sonnte mich. Charles saß in einem Liegestuhl, der im Schatten der Bäume stand.

Ich fühlte mich entspannt und sorglos, ein wenig müde, denn wir waren am Morgen geritten und nachher beim Schwimmen gewesen, Jean-Claude, Isabelle und ich. Und nun waren die beiden nach Beaune gefahren, um einige Besorgungen zu machen; außerdem wollte Isabelle ihre Freundin besuchen, und noch wichtiger war es ihr vermutlich, ihren Freund Henri zu treffen, in den sie sehr verliebt war, und er in sie natürlich auch, wie ich inzwischen wußte.

Ich hätte mitfahren sollen, aber gesagt, ich wolle lieber dableiben und Charles Gesellschaft leisten. Da er doch nun bald abreisen wolle, müsse man die Zeit nützen.

Dieses Gespräch hatte beim Mittagessen stattgefunden, und Jean-Claude tat, als wäre er beleidigt; im Grunde freute es ihn, daß ich mich mit Charles so gut verstand. Er sagte: »Mir scheint, du bist lieber mit Charles zusammen als mit mir.«

Ich lächelte Charles über den Tisch hinweg an und antwortete: »Manchmal ja.«

»Und warum, wenn ich fragen darf?« erkundigte sich mein Mann.

»Man kann sich so gut mit ihm unterhalten.«

»Und mit mir nicht?«

»Doch. Mit dir auch. Aber mit ihm kann ich ernsthaft reden.«

»Und mit mir nicht?«

»Selten.«

Isabelle kicherte. »Iris schwärmt für seriöse Männer. Jeannot, sie hat den falschen Mann geheiratet. Mon Dieu, sie hat es aber schnell gemerkt.«

»Schnell oder nicht schnell, auf jeden Fall zu spät. Sie muß sich mit mir abfinden. Auch wenn es ihr schwerfällt.«

So plauderten wir während des Essens, wir lachten, auch Charles schien fröhlich zu sein. Nur Madame la Comtesse, die keinerlei Humor besaß, beteiligte sich an solchen Albereien nie.

Nach dem Essen, während der größten Hitze, ruhten wir in unseren Zimmern; dann fuhren die Geschwister in die Stadt, und ich verzog mich mit einem Buch auf die Sonnenwiese. Etwas später kam Charles und setzte sich zu mir.

»Ich kann doch«, setzte ich ihm eifrig auseinander, »im Winter wenigstens Vorlesungen an der Sorbonne hören? Jean-Claude sagt, wir würden im Winter meist in Paris leben. Und wenn er wirklich später etwas arbeiten wird, wie Sie sagen, Charles, werden wir ja vermutlich sowieso die meiste Zeit in der Stadt sein. Was ich bedaure. Ich finde es wunderschön hier. Aber das Leben besteht ja nicht nur aus Ferien. Ich habe das Gefühl, ich muß etwas tun.«

»Ein sehr gutes Gefühl, würde ich sagen, Iris. Ein Mensch soll seinen Kopf nicht einrosten lassen. Falls er einen bekommen hat, in dem Gedanken wohnen, dann sollte er Gott dafür dankbar sein und von dieser Möglichkeit Gebrauch machen.«

»Jean-Claude sagt, ich soll immer nur für ihn und die – na ja, und für die Kinder da sein. Erstens habe ich noch keine, und wenn ich sie hätte, brauche ich ja nicht den ganzen Tag um sie herumzusitzen, nicht?«

»Gewiß nicht. Ihr könnt euch ein Kindermädchen leisten. Außerdem ist es für Kinder auf jeden Fall besser, eine kluge als eine dumme Mutter zu haben.«

Es war das erste Mal, daß ich von diesen beabsichtigten Kindern sprach. Bisher hatten sich noch keine Anzeichen eingestellt, und ich war ganz froh darüber. Wenn ich schon so plötzlich eine Ehefrau geworden war, wollte ich nicht unbedingt auch sofort Mutter werden. Das kam immer noch rechtzeitig genug. Sicher wartete Madame-Mère ständig darauf, daß man ihr eine Ankündigung in dieser Richtung machte, und möglicherweise auch Jean-Claude. Mir dagegen war ein wenig bange davor, ich wollte noch ein wenig meine Freiheit und dieses neue, wundervolle Leben genießen.

Nach einer Weile kam Josèph und brachte uns kühle Getränke, wobei er einen mißbilligenden Blick auf meine knappe Bekleidung warf. Zwar sonnte sich auch Isabelle in einem zweiteiligen Badeanzug, aber so wenig die Comtesse es schätzte, so wenig schätzte es der erste Diener des Hauses. Ich tat es, weil Isabelle es tat, und weil wir ja schließlich im 20. Jahrhundert lebten. Und weil ich einen schönen Körper hatte, wie Jean-Claude mir oft genug gesagt hatte. Ob er so schön blieb, wenn ich Kinder bekam? Jean-Claude hatte mich gelehrt, meinen Körper zu lieben, und der Gedanke, daß er dick und unförmig werden sollte, war mir schrecklich. Kinder haben – das mochte ja angehen, aber warum man sie auf so schreckliche Weise kriegen mußte, das konnte ich nicht einsehen.

Und plötzlich, ich weiß auch nicht, wie es kam, sagte ich eben dies zu Charles. Als ich es gesagt hatte, errötete ich. Wie taktlos von mir! Ich war doch sonst nicht so eine Plapperliese, die alles aussprach, was ihr in den Sinn kam. Aber Charles hatte etwas an sich, das mir Vertrauen einflößte. Den Jahren nach hätte er mein Vater sein können, aber ich sah in ihm so etwas wie einen großen Bruder.

»Nun ja«, meinte er. »Der Mensch ist überhaupt ein sehr unvollkommenes Gebilde und in vielen Dingen etwas unappetitlich. Das beginnt mit seiner Geburt und endet mit seinem Sterben, und kein noch so hochentwickelter Geist kann dem entfliehen. ›Es bleibt ein Erdenrest zu tragen peinlich‹, wie euer Goethe sagt. Und je feinsinniger einer ist, um so mehr muß er darunter leiden.«

»Man hat es leichter, wenn man so richtig primitiv ist, nicht?«

»Vielleicht. Aber man kann es sich nicht aussuchen, wie man ist.«

Wir schwiegen eine Weile, dann sagte ich: »Ich werde sehr traurig sein, Charles, wenn Sie abreisen.«

»Es ist nett, daß Sie das sagen, Iris. Es wird mich ermutigen, wiederzukommen.«

»Ja, das hoffe ich. Und sehr oft. Und wir werden Sie auch in England besuchen, hat Jean-Claude gesagt.« Ich seufzte. »Mir fehlt ein Bruder.«

Ich setzte mich auf, lehnte mich mit dem Rücken an einen Baumstamm, blickte zu ihm auf und sagte: »Sie wissen davon?«

»Ein wenig.«

»Ach!« Und dann fing ich an, von Arne zu sprechen. Erzählte ihm alles von Arne und mir, wie wir zueinander standen, wie es gewesen war, was er mir bedeutete und wie unglücklich es mich machte, daß er sich offenbar ganz von mir abgewandt hatte.

Charles ließ mich reden. Er begriff wohl, daß ich das alles einmal loswerden mußte.

Am Ende sagte er: »Es muß nicht so bleiben. Er wird sich damit abfinden, daß Sie geheiratet haben, Iris. Er ist noch sehr jung, und wie es scheint, ein wenig unverständig, und hochfahrend. Das gibt sich. Und wenn er Sie so liebt wie Sie ihn lieben, wird er eines Tages verstehen lernen. Und dann sollte es ihn freuen, daß Sie glücklich sind.«

»Ich würde ihn so gern einmal hierher einladen. Damit er das alles sieht. Damit er alles kennt, was ich jetzt kenne. Und ich möchte so gern, daß er und Jean-Claude Freunde werden. Meinen Sie, er wird kommen?«

Ich blickte hoffnungsvoll zu Charles auf. Ein Schatten verdunkelte sein Gesicht, er zögerte mit der Antwort, dann sagte er langsam: »Ich hoffe es, Iris. Ich kann nur hoffen, daß Gott uns gnädig ist. Und daß Ihr Bruder eines Tages als Gast und Freund in dieses Haus kommt.«

Da war es wieder. Nicht ausgesprochen, und ich wollte nicht einmal an das denken, was er jetzt dachte.

Arne sollte kommen, mit uns hier reiten, im Park sitzen

und all die schönen Sachen essen und den burgundischen Wein trinken: Dann würde alles gut sein und meine Welt wohlgeordnet. Er würde dieses schöne Land kennenlernen, und vielleicht konnte er auch einmal Charles in England besuchen, er schwärmte ja immer von England und den Engländern, aber er würde sehen, daß die Franzosen auch sehr nette Menschen waren – und wenn ich mich gut mit ihnen vertrug, warum sollte er sich dagegen sträuben?

Und wenn ich schon unbedingt Kinder bekommen sollte, dann würde Arne schließlich ihr Onkel sein. Ging ihn das vielleicht nichts an? Es war direkt schade, daß Isabelle in Henri verliebt war. Vielleicht hätte sie sich sonst in Arne verliebt und er in sie.

Ich war sehr jung, und ich träumte. Ich war glücklich, und die anderen sollten es auch sein und vor allem mein Bruder. Ich dachte viel an Arne. Nicht an Mama – an sie kaum, auch wenn ich ihr getreulich jede Woche einmal schrieb. Ich dachte auch nie an Günther. Er war aus meinem Leben so verschwunden, als hätte es ihn nie gegeben.

Schon in dem Vierteljahr vor meiner Hochzeit hatte ich ihn nicht mehr gesehen. Als er damals von meiner Verlobung erfuhr, hatte er mir gratuliert, sehr korrekt, sehr förmlich, und natürlich wußte ich, daß es ihn betrübte, aber es war mir gleichgültig. Danach hatte er sich nicht mehr blikken lassen. Und ich vergaß ihn.

Etwas später kam Jean-Claude mit seinem Lieblingshund Bijou zu uns auf die Wiese. Bijou war ein weißer Hirtenhund, ich hatte schnell Freundschaft mit ihm geschlossen. Auch jetzt kam er angelaufen, begrüßte mich schweifwedelnd und setzte sich dann neben mich, und ich schlang meine Arm um seinen Hals.

»Schon zurück?« fragte ich Jean-Claude, der sich herabbeugte und mich küßte. »Wie war es, und was hast du erlebt?«

»Viel. Und was habt ihr gemacht?«

»Geredet.«

»Ah, ja, ernsthaft. Ich weiß.«

Er setzte sich zu uns, schenkte sich ein Glas ein und erzählte von Beaune, denn dort traf er immer Bekannte, und meist brachte er entweder Gäste mit oder eine Einladung. Isabelle sei noch in der Stadt geblieben, erfuhren wir, sie würde abends mit Henri zum Essen gehen, und er würde sie dann heimbringen.

Mit Henri, das war ziemlich ernst, die Brüder sprachen eine Weile darüber, was man davon zu halten habe. Isabelle und Henri kannten sich schon aus ihrer Kinderzeit. Er war einige Jahre älter als Isabelle, sein Vater war der größte Weinhändler von Beaune, Besitzer berühmter Keller. Allerdings war die Familie nicht von Adel, wenn auch alteingesessen und sehr angesehen.

Henri hatte seinen Militärdienst geleistet, war ein Jahr in Algier gewesen und arbeitete jetzt bei seinem Vater. Er war ein hübscher, liebenswerter junger Mann, sehr höflich, gar nicht leichtsinnig oder unfertig, ein richtiger Mann schon, und Isabelle war sichtlich in ihn verliebt. Und er betete sie an, das war nicht zu übersehen.

Jean-Claude meinte, daß es absolut noch nicht so notwendig sei, daß Isabelle sich verlobe oder gar heirate.

»Sie hat noch Zeit. Sie kann den Winter mit uns in Paris verbringen und ein paar Leute kennenlernen. Wir werden Gesellschaften geben und viel ausgehen. Und sie wird andere Männer kennenlernen.«

Brüder waren offenbar alle gleich. Eine verliebte Schwester sahen sie nicht gar zu gern. Und ohne Zweifel erschien für Jean-Claude die Heirat mit Henri nicht glanzvoll genug für Isabelle.

Aber ich kannte Isabelle inzwischen gut genug, daß ich wußte, sie würde tun, was sie wollte. Und sie würde nur einen Mann heiraten, den sie liebte.

Das mit dem Winter in Paris und den Gesellschaften, die wir geben würden, hörte ich mit gemischten Gefühlen. Solchen Aussichten fühlte ich mich noch nicht so ganz gewachsen. Die Gastgeberin zu sein im Hôtel Saint-Mar in Faubourg St-Germain erschien mir eine reichlich schwierige Aufgabe. Und die Pariser Gesellschaft würde mich bestimmt mit sehr kritischen Augen betrachten.

Die Leute von Chaumencey betrachteten mich zwar nicht weniger kritisch und verhielten sich bisher sehr reserviert, die Erfahrung hatte ich schon gemacht. Ich kannte inzwischen einige der größten Grundbesitzer und natürlich den Maire und den Pfarrer und wer sonst noch zur Oberschicht von Chaumencey gehörte. Und natürlich auch die dazugehörenden Frauen. Ich hielt mich zurück, lächelte, war freundlich, und solange Jean-Claude an meiner Seite war, konnte mir nicht viel passieren. Sie würden sich schon an mich gewöhnen. Ich war auch schon zweimal mit Madame-Mère und Isabelle am Sonntag in der Kirche gewesen; es machte mich noch immer sehr befangen, zumal Jean-Claude nicht mitgegangen war. Der Pfarrer von Chaumencey war ein älterer, sehr liebenswürdiger Herr, der mich wohlgefällig und nachsichtig betrachtete. Ich wußte, daß die Comtesse regelmäßig zur Beichte ging, von mir erwartete man das offenbar nicht. Der Form war mit meinem Übertritt Genüge geschehen, es genügte, wenn ich gelegentlich mit zur Messe ging, weitere religiöse Übungen mutete man mir nicht zu.

Zu meiner größten Freude gehörte in jenem Sommer das Reiten. Wir ritten jeden Morgen, und ich war nach kurzer Zeit schon recht sicher im Sattel. Jean-Claude war ein guter Lehrmeister, und da wir immer im Gelände ritten, wurde nichts weiter von mir verlangt, als auf dem Pferd sitzen zu bleiben und es laufen zu lassen.

Ich ritt Blanchefleur, eine sanfte, schon ältere Schimmelstute, die ein Kind hätte reiten können. Sie war schneeweiß, hatte weiche rosige Nüstern und große dunkle Augen, mit denen sie einen vertrauensvoll ansah. Vor ihr hatte ich keine Angst und sie nicht vor mir, wir taten uns gegenseitig nichts. Dazu hatte sie wunderbar weiche Gänge, trabte oder galoppierte getreulich neben Bayard her, immer eine Nasenlänge hinter ihm, ganz gehorsame Gefährtin, denn wo Bayard hinging, da ging auch sie hin, und wenn er stehenblieb, dann blieb auch sie stehen. Und da Jean-Claude sein Pferd in jeder Situation beherrschte, konnte mir nichts passieren.

Bayard war ein großer rassiger Dunkelbrauner mit sehr

viel Temperament, aber Jean-Claude immer gehorsam, wir konnten absteigen, wo wir wollten, und die Pferde frei laufen lassen, sie blieben immer in unserer Nähe.

Dann gab es noch im Stall den Braunen von Laroche, den Isabelle ritt, wenn sie uns begleitete. Bisher hatte sie meist Blanchefleur geritten, wie ich erfuhr. Im nächsten Jahr, so versprach Jean-Claude seiner Schwester, werde man für sie ein neues Pferd kaufen, er werde sich umsehen und bald etwas Geeignetes finden.

Jean-Claude, der sehr gern fotografierte, machte viele Bilder von mir, davon auch mehrere, auf denen ich auf Blanchefleur zu bewundern war, und ich gefiel mir selbst ausnehmend gut.

»Das ist wie ›Tom der Reimer‹«, sagte ich einmal. Das kannte er nicht, und ich sang ihm die Ballade vor – ›da sah er eine blonde Frau, die saß auf einem weißen Roß‹ –, und er fand auch, das passe sehr gut, nur seien sieben Jahren zu wenig.

Ich schickte die Bilder nach Berlin, an Mama und auch an Arne, und ich hoffte, er würde wenigstens in diesem Punkt mit mir zufrieden sein, daß ich endlich einigermaßen reiten konnte.

Die Ritte waren herrlich. Sie führten auf schmalen Wegen zwischen den Weinbergen auf und ab, sie verloren sich in dem weiten Wald, der über Chaumencey begann, man galoppierte auf weichem Rasenboden, wir durchquerten Bäche, und schon wagte ich es, über Baumstämme oder kleine Gatter zu springen.

Pferde gab es noch viele in der Gegend, auch die Bauern hatten noch Pferde – nicht nur für die Landarbeit, manche von ihnen ritten sehr gern und sehr gut.

Und wenn wir nicht ritten oder aßen oder spazierengingen oder uns liebten oder einfach faulenzten, fuhren wir mit Jean-Claudes Wagen durch die Gegend. Anfangs meist mit Charles, oft war auch Isabelle dabei, später, nach Charles' Abreise und nachdem Isabelle immer mehr mit Henri beschäftigt war, allein. Ich lernte in diesem Sommer das Land Burgund sehr gut kennen.

Zunächst natürlich die Côte d'Or, das Herz von Burgund, die Weingegend. Ich kann sagen, daß es dort kein Dorf gibt, in dem ich nicht gewesen bin. Jean-Claude war überall bekannt, ob auf Schlössern, auf großen Landsitzen, bei den Bauern und den Weinbauern, sie kannten ihn, und sie mochten ihn.

Manchmal saßen wir in einem Dorf in der Auberge mit den Bauern, dem Maire, dem Arzt oder sonstigen Honoratioren bei einem Glas Wein beisammen, oder wir kehrten bei einem Winzer ein und mußten seinen besten Wein probieren, oder wir waren in einem Schloß zu Tisch geladen. Und immer versicherte ich allen Leuten, wie schön ich es hier fände, wie gut es mir gefalle, wie herrlich das Essen schmecke und wie über alle Maßen wundervoll der Wein. Das wollten sie hören, das befriedigte sie, und dann betrachteten sie mich mit einigem Wohlgefallen.

Mit den Männern war es überhaupt nicht schwer. Welcher Franzose würde einer jungen hübschen Frau mit Abneigung begegnen? Mit den Frauen war es naturgemäß ein bißchen schwieriger, besonders bei den großen Familien, in deren Häusern es unverheiratete Töchter gab. Jean-Claude war zweifellos eine begehrte Partie gewesen. Daß er sich eine Frau aus Deutschland geholt hatte, das mußte erst einmal verdaut werden.

Sehr gern fuhr ich nach Beaune. Ich fand Gefallen an der kleinen Stadt, fand sie bezaubernd in ihrer unzerstörten Geschlossenheit, wie sie sich um den Marktplatz herum gruppierte, mit den geraden Straßen und engen Gassen, die im Anfang verwirrend waren, in denen ich mich aber bald gut zurechtfand. Manchmal weigerte ich mich glatt, wenn Jean-Claude, der immer Unterhaltungssüchtige, Freunde, Bekannte oder Verwandte besuchte, von denen er in Beaune eine Unzahl besaß. Den Notar Soundso und den Doktor Diesunddas, und da war ein Freund, der einen berühmten Keller besaß, und dort einer, der neue Bücher, neue Schallplatten vorführen wollte, und dann waren es jüngere oder ältere Damen, denen er ein wenig den Hof machen und bei einem Aperitif oder beim Tee Gesellschaft leisten mußte.

»Warum willst du nicht mitkommen, chérie? Ein wenig Abwechslung wird dir Spaß machen. Und allein wirst du dich langweilen.«

»Ich langweile mich nicht, das weißt du gut. Ich spaziere in der Stadt herum oder an der Stadtmauer entlang. Und in den Park möchte ich einmal gehen.«

»Kommst du dann später nach?«

Manchmal tat ich es, manchmal jedoch versprach ich, vor einem Café auf ihn zu warten. Ich saß gern an einem Tischchen vor einem der Cafés, sah dem Treiben auf dem Platz zu, beobachtete die Leute und wartete geduldig bei einem Getränk, bis Jean-Claude kam.

Ich war immer gern allein gewesen, es sei denn, Arne war bei mir. Mit ihm zusammen zu sein – früher, meine ich –, war genauso wie Alleinsein. Manchmal war Jean-Claude ein wenig verärgert, wenn ich mich absonderte. Aber höflich, wie er immer war, ließ er mir meinen Willen.

Dann streifte ich allein durch die Straßen und Gassen von Beaune, wozu ich Jean-Claude nie bewegen konnte, denn für ihn bot die kleine Stadt, die er seit seiner Kindheit kannte, nichts Interessantes, und zu Fuß ging er hier schon gar nicht, er sauste nur mit seinem Wagen um die Ecken. Seinen roten Sportwagen kannte man hier natürlich, und der Polizist an der Place Fleury oder an einer der Stadteinfahrten salutierte nur und beanstandete die hohe Geschwindigkeit nie.

Ich hatte bald meine Lieblingswege. Es gab so überraschende Winkel in diesem Städtchen, eine schmale dunkle Gasse, die sich plötzlich auf einen hellen Platz öffnete, ein besonders schönes altes Haus, ein Erker, ein Tordurchgang. Dadurch hatte ich endlich einmal Zeit, irgend etwas in Ruhe anzusehen und kennenzulernen, bisher war das nicht möglich gewesen.

So besuchte ich noch einmal allein das Hôtel-Dieu, diesen einzigartigen Bau, der Beaune weltberühmt gemacht hat und den der Kanzler Philipp des Guten, Nicolas Rolin, zu Ehren seiner Frau und – wie die Überlieferung sagt – aus Liebe zu seiner Frau errichten ließ. Als Hospiz für die Armen und Alten und Gebrechlichen seines Landes. Als Krankenhaus dient es heute noch. Ein Zeugnis der Menschenliebe und der Gottesliebe und außerdem noch ein Hort herrlicher Kunstschätze, die man, wie ich fand, bei einem einzigen flüchtigen Besuch gar nicht richtig würdigen konnte.

Man konnte eine Führung mitmachen, und das hatte ich dann auch getan, nachdem Jean-Claude ganz zu Anfang einmal mit mir allein dagewesen war, in Begleitung von Monsieur Landon, einem alten pensionierten Lehrer, der meist die Besucher führte. Monsieur Landon, der mich wiedererkannte, als ich das zweite Mal allein hinkam, sagte am Ende der Führung zu mir: »Wenn es Sie interessiert, Madame la Comtesse, stehe ich Ihnen gern einmal für eine Stunde zur Verfügung.«

Ich errötete, denn es machte mich noch immer verlegen, wenn man mich mit dem Titel anredete, aber ich sagte, das sei sehr nett von ihm, ich würde gern von diesem Angebot Gebrauch machen.

Monsieur Landon zeigte und erklärte mir alles ganz genau, er sprach langsam und deutlich, ich konnte ihn fragen, wenn ich etwas nicht verstanden hatte, er ließ mir Zeit, die wunderbaren Gemälde des Rogier van der Weyden zu betrachten, und als er merkte, wie sehr das alles auf mich wirkte, erzählte er mir noch viel von der Entstehung und aus der Geschichte des Hospizes.

Ja, Monsieur Landon war einer der wenigen, selbständig gewonnenen Freunde, die ich in Beaune besaß. Ich besuchte ihn manchmal, wenn ich wußte, daß er dasein würde, oder wir trafen einander in der Stadt. Und an einem Nachmittag besichtigte ich mit ihm eine uralte Cave in einem uralten Haus, und zu dritt – zusammen mit dem uralten Besitzer – tranken wir in dem tiefen kühlen Gewölbe einen wundervollen Wein.

Es machte mich stolz, einen eigenen Freund gewonnen zu haben. Denn irgendwie begriff ich: Wenn ich wirklich in diesem Land heimisch werden wollte, wenn ich dazu gehören wollte, dann durfte ich nicht nur als Schatten und Begleitung von Jean-Claude auftreten, ich mußte auch selbst Kontakt finden und mit Menschen umgehen können. Sicher würde ich später noch oft vor dieser Situation stehen. Und Monsieur Landon, geduldig und verständnisvoll, war ein gutes Übungsobjekt. Denn immer noch fühlte ich mich fremd und war den meisten Leuten gegenüber etwas schüchtern, wenn ich mich auch bemühte, das zu verbergen.

Mit Monsieur Landon besuchte ich auch das Hôtel des Ducs und das Weinmuseum, gleich neben der Kirche Notre-Dame gelegen. Und in der Gasse, die zur Kirche führte, schloß ich meine zweite Freundschaft in Beaune. Es gab da einen kleinen Laden mit Devotionalien und Souvenirs und allem möglichen Krimskrams, und da kaufte ich einmal ein, mehr so zum Spaß, ich wollte an Mama und Arne ein kleines Geschenk schicken. Als ich dort herumsuchte, zeigte es sich, daß die Ladenbesitzerin, eine ältere rundliche Frau, ebenfalls genau wußte, wer ich war. Sie war sehr davon angetan, daß die junge Madame la Comtesse bei ihr einkaufte. Wir kamen ins Gespräch, und ich erfuhr, daß ihr Mann während des Krieges in deutscher Gefangenschaft gewesen war – »worüber ich sehr froh war, Madame la Comtesse, dann wurde er mir wenigstens nicht totgeschossen. Und es hat ihm gut gefallen in Deutschland. Er sagte, die Deutschen sind eigentlich sehr nette Leute. Und immer korrekt. Immer korrekt und gerecht.« Jetzt war er leider tot, vor drei Jahren gestorben, aber eben doch nicht damals in dem schrecklichen Krieg, n'est-ce pas?

Und wie es ihn gefreut hätte, Madame la Comtesse kennenzulernen und mit ihr von Deutschland zu sprechen! Auf deutsch, naturellement, denn er hatte sehr gut deutsch gelernt in den Jahren der Gefangenschaft. Lang genug waren sie gewesen, da er gleich zu Anfang des Krieges während der Marneschlacht in Gefangenschaft geraten war. »Welch ein Glück«, sagte Madame Durand immer wieder. »Denken Sie, was ihm alles erspart geblieben ist.«

Ich erzählte ihr, daß mein Vater in diesem Krieg gefallen war und daß ich ihn nie kennengelernt hätte, und sie bedauerte mich lebhaft und wortreich und auch meine arme Maman, und sie wollte wissen, ob ich Geschwister hätte. Ich erzählte also der netten Madame von Arne, und sie hörte sich das alles mit großer Anteilnahme an.

Natürlich geschah das nicht alles gleich beim ersten Mal – es kam so nach und nach, denn ich wiederholte meine Besuche, auch wenn ich nichts kaufen wollte. Aber meist kaufte ich irgend etwas, irgendeine Kleinigkeit. Und dann lernte ich schließlich Monique kennen, die Tochter von Madame, und das war sehr traurig, denn sie war gelähmt und saß in dem kleinen engen Hinterstübchen in einem Rollstuhl. Dort saß sie und machte Handarbeiten oder las. Sie war gar nicht verbittert oder böse, und meine Besuche waren eine freudig begrüßte Abwechslung für sie. Ich brachte ihr Bücher mit, und sie häkelte für mich einen langen weißen Schal für die kühlen Abende auf der Schloßterrasse.

Das waren so meine ersten selbständigen Gehversuche in meiner neuen Heimat. Und sie befriedigten mich mehr als eine Teestunde bei einer von Jean-Claudes vornehmen Bekannten.

In Beaune, auf der Place Carnot, geschah es auch, daß ich zum erstenmal wieder einen Skizzenblock in die Hand nahm und zeichnete. Ich hatte einen Laden entdeckt, wo es Zeichenmaterial gab, dort kaufte ich ein, und dann saß ich, auf Jean-Claude wartend, vor einem der Cafés, und da ich es auf einmal nicht mehr abwarten konnte, einen Stift in die Hand zu nehmen, packte ich meine Einkäufe aus und begann zu zeichnen. Eine Häuserfassade mir gegenüber, dann ein Ausschnitt von dem bunten Leben auf dem Platz.

Ich merkte, daß ich aus der Übung war, und brach schnell wieder ab, denn ich wollte nicht von Jean-Claude bei diesem ungewohnten Tun überrascht werden.

Beim nächsten Mal suchte ich mir einen stillen Platz in den Anlagen der Stadtmauer, setzte mich hin und zeichnete versunken und sehr begeistert eine ganze Stunde. Danach wagte ich es, den Skizzenblock auch auf dem Château in die Hand zu nehmen. Isabelle fand es süß, Jean-Claude lächelte gutmütig und uninteressiert, und Madame-Mère übersah es.

Von nun an schleppte ich meist den Skizzenblock mit mir herum. Natürlich setzte ich mich auch einmal in den Hof des

Hôtel-Dieu und zeichnete einen Ausschnitt des Hospizes. Dann waren es ein paar alte Häuser, die Kirche Saint-Nicolas oder der stille Winkel beim Palast der Herzöge.

Mir machte das einfach mehr Spaß als Jean-Claudes ewige Besuchsrunden. Ich wußte sehr gut, daß ich keine Kunstwerke fabrizierte, ich legte auch keinen Wert darauf, daß jemand mein Skizzenbuch besah. Da genierte ich mich.

So verging der Juli, Charles war seit sechs Wochen fort, und manchmal fehlte er mir.

Es war sehr heiß, eine müde Trägheit lag über dem Land. In Chaumencey war es still, in den Mittagsstunden schlief der ganze Ort, man traf keinen Menschen auf der Straße, und das war die Zeit, wo ich heimlich loszog, um hier oder da eine Ecke von Chaumencey festzuhalten. Ich hätte es nie gewagt, wenn man mich dabei beobachtet hätte.

»Du solltest in der Mittagshitze nicht herumlaufen, chérie«, sagte Jean-Claude, »das ist ungesund. Schlaf lieber mit mir eine Stunde.« Er schlief jeden Nachmittag ein oder sogar zwei Stunden.

»Ich laufe ja nicht herum«, sagte ich, »ich sitze nur irgendwo.«

»Komisch, du hast doch früher nicht gemalt. Wie kommt das auf einmal?«

»Ich habe immer gezeichnet. Ich hab' auch Aquarelle gemacht. Du hast es bloß nie gesehen.«

So ganz einverstanden war er mit meiner neuen Leidenschaft nicht. Ich sollte für ihn da sein und nur für ihn, und was an Unterhaltung zu bieten war, wollte er mir bieten.

An einem dieser heißen Sommertage geschah es auch, daß ich einen besonders langen Brief an Arne schrieb, einen Brief, der, das kann ich getrost sagen, mit Herzblut geschrieben war. Ich hatte an Mama und an Arne immer regelmäßig geschrieben. Mama antwortete mir ebenso regelmäßig – es waren keine langen Briefe, denn sie wußte nicht viel Bedeutendes zu berichten, kleine Neuigkeiten aus der Verwandtschaft und aus dem Haus – aber von Arne bekam ich niemals eine Antwort. Nur einmal hatte er unter einen Brief von Mama einen Gruß geschrieben, und ich konnte mir vorstellen, daß sie es war, die ihn dazu gedrängt, ja gezwungen hatte. Manchmal war ich zornig darüber, meist nur traurig. Und wenn mich mein neues Leben und vor allem das Zusammensein mit Jean-Claude nicht so erfüllt hätte, wäre ich todunglücklich gewesen.

An diesem Nachmittag aber vergaß ich Zorn und Traurigkeit und schrieb ihm lang und ausführlich, schrieb ihm alles, was mich bewegte, und erzählte ihm von allem, was ich erlebte. Es geschah in den geheiligten Stunden der Mittagsruhe, der einzigen Zeit, in der ich sicher sein konnte, ungestört zu bleiben. Ich war an Mittagsschlaf nicht gewöhnt und war jung genug, darauf verzichten zu können. Ich schilderte ihm Chaumencey, das Schloß und sämtliche Bewohner, ich schilderte Beaune, wie es aussah und wie es dort zuging, und berichtete von den Bekanntschaften, die ich dort gemacht hatte. Der Brief endete mit der inständigen Bitte, fast war es eine Beschwörung, mich doch bald zu besuchen. Er müsse auch sehen und kennenlernen, was ich nun kenne, die Welt, in der ich lebe, und jeder hier würde sich freuen, wenn er käme, ich sei doch stolz auf meinen klugen Bruder und wolle ihn gern allen zeigen.

Am Schluß schrieb ich: Ich kann nicht wirklich glücklich sein, wenn ich so ganz von Dir getrennt bin. Wir gehören doch zusammen, für immer und alle Zeit. Das hast Du doch selbst immer gesagt, und das kannst Du doch nicht vergessen haben.

Ich schrieb mit soviel Anteilnahme, daß mir ganz warm wurde. Mein ganzes Herz lag in diesem Brief, er mußte das spüren. Dann suchte ich sorgfältig die besten meiner Skizzen aus und legte sie dem Brief bei.

Bei unserem nächsten Besuch in Beaune steckte ich ihn selbst auf der Post in den Kasten – es war ein dickes, großes Kuvert. Und dann wartete ich auf Antwort. Diesmal mußte er mir antworten. Ich war darauf gefaßt, daß es einige Zeit dauern würde. Erst mußte er den Brief bekommen, dann überdenken, und dann mußte er einmal Zeit genug haben, an mich zu schreiben. Währenddessen malte ich mir – wie so oft – aus, wie es sein würde, wenn Arne käme, wie ich ihm alles zeigen würde, mit ihm reiten, mit ihm in den Weinbergen und im Wald spazierengehen, wie er mit uns an der Tafel oder abends auf der Terrasse sitzen, wie ich mit ihm in Beaune herumlaufen und noch einmal mit ihm das Hospiz besichtigen würde. Er besaß ja viel mehr Kunstverstand als ich. Und gerade darum mußte es ihm hier einfach gefallen. Und alle würden von ihm entzückt sein, dessen war ich sicher; Madame-Mère beeindruckt von seinen Manieren und seinem sicheren Auftreten, Isabelle von seinem guten Aussehen und Jean-Claude auf jeden Fall bereit, ihn brüderlich und freundschaftlich zu empfangen. Das würde der Anfang sein, und dann würde es sich weiterentwickeln. Er würde uns auch in Paris besuchen. Und ich würde natürlich auch nach Berlin reisen – und dann gäbe es nichts mehr, was meine Welt, meine glückliche Welt, verdunkeln konnte.

Die Antwort kam nicht. Aber ich tröstete mich. Das dauerte eben eine Weile. Arne war stolz. Arne war hochmütig. Am Ende aber würde seine Liebe zu mir größer sein.

Ungeduldig wartete ich auf Post. Und jeden Tag wuchs die Enttäuschung ein kleines Stück. Und irgendwo im Grund meiner Seele wuchs etwas anderes, eine leise Gereiztheit. Ein neuer Zug in meinem Wesen, der mir selbst noch fremd war.

Mit Jean-Claude konnte ich gerade darüber nicht sprechen. In diesem Punkt hätte er mich nicht verstanden. Aber ich wußte auch ganz instinktiv, daß er, als ein sehr männlicher Mann, auch sehr egoistisch, gar nicht so sehr daran interessiert war, ob ich mit meiner Familie in Eintracht lebte. Seine Familie war da, und das genügte. Zu Mama war er höflich und nett gewesen, solange er mit ihr umging, und er würde es natürlich wieder sein, wenn man sich traf, aber im übrigen verschwendete er keinen Gedanken an sie. Und Arne, den er kaum kannte, war ihm völlig gleichgültig. Um so mehr, als er schließlich wußte, wieviel mein Bruder mir bedeutete.

Die kleine Verlassenheit, die mein Herz erfüllte, hätte er nicht begriffen. Denn trotz aller Liebe zu meinem Mann war ich in der neuen Welt noch nicht so heimisch geworden, daß ich die Welt, in der ich bisher gelebt hatte, verleugnen oder gar vergessen konnte. Ich fühlte mich von Arne verraten. Aber ich wußte auch, daß er der Meinung war, ich hätte ihn verraten. Das war die Ursache jener Rastlosigkeit, jener Unruhe, jener leisen Schwermut, die mich jetzt manchmal befiel.

An einem besonders heißen und schwülen Tag hatte mich dieses Gefühl übermannt wie noch nie. Ich fühlte mich fast krank und hatte Kopfschmerzen, ich grübelte über Arne nach und was ich tun sollte und tun konnte, ich hatte zum Zeichnen keine Lust oder zum Lesen, ich hatte zu Mittag kaum etwas gegessen, weil mir von der Hitze fast übel war.

Dabei war es im Schloß gar nicht so heiß, die dicken Mauern hielten die Hitze ab, aber es war so drückend, kein Lüftchen regte sich, und ich dachte mir, daß der Wein in den reifenden Trauben bald kochen müsse.

Nach dem Essen hatte ich mich auch auf mein Bett gelegt, schlafen konnte ich nicht, und Jean-Claude, der später kam und mich mit starren Augen an die Decke blicken sah, fragte: »Nun, chérie? Ausgeschlafen?«

»Ich habe nicht geschlafen«, erwiderte ich, und ich sprach deutsch. Eigentlich sprachen wir jetzt nur noch französisch. Aber heute hatte ich einfach Lust, wieder einmal deutsch zu sprechen.

Jean-Claude lachte und legte sich zu mir. »Un peu d'amour, Madame?«

»O nein«, sagte ich. »Dazu ist es zu heiß.«

Er lachte wieder. »Du sprichst schon wie eine alte Ehefrau. Das sind schlechte Ausreden.« Aber er schien selbst nicht viel Lust zur Liebe zu haben, und nachdem er eine Weile gemeinsam mit mir die Decke betrachtet hatte, sprang er auf und sagte: »Komm, chérie, laß uns etwas unternehmen. Weißt du was? Wir fahren zu Bertrand. Ich bin ihm einen Besuch schuldig, und dich kennt er noch nicht einmal. Er wird mir sowieso verübeln, daß ich ihm meine Frau noch nicht gezeigt habe. Komm!« Er faßte mich und zog mich hoch. »Er hat einen guten Wein und einen schattigen Garten.«

»Wer ist das denn nun wieder?« fragte ich unlustig, denn ich hatte gar kein Bedürfnis, noch mehr Leute kennenzulernen.

Bertrand, so erfuhr ich, war ein Jugendfreund von ihm. Er war in Chaumencey aufgewachsen, und als Buben waren sie zusammen zum Fischen und zum Baden gegangen und hatten sonst auch viel gemeinsame Erinnerungen. Nach seinem Militärdienst war Bertrand lange Jahre in Indochina gewesen; erst vor sechs Jahren war er zurückgekommen und hatte in ein Dorf, etwa zwanzig Kilometer entfernt, geheiratet, die Tochter eines Mühlenbesitzers.

Zu dieser Mühle fuhren wir jetzt unter dem glasblauen Himmel, der wie eine Feuerglocke über dem Land lastete. Die Sonne schien alles zu versengen. Ich hatte überhaupt keine Lust, einen Besuch zu machen. Ich hatte so viele Leute in letzter Zeit kennengelernt, und immer kostete es mich noch Mühe, mit ihnen zu reden, und schließlich war es anstrengend, sich ständig in Hochform zu präsentieren. Das war es schließlich, was Jean-Claude von mir erwartete.

Ihm schien die Hitze wenig auszumachen, er war sehr braun gebrannt, sehr vergnügt und entspannt, und Ruhe vertrug er nicht allzulange. Er hatte gern Gesellschaft um sich, während ich das Alleinsein gewöhnt war. Offen gestanden fehlte mir das jetzt sehr oft. Manchmal. Ich hatte immer einen Mann an meiner Seite, immer Familie in der Nähe, und fast täglich mußte ich fremde Menschen treffen. Würde das denn immer so sein?

Die Mühle lag am Rande eines Dorfes, das viel kleiner war als Chaumencey und eng in die Hügel eingebettet. Der Mühlbach strömte ein wenig Kühle aus, und das weiße Haus, alt und heimelig, hatte einen Garten, der so dicht mit Bäumen bestanden war, daß die Kronen sich ineinander verflochten und ein Dach bildeten, das die Hitze abhielt. Dort saßen wir, nachdem die laute und fröhliche Begrüßung der beiden Männer, mit viel Umarmungen und viel Gelächter und lauten Ausrufen, vorüber war. Bertrand hatte mich zu Jean-Claudes Befriedigung sehr begeistert betrachtet und auch verlauten lassen, wie schön und reizend er mich fände, und Jean-Claude zu seiner jungen Frau beglückwünscht.

Dann saßen wir, ich brauchte nicht viel zu reden, das besorgten die beiden Männer, es kam ein Krug mit herbem kühlen Wein auf den Tisch, der herrlich schmeckte und den ich wie Wasser trank, denn ich war durstig. Nach einer Weile kam Claudette, ein kleines Mädchen von vier Jahren, Bertrands Tochter, ein bezauberndes Kind, das sich zu uns setzte und munter drauflosplauderte. Und dann kam ihr kleiner Bruder Jean und noch etwas später Bertrands Frau Jeanette, eine bildhübsche Brünette, die Jean-Claude liebevoll küßte. Sie hatte vor vier Wochen ihr drittes Kind geboren, wieder einen Jungen; sie brachte uns das Kind, und wir bewunderten es eingehend. Es war winzig klein, lag stumm mit großen blauen Augen in Jeanettes Arm, Bertrand war sehr stolz auf seinen neuen Sohn, und Jean-Claude gebärdete sich, als hätte er noch nie ein kleines Kind gesehen.

Ja, er wünschte sich wohl Kinder, und er würde so stolz und glücklich sein wie Bertrand, wenn ich eines Tages mit einem Baby im Arm bei ihm sitzen würde. Das machte mich ein wenig nachdenklich. Eigentlich müßte ich es mir ja auch wünschen, dachte ich. Aber ich tat es nicht. Es machte mich sogar verlegen, als Jeanette sich nach einer Weile etwas abseits setzte und dem Kind die Brust gab. Ich wagte kaum hinzusehen, während es die Männer offenbar gar nicht genierte. Liebe war ja ganz schön, einen Mann wie Jean-Claude zu haben auch, und sogar dem Leben auf einem Schloß hatte ich inzwischen einigen Reiz abgewonnen, aber was da sonst noch alles so dazu gehörte…

Hatte ich mir das eigentlich vorher klargemacht? Nein. Das hatte ich nicht. Ich wußte nicht, wie es sein würde, ein Kind zu bekommen, wie ich vorher nicht gewußt hatte, wie die Liebe sein würde, und ich wußte auch nicht, was man tun mußte, um kein Kind zu bekommen, oder jedenfalls nicht eins nach dem anderen.

Jeanette brachte das Baby ins Haus, und dann kam sie wieder mit einem Teller voll Gebäck, es war eine Art Blätterteig mit Aprikosen belegt, ganz frisch und sehr wohlschmeckend. Ich aß davon, denn ich hatte so viel Wein getrunken, daß ich dachte, es wäre gut, etwas zu essen.

Im Gras saßen die beiden Kinder, Claudette und Jean, und spielten mit einem Kätzchen, ich sah ihnen zu und hörte gar nicht auf das Gespräch der anderen drei, die sehr vergnügt waren und viel lachten und gemeinsame Erinnerungen auskramten. Ich sagte nur etwas, wenn man mich direkt ansprach.

Es war schon fast sieben, als sie uns zum Wagen brachten. Ich merkte, daß ich zuviel Wein getrunken hatte, und dachte mit einem gewissen Grausen an das Abendessen im Château. Ob ich wohl einmal sagen durfte, mir sei nicht gut, und ich würde mich gern gleich zurückziehen? Das hatte ich noch nie getan. Und wenn ich es heute täte, würden sich alle bedeutungsvoll ansehen, und dann würden sie denken: Aha!

Ich war ein wenig gereizt. Vielleicht kam es auch vom Gewitter, das in der Luft lag. Bertrand steckte die Nase in die Luft und witterte. Im Westen ballte es sich über den Hügeln dunkel zusammen.

»Macht, daß ihr nach Hause kommt«, sagte er. »Heute gibt es was. Betet für die Weinstöcke!«

Aber Jean-Claude hielt noch einmal an, als wir ein Stück von dem Dorfe entfernt waren, er küßte mich und fragte: »Du warst so still, chérie. Fehlt dir etwas?«

»Nur ein wenig Kopfschmerzen.«

»Das ist die Hitze.«

»Sicher. Und ein bißchen viel Wein.«

»Ja. Ich merke ihn auch. Es wird uns besser gehen, wenn wir gegessen haben.«

Essen! Manchmal hatten wir in Berlin nur eine Suppe gegessen, eine Kartoffelsuppe oder eine Nudelsuppe, nicht aus Geiz oder weil wir so arm gewesen wären, aber es genügte uns. Und abends aßen wir ein Wurstbrot, eine Stulle, wie man bei uns sagte, und das genügte auch. Wie kamen die Leute hier nur mit dem vielen Essen zurecht? Ich hatte inzwischen gelernt, vorsichtig damit umzugehen, möglichst kleine Portionen zu nehmen, aber es waren eben immer mehrere Gänge, und Madame-Mère beobachtete mich, wenn ich nicht von allem aß. Vor zwei Tagen hatte es als Hauptgang kleine Vögel gegeben, und auf meine Frage, was das ist, sagte man mir, es seien cailles. Ich konnte mir nichts darunter vorstellen und sah später im Wörterbuch nach. Wachteln waren es gewesen. Ich fand es barbarisch, die kleinen Vögel zu essen. Aber vermutlich war es nicht viel barbarischer, als ein Huhn oder eine Gans zu essen, die Größe des Tieres machte dabei schließlich nichts aus.

Am liebsten hätte ich ein paar Tage gar nicht gegessen, nur Obst oder Salat und vielleicht ein weiches Ei.

»Wie gefällt dir Bertrand?«

»Oh, er ist sehr nett«, sagte ich und fügte hinzu, »und seine Frau und die Kinder auch«, denn das wollte er ja hören.

»Ja. Wir werden ihn in Zukunft öfter besuchen. Und wir werden auch wieder zusammen auf die Jagd gehen. Das haben wir früher immer getan. Du kannst mitkommen.«

»Nein«, sagte ich mit einer gewissen Heftigkeit, »das werde ich nicht.«

»Warum nicht?« fragte er erstaunt.

»Weil ich nicht will. Ich will nichts totmachen. Auch nicht das kleinste Tier.«

Er lächelte und schloß mich in die Arme. »Aber da sollst du ja auch nicht, chérie. Schießen werde ich. Ich dachte nur, es macht dir Spaß, einmal mitzugehen.«

»Ich will auch nicht zusehen.«

»Du hast recht. Das sollst du auch nicht. Es ist besser für dich.«

Er neigte seinen dunklen Kopf und küßte mich auf die Brust. Meine Brust war fest und klein und nicht so groß und üppig wie Jeanettes milchgefüllte Brüste. Und ich wollte so bleiben, wie ich war. Überhaupt war mir auf einmal so zumute, als müsse ich ein wenig weinen. Es mußte wohl doch ein Gewitter geben.

»Laß uns fahren«, sagte ich. »Es wird immer dunkler.«

In dieser Nacht verweigerte ich mich Jean-Claude zum erstenmal. Ich hätte Kopfschmerzen, sagte ich, und ich fühlte mich nicht wohl, und ich würde lieber allein schlafen.

Ich lag also allein in dem großen breiten Bett. Und ich bereute es ein wenig, als das Gewitter kam, das lange gebraucht hatte, bis es losbrach. Es war ein furchtbares Gewitter. Man stand auf im Schloß, Jean-Claude kam zu mir ins Zimmer; ich solle liegenbleiben, sagte er, und ich brauche mich nicht zu fürchten.

Ich fürchtete mich doch, es donnerte ganz gewaltig, und die Blitze folgten so rasch aufeinander, daß ich oft ganz geblendet war.

Aber dann war es vorbei, und der Regen rauschte. Jean-Claude kam noch einmal, um nach mir zu sehen, und ich tat so, als ob ich schliefe. Aber ich schlief nicht.

Ich lag lange wach, es war kühl geworden, und die Luft, die vom Fenster hereinkam, war voller Duft und Feuchtigkeit. Ich stand auf und ging ans Fenster, blickte hinaus in den Regen.

Ob den Weinstöcken etwas passiert war? Man fürchtete die Gewitter hier sehr, das wußte ich.

Und ob Blanchefleur sich sehr gefürchtet hatte?

Und die Vögel da draußen in den Zweigen und die Tiere im Wald, die Jean-Claude schießen wollte? Und die kleinen Wachteln, die man verspeiste?

Ach, ich benahm mich albern.

Ein paar Tränen tropften mir auf die Wange, und ich empfand ein großes Mitleid mit mir, mit den Tieren, mit allem, was lebte.

Das war der Beginn meiner ersten Schwangerschaft.

Natürlich wußte Iris zu diesem Zeitpunkt noch nichts davon, und da es ihr an Erfahrungen fehlte, sagten ihr auch erste kleine Anzeichen der Reaktion ihres Körpers nichts. Zu viel war in letzter Zeit mit ihrem Körper geschehen, zu viel hatte sich an ihm verändert. Und so begann sie sich erst drei Wochen später Gedanken zu machen. Schon? Sollte sie wirklich...

Es war alles andere als Freude, was sie empfand, und zunächst schob sie es beiseite. Erst einmal abwarten, vielleicht wurde alles wieder gut.

Schlimm war es auch, keinen Menschen zu haben, mit dem man darüber sprechen konnte. Keine Frau in ihrer Nähe, der man sich hätte anvertrauen können, keine Mutter, keine Schwester, keine Freundin. Sie merkte, wie fremd sie noch in diesem Land war und wie fremd all die Menschen waren, unter denen sie lebte und die jetzt ihre Familie bildeten. Es war nicht ihre Familie, und es erschien ihr unvorstellbar, beispielsweise mit Madame-Mère über dieses Thema und ihre geheimen Befürchtungen zu sprechen. Isabelle war ohnehin zu jung.

Natürlich, Jean-Claude. Er würde sich freuen und es sofort allen erzählen. Und diese Vorstellung war einfach lästig. Also verbarg Iris ihre Gedanken auch vor ihm und spielte ihm sogar vor, es sei alles in Ordnung, nur um noch eine Weile den Kopf in den Sand stecken zu können.

So saß sie also auch eines Nachmittags auf einem Stein am Ufer des Sees und sah ihm zu, wie er schwamm. Sie könne nicht baden, hatte sie ihm gesagt, und er hatte sie bedauert, daß sie bei dieser Hitze auf das Bad verzichten mußte.

Sie machten einen Ausflug durch das Morvan, das weite, fast unberührte hügelige Waldgebiet Burgunds, das einen ganz anderen Charakter hatte als das übrige Land. Die Straßen waren leer; gelegentlich begegnete ihnen ein Fuhrwerk, ganz selten ein Auto. Die Erde schien in Frankreich viel mehr Platz zu haben. Man fuhr oft lange von einem Dorf zum anderen, es gab Gegenden, die schienen unbewohnt, unbesiedelt, der Boden unberührt, nur reine Natur, dem Menschen nicht zu Diensten.

In Deutschland war alles viel enger gewesen, das Land angefüllt mit Menschen, kaum hatte man ein Dorf verlassen, kam man in das nächste, und jeder Quadratmeter Boden wurde ausgenutzt, war bebaut, bepflanzt, wurde benötigt.

Früher in der Heimat hatte sie das Gefühl der Enge nie gehabt. Aber hier lernte sie das Gefühl der Weite, des unbenutzten Raumes kennen. Sicher, Frankreich war viel dünner besiedelt – das wußte sie. Aber so wenig Menschen besaß es doch auch nicht, daß es sich leisten konnte, so viel Erde unberührt und jungfräulich zu lassen?

Sie hatte einmal zu Jean-Claude eine Bemerkung darüber gemacht, und er hatte ihr darauf erwidert, daß Frankreich sich das sehr wohl leisten könne, denn es beziehe genügend Güter aller Art und auch einen großen Teil des Volkseinkommens aus den Kolonien.

Kolonien besaß Deutschland nicht, die wenigen, die es für kurze Zeit besessen hatte, waren ihm nach dem Krieg abgenommen worden, zu einem Zeitpunkt, als man nur investiert hatte, jedoch kaum Nutzen oder Reichtum daraus hätte ernten können. Auch das hatte sie in der Schule erfahren, aber nie wirklich begriffen. Jetzt begriff sie es. Wie anders das Leben der Völker war, die Kolonien besaßen, die für sie arbeiteten!

Verständlich wurde es auf einmal, daß man in einem Land wie Deutschland immer mehr hatte arbeiten müssen, daß das Leben auf dem engen Raum härter und angespannter war als in der lässigen Weite der Freiheit.

Die Berge und Wälder, die herbe Verschlossenheit des Morvan gefielen Iris ausnehmend gut. Zu der südlichen Weichheit der Côte d'Or, der verschwenderischen Fülle des Weinlands bot es einen reizvollen Kontrast. Manchmal pfiff sogar um diese Jahreszeit ein kühler Wind von den Hängen herunter, und Jean-Claude erzählte ihr, daß das Morvan im Winter meist tief verschneit sei. Die wenigen Dörfer waren klein, sie wirkten arm und verlassen.

Ganz andächtig war ihr zumute, als sie vom Mont Beauvray in das weit gehügelte Land blickte, ein Land, das so unberührt schien wie zu jener Zeit, in der Vercingetorix hier die gallischen Stämme zu einigen versuchte, zu seinem verzweifelten Kampf gegen die römischen Eroberer.

Bibracte – der verlorene und verschollene Ort, hier vermutete man ihn, von hier aus war Vercingetorix aufgebrochen, zunächst siegreich, um schließlich weiter im Nordosten, im heutigen Auxois, seine letzte Schlacht zu schlagen, die zu Cäsars großem Triumph über den gallischen Fürsten wurde und die Gallier für lange Zeit zu Roms Vasallen und das

Land für immer dem lateinischen Raum und Geist untertan machte. Sechs Jahre lang hielt man Vercingetorix in Rom gefangen, dann ließ ihn Cäsar in seinem Triumphzug durch Rom führen und anschließend erwürgen.

Seltsam – an diesem Ort zu stehen und zu wissen, was vor zweitausend Jahren hier geschehen war! Ein ganz anderes Erlebnis war es, als nur in der Lateinstunde ›De bello Gallico‹ zu lesen.

Sicher lernen sie das in französischen Schulen auch, dachte Iris. Und mein Sohn wird also auch einmal lateinisch büffeln müssen, ob es ihm nun paßt oder nicht.

Das dachte sie zum erstenmal: mein Sohn!

Es wurde ihr ganz heiß dabei. Das Blut stieg ihr in die Stirn. Lieber Himmel, das war unausdenkbar! Gestern war sie selbst noch in die Schule gegangen, war selbst noch ein Kind gewesen... Nein, ich kann das nicht!

Ich kann das noch nicht.

Und nun saß sie am Ufer und sah Jean-Claude zu, der in einem der silbernen kühlen Seen des Morvan schwamm und bedauernd gesagt hatte: »Oh, ma pauvre petite, das tut mir aber leid für dich. Ein Bad hätte dich erfrischt.« Und da schwamm er nun ungerührt und bester Laune, denn er war ja ein Mann und konnte immer schwimmen.

Sie hätte auch schwimmen können. Sie hatte ihn glatt angelogen. Sie konnte heute und morgen und in den nächsten Wochen und Monaten ungestört schwimmen. Wenn nicht – man mußte noch warten. Vielleicht morgen oder übermorgen, es konnte immer eine Verzögerung geben. Nur dieses seltsame Ziehen in ihren Brüsten, was das wohl zu bedeuten hatte? Wie konnte ein Mensch nur so dumm sein und keine Ahnung haben? Hätte Mama ihr nicht rechtzeitig erklären können, wie das war, wenn etwas war? Und warum lernte man das eigentlich nicht in der Schule? Cäsar und der gallische Krieg in allen Ehren, das war bestimmt sehr wichtig – aber das hier war es auch.

Eine stille Wut stieg in ihr hoch, als sie da am Ufer saß und draußen auf dem See den dunklen Kopf ihres Mannes sah, seine winkende Hand, die sich aus dem Wasser streckte.

Sie erwiderte sein Winken nicht. Sie hatte auch eine Wut auf ihn. Er brauchte sich über all das keine Gedanken zu machen. Und dabei war er schließlich daran schuld.

»Mach nicht so ein finsteres Gesicht, chérie«, sagte Jean-Claude, als er aus dem Wasser stieg. »In ein paar Tagen kannst du wieder mit mir schwimmen. Weißt du, was ich mir überlegt habe? Wir fahren heute noch bis Avallon, da gibt es ein erstklassiges Hotel, und da kann man wunderbar essen.«

»Ich habe keinen Hunger.«

Er zog ein wenig die Brauen hoch. Madame hatte offenbar schlechte Laune. Nun ja, Frauen an solchen Tagen – man mußte Verständnis haben.

»Bis wir dort sind, wirst du Appetit haben. Ich stelle dir ein ganz besonderes Menü zusammen.«

Es war ein sehr renommiertes Hotel mit drei Sternen in Avallon, an dem sie am Abend vorfuhren. Und natürlich kannte man den Comte Saint-Mar de Chaumencey hier und empfing ihn mit gebührender Hochachtung.

»Ich möchte ein Zimmer für mich allein haben«, erklärte Iris kühl und erregte mit diesem Wunsch großes Aufsehen, denn daß Madame und Monsieur in einem französischen Hotel getrennt schliefen, war mehr als ungewöhnlich.

Wenn Jean-Claude sich ärgerte, so zeigte er es nicht. Sie bekam ein Riesenzimmer mit einem Riesenbett, das von einem Baldachin gekrönt war, für sich allein. Auf dem Tisch stand eine Bronzebüste Napoleons, doch auch ihn bedachte Iris nur mit einem bösen Blick.

Dann stand sie mitten im Zimmer, biß auf ihrem Fingerknöchel herum, und ein paar Tränen rollten ihr über die Wange. Sie war so allein und so verlassen, sie hatte keinen Menschen auf dieser Welt, der zu ihr gehörte und mit dem sie sprechen konnte. Wenn doch wenigstens Arne bei ihr wäre! Er war nicht älter als sie, aber soviel klüger. Sicher hätte sie mit ihm auch *darüber* sprechen können.

Jean-Claude kam nach einer Weile, nachdem er sehr formell an die Tür geklopft hatte, zu ihr ins Zimmer.

»Du bist noch nicht umgezogen?«

»Ja. Gleich. Geh inzwischen hinunter.« Sie zwang sich ein Lächeln ab und wich seinem Blick aus.

»Hast du geweint, chérie?«

»Aber nein. Wie kommst du darauf?«

»Du fühlst dich nicht wohl?«

»O doch. Kaum der Rede wert. Trink inzwischen einen Aperitif, ich bin gleich fertig.«

»Wir können draußen sitzen. Du hast den Innenhof gesehen, nicht? Es ist sehr hübsch, am Abend dort zu sitzen. Also dann bis gleich.« Er lächelte – aber er küßte sie nicht.

Sie gab sich Mühe, zu essen und zu trinken, sie gab sich Mühe, heiter und ausgeglichen zu sein, aber ihm entging die leichte Gereiztheit nicht, die in ihrer Stimme lag, und daß sie es vermied, ihm in die Augen zu sehen. Eine leichte Verärgerung war auch ihm im Laufe des Abends anzumerken. Als sie hinaufgingen, sagte Iris leise: »Entschuldige bitte.«

»Darf ich wenigstens noch einmal kommen und dir gute Nacht sagen?«

»Natürlich.«

Als er eine Viertelstunde später in ihr Zimmer kam, lag sie im Bett und weinte bitterlich. Neben ihrem Bett brannte nur eine kleine Lampe, und vom Tisch her blickte Napoleon tadelnd auf die unvernünftige Frauenperson.

»Aber chérie!« Jean-Claude war bestürzt, so hatte er sie noch nie erlebt.

Er setzte sich auf den Bettrand. »Was hast du denn? Hast du Schmerzen? Ist etwas Besonderes los? Ich meine, ist es anders als sonst, macht dir irgend etwas Sorgen?«

Das Gesicht in die Kissen gedrückt, schüttelte sie den Kopf.

»Willst du Jeannot nicht sagen, was dir fehlt?«

Sie schüttelte wieder den Kopf und widerstrebte zunächst, als er sich über sie beugte und sie in die Arme nehmen wollte. Aber dann gab sie nach, wandte sich ihm zu, und das Gesicht an seine Brust gepreßt, weinte sie noch ein wenig weiter.

Jean-Claude war hilflos wie jeder Mann in dieser Situation. Er streichelte sie, flüsterte tröstende Worte, und schließlich hörte sie auf zu weinen und murmelte: »Ich habe dich belogen.«

»Du hast mich belogen? Ich verstehe nicht – wieso hast du mich belogen, chérie?«

»Es ist gar nicht wahr...«

»Was?«

»Das mit dem Baden.«

»Mit dem Baden?«

»Daß ich nicht baden kann. Ich wollte nur nicht, ich...«

Zweifellos war Jean-Claude ein recht intelligenter Mann, aber in diesem Moment überfordert, begriff er noch immer nicht. »Du wolltest nur nicht? Also, chérie, ich weiß wirklich nicht...«

»Es ist nicht wahr, daß ich – oh, Jeannot, es ist viel schlimmer, ich weiß ja nicht, aber ich glaube – ich glaube, ich kriege ein Kind.«

Es war ausgesprochen – und schon war es zur Tatsache geworden. Sie schluchzte noch einmal auf, dann rührte sie sich nicht mehr.

Seine Arme schlossen sich fester um sie. »Iris!«

»Nein, nein, sag nichts. Ich weiß es ja nicht. Ich hab' ja keine Ahnung. Ich meine nur, es könnte sein, und ich – oh, ich hab' solche Angst.« Sie sprach deutsch.

Jean-Claude legte den Mund in ihr Haar, dann bog er ihr Gesicht zurück und küßte ihr die Tränen von den Wangen.

»Mochtest du den Jeannot darum heute nicht leiden?«

»Ach, ich weiß nicht. Ich bin sicher sehr dumm, aber ich...« Sie öffnete die Augen, die wieder voll Tränen standen, »ich weiß doch nicht – ich...«

»Oh, mon amour, du brauchst doch keine Angst zu haben. Jeannot ist doch bei dir. Immer ist er bei dir. Und wirst du mir verzeihen, wenn ich dir sage, daß du mich sehr, sehr glücklich machst?«

Seine Lippen legten sich auf ihren Mund, der salzig schmeckte von Tränen. Sie schlang die Arme um seinen Hals, und nun war sie auch nicht mehr allein.

»Vielleicht ist das alles nur Unsinn, ich weiß es ja noch nicht. Ich verstehe nichts davon. Und bitte, du mußt mir versprechen, es niemandem zu sagen. Bitte, Jean-Claude, versprich es mir!«

»Natürlich, chérie, ich verspreche es dir. Es geht doch keinen etwas an. Und weißt du, was wir machen? Wir werden in vierzehn Tagen nach Paris fahren, und wenn sich bis dahin nichts geändert hat, wirst du zu einem Arzt gehen, ja? Und dann werden wir weitersehen. Und sei nicht mehr so unglücklich, chérie. Sieh mal, es gehört dazu, nicht wahr?«

»Ja. Vielleicht. Aber so schnell...«

Jean-Claude bemühte sich, Verständnis zu zeigen. »Es kommt ein bißchen plötzlich, ich sehe es ein, chérie. Und du bist noch so jung.«

»Ich werde so häßlich sein...«

»Für mich wirst du nie häßlich sein. Und gerade dann nicht.«

»Und ich will nicht ein Kind nach dem anderen haben.«

»Ich doch auch nicht, chérie. Ganz so dumm, wie du denkst, bin ich nicht. Später wird Jeannot ein ganz vorsichtiger Mann sein, das verspreche ich dir.«

Er machte absolut kein unglückliches Gesicht, und er küßte sie, daß sie kaum mehr Luft bekam. Ein wenig war Iris mit ihrem Geschick versöhnt, als sie in seinem Arm einschlief.

Das zweite Zimmer blieb unbenützt. Und Napoleon, von einem Mondstrahl getroffen, der durchs offene Fenster kam, schien zufrieden vor sich hin zu lächeln.

Was hier vorging, fand seine Billigung.

Die Zeitungen am nächsten Morgen brachten ebenfalls eine Überraschung. Deutschland hatte mit der Sowjetunion eine Nichtangriffspakt geschlossen. Hitler hatte sich mit Stalin verbündet.

Das erschien so unglaubwürdig, nachdem Nazideutschland seit Jahren das kommunistische Rußland als Inkarnation alles Bösen gebrandmarkt hatte, daß man an eine Zeitungsente glaubte.

»Aber ist das nicht wunderbar?« meinte Iris. »Nun gibt es bestimmt keinen Krieg. Siehst du, ich habe es immer gesagt.

So dumm ist Hitler auch wieder nicht. Ihm ist etwas eingefallen. Ihr schimpft immer bloß auf ihn.«

»Ja«, sagte Jean-Claude gedehnt, »es ist ihm etwas eingefallen. Und dem roten Zaren ebenfalls. Fragt sich nur, was dahintersteckt. Offengestanden, ich kann mir keinen Vers darauf machen. Ich möchte wissen, was Charles davon hält. Er hat bestimmt die richtige Meinung darüber. Sie werden sich auf dem Rücken Polens einigen, das ist es wohl. Polen wird die Zeche bezahlen müssen.«

»Aber der Korridor! Der polnische Korridor ist doch wirklich etwas Furchtbares. Er geht mitten durch unser Land hindurch. Sieh mal, das ist so...« Und Iris hielt ihm einen längeren Vortrag über das, was sie in der Schule zu diesem Thema gelernt hatte. »Uns hat doch damals keiner geholfen. Zugegeben, wir haben den Krieg verloren. Aber dann hat man uns alles weggenommen, und uns ist es ziemlich schlecht gegangen. Und das hat der Führer jetzt geändert. Das ist es ja nur, was er will.«

Jean-Claude runzelte ein wenig die Stirn. »Sag nicht ›der Führer‹. Das klingt so dumm. Und sag nicht mehr ›uns‹. Du gehörst jetzt hierher.«

Iris blickte ihn erschrocken an. »Aber ich – es ist doch meine Heimat.«

»Natürlich.« Jean-Claude legte den Arm um ihre Schulter. »Verzeih mir, Iris. Es ist sehr engstirnig von mir, so zu denken. Zwanzig Jahre deines Lebens stehen gegen vier Monate. Aber ich wäre sehr froh, wenn du einmal Frankreich als deine Heimat betrachten würdest.«

»Muß ich deswegen meine Heimat, meine alte Heimat, vergessen?«

»Nein, chérie, niemals. Du weißt, daß ich gern in Deutschland bin. Und unsere Kinder werden sowieso zweisprachig aufwachsen. Das ist immer von großem Nutzen.«

Er sprach schon in aller Selbstverständlichkeit von ›unseren Kindern‹. Iris schluckte es schweigend. Diesen Berg, diesen Mount Everest, der da vor ihr lag, würde sie sowieso allein überklettern müssen.

»Wir sind auch zweisprachig aufgewachsen. Ich habe von

Kindheit an Deutsch gelernt. Es ist eigentlich in allen großen Familien hier so Sitte. Mein Vater sagte immer, man müsse die Sprache des Feindes beherrschen.«

»Des Feindes?«

»Nun ja, man sagt so. Charles zum Beispiel hat schon als Kind Englisch gelernt. Das galt genauso. Aber er spricht ja auch ausgezeichnet Deutsch, wie du gesehen hast. Übrigens, weißt du was, chérie? Ich werde Charles heute abend anrufen. Ich muß wissen, was er zu diesem Nichtangriffspakt sagt. Ich bin wahrscheinlich politisch ein Esel. Ich kann mir einfach nicht klar darüber werden, was es bedeuten soll.«

»Fahren wir heute wieder zurück?«

Das Gespräch fand auf den alten Wallanlagen statt, von denen man einen schönen Blick über das enge Tal des Cousin hatte.

Jean-Claude nahm ihr Gesicht in seine Hände. »Wohin zurück, chérie? Was willst du damit sagen?«

Sie senkte die Lider und wiederholte leise: »Fahren wir heute wieder nach Hause?«

Er lächelte und küßte ihre Nasenspitze. »Das klingt besser. Nein, ich denke, wir fahren heute nicht nach Hause. Wenn wir schon einmal hier sind und du, wie sich herausgestellt hat, doch baden kannst, können wir vielleicht heute zusammen schwimmen, ja?«

»Au ja, das wäre fein.«

»Siehst du. Und du brauchst nicht mit bösem Gesicht am Ufer zu sitzen und den Jeannot zum Teufel wünschen. Mich so zu beschwindeln!« Er schüttelte den Kopf. »Chérie! Das tust du nie wieder!«

Sie schüttelte den Kopf. »Nein. Und wo fahren wir hin?«

»Wir fahren nach Sémur. In der Gegend ist ein schöner See. Ich werde gleich im Hotel anrufen und ein Zimmer für uns reservieren lassen. Oder wieder zwei, chérie?«

Er hatte Oberwasser – zweifellos. Und er genoß es. Er war glücklich. Und so furchtbar wichtig waren Hitler und Stalin im Moment auch für ihn nicht. Was ihn jetzt beschäftigte, war viel wichtiger.

Sicher, wenn Iris ein Kind bekam, würde die schöne Wintersaison in Paris, wie er sie sich vorgestellt hatte, mit Bällen und Empfängen, etwas beeinträchtigt. Es war eine hübsche Vorstellung für ihn, das Hôtel Saint-Mar im Faubourg St-Germain, dieses prächtige Haus, wieder zu einem Mittelpunkt des gesellschaftlichen Lebens von Paris zu machen. Nun – man würde das um ein Jahr verschieben. Das hatte Zeit. Und für Iris, so sah er es ganz pragmatisch, würde es nur von Vorteil sein, ein Kind geboren zu haben. Dann würde sie richtig zur Familie gehören. Und richtig in dieses Land.

Das ist auch ein Tag, an den ich mich besonders gut erinnern kann. Der Tag, an dem ich die Tatsache akzeptierte, daß ich ein Kind bekommen würde.

Gewiß – es war noch keine Tatsache. Aber ich wußte es eben, ich zweifelte nicht mehr daran. Und ich fand mich eigentlich recht schnell damit ab. Es war alles so schnell gegangen, die Liebe, die Verlobung, die Hochzeit und nun also, bitte schön, eben auch ein Kind.

Danach würde ich dann wohl etwas klüger geworden sein und einiges dazugelernt haben. Im übrigen waren meine Reaktionen ganz normal. Zuerst Schreck, dann Angst, dann Zorn auf den Mann, der es verursacht hatte. Und dann, als ich seine Freude sah, seine Begeisterung, die sich im Lauf des Tages noch steigerte, entstand auch in mir so etwas wie eine erste Freude. Ich begann mich mit dem Gedanken vertraut zu machen, daß ich ein Kind bekommen würde. Eine Frau stellt sich ja sehr schnell darauf ein, besonders wenn sie glücklich verheiratet ist. Ein erstes Gefühl der Wichtigkeit keimte in mir auf. Und ich dachte sogar: Schön, wenn es ein Sohn wäre! Dann würde Madame-Mère wohl endgültig mit mir einverstanden sein. Und Marguerite, die strenge Hüterin im Château, die mich heute noch meistens übersah, würde mich dann wohl auch anerkennen müssen. Und was wohl Charles sagen würde? Er würde sicher der Pate sein.

Und Arne?

Und Mama?

Den ganzen Tag über – während ich mit Jean-Claude in Avallon herumspazierte, während ich neben ihm im Wagen saß, während wir gemeinsam im Lac de Pont schwammen, beim Essen, beim Trinken, beim Reden – immerzu war es da: das Neue. Das Ungeheuerliche. Das Überwältigende.

Wenn auch fast alle Frauen Kinder bekommen – wenn man selber eines bekam, dann war das eben doch etwas ganz anderes. Ich dachte an das Kind wie an eine Realität. Ob es blond sein würde wie ich und Arne? Oder dunkel wie die Saint-Mars? Vielleicht blond mit dunklen Augen. Oder blaue Augen zu dunklem Haar? Nächstes Jahr um diese Zeit würde es da sein. Wenn ich den nächsten Sommer auf Saint-Mar verbringen würde, würde das Kind dabei sein. Ganz klein noch. Aber es würde im Château sein, ein kleiner Comte, eine kleine Comtesse, im Schloß seiner Väter.

Ich kicherte vor mich hin.

»Warum lachst du, chérie?«

»Ach, nur so.«

»Du freust dich ein wenig, chérie?

»Ja. Ja – ich glaube.«

Er hielt den Wagen an und küßte mich. Ich liebte ihn. Ich war seine Frau, und ich würde eine Mutter sein. Sehr, sehr merkwürdig, diese Vorstellung. Einfach umwerfend. Was Mama wohl sagen würde? Ob sie an diese Möglichkeit gedacht hatte? Natürlich. Selbstverständlich. Das war ja ganz normal.

Sie würde kommen und uns besuchen. Und wenn sie die große Weinlese feierten, würde der kleine Comte ein halbes Jahr alt sein. Er würde schon lachen. Und ich würde auf der Terrasse stehen, auf die Weinhügel hinabblicken und in das burgundische Land, und ich hätte dabei ein Kind im Arm. Und ich war sicher wieder schlank und schön. Sagte man nicht immer, Frauen würden erst richtig schön durch ein Kind? Und dann würde ich mindestens zwei Jahre keines bekommen. Nachher vielleicht noch eins; das genügte, wir lebten schließlich nicht mehr im Mittelalter.

Und wenn... So ging es weiter in meinem Kopf, den ganzen Tag lang. An Hitler und Stalin und ihren komischen

Pakt dachte ich überhaupt nicht. Das war die unwichtigste Sache von der Welt.

Dieser Tag hatte einen besonders schönen Abschluß; auch darin erinnere ich mich gut. Wir fuhren nach Fontenay. Die Straße, die in den stillen Winkel zu der alten Zisterzienser-Abtei führte, war ganz leer, ganz still in den Abendstunden. Die Welt ganz still. Die Wiesen grün, und kurz ehe wir zu dem Kloster kamen, grasten zwei Pferde auf einer Koppel, ein weißes und ein braunes, aus der Ferne hätte man meinen können, es seien Blanchefleur und Bayard. Und ich dachte auch: Wie schade, dann werde ich eine Weile nicht reiten können. Aber diese Zeit würde vorübergehen, im nächsten Sommer konnte ich wieder reiten. Und eines Tages würde auch mein Sohn mit mir ausreiten.

Wie schön das Leben war, das vor mir lag!

Ein Schloß in Burgund und ein Palais in Paris, und einen Mann, den ich liebte, und zwei schöne Kinder – womit hatte ich soviel Glück verdient?

Und das nächste, was ich tun würde, war Arne holen. Arne mußte kommen und sich mit mir und meinem neuen Leben aussöhnen, er und Jean-Claude mußten Freunde werden – kein Zweifel, daß mir das gelingen würde. Ich liebte sie doch beide. Und Arne liebte mich, das wußte ich. Und am Ende – eitel und snobistisch, wie er nun einmal war –, würde es ihm sogar gefallen, daß seine Schwester eine Comtesse war und auf einem richtigen Schloß wohnte.

Meine Welt an diesem Abend des 24. August 1939 war eitel Pracht und Herrlichkeit.

Im letzten Abendlicht, ganz allein, ganz einsam, gingen wir durch die Abbaye von Fontenay. Es war ganz still. Nur die Vögel zwitscherten hier auch. Durch die alten, edlen Säulen des Kreuzgangs fielen letzte Sonnenstrahlen, der riesige leere Raum der alten Kirche schien aus einer anderen Welt zu stammen. Und es war eine andere Welt. Bernhard von Clairvaux, Frankreichs großer Heiliger, einer der Väter des Abendlandes, hatte diese Abtei geschaffen. Eine Welt der Stille, der Strenge, der Gläubigkeit.

In dem weiten Gewölbe war es kühl geworden. Wir traten

wieder hinaus in die großräumige Anlage, gingen zwischen den Mauern, den Säulen entlang, Jean-Claude hielt mich an der Hand, zwischen den Steinen wuchs es grün, und in dem Grün blühte es, der Himmel war blau und dunkelte sacht, auf den Baumwipfeln lag ein goldener Saum.

»So etwas Schönes habe ich noch nie gesehen. Du hast mir viel gezeigt in deinem Land. In unserem Land. Aber das ist das Allerschönste. Wenn man Frieden darstellen könnte, dann stelle ich ihn mir so vor. Dies alles hier, diese Mauern, diese Steine, dieser Hof und rundherum das viele Grün – das ist Friede. Jean-Claude, es ist Friede und Glück. Waren sie glücklich, die hier gelebt haben?«

»Ich weiß es nicht, Iris. Die Zisterzienser waren ein sehr strenger Orden. Und ihre Vorstellungswelt war eine andere als unsere. Wohl auch ihre Vorstellung vom Glück.

Aber Bernhard ist einer, dessen Erscheinung und dessen Wirken von dieser Erde nie verschwinden kann. Ich weiß nicht sehr viel darüber. Ich bin sehr dumm in diesen Dingen und habe mich wenig dafür interessiert. Aber wir werden es nachholen.«

»Ich habe noch nie etwas Schöneres auf der Welt gesehen als diesen Ort«, wiederholte ich, und das Hochgefühl, in dem ich den ganzen Tag gelebt hatte, hatte seinen Höhepunkt erreicht. »Ich möchte wieder hierherkommen.«

Er blieb stehen, legte seine Hände auf meine Schultern, hielt mich ganz fest und sagte: »So oft du willst, chérie. Jedes Jahr an diesem Tag. Jedes Jahr an diesem Tag können wir hier sein. Und an jedem Tag in jedem Jahr möchte ich, daß du glücklich bist. Ich will alles tun, was ich kann, daß du immer glücklich bist. Ich liebe dich, Iris.«

Wir küßten uns nicht. Wir sahen uns nur an.

Ich bin nie wieder in der Abbaye von Fontenay gewesen.

Ich bin nie wieder in der Abbaye von Fontenay gewesen, bin nie wieder im Abendlicht durch den stillen Kreuzgang gegangen, ich bin nie wieder durch das Morvan gefahren oder habe in einem seiner Seen gebadet.

Und ich habe das Kind nicht geboren, das ich an diesem Tag in mein Leben aufgenommen hatte.

Eine Woche später begann der Krieg. Er begann in Polen, und drei Tage später erklärten erst England und dann Frankreich Deutschland den Krieg.

Die Welt schien den Atem anzuhalten. Und jeder dachte: Es kann nicht sein!

Ich dachte: Es kann nicht sein. Es darf nicht geschehen. Es ist nur ein furchtbarer Irrtum. Diese Welt voller Sonne und Glück und Liebe, diese Welt, in der der Wein vor meinen Augen reifte, die Vögel sangen, die Menschen lachten – in dieser Welt konnte es keinen Krieg geben.

Aber es war nur zu wirklich. Jean-Claude verließ mich sofort. Er war Offizier und mußte einrücken. Die Mobilmachung in Frankreich war noch vor der Kriegserklärung verkündet worden. All diese Worte – Mobilmachung, Einberufung, Kriegserklärung. Ich kannte sie aus dem Geschichtsbuch, aus der Geschichtsstunde. Aus Romanen.

So etwas konnte doch nicht Wirklichkeit sein!

Daß es Wirklichkeit war, sah ich im Gesicht von Madame-Mère. Ihr Blick, mit dem sie mich ansah, war starr, und schon damals fühlte ich mich auf unbestimmte Weise schuldbewußt. Deutschland war der Störenfried in dieser Welt des Friedens. Daran zweifelte niemand. Auch ich nicht.

Madame-Mère, die niemals sehr gesprächig gewesen war, schien verstummt zu sein. Sie sprach kein Wort. Nicht mit mir, nicht mit den anderen.

Isabelle war verstört. Auch Henri hatte sofort einrücken müssen, und sie kam mit verweinten Augen von ihm zurück. Eine unheimliche Stille war in das Schloß eingekehrt. Ich wagte nicht ins Dorf zu gehen. Ich hatte das Gefühl, die Leute würden mir nachstarren, würden mit Fingern auf mich zeigen: Sie ist schuld. Sie ist eine Deutsche.

Ich war noch eine Deutsche.

Die Zeit war zu kurz gewesen.

Ich weinte jede Nacht. Ich hätte mich verkriechen mögen. Ich hatte keine Schuld an dem, was geschah. Aber ich fühlte mich schuldig.

In einer Nacht bekam ich heftige Blutungen. Ich rief niemanden. Vielleicht würde ich sterben, und das machte auch weiter nichts.

Es war nicht weiter schlimm. Bis zum Morgen war das Schlimmste überstanden. Es war wie immer.

Ich würde kein Kind bekommen.

Die seltsame Starrheit, dieses Verharren mit angehaltenem Atem, verging nicht so rasch. Sie lebten auf dem Château wie auf einer Insel, die im Nichts schwamm, in einem Nirgendwo, das keiner erreichte. Sie verließen kaum das Schloß und den Park, sie fuhren nicht in die Stadt, es kam auch kein Besuch. Eine Zeitlang war es so. Dann schien eine leichte Lockerung der angespannten Atmosphäre einzutreten.

Madame-Mère war nie sehr gesprächig gewesen, jetzt war ihr Schweigen bedrückend. Jeder empfand es so, nicht nur Iris. Auch Isabelle. Auch der Verwalter Laroche, ein Mann von Anfang Fünfzig, ein immer heiterer, etwas derber Mann, der gern scherzte. Wenn er die Comtesse besuchte, um Bericht zu erstatten oder Anweisungen von ihr entgegenzunehmen – sie legte Wert darauf, gefragt zu werden und auf dem laufenden zu bleiben, mit gewissem Recht übrigens, wie jeder ihr zugestand, denn sie verstand etwas von der Landwirtschaft und vom Weinbau –, ging er jetzt jedesmal mit bedrückter Miene weg. Er unterließ es, wie sonst, Marguerite zu ärgern, mit der er ständig auf Kriegsfuß lebte, die ihn zurechtwies, wo er ging und stand, und die er dafür mit frechen Witzen bedachte. Er grüßte Iris und Isabelle nur kurz, während er sonst gern zu einem kleinen Gespräch stehenblieb, um über die Pferde, über die anderen Tiere oder irgendeine Begebenheit aus dem Dorf zu schwatzen. Mit Isabelle natürlich zumeist, die Laroche seit ihrer Kindheit kannte.

Sicherlich machte er sich Sorgen um seinen Sohn, das verstanden sie alle. Der junge Laroche war aktiv, er war Sergeant bei der Artillerie, und zwar gegen den Willen seines Vaters, der für die Armee nichts übrig hatte und nur ein Leben auf dem Land als einzig möglich gelten ließ.

Marguerite verstand ebensogut zu schweigen wie ihre Herrin. Sie trug jetzt ständig eine vorwurfsvolle Miene zur Schau, als habe man ihr persönlich den Krieg erklärt, und Iris vermutete, daß sie es hauptsächlich ihretwegen tat. Denn daß von allen, die ihr bisher begegnet waren, Marguerite am entschiedensten gegen die Heirat des Comte mit einer Ausländerin gewesen war und auch bei dieser Meinung blieb, das konnte niemand übersehen.

Jean-Claude hatte gelacht: »Laß sie! Sie war immer eine schwierige Person. Aber Maman braucht sie, ohne sie könnte Maman nicht auskommen. Marguerite weiß alles, sieht alles, hört alles. Ob es im Schloß, im Dorf oder in Beaune geschieht, das spielt keine Rolle. Marguerite ist informiert. Maman brauchte zehn Jahre keinen Fuß vor die Tür zu setzen, sie wüßte trotzdem Bescheid. Und mit mir war Marguerite sowieso nie zufrieden, ich konnte ihr nie etwas recht machen. Also warum ausgerechnet, wenn ich heirate? Das war sowieso nicht zu erwarten.«

Auch der alte Josèph schlich mit bekümmerter Miene umher. Er war nun im Château der einzige Diener; der junge Mann, der ihm geholfen hatte, war ebenfalls eingezogen worden. Josèph, den gelegentlich Rheuma plagte oder auch andere kleine Leiden, hatte sich angewöhnt, hörbar vor sich hinzuseufzen, wo er ging und stand. Nur wenn ein strenger Blick der Comtesse ihn traf, unterdrückte er es für eine Weile.

Isabelle ging das alles sichtlich auf die Nerven.

»Nein – alles, was recht ist«, sagte sie zu Iris, »dagegen war es im Kloster der reinste Karneval. Hier wird man ja ganz schwermütig. Wollen wir nicht etwas unternehmen?«

»Was denn?« fragte Iris unlustig.

Das wußte Isabelle auch nicht. Die jungen Männer waren alle fort, sie konnte höchstens eine ihrer zahlreichen Freundinnen in Beaune besuchen, und sie meinte großzügig zu Iris: »Komm doch mit.«

Aber dazu hatte Iris keine Lust. Sie mochte nicht mehr nach Beaune fahren, sie wollte keine Besuche machen, sie ging nicht einmal mehr ins Dorf. Sie war froh, wenn sie niemanden traf. Sie ritt jeden Morgen aus, manchmal allein, meist mit Isabelle. Und sie malte oder las. Mit dem Skizzenbuch oder der kleinen Staffelei, die sie inzwischen besaß, zog sie sich in eine Ecke des Parks zurück. Sie träumte, sie war traurig, sie hatte Sehnsucht nach Jean-Claude, nach Arne, nach irgend etwas – aber manchmal war sie auch ganz zufrieden.

Erstmals nach den turbulenten Monaten kam sie etwas zur Ruhe. Und es war trotz allen Kummers und aller Sorgen recht wohltuend, endlich wieder allein sein zu können. Ihre einzige Begleitung war Bijou, der Hund, der neben ihr im Gras lag und diese stillen Stunden ebenfalls zu lieben schien.

Gelegentlich sprach sie in halblautem Ton zu ihm; Bijou neigte dann den Kopf ein wenig schief, spitzte die Ohren und hörte aufmerksam zu, als verstehe er jedes Wort. Und das tat er sogar, wenn sie deutsch sprach. Denn sie sprach manchmal deutsch, wenn sie sicher war, daß keiner sie hören konnte. Mit den Tieren sprach sie deutsch, mit Bijou, mit Blanchefleur. Und sie dachte: die Sprache des Feindes! Was für ein lächerlicher Wahnsinn!

Manchmal stöberte Isabelle sie in den verborgenen Winkeln auf, zumal sie mit der Zeit Iris' Lieblingsplätze kannte, die Rotbuche, die mitten auf einem Rasenfleck stand, ganz in der östlichsten Ecke des Parks, oder im Südwesten, wo die Parkmauer eine kleine Pforte hatte, die ins Freie führte.

Dort saß Iris gern. Draußen neben dem Türchen, den Rücken an die sonnenwarme Mauer gelehnt, vor sich das weitgehügelte Land, die Hänge mit den Weinstöcken, die Weiden, die Wälder; es war der gleiche Blick, den sie am ersten Abend von der Terrasse aus gehabt hatte. Immer wieder konnte sie dort ins Land hinausblicken, sie versuchte auch immer wieder, dieses Panorama mit ihrem Zeichenstift festzuhalten. Und das war keine leichte Aufgabe.

»Du bist schrecklich langweilig«, sagte Isabelle vorwurfsvoll, wenn sie Iris gefunden hatte. »Da sitzt du wieder und starrst in die Gegend. Bildest du dir vielleicht ein, Jean-Claude taucht da plötzlich auf, wenn du nur lange genug hinschaust?«

»Aber nein«, Iris lächelte. »Außerdem wäre das auch die falsche Richtung. Und ich sitze nicht hier, um die verlassene einsame Frau zu mimen.«

»Warum denn dann?«

»Es gefällt mir. Ich schaue gern da hinab.«

»Na ja, ist ja auch ganz hübsch. Aber wenn man hingeguckt hat, hat man's doch gesehen, nicht? Es wird ja nicht anders davon, wenn man stundenlang hinschaut.«

»Ich möchte gar nicht, daß es anders wird.«

Isabelle stieß einen lauten Unmutsseufzer aus. »Es ist einfach langweilig. Zu schade, daß wir keinen Tennisplatz haben. Ich habe mir immer einen gewünscht. Aber weil mein Herr Bruder keinen Spaß am Tennisspielen hat, ist eben auch kein Platz da. Ich habe hier ja nichts zu sagen. Wir könnten dann wenigsten Tennis spielen. Du hast doch gesagt, daß du spielen kannst?«

»Ja. Ich habe sehr gern gespielt.«

»Du! Ob wir uns nicht einen Platz anlegen lassen? Das kann doch nicht so schwierig sein. Kostet es viel Geld? Soll ich Maman einmal fragen?«

»Ich weiß nicht, ob es der richtige Zeitpunkt ist. Deine Maman hätte vielleicht im Moment kein Verständnis dafür, und andere Leute auch nicht. Es ist schließlich Krieg.«

»Was du nicht sagst? Hab' ich schon mal irgendwo gehört.« Isabelle ließ sich ins Gras fallen und legte sich lang auf den Rücken.

»Vielleicht wird es gar nicht so schlimm mit dem Krieg. Bis jetzt ist ja weiter nichts passiert. Wenn er Polen hat, meinst du, er wird zufrieden sein, der 'err 'itler?«

»Ich hoffe es«, meinte Iris. »Aber ihr vielleicht nicht. Ihr habt uns ja den Krieg erklärt wegen Polen.«

Sie sagte ›ihr‹ und ›uns‹ und merkte sogleich, wie falsch das war.

»Ich will sagen, Frankreich und England haben Deutschland den Krieg erklärt, um Polen zu helfen. Nicht? So ist es doch gemeint.«

»Keine Ahnung. Ist mir auch egal.«

»Wenn wir Polen besiegen – wenn Deutschland Polen besiegt, wie es ja scheint, dann…«

»Offenbar ist es kein großes Kunststück, Polen zu besiegen. Und ihr solltet euch schämen. So ein kleines Land! Von vorn die Deutschen und von hinten die Russen; ich finde das feige.«

Iris seufzte und schwieg. Alles, was sie sagte, würde Isabelle falsch verstehen. Sicher wußte sie nichts vom polnischen Korridor, von Danzig, von den besetzten Gebieten, von der Million Deutscher, die seit dem letzten Krieg unter polnischer Herrschaft lebte – und das nicht immer problemlos. Was wußte Isabelle von dem Unrecht, das immer dort geschah, wo man gewaltsam Grenzen zog, wo man Menschen Gewalt antat, wo die gegenseitige Verbitterung den Blick trübte, das Unrecht vertiefte und das Zusammenleben unmöglich machte. Vermutlich würde Isabelle wiederholen, was sie zuvor gesagt hatte: Es ist mir ganz egal.

Und schließlich, das mußte Iris sich selbst eingestehen, was wußte sie selbst schon groß davon? Sie war nie östlich von Berlin gewesen, sie kannte weder einen Polen noch einen West- oder Ostpreußen, noch einen Oberschlesier. Sie wußte eben nur, was sie in der Schule darüber gelernt hatte, und das war wenig gewesen, und ob es immer die Wahrheit gewesen war – die Frage blieb offen. Der polnische Korridor sei eine Schikane, hatte es geheißen, er müsse beseitigt werden. Und Danzig sei eine deutsche Stadt. Sie hatte es zur Kenntnis genommen und gleich wieder vergessen. Es war ihr genauso gleichgültig gewesen, wie es Isabelle noch heute egal war.

Arne wußte sicherlich viel mehr darüber. Sie dachte viel

an Arne. Sicher war er dabei in Polen. Nun mußte er tun, was sein Beruf war, wozu er erzogen worden war.

Kämpfen. Krieg führen. Töten.

Das war es auch, worüber sie nachdachte, wenn sie irgendwo allein saß und in die Gegend blickte. Wie war das, wenn man töten mußte? Konnte man denn das so einfach? Konnte man so etwas lernen?

Sie erinnerte sich einer Szene aus ihrer Kindheit. Sie hatten im Garten einen kleinen Vogel gefunden, Arne und sie, mit einem gebrochenen Flügel, der hilflos herabhing; auch sonst war das kleine Tier verletzt und blutete aus verschiedenen Wunden. Ob eine Katze ihn erwischt hatte, was ihm sonst geschehen war, das wußten sie nicht. Sie hockten beide vor dem Vogel, der schon mehr tot als lebendig war, das nackte Entsetzen preßte ihnen die Kehle zusammen, sie waren beide blaß im Gesicht und sahen sich fassungslos an, dann wieder den Vogel. Iris flüsterte verzweifelt: »Arne!«

Arnes Unterlippe bebte, er war nahe am Weinen, er war ganz und gar unglücklich über das, was er da sah.

»Was sollen wir denn tun, Arne?«

Arne wußte es auch nicht. Er hatte die Hände zusammengeballt, er wäre am liebsten davongelaufen, aber das ging natürlich nicht – sie *hatten* es gesehen, und nun mußten sie auch helfen.

Schließlich sammelten sie ein paar große Blätter, legten den Vogel darauf und brachten ihn ins Haus.

Ida sagte: »Der ist bald hin. Dem muß man gleich den Hals umdrehen.«

»Nein!« schrie Arne empört. »Du bist gemein!«

Mama, als nächste um Rat gefragt, wußte auch keinen. »Aber Kinder!« sagte sie nur. »Warum laßt ihr denn so was nicht liegen?«

»Aber das kann man doch nicht«, wehrte sich Arne, und nun standen seine Augen voller Tränen. »Man muß ihn doch heilmachen.«

Melanie sah mit angewidertem Gesicht auf das sterbende Tier. »Ich fürchte – das kann man nicht mehr.«

Schließlich wurde der General als letzte Instanz angerufen. Arne selbst war es, der ihn zu sprechen wünschte, obwohl er sonst niemals ungerufen in die Zimmer des Generals ging. Aber jetzt verlangte er: »Ich will den Onkel Friedrich fragen.«

Der General machte: »Hm!« und besah sich den Verunglückten. »Ihr müßt ihn zu einem Tierarzt bringen.«

Der Rat gefiel Arne. Der Patient wurde in eine Pappschachtel umgebettet, der General suchte selbst im Telefonbuch nach einem erreichbaren Tierarzt, dann zogen sie los.

Während des Transports starb der Vogel.

»Können Sie ihm helfen?« fragte Arne den Doktor, zu dem er übrigens gleich vordrang; er beharrte sehr energisch darauf, den Arzt sofort zu sprechen, er könne nicht warten.

Der Arzt warf nur einen Blick auf den Vogel, dann sah er die beiden Kinder an, die ihn ängstlich und erwartungsvoll anblickten. »Wo habt ihr ihn denn her?«

Sie berichteten, das heißt Arne berichtete kurz, und Iris nickte nur bestätigend mit dem Kopf, aber sie hatte eher begriffen als ihr Bruder. Sie sah den Vogel an, und dem Arzt hatte sie auch angesehen, wie es stand.

»Können Sie ihn gesund machen?« Mit dieser Frage schloß Arne seinen Bericht.

»Laßt ihn mir da«, sagte der Tierarzt. »Ich will's versuchen.«

Ein wenig getröstet marschierte Arne zur Tür, dabei nahm er seine Schwester an der Hand.

Als sie draußen auf der Straße waren, sagte er: »Das ist sicher ein guter Arzt. Er war nett, nicht?«

Iris nickte. Nach einer Weile flüsterte sie: »Du!«

»Was denn?«

»Ich glaube, er war schon tot.«

»Quatsch. Er war nur bewußtlos. Das war viel besser für ihn, da hat er keine Schmerzen. Der Doktor wird ihn gesund machen.«

Das verkündete Arne auch, als sie nach Hause kamen. Und Iris sagte nichts mehr. Denn sie *wußte*, daß der Vogel tot gewesen war.

Daran dachte sie, in der warmen Herbstsonne Burgunds im Gras sitzend, und sie sah Arne vor sich, das Kindergesicht überblendete sich ganz eigenartig mit dem Gesicht des jungen Mannes, das sie zuletzt gesehen hatte. Er – ausgerechnet er, sollte Menschen töten? Das war lächerlich. Das konnte er nicht. Er würde dastehen und weinen, das war es, was er tun würde. Ihr war unvorstellbar, daß Arne ein Gewehr hob und auf einen Menschen schoß.

Von Jean-Claude – ja, von ihm konnte sie es sich vorstellen. Er wollte ja auch mit seinem Freund Bertrand zur Jagd gehen und Tiere totschießen. Auch Günther fiel ihr auf einmal ein. Er? Doch, er würde vielleicht auch schießen. Nicht gern, aber er täte es. Er würde sich nicht viel dabei denken. Wenn man ihm zu schießen befahl – dann würde er eben schießen. Und sicher würde er auch treffen, er war schließlich Meister im Fünfkampf gewesen.

Aber Arne, der sich bei allem so viel dachte – Arne, der ein so weiches, verletzbares Herz hatte – wer wußte das besser als sie? – Arne würde nicht schießen. Er würde nicht töten. Aber die Sache hatte natürlich noch eine andere Seite. Man konnte auf *ihn* schießen. Man konnte ihn töten. Und die Vorstellung, daß Arne fallen könnte und daß sie ihn nie wiedersehen würde, war manchmal so quälend, sie konnte sich so in diese Furcht hineinsteigern, daß sie die halbe Nacht wach lag, blicklos ins Dunkel starrend, geschüttelt von Angst.

Von Angst um Arne.

Sie faltete die Hände und flüsterte: »Lieber Gott, beschütze Arne! Laß ihm nichts geschehen, lieber Gott!«

Sie betete zu dem Gott ihrer Kindergebete, sie dachte nicht mehr an die Jungfrau Maria und die Heiligen. Und sie ging auch nicht mehr in die Kirche von Chaumencey. Die Leute würden sie nur anstarren. L'allemande! L'ennemie!

Übrigens kam der Curé von Chaumencey manchmal ins Schloß und besuchte Madame-Mère; gelegentlich wurde er auch zum Essen eingeladen. Dann saß Iris mit ihm am Tisch, und er war außerordentlich liebenswürdig zu ihr. Ein Mann in den Sechzigern, grauhaarig, ein wenig dick; er wirkte gemütlich und keineswegs doktrinär. Er aß sehr gern und mit großem Genuß, und natürlich verstand er auch viel vom Wein. Man unterhielt sich sehr zwanglos. Man sprach auch vom Krieg. Der Pfarrer war gut informiert über den Stand der Dinge, aber er machte niemals eine Andeutung oder Anspielung, die Iris verletzt haben könnte. Ebensowenig wie er eine Bemerkung darüber machte, daß sie nicht mehr in die Kirche kam. Einmal brachte ihn Iris, als er ging, in den Hof hinaus, und da sagte er plötzlich – sein Gesicht war ernst dabei, nicht wie sonst ständig von einem Lächeln erhellt: »Es muß nicht leicht für Sie jetzt sein, Madame la Comtesse.«

»Ja«, erwiderte Iris, »da haben Sie recht. Wenn Sie verstehen können, wie mir zumute ist…«

»Es kostet nicht viel Mühe, sich hineinzudenken. Ich kenne Sie noch nicht sehr gut, aber ich sehe es Ihnen an, daß Sie kein oberflächlicher Mensch sind.«

Er reichte ihr die Hand, und dann ging er, umweht von seiner weiten schwarzen Soutane, über die Brücke hinein ins Dorf. Iris sah ihm nach. Die wenigen Worte hatten ihr gutgetan, sie erwärmten ihr Herz. Sie war doch sehr allein – das merkte sie nun. Es fehlte ihr – ja, was eigentlich? Ein wenig Verständnis vielleicht. Ein wenig Wärme.

Schade, dachte sie, daß ich nicht richtig katholisch bin. Es muß eigentlich ganz schön sein, so richtig dazuzugehören und sich geborgen zu fühlen.

Dann schüttelte sie ärgerlich über sich selbst den Kopf. Was für alberne Gedanken! Aber der Curé war ein sympathischer Mann. Hoffentlich kam er bald wieder einmal zu Essen.

Die Comtesse war nicht unfreundlich zu Iris. An ihrem Verhalten hatte sich nichts geändert, nur eben, daß sie jetzt sehr zurückgezogen lebte und daß man sie, außer bei den Mahlzeiten, kaum zu Gesicht bekam. Dann aber richtete sie das Wort genauso an Iris wie an ihre Tochter, blickte sie an, und ihre Miene drückte weder Feindschaft noch einen Vorwurf aus. Das Verhältnis zwischen der Comtesse und Iris war auch zuvor nicht von Herzlichkeit oder Freundschaft gekennzeichnet gewesen. Iris hatte sich immer leicht befangen gefühlt in der Gegenwart ihrer Schwiegermutter. Sie war immer noch nichts anderes als ein Gast im Haus. Und wenn Jean-Claude dieses Gefühl zeitweise zum Verschwinden bringen konnte, nun war es wieder da.

Das einzige Radio im Haus befand sich in den Räumen von Madame-Mère. Iris hätte gern Berichte oder Nachrichten gehört, aber da sie nicht dazu aufgefordert wurde, war es unmöglich. Jean-Claude hatte davon gesprochen, daß er einen zweiten Apparat kaufen würde, aber es war nicht mehr dazu gekommen. Er besaß nur einen großen elektrischen Plattenspieler und eine Menge Platten, und die konnte sich Iris jetzt in Ruhe und sooft sie wollte anhören.

Es war seltsam, so viele große Zimmer jetzt allein zu bewohnen. Zweifellos hatte es auch einen gewissen Reiz. Wenn das Wetter nicht sehr schön war, blieb sie gern in ihren Zimmern, las oder hörte Musik, obwohl dann meist Isabelle auftauchte, die nicht sehr viel vom Alleinsein hielt.

Gäste kamen jetzt selten ins Schloß. Nur einmal ein Cousin von Madame-Mère, den Iris schon kannte. Ihm gehörten Weinberge bei Meursault, er hatte dort einen großen Besitz. Übrigens war er der Vater von Antoine, den sie in Berlin kennengelernt hatte.

Onkel Jean-Philippe, wie Isabelle ihn nannte, war ein anregender Gesellschafter. Ein schlanker, gutaussehender Mann mit weißem Haar und einem koketten weißen Schnurrbärtchen, ein erstklassiger Reiter, wie Iris gehört hatte, und ein galanter Mann dazu. Er machte den Damen Komplimente, er brachte ihnen etwas mit, und er war absolut kein Feind der Deutschen.

Über den Verlauf des Polenfeldzuges war er bis ins kleinste Detail informiert, er war natürlich früher auch Offizier gewesen, Generalstäbler dazu, und der Krieg interessierte ihn nun einmal.

Von ihm bekamen sie – es war Ende September und der Polenfeldzug so gut wie beendet – einen genauen Bericht über seinen Verlauf. Onkel Jean-Philippe wußte Bescheid, als sei er dabeigewesen. Und er sprach mit einem gewissen Respekt von der Leistung der Deutschen, deren junge Armee sich glänzend bewährt habe, wie er sagte.

»Da werden unsere Herren in Paris noch heiße Köpfe kriegen«, meinte er, »wenn sie nicht schleunigst zu Verhandlungen kommen. Bei uns haben sie geschlafen. Und in Deutschland gehandelt.«

Darauf folgte ein ebenso sachkundiger Bericht über die Versäumnisse des französischen Kriegsministeriums, war natürlich in den Augen von Jean-Philippe eine Folge der ewig wechselnden Regierungen und der ständigen Querelen zwischen den Parteien, der Nationalversammlung und der Generalität waren.

»Die Zeiten haben sich geändert. Die Herren reden von Verteidigung. Sie denken noch an den Grabenkrieg vom letztenmal. Hitler hat ihnen vorexerziert, wie er sich das vorstellt. Das war ein reiner Bewegungskrieg, ein frisch-fröhlicher Vorwärtskrieg wie in der guten alten Zeit. Nur daß die Pferde von den Panzern ersetzt worden sind. Panzer und Flugzeuge, gemeinsam eingesetzt und gemeinsam operierend, haben das geschafft. Wie man hört, waren Hitlers Generäle nicht überzeugt davon, daß das gehen würde. Aber es ist gegangen, sehr gut sogar. Man sollte in Paris schleunigst seine Lehren daraus ziehen und nicht weiterhin in stummer Anbetung vor der Maginotlinie verharren. Die ist nicht den Beton wert, den man hineingebaut hat. Ich hoffe, sie haben das kapiert in Paris. Aber die kapieren ja nie etwas. Unsere Panzerwaffe? Man hat sie sträflich vernachlässigt. Kein Geld, hieß es. Aber Geld war da, um Betonklötze in die Gegend zu pflastern. Da sind die Deutschen drüber weg, so schnell kann man gar nicht sehen. Außerdem ist sie zu kurz, die gepriesene Maginotlinie. Wenn die Deutschen Belgien durchbrechen, wie beim letzten Mal, dann wird man sehen, was passiert.«

»Belgien ist ein neutrales Land«, bemerkte Madame-Mère.

»Na und? Das war es 1914 auch. Hitler wird sich noch weniger darum scheren wie der deutsche Kaiser.«

Es war sehr merkwürdig für Iris, zuzuhören, wie dieser

alte Soldat in aller Sachlichkeit die strategische Lage erörterte. Er sagte: die Deutschen. Er sagte niemals: die Feinde.

Sie fragte sich, ob er das aus Höflichkeit gegen sie tat. Aber aus allem, was er sagte, ging hervor, daß er die Deutschen keineswegs verabscheute, ja, daß ihm in gewisser Weise imponierte, was sie geleistet hatten.

Zum erstenmal hörte sie den Namen de Gaulle. Das sei ein noch junger Offizier, sagte Jean-Philippe, und der hätte nicht die schlechtesten Ideen. Er hätte auch immer dafür plädiert, daß man die Panzerwaffe stärken und ausbauen müsse. Aber die alten Wichtigtuer im Kriegsministerium hielten es wohl für unter ihrer Würde, darauf zu hören, was ein einfacher Colonel zu sagen habe.

Schließlich fragte Onkel Jean-Philippe sie in aller Gelassenheit: »Ihr Bruder ist doch auch Offizier, Madame, wie ich gehört habe.«

Iris nickte beklommen. »Ja.«

»Da wird er wohl dabeigewesen sein.«

»Ich weiß es nicht. Aber ich denke es.«

»Sie haben keine Nachricht?«

»Nein.«

»Nun, hoffen wir, daß er es gut überstanden hat und daß er eines Tages hierher kommen und uns erzählen wird, wie es war. Vergessen Sie nicht, mich dann zu verständigen. Ich würde gern hören, was er zu erzählen hat.«

Iris warf einen scheuen Blick auf Madame-Mères verschlossene Miene.

»Ich wünschte«, sagte sie tapfer, »es wäre bald soweit. Daß er hierher kommen könnte, meine ich, und daß alles vorbei wäre. Ehe es schlimmer wird.«

»Es wird bald vorbei sein. Ich glaube nicht, daß noch viel passiert. Es war sehr geschickt von Hitler, sich mit Stalin zu verbünden. Wahrscheinlich werden sich die beiden bei der Teilung der Beute in die Haare geraten. Und dem kann man mit Ruhe zusehen. Das soll nicht unsere Sorge sein. Dabei werden Hitler ein wenig die Flügel gestutzt, was nicht von Schaden wäre.«

Sie erkundigte sich nach Lucienne und Antoine und hörte,

daß sie beide in Paris seien. Antoine arbeitete im Auswärtigen Amt, eingezogen hätte man ihn bisher nicht. Und Lucienne werde ihn sicher bald besuchen, er habe ja sein Enkelkind noch nicht gesehen.

Mit Lucienne hätte sie über manches sprechen können. Auch über die Geschichte mit dem Kind. Es wurde Zeit, daß sie Jean-Claude davon schrieb. Daß sie kein Kind bekommen würde. Bisher hatte sie sich davor gescheut, es ihm zu schreiben. Schließlich hatte er jetzt andere Sorgen.

Es kam regelmäßig Post von ihm. Er befand sich bei der 2. Armee in der Nähe von Sedan, weit entfernt von der Maginotlinie, diesem vielgepriesenen und vielkritisierten Bau, von dem in den französischen Zeitungen immer wieder die Rede war und von dem die Franzosen sich alle Wunder der Welt erhofften. Jean-Claude hatte übrigens eine ähnliche Meinung wie sein Onkel aus Meursault. »Die Maginotlinie – das ist ein typisches Märchen für große Kinder«, hatte er einmal gesagt. »Wir hätten besser unsere Armee modernisiert und unsere Truppen besser ausgebildet. Aber für alle Fehler, die gemacht werden, ist die Maginotlinie ein schönes dickes großes Pflaster. Das wird draufgepappt, und dann kann nichts mehr passieren.« Damals hatte sie das nicht interessiert. Es kam sowieso kein Krieg; Soldaten, Generäle, Linien und Wälle, was war das anderes als ein Spielzeug für Männer.

In ihrem nächsten Brief an Jean-Claude machte sie eine Andeutung über ihren Zustand. Es wäre nicht so, wie sie sich gedacht hätte. Er wisse schon, was sie meine. Ob er sehr enttäuscht war?

Sicher war es besser so. Erst mußte der Krieg vorbei sein. Das dachte er bestimmt auch.

Sie hatte es schon fast wieder vergessen, das Kind. Und wenn sie daran dachte, war sie erleichtert. Jeden Tag mit Blanchefleur auszureiten war viel schöner, als ein Kind zu bekommen.

Isabelle ritt jetzt oft Bayard und hatte manchmal Mühe, mit ihm fertig zu werden. Bayard war eine Männerhand und ein Männerkreuz gewöhnt. Er war geneigt, mit Isabelle zu machen, was er wollte.

Isabelle konnte dann ziemlich lästerlich fluchen. Und Iris fragte einmal amüsiert: »Wo hast du das gelernt? Doch sicher nicht in der Klosterschule?«

»Ach, mach dir keine falschen Vorstellungen von einer Klosterschule. Bei uns war es ganz lustig. Außerdem habe ich hier und da auch mal andere Leute getroffen.«

Henri, so erfuhr Iris nun, war keineswegs Isabelles erste Liebe, wenn auch die erste ernsthafte. Aber es hatte schon einmal einen Jean gegeben, einen Tennislehrer in Deauville, und einen Daniel, der eine Reparaturwerkstatt in dem der Klosterschule benachbarten Städtchen betrieb.

»Manchmal durften wir zum Einkaufen gehen. Oder ein Eis essen oder so was. Da war so ein kleines Café, und da gingen wir immer zum Eisessen. Gleich neben dem Café war Daniels Werkstatt. Wenn er sah, daß Mädchen aus dem Kloster da waren, kam er herangeschlendert und wollte auch ein Eis essen. Na ja, so war das eben.«

Es war so, daß Daniel mit allen Mädchen herumalberte und dabei immer eine Favoritin hatte, der er besonders den Hof machte.

»Er war sehr gerecht. Eigentlich kam jede mal dran, wenn sie einigermaßen hübsch war. Immerhin habe ich mir eine Zeitlang eingebildet, er liebe nur mich.«

»Und du?«

»Oh, ich habe ihn auch geliebt. Und wie! Es war sehr schön.«

»Es war sehr schön?« fragte Iris mit Gouvernantenmiene. »Wie soll ich das verstehen?«

Isabelle lachte übermütig. »Du machst ein Gesicht wie eine alte Tante! Er hat mich ein paarmal geküßt in seinem alten Autoschuppen, das war alles. Aber ich fand's eben schön. Damals wußte ich ja noch nicht, was Liebe ist. Jetzt weiß ich es.«

»Seit Henri?«

»Sehr richtig. Das ist natürlich die richtige Liebe. Aber von Daniel habe ich diese schönen Flüche gelernt. Wenn er so einen alten Karren reparierte, und es klappte nicht gleich, dann fluchte er dazu. Ging es gut, dann sang er. Schließlich hat der Schuft geheiratet, stell dir vor! Das war ein Schlag. Wir haben ihn nie wieder angesehen. Aber jede Wette, daß er jetzt wieder mit den Klostermädchen poussiert, die in das Café kommen?«

Isabelle erzählte gern von ihrer Schulzeit. Sie lag noch nicht lange zurück. Nach wie vor unterhielt sie einen regen Briefwechsel mit ihren Schulfreundinnen. Sie erzählte auch von vielen anderen Dingen, von Reisen, die sie gemacht hatte, von ihrer Schwester Hortense, und am liebsten sprach sie von ihrem Vater, an den sie sich noch gut erinnerte.

»Komisch, nicht, daß sie mich noch auf die Welt gebracht haben? Sie waren doch schon ziemlich alt. Das heißt, Papa ist mir nie alt vorgekommen. Er war ein großer Kavalier, schon als kleines Mädchen hat er mich wie eine Dame behandelt. Er würde mich in die große Welt einführen, hat er gesagt. Mit mir reisen und auf Bälle gehen und so. Du hättest ihm sicher auch gefallen. Dann hätte er zwei junge Frauen um sich gehabt, das hätte ihm Spaß gemacht.«

Das Verhältnis zwischen Isabelle und ihrer Mutter war kühl, aber korrekt. Madame Cathérine war streng und hatte bestimmt Ansichten von der Welt und vom Dasein eines jungen Mädchens aus gutem Hause. Isabelle jedoch gab ihr selten Gelegenheit zu einer Zurechtweisung. In dieser Beziehung war das Kloster eine gute Schulung gewesen. Sie hatte gelernt, die Augen niederzuschlagen, zu lächeln, ein wenig zu heucheln, lieb und brav »Ja, Maman« zu sagen.

Iris kannte ihre junge Schwägerin von einer anderen Seite, kannte ihr Temperament, ihre Lebensfreude und ihre oft etwas verwegenen Vorstellungen über das Leben und die Liebe.

Sie kannte auch Henris Briefe, die Isabelle ihr immer vorlas, im Park oder manchmal sogar zu Pferd während ihrer Ritte. Und nur selten kam es vor, daß sie sich unterbrach – »da muß ich was auslassen, das ist zu privat.«

Dann lachte sie vor sich hin und las es doch vor, das private, Henris zärtliche Worte, die Küsse, die er ihr schickte und die an bestimmte Stellen plaziert werden sollten, und wie und wo er sie streicheln würde, falls er bei ihr wäre.

Iris entnahm daraus, daß die Beziehung zwischen den beiden doch schon recht weit gegangen war. Aber was sollte sie dazu sagen? Also nickte sie nur, wenn Isabelle fragte: »Ist er nicht süß?« Oder »Reichlich frech, findest du nicht auch?«

»Hoffentlich dauert der Krieg noch so lange, daß wir heiraten können«, sagte Isabelle einmal. »Im Krieg kann man immer schnell heiraten. Einen Soldaten darf man nicht traurig wegschicken. Das wird Maman auch einsehen.«

»Möchtest du ihn denn so schnell heiraten?«

»Natürlich. Ich liebe ihn. Das weißt du doch, Iris.«

»Sicher. Ich frage ja nur. Eine Heirat muß man sich gut überlegen.«

»Wie du redest! Hast du es dir vielleicht überlegt?«

»Nein.«

»Na, siehst du!«

Sehr ausführlich konnte Isabelle dann ausmalen, wie es sein würde, wenn man verheiratet ist. Henri würde weiter in der Firma seines Vaters arbeiten, die er später übernehmen mußte. Und sie würden sich ein Haus in Beaune bauen.

»Ein ganz modernes Haus, ganz todschick. In der alten Burg hier habe ich nun lange genug gewohnt. Ich werde viel Gesellschaften geben. Und natürlich auch viel reisen.«

»Möchtest du Kinder haben?« fragte Iris mit einer gewissen Neugier.

»Natürlich. Zwei. Höchstens drei. Du nicht?«

»Doch – ja.«

»Komisch, daß du noch keines kriegst.«

Die Gespräche mit Isabelle waren meist heiter und unbeschwert. Für Isabelle war der Krieg keine Realität. Das würde bald vorübergehen, und dann konnte ihr Leben beginnen. Nur einmal – es war kurz vor Ende des Polenfeldzuges, und am Sieg der Deutschen war nicht zu zweifeln – sagte sie: »Wird er es auch vertragen, der 'itlerr, ein Sieger zu sein? Wird es ihm nicht zu Kopf steigen?«

»Das wird es bestimmt«, antwortete Iris.

»Das ist gefährlich, weißt du. Erzähl mir, wie er ist, der 'itlerr?«

Iris wollte abwehren. »Soviel weiß ich auch nicht über ihn.«

»Na, du mußt es schließlich wissen, du warst doch alt genug und hast alles miterlebt. Warst du auch von ihm begeistert wie alle Deutschen?«

»Es sind nicht alle Deutschen von ihm begeistert.«

»Aber doch die meisten?«

»Ach, ich weiß nicht. Viele – ja, das schon. Die Zeiten waren früher sehr schlecht in Deutschland. Die Arbeitslosigkeit und das alles. Als er kam, wurde es besser.«

»Warst du auch bei diesem – diesem – ach, ich weiß nicht, wie es heißt. Bei diesen Mädchen da in Uniform?«

»Im BDM? Ja – da war ich auch.«

»Was habt ihr da gemacht?«

»Ach, schreckliches Zeug. Ich war nicht gern dort. So etwas liegt mir nicht. Ich war lieber allein mit anderen Mädchen zusammen.«

»Hast du keine Freundin gehabt in Deutschland?«

»Nein. Eigentlich nicht.«

»Das ist aber komisch.«

Isabelle hatte viele Freundinnen, in Beaune, in der Umgebung, Freundinnen aus der Schulzeit, mit denen sie eifrig Briefe austauschte.

»Ich hatte nur einmal eine Freundin. Sie hieß Liane.«

»Siehst du. Ist sie auch schon verheiratet?«

»Ich weiß nicht. Sie ging mit ihren Eltern nach Amerika. Sie war Jüdin.«

»Na ja.« Isabelle rümpfte ein wenig die Nase. Sie stammte zwar nicht aus Nazideutschland, aber sie hielt auch nicht viel davon, mit einer Jüdin befreundet zu sein.

Sie sprachen auch über Hortense, Isabelles große Schwester, vor der Iris mehr Angst hatte als vor ihrer Schwiegermutter. Denn es war nur zu deutlich gewesen, daß Hortense sie nicht leiden mochte.

Isabelle hatte keine besonders enge Beziehung zu ihrer Schwester. Der Altersunterschied war zu groß. Hortense war fast zwanzig Jahre älter.

»Ich hatte gedacht, sie würde im Sommer einmal hierher kommen«, sagte Iris. »Jean-Claude hat mir einmal erzählt, sie käme jeden Sommer mit den Kindern auf einige Wochen. Ob sie meinetwegen nicht gekommen ist?«

»Schon möglich«, erwiderte Isabelle unbekümmert. »Sie war ja sehr gegen eure Heirat. Und sie kann überhaupt eklig sein. Alles weiß sie besser, und immer hat sie etwas auszusetzen. Sie ist schlimmer als Maman. Na, und Onkel Emile mag ich auch nicht besonders. Möchtest du mit so einem Mann verheiratet sein?«

»Ich kenne ihn ja kaum«, sagte Iris vorsichtig.

»Was brauchst du ihn denn viel zu kennen! Du brauchst ihn nur anzusehen. So ein richtiger Sauertopf! Und ein Streber. Glaubst du, ich habe den schon mal lachen gesehen? Nie!«

Iris müsse auch nicht unbedingt der Grund sein, daß Hortense nicht gekommen sei, fügte Isabelle noch tröstend hinzu. Sie komme durchaus nicht jedes Jahr, manchmal seien sie auch in der Normandie, wo Emile herstamme und wo sein Bruder eine Fabrik besitze und ein schönes Landhaus. »Oder sie fahren an die See. Nach Deauville oder Dinard. Einmal haben sie mich mitgenommen. Das war vielleicht gräßlich! Vor zwei Jahren war das. Ich durfte überhaupt nichts. Hortense war schlimmer als die Klosterschule und Maman zusammen. Vielleicht wäre sie jetzt noch gekommen, im September, wenn nicht gerade Krieg wäre. Kann sein, sie kommt dann zur Weinlese. Wird für dich bestimmt kein großes Vergnügen sein, das kann ich dir jetzt schon prophezeien.«

Dann war eines Tages Jean-Claude da. Es war seltsam für Iris, ihn in einer Uniform zu sehen.

Natürlich stand sie ihm ausgezeichnet. Und er bewegte sich mit der gleichen lässigen Eleganz darin wie in seinen Zivilanzügen.

Er hatte nur zwei Tage Zeit. Er war gekommen, Iris abzuholen. Wohin?

Nach Paris natürlich. Wahrscheinlich werde er demnächst nach Vincennes versetzt, da sei sie wenigstens in seiner Nähe.

»Und was ist los, chérie? Kein Baby für mich?«

Iris berichtete, was geschehen war.

»Dann wirst du dich wohl getäuscht haben. Aber ich bin sehr traurig.«

»Aber ist es nicht besser so, der Krieg...«

»Ach, der Krieg! Das ist alles halb so wild. Er wird bald vorüber sein. Hitler hat, was er will, und nun kann er sich mit Stalin darüber streiten; dabei werden wir auch noch ein Wörtchen mitreden – und dann wird man sich arrangieren. Ich weiß aus erster Quelle, daß man bereits verhandelt. Man wird Hitler ein paar Zugeständnisse machen, zum letzten Male, versteht sich. Aber kein Mensch will ernstlich Krieg führen. Warst du beim Arzt?«

»Nein.«

»Das ist sehr leichtsinnig. Du hättest in Beaune zum Arzt gehen müssen. Ich verstehe nicht, daß Maman nicht dafür gesorgt hat.«

»Sie weiß nichts davon. Und bitte, Jean-Claude, sag ihr nichts mehr. Es ist mir unangenehm.«

»Wie du willst, chérie.«

Iris war die erste, die Jean-Claude zu sehen bekam. Er kam unangemeldet am frühen Nachmittag, Iris saß gerade auf einem Stühlchen vor dem Schloß, im Schatten eines Baumes; sie hatte ihre kleine Staffelei aufgebaut und malte das Château Saint-Mar. Sehr ausführlich, mit Wasserfarben. Es war ein richtiges Bild, und sie arbeitete schon seit Tagen dran.

Jean-Claude lachte, als er das Bild betrachtete.

»Ich habe eine Künstlerin geheiratet – wer hätte das gedacht? Das ist wirklich hübsch, chérie. Wirst du es dem Jeannot schenken?«

Es war so wunderschön, daß er da war. Lachend und fröhlich wie immer; daß er sie umarmte, sie küßte. Und daß alles gar nicht so schlimm war.

»Aber was soll ich allein in Paris?«

»Du wirst nicht allein sein. Ich werde oft bei dir sein. Und vielleicht sowieso bald in der Nähe. Vielleicht könnte Isabelle mitkommen? Meinst du nicht, daß sie Lust dazu hätte?«

Isabelle hatte große Lust. Aber Madame-Mère verbot es ihr, mitzufahren. Noch sei schließlich Krieg, und ehe der nicht wirklich zu Ende sei, bleibe Isabelle zu Hause. Außerdem teilte Madame-Mère den Optimismus ihres Sohnes nicht.

Isabelle war sehr erbost.

»Soll ich vielleicht hier auf dem Land versauern? Immer hat es geheißen, wenn ich aus der Schule komme, darf ich nach Paris. Und überhaupt – wenn jetzt Henri nicht mehr da ist und Iris auch nicht, was soll ich denn dann eigentlich den ganzen Tag über tun?«

»Wir werden sehen, bébé«, tröstete sie Jean-Claude. »Wenn Maman sich überzeugt hat, daß der Krieg nicht stattfindet, darfst du sicher kommen. Ich vergesse dich schon nicht. Und Iris auch nicht. Wir werden Maman immer wieder schreiben, daß wir auf dich warten. Und auf jeden Fall kommst du, wenn wir im November einen Empfang geben?«

»Einen Empfang? Im Palais?«

»Das habe ich mir vorgenommen. Krieg oder nicht Krieg. Ich muß Iris in Paris präsentieren. Und am besten dich gleich mit.«

»Du versprichst es, Jeannot?«

»Ich verspreche es, Isabelle.«

Der Krieg findet nicht statt.

Unter diesem Motto stand meine Abreise von Saint-Mar Anfang Oktober. Ich nahm Abschied von dem Curé, aber es blieb keine Zeit mehr, Madame Durand und Monsieur Landon in Beaune zu besuchen, die ich beide seit Kriegsausbruch nur einmal gesehen hatte; ich war nur zweimal kurz in Beaune gewesen. Aber wenn kein Krieg mehr sein würde, kehrte ich bald zurück und würde sie dann wiedersehen.

Am schwersten fiel mir der Abschied von Blanchefleur. Ich legte meine Arme der Stute um den Hals und schmiegte mein Gesicht in ihr weiches Fell.

Jean-Claude amüsierte es, als ich sagte, daß ich mich ungern von ihr trenne.

»Wenn du willst, chérie, kannst du später in Paris auch

ein Pferd bekommen. Wir können dann zusammen im Bois de Boulogne reiten.«

»Aber ich möchte kein anderes Pferd. Ich möchte Blanchefleur.«

»Du bist treu, chérie, nicht wahr?«

»Ich glaube. Ist es eine schlechte Eigenschaft?«

»Nein. Ganz im Gegenteil. Eine der besten, die man haben kann. Dem treu zu sein, was man liebt. An dem festzuhalten, was zu einem gehört. Du wirst es mir vielleicht nicht glauben, chérie, ich bin auch so. Das wirst du sehen. Wir werden sie alle beide nachkommen lassen, wenn die Zeiten sich beruhigt haben, Bayard und Blanchefleur.«

Auch mein Abschied von Isabelle fiel zärtlich aus. Sie war mir nähergekommen, als ich vermutet hatte. Und es schien, als hätte auch sie mich ein wenig liebgewonnen. Sie umarmte mich und küßte mich und sagte: »Du wirst mir fehlen, Iris. Und ich komme schon, Maman wird bald von mir genug haben.«

Der Krieg findet nicht statt. Und ich übersiedelte nach Paris ins Hôtel Saint-Mar, in das vornehme Palais der Familie, und würde dort die honneurs machen, wenn Jean-Claude mich Paris präsentierte.

Es war alles gar nicht so schlimm. Es würde alles bald wieder gut sein.

In dieser Stimmung reiste ich ab, und in dieser Stimmung fühlte ich mich sogar der Aufgabe gewachsen, als Madame la Comtesse in Paris zu residieren.

So kam es mir jedenfalls vor, als ich das Château verließ.

›Drôle de guerre‹ nannten es die Franzosen, was in den nächsten Monaten stattfand. Der komische Krieg, der ulkige Krieg.

In Paris freute man sich seines Lebens. Man hatte sich bedroht geglaubt, und nun war es gar nicht so schlimm geworden. Zwar war der Krieg offiziell nicht zu Ende, ab und zu gab es Gerüchte – Hitler werde wieder anfangen, dann und dann sei ein Angriff geplant, Daten wurden genannt, gingen vorüber und nichts geschah.

Auch an der sogenannten Front ging es offenbar ganz lustig zu. Die Soldaten waren an der Grenze untergebracht; und es hieß, daß es manchmal ungemütlich sei – nicht wegen des Gegners, der genauso friedlich gesonnen schien, sondern nur, weil das Wetter so schlecht war. Es regnete und regnete ohne Unterlaß, ein nasser kalter Herbst; auch das war ein Grund, daß Hitler am Krieg keinen Spaß fand, daß er nicht einmal seine Flugzeuge aufsteigen ließ.

Die Soldaten hätten teilweise unbequeme Unterkünfte und seien oft erkältet, hieß es, aber sonst lebten sie nicht schlecht, bekamen ausgezeichnet zu essen, und es wurde ihnen viel Abwechslung und Unterhaltung geboten.

Es wurde eine allgemein geduldete Gewohnheit, daß die Frauen, die Bräute, die Freundinnen die Männer besuchen durften. Essen, Trinken, l'amour gab es an der Front – keine Kugeln, keine Bomben, keine Granaten.

Drôle de guerre – man hatte es ja immer gewußt, in diesen modernen aufgeklärten Zeiten war für Krieg kein Raum mehr auf der Erde. Das schien sogar Monsieur 'itlerr begriffen zu haben. In Paris war man gar nicht einmal sehr böse auf ihn, viele hatten Sympathie und sogar Verständnis für das, was er getan hatte.

Eh bien, Deutschland mußte sich eben rühren und sehen, wie es zu seinem Recht kam. Vielleicht hatte man es wirklich zu schlecht behandelt nach dem letzten Krieg. Es war unvernünftig gewesen, den Deutschen das Leben so schwer zu machen. Nun hatten sie sich selbst um ihre Belange gekümmert, und dieser Hitler war irgendwie ein Teufelskerl.

Polen! Nun, Polen war weit. Man hörte da so manches, was einem nicht gefiel, man würde da gelegentlich mal intervenieren. In Paris tauchten auch Polen auf, Emigranten, sie mischten sich unter die vielen anderen Emigranten, die die Stadt schon immer bereitwillig aufgenommen hatte. Deutsche waren schließlich auch genug da. Ganz zu schweigen von den Russen, die man noch von früher hatte. Sie hatten sich alle ganz gut assimiliert, in Paris ließ es sich leben.

Die Theater spielten, die Kinos, die Lokale waren gut besucht, neue Bücher erschienen, es gab Feste, Gesellschaften,

Empfänge und Künstlerparties – das Leben machte einfach Spaß. Irgendwo fand dann doch ein neuer Krieg statt, weit weg, in Finnland. Und diese Finnen waren offenbar ganz tolle Helden. Sie machten den Russen das Leben schwer und ließen sich von der mächtigen Sowjetunion nicht unterkriegen. Großartige Burschen, diese Finnen.

Kalt mußte es dort sein, und eine Menge Schnee gab es. Man konnte es im Kino sehen. Nun ja, eines Tages würden sie sich dort auch beruhigen. Und wenn eben die Russen die Finnen schlucken würden – eines Tages würden sie das sicher tun –, gewiß, schön war das nicht, aber es war so weit weg. Dann kamen eben noch ein paar finnische Emigranten dazu, das spielte auch keine Rolle mehr.

Inzwischen stritt sich in Paris die Nationalversammlung mit den Militärs. Die Militärs hatten Wünsche, und die Nationalversammlung hatte andere, die Rüstungsindustrie sollte arbeiten, aber die Männer waren eingezogen. Die Rüstung war überhaupt sehr veraltet, das wußte jeder, aber wozu auch moderne Waffen? Der Krieg fand nicht statt, ein bißchen in Finnland, ein bißchen zur See, in Polen sollten auch allerhand üble Dinge vor sich gehen, und in England nahm man das alles auch ernster, als es war – aber in Paris lachte man, liebte man, tanzte man.

Drôle de guerre nannte man das.

Ich habe Philipp belogen, als ich sagte, ich sei nie wieder in Paris gewesen. Erst im vergangenen Herbst war ich dort. Es stimmte, früher hatte ich mich immer dagegen gewehrt, nach Frankreich zu reisen, und Konrad Winkler, der nicht alles, aber einiges über mein Leben wußte, hatte stillschweigendes Verständnis gezeigt. Von Heino konnte ich das nicht erwarten.

Was für Ausreden sollte ich erfinden, als er im Oktober zu mir sagte, in Paris finde eine Auktion statt, auf der vor allem alter Schmuck angeboten werde, schöne Stücke sollten dabei sein, wie er gehört habe, er selbst sei gerade verhindert, und überhaupt eigne ich mich besser dafür.

»Das ist etwas für eine Frau. Sei so lieb, Iris, flieg schnell hin und schau, ob du was zu annehmbarem Preis ergattern kannst. Du warst lange nicht in Paris, so kommt es mir vor.«

»Ich war noch nie in Paris. Seit ich bei euch bin, meine ich.«

»Na, dann wird es höchste Zeit. Aber gib nicht zuviel Geld aus. Ich weiß, wie das mit Anja war. Ich habe sie von den Schaufenstern überhaupt nicht mehr weggekriegt. Nie mehr nehme ich sie mit nach Paris, das kommt mich zu teuer.«

»Ich werde versuchen, mich zu beherrschen.«

Ich versuchte mich zu beherrschen und flog nach Paris. Der Flug war viel zu kurz, und ehe die Maschine landete, krampfte ich die Hände um die Lehne und dachte: Ich steige nicht aus. Nein. Ich kann es nicht.

Die Stewardess, die wohl dachte, ich hätte Angst, beugte sich über mich, lächelte tröstend und bot mir noch ein Bonbon an.

Ich stieg aus und fuhr in die Stadt, ich bezog mein Hotelzimmer im 1. Arrondissement, das Heino für mich bestellt hatte, in dem Hotel, in dem auch er immer wohnte. Es war ein hübsches modernes Zimmer mit Vorraum und Bad, und es hätte sich in nichts von anderen Hotelzimmern unterschieden. Aber da war das überbreite Bett in der Mitte des Zimmers, die gräßliche Rolle am Kopfende und die Decke, eingeschlagen in die losen Laken, festgestopft an den Seiten und am Fußende. Die Daunendecke war in Frankreich immer noch nicht entdeckt worden.

Ich packte mein Köfferchen aus, frischte mein Make-up ein wenig auf und wagte mich mit einer großen Sonnenbrille auf die Straße.

Es war ein schöner blauer Oktobertag, die Luft mild und noch warm, die Arkaden an der Rue de Rivoli sahen nicht anders aus als damals, und die Bäume in den Tuilerien hatten noch kaum gefärbtes Laub.

Ich ging langsam zum Concorde, und dann begann ich die Champs Elysées entlangzugehen, unter den Bäumen, die ich so gut kannte. Die Bäume, die Häuser, die breite Straße, die imponierenden Plätze, das war wie früher – aber sonst war alles anders. Der Verkehr! Es war Nachmittag, und hier wie überall gab es nur einen Sieger auf den Straßen: das Auto. Was für eine schöne stille Stadt war Paris während des Krieges gewesen! Die Luft nicht verpestet, der Himmel klar; die breiten Straßen lagen offen und frei, man konnte die Häuser betrachten, die großen majestätischen Häuser von Paris, die alle einander ähnelten. Ich brauchte Minuten, bis ich den Rond Point überquert hatte. Komisch – daran hatte ich gar nicht gedacht, daß das Auto Paris inzwischen auch verdorben haben mußte. Immer hatte ich die Stadt so vor mir gesehen, wie sie damals gewesen war: still, würdig, großräumig, der freie Ausblick nach allen Seiten, ein wenig Sonne, ein wenig Wind, sanfter grauer Regen, hinter dem die Stadt grau verschwamm, das erste Grün im Frühling, die Hitze auf dem Asphalt im Sommer, und der Blick auf den grauen Fluß, die bunten Blätter im Herbst in den vielen Anlagen, und der Winter, still, verschwiegen, friedlich.

Ja – das dachte ich wirklich. Im Krieg war Paris eine friedliche Stadt gewesen. Jetzt war sie ein tobendes, brüllendes Ungeheuer.

Wie hatte ich diese Stadt geliebt! Blieb mir denn noch etwas, das ich lieben konnte? Die Stadt war meine einzige Freundin.

Sie war großzügig und gleichgültig. Der Krieg kümmerte sie nicht. So viel war in ihr geschehen im Laufe ihrer langen Geschichte. Blut war in diesen Straßen geflossen, Mord und Totschlag hatte sie gesehen, Triumph, Sieg und Niederlage, Laster und Verbrechen, Lachen und Glück, alles hatte diese Straßen durchzogen. Die Könige, die Revolutionäre und dieser Kaiser, allen gab sie sich willig hin. Alle hatten sie geliebt, wollten sie besitzen, beherrschen, und allen war sie auf die gleiche Art begegnet: großzügig und gleichgültig. Sie ließ sich lieben, sie ließ sich nehmen, und sie verließ sie, wenn der Erfolg sie verlassen hatte.

Keiner hatte sie wirklich besessen. Sollte es dem Auto jetzt gelungen sein, sie zur Sklavin zu machen?

Jetzt begann der Teil der Champs Elysées, in dem die Geschäfte lagen. Schaufenster an Schaufenster, hoch und breit, Passagen, Kinos, Lokale, ein Riesensaal, in dem sich schimmernde Autos darboten, dann wieder Kleider, Schuhe, bunt alles, wild, ungebändigt. Die Geschäfte auf den Champs Elysées waren nie die besten gewesen, nicht die, in denen die reichen und verwöhnten Frauen einkauften.

Aber das gerade konnte ich wohl nicht so beurteilen. Zu meiner Zeit gab es nicht soviel zu kaufen. Und mir war es nicht wichtig damals. Jean-Claude war mit mir zu Monsieur Drouent gegangen, der seine Etage in der Rue St-Honoré hatte. Er war einer der kleinen, wenig bekannten Couturiers, seine Schwester Hortense ließ bei ihm arbeiten und noch einige vornehme Damen, die Jean-Claude kannte. Monsieur Drouent bekam meine Maße und fertigte Kleider für mich an, Kleider, Kostüme, Mäntel, er hatte Stoffe in Hülle und Fülle, im ersten Jahr des Krieges war es kein Problem. Ich wußte bald, wie Jean-Claude mich sehen wollte: Ich ließ mir einfache und schicke Kleider machen, darunter viele in Schwarz, denn Jean-Claude sagte: »Du siehst wundervoll aus in diesen schmalen schwarzen Kleidern. Zu deinem Haar und deiner Haut ist es hinreißend. Und du mußt sie jetzt tragen. Schwarz kann eine Frau nur tragen, wenn sie jung ist.« Zwar trug seine Mutter auch meist Schwarz, aber sie war in seinen Augen keine Frau, sondern eben Madame-Mère. Für sie galten andere Gesetze.

Aber ich hatte auch ein Kleid in einem heftigen stählernen Blau mit einem hohen Kragen, aus starrer Seide, und Jean-Claude meinte, ich sähe darin aus wie das Mädchen von Domremy. Und ich hatte ein Kleid aus einem leichten weißen Wollstoff, mit einem weiten Rock; der Rock war sehr kurz, die Röcke wurden damals zusehends kürzer, und Raymond sagte einmal:

»Dies ist eine hübsche Mode für Frauen, die solche Beine haben wie Sie. Die deutschen Mädchen haben allgemein bessere Beine als die Französinnen, das ist mir schon aufgefallen. Ist das nun die berühmte germanische Rasse, die euer Führer so preist?«

»Ich nehme an«, sagte ich. »Irgendeinen Vorteil müssen wir schließlich davon haben. Maman war immer der Meinung, ich sei ein Musterbeispiel für die germanische Rasse.«

Mit Raymond konnte ich so sprechen – er lachte dazu.

»Zwar habe ich mir immer etwas ganz anderes darunter vorgestellt, mehr so eine Art Walküre. Mit wogendem Busen und dickem Popo. Aber Sie haben mich eines Besseren belehrt. Ich bin ein großer Verehrer der germanischen Rasse geworden, seit ich Sie kenne, Iris.«

O ja, ich hörte viele Komplimente damals während des ersten Jahres. Die Herren fanden mich ravissante, und die Damen ertrugen mich. Irgendwie war es sogar ganz interessant, eine neuangeheiratete Deutsche unter sich zu haben, während man gleichzeitig ein bißchen über den Krieg parlierte. Wie mir denn so zumute sei und wie ich alles so fände? Manche waren taktvoll, andere weniger. Ich hatte mir ein paar Phrasen zurechtgelegt und ein paar Antworten parat, mit denen ich gut durch die unterhaltenden Nächte des *Drôle de guerre* kam. Und dazu trug ich die Kleider von Monsieur Drouent, ging zu einem teuren Friseur, schminkte mich sorgfältig, wenn wir ausgingen oder Gäste erwarteten. Ich besaß mehrere lange Abendkleider, eines eleganter als das andere. Zwar hatte ich das erste – das aus Baden-Baden – auch noch, aber ich zog es nicht mehr an. Es gehörte in eine vergangene Zeit. Einmal hatte ich es angezogen, und Jean-Claude sagte: »O nein, chérie, das kenne ich nun schon. Und Lucienne und Antoine kennen es auch. Zieh etwas anderes an.« Es war ein Essen abends bei uns, und Lucienne und Antoine waren auch geladen, ich hatte gefunden, es sei eine gute Idee, das Kleid anzuziehen, in dem sie mich damals in der Oper in Berlin gesehen hatten. Damals, als sie mich zum erstenmal sahen.

Jean-Claude war anderer Meinung – also zog ich mich um. Ich glaube, ich trug ein Kleid aus pflaumenblauem Duchesse an jenem Abend, es kann aber auch ein anderes gewesen sein. Mein liebstes Abendkleid war wieder ein schwarzes. Es hatte einen Rock aus plissiertem Georgette, das Oberteil war ebenfalls aus Georgette mit Applikationen aus Seidensamt besetzt, es war hochgeschlossen und wirkte streng und hoheitsvoll, es muß ein reizvoller Kontrast zu meiner Jugend gewesen sein. Ich kam mir wirklich als Comtesse darin vor, sehr schlank und sehr groß, ich trug dazu lange Perlenohrgehänge, die Jean-Claude mir zu Weihnachten geschenkt hatte, und das Haar streng aus der Stirn gekämmt und hinter die Ohren gestrichen.

Ich kam sehr würdevoll die breite Treppe im Palais herabgeschritten, ich war nicht mehr schüchtern und gar nicht ängstlich, ich konnte mich gut mit meinen Gästen unterhalten; Hitler hatte seinen Krieg in Polen gewonnen, aber den Franzosen nichts getan, und sie taten ihm auch nichts. Und sie hatten nicht einmal eine allzu schlechte Meinung von ihm. Er war ein Mann, der es verstand, Ordnung zu schaffen und Kriege zu gewinnen – und das gefiel ihnen.

Ein bißchen unbehaglich war es, daß er sich mit diesem Stalin verbündet hatte, denn »wissen Sie, Madame, von den Kommunisten haben wir die Nase voll hierzulande. Die haben uns Ärger genug bereitet. Und unsere Volksfrontregierung – na, schweigen wir davon, aber jetzt sind Gott sei Dank andere Zeiten, es wird bei uns auch wieder Ordnung einkehren, so ging es ja nicht weiter, das waren Zustände wie im alten Rom. Ganz gut, daß Monsieur 'itlerr uns ein wenig aufgerüttelt hat. Und sein Flirt mit den Sowjets, ah bah, es ist keine Zweckpolitik, am Ende wird er uns die Kommunisten vom Halse schaffen. Er ist ganz der richtige Mann dazu.«

Ich weiß nicht mehr, wie er hieß und wer er war, der so zu mir sprach, ein netter alter Herr, er küßte mir sehr galant die Hand und machte mir hübsche Komplimente, er mochte die Kommunisten absolut nicht, den Hitler fand er so übel nicht, und die Ordnung im Land war ihm wichtig. Er schätzte den Marschall Pétain und den Admiral Darlan und – ach, ich weiß die Namen nicht mehr. Ich weiß nur noch, daß ich lächelte und nickte und mich bemühte, nicht dumm zu antworten. Was wußte ich schon von französischer Innenpolitik? Weniger als nichts.

Bei uns zulande hatte es den Führer gegeben, seine engsten Mitarbeiter und die Partei, und damit hatte es sich. Aber in Frankreich war es zu verwirrend. Es schien, als seien die ewig wechselnden Regierungen, schon als sie regierten, nicht zu begreifen gewesen, und viel weniger jetzt in der Rückschau. Von der Volksfront war viel die Rede und von dem und jenem, die Namen schwirrten nur so durch den Raum, und bis ich begriff, ob es sich um einen Politiker von heute, gestern oder vorgestern handelte und welcher Partei er angehörte, oder ob er General oder sonst ein hoher Militär war, oder vielleicht sogar ein Held aus vergangenen Zeiten, war das Gespräch längst weitergeplätschert. Und ich gab den Versuch auf, klar zu sehen. Fragte ich Jean-Claude, lachte er nur und sagte: »Aber chérie! Du wirst dir dein bezauberndes Köpfchen nicht mit Politik belasten. Ich kenne diese Leute ja kaum. Du brauchst sie erst recht nicht zu kennen. Sie sind allesamt nicht viel wert.«

Er küßte mich, er liebte mich, und dann war er wieder fort. Denn er lebte offiziell nicht im Palais, er war in Vincennes beim Generalstab, aber er war viel und oft in Paris und bei mir. Er war stolz auf mich, daß ich soviel Erfolg hatte.

»Habe ich nicht recht gehabt, mir eine langbeinige Frau aus Deutschland zu holen?« fragte er eines Abends übermütig seinen Cousin Raymond. »Ist sie nicht die Schönste hier?«

Wir standen beieinander, wir drei, Champagnergläser in den Händen; es war wie am Tag meiner Hochzeit, nur war ich nicht in Weiß und scheu, ich trug das schwarze Abendkleid mit dem plissierten Rock und war sicher und gelassen, und das, was ganz tief in meinem Herzen wehtat, was mich bedrückte – Arne? Was wird morgen sein? Wie geht es weiter? –, all das merkte man mir nicht an.

Gestern hatte einer behauptet, ganz Polen wird zu einem KZ gemacht.

In Finnland ist Krieg. Auf dem Meer versenken die Deutschen die englischen Schiffe. Und vorhin hörte ich, wie einer sagte: Wenn es Frühling wird, geht es weiter. Erst im Herbst die Regenperiode, dann der strenge Winter – das hat Hitler aufgehalten. Aber warten Sie nur, bis es Frühling ist, wenn seine Panzer wieder rollen können und seine Flugzeuge wieder fliegen, er hat Blut geleckt, siegen macht Spaß...

Das alles sah man mir nicht an, ich hatte gelernt, zu lächeln und zu schweigen. Ich hob mein Glas und trank. Champagner war etwas Herrliches, er schmeckte mir immer noch, ich lächelte erst Jean-Claude an, dann Raymond, und Raymond sagte: »Gott verzeihe mir, ich bin ein schlechter Patriot, und das in diesen Zeiten, aber du hast recht, Jean-Claude. Sie ist die Schönste hier.«

Ich fing einen Blick auf, schräg über den Raum hinweg, er kam von Hortense, und er war nicht eigentlich freundlich. Sie mochte mich nicht, und ich mochte sie nicht besonders, aber sie war nun einmal meine Schwägerin, und ich mußte jetzt ein wenig mit ihr reden.

»Entschuldigt mich«, sagte ich den beiden. »Und vielen Dank!«

Ich ging zu Hortense, die sich ein Lächeln abquälte, und

wir redeten mühsam ein wenig, ich sagte ihr, daß ich ihr Kleid sehr schick fände, und Cathérine – ihre Tochter – werde immer hübscher. Ja, Isabelle komme nächste Woche, Madame-Mère habe endlich ihre Einwilligung gegeben, Gott sei Dank, das arme Kind, sie habe es satt, immer allein in der Provinz zu sitzen, und es werde höchste Zeit, daß sie sich auch ein bißchen amüsierte.

Mein Gott! Es war ja kaum zu glauben. Da stand ich auf den Champs Elysées. Und es war mehr als zwanzig Jahre danach.

Das war ich gewesen? War das mein Leben gewesen?

Niemals. Nicht mein Leben. Ein kleines Zwischenspiel. Es dauerte genau fünf Monate. Dann ging der Krieg weiter. Die Deutschen eroberten Dänemark und Norwegen. Jean-Claude bekam eine sorgenvolle Miene und schickte mich nach Saint-Mar zurück.

Um mich herum tobte der Nachmittagsverkehr von Paris, es begann sacht zu dämmern, die ersten Lichter gingen an. Damals gab es keine Lichter. Nein, die gab es nicht.

Ich stand vor dem Café George V., sah einen kleinen freien Tisch und setzte mich, bestellte mir einen Dubonnet und fühlte mich erschöpft, als hätte ich einen riesigen Berg bestiegen. Und das hatte ich auch getan. Einen Berg bestiegen, einen Abgrund übersprungen, ach – das war alles Unsinn, ich war auf halbem Weg steckengeblieben, ich war abgestürzt. Und was tat ich eigentlich in Paris? Das war nicht mehr mein Paris. Ich war eine Fremde hier. Eine Fremde war ich – hier und dort, früher und heute, eine Fremde im Niemandsland.

Ich trug immer noch die große Sonnenbrille, ich hatte Angst, es könne mich einer erkennen. Das war lächerlich, so viel Zeit war vergangen, ich war älter geworden, fast schon alt war ich geworden – und Paris war eine große Stadt, wer sollte hier entlangkommen und mich erkennen?

Raymond vielleicht? Er hat mich längst vergessen. Gerade eben war ich an einem Kino vorbeigekommen, in dem sein neuester Film lief. Er war ein berühmter Mann geworden, sein Name war auch in Deutschland wohlbekannt. Ein großer Bucherfolg in den fünfziger Jahren, das Buch wurde verfilmt, dann hatte er Drehbücher geschrieben, und nun führte er sogar Regie. Er war mit einer bekannten Schauspielerin verheiratet. Nein, von der war er wieder geschieden. Ich kannte sein Gesicht aus der Zeitung und aus den Illustrierten, er sah gar nicht viel anders aus als früher, etwas schärfer die Züge, noch mehr Spott in den Augen, der Mund etwas schmaler.

Ich werde jetzt zurückgehen ins Hotel, nein, nicht gehen, der Weg war zu weit, nur noch das Stück bis zum Etoile und dort in die Métro steigen. Hier gab es auch eine Métrostation, direkt vor meiner Nase, es bestand kein Grund, den Arc de Triomphe aus der Nähe zu sehen, ich kannte ihn gut genug – zurück ins Hotel also, ein Bad und dann ein hübsches Kleid anziehen, und dann würde ich unten im Restaurant essen. Es war ein gutes Restaurant, und ich würde das ganze Programm absolvieren, so wie man es hier von einem Gast erwartete, ein hors d'œuvre, einen Zwischengang und einen Hauptgang, dann einen Bissen Käse und ein Dessert, und dazu würde ich sorgfältig den Wein aussuchen. Vielleicht gab es schon Austern – sicher, es war Oktober, warum sollte es keine Austern geben –, ich konnte mit Austern beginnen, schließlich reiste ich auf Geschäftsspesen. Dazu würde ich einen weißen Burgunder trinken, einen Blanc de Blanc oder einen Chablis, und zum Fleisch einen Côtes du Rhone, und dann konnte ich eigentlich schlafen gehen. Für den Notfall hatte ich Schlaftabletten bei mir.

Morgen war die Auktion, und es bestand kein Grund, nicht schon mit der Nachmittagsmaschine nach Hause zu fliegen. Paris kannte ich schließlich gut genug, und hinüber zum Rive Gauche würde ich sowieso nicht gehen. Keine Macht der Welt konnte mich dazu zwingen, den Pont Alexandre zu überqueren.

Denn dort würde alles sein wie früher. Im Faubourg St-Germain würden die Straßen still und verlassen sein. Kein Lärm, keine Autos, keine Menschen. Hinter dicken Mauern, hinter verschlossenen Pforten hier und da ein altes Palais,

Baumwipfel über den hohen Mauern, schweigend die unsichtbaren Gärten.

Und die gleichen Leute würden in den alten Häusern wohnen. Nicht überall natürlich. Aber hier und da.

Im Hôtel Saint-Mar zum Beispiel...

Ja – wer wohnt jetzt dort? Einerlei, wer dort wohnte. Das Haus würde aussehen wie früher.

Alle Häuser, einerlei, wer dort wohnte, würden aussehen wie früher. Und die Straßen auch. Die Plätze auch.

Die Kirche St-Clotilde auch.

Denn was immer wir auch angerichtet hatten, wir, die Verfluchten, die Verdammten, wir, die Barbaren – Paris hatten wir nicht zerstört.

Keine Bomben waren auf diese Stadt gefallen. Keine Brände hatten sie zerfressen.

Wir hatten Menschen getötet. Nicht die Stadt.

Sebastian ist abgereist, gar nicht einmal so ungern, wie es schien. Er müsse wieder arbeiten, sagte er, endlich wieder ein vernünftiges Bild machen, und ich lenke ihn doch nur ab.

Natürlich werde er wiederkommen, eines Tages, da solle ich mir nur darüber klar sein, sei er wieder da. Mit oder ohne Bilder. Und überhaupt habe er darüber nachgedacht, ob wir nicht einmal zusammen nach Burgund fahren sollten.

»Es wird Zeit, daß ich mal etwas von der Welt sehe. Bis jetzt war ich gar nicht scharf darauf. Aber seit du mir von Burgund erzählt hast, denke ich immerzu an Burgund. Ich möchte da malen. Und wir fahren zusammen hin.«

»Du weißt genau, daß ich nicht hinfahre.«

»Mit mir schon«, sagte er selbstsicher. »Du wirst der Vergangenheit ins Gesicht sehen und wirst merken, daß sie nicht mehr da ist. Ich bin genau der richtige Mensch dafür, dich zu heilen.«

»Ich bin nicht krank«, sagte ich abwehrend.

»Nein, Königin. Nur ein bißchen leidend. Nicht, daß es dir nicht steht. Aber ich will dich malen zusammen mit den

Vögeln und den Bäumen und den Schlössern von Burgund.«

»Ach, geh zum Teufel!«

»Tu ich, ganz wie Madame befehlen. Und du wartest inzwischen hübsch auf den Herrn Sohn, er muß ja wohl einmal weiter studieren, und du bist ihn wieder los. Und dann komme ich zurück.«

Ludmilla hatte zum Abschied einen Kuß von ihm bekommen und die Versicherung, daß er sie nie vergessen und daß sie mindestens jede zweite Nacht durch seine Träume geistern werde.

Noch ein letztes Gespräch mit dem Studienrat Pranner, der die Plakate besichtigte, die nicht seinen Beifall fanden, und dann verschwand Sebastian Conz von der Bildfläche.

Ich hätte froh sein müssen. Aber es blieb eine gewisse Leere zurück. Ein paar Tage lang vermißte ich ihn schrecklich. Ich verbot es mir energisch, denn das war zu albern. Er hatte mich lange genug von der Arbeit abgehalten, viel war liegengeblieben, höchste Zeit das aufzuholen. Und eine neue Ausstellung mußte vorbereitet werden und – na egal, was auch immer, es gab genug zu tun.

Von Philipp kam jetzt regelmäßig Post. Fast jeden zweiten Tag war eine Karte da, aus Nizza, aus Cannes, aus St. Tropez, aus Marseille, aus Aix-en-Provence, dann wieder aus Avignon, wohin er offenbar wieder zurückgekehrt war. Dieser neue Freund, den er da hatte, dieser Gérard, hatte ein paarmal mitunterschrieben, und warum mein Sohn wieder in Avignon gelandet war, erfuhr ich dann auch, denn auf der letzten Karte stand, daß Gérard in Avignon wohne. Das heißt, seine Eltern wohnten da, er studiere in Paris.

Auf dieser Karte stand auch, daß er nun bald nach Hause käme. Nächste Woche wahrscheinlich.

»Freue mich schrecklich, Dich wiederzusehen, Iritschka. Meine nächsten Ferien verbringen wir zusammen. Großes Ehrenwort.«

Nie ein Wort über das, was doch letzten Endes der Grund seiner Reise gewesen war. Die Familie Saint-Mar de Chaumencey, sein Vater, Burgund. In Burgund war er offenbar gar nicht gewesen. Er schien das alles vergessen zu haben.

Einige Male war auch Klaus dagewesen, um sich zu erkundigen, ob ich noch nicht wisse, wo Philipp sei. Er war schwer beleidigt, weil Philipp nichts von sich hören ließ und auch ihn offenbar ganz vergessen hatte. Bis ich ihm dann endlich sagen konnte, daß ich Nachricht aus Südfrankreich bekommen hätte. Einige Tage später erhielt dann Klaus auch eine Karte von Philipp. Einmal kam er am Nachmittag, Ludmilla schickte ihn herauf in die Wohnung, wo ich in einem Sessel saß und stillhielt, weil Sebastian der Meinung war, er müsse an diesem Nachmittag – das Licht sei gerade hervorragend – irgendeine bestimmte Skizze fertigmachen.

Klaus sah sich das eine Weile an, schwieg respektvoll, blickte Sebastian über die Schulter, legte den Kopf schief und fragte:

»Soll'n Sie das sein?«

»Ich nehme an. Warum? Bin ich nicht zu erkennen?«

»Na, ich weiß ja nicht...«

»Wer ist denn der Kaffer?« fragte Sebastian.

»Ein Freund meines Sohnes.«

»Er soll den Mund halten und mir nicht in die Arbeit glotzen.«

»Er kann reden, soviel er will. Sei nicht so unhöflich.«

»Ich geh' schon weg«, meinte Klaus friedfertig und setzte sich in einen Sessel. »Ich versteh' sowieso nichts von Malerei.«

»Willst du was trinken, Klaus? Soll ich dir was holen?«

»Du bleibst sitzen, er kann sich selber was nehmen.«

Manchmal konnte man schon eine Wut kriegen auf diesen Sebastian. Aber ich beherrschte mich, ich wollte ihm vor Klaus keine Szene machen.

Ich sagte: »Dieser ungehobelte Mensch ist ein Künstler, Klaus, oder er bildet es sich jedenfalls ein. Und er meint, das gibt ihm das Recht, zu allen anderen möglichst ungezogen zu sein. War es nicht Menzel, von dem man erzählt, er sei so grob gewesen?«

»Weiß ich nicht. Interessiert mich auch nicht. Ich brauch' da keine Vorbilder.«

Ich mußte lachen. »Da dürftest du recht haben. Da drüben im Wandschränkchen ist Cognak, Klaus, und Sherry. Du weißt ja Bescheid. Im Kühlschrank ist Bier und Himbeergeist. Nimm dir, was du willst.«

»'n Himbeergeist kann er mir auch mitbringen«, ließ sich Sebastian vernehmen.

»Ihnen auch einen, Iritschka?«

»Ja.«

Philipp war es, der vor einigen Jahren verfügt hatte, sein Freund solle mich ebenfalls Iritschka nennen. Klaus war durch die Namen immer etwas irritiert worden. Im Geschäft ließ ich mich mit meinem Mädchennamen anreden, es wäre mir affig vorgekommen, mit einem französischen Adelsnamen zu prunken. Und so nannten mich eigentlich die meisten Leute im beruflichen und alltäglichen Leben Frau Vorwarth. Philipp war daran gewöhnt, Klaus, der aus sehr bürgerlicher Familie stammte, verstand es nicht. Philipp erklärte es ihm einmal in meinem Beisein, ziemlich ruppig, aber mit erstaunlicher Genauigkeit. Die Erklärung gipfelte in dem Satz: »'n Frau, die 'n Beruf hat, heißt immer anders wie zu Hause. Das weiß doch jeder, du Knallkopp. Wie bei einer Schauspielerin, da ist das auch so.«

Klaus blickte zweifelnd von Philipp zu mir, dann nickte er, nicht sehr überzeugt. »Na ja, bei 'ner Schauspielerin ist das was anderes.«

»Das ist oft so und bei uns eben auch«, beschied ihn Philipp. Er war damals fünfzehn, aber bereits sehr bestimmend in seinen Äußerungen. »Außerdem kannst du sie auch Iritschka nennen. Ich erlaub's dir. Nicht, Iritschka, das kann er doch?«

»Es wird mir eine Ehre sein«, erwiderte ich.

Klaus brachte die Flasche mit dem Himbeergeist und drei Gläser, und ich bekam von Sebastian die Erlaubnis, mir eine Zigarette anzuzünden.

»Ich hab' jetzt auch eine Karte gekriegt«, sagte Klaus.

»Na, fein.«

»Aus Monte Carlo.«

»Sehr gepflegt«, murmelte Sebastian.

»Der hat vielleicht Nerven, nicht? Treibt sich in Frankreich 'rum«, sagte Klaus nach einer Weile, und nachdem er unsere Gläser noch mal gefüllt hatte. »Ohne Geld, nich?«

»Von mir hat er jedenfalls keins.«

»Wie macht er denn das?«

»Ich weiß auch nicht, Klaus.«

»Hätt' er doch 'n Ton sagen können. Hätt' ich doch mitfahren können. Ich war da noch nie.«

Es war immer so gewesen in der Freundschaft der beiden, daß Philipp der Führende war. Klaus war ein wenig pomadig und ein wenig langsam, und jede Initiative war immer von Philipp ausgegangen, ob es sich um Schule, Studium, Sport oder Mädchen handelte. Sie waren auch einige Male zusammen gereist, vor allem seit Klaus den gebrauchten Volkswagen von seinem Vater bekommen hatte. Das war vor einem Jahr gewesen. Im Herbst waren sie in Italien gewesen.

Als Jungen früher hatten sie gemeinsam einige Male Radtouren in den Ferien gemacht.

»Hätten wir doch mit meinem Wagen fahren können.«

»Ja. Da hast du recht.«

»Ich finde, das ist 'n komisches Benehmen.«

»Sind die beiden schwul?« fragte Sebastian dazwischen.

»Sebastian! Bitte!«

»Sind wir nicht«, antwortete Klaus ungekränkt. »Befreundet eben.«

»Er wird wohl 'ne Biene dabeihaben, der Herr Sohn.«

»Glaub' ich nicht«, meinte Klaus. »Hätte er mir erzählt.«

»Na, er wird ja wohl mal in das Alter kommen, wo er seinem Busenfreund nicht immer gleich erzählt, wenn er mal mit einer geschlafen hat. 'n Mensch kann ja auch mal erwachsen werden. Iris, mach nicht so ein Muttergesicht, so kann ich dich nicht malen.«

»Ihr fallt mir auf den Wecker«, sagte ich. »Mach mal Pause, Sebastian. Wollt ihr Tee?«

»Nö. Lieber noch 'n Schnaps.«

»Ich weiß auch nicht, wie er das finanziert, Klaus. Avignon, Nizza, Monte Carlo – keine Ahnung. Aber ich bin schon froh, daß ich jetzt wenigstens weiß, wo er ist.«

»Na ja.« Klaus machte eine wichtige Miene, schwieg eine Weile, überlegte sichtbar und sagte dann: »Irgendeinen Reim kann ich mir schon darauf machen.«

»So?«

»Sie werden halt mal mit ihm gesprochen haben.«

Ich sagte darauf nichts.

Klaus fuhr fort: »Über so ein paar Sachen, die ihn interessieren. Er hat immer gesagt, er müßte mal ernsthaft mit Ihnen reden. Erst neulich an seinem Geburtstag in München fing er wieder davon an. Iritschka muß nun mal die Karten auf den Tisch legen, hat er gesagt.«

»Hat er gesagt?«

»Ja. Und da denke ich mir eben, Sie haben ihm was erzählt.«

Die beiden jungen Männer sahen mich an. Erwartungsvoll der eine, neugierig, nein prüfend, der andere.

»Ja. Stimmt. Ich habe ihm was erzählt.«

»Na, sehen Sie.«

»Ich habe ihm zwar weder von Avignon noch von Nizza, noch von Monte Carlo erzählt. Und schon gar nicht, daß er klammheimlich auf und davon gehen soll – ohne einen Pfennig Geld in der Tasche.« Ich seufzte. »Ich habe wenig Autorität, wie mir scheint.«

Sebastian schnaubte verächtlich durch die Nase, aber Klaus sagte erstaunlicherweise: »Doch. Haben Sie. Gerade Sie. Aber das ist es nicht allein. Philipp liebt Sie.«

Er stockte, errötete über seinen stolzen Ausspruch und fuhr hastig fort: »Na, ich meine nur so. Aber ich kenne keinen Jungen, der seine Mutter so gern hat. Ist wahr.«

Ich errötete auch und schluckte. Mir wurde warm ums Herz. »Ich verdiene es gar nicht«, murmelte ich.

»Doch!« rief Klaus mit Emphase. »Doch, Sie ganz bestimmt.«

Aber nun langte es ihm offenbar mit diesen dicken Gefühlsäußerungen. Er stand eilig auf. »Also da geh' ich mal wieder. Hab' noch 'ne Verabredung.«

»Mit Marlene?«

»Ja.«

»Bist du also immer noch mit ihr befreundet? Trotz der hübschen Mädchen in München?«

»Och, die sind auch nicht viel hübscher als Marlene. Und die kenn' ich nun mal.«

Als er weg war, grinste Sebastian. »Der hält nicht viel von Veränderungen, was?«

»Nein. Ich glaube nicht. Er ist ein beständiger Mensch. Das war er in der Freundschaft, wird er dann wohl auch in der Liebe sein.«

»Da wird er Marlene wohl heiraten?«

»Ich könnte es mir vorstellen.« Unwillkürlich mußte ich lächeln. »Eigentlich hat Philipp sie aufgerissen. So nennt man das. Das war im letzten Schuljahr. Und sie ist wirklich sehr niedlich. Aber Philipp entdeckte nach einer Weile, daß sie ihn langweilte. Und ich glaube, er war ganz froh, daß Klaus sie ihm abnahm.«

»Er ist also anspruchsvoll, der Herr Sohn. Und mehr für Abwechslung. Und Überraschungen liebt er auch, wie man sieht. Plötzliche Ausbrüche von Mamas Seite, nicht. Ähnelt er seinem Vater eigentlich?«

»Doch. In mancher Beziehung.«

»Das war der Mann aus Burgund?«

Ich blickte Sebastian eine Weile starr an, meine Gedanken waren anderswo. Dann stand ich auf. »Ich muß jetzt hinunter ins Geschäft.«

»Nein, Königin, das geht nicht, ich…«

»Tut mir leid, Sebastian, ich habe keine Zeit mehr.« Und damit ging ich.

Sebastian ist nun fort und hat erstaunlicherweise eine Lücke hinterlassen. Klaus kommt nicht mehr so oft, seit er regelmäßig Karten aus Frankreich bekommt. Als ich neulich vom Friseur kam, sah ich ihn mit Marlene vor dem Schaufenster der Buchhandlung stehen, dicht beieinander, den Arm um Marlenes Taille gelegt. Er wird sie heiraten, ehe er sein Studium beendet hat, er ist der Typ. Und Marlene ist auch der Typ, ein Mädchen, das sich einen Mann sichert, wenn es ihn haben kann.

Philipp wird sicherlich so bald nicht heiraten, er ist zu intelligent, zu wendig, zu aufgeschlossen, um sich so früh in den Zwang einer Ehe zu begeben. Er wird noch studieren, sicher wird er auch einen Abschluß machen wollen, und wenn er beim Journalismus bleibt, wird er erst einmal fortgehen. Die Welt ist groß – er wird sie sehen wollen.

Ähnelt er seinem Vater? In mancher Beziehung und am meisten in der äußeren Erscheinung. Er hat dunkle Augen und dunkles Haar. Im Wesen hat er einiges von mir. Und außerdem habe ich mir immer eingebildet, er hat in seiner Art viel Ähnlichkeit mit Charles. Was absolut lächerlich ist. Was weiß ich schon von Charles? Ich habe drei Wochen in seiner Gesellschaft verbracht. Drei Wochen, in denen er mir so nahekam, wie selten ein Mensch in meinem Leben.

Was war es, das mich zu Charles hinzog? Ich hatte so viel Vertrauen zu ihm. Er war ein ganz fremder Mensch – und ich konnte mit ihm sprechen wie mit einem Freund.

Es ist mir aufgefallen, daß Philipp dieses Talent auch hat, daß er Vertrauen und Freunde gewinnt, ohne viel dazu zu tun. Trotz seiner Jugend.

Jean-Claude hatte dieses Talent natürlich auch, doch anders als Charles. Ich sah ihn immer nur mit den Augen einer verliebten Frau. Aber ob Frauen oder Männer, alle mochten Jean-Claude, überall hatte er Freunde.

Ich war immer schwerfälliger, ich schließe mich schwer an. Und ich schrecke ganz und gar davor zurück, mit irgend jemand Freundschaft zu schließen. Eigentlich habe ich keine Freunde. Bekannte, ja. Freunde? Dr. Alexis in München. Konrad Winkler, als er noch lebte. Und als ich noch jung war, war es Onkel Ludwig. Und eben damals Charles – in der kurzen Zeit, die ich ihn kannte.

Es waren immer Männer, die viel älter waren. Was habe ich in ihnen gesucht? Die berühmte Vaterfigur? Ach, Unsinn, das ist auch so ein abgeschmackter Gemeinplatz.

Freundin? Habe ich auch jetzt nicht. Frauen mochten mich nie besonders.

Dieser verrückte Sebastian? Der immerzu behauptet, er sei mein Freund? Unsinn – das ist lächerlich. Torheit. Und schließlich Jean-Claude? War er mein Freund? Nein, gewiß nicht. Er war der Mann, den ich liebte. Liebe kann sich nach längerem Zusammenleben in Freundschaft verwandeln, sagt man. Aber so weit sind wir nicht gekommen. Bei uns war es Liebe und wäre vermutlich immer Liebe geblieben, mit allen Spannungselementen, die dazu gehören. Oder es wäre gar nichts mehr gewesen.

Bleibt Philipp. Er ist mein Sohn. Und Klaus hat gesagt, er liebt mich. In gewisser Weise kann auch ein Sohn ein Freund sein. Später. Aber natürlich wird er eines Tages fort sein und dann…

Ich sitze hier in meinem Zimmer. Es ist furchtbar leer, seit dieser schreckliche Sebastian fort ist, aber demnächst kommt Philipp, aber er bleibt nicht lange. Im Grunde bin ich sehr allein. Macht das was? Das macht gar nichts. Alleinsein ist besser als mit Menschen zusammen sein, die man nicht mag. Bin ich eigentlich unglücklich?

Nein.

Doch.

Nicht weil ich allein bin. Aber wenn ich so über Philipp nachdenke und darüber, wie Philipp ist, und ich denke an Charles, und dann denke ich an Jean-Claude…

Und nun sitze ich hier und weine. Ich weine darüber, daß Jean-Claude seinen Sohn nicht kennengelernt hat. Und Philipp nicht seinen Vater. Ich könnte Philipp noch viel von seinem Vater erzählen, noch viel, viel, ich habe ihm zu wenig erzählt. Noch gar nichts habe ich erzählt.

Aber ich kann Jean-Claude nichts mehr von seinem Sohn erzählen.

Eines Tages sagte ich es ihm. »Ich bekomme ein Kind.«

»Chérie!«

Er hielt mich eine Weile ganz fest in den Armen. »Ist es wirklich wahr?«

»Diesmal weiß ich es bestimmt. Ich war beim Arzt. Die dümmste Zeit, die man sich aussuchen kann, nicht wahr? Was soll ich tun?«

»Vor allem mußt du fort aus Paris, Iris. Zurück nach Saint-Mar.«

»Ich will nicht fort, solange du hier bist.«

»Ich kann dich hier sowieso nicht mehr brauchen. Und es ist auch nicht sicher, ob ich hier bleibe.«

»Du hast gesagt, du bleibst hier, bis die Alliierten kommen, und ich...«

»Hör zu, Iris. Das ist jetzt nicht so wichtig. Kann sein, ich bleibe, kann sein, ich muß eine Gruppe draußen übernehmen, ich weiß es selbst nicht. Du bleibst auf keinen Fall hier.«

»Aber mir tut hier doch keiner was.«

»Es kann zu Kämpfen kommen, das weiß man nicht. Und ich kann dich nicht beschützen. Du wärst eine Belastung für mich.«

Das war Ende Mai 1944. Sie warteten auf die Invasion, Tag und Nacht warteten sie auf die Invasion.

»Du gehst nach Saint-Mar zurück. Ich werde das organisieren. Ich finde jemanden, der dich hinbringt.«

Er konnte Paris nicht verlassen, die Gestapo suchte ihn. In Paris war er noch am sichersten.

Er lief in einer ewig schmuddeligen Arbeiterkluft herum, einem alten, verschmierten Overall, er war unrasiert, wenn er auf die Straße ging, unrasiert, ungepflegt, schlecht angezogen – der elegante verwöhnte Comte Saint-Mar. Er konnte sich eventuell noch in den Gassen von Paris bewegen, hier in dem Viertel hinter den Hallen, in der Rue Montmartre, in den kleinen Bistros an halbdunklen Theken. Die Stadt konnte er nicht verlassen.

Gustave meinte auch, in Paris sei er mehr von Nutzen. Und Gustave hatte nun einmal das Kommando. Gustavo, wie sie ihn nannten, der so gräßlich auf spanisch fluchen konnte. Ich konnte mir allerdings nur vorstellen, daß es gräßlich war, was aus seinem Munde kam – ich verstand kein Wort Spanisch. Er war ein erfahrener Guerillakämpfer;

das hatte er in Spanien gelernt, einer der besten Leute der Résistance. Leiter dieser Gruppe in Paris. Alle sagten, Gustavo sei ein großartiger Bursche, auch Jean-Claude sagte es.

Ich haßte diesen Gustavo mit seinem wilden roten Bart und dem wüsten Gesicht mit der dunkelroten Narbe. Seltsam, daß sie ihn noch nicht geschnappt hatten, er war eigentlich gar nicht zu übersehen. Jetzt hatte er den Bart allerdings schwarz gefärbt und die Haare auch, aber manchmal wunderte ich mich über die SS, daß er ihnen entging.

Gustavo haßte mich auch. Wenn er zu Lémont kam, und ich war da, kam jedesmal einer dieser lästerlichen Aussprüche aus seinem breiten Mund, und dann würdigte er mich keines Blickes mehr. Jean-Claude lachte nur darüber. Denn wenn Jean-Claude auch verändert aussah, sein Wesen war das gleiche geblieben, heiter, lässig, ein wenig leichtsinnig.

»Er ist nun mal dagegen, daß du mich besuchst. Frauen haben an der Front nichts verloren, sagt er.«

»Madeleine ist doch auch hier.«

»Das ist etwas anderes. Sie ist schließlich Renés Frau.«

»Und ich bin deine Frau.«

»Eben. Das ist ein Unterschied.«

»Ich kann den Unterschied nicht sehen. Er erzählt auch oft von den Frauen in Spanien, die bei den Männern waren.«

»Die Frauen, die in Spanien bei den Männern waren, haben mit den Männern gemeinsam gekämpft. Und Madeleine kämpft auch mit uns.«

Ich schwieg. Ich kämpfte nicht mit ihnen. Ich wohnte in einem Palais im Faubourg St-Germain und führte ein Luxusleben. Und außerdem war ich eine Deutsche. Was hatte ich bei der Résistance verloren? Sie hätten mir nie getraut. Gustavo wollte nicht einmal, daß ich meinen Mann besuchte. Weil er mir nicht traute.

»Hör zu, chérie, das ist alles ganz unwichtig. Der Krieg geht dich nichts mehr an. Du bekommst ein Kind. Und ich will dieses Kind haben. Bis es geboren wird, ist der Krieg vorbei. Mein Sohn wird im Frieden geboren werden. Und ich will, daß du ihn gesund und im Frieden auf die Welt bringst. Du sollst nichts Schlimmes sehen, und dir darf nichts Böses geschehen. Dies ist ein Befehl, Iris. Und diesmal wirst du mir gehorchen. Du gehst nach Saint-Mar zurück, es wird mir gelingen, Maman eine Nachricht zuzustellen. Und nun will ich nichts mehr darüber hören.«

»Aber wie...«

»Das laß meine Sorge sein.«

Mit dem Zug zu fahren, war zur Zeit nicht sehr verlokkend. Immer häufiger flogen Züge in die Luft. Natürlich konnte ich Arne bemühen, er würde mir sicher ein Fahrzeug beschaffen können, das mich nach Chaumencey brachte. Aber was sollte ich ihm sagen? Er würde nicht begreifen, warum ich plötzlich zurück wollte, bisher hatte ich gesagt, daß man mich auf dem Château nicht mehr gern sähe.

Abgesehen davon, Arne drängte mich auch ständig, Paris zu verlassen. Er wollte, daß ich nach Deutschland zurückkehrte.

Ich sah ihn jetzt selten. Mein ganzes Leben, der Ablauf meiner Tage wurde von Jean-Claude beherrscht. Die Stunden, in denen ich ihn sehen konnte, die Zeit, die ich mit ihm verbrachte, das allein zählte.

Auch Günther traf ich nicht mehr oft. Nur manchmal verabredete ich mich mit ihm, ich lud ihn ins Palais ein, ich war sehr nett zu ihm, und ich wußte, daß er sich wieder Hoffnungen machte, mich doch eines Tages gewinnen zu können. Von Jean-Claude sprach ich nie, ich tat, als bedeute er mir nicht mehr viel.

»Du bist verändert, Iris.«

»Wieso? Ich bin wie immer.«

»Nein. Du bist so hektisch. Und dabei so hübsch wie noch nie.«

»Oh! Vielen Dank, das ist ein Kompliment. Und hektisch – ach nein, das ist die Zeit jetzt, man wartet immerzu, daß etwas geschieht. Du nicht?«

»Doch. Ich auch. Wir alle warten.«

»Auf die Invasion, nicht wahr?« Wann kommt sie?«

»Ende Juni, Anfang Juli, denke ich«, sagte er ohne Umschweife.

»Eigentlich sollte sie Anfang Mai kommen.«

»Wer sagt das?«

»*Man* sagt das.«

»Aha.«

Ich lachte nervös. Ich hatte immer Angst, mich zu verraten, eine sehr geübte Lügnerin war ich nie gewesen. »Es wird ja so viel geredet.«

»Ja, leider. Aber meinst du nicht, daß es besser wäre, wenn du aus Paris verschwindest?«

Zum erstenmal antwortete ich auf einen Vorschlag dieser Art: »Ja, du hast vielleicht recht. Ich werde nach Chaumencey zurückkehren.«

Er sah mich erstaunt an. »Nach Chaumencey? Da wolltest du doch nicht mehr hin. Du wolltest nach Deutschland.«

»Ich? Nein. Das wolltet ihr, Arne und du. Wo sollte ich hin in Deutschland? Mama hat selbst keine Wohnung mehr. Und vergiß nicht, ich gehöre hierher.«

»Immer noch, Iris?«

»Natürlich. Warum nicht?« fragte ich kühl.

Gleichzeitig dachte ich, daß es dumm sei, so mit ihm zu reden. Ich müßte ihm Avancen machen, tun, als sei ich verliebt in ihn. Er liebte mich, und er würde mir helfen, was immer ich von ihm verlangte.

Unsinn. Er würde mir nicht helfen, nach Chaumencey zurückzukehren. In meinem Kopf war ein furchtbares Durcheinander, manchmal wußte ich selbst nicht, was ich eigentlich wollte. Nur eines wußte ich: Ich wollte das Kind.

Es war mir egal, was in der Welt geschah, ich wollte das Kind. Nun gerade. Und gerade jetzt. Ein Kind, das ich zur Welt brachte, wenn der Krieg vorbei sein würde. Jean-Claude sagte das. Bis zum Winter würde der Krieg zu Ende sein. Jeder sagte es, Jean-Claude, Gustavo, René, der englische Rundfunk.

»Wie lange dauert der Krieg noch, Günther?«

»Nicht mehr lange.«

»Bis zum Herbst? Bis zum Winter?«

Er hob die Schultern. »Ich weiß es nicht. Aber ich denke nicht, daß er über den Winter dauern wird.«

Also bitte, Günther sagte es auch. In Saint-Mar würde ich ein Kind zur Welt bringen, und es würde Frieden sein. Vor Madame Cathérine hatte ich keine Angst. Ich kam von Jean-Claude, er schickte mich, ich erwartete ein Kind. Ich würde sagen: »Ich bekomme ein Kind. Der Krieg ist bald vorbei. Und dann kommt Jean-Claude nach Hause.«

Pillen gegen das Altern und Pillen gegen das Kinderkriegen, das gibt es, eine Pille für den rechtzeitigen Tod hatte Dr. Alexis unlängst gefordert. Warum gibt es eigentlich keine Pille zum Vergessen? Keine Pille gegen die Erinnerung? Vielleicht weil so viele sowieso so vieles vergessen. Warum kann nur ich es nicht? Ich kann überhaupt nichts vergessen. Nicht Jean-Claudes Gesicht, nicht sein Lächeln, nicht seine Lippen auf den meinen. Nicht die Stunden in dem düsteren Hinterzimmer von Lémonts Wohnung.

Nichts, was er sagte, nichts, was er tat.

Ihn kann ich nicht vergessen. Arne kann ich nicht vergessen. Meine Schuld, meine Dummheit, meine Ahnungslosigkeit, nichts habe ich vergessen.

Die Pille, die ich brauchte, hat keiner erfunden. Weil es sie nicht gab, schnitt ich mir die Pulsadern auf. Das ist lange her, ich versuchte es nur einmal. Das wundert mich immer wieder.

Aber es gibt nichts Peinlicheres als einen mißglückten Selbstmordversuch. Man schämt sich hinterher so schrecklich. Es ist absolut keine Heldentat, sondern irgend etwas ganz Erbärmliches, so eine halbe Sache, und jeder schaut einen komisch an.

Günthers Schwester, glaube ich, verachtete mich von diesem Tag an. Günther, der ja damals noch nicht da war, erlebte es nicht mit, aber seine Schwester hat es ihm natürlich erzählt. Mit mir sprach er nie davon, aber ich merkte, daß er es wußte. Ich versuchte es also einmal und nie wieder. Und natürlich weiß ich heute, daß es weder Feigheit noch Scham war, der mich von einem zweiten Versuch abhielt, sondern eben *doch* das Kind. Mein Kind. Jean-Claudes Sohn. Auch wenn ich ihn damals noch nicht liebte, auch wenn ich noch lange in dieser Mischung aus Verzweiflung und Trotz verharrte und dem Kind keinen Platz in meinem Leben einräumte. Das, genaugenommen, ja auch kein Leben war, eher war es eine Art Betäubungszustand.

Ich muß furchtbar ausgesehen haben in jenen letzten Monaten des Krieges und in der ersten Nachkriegszeit. Nur fiel das weiter nicht auf, die meisten Leute sahen nicht viel besser aus.

Seltsamerweise hatte mir die Schwangerschaft wenig zu schaffen gemacht, ich hatte gar nicht viel zu leiden in jenen Monaten; vielleicht drang es auch gar nicht voll in mein Bewußtsein, denn ich litt in anderer Beziehung so viel, daß mir diese geringen körperlichen Beschwerden gar nicht auffielen. Die Geburt war verhältnismäßig leicht, und danach erholte ich mich rasch, körperlich meine ich, nur war ich stekkendünn und durchsichtig, blaß und immer sehr schwach – und ständig mit mir selbst beschäftigt. Dieselben Gedanken Tag und Nacht, die gleiche Qual, bis ich eben so weit war, daß ich dachte: nein. Ich will nicht mehr. Schluß.

Was mich immer gewundert hat, später und auch heute noch: daß Philipp die Monate seines Werdens so unbeschadet überstanden hat. Es heißt doch immer, daß Sorgen und Gram einer werdenden Mutter, daß Not und Entbehrungen, die sie durchzumachen hat, dem Kind an Leib und Seele schaden. Davon war bei Philipp nie etwas zu entdecken. Er war weder ein Bettnässer noch ein Quengler. Er war bereits mit vier Jahren eine sehr entschiedene, selbstbewußte kleine Persönlichkeit. Und dabei ist es geblieben. Wenn ich also einen sehr stichhaltigen Grund habe, Gott für etwas in meinem Leben dankbar zu sein, dann dafür, daß das, was mir geschah, als ich Philipp erwartete, ohne jeden Eindruck auf ihn geblieben ist.

Und das ist nicht alles, wofür ich Gott zu danken habe.

Ich stehe hier und schaue aus dem Fenster, das ich weit geöffnet habe. Es ist Abend, ein milder heller Frühlingsabend, in den Anlagen blühen die ersten Blumen, die Forsythien sind aufgegangen, ich bin allein – aber ich habe Philipp.

Ich danke Gott, daß ich ihn habe. Jean-Claude habe ich verloren. Aber daß ich diesen Sohn von ihm habe, daß ich ihn trotz aller Torheit und dieser Raserei gegen mich selbst und gegen Gott und die Welt geboren und großgezogen habe, und daß er so geworden ist, wie er ist – ja, darüber bin ich glücklich.

Ich habe dich nicht enttäuscht, Jean-Claude. Du wolltest einen Sohn. Du hast einen Sohn. Er würde dir gefallen. Jetzt ist er in Frankreich, und ich werde erfahren, was er dort getan hat. Ich werde das sonnig-grüne Land Burgund nie wiedersehen, und sollte ich wieder einmal beruflich in Paris zu tun haben, werde ich genauso schnell wieder abreisen wie beim letztenmal. Aber wenn Philipp der Meinung sein sollte, daß dein Land, Jean-Claude, auch sein Land ist, dann werde ich kein Wort dagegen sagen.

Aber vermutlich stellt sich für Philipp das Problem gar nicht. Mein Land. Dein Land. Sein Land. Er ist ein Kind dieser jungen Generation, ein junger Europäer, und vielleicht ist schon Europa zu eng für diese Jugend. Grenzen imponieren ihnen nicht, sie haben weder Ressentiments noch falschen Nationalstolz noch verwaschene patriotische Gefühle, sie sind herrlich nüchtern und dramatisieren überhaupt nichts. Jedenfalls gebärden sie sich so, und man muß abwarten, wie es später sein wird, wenn sie richtig erwachsen sind, niemand weiß, was dann für Zeiten sein werden. Außerdem sind natürlich nicht alle wie Philipp, es kommt wohl auch auf die Erziehung an. Es gibt heute ebenso vernagelte Eltern, wie es sie früher gab, und entsprechend sind dann auch die Früchte der Erziehung, aber im großen und ganzen hat sich doch vieles geändert. Das fängt mit der Schule und mit den Lehrern an, das macht das Reisen, das macht die Weltoffenheit. Und was mich betrifft, so war ich, glaube ich, eine sehr großzügige und einigermaßen intelligente Mutter. Nachdem ich mich dazu entschlossen hatte, eine Mutter zu sein. Man darf sich selbst nicht loben – ich weiß –, aber es gibt so wenig in meinem Leben, wo ich mich loben kann, also denke ich, daß es mir gestattet sein darf, in diesem Punkt, so ganz für mich allein, mir auch einmal etwas Freundliches zu sagen.

Eins steht jedenfalls fest: Ich warte mit geradezu atemloser Spannung auf Philipps Wiedererscheinen. Ich war todunglücklich, als er fort war, ich habe die Tage gezählt – jetzt ist er schon drei Tage fort, jetzt schon fünf, jetzt schon acht –, ich habe mir Sorgen gemacht und tausend Vorwürfe. Und jetzt sitze ich hier wie ein Kind, das auf den Weihnachtsmann wartet. So warte ich auf meinen Sohn. Ich kann die Tage nicht zählen, bis er wiederkommt, denn ich weiß nicht, wie viele es noch sein werden. Aber ich habe das Gefühl, daß er bald kommen wird. Was hat er erlebt? Was hat er gesehen? Mit wem hat er gesprochen? Und wie denkt er jetzt über alles? Wird er mich noch lieben? Wird er mich wieder lieben? Wird dieses schöne Einverständnis zwischen uns, dieses selbstverständliche Miteinander, das keiner großen Worte bedurfte, standhalten? Werde ich ihn behalten, das einzige, was mir geblieben ist?

Ich warte morgens, mittags und abends. Ich gehe wartend ins Bett und stehe wartend auf. In mir ist eine Spannung, die mich geradezu vibrieren läßt vor Ungeduld. Ich kann nicht still sitzen, ich kann kein Buch lesen, keine Platte in Ruhe anhören, kaum einigermaßen vernünftig mit Kunden reden, ich stürme abends nach Geschäftsschluß los und laufe, gestern durch den ganzen Kurpark bis hinaus nach Sonnenberg und dann noch hinauf zur Ruine, dort aß ich eine Kleinigkeit und trank ein Glas Wein, aber das schon in größter Eile. Dann nahm ich mir ein Taxi zurück in die Stadt – aber müde war ich noch immer nicht. Ich hätte die gleiche Tour gleich noch einmal machen können.

Manchmal bedauere ich geradezu, daß Sebastian fort ist. Er hat mich wenigsten etwas abgelenkt. Über ihn konnte man sich gelegentlich ärgern, und das ist immer eine sehr gute Ablenkung.

Andere Ablenkung hingegen kann ich nicht brauchen. Baumgardt, der Bassist, war heute da und wollte mich einladen zu einem kleinen Fest. Seine Frau hat Geburtstag. Den vierzigsten, wie er mir vertraulich mitteilte, und seine Frau würde ihn eigenhändig erwürgen, wenn sie wüßte, daß er mir das gesagt hat.

Ich sagte nein, ich könne leider nicht kommen. Übermorgen? Nein, ausgeschlossen, sehr schade, aber da hätte ich schon was vor.

Angenommen, ich gehe weg – und Philipp käme gerade an diesem Abend...

Heino rief an und fragte, ob ich nicht noch einmal schnell für zwei Tage nach München fahren könne, ich hätte doch bereits mit dem Dingsda gesprochen, dessen Bilder wir im Juni hängen wollen, und da könnte ich auch am besten weiter mit ihm reden, außerdem hätte Losert angerufen, da wäre ein fantastisches Angebot von...

»Nein. Ich kann nicht. Ich kann im Moment einfach nicht weg. Unmöglich, Heino, aber es geht nicht. Das muß noch warten.«

Ich war nahezu hysterisch, und er schien leicht verwundert zu sein. Zwei Tage wegfahren, wie stellt er sich das vor! Bestimmt käme Philipp während dieser zwei Tage. Ich muß jetzt hierbleiben.

Ich warte.

Heute oder morgen oder spätestens übermorgen kommt er. Ich fühle das. Ich weiß das. Es ist schon Mitte April, und es dauert nicht mehr lange, bis das Semester beginnt. Er muß arbeiten, hat er gesagt. Und ein bißchen ausruhen muß er sich schließlich auch noch. Wir wollten auch noch einmal vornehm zusammen essen gehen, als Nachfeier zu seinem 21. Geburtstag, obwohl das ja schon viel zu lange her ist, um noch gefeiert zu werden. Aber wir feiern es trotzdem. Wir gehen in das Dachrestaurant vom ›Schwarzen Bock‹, da geht er gern hin. Und ich habe ein neues Kleid, das ich zu diesem Anlaß anziehen werde, dunkles Türkis mit einem Silberfaden durchwoben, wirklich sehr schick, es war teuer, und der Rock ist reichlich kurz, aber ich kann das tragen, meine Beine sind noch immer sehr gut. Vorher werde ich zum Friseur gehen und vielleicht auch wieder mal eine kosmetische Behandlung machen lassen. Überhaupt sollte ich nächstes Jahr noch mal eine Behandlung bei Dr. Alexis machen, ich möchte, daß mein Sohn eine gut aussehende Mutter hat und daß er gern mit ihr ausgeht.

Mein Gott – bin ich albern. Albern und kindisch.

Aber das kommt vom Warten. Warten wirkt immer demoralisierend. Ich werde doch zu Frau Baumgardts Geburtstag gehen – morgen früh gleich werde ich anrufen und sagen, daß ich komme. Bei dieser Gelegenheit kann ich das neue Kleid auch anziehen.

Und ich muß ja nicht so lange bleiben. Um nicht so spät nach Hause zu kommen.

Falls Philipp gerade an diesem Abend kommen sollte.

Nachdem die deutschen Truppen zur allgemeinen Überraschung Dänemark besetzt hatten und in Norwegen gelandet waren und dort offenbar ebenso erfolgreich vorankamen wie im Herbst zuvor in Polen, verlor sich der Optimismus meiner Umgebung ziemlich rasch. Das konnte doch nicht möglich sein? Der Krieg ging wirklich weiter.

Jean-Claude schickte Isabelle und mich eilends nach Saint-Mar zurück, worüber Isabelle erzürnt war, denn sehr lang war sie nicht in Paris gewesen. Ich war darüber gar nicht traurig; ich hatte genug vom großstädtischen und vor allem vom gesellschaftlichen Leben. Ich ging gern zurück, ich freute mich auf Blanchefleur, auf den Hund, auf die Landschaft, und meine Angst vor Madame-Mère war nur noch gering.

Sie empfing uns mit stiller Befriedigung, wie es schien; erstens, daß wir kamen, zweitens, daß sie mit ihrem Pessimismus, den Krieg betreffend, offenbar recht behalten hatte. Zu diesem Zeitpunkt interessierte mich der Krieg nicht besonders. Zu wenig hatte ich in den letzten Monaten von ihm gespürt, zu leichtfertig hatte man in meiner Gegenwart darüber geredet, zu weit entrückt war ich wohl schon Deutschland und dem strengen Blick des Führers. Ich hatte Pariser Partyleben mitgemacht, und das hatte ein wenig auf mich abgefärbt. Ich hatte keine Scheu, nach Beaune zu fahren und meine Freunde zu besuchen, ich spazierte ungeniert in Chaumencey herum und besuchte aus freien Stükken den Curé. Wir zwei, Isabelle und ich, die wir jetzt wirklich sehr vertraut waren, ritten wieder zusammen, wir kauften uns Fahrräder und radelten durch die Gegend, wir lachten und waren eigentlich ganz vergnügt. Man hörte von versenkten Schiffen, von Seeschlachten, von harten Kämpfen in den norwegischen Fjorden und Bergen, es gab einen Ort, der hieß Narvik, kein Mensch hatte je von ihm gehört, dort kämpften, litten und starben Menschen – aber es war so weit weg. Und hier war Frühling. Ich glaube, dieses Frühjahr 1940, war *die* Zeit meines Lebens, in der ich am unbeschwertesten war. Unbeschwert und gedankenlos bis zur Oberflächlichkeit.

Ich hatte mich in den vergangenen Monaten auf dem Pariser Parkett bewährt. Jean-Claude liebte mich noch immer, mehr denn je, wie er sagte, er fand mich schön, charmant, einfach bezaubernd, andere hatten das ebenfalls gesagt, und ich fand es selber nun auch. Ich gefiel mir ausnehmend gut. Ich war mit mir höchst einverstanden.

Zudem hatte ich inzwischen Nachricht aus Berlin erhalten. Jean-Claude war es gelungen, über die Schweiz Verbindung mit Mama zu bekommen: Es ging ihr gut, Arne war zwar in Polen dabeigewesen, es war ihm nichts geschehen, ganz im Gegenteil, er mußte sich ausgezeichnet haben, denn zur Zeit machte er einen Stabsoffizierslehrgang in Dresden mit.

Alles stand zum besten – was kümmerte mich Norwegen? Es war sogar gut, dachte ich egoistisch, wenn Hitler in Norwegen kämpfte und zur See; dann hatte er keine Zeit und Möglichkeit, sich näher mit Frankreich zu befassen.

Auf diese Weise wurde es Mai, mein Hochzeitstag jährte sich, ich hatte gehofft, Jean-Claude käme vielleicht, aber es kam nur ein Brief und ein Armband mit Brillanten, das war auch etwas Schönes. Und dann kam der 10. Mai.

Und es zeigte sich, daß Hitler doch noch Zeit und Möglichkeit fand, sich mit Frankreich zu beschäftigen.

Nicht nur ich, auch die meisten Franzosen waren darüber sehr erstaunt. Es war – wenn man es frivol ausdrücken wollte – eine gelungene Überraschung.

Und es ging alles so schnell, daß man es gar nicht richtig mitbekam. Plötzlich waren deutsche Truppen in Holland, in Belgien, auf französischem Boden. Von der Maginotlinie war nicht mehr die Rede, der Krieg spielte sich ganz woanders ab. Und zunächst weit entfernt von uns. Was man soeben noch im Radio gehört hatte, stimmte bereits eine Stunde später nicht mehr. Von den Zeitungen ganz zu schweigen. Wir waren auf unserem Feudalsitz ziemlich abgeschnitten vom Geschehen dieser wahnwitzigen Tage. Was wir zu hören bekamen, waren mehr oder weniger Gerüchte.

Einmal hieß es, die Deutschen seien hier, da oder dort; gleich darauf erfuhr man, sie seien geschlagen und aus dem Land geworfen. Dann war die Rede von großen Schlachten und harten Kämpfen, und das nächste Gerücht besagte, gekämpft werde so gut wie gar nicht, die Deutschen marschierten nur voran, und keiner könne sie aufhalten. Sie führten offenbar wieder ihren frisch-fröhlichen Vorwärtskrieg, der Onkel Jean-Philippe aus Meursault so imponiert hatte, als er in Polen stattfand. Anders sah die Sache natürlich aus, wenn man sie im eigenen Land erlebte. Tatsache war, daß das nun schon bewährte Rezept der deutschen Kriegführung abermals erfolgreich war. Sie fingen überraschend an, ihre Panzer rollten los, und die Flugzeuge bereiteten ihnen den Weg.

Das französische Kriegsministerium hätte Zeit gehabt, diese Praktiken zu studieren und sich darauf einzustellen. Aber die Militärs waren von ihrer Vorstellung des Stellungskrieges und ihrem Glaube an die Wirksamkeit der Maginotlinie nicht abzubringen gewesen. Jetzt staunten sie nur noch. Was nützte ein Fort, erstklassig bewaffnet und bewacht, wenn der Gegner sich nicht an die Spielregeln hielt, es zu beschießen und zu berennen, sondern einfach darüber hinwegflog und dahinter seine Fallschirmtruppen landete? So etwa mußte es in Belgien gewesen sein, nach allem, was man zu hören bekam. So ähnlich war es auch in Holland. Und die Wege, die die deutschen Truppen fanden, um nach Frankreich einzudringen, waren auch höchst ungewöhnlich; jedenfalls waren es nicht die, auf denen man sie erwartet hatte.

Namen tauchten auf, die man nie gehört hatte.

Deutsche Generäle wie Rommel, Guderian, Kleist, die nicht – wie sich das für einen General gehört hätte – irgendwo im Hinterland bei ihrem Kartentisch blieben, sondern ihren Soldaten einfach voranzogen. Es muß für die Deutschen damals ein herrlicher Krieg gewesen sein. Nicht daß es keine

Toten und Verwundeten gegeben hätte, auch bei ihnen, aber dieses alles überwältigende Gefühl des Sieges, des Eroberns muß wie ein Rausch gewesen sein.

Ich kenne einen Mann, er sitzt als Beamter in einer Behörde, unnötig zu sagen auf welcher, und er ist ein braver Durchschnittsbürger, der heute noch, fast dreißig Jahre später, leuchtende Augen bekommt, wenn er vom Beginn des Frankreichfeldzugs redet. Es sei die schönste Zeit seines Lebens gewesen, sagt er. Zwar eine große Anstrengung, sie verausgabten sich bis zum letzten, aber dieses siegreiche Vorwärts war so überwältigend, füllte sie so aus, daß alle anderen Gefühle dahinter zurücktraten. Sie saßen mit nacktem Oberkörper manchmal oben auf ihren Panzern, die Sonne schien ihnen auf den Rücken, sie sangen, ja, bei Gott, sie sangen – es war kein Kreuzzug, es war keine Schlacht, es war ganz anders, als sie sich einen Krieg gedacht hatten. Jeder fühlte sich wie ein Held, wie so ein echter altmodischer Held aus Sagen und Märchen, darum waren sie auch so gut gelaunt, sie machten oft gar keine Gefangenen, sie überholten die erschöpften, geschlagenen Gegner in rascher Fahrt, ließen sie hinter sich dreinlaufen und überließen sie ihrem Schicksal. Gerade, daß die Besiegten ihre Waffen wegwerfen mußten, die Panzer rollten darüber, es knackte und knirschte. Die waffenlosen Geschlagenen sollten sehen, wo sie blieben. Vielleicht kamen irgendwann welche, die sie gefangennahmen. Vielleicht versickerten sie irgendwo im Land, es spielte keine Rolle. Auf keinen Fall konnte man sich aufhalten, nur vorwärts, vorwärts, berauscht, trunken vom Sieg.

So ungefähr muß es gewesen sein, nach dem, was man mir erzählte. Auf Saint-Mar merkten wir davon nichts.

Wir wußten auch nichts von dem anderen schrecklichen Geschehen, jedenfalls nicht gleich, von den Strömen der Flüchtlinge, von den Massen, die sich auf den Straßen bewegten. Im Osten landeinwärts, im Norden südwärts, später von Paris aus in südlicher und westlicher Richtung. Halb Frankreich muß damals auf den Landstraßen gelegen haben, und auch das war ein Grund, warum die französische Armee so hilflos war und so leicht besiegt werden konnte.

Sie war mehr oder weniger bewegungsunfähig und damit kampfunfähig, soweit es nicht die vordersten Linien betraf. Auf Frankreichs Straßen kam man nicht vor- und rückwärts, sie erstickten und erstarrten im geballten und festgefahrenen Strom der Flüchtenden.

Nicht daß die französischen Soldaten nicht tapfer gekämpft hätten, nachdem der erste Schock überwunden, der lähmende Überraschungseffekt bewältigt war. Aber da war es schon zu spät, zuviel schon war vernichtet, zuviel schon verloren, um noch am Sieg der Eindringlinge etwas zu ändern, auch wenn hier und dort auf französischer Seite noch erfolgreich gekämpft wurde. General Weygand versuchte sein Bestes, nachdem er den Oberbefehl übernommen hatte. Aber die Unübersichtlichkeit der Lage und die mangelnde Zusammenarbeit zwischen den einzelnen Heeresteilen machten es unmöglich, noch viel zu retten. Dazu kam die demoralisierende Wirkung, die der Rückzug der Engländer und schließlich ihre überstürzte Flucht über den Kanal, zurück auf ihre Insel, auf die Franzosen ausübte.

Der Name des Ortes Dünkirchen erweckte noch Jahre danach in jedem Franzosen ein Gefühl der Erbitterung, ja, des Hasses. Mir stand es nicht zu, darüber ein Urteil zu haben, zu keiner Zeit, denn abgesehen davon, daß ich im einzelnen viel zuwenig erfuhr, blieb uns damals das ganze Geschehen in allen Zusammenhängen und in seiner Wirkung mehr oder weniger verborgen. Später wurde viel darüber geschrieben, wurden die wie in Hypnose verlebten Wochen zwischen dem 10. Mai und dem 22. Juni 1940 mehr oder weniger objektiv von vielen Seiten gedeutet, erklärt, verdammt, wurde über sie berichtet, wurden alle Wenns und Abers addiert.

Zunächst natürlich wurden sie uns von deutscher Seite aus dargestellt, nachdem die Deutschen schließlich nach dem Waffenstillstand von Compiègne Frankreich besetzten und sich im Land etablierten. Sehr manierliche und wohlerzogene Sieger, das mußte auch der erbittertste Deutschenhasser zugeben. Es gab kaum Übergriffe und keine Plünderungen, keine unverschämten Ansprüche. Geschah etwas Unrechtmäßiges, wurde es von den Deutschen selbst hart bestraft.

Aber das änderte nichts daran, daß sie das Land besiegt und gedemütigt hatten und daß sie nun *da* waren. Und die Absicht hatten, da zu bleiben. Dieses neue herrliche Europa, diesen Musterkontinent modernster Prägung, von dem sie träumten und an dem mitzuarbeiten und mitzugestalten sie die Franzosen aufriefen und auf mancherlei nicht ungeschickte Weise zu gewinnen versuchten, konnte natürlich erst entstehen, wenn der Krieg beendet sein würde.

Doch der Krieg war noch lange nicht zu Ende. Ich, und sicher auch viele andere, hatten damals gedacht: Jetzt ist Schluß. Jetzt wird es aufhören, und dann wird alles gut werden.

England gab sich nicht besiegt, wollte nicht verhandeln. Churchill, der seit dem 10. Mai Premier war, kämpfte weiter. Zunächst damit, daß man die Flotte des bisherigen Verbündeten, die meisten französischen Schiffe, bombardierte und zerstörte, damit die Deutschen sie nicht bekamen. Obwohl Deutschland im Waffenstillstandsvertrag zugesichert hatte, die Flotte nicht zu beschlagnahmen. Was sicherlich, darin hatten die Engländer nicht unrecht, im weiteren Fortgang des Krieges nicht eingehalten worden wäre.

Und dann verschanzte sich England auf seiner Insel und wartete.

Der Zustand des letzten Winters schien zurückgekehrt.

Ein bißchen Krieg zur See, ein paar Flugzeuge, die hin- und herschwirrten, ohne viel Unheil anzurichten, und sonst ein schweigsames Lauern auf beiden Seiten.

Der Krieg machte wieder Pause und wiegte die Menschen in trügerische Sicherheit. Und wie stets ließen sie sich auch diesmal gern täuschen. Denn keiner glaubt an seinen Tod, ehe er ihn nicht selbst sterben muß.

Iris' Situation hatte sich abermals verändert. In gewisser Weise war es eine gespenstische Situation, und sie wußte selbst nicht, wie sie sich darin einrichten und verhalten sollte.

Als der Krieg begann, hatte sie sich schuldbewußt gefühlt und sich gegrämt, als hätte sie persönlich diesen Krieg entfesselt. Dann war er ferngerückt. Eine täuschende Sicherheit, ein beruhigendes Es-ist-alles-gar-nicht-so-schlimm war der Grundakkord des Lebens und Denkens geworden, und nicht nur bei ihr, auch bei klügeren und erfahreneren Menschen, die es hätten besser wissen müssen.

Jetzt gehörte sie, nach ihrer Heirat Französin, zu den Besiegten. Aber jeder sah sie als Deutsche an. Nicht jeder haßerfüllt, aber manche doch. Es war am Anfang mehr untergründig, doch sensibel wie sie war, spürte sie das. Es machte sie unsicher und befangen, ganz deutlich wurde nun dieses Gefühl in ihr, dieses Nicht-mehr-dort-und-noch-nicht-hier-Sein, das sie so hilflos und heimatlos machte.

Madame-Mère war wieder in ihr großes Schweigen zurückgekehrt. Es war keine Feindschaft, die sie Iris entgegenbrachte – noch nicht zu diesem Zeitpunkt. Aber die Distanz war nun vollends unüberbrückbar geworden.

Offen feindselig verhielt sich Marguerite, aber das war nichts Neues.

Isabelle war verwirrt und ebenfalls unsicher. Immerhin sagte sie einmal in diesen Tagen: »Mon Dieu, du kannst schließlich nichts dafür, nicht? Es wäre geradezu blödsinnig, wenn wir hier im Hause auch noch unseren privaten Krieg führten. Du gehörst jetzt zu uns, und du hoffst das gleiche wie wir: daß Jean-Claude nichts passiert. Mach nicht so ein unglückliches Gesicht, Iris, ich kann es einfach nicht mehr sehen.«

Und sie umarmte Iris und küßte sie. Und Iris war dankbar für ihre Worte und für ihr Verständnis.

Sie wußten nichts von Jean-Claudes Schicksal, und diese Ungewißheit lag über dem Château wie eine Drohung und wog schwerer als das, was sonst geschah.

Dann kam die Einquartierung im Château.

Marguerite kam eines Tages, es war während der Mittagsstunde, es regnete an diesem Tag, zu Iris hinauf und verkündete lapidar, daß deutsche Offiziere da seien und im Schloß Quartier beziehen wollten.

»Sie kümmern sich wohl besser selbst darum«, schloß sie, ohne Iris ins Gesicht zu blicken.

»Ich?« fragte Iris verstört. »Warum denn ich?«

»Madame la Comtesse ist der Meinung, daß Sie diese Aufgabe wohl am besten übernehmen können, Madame.«

Und damit verließ Marguerite den Raum.

Iris ging hinunter.

Es war ein junger blonder Offizier, ein Leutnant, begleitet von einigen Soldaten, der sich höflich verbeugte, sich vorstellte, sich entschuldigte, daß man Unannehmlichkeiten machen müsse, aber man erwarte am Abend einen Oberst mit seinem Stab, und er habe Befehl, hier Quartier zu machen. Er sprach ein gepflegtes Französisch und war sehr überrascht, als Iris ihm auf deutsch antwortete.

Ob das unbedingt sein müsse, fragte Iris und bemühte sich, ihrerseits sicher und überlegen zu wirken, was ihr nur schwer gelang, denn sie hatte keine Ahnung, wie man sich in einem solchen Fall verhielt.

Nun, es war nichts daran zu ändern; am Abend bezogen einige Offiziere das Schloß, die Mannschaften wurden in Chaumencey untergebracht.

Von diesem Tag an verließ Madame-Mère ihre Räume nur mehr, um zur Messe zu gehen. Die Deutschen benahmen sich tadellos. Sie waren höflich, zurückhaltend, schlugen die Hacken zusammen, wenn sie die Damen sahen, und Isabelle war es, die nach einigen Tagen einen Flirt mit dem hübschen blonden Leutnant anfing. Iris blieb die undankbare Aufgabe, sich um die Belange der ungebetenen Gäste zu kümmern; sie tat es korrekt, sehr zurückhaltend und vermied jede private Äußerung. Und genauso begegnete man ihr.

Isabelle verkehrte ihrerseits viel unbefangener mit den deutschen Offizieren, sie ritt sogar einige Male mit dem Leutnant aus und unterhielt sich sehr ungeniert mit den anderen Herren; sogar der Oberst, ein älterer Mann namens Müller, Berufsoffizier mit einwandfreiem Benehmen, nahm sich Zeit für ein kleines Gespräch mit Isabelle, wenn er sie traf.

Niemals aber wurde Iris ohne zwingenden Grund angesprochen. Isabelle gab ihr eines Tages die Erklärung dafür.

»Dieser Colonel Müller ist wirklich ein sehr netter Mann. Sehr verständig. Er hat zu seinen Offizieren gesagt, sie dürften dich nicht belästigen. Deine Situation sei sehr schwierig, man müsse das respektieren und dir nicht unnötig das Leben in deiner neuen Familie schwermachen.«

Das war das Ergebnis eines kurzen Gesprächs, das Iris mit dem Oberst am Tag nach seinem Einzug gehabt hatte.

Aber es änderte nichts daran, daß sie in einem luftleeren Raum lebte. Hätte es Isabelle nicht gegeben, so wäre sie schon zu jener Zeit völlig vereinsamt.

Immerhin erhielten sie Mitte Juli Nachricht von Jean-Claude. Die Verhältnisse im Land waren noch sehr unsicher und sehr ungeklärt, Post und Verkehrsmittel funktionierten zwar, doch unvollständig. Die Regierung in Vichy hatte sich etabliert, alles war noch im Aufbau begriffen, und trotz vieler Aufrufe und Bekanntmachungen wußte kein Mensch genau, was eigentlich los war und wie es weitergehen werde. Immerhin gab es bereits einen illegalen Verkehr über die Demarkationslinie, die gar nicht weit entfernt von ihnen verlief. Und auf diesem Weg kam auch die Nachricht, daß Jean-Claude in England war. Der Curé brachte die Neuigkeit. Ein unbekannter Besucher sei bei ihm gewesen, ein älterer Mann, der sich nur als Jean vorgestellt hätte; er sei von drüben gekommen, hatte diese Nachricht überbracht mit der Bitte, sie im Schloß bekanntzugeben. Denn ins Schloß hätte er wegen der Besatzung nicht kommen können.

Der Curé hatte Madame-Mère Mitteilung von dem gemacht, was man ihm gesagt hatte. Und er hatte erlebt, daß die Comtesse die Hände faltete und tief aufseufzte vor Erleichterung. Er wußte sehr wohl, wie sie um ihren Sohn gebangt hatte. »Wir wollen Gott danken«, sagte der Curé. »Wir haben ja gehofft, daß es so sein würde, und nun wissen wir es. Monsieur le Comte ist in Sicherheit, das ist das Wichtigste. Nicht tot, nicht verwundet, nicht in Gefangenschaft.

Und« – er hob ein wenig die Stimme – »nicht in Versuchung, etwas Unbesonnenes zu tun. Und da er in der besonders glücklichen Lage ist, seinen Bruder in England zu haben, brauchen wir uns um ihn keine Sorgen mehr zu machen.«

Madame Cathérine blickte den Curé eine Weile starr an, dann seufzte sie wieder.

»Ja – ich hoffe, daß Sie recht haben, Père.«

Sie schwiegen eine Weile, dann fragte der Curé vorsichtig: »Sollten wir es nicht Madame Iris mitteilen?«

»Natürlich. Sagen Sie es ihr, wenn Sie gehen.«

Das Gesicht der Comtesse war verschlossen und abweisend. Aber der Curé kannte sie gut genug. Er hatte sich nie allzusehr von ihr einschüchtern lassen.

In sanftem, aber doch eindringlichem Ton sagte er:

»Wollen Sie sie nicht rufen lassen, Madame la Comtesse? Und es ihr selbst sagen? Solange ich noch da bin?«

Die Comtesse runzelte ein wenig die Stirn. »Warum?«

»Es wäre eine hübsche Geste. Ist nicht genug Härte und Feindseligkeit in der Welt, Madame? Sollen wir unseren Teil dazu beitragen? Wollen Sie es? Ihr Sohn hat diese Frau geheiratet. Ich kenne sie ein wenig. Ich habe nichts Übles an ihr entdecken können. Und was jetzt geschieht, ist gewiß nicht leicht für eine so junge Frau. Muß man es ihr noch schwerer machen?«

»Es ist ihr Beruf, Père, so zu sprechen«, sagte die Comtesse. Aber dann stand sie doch auf, ging zur Tür und zog an dem Klingelzug, der dort hing.

Sie schwiegen, bis Marguerite erschien.

»Ich lasse Madame Iris bitten, zu mir zu kommen«, sagte die Comtesse, ohne eine Miene zu verziehen.

Marguerites Augen begannen neugierig zu glitzern, aber da niemand mehr ein Wort sagte, verschwand sie.

Iris kam wenige Minuten darauf. Sie war blaß, und in ihren Augen stand nur Angst. Sie blickte von ihrer Schwiegermutter zu dem Curé und wieder zu Madame-Mère, ihre Kehle war trocken, sie brachte kein Wort hervor.

Er ist tot, dachte sie. Und jetzt sagen sie es mir.

Dem Curé tat sie leid, er wußte, was sie dachte.

Auffordernd blickte er die Comtesse an, die in dürren Worten die Neuigkeit verkündete.

»Ach!« machte Iris. Sie schwankte ein wenig, der Curé, der aufgestanden war, trat zu ihr, legte den Arm um ihre Schulter und sagte freundlich: »Setzen Sie sich, mein Kind. Ich bin sehr froh, der Überbringer einer so guten Nachricht zu sein.«

Iris saß in einem Sessel, sie hatte die Hände vors Gesicht geschlagen, sie unterdrückte mühsam das Schluchzen, das in ihrer Kehle steckte. Aber sie konnte nicht verhindern, daß ihre Augen sich mit Tränen füllten.

Er lebte! In England! Nun – England war gut. Noch war es gut.

Sie ließ die Hände sinken und sah den Curé an. »Danke«, flüsterte sie. »Danke. Ich bin so froh...«

Madame-Mère stand hoch aufgerichtet, blickte auf sie herab, sie rührte sich nicht, aber sie spürte den Blick des Pfarrers, seine Dringlichkeit.

Aber sie war nun einmal kein Mensch, der Gefühle zeigen konnte, auch kein Mensch, der sich zu einer freundlichen oder gar mütterlichen Geste durchringen konnte. Immerhin sagte sie: »Wir sind alle froh und dankbar.«

Iris blickte zu ihr auf, ihre Augen waren verdunkelt von Tränen, aber sie lächelte. »Dann ist er sicher bei Charles. Das ist gut, nicht?«

»Ja«, sagte die Comtesse, »das ist sehr gut. Unter den gegenwärtigen Umständen ist es das beste.«

Daß noch ein anderer Charles in England war, ein Mann namens Charles de Gaulle, der eine Art Regierung dort gebildet hatte, die er France Libre nannte, das Freie Frankreich, davon wußten sie zu diesem Zeitpunkt noch nichts.

Die nächste Nachricht von einem Verschollenen, die sie erreichte, war schlecht.

Im September erfuhren sie, daß Henri, der in deutsche Gefangenschaft geraten war, an den schweren Verwundungen, die er erlitten hatte, gestorben war.

»Sie haben ihn umgebracht«, schluchzte Isabelle. »Die verfluchten boches! Sie haben ihn umgebracht!«

»Wenn er doch verwundet war«, sagte Iris hilflos.
»Sie haben ihn umgebracht!«
Aber das war erst der Herbst 1940.
Es fing alles erst an.

Philipp ist immer noch nicht da. In acht Tagen beginnt sein Semester. Seine letzte Karte kam aus Beaune.

Aus Beaune!

Es stand weiter nichts drauf, als daß es ihm dort gut gefalle, er habe das Hôtel-Dieu besichtigt, ein tolles Ding, und in gewisser Weise freue er sich auf sein Geschichtsstudium. Sei doch einigermaßen bemerkenswert, wenn man das, worüber man bisher nur in Büchern gelesen oder in Vorlesungen gehört hatte, so direkt persönlich sehen könne.

Eine richtig dumme Ansichtskarte. Macht er sich denn gar keine Vorstellung von *meinen* Gefühlen?

Seitdem denke ich pausenlos darüber nach, was ich ihm eigentlich erzählt habe. Diese verrückte Nacht! Ich habe geredet und geredet und dabei getrunken und geraucht. Was, zum Teufel, habe ich denn wirklich gesagt? Wovon habe ich gesprochen? War denn von Beaune die Rede? Ist der Name Chaumencey überhaupt gefallen? Das Dorf Chaumencey, meine ich – habe ich davon gesprochen? Und daß ich in Beaune war und dort eingekauft habe und das Hôtel-Dieu des öfteren besichtigt und dies und das auch? Die Stunden dieser Nacht sind mir so unklar wie kaum etwas in meinem Leben. Ich weiß nicht mehr, was ich Philipp erzählt habe. Aber ich muß von Beaune gesprochen haben. Wäre er sonst dort?

Und warum war er dann nicht gleich dort? Warum in der Provence? Und immer wieder die gleiche Frage: Wie macht er das eigentlich? Er ist jetzt seit Wochen unterwegs und hat kein Geld. Und wenn ich jetzt noch weiter auf ihn warten muß, werde ich verrückt. Sollte ich nicht lieber verreisen? Es ist Frühling. Ich könnte ins Tessin fahren oder nach Rom oder – einerlei, wohin. Was kümmert mich das Geschäft und die Galerie, ich mache Urlaub.

Ich fahre zu Dr. Alexis und lasse mich verjüngen. Oder ich

fahre zu Sebastian in den Schwarzwald, der verjüngt mich auch mit seinem irren Gerede. Oder ich...

Ich warte.

»Sie sehen nicht gut aus, Frau Vorwarth«, meint Ludmilla genüßlich. »Schlafen Sie schlecht?« Sie macht eine wohlberechnete Pause. »Oder ist es wegen Ihrem Sohn?«

»Warum denn?« frage ich zurück. »Dem geht es doch gut. Sie haben doch seine Karten gelesen.«

»Na ja, aber daß er so lange bleibt, nicht? Er wird wohl doch 'ne Freundin haben.«

»Na – und wenn schon, lassen Sie ihm doch den Spaß.«

»Aber ich lasse ihn doch. Ich schon.«

Dumme Gans! Kein Wunder, daß es keiner bei ihr aushält. Die Kastanien haben Blätter, und in spätestens zehn Tagen werden sie blühen. Morgen gehe ich und kaufe mir ein Kostüm. Ein weißes, das ich in einem Schaufenster in der Wilhelmstraße gesehen habe. Nicht hartweiß, sahneweiß. Sehr schick. Aber teuer. Macht nichts. Morgen kaufe ich es mir. Dazu gehört eine quergestreifte ärmellose Bluse in türkis und blau. Die kaufe ich auch. Man kann auch eine dunkelblaue oder eine grüne oder eine gelbe oder was weiß ich noch für eine Bluse dazu tragen. Oder auch gar keine. Oder...

Himmel – ich werde noch verrückt! Weiße Schuhe kaufe ich mir auch.

Von Sebastian habe ich nichts gehört, aber das habe ich auch nicht erwartet. Er setzt sich nicht hin und schreibt einen Brief. Vielleicht taucht er eines Tages wieder auf, so ganz unangemeldet wie das letztemal, das wäre so seine Art. Ein Bild unterm Arm. Oder auch mehrere.

Apropos Bild – die neue Ausstellung muß vorbereitet werden. Ich kann die Plakate nicht mehr sehen. Es wird höchste Zeit, daß sie wegkommen.

Ich lasse alles schleifen. Ich kümmere mich um nichts.

Morgen werde ich...

Übermorgen werde ich...

Aber bis dahin ist Philipp bestimmt da.

In Beaune.

In Beaune! Allein und ohne Geld?

Iris glaubte ihren Sohn zu kennen, dennoch hatte sie seine Intelligenz und kühle Sachlichkeit unterschätzt. Philipp war nicht der Typ, der blindlings losstürmte, um das Land seiner Väter heimzusuchen. Er war sich von Anfang an klar darüber gewesen, daß zu so einem Unternehmen erst einmal Geld gehörte. Seine Abreise war in gewisser Weise spontan und unüberlegt erfolgt. Er wollte erst mal weg. Nur weg. Sonst nichts. Er mußte darüber nachdenken.

Das, was seine Mutter ihm in jener Nacht erzählt hatte, war für ihn eine Erschütterung gewesen. Er liebte sie. Er achtete sie. Und sie imponierte ihm. Schwer – und auch unnötig – zu erklären, warum es so war. Sie war anders als die meisten Frauen, die er kannte, als die Mütter seiner Freunde. Eben anders als alle. Er kannte sie immer beherrscht, lächelnd und charmant, sehr sicher, sehr großzügig, sehr überlegen, gar nicht zickig oder tuntig, wie er das nannte. Großzügig und gelassen – so war sie gewesen, so blieb sie, und alles, was sie tat, tat sie souverän.

Die Männer, die manchmal ihr Leben begleiteten...

Es kam das Alter, wo er das begriff. Günther, ja, an den erinnerte er sich auch noch. Er hatte ihn gern gehabt. Dann war er fort. Konrad Winkler, das war eine Sache für sich, er hatte ihn nie als Mann gesehen, als Chef, als Geschäftspartner, so was eben.

Dann war mal dies und das gewesen, er hatte es, als er jünger war, nicht so recht kapiert, später dann erst, als er älter wurde und wußte, um was es ging, dachte er sich: Das war wohl auch ein Freund von ihr.

So richtig hatte er es mitgekriegt bei dem Dr. Baldrian. Er hieß eigentlich Baldwin, war praktischer Arzt, ein netter, gutmütiger, sehr verständnisvoller Mann. Philipp war damals sechzehn, dann siebzehn gewesen zur Zeit ihrer Freundschaft mit dem Arzt. Seine Praxis war nicht sehr weit von ihnen entfernt, und Philipp selbst war der Anlaß, daß er zu ihnen ins Haus kam.

Er war gestürzt beim Reiten. Erst hatte er es nicht ernst genommen, aber als er zu Hause war, wurde ihm so komisch schwindlig und auch ein wenig übel. Iris holte den Arzt, und der konstatierte eine leichte Gehirnerschütterung. Philipp mußte einige Zeit im Bett bleiben, und der Doktor kam mehrere Male, viel war nicht zu tun, aber er kam trotzdem. Und je besser es Philipp ging, um so öfter kam er. Und als Philipp gesund war und wieder in die Schule ging, kam der Arzt auch noch. Er hatte nicht viel Zeit, eine große Praxis, aber wie gesagt, in der Nähe – und manchmal, wenn Philipp aus der Schule kam, war Dr. Baldwin im Laden und unterhielt sich mit Iris. Und eines Tages saß er oben in der Wohnung – das ergab sich so.

Philipp begriff rasch, daß der Arzt in seine Mutter verliebt war. Und er fand es gar nicht einmal so komisch. Er hatte nicht das Gefühl mancher jungen Leute, daß ältere Leute kein Recht auf Liebe hätten. Seine Mutter gefiel ihm ja auch, sie war hübsch, groß und schlank und sehr anmutig. Und sie hatte dieses Lächeln. Und diese Augen. Und ihr helles Haar. Philipp verstand und tolerierte es, daß ein Mann sich in Iris verliebte. Vielleicht war er ein wenig eifersüchtig.

»Willst du den Doktor Baldrian denn heiraten?«

Den Namen hatte er ihm gegeben, um ihn – wenigstens ein bißchen – lächerlich zu machen. Wozu kein Anlaß bestand.

Iris machte auch keine albernen Ausflüchte. Etwa: Wie kommst du denn darauf? Sie sagte: »Was würdest du denn davon halten?« Ganz sachlich und ganz ehrlich.

»Na ja«, meinte Philipp, »das ist so 'ne Sache, nicht? Irgendwie fänd' ich's ja komisch, wenn du heiratest. Aber warum sollst du nicht? Und wenn ich mal weg bin, wärst du sehr allein.«

»Ja. Das wäre ich.«

Er druckste ein wenig herum und suchte nach den richtigen Worten. Schließlich formulierte er es so: »Hast du ihn denn gern?«

»Na ja, es geht. So ein bißchen.«

Und dann bekam sie diesen verlorenen Ausdruck in ihre Augen, der sie so fremd und so jung machte, und dann wußte er: Sie dachte an *ihn*. An den großen Unbekannten. An seinen Vater. Über den sie nicht sprechen wollte.

»Ein bißchen ist nicht viel«, sagte er.
»Nein. Aber mehr ist es nun mal nicht.«
»Mehr ist es bei dir nie, nicht?«
»Nein.«
Philipp schwieg darauf, und sie schwieg auch.
Und so war es immer gewesen. Da war plötzlich eine Mauer, vor der er stand. Sie war nicht mehr seine Mutter, nicht mehr seine Iritschka, sie entglitt ihm, sie war wie eine Schlafwandlerin, die über einen Abgrund schritt.
War es nicht verständlich, daß er endlich einmal wissen wollte, was das alles zu bedeuten hatte? Was eigentlich gewesen war mit seinem Vater? Liebte sie ihn, haßte sie ihn, und was war eigentlich wirklich mit ihm geschehen? Eins war sicher: vergessen hatte sie ihn nie. Für sie war er da. Immer da. Und er, der Sohn, für ihn war er überhaupt nicht da. Er kannte nicht einmal ein Bild von ihm. Das mußte ihn beschäftigen. Je älter er wurde, desto mehr. Und das drängte ihm die Frage auf die Lippen. Er fragte nicht gern. Ihr Gesicht verschloß sich. Wurde leer. Starr. Fremd. Kalt.
Es kostete ihn Überwindung, sie zu fragen. Manchmal tat er es. Meist verkniff er es sich. Doch diesmal hatte er es sich vorgenommen. Er würde sie fragen. Klar und deutlich. Und sie sollte ihm antworten. Klar und deutlich. Er war alt genug, um die Wahrheit zu erfahren.
Und dann dies.
Dieser Ausbruch! Diese Eruption!
Das war nicht mehr seine Iritschka. Das war eine Fremde, die ganz anders aussah, ganz anders redete. Was sie alles gesagt hatte! Was für furchtbare Dinge sie ihm erzählt hatte!
Da stand sie, sie hielt das Glas in der Hand, zuerst trank sie den Whisky noch mit Wasser, dann trank sie ihn pur. Sie rauchte eine Zigarette nach der anderen. Ihr Gesicht war weiß, ihre Augen ganz dunkel, eine Strähne ihres Haares hatte sich gelöst und hing ihr in die Stirn. Und dazwischen lachte sie, grell und fremd – und dann weinte sie. Und dann war es, als sähe sie ihn gar nicht mehr.
Aber sie redete, redete und redete. Er hätte ihr den Mund zuhalten mögen.

So war das gewesen.

Er war nicht in sein Bett gegangen, als sie endlich aus dem Zimmer ging. Er hatte selbst viel getrunken, dann auf der Couch gelegen und war erst gegen Morgen in sein Zimmer gegangen. Er hörte, wie sie aufstand, wie sie hinunterging. Und eins war klar: er konnte sie jetzt nicht sehen.

Es war unmöglich, ihr nach dieser Nacht ins Gesicht zu sehen. Es mußte für sie genauso eine Qual sein wie für ihn. Und überhaupt mußte er über das alles erst einmal nachdenken. Irgendwie Ordnung bringen in die Sache.

Das war ihr Leben gewesen. Jetzt wußte er es.

Und er hätte sie nie dazu bringen dürfen, zu reden.

Aber er hatte es tun *müssen*.

Und nun mußte er nachdenken, wie er das alles wieder zurechtbog.

Er packte seinen Koffer, erst den großen, dann noch den kleinen, warf einen uninteressierten Blick auf seine Bücher. Die brauchte er nicht, die konnten warten.

Die ganze Zeit hatte er Angst, sie könnte heraufkommen und nach ihm schauen. Er beeilte sich sehr. Er war müde, er hatte nicht geschlafen, sein Kopf war wirr, und Hunger hatte er auch. Aber erst mußte er mal weg.

Er zählte sein Geld. Er besaß noch hundertzehn Mark. Das war nicht viel. Aber er würde irgendwohin damit kommen. Und dann konnte er weitersehen.

Er schrieb den Zettel für sie und schlich aus dem Haus.

Bestieg den Bus zum Bahnhof. Und bis er am Bahnhof war, hatte er eine Idee.

Er nahm einen Zug, der ihn nach Nürnberg brachte. Dort angekommen, hielt er es für besser, erst einmal zu telefonieren. Man konnte den Leuten nicht einfach ins Haus platzen.

Er wollte zu Lola, seiner Freundin im letzten Semester. Es war sehr nett gewesen mit Lola, er hatte sie gern, und sie hatte ihn gern, sie waren ein wenig verliebt, ohne eine große Schau daraus zu machen, sie hatten zusammen geschlafen, und für ihn war das ganz lehrreich gewesen, denn Lola war zwar nicht älter, aber weitaus erfahrener als er.

Und sehr temperamentvoll, wie er seiner Mutter berichtet hatte.

Lola stammte aus einer kleinen Stadt in Oberfranken.

»Das ist ein Schicksal, weißt du«, pflegte sie zu sagen. »In einer Kleinstadt in Oberfranken aufzuwachsen, damit muß man erst mal fertig werden.«

Lola war gut damit fertig geworden. Nicht zuletzt, weil ihr Vater sehr wohlhabend war. Er besaß eine Brauerei und der Brauerei angeschlossenen ein Hotel und noch dies und das. Sie sagte: »Genau weiß ich das nicht, ich glaube meinem alten Herrn gehört das halbe Nest, und er ist dortzulande ein kleiner König. Was sage ich – ein kleiner, ein großer!«

»Dann bist du eine Prinzessin.«

»Genau. Du hast es erfaßt. Mein Vater ist ein ganz dicker Hund. Ein Provinzmillionär. Das ist sehr ulkig, hat aber auch gewisse Vorteile.«

Für Lola auf jeden Fall. Sie mochte eine Prinzessin sein dort in der Kleinstadt, sie lebte auch in München während ihres Studiums, das sie sogar sehr emsig betrieb, nicht schlecht. Sie hatte ihr eigenes Appartement, sie hatte einen kleinen Wagen, immer Geld in der Tasche, und da sie hübsch war und sich gut anzog, hatte sie Verehrer und Freunde genug und somit ein sehr amüsantes Leben.

Philipp hatte an diesem Leben ein wenig teilgehabt und hatte es genossen. Sie waren in die Berge gefahren zum Skilaufen, sie waren viel ausgegangen, Theater, Partys, Schwabing und vor allem der Fasching, den er das erstemal erlebt hatte, war ein Erlebnis gewesen.

Und jetzt hatte er sich entschlossen, zu Lola zu fahren und sie anzupumpen. Das war gar kein Problem. Möglicherweise hätte er das sogar per Telefon tun können, aber am Telefon ging das nicht so leicht; also sagte er nur, daß er in Nürnberg sei, eben mit der Bahn angekommen, und sie dringend sprechen müsse.

»Na, du machst mir Spaß. Wieso denn das? Hat dich etwa die Sehnsucht hergetrieben?«

»Nicht direkt. Es ist noch was anderes.«

»Dachte ich mir's doch. Das ist eben auch nicht die wahre

Liebe bei der heutigen Jugend. Also dann setz dich in Bewegung und komm her.«

Am Spätnachmittag kam er in dem Städtchen an, ließ seine Koffer am Bahnhof und machte sich auf den Weg zu dem prächtigen Haus von Lolas Eltern, einem ganz supermodernen Bungalowbau mit Swimming-pool in einem großen Garten. Am Stadtrand. Lola zu Hause war nicht viel, aber doch ein wenig anders als Lola in München. Sie trug lange Hosen und eine gelbe Bluse. Ihre langen dunkelbraunen Haare tanzten ihr auf der Schulter, sie war – weil sie nicht geschminkt war – fast noch hübscher als sonst: eine sichere, verwöhnte Tochter aus reichem Haus.

Sie hatte eine Freundin zu Besuch, von der Philipp schon gehört hatte, Terry, eigentlich Therese, die ebenfalls aus wohlhabenden Verhältnissen kam, an Studium kein Interesse hatte, sondern im elterlichen Betrieb mitarbeitete und bereits verlobt war.

Auch sie war hübsch, nur blond statt dunkel, ihr Mundwerk nicht ganz so lose wie das Lolas und auf jeden Fall sehr neugierig auf Lolas Münchner Flirt, der da so überraschend auftauchte. Die Mädchen saßen auf einer infrarot bestrahlten Terrasse und waren zunächst einmal ziemlich albern, was Philipp in seiner derzeitigen Verfassung nicht wenig störte.

Ihm war sehr ernsthaft zumute, er war immer noch verstört, auch wenn man es ihm nicht anmerkte. Er hätte es gern schnell hinter sich gebracht, dies und das, pump mir dreihundert Mark, du kriegst sie so nach und nach wieder – und wäre dann am liebsten gleich wieder abgehauen.

Aber das ging natürlich nicht. Er bekam Whisky angeboten, schüttelte sich geradezu, sagte: nein, danke, Whisky auf keinen Fall; davon hatte er noch von der letzten Nacht die Nase voll, trank dann ein Bier, mußte Lolas Mutter begrüßen, eine üppige Vierzigerin, die außerordentlich liebenswürdig zu ihm war. Etwas später kam Lolas Bruder nach Hause, dann noch der Vater, und er wurde zum Essen eingeladen.

Vor dem Abendessen immerhin fand er Gelegenheit, Lola zu erzählen, warum er gekommen sei.

»Ich kann dir's nicht gleich auf einmal wiedergeben, aber du kriegst es bestimmt.«

»Sei bloß nicht komisch, Mensch. Du kannst das doppelte haben. Aber du mußt mir sagen, was los ist. Hast du Krach mit deiner geliebten Iritschka?«

»Kein Krach.«

»Was 'n dann?«

»Ein Gespräch.«

»Ach so.« Lola verstand. »Dein Vater, was? Hat sie dir gebeichtet?«

»Was heißt gebeichtet?« fragte Philipp leicht verärgert. »Da war nichts zu beichten. Sie hat mir – na ja, eben so, sie hat mich informiert.«

»Aha. Und daraufhin bist du ausgezogen zu Hause?«

»Blech! Ich muß nur eine Reise machen.«

»'ne Reise? Wohin denn?«

»Nach Frankreich.«

»Toll. Da fahr' ich mit.«

Sein Blick war leicht verzweifelt, und sie lachte. »Na, schon gut, Monsieur. War nur so 'ne Idee.«

Dann aßen sie, und er wurde eingeladen, im Hotel, das der Familie gehörte, ein Zimmer zu beziehen. Etwas später fuhr er mit Lola an die Bahn, um sein Gepäck zu holen. Das Hotel war sehr hübsch, ganz modern eingerichtet, es hatte eine gemütliche kleine Bar, dort saßen sie noch lange, und er informierte sie auch ein bißchen, denn natürlich war Lola neugierig.

Er sprach nicht über das Leben seiner Mutter. Nur über seinen Vater und die Familie, aus der er stammte, und Lola fand das alles höchst bemerkenswert und ziemlich toll.

»Und jetzt willst du da aufkreuzen, so unter dem Motto: Seht her, ich bin's! Du, das wird die glatt umhauen. Sie wissen gar nichts von dir?«

»Nein. Sie haben meiner Mutter nicht geglaubt, daß ich – daß mein Vater – mein Vater ist. Sie dachten, es wäre ein anderer. Weil mein Vater eigentlich gar nicht da war, obwohl sie wußten, daß er doch dagewesen war. Also sie waren wohl auch ziemlich gemein zu ihr. Und das ist eben im

Krieg so. Alle Menschen werden bösartig. Iris hat gesagt, der Krieg vergiftet die Menschen. Haß und Feindschaft sind wie eine ansteckende Krankheit.«

Und Iris hatte hinzugefügt: »Der Haß hatte mich nun auch erreicht. Ich haßte alles und jeden damals, die Franzosen und die Deutschen, meinen Bruder, dich, das ungeborene Kind, und ich war wie von Sinnen. Aller Schmerz und alle Verzweiflung hatten sich in Haß verwandelt. Auch Haß gegen mich selbst. Man hatte mir bitter Unrecht getan. Keiner glaubte mir, ich konnte mich nicht wehren dagegen, und das machte mich so bösartig. Und gleichzeitig apathisch. Ich wollte niemanden sehen und sprechen. Günther hat mich weggebracht von Paris in eine Art Lazarett, es lag mitten im Wald. Ich wußte gar nicht, wo ich war, ich sah und hörte nichts. Ich muß wie eine Irre gewesen sein. Und dann kam Arne. Zuerst weigerte ich mich, ihn zu sehen. Inzwischen war ich überzeugt davon, daß er schuld daran war. Ach, es ist ein Wahnsinn…«

Dann hatte sie geschwiegen, hatte ihr Glas wieder geleert, mit zitternden Händen neu gefüllt, eine Zigarette angezündet – das war schon sehr spät in der Nacht, schon ziemlich am Ende ihrer Erzählung, sie sprach nicht mehr laut, sie flüsterte fast, und sie sah so fremd aus – so fremd. Philipp saß da, den Kopf in die aufgestützten Hände gelegt, er wollte sie nicht mehr ansehen, ihm war wirr im Kopf, und er hätte schreien mögen: So hör doch auf! Hör auf! Sei still!

Aber er mußte es zu Ende hören.

»Und dann sprachst du doch mit Arne«, sagte er heiser.

»Ja. Und ich schrie ihm meinen ganzen Haß ins Gesicht. Daß ich ihn nie wiedersehen wolle, daß ich ihn verabscheue und verachte. Und daß ich wünschte, es hätte ihn nie gegeben. Ich bekam eine Art Tobsuchtsanfall, Günther holte den Arzt, der gab mir eine Beruhigungsspritze. Am nächsten Tag fuhr ich mit Günther nach Frankfurt zu seiner Schwester. Es sollte nur vorübergehend sein, sagte er. Er würde mich irgendwo auf dem Lande unterbringen. Aber dazu kam es nicht mehr. Er mußte nach Berlin. Und später, als der Krieg zu Ende war, kam er in ein Lager. Ich sah ihn erst im Jahre siebenundvierzig wieder.«

Aber so genau konnte Philipp das Lola nicht erzählen, er erzählte ihr sowieso schon viel zuviel, das alles saß ihm oben im Hals, er trank nun doch wieder, und dabei war er so müde. »Ja aber«, meinte Lola, »wenn die der Meinung waren, du seist das Produkt eines Seitensprungs, wieso glaubst du denn, daß sie dich heute anerkennen?«

»Darauf pfeife ich. Ich will ja von denen nichts. Ich will nur mal hin. Ich will es mal sehen.« Er schwieg und starrte in sein Glas. »Iritschka sagt, ich sehe ihm ähnlich.«

»Deinem Vater?«

»Klar. Wem sonst? Sie sagt, ich hätte das typische Profil der Saint-Mars. Es hing dort an sämtlichen Wänden. Sie haben ja wohl so ziemlich Inzucht getrieben. Früher jedenfalls.«

Lola kicherte. »Muß ja komisch sein, plötzlich jede Menge Ahnen zu kriegen. Mensch, das möcht' ich sehen, wie du da in der Ritterrüstung an der Wand hängst.«

Wenig später kam Lolas Bruder auch zu einem Drink in die Bar, er brachte seine Freundin mit, und damit war das Gespräch beendet.

Irgendwann ging Philipp ins Bett, ohne daß sie zu einem Entschluß gekommen waren, aber er konnte nun nicht mehr darüber nachdenken, er schlief wie ein Stein.

Das Nachdenken hatte bis zum nächsten Morgen Lola besorgt. Paris wäre gerade richtig, genau das, was ihr für die Ferien vorgeschwebt hätte, sie sei bis jetzt bloß nicht drauf gekommen. Ihre Freundin Terry sei überhaupt noch nie in Paris gewesen. Und sie würde mitfahren. Das hatte sie alles schon geklärt, als sie gegen zehn im Hotel bei Philipp auftauchte, der eben ein mehrgängiges Frühstück verzehrte.

»Wir fahren mit meinem Wagen, da kostet dich schon mal die Fahrt nichts. Wir werden uns ablösen. In Paris bist du mich dann los, denke nicht, daß ich dir auf den Wecker falle; dort kannst du dann machen, was du willst. Du kriegst soviel Geld, wie du brauchst.«

»Dreihundert Mark genügen.«

»Na, ich weiß ja nicht. Frankreich ist teuer. Sagen wir fünfhundert. Und im Notfall hast du meine Adresse, falls es nicht reicht. Okay, Phil?«

»Du bist prima. Ich danke dir.«

Auf diese Weise kam Philipp nach Paris, ohne daß es ihn viel kostete.

Auf diese Weise war er in Paris mit ausreichend Geld in der Tasche, um etwas unternehmen zu können.

Nur als er dort war, erhob sich die Frage: *was* wollte er unternehmen?

So, wie Lola gealbert hatte, einfach hinzugehen und zu sagen: Seht her, ich bin's! Und schaut euch mein Profil an – ich bin's wirklich, so ging es nicht.

Denn wohin sollte er eigentlich gehen? Zu wem?

Da stand er allein in Paris, nachdem er einen Tag mit den Mädchen verbracht hatte. Eine Nacht hatte er auch im gleichen Hotel geschlafen; es war natürlich ein teures Hotel, Lola konnte sich das schließlich leisten.

Aber am zweiten Tag erklärte er, er werde sich nun eine billigere Bleibe suchen und dann mal weitersehen. Natürlich hätte er mit den Mädchen zusammenbleiben können, es hätte ihm das Gefühl der Vereinsamung erspart, das ihn zwangsläufig in der riesigen Stadt, die ihm ganz fremd war, überkommen mußte.

Aber er wollte das allein erledigen. Die unbeschwerte Alberei mit den Mädchen mußte aufhören, er machte schließlich keine Vergnügungsreise.

Lola schien dafür Verständnis zu haben. Sie war weder beleidigt, noch versuchte sie, ihn zurückzuhalten.

»Mach's gut, Phil«, sagte sie. »Wir bleiben vielleicht noch fünf oder sechs Tage hier. Und schippern dann wieder heimwärts. Anruf genügt, Geld kommt sofort. Gruß an die Verwandtschaft.«

Da war er nun. Allein auf Paris losgelassen und Paris auf ihn, sie kannten sich gegenseitig nicht, und das hatte seine Schwierigkeiten. Er fand ein Zimmer in einem kleinen Hotel in der Rue Raspail, es war gar nicht einmal teuer. Und von dort aus machte er seine Streifzüge durch die Stadt. Einen Stadtplan hatte er sich gekauft, Orientierungssinn besaß er, auch war Paris, wie jede Stadt, die sich an den Ufern eines beherrschenden Flusses befindet, leicht übersichtlich. Nach einigen Tagen fand er sich einigermaßen mit der Métro zurecht und wußte auch, wo er billig und gut essen konnte. Das Schwierigste war und blieb die Verständigung. Er hatte zwar ausführlich Latein gelernt und Englisch konnte er ganz gut, aber Französisch nur ein paar Brocken. Das ärgerte ihn. Dafür zumindest hätte Iritschka sorgen können, daß er anständig Französisch lernte, wenn er nun schon mal ein halber Franzose war. Er trug das Wörterbuch in der Tasche, aber natürlich war es nur eine geringe Hilfe, sich verständlich zu machen, und schon gar keine, um die anderen zu verstehen.

So vergingen fünf Tage, in denen er sich einen brauchbaren Überblick verschafft hatte. Fast einen ganzen Tag verbrachte er auf dem Montmartre, der ihm ausnehmend gefiel. Allein schon der Blick von Sacre-Cœur hinab über die Stadt, an einem hellen Frühlingstag, war die Reise wert gewesen.

Er saß lange im Sonnenschein auf der Place du Tertre an einem der kleinen Tische, trank einen herben Rosé, sah den Leuten zu, den Malern, die dort arbeiteten, mehr wohl zur Schau und für die Fremden, besuchte dann das Wachsfigurenkabinett auf dem Montmartre und bekam den Mund nicht mehr zu vor Staunen, wie diese Franzosen mit naiver Begeisterung in ihrer Historie herumwirtschafteten; alles war kunterbunt und lustig, ein großes Puppenspiel zur Ergötzung der Zuschauer, mochte es auch zu seiner Zeit noch so tragisch oder weltverändernd gewesen sein. Zwar verstand er von dem, was der Fremdenführer erzählte, kaum ein Wort, aber immerhin begriff er, um wen oder welches Ereignis es sich jeweils handelte. Beneidenswert die französische Mentalität, so meditierte er vor sich hin, als er die hohen Treppen vom Montmartre wieder hinunterstieg, das große Welttheater ihrer Geschichte ist ihnen nichts als ein vergnügliches Puppenspiel – man stelle sich so was bei uns vor!

Da reden sie ewig von bewältigter und unbewältigter Vergangenheit und wälzen jeden Stein dreimal um die Ecke, hauen sich ihn am Schluß eigenhändig persönlich auf den Kopf – und werden trotzdem nicht fertig damit. Komisch – man kann noch so viele Bücher lesen und noch so eifrig Geschichte studieren, man muß ein Volk und ein Land sehen und kennenlernen, erst dann verstand man es. So ein Ding wie dieses Wachsmuseum da oben, das brachte einen der Sache und den Leuten auf einmal näher.

Und ich, so dachte er weiter, ich bin ja schließlich ein halber Franzose – und was habe ich davon mitgekriegt? Eigentlich müßte ich doch eine ganz geglückte Mischung sein, nach allem, was sie von ihm erzählt hat. Sein Profil habe ich, na gut, okay, und seine Augen und sonst noch so einiges. Äußerlich. Aber was habe ich innerlich von ihm? Sie muß mir mehr, sie muß mir alles von ihm erzählen. Sie wird sich nicht jedesmal so aufregen.

Er schlenderte durch die Gassen, kam auf den Boulevard Clichy, die Place Pigalle, die Place Blanche, aber der Amüsierbetrieb hier, die Stripteaselokale mit den nackten Mädchen in den Schaukästen interessierten ihn nicht im geringsten.

Er kam sich nur etwas verlassen vor, es war der Abend des fünften Tages, den er wieder allein verbracht hatte; in diesen fünf Tagen hatte er mit keinem Menschen gesprochen. Ob er mal bei dem Hotel vorbeiging, wo Lola mit ihrer Freundin wohnte? Vielleicht waren sie noch da, dann konnte er mit ihnen essen und endlich mal wieder den Mund auftun.

Er ließ es bleiben. Lola würde fragen: »Na, wie steht's? Was hast du erreicht?«

Und ihr zu gestehen, daß er noch gar nichts unternommen hatte, einfach deswegen, weil er nicht wußte, was er unternehmen sollte, war ihm peinlich.

Er konnte sich ungefähr vorstellen, was sie sagen würde. »Mensch, du bist vielleicht 'ne Flasche. Soll ich mal deine Ahnen für dich ausgraben?« Sie hatte leicht reden.

Morgen. Morgen ganz bestimmt, da würde er mal – na, irgendwas jedenfalls, das würde er.

Am nächsten Tag, nachdem er im Invalidendom gewesen war und ziemlich fassungslos das Monstrum betrachtet hatte, das Napoleons Sarg darstellen sollte – in gewisser Weise war es ein Gegenstück zu dem Spektakel auf dem Montmartre –, gelangte er endlich in die Gegend, von der Iris gesprochen hatte. Der Faubourg St-Germain. Dieses vornehme, sehr zurückgezogene Viertel, in dem sich das Pariser Palais der Familie Saint-Mar befinden mußte. Das Hôtel Saint-Mar. Sie hatte viel von dem Haus gesprochen, wie schön es sei und wie gern sie darin gewohnt hatte – am Anfang jedenfalls. Wo sich eigentlich das Château befand, wußte er nicht genau. In Burgund eben, das war alles, was sie gesagt hatte. Aber dieses Pariser Haus, das würde sich wohl ermitteln lassen. Falls es sich noch im Besitz der Familie befand.

In diesem Stadtteil war es sehr still. Kaum Autos, kaum Geschäfte, kaum Lokale, es war eine stille, verschlossene Welt. Sein erster Eindruck war Enttäuschung. Er hatte sich vorgestellt, hier stünden haufenweise imposante Villen und prächtige Paläste, aber nichts davon, man sah die alten berühmten Häuser kaum, sie verbargen sich hinter Mauern und verschlossenen Toren, nur ganz selten bot sich ein Durchblick auf eine schöne Fassade, in einen alten Hof. Er durchwanderte das ganze siebente Arrondissement von dem Jardin des Invalides bis zur Rue du Bac, vom Quai d'Orsay bis zum Montparnasse, straßauf, straßab, aber nirgends entdeckte er etwas, das ihm einen Hinweis gegeben hätte.

Er nannte sich selber einen Trottel. Was dachte er sich eigentlich? Daß sich irgendwo ein Türschild fand, auf dem der Name Saint-Mar zu lesen war? Abgesehen davon, daß er ja schließlich nicht jedes Türschild anschauen konnte, gab es gar nicht sehr viele.

Warum hatte sie ihm nicht gesagt, wo sich das Haus befand? Hatte sie eigentlich Straßennamen genannt – er erinnerte sich nicht. Sie hatte nur gesagt, daß sie zur Seine hinabgegangen sei, an einer Kirche vorbei, an der Nationalversammlung vorüber, daß sie dann am Fluß entlanggegangen sei. Oft – sehr oft. Es war alles so durcheinandergegangen in ihrer Erzählung, je weiter die Nacht fortschritt. Er studierte aufmerksam alle Straßenschilder, er fand die Kirche – das mußte sie wohl sein, er stand vor dem Gebäude der Nationalversammlung, umrundete den Platz davor, mittendrin saß eine Dame auf einem Sockel, nirgends stand, wer sie sein sollte, vielleicht die Freiheit – oder auch die Republik. Aber wer auch immer – es war einerlei.

Zu dieser Zeit hatte er sich schon in die Architektur der Gegend verliebt, in die Harmonie ihrer Häuser, Straßen und Plätze. Er dachte: Wir mögen hier allerhand angerichtet haben. Aber Barbaren war wir dennoch nicht. Wir haben diese Stadt nicht zerstört. Wie hübsch sie früher gebaut haben, wie musikalisch, wie wohltuend. Das kann heute keiner mehr.

Eine Zeitlang hatte er den Wunsch gehabt, Architektur zu studieren. Er hatte das Zeichentalent seiner Mutter geerbt, auch ihren Sinn und das Auge für Schönheit. Bei ihm kam allerdings noch ein ausgesprochenes Schreibtalent dazu. Architekt oder Journalist – das waren zwei ganz verschiedene Dinge, und da er weder Geld noch Zeit besaß, beides zu studieren, mußte er sich entscheiden.

Iris hatte ihn nicht beeinflußt, nur beraten. Bei der Entscheidung hatte ihm dann der Deutschlehrer geholfen, den er in den beiden letzten Oberklassen gehabt hatte.

Er hieß Dr. Mühlbauer und war ein Lehrer, den sie alle gern mochten, ein noch junger, sehr lebendiger, man mußte schon sagen temperamentvoller Mann, der einen sehr unorthodoxen Unterricht gab und es fertigbrachte, wenn ihm gerade der Sinn danach stand oder etwas Aktuelles ihn beschäftigte, den ganzen Lehrplan umzuschmeißen und sich auf ein Thema zu stürzen, das ihn fesselte. Er mußte durchaus nicht immer ein Thema sein, das die Deutschstunde anging. Oft zum Beispiel war es die Politik, denn dieser Lehrer war ein sehr politischer Mann. Es genügte, daß er am Morgen etwas in der Zeitung gelesen hatte, mit dem er einverstanden oder – was weitaus öfter vorkam – nicht einverstanden war, daß man eine ganze Stunde lang darüber debattierte. Er brachte die Zeitung mit in den Unterricht, er las vor, er wollte die Meinung seiner Schüler wissen, und dann sagte er selbst seine Meinung. Denn etwas war dieser

Dr. Mühlbauer absolut nicht: feige. Das imponierte den Jungen. Daß einer seine Meinung sagte, klar und deutlich, ganz egal, ob sie mit der Meinung der Regierung, der Öffentlichkeit, der Kollegen oder auch seiner Schüler übereinstimmte.

Wichtig, so belehrte sie Dr. Mühlbauer, sei es, eine eigene Meinung zu haben. Und von dieser Meinung zu einem Urteil zu kommen, einem eigenen persönlichen Urteil. Kein Mensch käme damit auf die Welt, und überhaupt sei man, solange man noch ein Kind sei oder sehr jung, ständig in Gefahr, die Meinungen und die Urteile seiner Umgebung zu übernehmen. Das sei ganz natürlich und auch nicht weiter schlimm. Schlimm sei es nur, wenn ein Mensch ein Leben lang bei diesem Brauch bleibe. Das beweise ein reiches Maß an Dummheit und Unselbständigkeit oder, was nicht minder schlimm sei, an Feigheit. Irgendwann müsse ein Mensch anfangen, sich eigene Urteile zu bilden. Das komme nicht von heute auf morgen, aber dieses Talent lasse sich entwickeln. Genauso idiotisch sei es allerdings, ein ganzes Leben lang auf der gleichen Meinung zu verharren. Es gebe veränderte Umstände und andere Voraussetzungen, die eben auch eine Änderung einer Meinung bedingten. Aber eine eigene Meinung, verflucht noch mal, die müsse man haben.

Ja, so sagte er wörtlich. Er stand vor seiner Klasse, reckte sich ein bißchen – er war nicht sehr groß – und verkündete mit Elan: »Eine eigene Meinung, verflucht noch mal, die müßt ihr haben. Ihr dürft nie etwas nachquatschen, was euch andere vorreden. Ganz egal, auf welchem Gebiet auch immer. Man kann nicht von allen Dingen etwas verstehen. Dann soll man es zugeben und sich belehren lassen. Aber es gibt eine Menge Dinge, die jeden etwas angehen. Von denen sollte man etwas verstehen, dazu sollte man eine eigene Meinung haben, um sich ein Urteil bilden zu können. Und das sollte man dann auch ruhig aussprechen, ob es den anderen nun paßt oder nicht.«

Er reckte sich noch höher, stach mit seinem Zeigefinger in die Klasse hinein und rief mit Leidenschaft: »Ich weiß, wovon ich rede. Als ich so alt war wie ihr, da habe ich in einer

Zeit gelebt, in der kein Mensch eine Meinung haben durfte, die anders war als die offiziell erlaubte. Und urteilen oder beurteilen durfte man schon gar nicht. Das hat mich schon zur Weißglut gebracht, als ich so alt war wie ihr. Aber bildet euch nicht ein, daß das heute anders ist. Heute *könnte* zwar jeder seine Meinung sagen, ohne daß es ihn den Kopf kostet. Aber hört ihr das vielleicht oft? Warum? Weil die Leute keine Meinung haben.«

Worüber man zum Beispiel nach Ansicht des Dr. Mühlbauer eine Meinung haben sollte, war die Politik, da sie jeden, aber auch jeden, etwas angehe. Und ebenso sei es mit der Entwicklung der Wirtschaft, mit der Verwaltung der Stadt, dem Spielplan des Theaters, dem Lehrplan der Schule, und so weiter und so fort, die Welt war voller Gebiete, die Meinung und Urteil des Dr. Mühlbauer seiner Schüler erheischten. Sein Spitzname war ›der Meinunger‹, aber er war eher anerkennend als spöttisch gemeint.

Einmal schrieb die ganze Klasse einen Brief an die Regierung in Bonn, und ihr Lehrer unterzeichnete als erster. Natürlich war es ein Protestbrief.

Und einmal ließ er sie eine Beurteilung, eine Besprechung über ein Theaterstück schreiben, das man im Staatstheater uraufgeführt hatte; er hatte für die ganze Klasse Karten besorgt. Sie durften, ehe sie geschrieben hatten, nicht darüber reden; am liebsten hätte er sie einzeln eingesperrt, damit keiner nach der Meinung des anderen fragen konnte.

So ein Typ war der Dr. Mühlbauer. Seine Schüler schätzten ihn sehr. Was man von seinen Kollegen durchaus nicht sagen konnte. Denn ein Lehrer dieser Art setzt natürlich Maßstäbe.

Er war es, der Philipp riet, lieber Journalist zu werden. »Es entspricht deinem Wesen mehr. Und es ist ein großartiger und sehr wichtiger Beruf. Wenn man ihn richtig auffaßt. Und wenn man es kann. Ich wäre gern Journalist geworden. Du kannst schreiben, sachlich und zutreffend, eine gewisse Brillanz des Schreibens, die den guten Journalisten auszeichnet, wirst du lernen. Denn das ist wichtig, Philipp: man muß elegant schreiben, wenn man an die Spitze kommen will.

Und einen eigenen Stil muß man haben. Nicht einen allgemein gängigen Stil übernehmen, weil er zur Zeit gerade in Mode ist. Weil XY mal so geschrieben hat, und das war ein Treffer, und nun schreiben Herden von Schreiberlingen hinter ihm her. In seinem Ton. Und dann mußt du mir versprechen, dich nie am billigen Publikumsgeschmack zu orientieren. Es gibt genug, die dafür schreiben. Ich bin so ein hoffnungsvoller Optimist, daß ich mir immer einbilde, man könne Menschen durch Qualität gewinnen. Und dann mußt du viel wissen. Viel, viel. So ziemlich alles mußt du wissen. Man kommt als Journalist heute nicht mehr in die vorderste Reihe, wenn man nicht viel weiß. Und mutig muß man sein. Seine Meinung sagen – sofern man eine hat.«

Während seiner einsamen Tage in Paris dachte Philipp ziemlich oft an Dr. Mühlbauer. Der hatte nämlich im Jahre 1944, nach der letzten Invasion, in der Normandie gekämpft, als blutjunger Mensch. Eine kleine Verwundung hatte ihm einige Tage Urlaub eingebracht, und das waren gerade die Tage um den 20. Juli gewesen.

Der 20. Juli in Paris, das war nach der Meinungsbildung und der Urteilsverkündung ein anderes Lieblingsthema des Deutschlehrers. Denn über diese dramatischen Tage wußte er so ziemlich alles, was man darüber wissen konnte. Er hatte sie miterlebt, und zwar sehr intensiv und aufs beste informiert, und daran war sein Onkel schuld. Der Onkel des Dr. Mühlbauer war Journalist. Er war Kriegsberichter gewesen, an der Ostfront verwundet worden, wurde in der Folge nach Paris versetzt, wo er als Oberaufseher gewissermaßen in einer französischen Redaktion thronte. Die Zeitungen wurden von Franzosen gemacht, aber ein Deutscher war ihnen übergeordnet und mußte seinen Segen geben.

Dieser Onkel war ein leidenschaftlicher Gegner Hitlers gewesen, er stand sich mit den Franzosen ausgezeichnet, hatte Bekannte in Kreisen der Résistance, verkehrte aber auch sehr ungeniert in den Kreisen der deutschen Führung in Paris, sei es bei den Offizieren, im Stab des Militärbefehlshabers, sei es sogar in der Avenue Foch bei der SS und dem SD. Er wußte daher auch sehr gut, wie stark der Widerstand gegen Hitler, der Haß auf ihn bei den Offizieren, besonders bei den älteren, war.

Er hatte diesen 20. Juli in Paris aus nächster Nähe miterlebt und mit ihm sein zufällig anwesender zweiundzwanzigjähriger Neffe, der damals schon eine Meinung hatte, sie aber nicht äußern durfte.

Wie die gesamte SS in Paris, die Gestapo, der SD von dem damaligen Militärbefehlshaber, dem General von Stülpnagel, gefangengenommen und festgesetzt worden war, zu einem Zeitpunkt, als der Putsch gegen Hitler nach dem mißlungenen Attentat bereits gescheitert war. Und wie es auf diese Weise beinahe gelungen war, dem deutschen Volk das ganz große Unheil, den totalen Untergang zu ersparen, denn die Verschwörer hatten die Absicht, einen Waffenstillstand im Westen zu erwirken und eine Notregierung zu bilden, mit der die Alliierten verhandeln konnten.

Und wie dann doch alles mißglückte: Generalfeldmarschall Rommel, das Haupt der Verschwörung, lag im Lazarett, nachdem er einige Tage zuvor verunglückt war; der neue Oberbefehlshaber im Westen schwankte, konnte sich nicht entscheiden. Stülpnagel und seine Mitverschworenen standen allein. Man mußte bereits nach wenigen Stunden die SS wieder freilassen, die darüber selbst baß erstaunt war; man bemühte sich, alles zu verharmlosen und zu vertuschen, weil eben auch in der Wehrmacht die Feigheit, die Angst vor der Macht des Diktators zu groß war, um diesen letzten Rettungsversuch entschieden durchzuführen.

Karl Heinrich von Stülpnagel richtete die Waffe gegen sich selbst, doch er tötete sich nicht, er schoß sich nur blind, so daß Hitler ihn später hängen lassen konnte.

»Es gibt in der Geschichte kaum ein besseres Beispiel dafür, meine Herren«, sagte der Dr. Mühlbauer seinen Primanern, »wie verhängnisvoll Feigheit ist. Man muß handeln, wenn es die Stunde verlangt. Handeln, weil man sich zuvor ein Urteil gebildet hat. Aber natürlich«, fügte er resigniert hinzu, »zeigt dieses Beispiel auch, wie wenig es nützt, wenn nur einer, nur einige wenige handeln und dann im Stich gelassen werden. Weil die anderen nicht gelernt haben, zu denken, zu urteilen und, wenn es darauf ankommt, nicht feige zu sein.«

Philipp und seine Mitschüler kannten die Geschichte des 20. Juli sehr genau. Sie hatten es in der Deutschstunde gelernt, nicht im Geschichtsunterricht.

Am nächsten Tag fand sich Philipp wieder im Faubourg St-Germain ein und begann erneut seinen Rundgang durch die stillen Straßen.

Wie sagte Dr. Mühlbauer? Nicht feige sein. Also dann mal los!

Vor der sowjetischen Botschaft in der Rue de Grenelle stand ein Polizeiposten.

Philipp war am Tage zuvor schon vorbeigekommen und hatte Gelegenheit gehabt, da die Tore weit geöffnet waren, einen Blick auf das anmutige Palais der Botschaft, auf die klargegliederte Fassade des Gebäudes werfen zu können. Diesmal ging er wieder vorbei, blieb nach einer Weile stehen und überlegte. Kehrte um, blieb noch einmal stehen und legte sich die französischen Worte zurecht. Er würde den Polizisten fragen: »Bitte, wo ist das Palais Saint-Mar?«

Où est le Palais Saint-Mar?

Hieß es le oder la? Na, war ja nicht so wichtig. Der würde es schon verstehen.

Er verstand es, aber er wußte es nicht. Aber nun hatte Philipp angefangen zu fragen – nun fragte er weiter.

Eine Straßenecke weiter kam eine Frau vom Einkaufen, die wußte es auch nicht. Aber sie hatte einen Mann, den rief sie, und der wußte es und beschrieb Philipp den Weg.

Philipp verstand kein Wort. Und so begann man noch einmal von vorn und ganz langsam, und dann erbot sich der Mann, ihm den Weg zu zeigen.

Schließlich stand Philipp Comte Saint-Mar de Chaumencey, der einzige Erbe dieses Namens, vor dem Haus, das er so lange gesucht hatte.

Er hätte es niemals finden können, denn es verbarg sich hinter einer Mauer und einem verschlossenen Tor. Es war nichts zu sehen, absolut nichts, und am liebsten wäre er wieder umgekehrt. Aber da vorn an der Straßenecke stand immer noch der Mann, der ihm den Weg gewiesen hatte; er schaute wohlwollend und ein wenig neugierig zu ihm hin, und sich jetzt abzuwenden und einfach wegzugehen – nein, das ging nicht. An der kleinen Pforte seitwärts des großen Tores war eine Klingel, und auf die drückte Philipp nun. Nicht weil er es wollte – er wollte es ganz und gar nicht, sondern nur wegen des Mannes an der Ecke.

Sollte jemand kommen und öffnen, konnte er fragen: »Excusez-moi, wohnt hier Mademoiselle Dupont?« Und wenn sie nicht hier wohnte, konnte er gehen, dem Mann an der Ecke nochmals zulächeln, und damit war es erledigt.

Vielleicht kam auch keiner.

Aber es kam einer. Nach einer Weile wurde die Pforte geöffnet, und ein verrunzeltes Männergesicht wurde sichtbar.

»Monsieur?«

Philipp schluckte. Was sagte man nun, um Himmels willen? Entschuldigen Sie bitte, wohnt hier noch die Familie Saint-Mar? Und ist jemand zu Hause? Ich hätte gern einen Besuch gemacht. Das war auf deutsch natürlich ganz einfach. Aber wie sagte man das auf französisch?

Und so sagte er schließlich, denn irgend etwas mußte er ja sagen:

»Je suis Philipp Saint-Mar.«

Er hatte sich niemals mit dem vollen Namen genannt. Comte Philipp Saint-Mar de Chaumencey – das war ihm vollkommen ungewohnt. In der Schule hieß er eben nur Saint-Mar, und meist sprachen sie das Sentmar aus. Einen Titel hatte er nie geführt.

Der alte, sehr alte Mann vor ihm, riß die Augen auf. Er sprach kein Wort, er sah den fremden Besucher nur an. Doch dann öffnete er die Pforte, ließ Philipp eintreten, sagte immer noch nichts, wies nur mit der Hand über den weiten Hof, der vor ihnen lag, und ging dann, einen halben Schritt vor ihm, über das Kopfsteinpflaster, auf das Palais zu.

Philipp war nun sehr aufgeregt, das Herz klopfte ihm, sein Haar im Nacken wurde feucht. Er nahm kaum das Palais wahr, die breitangelegte Fassade, die hohen Fenster, die

Säulen, den Dachgiebel mit den Figuren unter dem First, er schritt ein paar Stufen hinauf, betrat das Palais, weiche Teppiche verschluckten seinen Schritt.

Er stand in einer weiten Halle, lichtdurchflutet, anmutig, in der Mitte lief eine breite Treppe in die Höhe, der alte Mann sagte etwas zu ihm, natürlich verstand er es nicht. Der alte Mann ging, und Philipp stand da, ein Gefühl der Unwirklichkeit überkam ihn.

Träumte er das eigentlich alles? War dies das Haus, in dem Iritschka gelebt hatte? War das wirklich das Haus seiner Väter?

Nein, das war zu blöd, das durfte nicht wahr sein. Alles hatte seine Grenzen. Am besten, er machte, daß er fortkam, ehe der Alte wiederkehrte. Am Ende existierte wirklich noch so etwas wie Verwandtschaft in diesem Haus – das fehlte gerade noch. Aber er stand wie angenagelt, er war sehr jung und sehr hilflos in diesem Moment. Er war einer, der es ganz allein schaffen mußte.

Die Treppe herab kam ein junger Mann. Er konnte nicht älter sein als Philipp, er war nicht sehr groß, aber schlank und gut gewachsen, trug sehr enge Hosen und ein offenes buntes Hemd, sein Haar war braun und ziemlich lang, leicht gelockt, seine Augen hellbraun, sein Mund ein wenig spöttisch. Der Alte kam langsam, die Hand auf dem Geländer, hinter ihm die Treppe herab.

»Monsieur?« sagte der junge Mann. Und das Fragezeichen hing geradezu greifbar im Raum.

Es war schrecklich, wenn ein Mensch nicht wußte, wie er sich ausdrücken sollte.

»Bonjour, Monsieur«, sagte Philipp und grinste. »Pardon, mais moi – I mean – es ist nämlich so...«

Jetzt grinste der andere auch.

»Would you prefer to speak English?«

»Yes!« sagte Philipp erleichtert. »I should. I'm looking for the family Saint-Mar de Chaumencey. I come from Germany. I'm Philipp Saint-Mar de Chaumencey.«

Jetzt hatte er doch den ganzen Namen ausgesprochen. Sehr komisch klang das.

»Hallo«, sagte der andere. »I'm Gérard de Gengeout. Your Cousin, I guess.«

Sie blickten sich eine Weile an, dann lachten sie alle beide, höchst erheitert und sehr animiert.

»My mother is Isabelle Saint-Mar de Chaumencey. Come in and have a drink with me.«

Die beiden jungen Männer verließen die Halle. Und der alte Maurice stand am Fuß der Treppe und blickte ihnen nach. Er hatte sofort gesehen, daß es ein Saint-Mar war, der dort vor der Tür stand. Es mußte der Sohn dieser Deutschen sein. Also war der Comte Jean-Claude doch sein Vater gewesen.

Iris verbrachte im Winter 1940/41 abermals einige Wochen in Paris, zusammen mit Isabelle, aber es war natürlich nicht so amüsant wie im Jahr zuvor. Es war sehr kalt im Haus, das Heizmaterial war knapp, und auch mit Lebensmitteln war es schwierig. In Chaumencey hatten sie genug zu essen gehabt, dort merkte man wenig von der Rationierung. In Paris war das anders.

Beide waren ein wenig melancholisch. Isabelle trauerte noch immer um Henri, Iris fühlte sich sehr einsam. Über ein Jahr war es nun her, daß sie Jean-Claude nicht gesehen hatte. Und das war zu lange.

Mit ihrer Mutter stand sie in Briefwechsel. Sie hatte erfahren, daß Arne den Frankreichfeldzug mitgemacht hatte, und es war für Iris ein seltsames Gefühl, sich vorzustellen, daß ihr eigener Bruder, ihr zweites verlorenes Ich, in dieses Land gekommen war, als Feind, als Eroberer, daß er versucht hatte, die Menschen zu töten, die nun ihre Landsleute waren und zu denen sie gehörte, und daß er ebensogut Jean-Claude hätte töten können.

Das stürzte sie in tiefste Verwirrung. Der Krieg, der in diesem Land beendet war, blieb für sie eine Realität. Er wurde eigentlich, und das war ein sehr merkwürdiger Vorgang, für sie immer realer. Obwohl man in Paris nichts davon bemerkte, abgesehen davon, daß deutsche Soldaten in der Stadt zu sehen waren und die Menschen wenig zu essen hatten. Aber Iris hatte sich zu einer eifrigen Zeitungsleserin entwickelt; besonders hier in Paris, wo ihr viel Zeitungen zur Verfügung standen, vertiefte sie sich stundenlang in die Lektüre. Sie versuchte zu begreifen, was vorging. Die Verwaltung im besetzten Frankreich, die von Deutschen bestritten wurde, das unbesetzte Frankreich, das der Marschall Pétain regierte, den die Franzosen offenbar sehr liebten und schätzten, aber in dessen Regierung öfter ein

Wechsel stattfand, dessen Gründe oder Folgen ihr meist nicht ganz klar wurden.

Einmal sprach sie mit Raymond darüber, der sie manchmal besuchte oder ausführte, ins Theater, in ein Konzert oder in ein Restaurant.

Zuerst war Raymond amüsiert über ihre Fragen, doch als er dann merkte, daß es ihr ernst damit war, ging er darauf ein. Es war an einem Nachmittag, sie saßen allein in dem kleinen Salon, der neben dem großen Gartensaal lag, in dem früher die Empfänge und großen Essen stattgefunden hatten. Diesen Salon liebte Iris besonders. Er war mit Louis-Quinze-Möbeln eingerichtet, die Polster waren mit roter Seide bespannt, an den Wänden hingen ein paar schöne Bilder; außerdem ließ der Raum, da er nicht groß war, sich einigermaßen heizen.

Raymond war sehr gut informiert, nicht nur über die äußere Fassade, auch über das, was hinter den Kulissen vorging.

»Zweifellos ist Marschall Pétain eine ehrwürdige Figur«, sagte er, »und darum lieben ihn die Franzosen auch. Die Aufgabe, die er übernommen hat, ist nicht leicht, und er hat sie nicht gern übernommen. Einer mußte es wohl tun. Man wird es ihm trotzdem eines Tages aufrechnen. Denn über eins müssen Sie sich klar sein, Iris: So wie es heute ist, wird es nicht bleiben. Diese Friedfertigkeit, diese Eintracht, die offenbar in diesem Land herrscht, ist nur Schein. Frankreich hat sich noch nicht erholt von dem Schock der Niederlage. Dem Schock folgte die Scham. Und darauf wird die Tat folgen.«

»Was für eine Tat?«

»Sie können fragen? Der Kampf. Die Befreiung. Oder glauben Sie im Ernst, eine Nation wie diese, so stolz und so eitel, so verwachsen mit ihrer Geschichte, wird es auf die Dauer ertragen, von Hitler unterworfen zu sein?«

»Aber Hitler will mit Frankreich zusammen ein neues Europa schaffen.«

»Ach, hören Sie auf mit diesen Phrasen. Und selbst wenn es so wäre, wer will in einem Europa leben, über das ein Hitler regiert? Wollen Sie es?«

Iris schüttelte den Kopf. »Nein, eigentlich nicht.«

»Nun, sehen Sie. Geben Sie mir eine Antwort, Iris. Mögen Sie diesen Hitler?«

»Nein. Ich habe es früher nicht so gewußt und mich auch nicht ernsthaft damit beschäftigt, aber ich glaube, ich habe mir nie viel aus ihm gemacht. Es ist schwer zu erklären, warum. Man hat mir nichts getan, uns ist nichts geschehen, aber es war vieles so lächerlich. Was einem immer so eingeredet wurde, schon in der Schule, dieser ganze Unsinn mit der Rasse und dem deutschen Auserwähltsein und dann viele tausend Kleinigkeiten, die ich albern und aufdringlich fand. Und auch die Leute, die an der Spitze standen, ach, ich weiß auch nicht – ich kann es einfach nicht erklären.«

»Ich schon. Und sogar für Sie mit. Und ich denke, ich kann für jeden denkenden und sensiblen Menschen in Deutschland mitsprechen. Denn ich bin nicht der Meinung, daß alle Deutschen Nazis sind. Ich weiß sogar, daß viele der Deutschen, die zur Zeit in Paris leben und arbeiten, alles andere als Nazis sind. Auch und gerade unter den Offizieren. Es ist die Herrschaft der mäßig intelligenten Kleinbürger, die sich da etabliert hat, und da es von dieser Sorte eine ganze Menge gibt – in jedem Land zweifellos –, findet das Naziregime eine breite Basis, auf die es sich stützen kann. Der kleine Mann kommt sich wichtig vor, diese Wichtigkeit, dieses Auserwähltsein, wie Sie es nannten, das ihm eingeredet wird, schmeichelt ihm und bläst ihn auf wie einen Luftballon. Es ist nicht die Herrschaft des Proletariats, wie der Kommunismus sie anstrebt und die ich ebenfalls ablehne, obwohl ich natürlich auch meine kommunistische Phase hatte – die haben wir alle mal, wenn wir jung sind –, es ist die Herrschaft des Spießbürgers. Hitler ist genau der Mann, den sich diese Gattung erträumt, und so geschieht es auch immer wieder, daß eine Gestalt á la Hitler reüssiert. Aber nie sehr lange, nie von Dauer. Die Geschichte bietet Beispiele dafür. Ich bin der Meinung, daß ein Volk auf die Dauer nur von einer intelligenten und überlegenen Oberschicht regiert werden kann, einer gewissen Elite also, es muß nicht unbedingt das Feudalsystem von gestern sein, das seine Elite aus dem Recht der vornehmen Geburt herleitete, es wird morgen eine Elite des Geistes, des Wissens, der Sachlichkeit sein. Auch die Russen haben das bereits gemerkt und sich entsprechend umgestellt. Hitler ist weder ein Mann von oben noch ein Mann von unten, er ist eine Figur aus dem Einheitsbrei, aus dem nun mal jedes Volk zum größten Teil besteht, und deshalb findet er soviel Zustimmung. In Deutschland findet er zusätzlich noch den Gehorsam und die Kritiklosigkeit. Ich wage zu behaupten, daß ein Mann wie er in Frankreich niemals erfolgreich geworden wäre. Und kommen Sie jetzt nicht auf die Idee, ihn mit Napoleon zu vergleichen, wie manche Deutsche es tun. Da führt überhaupt kein Weg hin.«

Iris lachte. »Ich weiß, was euch Napoleon bedeutet, und sicher ist da auch ein großer Unterschied.«

Raymond nickte mit Nachdruck. »Ein sehr großer Unterschied. Napoleon hatte auch seinen Größenwahn. Aber er war klüger als Hitler. Was er in den wenigen Jahren seiner Herrschaft geleistet hat, darüber kann man nur immer wieder staunen. Trotz der Kriege, die er führte. Hitler wird gar nichts geleistet haben, wenn er abtreten muß, weder für Deutschland noch für Europa, das kann ich Ihnen prophezeien.«

»Und wann«, fragte Iris leise, »wird er abtreten?«

»Wenn er seinen Krieg verloren hat. Vorher wohl kaum.«

»Bisher hat er nur gesiegt.«

»Ja, bisher. Aber Deutschland wird diesen Krieg ebenso jämmerlich verlieren wie den letzten. Das sage ich Ihnen, der ich zur Zeit einem jämmerlich besiegten Volk angehöre. Das übrigens«, er neigte sich zu ihr und lächelte, »auch Ihr Volk ist, Iris. Sie werden zu den Siegern gehören.«

»Ach, Raymond, wenn ich Ihnen zuhöre, wird mir angst. Das kommt doch alles nicht von selber. Da muß doch – ja, da muß doch noch viel geschehen. Und sicher Schreckliches.«

»Allerdings. Schreckliches wird geschehen. Das Jahr einundvierzig wird nicht mehr viele Siege für Hitler bringen.

England denkt nicht daran zu verhandeln. Es weiß, daß Amerika hinter ihm steht und eines Tages, genau wie im letzten Krieg, eingreifen wird. Die Entrechtung der Juden, ihre Verfolgung ist einer der großen Fehler, die Hitler macht; das wird sich bitter rächen. Und dann halte ich es für ausgeschlossen, daß sich Stalin und Hitler auf die Dauer vertragen.«

»Erzählen Sie mir etwas von England, Raymond«, bat Iris.

Raymond lächelte. »Von Jean-Claude? Ich weiß nichts von Jean-Claude.«

»Wirklich nicht? Es heißt, es seien immer noch Engländer hier im Land verborgen, die damals bei Dünkirchen nicht mitgekommen sind. Ist das wahr?«

»Ich glaube nicht, daß es noch viele sind. In den ersten Monaten allerdings, da hatten wir viel zu tun, sie aus dem Land zu bringen.«

»Über die Demarkationslinie.«

»Sehr richtig. Aber es werden wieder welche kommen. Und zwar freiwillig. Die Engländer sind ein zähes Volk. Und dieser Churchill – er ist auch kein schlechter Phrasendrescher, aber er ist viel klüger und gerissener als dieser Hitler. Und die Engländer sind Sportsleute. Sie können Schläge einstecken, dann trainieren sie und schlagen eines Tages zurück.«

»Und was wissen Sie eigentlich über diesen – wie heißt er gleich? –, der jetzt in England ist?«

»De Gaulle? Ich weiß nicht sehr viel über ihn. Er soll ein sehr ehrgeiziger und sehr zielstrebiger Mann sein. Und ein leidenschaftlicher Franzose. Die Engländer behandeln ihn nicht zum besten, heißt es. Sie nehmen seine France Libre nicht sehr ernst, aber immerhin lassen sie ihn arbeiten. Man muß abwarten, ob etwas Brauchbares daraus entsteht.«

»Ob Jean-Claude mit ihm Verbindung hat?«

»Das glaube ich sicher. Ich kann mir nicht vorstellen, daß Jean-Claude nur bei seinem Bruder sitzt und Zeitung liest.«

»Ob er…«, sie stockte.

»Was?«

»Ach, nichts. Ich meine nur, wie es ihm wohl gehen mag. Bei diesen ständigen Luftangriffen auf London – es ist doch gefährlich.«

»Er hat bisher Glück gehabt. Sie wollten etwas anderes sagen.«

Raymond nahm ihre Hand und streichelte sie ein wenig. »Sie wollten fragen, ob er wohl viel an Iris denkt.«

»Ja. Das auch.«

»Ich glaube sicher, daß er viel an Iris denkt. Und da Sie eine Frau sind, beschäftigt Sie natürlich der Gedanke, ob er wohl andere Frauen küßt.«

»Das habe ich nicht gesagt.«

»Aber gedacht. Verständlich. Ich würde antworten, daß es möglich ist. Und würde Sie gleichzeitig fragen, ob es eigentlich wichtig ist.«

Iris seufzte. »Nein, es ist nicht wichtig. Wichtig ist, daß er am Leben ist und daß es ihm gutgeht. Und daß ich ihn eines Tages wiederhaben werde.«

»Bravo. So spricht eine kluge Frau. Und nun werde ich gehen. Ich treffe heute abend zum Souper einen Landsmann von Ihnen, Iris. Er ist ein Kollege von mir, er schreibt Bücher und gar keine schlechten. Jetzt allerdings ist er Offizier. Er hätte Ihnen noch manches sagen können, wenn er hier bei unserem Gespräch dabeigewesen wäre. Er ist auch kein Freund Hitlers, und er macht nicht einmal einen Hehl daraus. Aber er ist einer von *den* Deutschen, mit denen ich gern gemeinsam ein neues Europa aufbauen möchte. Später einmal. Und ohne Hitler und seiner Partei.«

Dieses Gespräch fand im Februar 1941 statt. Im Monat darauf verkündeten die Vereinigten Staaten das Lend-and-lease-Law, begann Rommel seinen großen Kampf in Nordafrika, der zuerst wieder Siege und später die Niederlage brachte. Einen Monat darauf wurde der Krieg noch lebendiger, die Deutschen mußten in Griechenland und Jugoslawien eingreifen und siegten natürlich, was die Italiener bis jetzt nicht fertiggebracht hatten. Im Juni kämpften Engländer und freie Franzosen de Gaulles gemeinsam in Syrien gegen regierungstreue Franzosen Pétains, und ebenfalls im Juni brach Hitler seinen Vertrag mit Stalin und marschierte in Rußland ein.

Er plante einen neuen Blitzfeldzug, er wollte wieder siegen, und zu Anfang gelang es ihm. Aber kein denkender Mensch sah jetzt noch in ihm einen Sieger. Er hatte endgültig den Weg zum Abgrund eingeschlagen. Seine Generäle wußten es, die intelligenten Menschen in Deutschland wußten es, in den besetzten Ländern wußte man es.

In Frankreich begannen die Kommunisten, die sich bisher ruhig verhalten hatten, still, emsig und sachkundig eine Untergrundfront zu errichten. Hier und da hatte es vereinzelte Widerstandsgruppen gegeben, die getrennt und ohne viel Erfolg, ein ganz klein wenig Krieg im Dunkeln gespielt hatten.

Aber jetzt kam Schwung in die Sache. Denn Kommunisten gab es in Frankreich viele.

Im Mai dieses Jahres erhielt Iris überraschenderweise einen Brief von Arne. Sie war zunächst sprachlos und dann halb verrückt vor Freude. Sie trug den Brief tagelang mit sich herum, sie las ihn immer wieder, sie nahm ihn mit in den Park, sie kannte ihn am Ende fast auswendig.

Sie war durch ihre Mutter über Arnes Leben und seine bisherige Laufbahn genau unterrichtet. Er war inzwischen Oberleutnant, hatte alle möglichen Auszeichnungen eingesammelt, hatte in Polen, Frankreich und Jugoslawien gekämpft, war aber immer heil und unversehrt zurückgekehrt, machte dazwischen alle möglichen Lehrgänge und würde zweifellos – soweit Melanie – eine große Karriere machen.

Manchmal hatte Iris gedacht: Wenn er schon in Frankreich war, hätte er mich ja mal besuchen können. Aber sie wußte, wie töricht dieser Gedanke war. Schließlich war er nicht als Tourist in Frankreich gewesen.

Aber nun schrieb er ihr. Er schrieb aus Berlin und sehr nett, so als habe es nie eine Verstimmung und Entfremdung zwischen ihnen gegeben.

Er habe Urlaub, hieß es in dem Brief, und müsse sich ausführlich um Mama kümmern, die ganz trübselig geworden sei durch das viele Alleinsein. In Berlin gefalle es ihm wieder einmal ausnehmend gut, es sei Frühling, und es sei so amüsant wie früher, auf dem Kurfürstendamm zu sitzen und abends ins Theater zu gehen. Von Krieg sei hier nichts zu merken, und sehr lange könne es nun auch nicht mehr dauern, nachdem alle strittigen Punkte soweit geklärt seien. Das schrieb er wörtlich. Iris dachte an ihr Gespräch mit Raymond und an ihre eigenen unguten Gefühle, und sie wunderte sich, woher ihr kluger Bruder diese harmlosen Ansichten bezog.

Er entschuldigte sich weiterhin, daß er ihr nie geantwortet habe, aber die Zeiten seien nun einmal sehr bewegt gewesen und er sehr beansprucht, aber nun hätte er Zeit genug, auch einmal einen Brief zu schreiben. Im Garten blühe der Flieder, er müsse viel an vergangene Zeiten denken, und dabei vermisse er sie ganz besonders. Ob es ihr denn nicht möglich sei, einmal eine Reise nach Berlin zu machen, ob er vielleicht dabei behilflich sein könne? Möglich sei es auch, daß er in absehbarer Zeit nach Frankreich versetzt werde, und dann würden sie sich bestimmt wiedersehen. Wie er von Mama wisse, sei ihr Mann verschwunden, und genaugenommen sehe er keinen Grund, warum Iris nicht wieder zu ihnen zurückkehren könne. Ihn würde das jedenfalls sehr freuen.

Das war der einzige Schönheitsfehler des Briefes. Hatte Arne immer noch nicht begriffen, daß sie Jean-Claude liebte und zu ihm gehörte? Betrachtete er ihre Liebe und ihre Heimat immer noch als nichts anderes als eine törichte Jugenddummheit, auf deren Beendigung er wartete?

Sie antwortete sofort, aber sie ging auf diesen Punkt nicht ein, um das lose wiederangeknüpfte Band nicht mit einem unnötigen Gewicht zu belassen. Und wenn Arne bis heute nicht erfahren hatte, was Liebe war, so konnte sie es ihm brieflich auch nicht klarmachen. Dieser Brief blieb der einzige, den sie von Arne erhielt, denn als der Krieg mit Rußland begann, war er offenbar wieder sehr in Anspruch genommen, weil die Zeiten bewegt und doch noch strittige Punkte zu klären waren. Wie er es ausgedrückt hatte.

In diesem Sommer war Iris viel allein. Isabelle verbrachte mehrere Monate im unbesetzten Frankreich, eine Schulfreundin von ihr, die in Aix-en-Provence bei ihren Eltern lebte, hatte sie eingeladen; die Familie de Gengeout, erzählte Isabelle, sei dort sehr angesehen und habe großen Landbesitz, außerdem noch Weinberge in der Provence und ein Landhaus an der Riviera.

»Endlich werde ich mal von dem verflixten Krieg nichts mehr hören, keine Soldaten mehr sehen und in einer friedlichen Gegend leben. Ich werde im Mittelmeer baden und viel Spaß haben.«

Iris gönnte ihr das von ganzem Herzen, und viel Spaß mußte es sein, denn Isabelle kam monatelang nicht mehr.

Sehr viel Kummer machte es Iris, daß Blanchefleur krank wurde. Sie bekam ein Hufleiden und lahmte und konnte nicht mehr geritten werden. Sie ging auf die Weide, stand dort meist still und traurig herum; Iris besuchte sie oft und setzte sich neben die Stute ins Gras. Meist hatte sie Bijou bei sich, den weißen Hirtenhund; die kranke Blanchefleur und Bijou waren eigentlich der einzige Umgang, den sie in diesem Sommer hatte.

Laroche meinte, das werde nichts mehr mit Blanchefleur, sie sei nun schon recht alt, und eine Behandlung hätte wohl auch nicht viel Zweck. Immerhin rettete Blanchefleur das vor der Beschlagnahme durch die Deutschen, der Bayard nicht entging. Bei dieser Gelegenheit verspürte Iris zum ersten Male wilden Haß gegen ihre ehemaligen Landsleute. Sie versuchte alles, um Bayard zu retten, schließlich war er Jean-Claudes Pferd, und wenn Jean-Claude wiederkam, mußte er Bayard vorfinden. Aber sie erreichte nichts. Die Einquartierung vom vergangenen Sommer, der verständnisvolle Oberst, war nicht mehr da, und die Deutschen, die jetzt hier residierten, waren in ihren Augen sehr unsympathische Leute. Sie hatte keinerlei Kontakt mit ihnen, nur bei dieser Gelegenheit versuchte sie etwas auszurichten; ihr Zornausbruch, als Bayard aus dem Stall geführt wurde, veranlaßte den deutschen Feldwebel zu der verwunderten Bemerkung: »Na, Sie benehm' sich aber man komisch. Ich denke, Sie sind 'ne Deutsche?«

»Nein«, schleuderte Iris ihm wütend entgegen. »Und ich schäme mich, daß ich je eine gewesen bin.«

Laroche hatte seinen Braunen behalten können, er war auch nicht mehr der Jüngste, und er brauchte ihn für die Arbeit, denn einen Wagen hatte er auch nicht mehr, um in die Weinberge zu fahren. Einen Wagen gab es im Schloß überhaupt nicht mehr, es gab sowieso kein Benzin. Iris fuhr mit dem Rad, wenn sie das Schloß einmal verließ, was selten vorkam. Nach Beaune hinein kam sie kaum noch. Sie war nicht nur einsam, sie war isoliert. Es war noch keine Feindschaft, die man ihr entgegenbrachte, aber um sie war ein unsichtbarer Ring, ein leerer trostloser Raum, in dem sie hilflos gefangen war, ohne zu wissen, wie sie entkommen sollte. Wenn sie wenigstens etwas zu tun gehabt hätte! Sie sehnte sich nach Arbeit, nach einem Beruf.

Im letzten Krieg waren die Frauen meist Krankenschwestern geworden, so stand es jedenfalls in den Romanen. Natürlich gab es jetzt auch Krankenschwestern, auch die deutschen Truppen hatten sehr viel weibliche Hilfskräfte. Aber das kam natürlich für sie nicht in Frage. Sie war keine Deutsche und keine Französin, sie war gar nichts. Und keiner konnte sie brauchen.

Gemalt hatte sie nun die ganze Gegend von vorn und hinten, und eines Tages hatte sie die Lust am Malen wieder verloren. Ihr Leben war, schlicht gesagt, sehr langweilig. Sie hatte kaum einen Menschen, mit dem sie reden konnte, und überhaupt keinen mehr, als der Curé plötzlich im Sommer starb. Der neue Pfarrer war jung und irgendwie abweisend, sie kannte ihn kaum, und sie ging auch nicht mehr zur Messe.

Und dann kam die Begegnung mit Jean-Claude.

Das war wie ein Erdbeben, das erschütterte sie zutiefst. Und sie war noch unglücklicher, noch verlassener. Ein echtes Zerwürfnis zwischen ihr und der Comtesse blieb zurück.

Er war am Nachmittag ins Château gekommen, sie war im Park gewesen, man hatte sie nicht gerufen.

Sie wußte nichts davon, keiner hatte ihr etwas gesagt.

Doch am Abend nach dem Essen, das sie allein eingenommen hatte – Madame-Mère hatte in ihrem Zimmer gegessen, was jetzt oft geschah –, kam plötzlich der jüngste Sohn von Etienne Cluney. Iris saß allein auf der Altane, es war schon fast dunkel und ein wenig kühl, sie saß da und starrte ins Land – da hörte sie plötzlich einen Pfiff.

Unten zwischen den Bäumen sah sie Michel, sie kannte ihn, er war sechzehn, ein aufgeweckter, sehr hübscher Bursche, der sich sonst nie um sie kümmerte. Er winkte ihr, sie winkte zurück, daß er heraufkommen sollte, aber er schüttelte den Kopf, und so ging sie schließlich zu ihm hinunter, er zog sich unter die Bäume zurück und sagte, als sie bei ihm war: »Sie sollen mitkommen, Madame.«

»Mitkommen? Wohin?«

»Kann ich nicht sagen. Jemand will Sie sprechen.«

Es kam ihr sehr merkwürdig vor, aber dann ging sie doch mit. Wer sollte ihr hier etwas tun?

Michel ging schweigend vor ihr her, nicht ins Dorf hinein, sondern auf einem schmalen Pfad durch die Weinberge, auf den großen Wald zu.

»Was ist denn eigentlich los?« fragte sie, aber sie bekam keine Antwort.

Als sie oben im Wald ankamen, verschwand Michel. Iris wandte sich um. »Aber...«, rief sie ihm nach. »Michel!« Und nun hatte sie wirklich Angst. Manchmal wurde von geheimen Gruppen gemunkelt, die in den Wäldern hausten; sie hatte nie etwas davon gesehen.

Sie blickte sich um, zu sehen war nichts, es war dunkel, ein heller Mond stand über den Hügeln, der Wald war schwarz und undurchdringlich.

»Iris!« hörte sie plötzlich eine Stimme in ihrer Nähe, und das Herz blieb ihr fast stehen vor Schreck. Da war er schon bei ihr. Sie spürte seine Arme, seinen vertrauten Geruch, sie war nahe daran, in Ohnmacht zu fallen.

»Nein«, flüsterte sie, »nein! Du! Du?«

Sie sprach deutsch in der Erregung, und er lachte, wie er immer gelacht hatte, preßte sie an sich und bedeckte ihr Gesicht mit Küssen.

Sie lag wehrlos, ganz außer sich in seinem Arm, sie zitterte von Kopf bis Fuß, es war alles so unwahrscheinlich. Er zog sie tiefer in den Wald hinein, hier war es stockdunkel, sie sah nicht, wohin sie trat, aber er hielt sie fest an der Hand, hier kannte er jeden Zoll Boden, und dann waren sie ganz im Schatten der Nacht, im Dunkel des Waldes verborgen, und er küßte sie und flüsterte immer wieder ihren Namen.

»Wo kommst du her?« fragte sie, als sie wieder Luft bekam. »Mein Gott, Jean-Claude! Ach!«

Er war illegal über die Demarkationslinie gekommen; das war natürlich sehr gefährlich, er hatte sich zwei Tage bei Bertrand verborgen, das heißt bei Jeanette, denn Bertrand befand sich in deutscher Kriegsgefangenschaft. Das war sehr schade, denn er hätte mit Bertrand etwas zu besprechen gehabt, deswegen sei er hauptsächlich gekommen. Heute im Morgengrauen war er bei Etienne angekommen, und nun erfuhr sie auch, daß er am Nachmittag im Château gewesen war.

»Du warst da?« sagte sie fassungslos.

»Ja. Ich wollte euch sehen. Aber du warst nicht da, leider.«

»Ich war da. Ich war im Park.«

»Ach? Wirklich? Maman sagte, du seist nach Beaune gefahren.«

»Da hat sie gelogen.«

»Scheint so. Sie hat mich sowieso gleich wieder hinausgeworfen. Sie war ziemlich empört über meinen Leichtsinn. Dabei erkennt mich kein Mensch, ich sehe aus wie ein Landarbeiter.

Du kannst mich nicht sehen, chérie, aber du würdest mich auch nicht erkennen.«

»Ach, Jean-Claude! Ganz egal, wie du angezogen bist, jeder erkennt dich hier.«

»Das hat Maman auch gesagt. Sie hat sehr geschimpft mit mir.« Er lachte leise. »Aber ich konnte nicht wieder fort, ohne dich gesehen zu haben, chérie. Liebst du den Jeannot noch?«

»Ach!« Sie konnte nicht sprechen, sie weinte ein wenig, und sie küßte ihn.

Irgendwo knackte ein Zweig, sie hielten beide den Atem an, lauschten. Leise schlichen sie dann tiefer in den Wald hinein, und irgendwie zog Jean-Claude sie auf den Boden, der Boden war weich und kühl, es duftete nach Moos und Gras, sie lag in seinem Arm, es war alles so unwirklich, als müsse sie jeden Moment erwachen und allein sein.

»Wo bist du? Was tust du?«

»Zur Zeit bin ich drüben. Aber ich muß bald zurück nach England. Vielleicht später nach Algier, ich weiß noch nicht.«

»Mein Gott, Jean-Claude, was tust du? Etwas sehr Gefährliches?«

»Tun muß man etwas, Iris. Es kann nicht so bleiben, wie es ist. Das weißt du auch, nicht wahr?«

»Ja«, flüsterte sie, »ja, das weiß ich. Aber du – du sollst nichts Gefährliches tun.«

»Mir ist nichts passiert. Im vorigen Jahr, meine ich. Ich bin geflüchtet. Ich bin in England. Und glaubst du im Ernst, ich kann dort still sitzenbleiben und warten, bis Frankreich befreit ist?«

»Aber Jean-Claude – du...«

»Sei still, chérie. Wir brauchen nicht darüber zu reden. Du hast damit nichts zu tun. Aber eines Tages möchte ich wieder bei dir sein. Ich möchte mit dir leben, so wie ich es mir gewünscht habe. Und nun sag nichts mehr. Küß mich.«

Er liebte sie, nicht so behutsam und zärtlich wie sonst, er liebte sie wild und hastig, und Iris hatte Angst; sie hörte seinen Herzschlag und ihren Herzschlag, aber dazu hörte sie tausend andere Geräusche – und dann war es vorbei, sie standen auf, sie zitterte, sie schlichen durch den Wald zurück, er fragte: »Wirst du zurückfinden?«

»Natürlich.«

»Leb wohl, chérie.«

»Wann werde ich dich wiedersehen?«

»Wenn Frankreich frei ist.« Er küßte sie immer wieder, ihre Lippen bluteten von seinen Zähnen, ihr Körper schmerzte von seinen Händen, es war anders als früher, er war anders – und dann war er fort.

Sie lauschte ihm nach, er war in den Wald zurückgewichen, und er war so geschickt, daß sie kaum einen Laut vernahm. Am anderen Ende des Waldes wartete ein Mann auf ihn, der die geheimen Übergänge kannte und der ihn wieder hinüberbringen würde. Sie stand da, vorgebeugt, lauschend, die Hände ineinander verkrampft, sie spürte noch seinen Körper auf ihrem, ihre Schenkel waren feucht, sie zitterte und sie flüsterte: »Lieber Gott – bitte, lieber Gott...«

Sie wußte nicht, wie sie ins Château zurückgekommen war, ein paarmal verlief sie sich, aber dann war sie da, sie konnte nicht hinein, es war schon abgeschlossen, es dauerte eine Weile, bis man sie hörte, dann kam Marguerite und ließ sie ein, stumm, mit feindseligem Blick.

In Iris wallte ein wilder Zorn auf.

»Sie haben es gewußt. Und mich nicht gerufen. Sie wußten, daß ich im Park war. Ihr seid so gemein. So gemein.«

»Ich weiß nicht, wovon Sie sprechen, Madame«, sagte Marguerite kalt.

Iris wandte ihr den Rücken, ging hinauf in ihre Zimmer, warf sich auf das Bett, auf sein Bett, und wurde von Schluchzen geschüttelt.

Im Spätherbst einundvierzig fuhr ich nach Paris und kehrte nicht nach Chaumencey zurück. Das war die Folge meines Streites mit Madame-Mère.

Das heißt, einen Streit konnte man es eigentlich nicht nennen. Ich hatte ihr Vorwürfe gemacht, ziemlich erbost und erbittert, weil sie mir Jean-Claudes Besuch verschwiegen und mich weder gerufen hatte, als er da war, noch mir wenigstens später von seinem Auftauchen berichtet hatte. Es war das erste Mal, daß ich in dieser Weise mit ihr sprach – man könnte fast sagen, sie zur Rede stellte.

Sie sah mich hochmütig an und antwortete mir knapp: Sie habe keinen Anlaß gesehen, mich zu rufen.

»Sie haben gesagt, Madame, ich sei in Beaune. Sie wußten

genau, und Marguerite wußte es auch, daß ich im Park war.«

»Weder ich noch Marguerite sind über Ihren jeweiligen Aufenthalt unterrichtet, noch sind wir daran interessiert.«

»Können Sie nicht begreifen, daß ich Jean-Claude auch sehen wollte?«

»Es war sehr leichtsinnig von ihm, hierherzukommen. Und sehr gefährlich. Mir lag daran, daß er das Haus möglichst schnell wieder verließ. Er ist mein Sohn, und ich bin um seine Sicherheit besorgt.«

»Und ich? Was glauben Sie, was ich bin?«

Darauf schwieg sie, blickte mich nur kalt an. Und Marguerite, die bei diesem Gespräch zugegen war, blickte mich höhnisch an. Ich wußte es, ohne sie anzusehen.

»Ich bin schließlich seine Frau«, sagte ich. Was zweifellos keine sehr intelligente Bemerkung war, aber mein Zorn war vergangen, ich fühlte mich nur hilflos.

»Das ist mir bekannt.«

»Glauben Sie, daß er durch mich gefährdet gewesen wäre?«

»Er war durch jeden Menschen gefährdet, der ihn hier sah.«

Es war sinnlos. Aber ich konnte mir natürlich nicht verkneifen, von unserer Begegnung zu erzählen.

»Jean-Claude jedenfalls vertraut mir. Er ließ mich holen. Er schickte einen Boten, und ich habe ihn am Abend getroffen. Ich würde sagen, dadurch war er mehr gefährdet. Denn er ist meinetwegen länger hiergeblieben. Offenbar lag ihm daran, mich zu sehen.«

Ich sagte das in scharfem Ton; dann wandte ich mich um und verließ das Zimmer. Ich konnte ihre kalten Augen und Marguerites hämisches Gesicht nicht mehr sehen.

Ich hatte genug von ihnen. Genug.

War es bis dahin noch gelegentlich zu einem kleinen Gespräch, zu einer gemeinsamen Mahlzeit gekommen, so entfiel das von nun an. Zwar kam Isabelle bald darauf nach Hause zurück, erfüllt von neuen Erlebnissen und – wie es schien – aufs neue ein wenig verliebt in den Bruder ihrer Freundin, aber das lockerte die Atmosphäre auch nicht wieder.

Ende Oktober ließ ich Madame la Comtesse wissen, daß ich für einige Zeit nach Paris übersiedeln würde.

»Tun Sie nach Ihrem Belieben, Madame«, war ihre Antwort.

Isabelle brachte mich nach Beaune an die Bahn, sie küßte mich zum Abschied auf die Wange und sagte: »Ich hoffe, du wirst in Paris wieder etwas vergnügter werden. Ich finde es ja auch nicht schön von Maman, daß sie dir nichts gesagt hat, als Jean-Claude hier war. Aber so ist sie nun mal. Weißt du, vielleicht hätte sie auch mir nichts gesagt. Sie liebt ihn nun mal über alles und hat große Angst um ihn, das muß man auch verstehen, nicht?«

»Natürlich verstehe ich das«, sagte ich und hätte hinzufügen können, daß ich ihn ebenfalls liebte und Angst um ihn habe. Aber wozu? Ich war es müde, um etwas zu kämpfen, das man mir doch nicht zugestand.

Damit begann meine einsame Zeit in Paris. Anfangs fühlte ich mich sogar ganz wohl, wie ein Schulmädchen, das einer strengen Aufsicht entronnen ist. Ich war nun – zum erstenmal in meinem Leben – ein selbständiger, erwachsener Mensch, der tun und lassen konnte, was er wollte.

Die Dienerschaft im Palais bestand aus dem Ehepaar Maurice und Berthe, Aushilfskräfte wie früher wurden nicht mehr benötigt. Die meisten Räumen waren zu dieser Zeit ohnehin verschlossen, die Möbel mit Schonbezügen versehen, die Vorhänge heruntergelassen. Ich bewohnte ein großes, prächtiges Schlafgemach und ein kleineres Ankleidezimmer im ersten Stock. Unten waren nur das kleine Speisezimmer, das auf den Garten zu lag, und der kleine Salon mit den roten Seidenpolstern geöffnet. Die riesige Halle war im Winter eiskalt; oben war es auch kalt – wenn ich im Salon saß und las, wickelte ich mir eine Decke um die Beine. Ich fror entsetzlich in diesem Winter, manchmal lag ich stundenlang wach, weil ich auch im Bett nicht warm werden konnte.

Maurice und Berthe begegneten mir zwar nicht direkt feindselig – noch nicht –, sie waren zurückhaltend und kühl, die Haltung meiner Umwelt, an die ich nun gewöhnt war. Wieweit sie mit dem Château in Verbindung standen, ob und was für Anordnungen sie bekamen, wußte ich nicht. Immerhin kochte Berthe für mich; anfangs fragte sie mich immer nach meinen Wünschen, was illusorisch war, denn die Auswahl war gering. Außerdem hatte ich keine Wünsche. Ich sagte ihr, sie solle mir einfach dasselbe servieren, was sie für sich und Maurice auch koche, und ich versäumte nie, zu loben, was sie mir vorsetzte, und wie geschickt sie mit den knappen Lebensmitteln umgehen konnte.

Sie lächelte dann, sagte: »Merci, Madame« – und das war schon das höchste, was ich ihr an Gefühlsäußerungen entlocken konnte.

Maurice war noch schweigsamer, doch er sorgte dafür, daß ich nicht ganz erfror. Manchmal fuhr er aufs Land, wo er Verwandte hatte, und brachte Lebensmittel ins Haus; davon aßen sie nicht allein, ich bekam auch etwas. Ich erkundigte mich auch stets nach ihrem Sohn Gaston, der Polizist gewesen war und sich in deutscher Kriegsgefangenschaft befand, worüber aber Berthe gar nicht einmal böse war. Er war in einer norddeutschen Kleinstadt, arbeitete dort, und es ging ihm offenbar nicht schlecht.

Berthe sagte: »Gut, daß er dort ist. Sonst gehörte er jetzt vielleicht hier zu den Verrätern.«

Mit Verräter bezeichnete sie die französische Polizei, die mehr oder weniger freiwillig, oft sogar auch sehr eifrig, mit den Deutschen zusammenarbeitete. Deutschfreundlich waren die beiden nicht; sie waren auch keine Anhänger des Marschall Pétain. Wofür sie eigentlich waren, begriff ich nie so recht, denn Kommunisten waren sie natürlich auch nicht. Ich hatte nur einen einzigen Freund in dieser Zeit, besser gesagt, eine Freundin – die Stadt Paris.

Schon im Winter begann ich meine Streifzüge durch die Stadt, man fror dabei weniger als in den geheizten Räumen. Diese Spaziergänge wurden mir zur Gewohnheit, ja geradezu zu einer Leidenschaft. Im Winter, im Frühling, im Sommer, im Herbst, zu jeder Jahreszeit lernte ich Paris kennen, und ich glaube, es gibt in dieser Stadt keine Straße und keinen Platz, den ich nicht aufgesucht hätte. Ich lief Kilometer um Kilometer, sah alles, was als sehenswert galt, sah aber auch noch vieles andere, was Fremde nie zu sehen bekamen und vielleicht sogar alteingesessene Pariser nicht kannten.

Ich war in Berlin aufgewachsen, aber ich kannte Berlin nicht halb so gut wie Paris. Es gab Stadtteile in Berlin, in die ich nie gekommen war. Von Paris konnte ich das nicht sagen. Meine Spaziergänge waren ganz planlos, ich lief einfach los, oder ich fuhr mit der Métro irgendwohin und ließ mich von der Gegend überraschen. Von Monsieur Drouent hatte ich mir ein paar lange Hosen schneidern lassen, Hosen wurden damals Mode, und so fror ich auch an kalten Tagen nicht, wenn ich unterwegs war. Ich war nicht zurechtgemacht, hatte ein Kopftuch um oder eine kleine Mütze auf, eine ganz alltägliche Erscheinung, die niemand beachtete. Ich fand Buchläden, auch Antiquariate, wo ich stöbern konnte, ich wagte mich in die Bibliothèque Nationale, nur an die Sorbonne wagte ich mich nicht, wovon ich früher geträumt hatte. Aber ich lernte auch so sehr viel. Bücher wurden meine besten Freunde neben der Stadt Paris.

Und noch etwas liebte ich von ganzem Herzen: das Haus, in dem ich wohnte, das Hôtel Saint-Mar, dessen harmonische, strenge Schönheit mich täglich neu entzückte.

Aus den Büchern erfuhr ich die Geschichte dieser Gegend, deren Paläste sich hinter stets verschlossenen Toren verbargen, von deren Gärten man nur die Wipfel der Bäume über den hohen Mauern sehen konnte.

Noch bis zum Ende des 17. Jahrhunderts war diese Gegend auf dem südlichen Ufer der Seine eine waldreiche Wildnis vor der Stadt gewesen. Dann wurde es plötzlich Mode, dort ein Landhaus zu haben; und mit der Zeit wurden die Bauten immer aufwendiger, immer prächtiger, einige der größten Architekten der Zeit erbauten zu Beginn des 18. Jahrhunderts jene Häuser, die heute noch genauso aussahen wie damals.

Man nannte es den Regencestil, und das bezog sich auf die Zeit der Regentschaft Philipps von Orleans, der für den

Urenkel Ludwigs XIV., den späteren Ludwig XV., Frankreich regierte, solange der zukünftige König noch ein Kind war.

Es war eine sehr lebenslustige, aber auch geistig lebendige Zeit; das strenge Regiment des vierzehnten Ludwigs bedrückte Hof und Adel nicht mehr, und das genoß man. Es gab viele Feste, es wurde gedichtet, geschrieben, musiziert, getanzt und viel geliebt. Dieses angenehme Leben, angenehm für diejenigen, die durch den Vorrang ihrer Geburt und dank hervorstechender geistiger oder künstlerischer Gaben daran teilnehmen konnten, endete eigentlich erst bei Ausbruch der Revolution.

Im ersten Viertel des 18. Jahrhunderts hatte Germain Boffrand, der ein Schüler von Mansard und einer der berühmtesten Architekten der Zeit war, das Palais Saint-Mar erbaut. Und in meiner Fantasie belebte ich das schlafende Haus, in dem zur Zeit fast alle Räume versperrt waren, mit den Gestalten, die in den vergangenen zwei Jahrhunderten hier gewohnt hatten; jenen Saint-Mars, ihren Freunden und Gästen, die Zeitgenossen des fünfzehnten und sechzehnten Ludwigs gewesen waren und am Glanz und am vergnügten Leben jener Zeit teilhatten, bis sie sich dann wohl ängstlich hinter dem verschlossenen Tor verborgen hielten, als die Revolutionäre ihre Schreckensherrschaft ausübten, falls sie es nicht überhaupt vorgezogen hatten, Paris zu verlassen und in der Bourgogne oder lieber gleich in England auf bessere Zeiten zu hoffen. Aber sicher waren sie zurückgekehrt, als der Kaiser Paris erneut zum Leuchten brachte und zum Mittelpunkt der Welt machte. Während der Restauration und das ganze 19. Jahrhundert hindurch war das Palais Schauplatz glanzvoller Feste und großer Diners, es wurde getanzt und musiziert, vor allem aber wurde geredet oder, besser gesagt, geplaudert, geistreich, verspielt, voll Esprit und Witz, wie man es nirgends so gut verstand wie in der Pariser Gesellschaft, die ohne Starrheit und ohne allzu viele Vorurteile war, wenn es galt, sich zu beleben und farbige Lichter aufzusetzen.

Von Jean-Claudes Urgroßvater, der fast ausschließlich hier

die zweite, sehr bewegte Hälfte seines Lebens verbracht hatte, hatte ich schon in Chaumencey gehört. Der nächste Saint-Mar, Jean-Claudes Großvater, war ebenfalls eine wohlbekannte Figur auf dem Pariser Parkett gewesen. Er hatte drei Frauen gehabt; und erst die dritte, die viel jünger war als er, durfte mit ihm ständig im Palais leben, als er seinerzeit alt genug war, um ein wenig Ruhe zu schätzen. Die anderen mußten auf dem Château bleiben, die Kinder großziehen und sich an der Landluft erfreuen, was jedoch nicht verhinderte, daß sie jung starben. Der Großvater lebte in Paris sehr vergnügt. Eine damals sehr berühmte Schauspielerin war viele Jahre lang seine Geliebte.

»Sie hieß Adrienne und soll bildschön gewesen sein«, hatte mir Jean-Claude einmal erzählt. »Papa hat sie noch kennengelernt. Da war sie zwar auch nicht mehr die Jüngste, aber immer noch von umwerfenden Temperament. Sehr sans gène. Papa wußte da Geschichten...!«

»Und was sagte Maman, wenn Papa diese Geschichten erzählte?«

»Er erzählte sie nicht in ihrer Gegenwart. Er hat sie mir erzählt.«

»Und hat Papa auch Geschichten erlebt?«

»Er hat, und nicht zu knapp. Aber seltsamerweise machte er sich nie sehr viel aus dem Palais. Wenn er nicht auf dem Land lebte, reiste er lieber. Dadurch ist das Haus leider ziemlich verkommen. So ein Haus verschlingt Unsummen, wenn man es instandhalten und mit entsprechender Dienerschaft ausstatten will. Papa fand das Hotelleben vergleichsweise billig. Und diskreter. Er hat eigentlich nur mit Marie-Eugenie hier gewohnt. Und ich glaube, die Wochen, die Maman hier verbracht hat, kann man zählen.«

Es stimmte, es war ein wenig verkommen, das schöne Haus. Wenn ich mir manchmal von Maurice die Schlüssel geben ließ und durch die verödeten Räume ging, bedauerte ich das sehr. Auch wir würden es nicht schaffen, das ganze Haus zu restaurieren und zu bewohnen, so etwas war in heutiger Zeit nicht mehr möglich.

Auf diese Weise war es das Schicksal vieler solcher Häuser, daß sie mit der Zeit immer mehr zu amtlichen oder öffentlichen Gebäuden wurden, es befanden sich Ministerien in der Gegend, Museen, auch Botschaften waren zu finden; gerade dazu eigneten sich die Häuser durch ihren distinguiert-vornehmen Stil sehr gut.

Von der Straße aus sah man sie, wie gesagt, meist gar nicht. Das breite Tor blieb verschlossen und wurde nur bei Festen oder Auffahrten geöffnet; für gewöhnlich tat es eine kleine Pforte an der Seite. Zwischen Tor und Haus lag ein großer Hof von ansehnlicher Größe, noch mit Kopfsteinen gepflastert, rechts und links befanden sich die großen Pferdeställe und die Dienerwohnungen, heute unbenutzt und verödet. Das Palais lag in gebührendem Abstand vom Tor, man ging, oder wenn es sich um große Gelegenheiten handelte, fuhr über den Hof; es war zweistöckig, mit hohen schmalen Fenstertüren im Parterre und im ersten Stock. Zum Eingang führten Stufen empor, und es ist einer der wenigen deutlichen Eindrücke, die mir von meiner Hochzeit geblieben sind, wie ich an Jean-Claudes Arm diese Stufen hinaufschritt. Das heißt, ich mußte seinen Arm loslassen, um den Rock meines Kleides zu raffen, denn im anderen Arm trug ich weiße Lilien, die betäubend dufteten, was wahrscheinlich auch an meinen Kopfschmerzen mitschuldig gewesen war. Jean-Claude legte seine Hand unter meinen Ellenbogen und gab genau acht, daß ich auch mit meinem langen Rock zurechtkam. Das wußte ich noch sehr genau. Dann kamen wir in die große Eingangshalle, die im Parterre gut ein Drittel des Hauses einnimmt; wir standen erst einmal eine Weile am Fuß der breiten Treppe, die von goldverzierten Säulen flankiert wird, und ließen die Gäste an uns vorbeidefilieren und ihre Glückwünsche anbringen.

Ich muß es so feierlich ausdrücken, denn es war so feierlich. Heute noch wunderte ich mich darüber, wie ich das alles eigentlich fertiggebracht hatte.

Viel Gold gab es auch in den anderen Räumen, Goldbronze, weiß-goldene Möbel, goldene Beschläge, große schwere Rahmen um herrliche Bilder, an den Wänden Gobelins in leuchtenden Farben und in fast jedem Raum prächtige

Deckengemälde. Im Parterre befanden sich außerdem der große Speisesaal, das kleine Speisezimmer, die verschiedenen Salons, die meist von der Farbe ihrer Vorhänge oder der Polstermöbel ihre Namen bezogen, der rote Salon, der blaue Salon und so fort. Es gab auch einen Musiksalon, und schließlich die große Bibliothek, die leider sehr verwahrlost war. Ich nahm mir immer vor, später einmal, in ruhigen Zeiten zusammen mit einem Bibliothekar hier Ordnung zu schaffen oder es wenigstens zu versuchen.

Im ersten Stock befanden sich die Schlafzimmer, jedes fast ein Saal, Ankleidezimmer, Frühstückszimmer, Kinderzimmer. Der zweite Stock wurde schon seit langem nicht mehr benutzt.

Fast noch schöner als die Vorderfront war die Gartenseite des Hauses. Die Fassade war noch einheitlicher, sehr streng gegliedert. Die hohen Türen führten alle ins Freie, auf einen weiten kiesbestreuten Platz, auf dem ein Springbrunnen war, eine schlanke Göttin, in deren ausgestreckter Hand eine Wasserschale ruhte. Wie in Chaumencey standen hier schöne alte Bäume und dicke Büsche, nur durfte man nicht allzu tief in den Garten eindringen. Aus Anlaß der Hochzeit hatte man zwar das vordere Stück ein wenig herrichten lassen, in seiner Tiefe jedoch war der Garten damals schon verwildert und ungepflegt, und jetzt im Krieg kam überhaupt kein Gärtner mehr ins Haus.

Allerdings fand ich den Garten dadurch gerade sehr reizvoll. Ich hielt mich gern darin auf, irgendwo in einer stillen Ecke, lesend oder träumend. Natürlich erst als der Frühling gekommen war. Ich liebte nicht nur das Palais, ich liebte die ganze Gegend, die verlassenen Straßen, den Weg hinab zur Seine, über den Platz, auf dem die Kirche der Heiligen Clothilde stand, keineswegs eine der berühmten Pariser Kirchen, aber sie gehörte zu unserem Viertel, und ich hatte sie gern. Manchmal ging ich hinein, wenn es still und leer darin war, und entzündete eine Kerze für Jean-Claude oder für Arne. Am Anfang war ich etwas befangen bei diesem kindlichen Tun, aber dann freute ich mich daran, wenn das Licht im Halbdunkel der Kirche leuchtete.

Ich lief unten an den Quais der Seine entlang oder ging über den Pont de la Concorde oder den Pont Alexandre hinüber zum rechten Ufer, spazierte bis zu den Champs Elysées, wo die deutschen Soldaten flanierten, in den Cafés saßen und eigentlich ganz zufriedene Gesichter machten. Auch die Pariser machten keinen unglücklichen Eindruck. Natürlich entbehrten sie manches, an das sie gewöhnt waren, aber im großen und ganzen war ihr Leben ganz erträglich.

Das war es erst recht, als der Winter vorüber war, der Frühling kam und man nicht mehr frieren mußte. Der Frühling in Paris war herrlich, ich ging jetzt auch oft im Bois de Boulogne spazieren und fuhr nach Versailles hinaus, aber Ludwigs Schloß enttäuschte mich, ich fand es zu groß und zu klotzig und begriff nicht recht, warum es so berühmt geworden war.

Der Frühling brachte mir Arne. Er kam im März, im Stab des neuen Militärbefehlshabers, nach Paris. Mama hatte mir davon geschrieben, aber zunächst sah und hörte ich von ihm nichts, es vergingen vier Wochen, bis er sich das erste Mal bei mir meldete.

Der einzige Mensch, mit dem ich mich bis dahin manchmal unterhalten hatte, den ich besucht oder der mich besuchte, war Raymond. Er besaß eine sehr hübsche Wohnung hinter dem Etoile, ein bißchen verrückt eingerichtet und immer etwas unordentlich, aber es gab bei ihm gut zu essen und zu trinken, und man traf manchmal Leute, die recht unterhaltend waren. Ich pflegte diese Bekanntschaften nicht weiter, auch wenn der eine oder andere manchmal sagte: Besuchen Sie mich doch! Ich sagte: Vielen Dank! Und dabei blieb es.

Raymond hielt mich ständig über die Kriegslage auf dem laufenden, auch über Dinge, die nicht in der Zeitung standen, und über das, was hinter den Kulissen in Frankreich vorging – diesseits und jenseits der Demarkationslinie. Ich glaubte sowenig wie Raymond an einen deutschen Sieg, der katastrophale Winterfeldzug in Rußland hatte gezeigt, wo Hitlers Grenzen lagen. Und nun waren auch noch die Vereinigten Staaten in den Krieg eingetreten, und damit, meinte

Raymond, sei Deutschlands Schicksal besiegelt, es komme nur darauf an, wann man das in Berlin einsehen würde. Wenn die Deutschen sich einen Rest von Verstand bewahrt hätten, machten sie so bald wie möglich Schluß, ehe die Erbitterung in der Welt gegen sie noch weiter wüchse, und am besten wäre es, sie würden diesen Hitler aus dem Weg räumen, auf welche Art auch immer.

Ich hörte mir das an, ich nickte und fand, er habe recht. Ich sah es mit seinen Augen, ich sah es mit den Augen meiner Umwelt; auch wenn ich sonst mit niemand darüber sprach, so spürte ich doch die Atmosphäre, die immer bedrohlicher wurde. Ich fragte mich oft, wie es die Deutschen wohl sahen. Vernebelte ihnen der Siegesrausch noch immer die Gehirne, oder begannen sie langsam logisch zu denken?

Ja, und dann war da noch Sylvia. Sie war – woraus Raymond gar keinen Hehl machte – eine junge deutsche Jüdin, um die er sich kümmerte. Ihr Vater war Schriftsteller, die Mutter Schauspielerin. Raymond hatte ihre Bekanntschaft vor längerer Zeit an der Côte d'Azur gemacht und war offenbar in Sylvias Mutter ein wenig verliebt gewesen. Sie blieben in Verbindung, und kurz ehe der Krieg begann, gelang es Sylvias Vater, das junge Mädchen über die Grenze zu bringen; sie tauchte eines Tages bei Raymond auf, einen Brief im Täschchen, in dem er gebeten wurde, ein wenig nach ihr zu schauen, bis die Eltern nachkämen, was sehr bald der Fall sein werde. Sie hätten die Absicht, nach Amerika auszuwandern, nur gebe es da noch einige Verbindlichkeiten zu regeln.

Die Eltern kamen nie. Sylvia hatte auch nichts mehr von ihnen gehört, seit der Krieg begonnen hatte. Sie blieb in Paris, Raymond sorgte für sie, großzügig und in seiner charmant-lässigen Art, und genauso charmant-lässig und mit größter Selbstverständlichkeit nahm Sylvia das entgegen. Er hatte ihr zunächst in einem Hotel in der Nähe ein Zimmer besorgt, dann mußte sie öfter das Hotel wechseln, sie hatte keine Aufenthaltsgenehmigung und war daher ständig in Gefahr, entdeckt oder verraten zu werden. Also zog sie häufig um – meist wußte man in den betroffenen Kreisen, ob eine Kontrolle oder Razzia zu erwarten war –, und sonst war sie eben bei Raymond. Wenn ich hinkam, traf ich sie fast immer. Es blieb mir auch nicht verborgen, daß die beiden zusammen schliefen, obwohl es in Raymonds Leben noch andere Frauen gab. Er ließ sich nicht an die Kette legen; mit einer einigermaßen hübschen Frau zu flirten und ihr den Hof zu machen, war einfach seine Wesensart, sowenig von ihm zu trennen wie sein scharfer Intellekt, die Zigarre im Mundwinkel, das Glas in der Hand. Einmal sagte er: »Wenn Jean-Claude hier wäre und kein Krieg, Iris, dann würde ich mich sehr ernsthaft darum bemühen, Sie zu verführen. Aber es macht keinen Spaß, einem abwesenden Mann die Frau wegzuschnappen. Und in diesem besonderen Fall wäre es nicht fair. Aber seien Sie darauf gefaßt, daß ich es nach dem Krieg tun werde.«

Ich war nicht mehr so schwerfällig wie früher, ich lächelte ihn an und sagte: »Ich wünschte, es wäre schon so weit.«

»Olala!«

»Dann wäre der Krieg vorbei, n'est-ca pas?«

Sylvia oder Sylvie, wie Raymond sie nannte, war Anfang zwanzig, ein zierliches graziöses Mädchen mit riesengroßen dunklen Augen und langen hellbraunen Locken. Sie war außerordentlich hübsch und wirkte auf den ersten Blick zart und kindlich, der Typ des scheuen Rehs – aber dieser Eindruck trog. Sie war zäh, stark und wußte genau, was sie wollte.

Sängerin wollte sie werden. Sie hatte bereits in Deutschland Gesangsstunden genommen, und sie nahm auch jetzt in Paris Unterricht bei einem berühmten Gesangspädagogen, die Stunden waren sehr teuer, Raymond bezahlte sie.

Sie hatte eine bemerkenswert schöne Stimme, einen sehr tief gelagerten Sopran, fast war es schon ein Mezzosopran, aber da sie auch über eine erstaunliche Höhe verfügte, war ihr Repertoire sehr reichhaltig.

»Ich werde sowohl die Carmen wie die Traviata singen können«, erklärte sie selbstbewußt. «Es gibt nicht viele Sängerinnen, die das können.«

Sie war unerhört ehrgeizig, arbeitete unermüdlich, übte

täglich viele Stunden und wartete auf das Ende des Krieges. »Bis dahin bin ich fertig. Die anderen werden verbraucht sein, und ich bin dran.«

Von ihren Eltern sprach sie nie.

»Haben Sie keine Angst?« fragte ich sie einmal.

»Angst? Wovor?«

»Gibt es nicht sehr viel in dieser Zeit, wovor man Angst haben muß?«

»Wovor *ich* Angst haben muß, meinen Sie? Vor Ihren Landleuten zum Beispiel. Daß die mich nicht erwischen.«

»Ja, daran dachte ich.«

»Wenn Sie mich nicht verraten... Es war sehr leichtsinnig von Raymond, Ihnen zu sagen, wer ich bin.«

Ich schwieg verletzt. Verletzt durch ihre kühle herausfordernde Art, in der sie das sagte und durch den geringschätzigen Blick, der ihre Worte begleitete.

»Sei nicht so aggressiv, du Fratz«, sagte Raymond, der auf der Couch lag.

»Aber du bist leichtsinnig, Raymond. Iris ist schließlich eine Deutsche.«

»Iris ist Französin.«

»Eingeheiratet. Das zählt nicht.«

»Es genügt, daß ich ihr vertraue.«

»Mir genügt es nicht. Ich traue ihr nicht.«

»Eines Tages werde ich dich hinauswerfen.«

»Das macht auch nichts. Ich kann sehr gut ohne dich leben.«

»Eins muß man dir zugestehen; wenn je eine Frau für eine Bühnenkarriere geeignet war, dann bist du es. Eiskalt und hart wie ein Stein, das dürften die richtigen Voraussetzungen sein.«

»Bestimmt«, sagte Sylvia und lächelte süß.

Obwohl sie mir nicht traute, hatte sie Verwendung für mich. Als Korrepetitor. Nachdem sie festgestellt hatte, daß ich Klavier spielen konnte, mußte ich sie begleiten, bei Liedern und Opernarien.

»Ist das nicht gefährlich, wenn wir hier lauthals deutsche Lieder singen?« wandte ich anfangs ein.

»Warum denn das?« fragte Raymond verwundert. »Erstens ist Paris eine Weltstadt, hier singt man in sämtlichen Sprachen. Und zweitens befindest du dich in einem kultivierten Haushalt, in dem, Krieg oder nicht Krieg, Schubert zum ständigen Inventar gehört.«

Ich hatte lange nicht Klavier gespielt und mußte sehr aufpassen, zumal Sylvia sehr ungeduldig war und ärgerlich mit dem Fuß auf den Boden pochte, wenn ich danebengriff oder die Tempi nicht schaffte. Besonders mit Hugo Wolf tat ich mich hart, der Klavierpart bei seinen Liedern verlangt allerhand Können von einem Pianisten, und ich mogelte mich durch, so gut es ging.

Und dann also – Arne.

Es kränkte mich ein wenig, daß er vier Wochen brauchte, bis er an mich dachte. Aber er meinte, er hätte sich erst etablieren müssen, eine Wohnung finden, sich mit dem neuen Wirkungskreis vertraut machen, am Anfang gebe es immer die meiste Arbeit, da hätte er keine Zeit für mich gehabt. Ich kannte ihn gut genug: sein Ehrgeiz, der Wunsch nach Perfektion, das Verlangen, wo auch immer, eine Rolle zu spielen, das alles mußte zuerst Bestätigung finden.

Nun war er da, das war die Hauptsache. Es war eine der glücklichsten Stunden meines Lebens, als ich ihn wiedersah, als ich ihn umarmte, ihn küßte. Ich weinte vor Freude, und auch er war sehr bewegt, obwohl er sich bemühte, Gleichmut vorzutäuschen.

Dieses erste Wiedersehen war übrigens die einzige Gelegenheit, bei der er ins Palais kam. Fortan mußte ich ihn in seiner Wohnung besuchen, wenn ich ihn sehen wollte.

Bisher hatte ich mit dem Gedanken gespielt, vielleicht im Sommer doch nach Burgund zurückzukehren, aber nun, da Arne hier war, wollte ich lieber in Paris bleiben.

Übrigens kam Isabelle im Frühjahr für drei Wochen nach Paris; ich erzählte ihr natürlich von Arne und wie glücklich ich darüber sei, ihn wiederzuhaben.

»Eigentlich eine verrückte Situation, nicht?« sagte Isabelle kühl. »Dein Mann ist Franzose, man weiß nicht genau, was er treibt, auf jeden Fall kämpft er gegen Deutschland, daran ist wohl nicht zu zweifeln. Und dein Bruder ist deutscher Offizier und gehört hier zur Besatzung, und du sagst obendrein, das freut dich. Das ist doch charakterlos!«

»Aber so kann man das doch nicht ausdrücken.«

»Wie denn sonst? Du behauptest, du liebst sie beide. Ich komme da nicht mit. Ich finde, beide kannst du nicht lieben. Einen verrätst du.«

Ich muß sie wohl ziemlich fassungslos angesehen haben, denn sie lachte, aber es klang nicht so unbekümmert und leichtherzig wie früher.

»Schau mich nicht so erstaunt an, sondern denke mal darüber nach. Ich verstehe dich wirklich nicht. Irgendwann mußt du dich doch entscheiden, wohin du gehörst.«

»Wie kann ich denn das? Und was heißt entscheiden? Arne ist mein Bruder.«

»Und Jean-Claude ist dein Mann.«

»Ja, sicher. Aber stell dir einmal vor, du hättest einen Deutschen geheiratet, deswegen würdest du deinen Bruder doch auch noch lieben und…«

Sie hob die Nase in die Luft und erklärte sehr entschieden: »Ich würde keinen Deutschen heiraten.«

Ich schluckte. Was sollte ich darauf sagen? Da war auf einmal eine Wand…

»Aber er ist doch mein Bruder«, wiederholte ich töricht und unglücklich.

»Na und? Er ist ein Nazi.«

»Er ist kein Nazi, er ist Offizier.«

»Die deutschen Offiziere sind Offiziere Hitlers, und darum sind sie auch Nazis. Das ist doch wohl ein klarer Fall. Wenn sie das nicht wären, würden sie nicht Hitlers Krieg führen. Ich finde, du kannst nur einen lieben, Jean-Claude oder deinen Bruder.«

»Was hat denn Politik mit Liebe zu tun?«

»Sehr viel. Außerdem handelt es sich hier nicht mehr um Politik, sondern um Krieg. Die ganze Welt steht gegen Deutschland und deinen Hitler. Das sollte dir doch zu denken geben.«

Solche Töne waren neu bei Isabelle. Man hatte sie gegen

mich beeinflußt. Sie hatte sich überhaupt verändert, war erwachsen geworden, kein Kind mehr, sehr bewußt und sehr kühl. Vielleicht spielte auch ihr neuer Freund in der Provence eine Rolle. Es hieß immer, daß es im Süden des Landes mehr Untergrundorganisationen gab und daß von dort Partisanen in das besetzte Gebiet kamen. Es gab jetzt öfter Sabotageakte; es hieß, auch englische Agenten seien im Land, die die Widerstandsgruppen mit Geld und Waffen versorgten.

Natürlich sah man diesen Vorgängen von deutscher Seite aus nicht untätig zu. Es gab Verhaftungen, Prozesse und auch Vollstreckungen ohne Prozesse, es gab Deportationen, und es gab vor allem Geiselerschießungen, die, vielleicht vom Standpunkt einer im Krieg stehenden Nation aus gesehen, verständlich und sogar notwendig waren, die aber die Franzosen maßlos erbitterten und keineswegs abschreckten, sondern dem Widerstand ganz im Gegenteil immer neue Kräfte zuführten. Alles befand sich noch im Anfangsstadium, glich oft mehr einem jungenhaften Indianerspiel und war nicht mit dem zu vergleichen, was sich im folgenden und übernächsten Jahr daraus entwickeln sollte.

»Warum sagst du ›mein Hitler‹?« fragte ich Isabelle und fühlte mich sehr elend.

»Wenn du das nicht hören willst, dann entscheide dich, wohin du gehörst. Zu uns. Oder zu den Deutschen.«

Unter diesen Umständen wagte ich natürlich nicht, sie mit Arne zusammenzubringen, was ich mir so sehr gewünscht hatte.

Auch Arne wollte es nicht. »Hast du immer noch nicht genug von dieser Sippe? Dieser dekadenten, feigen Gesellschaft? Dein Mann ist weg, es ist ihm ganz egal, was aus dir wird. Nennst du das vielleicht Liebe? Er hat seine Haut gerettet – das war ihm die Hauptsache. Was hält dich eigentlich noch hier? Es wird Zeit, daß du nach Hause kommst.«

»Jean-Claude wird wiederkommen.«

»Er wird es kaum wagen. Wenn er in England ist bei diesem Narren de Gaulle, wird er sich kaum wieder hierher zurücktrauen.«

»Arne! Glaubst du denn im Ernst, daß es so bleibt, wie es heute ist?«

»Natürlich bleibt es nicht so, wie es heute ist. Einmal wird der Krieg vorbei sein, und dann werden wir Europa neu aufbauen. Vielleicht gibt es irgendwann eine Amnestie, und dein windiger Franzose darf heimkommen. Aber ich würde sagen, du bist zu schade für ihn.«

»Hör doch auf mit diesem lächerlichen Geschwätz!«

Es war am Abend in seiner Wohnung. Wir hatten gut gegessen, die Fenster standen weit offen, der Himmel war hell, ein paar Sterne leuchteten darin, ein milder warmer Frühlingsabend, die Welt wäre so schön gewesen – wenn nur nicht Krieg gewesen wäre.

»Was nennst du ein lächerliches Geschwätz?«

»Europa wird von euch nicht aufgebaut. Europa wird von euch zerstört.«

»Wen meinst du mit ›euch‹?«

Da war es wieder. Ihr! Euch! – Mit wem ich auch sprach, mit welcher Seite, es gab einfach für mich kein ›Wir‹ mehr.

»Ich meine die Nazis«, sagte ich hart.

»Ach! Sagt man so in den Kreisen, in denen du verkehrst?«

»Nicht nur dort. Auch in Deutschland. Auch unter deinen Kameraden ist es üblich, sie so zu nennen. Aber wir wollen uns nicht an leere Worte klammern, sondern....«

»Moment! Es sind wohl nicht nur leere Worte. Du sagst ›euch‹ und erklärst, du meintest die Nazis...« Er betonte das Wort sehr langgezogen. »Was immer das sein soll. Aber da du in der zweiten Person Plural gesprochen hast, soll ich mich ja wohl auch angesprochen fühlen.«

Er hatte den dozierenden Schulmeisterton angeschlagen, den ich kannte und den er schon früher benutzt hatte, wenn er mich in die Enge treiben wollte. Aber ich war nicht mehr so harmlos wie früher.

»Das kannst du halten, wie du willst. Es bleibt ganz dir überlassen, ob du dich mit den Herren in der Avenue Foch solidarisch erklärst. Ich jedenfalls bin es nicht. Ein neues Europa – gut. Aber kein Mensch in Europa will ein neues Europa unter Hitlers Führung. Nicht einmal eure Freunde in Italien wollen das – das merkt man deutlich genug. Ein Europa der Nazis« – ich sagte es wegwerfend und betonte das ominöse Wort nun auch sehr ausdrucksvoll –, »kein Mensch will es, von ein paar Schwachköpfen abgesehen. Ich kann mir nicht vorstellen, daß du dazu gehörst. Und wenn ihr so weitermacht wie bisher, dann will kein Mensch in diesem utopischen neuen Europa mit den Deutschen etwas zu tun haben – Nazis oder Nichtnazis. Soweit habt ihr es dann glücklich gebracht. Weil man euch nämlich ewig und überall mit den Nazis identifizieren wird. Und ich kann mir nicht vorstellen – Arne! Ich kann es mir einfach nicht vorstellen, daß du, ausgerechnet du, ein Mensch von deinem Verstand und deiner Kultur, sich mit diesen Leuten verständigen kann.« Ich blickte ihn beschwörend an. Er schwieg.

»Arne! Wir waren immer gleich. Immer einig. Wir hatten die gleichen Gedanken und die gleichen Gefühle. Du kannst nicht etwas lieben, das ich verabscheue.«

Er verzog indigniert das Gesicht. »Was für große Worte! Lieben! Verabscheuen! Ich liebe diese Leute nicht. Und du verabscheust sie nicht.«

»Doch. Genau das tue ich. Sie tun nichts als böse und üble Dinge. Sie haben den Krieg angefangen und die halbe Welt in diesen Krieg getrieben. Sie verfolgen und töten Menschen, die es wagen, anderer Meinung zu sein als sie. Und was geschieht mit den Juden? Denkst du, ich weiß das nicht? Mit welchem Recht wollen sie bestimmen, wie es auf dieser Erde aussehen soll, was man tun und denken und reden darf. Wer leben darf und wer nicht. Ich weiß nicht sehr viel. Du weißt sicher mehr. Du kannst nicht zu ihnen gehören.«

»Du weißt nicht sehr viel. Da hast du recht. Und darum solltest du den Mund halten und nicht von Dingen reden, die du nicht verstehst. Deutschland steht in einem großen Schicksalskampf. Da muß man hart sein. Wir müssen siegen oder untergehen. Wir müssen kämpfen, um das zu bekommen, was uns zusteht. Eine starke, mächtige Nation zu sein, führend in Europa, führend in der Welt. Erst müssen wir den Kommunismus vernichten, und dann werden wir so groß und stark sein, daß keiner uns mehr gefährlich werden kann. Europa wird unter unserer Führung das mächtigste Land der Erde sein. Darum müssen wir siegen. Und wir werden siegen.« Er stand in drohender Haltung vor mir.

Ich lehnte mich in meinen Sessel zurück. »Du spinnst ja. Wir werden nicht siegen. Wir können nicht siegen gegen die halbe Welt. Eine Welt, in der alle uns hassen.«

Er lächelte. »Nicht alle. Aber ich freue mich, daß du diesmal ›wir‹ gesagt hast. Noch ein Glas Wein?«

Ich streckte ihm mein Glas hin, trank, zündete mir dann eine Zigarette an. Es war ja sinnlos. Warum stritt ich mit ihm? Es änderte nichts. Die Zeit würde ihn belehren.

»Etwas verstehe ich nach wie vor nicht. Wenn ihr schon meint, ihr müßt den Kommunismus vernichten, warum habt ihr euch dann zuerst mit ihm verbündet?«

Arne winkte ab. »Komm, hör auf. Das ist Schnee vom vergangenen Jahr und ist oft genug erklärt worden. An deiner Stelle würde ich mich mit all diesen Problemen nicht belasten. Du begreifst es doch nicht. Politik ist keine Aufgabe für Frauen, sie kriegen bloß Falten davon. Und der Krieg geht sie auch nichts an, er ist Männersache.«

»So! Es geht sie nichts an. Sie müssen sich bloß ihre Söhne totschießen lassen.«

»Du hast keinen Sohn.«

»Ich habe einen Bruder und einen Mann.«

»Dein Bruder sitzt heil und gesund vor dir. Und dein Mann amüsiert sich in England.«

»Ich hoffe es.«

»Es kann dir egal sein. Du kommst mit mir nach Deutschland zurück. Das ist doch kein Leben, das du führst, allein in diesem Hause da, ganz verlassen. Was tätest du denn, wenn ich nicht hier wäre? Wenn ich von hier fortgehe, gehst du mit, das verspreche ich dir.«

»Ein sehr leichtfertiges Versprechen. Das du nicht halten kannst.«

»Das werden wir ja sehen. Du wirst dich scheiden lassen. Und den nächsten Mann suche ich dir aus. Du bekommst einen ganz erstklassigen Mann.«

»Ja – einen deutschen Recken«, sagte ich spöttisch, »blond und blauäugig, mit Stroh im Kopf und dem Führer treu ergeben. Danke bestens!«

Wir maßen uns einen Augenblick schweigend, Arnes Augen waren schmal. Doch plötzlich lachte er.

»Du hast dich herausgemacht, Schwesterchen. Aus dir wird noch eine gescheite Frau.«

»Ich wünschte, ich könnte dir das Kompliment zurückgeben.«

Dieses Gespräch fand im Mai 1942 statt. Noch war Deutschland nicht geschlagen. Aber die Zeit der schnellen, leichten Siege war vorüber. Die Gebiete, in denen man Krieg führen und die man besetzt halten mußte, waren immer größer, fast unermeßlich geworden. Zu groß für ein so kleines Volk. So schnell wuchs des Führers Edelrasse nicht heran. Sie sollten kämpfen, sie sollten bewachen, besetzen – aber sie sollten auch arbeiten in Industrie und Rüstung, denn man brauchte Waffen, Flugzeuge, Schiffe. Der Luftraum, den die deutschen Flugzeuge beherrschen sollten, dehnte sich mächtig aus. Westen, Osten, Süden, Afrika. Und die Weltmeere waren groß. Und die Schiffe sanken. Aber die anderen, die hatten alles im Überfluß. Schiffe, Flugzeuge, Waffen. Und Menschen. Bei ihnen wurde es nicht weniger. Bei ihnen wurde es immer mehr.

Ich mochte dumm sein und weder von Politik noch von Krieg etwas verstehen, jedoch in meinen Augen war es ein ganz einfaches Rechenexempel. Eine Rechenaufgabe für Anfänger, nicht einmal eine Gleichung mit einer Unbekannten. Es gab kein X in dieser Rechnung. Nur klare deutliche Zahlen. Warum sah Arne sie nicht?

Es gab nicht viele solcher Gespräche zwischen uns. Ich vermied es mit der Zeit, denn ich wollte mit ihm nicht streiten. Ich war so froh, daß er da war. Er würde es eines Tages selbst einsehen. Und wenn sein Verstand ihm die Einsicht nicht aufzwang, dann würden es die Ereignisse tun.

Das dachte ich.

Nachdem Arne in Paris heimisch geworden war, lud er oft Gäste ein. Er war stolz auf seine elegante Wohnung, und er war ein guter Gastgeber. Anfangs war ich oft dabei, mit der Zeit zog ich mich zurück. Meine Stellung war so zwielichtig. »Meine Schwester Iris«, so stellte Arne mich vor. Und seine Gäste sprachen mich mit Fräulein Vorwarth an. Klärte ich das Mißverständnis auf, erntete ich erstaunte Blicke, bekam Fragen gestellt und fühlte mich unbehaglich. Was hatte Isabelle gesagt? Du mußt dich entscheiden, wohin du gehörst.

Einzig Hans-Joachim v. Barnim nannte mich Comtesse. Er tat es in seiner unnachahmlich hochmütig-mokanten Weise, die rechte Braue hochgezogen, und sein Blick war dabei eiskalt. Er mochte mich sowenig wie ich ihn. Ich hatte den Eindruck, daß eigentlich niemand ihn besonders leiden konnte; wenn er bei den Gesellschaften dabei war, hielten seine Kameraden immer eine gewisse Distanz zu ihm. Man fürchtete seinen Spott, seine schneidenden Urteile und seinen Zynismus. Ich gebe gern zu, daß er außerordentlich klug war, sehr belesen, weit gereist – aber ein Mensch ohne Herz, ohne jede Wärme.

So schien es jedenfalls mir. Anders Arne. Er nannte Major von Barnim seinen Freund, er ließ sich von ihm und nur von ihm Belehrungen erteilen und nahm Kritik hin. Ja, er kam geradezu ins Schwärmen, wenn er von Barnim sprach. Alles an diesem Mann imponierte ihm – seine Erscheinung, die lässig-elegante Haltung, die Menschenverachtung, sein Hochmut. Es war ein Mann nach Arnes Geschmack.

Vielleicht war es auch mehr als nur die Bewunderung eines jungen Snobs für einen Mann, der ihm eine Art Vorbild war. Ich weiß es nicht. Barnim war mindestens fünfzehn Jahre älter als Arne, er war aus sehr altem preußischen Geschlecht, seine Mutter war Engländerin, er selbst war in einem englischen Internat erzogen worden. Das alles war für meinen Bruder sehr anziehend. Dazu kam, daß Barnim viel von der Welt kannte, er hatte viele Jahre in Indien verbracht, er war in Nord- und Südamerika gewesen, er sprach auch stets davon, daß er später wieder im Ausland leben werde.

Soviel ich begriff, hatte Arne ihm seine Versetzung nach Frankreich in den Stab des Militärbefehlshabers zu verdanken. Sie hatten sich während des Polenfeldzugs kennengelernt und waren seitdem in Verbindung geblieben. Hier in Paris war Barnim gewissermaßen Arnes direkter Vorgesetzter. Aber sie duzten sich, und Barnim wußte alles über Arne und sein Leben. Und über mich. Übrigens war er es auch, der Arne die Wohnung verschafft hatte.

Ich war manchmal fast eifersüchtig auf diesen Mann. Aber nicht etwa weil ich den Verdacht gehabt hätte, zwischen den beiden bestehe eine Bindung besonderer Art. Auf diese Idee kam ich gar nicht, dazu bestand auch kein Anlaß. Es ging alles sehr korrekt zu, niemand hätte etwas Ungewöhnliches entdecken können. Oder war ich nur zu harmlos, wußten die anderen Gäste Arnes es besser? Später habe ich darüber ebenfalls nachgedacht.

Ich war eifersüchtig, weil dieser Mann Arne so wichtig war, weil er so viel auf sein Urteil gab und weil ich selbst der Ansicht war, dieser Mann passe im Grunde nicht zu Arne, eben weil er war, wie er war.

»Er kommt mir vor wie ein Mephisto«, sagte ich einmal zu Arne, als wir allein waren.

Das Schlimmste war, und das verletzte mich tief, daß er Barnim von diesem Ausspruch erzählte.

Als ich den Major das nächste Mal traf, sagte er zu mir, dieses widerliche Lächeln im Mundwinkel: »Nun, Comtesse? Die Physiognomie versteht sie meisterlich. In meiner Gegenwart wird's ihr, ich weiß nicht wie?«

Ich wußte es nicht genau, aber ich dachte mir, es könne irgendwo im ›Faust‹ stehen. Ich errötete vor Ärger und wandte mich hochmütig ab. Auch ich konnte hochmütig sein, nicht nur diese beiden Eliteprodukte.

Später, zu Hause, blätterte ich so lange im ›Faust‹ – denn natürlich gab es im Palais Saint-Mar eine deutsche Faustausgabe –, bis ich das Zitat tatsächlich fand.

Ich war sehr wütend auf Arne, aber ich schwieg. Es hatte wenig Zweck, ihm Vorhaltungen zu machen, dieser Mensch hatte nun einmal viel Einfluß auf ihn.

Nun war es durchaus nicht so, daß ich den Major von Barnim sehr häufig bei Arne traf. Zumal ich mich von den Parties, die er gab, immer mehr zurückzog und ihn lieber besuchte, wenn er allein war.

Wenn wir zuvor telefonierten, fragte ich immer sehr deutlich: »Bist du auch wirklich allein heute abend?« Und er wußte, was ich damit meinte. Daß ich auch mit Hans-Joachim v. Barnim nicht zusammentreffen wollte.

Waren wir allein, verlief unser Zusammensein sehr harmonisch, besonders wenn wir von früher sprachen, von unsere Kindheit. Weißt du noch...?

Wir waren beide vorsichtig geworden mit unseren Gesprächen; er auch. Denn eins wußte ich nun: Arne liebte mich genau noch so, wie ich ihn liebte. Er hatte mich ebenso vermißt. Einmal schloß er mich in die Arme, legte seine Wange an meine, wie er es als kleiner Junge schon getan hatte, und flüsterte: »Ich bin froh, daß du da bist.«

Mir traten Tränen in die Augen, und ich brauchte eine Weile, bis ich den alten Spruch vollenden konnte: »Und ich, daß du da bist.«

Warum mußte alles so sein, wie es war? Warum konnten wir nicht unbeschwert und frei leben, einander liebhaben und verstehen – wie früher auch?

Statt dessen war ein Abgrund da, der uns trennte. Auch wenn ich die Augen davor verschloß – er war da.

So verging der Sommer. Es kam der Herbst. Mein Leben war nicht mehr so einsam. Nach wie vor besuchte ich auch Raymond. Eines Tages war Sylvia verschwunden.

»Es ist doch nichts passiert?«

»Nein, nein. Aber mir schien es doch besser, sie von hier fortzubringen. So viele Leute kannten sie, und man ist doch jetzt schwer hinter den Juden her, und ich konnte sie doch nicht dazu bringen, etwas bescheidener aufzutreten. Dieses Mädchen hat gar nicht begriffen, auf welchem Vulkan es lebte. Stellen Sie sich vor, Iris, da hat sie sich vor einiger Zeit mit einer Kollegin gestritten.« Er lachte. »Was heißt hier Kollegin! Eine Gesangsschülerin wie sie auch, die beim gleichen Lehrer studiert. Eine Französin aus gutem Haus, ich weiß zufällig, daß ihr Vater sehr konservativ ist, ein überzeugter Anhänger Pétains. Und was macht diese Sylvia, die hier illegal lebt und, wenn es nach der derzeitigen Ordnung ginge, längst deportiert und in einem deutschen Lager gelandet wäre? Was sagt dieses unmögliche Mädchen zu ihrer Mitschülerin? Sie sei eine heisere alte Krähe, die besser daran täte, in eine Haushaltsschule zu gehen und kochen zu lernen, falls ihre Intelligenz dazu ausreiche, was man noch bezweifeln müsse; jedenfalls solle sie die Ohren ihrer Mitmenschen mit ihrem Gekrächze verschonen. Was sagen Sie dazu?«

Ich lachte auch. »Es sieht ihr ähnlich.«

»Sie hat mir das wörtlich erzählt und war auch noch stolz darauf. Der Grund war der, daß dieses Mädchen in einem Schülerkonzert auftreten sollte und sie nicht. Ja, du lieber Himmel, begreift sie nicht, daß sie nicht auftreten kann? Auch ihr Gesangslehrer weiß schließlich, wer sie ist. Er gefährdet sich und sie, wenn er sie auf ein Podium läßt. Aber das hat sie nicht eingesehen. Sie könne viel besser singen, und es sei Zeit, daß sie auftrete. Also – nachgerade wurde mir das zu gefährlich mit der kleinen Bestie. Ich möchte ihretwegen nicht im Gefängnis landen. Außerdem hat sie es fertiggebracht, Gisèle zu vertreiben.«

Gisèle – das wußte ich – war eine gute Freundin Raymonds. Eine schon lange währende, treue Liebe, die all seine Seitensprünge überstanden hatte. Sie sorgte für ihn, kochte ihm seine Lieblingsspeisen, ertrug die anderen Frauen in seinem Leben, war aber immer da, wenn er sie brauchte. Es gibt Frauen, die zu so einer selbstlosen Liebe, und was noch mehr ist, zur Freundschaft fähig sind.

Raymond hatte das erkannt und immer geschätzt. Er sagte mir einmal: »Gisèle ist der Mensch, den ich am nötigsten brauche. Jeder Mensch braucht einen Menschen, dem er vertrauen kann und der sich nicht darüber freut, wenn man auf die Nase fällt, sondern einen tröstet und einem hilft.«

Darum sagte ich jetzt:

»Gisèle wird sich versöhnen lassen.«

»Ich hoffe es. Ich habe ihr gerade gestern ein Briefchen geschrieben, ob sie nicht Lust hätte, mit mir acht Tage aufs Land zu fahren. Das Wetter ist noch schön, und ich kenne ein süßes kleines Hotel. Sie wird mich ein paar Tage zappeln lassen, und dann kommt sie. Was meinen Sie?«

»Sicher. Wie hat es Sylvia eigentlich fertiggebracht, Gisèle so zu verärgern? Schließlich kennt Gisèle Sie gut genug.«

»Nun, Sylvia tat in steigendem Maße so, als sei sie meine einzige und große Liebe, und Gisèle sei für mich nichts weiter mehr als eine lästige Störung. Ich sei bloß zu höflich, ihr das zu sagen. Das begann mit so kleinen Randbemerkungen, die ich nicht weiter ernst genommen habe, aber als ich einmal nicht da war, hat sie Gisèle fertiggemacht in aller brutalen Offenheit.«

»Es geschieht Ihnen recht. Man schläft nicht mit mehreren Frauen gleichzeitig.«

»Mon Dieu, Iris, seien Sie nicht so naiv. Das Leben ist zu kurz, als daß man es nacheinander tun könnte.«

»Das ist ein Standpunkt, der sich hören läßt. Und wo ist Sylvia jetzt?«

»Drüben. Es bot sich eine gute Gelegenheit, ich habe einen Freund, der konnte sie mitnehmen, sogar mit erstklassigen Papieren. Jetzt ist sie in Bordeaux, ich habe ihr dort eine Adresse gegeben, und dann muß sie sehen, wie sie weiterkommt. Sie schafft es schon. Sie muß versuchen, über Portugal nach Amerika zu kommen. Ich glaube, auf ihre Eltern braucht sie nicht mehr zu warten.«

In Bordeaux waren auch Lucienne und Antoine. Lucienne stammte von dort, und Antoine, der nicht für die Vichy-Regierung arbeiten wollte, hatte sich ins Privatleben zurückgezogen. Es tat mir leid, daß Lucienne nicht in Paris war. An ihr hätte ich sicher eine Freundin gehabt.

Hortense, meine Schwägerin, sah ich nie. Sie kam nicht ins Palais, seit ich dort wohnte. Und sie lud mich auch nicht ein, sie zu besuchen. Ich hatte mich damit abgefunden; im Grunde war ich ganz froh darüber. Mit Hortense zusammenzutreffen, war für mich nie sehr angenehm gewesen. Im vergangenen Sommer war sie einige Wochen mit ihrer Tochter in Chaumencey gewesen, und während dieser Zeit kam ich mir wie ein lästiger Eindringling vor.

Im November landeten die Engländer und Amerikaner in

Marokko und Algier. Der Widerstand der französischen Truppen, die dort stationiert waren, dem Marschall Pétain unterstanden und demnach also auf die deutsche Seite gehörten, war gering und schnell gebrochen.

Als Folge davon besetzten die Deutschen ganz Frankreich, es gab keine Demarkationslinie, kein unbesetztes Frankreich mehr.

Kolonialfrankreich stand nun auf Seiten der Alliierten. Zuerst war Admiral Darlan der Repräsentant der abgefallenen Kolonien; nach seiner Ermordung wurde es General Giraud, und so nach und nach gewannen General de Gaulle und seine Gaullisten, die von den Deutschen meistgehaßten Franzosen, immer mehr Einfluß in Nordafrika. Von dort kamen nun die Kämpfer für die Résistance ins Mutterland und von dort her kommend, so hieß es, würden eines Tages die Alliierten zusammen mit den freien Franzosen an der Küste Südfrankreichs landen. Im gleichen Afrika, nur weiter im Osten, kämpften deutsche Soldaten unter General Rommel ihren tapferen und aussichtslosen Kampf in der Wüste.

Auch in der übrigen Welt ging der Krieg weiter und wurde immer heftiger, immer erbarmungsloser.

Verhältnismäßig wenig, eigentlich gar nichts, wußte ich über den Krieg der USA gegen Japan, den Krieg im Pazifik, der damals für Amerika weitaus wichtiger und mühseliger war als der Krieg in Europa.

Die deutschen Soldaten kämpften und starben nach wie vor in Rußland. Und auch davon konnte man sich nur schwer eine Vorstellung machen, wer eigentlich wo siegte, wer vorwärtsdrang, wer sich zurückziehen mußte.

Es waren fremde, unverständliche Namen. Man las sie und vergaß sie wieder. Paris war weit davon entfernt. Weiter vermutlich als Berlin.

In Paris fand kein Krieg statt.

Und so nahm ich auch weiter keine Notiz davon, daß, ebenfalls im November 1942, eine deutsche Armee eine Stadt namens Stalingrad erobert hatte.

Gelegentlich kam es vor, daß ich bei Arne übernachtete. Wenn es sehr spät wurde, weil wir soviel geredet hatten, weil er gerade keinen Wagen zur Verfügung hatte oder aus irgendeinem anderen alltäglichen Grund. Er hatte ein sehr hübsches Gastzimmer, in seiner Wohnung war es immer warm, und Ganymed servierte mir am Morgen das Frühstück am Bett, wenn Arne bereits zum Dienst gegangen war.

Ich kam nie auf die Idee, daß man dies falsch auslegen könnte, daß jemand, also Maurice und Berthe, vermuten könnten, ich sei bei einem Liebhaber. Sie wußten schließlich, daß ich meinen Bruder besuchte.

Einmal blieb ich mehrere Tage bei Arne und pflegte ihn. Er war noch immer genau wie als Kind sehr anfällig für Erkältungskrankheiten, die bei ihm sehr heftig auftraten, mit Fieber, Halsschmerzen, und die noch durch die in solchen Fällen übliche männliche Wehleidigkeit verschlimmert wurden.

Es war wunderbar, als er krank war. Er lag im Bett, ich machte ihm Halswickel, kochte ihm Tee und gab ihm Tabletten, ich hörte mir geduldig sein heiseres Genöhle an, las ihm vor und hatte endlich mal einen Menschen, für den ich sorgen konnte und für den ich mich verantwortlich fühlte.

Es war im Februar 1943, als ich auch wieder einmal bei ihm übernachtete – weil es sehr spät geworden war, oder besser gesagt, sehr früh; er ließ seine Gäste erst um vier Uhr morgens nach Hause fahren und sagte: »Du bleibst da.« Ich fand das vernünftig, denn ich kam ungern zu dieser Stunde nach Hause.

Es war ein hübscher Abend gewesen. Er begann mit einem Konzert, ein damals sehr gefeiertes Kammerorchester aus Deutschland hatte gastiert, und da sie auch das Forellenquintett gespielt hatten, gehörte eine Pianistin, eine sehr begabte, temperamentvolle junge Dame, zu den Musikern. Nach dem Konzert hatte Arne die Künstler und zwei seiner Kameraden zu sich eingeladen. Es gab vorzüglich zu essen, es wurde viel getrunken und noch mehr geredet. Einmal nicht vom Krieg, nicht von Politik, sondern von Musik, von Kunst, von schönen Dingen, die das Leben lebenswert machen. Ich schlief lange am nächsten Morgen und kehrte erst gegen Mittag ins Palais zurück.

Dort erwartete mich eine Überraschung. Madame-Mère und Isabelle waren am Abend zuvor eingetroffen, auch für Berthe und Maurice ganz unerwartet.

Madame Cathérine und Isabelle saßen im Salon und blickten mir stumm und ganz offensichtlich feindselig entgegen; ich begriff sofort, welch seltsamen Eindruck ich erwecken mußte, noch dazu in dem eleganten Kleid, in dem ich am Abend zuvor ausgegangen war. Ich wußte, was sie jetzt dachten. Die Comtesse verzog keine Miene, aber Isabelle hob spöttisch die Oberlippe, als ich beiläufig erwähnte, ich habe bei meinem Bruder übernachtet.

Zunächst interessierte mich das nicht weiter, denn natürlich hatte ich einen Schreck bekommen: Ich dachte, es sei etwas mit Jean-Claude. Aber ihre Reise nach Paris hatte einen anderen Grund, wie Isabelle mir kurz und ziemlich trocken berichtete. Hortense, die schon seit längerer Zeit krank war – was ich natürlich nicht wußte –, war vor drei Tagen operiert worden, und es ging ihr nicht besonders gut.

»Oh, das tut mir leid«, stammelte ich und fühlte mich schuldbewußt, wie ich da so vor ihnen stand.

Ich wußte, was sie dachten: Sie amüsiert sich, sie durchbummelt die Nächte mit unseren Feinden, sie hat vermutlich einen Geliebten. Und dabei lebt sie hier in unserem Haus, von unserem Geld, sie, die Fremde. Die nicht zu uns gehört.

»Warum hat man mir das nicht mitgeteilt?« fragte ich. »Ich hätte doch...« Ich verstummte. Madame-Mères Blick hatte mich nur gestreift, aber dennoch hatte offene Feindschaft in diesem Blick gelegen. Sie blieben vierzehn Tage, dann ging es Hortense besser, es war auch nicht, wie man befürchtet hatte, Krebs gewesen, sondern ein Magengeschwür, das ihr schon lange zu schaffen gemacht hatte.

Einmal fragte ich schüchtern, ob ich Hortense nicht in der Klinik besuchen dürfe. Madame-Mères kühle Antwort: »Wozu? Ich glaube nicht, daß Hortense auf Ihren Besuch großen Wert legt.«

Es war eine sehr unangenehme Zeit. Madame-Mère verließ das Haus nur, um ihre Tochter zu besuchen, sonst saß sie in dem kalten Salon, stumm, abweisend. Und ich saß daneben, stumm, befangen und immer mit diesem lächerlichen Schuldbewußtsein. Aber schließlich konnte ich mich nicht den ganzen Tag in meinem Schlafzimmer verkriechen. Wir nahmen auch die bescheidenen Mahlzeiten gemeinsam ein. Die Atmosphäre wurde täglich bedrückender. Auch zu Isabelle fand ich keinen Zugang mehr. Sie war herausfordernd in ihrer Sprache, bekannte sich sehr offen zum Wirken der Résistance in Frankreich, sprach mit großer Sicherheit von der bald zu erwartenden Befreiung. Keiner zweifelte mehr daran, daß der Krieg für Deutschland verloren war, die Katastrophe von Stalingrad lag noch nicht weit zurück, der große Rückzug hatte begonnen, und die Alliierten hatten die Forderung der bedingungslosen Kapitulation aufgestellt.

Ich fragte sie einmal, ob sie etwas von Jean-Claude gehört hätten, ob sie wüßten, wo er sei, wie es ihm gehe. Sie wüßten nichts von ihm – war die Antwort. Und ich wußte: Sie hätten mir nichts gesagt, auch wenn sie mit ihm in Verbindung gestanden hätten.

Es war eine Erleichterung, als sie um die Märzmitte abreisten. Madame-Mère sagte nicht, ich solle wieder nach Chaumencey kommen. Ich begriff, daß sie mich dort nicht mehr haben wollten.

Sehr verzagt blieb ich zurück und dachte zum erstenmal, daß Arne vielleicht doch nicht ganz unrecht hatte, wenn er immer wieder vorschlug, ich solle nach Deutschland zurückkehren. Hier gab es für mich keinen Platz mehr. Wußte ich denn, ob Jean-Claude mich noch liebte, wenn er wiederkam? Falls er je wiederkam! Und wie sollte ich wieder mit ihnen zusammen leben, als wäre nichts geschehen? Wie zu ihnen gehören – zu ihrer Familie, nachdem sie mir deutlich zu verstehen gegeben hatten, daß ich eine Fremde für sie war und eine Fremde blieb. Wenn man schon nicht sagen wollte: eine Feindin.

Ich brachte es nicht fertig, diesen Kummer für mich zu behalten. Ich sprach mit Arne darüber, ich mußte einfach einmal mein Herz ausschütten.

Er nahm es sehr gelassen auf. »Ich finde es ganz selbstverständlich von ihrer Seite aus. Warum sollen sie dich lieben und anerkennen? Diese Ehe ist übereilt und unüberlegt geschlossen worden, das mußt du doch heute selber einsehen. Ich war immer dagegen. Und ich kann durchaus begreifen, daß sie auch dagegen waren. Man soll nicht in ein anderes Volk heiraten, es kommt selten etwas Gutes dabei heraus. Die Deutschen und die Franzosen sind in ihrer Mentalität so verschieden, das erlebe ich doch hier jeden Tag, daraus kann niemals eine gute Ehe werden.«

»Ich finde gar nicht, daß sie verschieden sind. Wir sind doch alle Europäer. Und du redest doch immer von einem vereinten Europa.«

»Politisch, ja. Das ist etwas anderes. Vielleicht, daß sich später auch einmal die Völker einander annähern – sehr viel später. Wenn wir unsere Erziehungsarbeit geleistet haben. Heute ist der Deutsche doch die absolut überlegene Rasse. Das spüren sie, und das erzeugt auf ihrer Seite Ressentiments. Ganz begreiflich.«

Ihm war nicht zu helfen. So klug und belesen er sonst war, von der deutschen Überlegenheit auf so ziemlich allen Gebieten war er nach wie vor felsenfest überzeugt. Ich bezweifelte immer und bis zum Schluß, daß er wirklich ein gläubiger Nationalsozialist war – er konnte sich zum Beispiel sehr ironisch über gewisse führende Männer der Partei und ihre Praktiken äußern, die ihm einfach zu primitiv waren und die er nicht für kompetent hielt, Hilfskräfte der ersten Stunde, wie er es einmal ausdrückte, die man ohnehin nach und nach auf die Seite drängen müsse. Weil sie nur eine Belastung seien. Aber den Führungsanspruch des deutschen Volkes, einfach deswegen, weil er rassisch, geistig und künstlerisch allen überlegen sei, befürwortete er nach wie vor. An ihn glaubte er, genau wie er daran glaubte, daß sich durch Auslese und Erziehung eine hervorragende Elite heranbilden lassen müsse, die ihresgleichen in der Welt nicht hätte.

»Ist eigentlich diese Schule daran schuld? Haben sie ihm das dort eingeredet?« Diese Frage stellte ich Günther, als ich einmal mit ihm über dieses Thema sprach – nach einem

Abend, an dem Arne wieder einen außerordentlich langen und keineswegs dummen Vortrag über sein Glaubensbekenntnis gehalten hatte. Mein Bruder dozierte gern, und er war trotz seiner Jugend in seinen Thesen und seinen Folgerungen so überzeugend, so dialektisch geschickt, daß man ihm nie wirkungsvoll entgegentreten konnte.

Günther – ich erwähnte es schon – kam im Herbst 1943 nach Paris. Ich hatte seinem Kommen mit einigem Bangen entgegengesehen. Arne mochte kein Nazi im üblichen Sinne sein; Günther war es auf jeden Fall. Er war aus meinem Leben verschwunden; eigentlich hatte ich gar nicht den Wunsch, ihn wiederzusehen. Ich wußte durch Arne von seiner schweren Verwundung, seiner langen Krankheit. Die beiden hatten sich lange nicht gesehen. Es war eine erfreuliche Wiederbegegnung. Ich hatte ihn als jungen Mann gekannt, er hatte Arne bewundert und war in mich verliebt gewesen, dabei hatten wir beide ihn nicht für voll genommen, er war der Unterlegene gewesen, ein einfacher bescheidener Mensch, keinerlei Elite, wie Arne sie verstand, zu der er sich und auch mich ganz selbstverständlich rechnete.

Ganz anders war dieser Günther: sehr ruhig – wie früher auch –, sehr männlich geworden und von einer neuen Selbstsicherheit. Gleichzeitig aber auch – und das war seltsam – von einem geradezu schwermütigen Ernst. Dieser Mann, der weder intellektuell war noch geistig sehr hoch entwickelt, und den ich früher für seelisch robust gehalten hatte, litt ganz offensichtlich unter der Zeit, in der er lebte.

Er war kein Sieger. War es nicht mehr, falls er es je gewesen war. Er hatte die Niederlage bereits erlitten, hatte sie akzeptiert und empfand sie als verdient.

Dies erkannte ich natürlich nicht gleich, ich bemerkte nur sein verändertes Wesen, eben diese Niedergedrücktheit, diese Schwermut. Zunächst dachte ich, es sei die Folge der Schmerzen und Leiden, die er durchgemacht hatte, doch als ich einmal bemerkte, ich sei froh, daß man ihn wieder geheilt habe, gab er mir zur Antwort: »Ich nicht.«

Und als ich ihn erstaunt ansah, setzte er hinzu, langsam und widerstrebend: »Ich wäre lieber tot.«

»Aber Günther! Wie kannst du so etwas sagen!«

»Verstehst du es nicht, Iris? Es ist ein bitteres Gefühl für einen Mann, einer unrechten Sache gedient zu haben. Für eine unrechte Sache gekämpft zu haben. Und noch immer dafür einstehen zu müssen. Wenn man es weiß, und man tut es doch...« Er sprach nicht weiter, er war nicht so wortgewandt wie Arne, und es fiel ihm überhaupt schwer, über das Thema zu sprechen. Es waren immer nur kurze Bemerkungen, die erkennen ließen, was er empfand. Ich verstand ihn sehr gut. Genau wie ich verstand, daß man ihn nicht darauf festnageln, ihn nicht mit einer Diskussion quälen durfte. Anders Arne. Wenn der so etwas zu hören bekam, überfuhr er ihn in seiner routinierten Art, und dann schwieg Günther.

Auf meine Frage, woher Arne wohl diesen Elitefimmel mit seinem deutschen Volk hätte, lächelte Günther.

»Die Schule ist es nur zum Teil. Sicher – da hat man das untermauert. Ich glaube, es ist ihm angeboren. Dir ja auch, Iris. Ihr seid beide eine besondere Rasse, die nicht zur Allgemeinheit gehört. Du bist bloß bescheidener. Aber Arne hat sich immer für etwas ganz Besonderes gehalten. Und es ist im Grunde schade, daß er gerade in dieser Zeit leben muß, die eigentlich so nivellierend wirkt, trotz aller Phrasen, die so üblich sind. Er hätte besser in eine andere Zeit gepaßt, in der solche Dinge noch selbstverständlich waren.«

Das leuchtete mir ein. Ja – das war der Widerspruch, den ich immer empfand. Arne hatte die Sache der Nazis zu der seinen gemacht. Nur war er genau das, was die Nazis im Grunde bekämpften, kein Gemeinschaftsmensch, kein ›Einer-für-alle-Mensch‹, sondern ein krasser Individualist, der sich über alle und alles erhob, einer, dem die Verachtung für jedwede Plebs angeboren war. Auch für die Nazis. Auch sie verachtete er, er machte sich nicht gemein mit ihnen.

Aber er lebte in dieser Zeit. Und wenn er schon eine einsame Höhe für sich und sein Leben beanspruchte, so konnte er eine solche Höhe in dieser Zeit nicht ohne sie erreichen. Er wollte sie benutzen, es ging ihm um eine Veredlung ihrer Art und ihres Wollens; das, was lächerlich und primitiv an ihnen war, mußte verschwinden. Und nur solche wie er –

anders gesagt: solche, die er anerkannte – durften bleiben. Er war ein weltfremder Utopist – mein Bruder. Eine Art Übermensch à la Nietzsche. Und aus dieser Ecke kam auch sein Traum von einem Über-Europa.

Ich begriff das damals nicht so genau, nur instinktiv, später um so besser. Und es bestätigte mir, was ich immer gedacht hatte: Er lebte ein falsches Leben. Er hätte Künstler werden müssen. Da hätte er fantasieren können, soviel er wollte, es wäre eine liebenswerte Skurrilität gewesen, die man hinnehmen und belächeln konnte und die vielleicht für sein Wirken nur von Nutzen gewesen wäre.

In gewisser Weise war das Zusammensein mit Günther für mich ganz erholsam. Ich hatte endlich einmal mit einem Menschen zu tun, dem gegenüber ich mich ganz unbefangen, ganz frei geben konnte, der keinen Tanz auf dem Seil und keine Sophistik von mir erwartete. Er war ein ganz normaler durchschnittlicher Mann; nur zwei Eigenschaften zeichneten ihn aus: seine Anständigkeit und seine Überzeugung, daß ich das wundervollste weibliche Wesen auf dieser Erde sei. Das sprach er nicht aus, aber ich las es in seinem Blick, es schwang in jedem Wort, in jeder Geste mit. Es war wie damals. Nur war ich heute dafür empfänglicher und dankbarer. Genaugenommen war er ja der einzige normale Mann, mit dem ich bisher zu tun gehabt hatte. Arne wie auch Jean-Claude waren beide hochgezüchtete Individuen und im Grunde einander gar nicht unähnlich, wenn man einmal den Unterschied von Herkunft, Erziehung, Mentalität und Alter beiseite ließ. Sie waren beide Aristokraten, die an sich selbst höchste Ansprüche stellten – und an ihre Umwelt, die ihnen nur mit gebührendem Respekt und tiefer Verbeugung zu begegnen hatte. Selbst rein äußerlich drückte sich das aus: Beide waren nicht groß, sie waren schlank, beweglich, nervös, mit ausgeprägten Gesichtszügen, schmalen Händen. Die fünfzehn Jahre, um die Jean-Claude älter war als Arne, verschoben das Bild ein wenig, in den Grundzügen stimmte es.

Günther hingegen – viel größer als die beiden, breitschultrig, etwas derb mit seinem gutmütigen treuherzigen Gesicht, ohne Eleganz, doch sportlich und männlich, in keiner Weise durch Intellekt oder Geist ausgezeichnet, war mit in seinem jetzigen Entwicklungsstadium durch die neugewonnene Nachdenklichkeit und Selbstbesinnung viel sympathischer geworden. Wir verstanden uns sehr gut. Ich war gern mit ihm zusammen. Natürlich wußte ich, daß er mich liebte, immer noch oder wieder aufs neue, und daß er zweifellos in seinem Herzen die Hoffnung hegte, mich doch eines Tages gewinnen zu können. Er machte nie eine Andeutung in dieser Richtung, er machte niemals den kleinsten Versuch, mich zu bedrängen oder auch mir nur nahe zu kommen. Er flirtete nicht einmal mit mir. Er respektierte Jean-Claudes Rolle in meinem Leben und meine Liebe zu ihm, an der ich keinen Zweifel ließ. Aber Günther war da. Und es war wohltuend in dieser Zeit, plötzlich einen Freund zu haben, der mit mir zufrieden war, so wie ich war, der keine Forderungen stellte, keinen Verdacht hatte, keinen Zweifel – einen Freund, der mich gern hatte und mich so nahm, wie ich war. Nicht, daß wir viel zusammen waren – er hatte offenbar viel zu tun –, aber wir sahen uns regelmäßig, gingen ins Theater, wir fuhren ins Freie, solange das Wetter schön war, natürlich trafen wir uns bei Arne, und er kam auch zu mir ins Haus. Ich konnte endlich auch einmal einen Gast haben zum Abendessen und zu einer Flasche Wein. Natürlich entging mir der finstere Blick nicht, mit dem Maurice jedesmal die SS-Abzeichen auf der Uniform des Besuchers streifte, die eisige Miene, mit der er sich abwandte.

Daß man später sagte, ich sei seine Geliebte gewesen, und er der Vater meines Kindes – das konnte ich natürlich nicht ahnen. So wie ich auch später erfuhr, daß man sehr genau wußte, was im Palais Saint-Mar vorgegangen war, wann ich ging, wann ich kam, wen ich traf, wer mich besuchte. Maurice und Berthe hatten jeden meiner Schritte überwacht. Und der kleine dicke Mann, der sie manchmal besuchte, war ein Spion von Hortense. Ich weiß, es klingt albern und übertrieben dramatisch, aber im Grunde war es so. Es war ein Mann, der bei Emile, Hortenses Mann, lange gearbeitet hatte und ihm treu ergeben war. Hortense hatte mir immer mißtraut und ihr Mann auch. Sie waren genau über alles informiert, was ich tat. Oder besser gesagt, sie glaubten, informiert zu sein. Denn sie dichteten mir Dinge an, an die ich im Traum nie gedacht hatte. Günther hat mich in diesem dreiviertel Jahr, da wir zusammen in Paris waren, nicht einmal geküßt. Vielleicht ein Kuß auf die Wange, ein Streicheln, eine leichte und freundschaftliche Umarmung – das war alles.

Daß ich nach dem Kriege viele Jahre mit ihm zusammenlebte, ahnte ich damals noch nicht. Aber da war es mir einerlei, da wollte ich mit der Familie Saint-Mar de Chaumencey nichts mehr zu tun haben.

Ende März 1944, an einem Nachmittag, war Iris zu den Hallen gefahren. Hier befand sich in einer der kleinen Straßen ein Bäcker, der noch ein relativ annehmbares Brot backte, und wenn sie Zeit hatte, ging sie dahin, um einzukaufen. Es war den ganzen Tag trüb gewesen, und als sie nach ihrem Einkauf wieder auf die Straße trat, begann es zu regnen. Sie hatte einen Regenmantel an und vorsorglich ein Tuch mitgenommen, das sie aus der Manteltasche zog und über den Kopf band.

Der Himmel war grau und voll dicker Wolken, plötzlich war es ganz dunkel geworden, und der Regen fiel immer heftiger – ein richtiger Guß. Iris trat in eine offene Toreinfahrt, um das Schlimmste abzuwarten.

Kalt war es auch, ein scharfer Wind blies durch die Einfahrt. In diesem Haus befand sich ein Bistrot, und sie überlegte, ob sie hineingehen sollte, um irgend etwas zu trinken und abzuwarten, bis der Regen nachließ. Sie machte einen Schritt nach vorn, um dicht an der Häuserwand zur Tür des kleinen Lokals zu kommen, und prallte fast mit einem Mann zusammen, der in die Toreinfahrt einbiegen wollte.

Er murmelte: »Pardon!« und trat zurück.

Und dann schrie Iris auf.

Sie hob sofort die Hand und preßte sie auf ihren Mund, und so sah Jean-Claude nur ihre weit aufgerissenen, entsetzten Augen unter einer Strähne nassen Haars, die sich aus dem Tuch gelöst hatte.

Einen Moment lang waren beide wie erstarrt, dann faßte er mit festem Griff ihren Arm und drängte sie in die Einfahrt zurück. »Iris! Was machst du hier? Wo kommst du her?«

»Jean-Claude! Mein Gott! Ich – oh! Jean-Claude, du...«

»Sei still!« Er preßte ihren Arm fest, drängte sie gegen die Wand, blickte dann über die Schulter zurück, ging zur Straße und blickte nach rechts und links.

Die Straße war leer.

Nur der Regen sprang auf dem Pflaster hoch, sprühte kleine Fontänen empor, prasselte irgendwo auf ein blechernes Dach. Er kam zurück zu ihr. »Wo kommst du her?«

»Ich – oh, Jean-Claude, ich habe eingekauft, ich...«

»Sprich französisch«, sagte er. Denn wie immer, wenn sie die Fassung verlor, hatte sie deutsch gesprochen.

»Und ich heiße François.«

Sie schwieg. Ihre Lippen bebten, ihr Herz klopfte oben im Hals, alles war wie ein wirrer Traum, es war nicht Wirklichkeit. Sie lehnte an der rissigen Mauer, die Knie gaben unter ihr nach, gleich würde sie umfallen.

Jean-Claude legte die Hände auf ihre Arme.

»Iris!«

Wie er aussah! Sehr mager, fast hohlwangig, Stoppeln im Gesicht, das Haar hing ihm naß ins Gesicht. Er trug einen schmutzigen alten Overall mit Ölflecken, aber es waren seine Augen, es war sein Mund.

»Wie kommst du hierher?«

»Ich bin manchmal hier. Es gibt hier einen Bäcker, bei dem ich Brot kaufe. Oh, Jean-Claude, und du? Was machst du hier?«

»Ich heiße François.« Seine Stimme war leise und sanft. »Kannst du dir das merken?«

Sie nickte.

In dem Hinterhaus, das überm Hof lag, zu dem die Einfahrt führte, klappte ein Tür, Schritte kamen über den Hof.

»Komm«, sagte Jean-Claude. Er nahm sie am Arm, führte sie aus der Einfahrt hinaus nebenan zum Bistrot, schob sie die zwei Stufen empor und öffnete die Tür.

Es war nur ein kleiner Raum. Eng aneinandergestellte Tische, nur fünf an der Zahl, links die Theke mit Flaschen, hinter der Theke eine hagere rothaarige Frau mit scharfen Augen. An der Theke standen Männer, auch die Tische waren besetzt, nur der letzte in der Ecke war frei.

Jean-Claude nickte zu der Frau hinter der Theke hin, hob zwei Finger und schob dann Iris zu dem freien Tisch. »Setz dich«, sagte er. Er setzte sich neben sie auf die schmale Band, sie spürte seinen Schenkel an ihrem.

Die rothaarige Frau kam und brachte zwei Gläser mit einer braunen Flüssigkeit.

»Na, François, schon fertig heute?«

Sie warf einen neugierigen und gleichzeitig prüfenden Blick auf Iris, die die Lider senkte. Das war alles so seltsam, sie träumte wohl doch.

»Ja. Ich habe heute früher Schluß gemacht. Keine Ersatzteile mehr.«

»Na, dann mach dir mal einen hübschen Abend. Gesellschaft hast du dir ja mitgebracht, wie ich sehe.«

Jean-Claude lachte. »Man muß vorsorgen, nicht?«

»Später könnt ihr eine Zwiebelsuppe haben, wenn ihr wollt. Ich hab' ein paar Knochen erwischt.«

»Mal sehen, Margot, ob wir später ein bißchen Hunger haben.«

»Da wärt ihr die einzigen, die keinen haben. Von der Liebe allein kann man heute weniger denn je leben.«

Sie lachte. Iris hob flüchtig die Lider und warf ihr einen scheuen Blick zu.

»Bißchen schüchtern die Kleine, wie?«

»Sie tut nur so«, sagte Jean-Claude, lächelte sie an, zog ihr das nasse Kopftuch vom Haar und schaute wieder zu Margot auf, »aber sonst ganz niedlich, wie?«

»Hauptsache, dir gefällt sie«, meinte Margot und begab sich zur Theke zurück.

Iris verzog den Mund zu einem Lächeln. Sie bemerkte, daß auch die Männer von der Theke zu ihnen hersahen, sie nahm die schwarze Zigarette, die Jean-Claude ihr anbot, doch als er ihr Feuer gab, zitterte ihre Hand so, daß sie es nicht fertigbrachte, an der Zigarette zu ziehen.

Er legte seine Hand um die ihre, hielt sie fest, wartete, bis sie die Zigarette zwischen die Lippen gesteckt hatte, bis sie brannte.

Seine Hand war warm, seine Nähe überwältigend.

»Chérie!« leise und zärtlich klang seine Stimme.

Iris blickte vor sich auf das fleckige Papiertischtuch, ihre

Augen füllten sich mit Tränen, Stimmen und Geräusche verschwammen, entfernten sich, ihr Kopf war ganz leer, zwei Tränen tropften auf das Papier, sie zog heftig an der Zigarette, dann wurde ihr schwindlig. Sein Schenkel preßte sich fester an ihren, seine Hand lag auf ihrem Rücken.

»Komm, chérie, beruhige dich. Man sieht zu uns her. Da, trink einen Schluck.«

Sie nahm das Glas, aber ihre Hand zitterte immer noch, so daß sie es wieder hinstellte.

»Bei einem Bäcker, sagst du, bist du gewesen?«

»Ja, hier gleich in der Nähe, in der Rue...« Die Straße fiel ihr nicht mehr ein, war wie weggeblasen. »Ich hole da manchmal Brot. Das Brot ist sehr gut.«

»Ja, ich kenne ihn, Boulangerie Martin. Das Brot ist wirklich sehr gut. Kannst du mich ansehen, chérie?«

Sie wandte langsam den Kopf, blickte ihn an, sein seltsam verändertes, doch so vertrautes Gesicht. An seinen Schläfen waren ein paar silberne Fäden, sie sah es ganz deutlich.

»Jean-Cl...«

»Pscht! François.«

»François!« wiederholte sie.

»Es ist also ein Zufall, daß wir uns hier getroffen haben?« Seine Stimme klang verwundert und ungläubig. »Kann es so einen Zufall geben? In einer Stadt wie Paris. Wie kommst du gerade zu diesem Bäcker?«

»Oh, ich bin viel unterwegs. Ich kenne alle Straßen in Paris.«

Er lachte. »Ich glaube, die kennt keiner, chérie. Nein, es kann kein Zufall sein. Ich habe dich herbeigewünscht, chérie. Weil ich soviel an dich denke. Ich wußte ja, daß du in Paris bist.«

»Aber warum...«

»Das konnte ich doch nicht. Ich lebe hier im Untergrund, keiner weiß hier, wer ich bin. Und ich kann dich doch nicht in Gefahr bringen. Du mußt auch gleich wieder gehen, chérie.«

»Nein. O nein.«

»Hast du auch so viel an mich gedacht, chérie?«

»Ja. Immer.«

»Hast du...« Er schwieg, sein Blick glitt durch den kleinen Raum, eben kamen neue Gäste herein, es war ziemlich laut, zwei Mädchen waren dabei, die mit lautem Gekreisch die Männer begrüßten.

»Nein«, sagte Jean-Claude, »du kannst nicht gleich wieder gehen, chérie. Das kann kein Mensch von mir verlangen.«

Er stand auf, zog sie an der Hand mit sich. »Komm!«

Nur Margot schien zu bemerken, daß sie gingen. Sie runzelte die Stirn.

»Bis später«, rief Jean-Claude ihr zu. Es war fraglich, ob sie es bei dem Lärm verstanden hatte.

Sie gingen zurück zu der Toreinfahrt, hinein in den Hof, hinein in das häßliche alte Haus, das den Hof abschloß. Eine enge schmutzige Treppe, auf dem Treppenabsatz im ersten Stock eine Toilette, ein Mann kam gerade heraus, als sie vorbeigingen.

»Ah, bon soir, François«, rief er. »Comment allez-vous?« Im zweiten Stock zog Jean-Claude einen Schlüssel aus der Hosentasche und schloß eine der beiden Türen auf, schob Iris in einen dunkeln kleinen Flur. Ein Radio spielte, eine Tür ging auf, und eine junge Frau steckte den Kopf heraus.

»Bist du's, René?«

»Nein, ich.«

»Oh, François. Schon so früh. Ist etwas?«

»Nichts.«

Sie betrachtete Iris erstaunt, eine Falte erschien zwischen ihren Brauen.

»Wer ist denn das?«

»Ich habe mir Besuch mitgebracht. Hast du etwas dagegen?« fragte Jean-Claude, seine Stimme klang scharf.

Die junge Frau trat in die Küche zurück und schloß mit Nachdruck die Tür hinter sich.

Jean-Claude lachte leise. »Ich bin ein sehr solider Mann geworden, chérie. Ich fürchte, ich verstehe gar nichts mehr von der Liebe.«

Er öffnete die Tür, die neben der Küchentür lag, sie kamen in einen kleinen Raum, es war kein Zimmer, mehr eine Kammer, es war kühl darin. Die Einrichtung bestand aus einem Messingbett und einem kleinen Tisch und einem Stuhl. Kein Schrank, nur zwei Haken an der Wand.

Iris blickte sich fassungslos um. »Du wohnst doch nicht hier?«

»Doch, chérie. Gefällt es dir nicht?«

Sie schwieg – ihr fehlten die Worte.

»Warum tust du das?«

»Ja, warum? Du weißt es doch, nicht wahr?«

»Nein, nein, Jean-Claude, ich weiß es nicht. Und ich verstehe es nicht.«

»Nenne mich François«, sagte er leise. Er legte seine Wange an ihre und flüsterte: »Du mußt es jetzt ganz schnell begreifen, chérie. Ich heiße François, ich lebe im Untergrund. Illegal. Ich helfe mit, den Krieg zu gewinnen. Nicht nur für mich. Auch für dich. Ich möchte bald wieder bei dir sein, ich möchte mit dir zusammenleben, drüben im Palais oder noch lieber in Chaumencey. Ich möchte weiter nichts mehr als bei dir sein, dich lieben, den Himmel betrachten, nie mehr einen Schuß hören, ich werde auch nicht mehr auf die Jagd gehen, ich – oh, chérie!«

Er nahm sie so fest in die Arme, daß sie sich nicht mehr rühren konnte, er küßte sie, seine Lippen waren nicht weich und zärtlich wie früher, sie waren hart und gewalttätig. Sie stöhnte unter diesem Kuß, ihr Körper zog sich wie im Krampf zusammen. So lange – so lange hatte keiner sie umarmt. Das Verlangen durchfuhr sie wie ein Stich, sie spürte, wie ihr Körper zu leben begann.

Er ließ sie los, und ohne noch ein Wort zu sagen, begann er sie auszuziehen. Erst den Mantel, dann den Rock, die Bluse, die Dessous, er tat es geübt und schnell, doch nicht so zärtlich wie früher. Als sie ganz nackt war, hob er sie auf und legte sie aufs Bett, und dann zog er sich ebenfalls aus, den schmutzigen Overall, die Unterwäsche, die auch nicht sauber war, und dann war er da, er warf sich geradezu auf sie, kein Liebesspiel, keine Vorbereitung. Sie unterdrückte einen Schrei, als sie ihn spürte, es ging sehr schnell, er mußte lange keine Frau gehabt haben.

Er blieb lange auf ihr liegen, ohne sich zu rühren, er atmete heftig, dann, als er ruhig wurde, vergrub er sein Gesicht in die Beuge ihres Halses.

Es war fast dunkel im Zimmer. Ganz still. Draußen rauschte der Regen. Wie in meiner Hochzeitsnacht, dachte Iris. Da hat es auch geregnet.

Beim zweitenmal ließ er sich mehr Zeit. Er hatte es nicht verlernt, eine Frau glücklich zu machen. Und sie hatte ihn niemals so begehrt, so geliebt, sie war so leidenschaftlich, so hingerissen wie er.

Später deckte er sie sorgfältig zu, sie lagen lange regungslos, ohne ein Wort zu sagen, sie fühlten sich nur. Es war ganz dunkel und still, sie hörte Stimmen in der Wohnung, ein Mann war in der Zwischenzeit gekommen, es mußte dieser René sein, sie hörte, wie er mit der Frau sprach. Und sie dachte: Sie müssen uns auch gehört haben.

Aber es war egal.

»Du liebst mich noch, Iris?«

»Ja. Ich liebe dich.«

»Du hast auch Sehnsucht gehabt, ich habe es gemerkt. Ach, chérie, wir werden so glücklich sein. Der verdammte Krieg dauert nicht mehr lange. Und dann werden wir uns nie mehr trennen.«

»Mußt du das tun, hier?«

»Ja, ich muß es tun. Und du verstehst es auch, nicht wahr?«

»Ich weiß nicht.«

»Doch, chérie, du verstehst es.«

»Aber es ist doch gefährlich.«

»Alles ist gefährlich.«

»Warum bist du nicht in England geblieben?«

»Sollte ich in England bleiben und warten, bis die anderen für mich den Krieg gewonnen haben? Sollte ich dann wiederkommen?«

»Ach, das ist doch alles Unsinn. Warum mußt du unbedingt den Helden spielen? Es paßt gar nicht zu dir.«

Er lachte leise. »Da hast du recht. Es paßt wirklich nicht zu mir. Und ich bin auch gar kein Held. Ich habe schon oft Angst gehabt. Ich bin mit dem Fallschirm abgesprungen.

Aus einem englischen Flugzeug, mitten in der Nacht. Bin in das Dunkel hineingesprungen. Du ahnst nicht, was ich da für Angst hatte. Und unten im Süden hat mich die Gestapo gejagt, mich und meine Leute. Wir haben uns tagelang in einem Keller versteckt, sie haben das ganze Dorf durchkämmt, sie haben das halbe Dorf verhaftet. Sie wußten alle, daß wir in dem Keller waren. Weißt du, was sie mit den Leuten machen, die sie verhören? Aber es hat uns keiner verraten. Und wir sind wieder 'rausgekommen aus dem Keller, nach einer Woche. Wir waren halb verhungert.«

»Das ist ja schrecklich. Schrecklich ist das, Jean-Claude. Du sollst das nicht mehr tun. Du mußt damit aufhören.«

»Das kann ich nicht. Ich bin jetzt hier. Und ich kann hier nicht weg. Die Gestapo sucht mich. Wenn sie mich finden, stellen sie mich an die Wand. Sofort.«

»Aber sie werden dich finden.«

»Paris ist groß. Hier sind viele wie ich. Und es dauert ja nicht mehr lange. In vier, höchstens sechs Wochen kommt die Invasion. Dann geht es schnell. Wir sind gut organisiert, wir sind keine Banden mehr. Wir habe Waffen und werden dann sofort richtige militärische Einheiten sein. Du wirst sehen, wie schnell die Deutschen aus dem Land sind. Das dauert nur ein paar Wochen. Dann ist Frankreich frei.«

Sie flüsterten, die nackten Körper aneinandergeschmiegt. Und noch immer war es für Iris so unwirklich, so unglaubhaft, was sie erlebte.

»Ich habe Angst.«

»Du brauchst keine Angst zu haben. Aber es wäre mir lieber, du gingest nach Chaumencey zurück. Dort bist du besser aufgehoben.«

»Nein. Nein. Ich will hierbleiben. Bei dir.«

»Du kannst nicht bei mir bleiben.«

»Aber ich werde dich doch wiedersehen?«

Er schwieg. Überlegte.

»Wir werden sehen. Vielleicht kannst du manchmal herkommen. Ich werde dich nachher mit Madeleine und René Lémont bekanntmachen. Aber es geht trotzdem nicht, daß du einfach herkommst. Manchmal sind auch andere hier.

Wir sind eine Gruppe, verstehst du. Nein – es ist besser, du gehst nach Hause zurück.«

»Ich will nicht. Und deine Mutter will mich auch nicht haben.«

»Ach, Maman! Ich kann es mir denken, daß sie Schwierigkeiten macht. Als ob das jetzt wichtig wäre!«

Zwei Stunden später verließ Iris das alte schäbige Hinterhaus, René Lémont bracht sie hinunter auf die Straße und bis zur nächsten Ecke. Er sprach nicht. Er und Madeleine schienen nicht sehr erbaut zu sein von ihrem Auftauchen.

Zu Iris' Überraschung hatte Jean-Claude ihnen gesagt, wer sie war.

»Meine Frau!« sagte er.

Darüber staunten die beiden sehr, sie hatten vermutet, er habe sich irgendein Mädchen mitgebracht.

Ihnen gehörte die Wohnung. René war ein junger Arbeiter. Madeleine, seine Frau, war sehr jung und hübsch. Jean-Claude wohnte seit zwei Monaten bei ihnen.

Jean-Claude küßte Iris, ehe sie mit René die Wohnung verließ. »Komm in drei Tagen wieder. Geh unten zu Margot, setz dich dort hin und trink einen Kaffee oder irgend etwas. Ich werde ihr Bescheid sagen, daß du kommst. Ich hole dich dort ab.«

Sie stieg in St-Germain des Près aus und hatte noch ziemlich weit zu laufen bis nach Hause. Mechanisch setzte sie einen Fuß vor den anderen. Ihr Körper schmerzte und war glücklich zugleich. Ihr Herz war voller Angst und voller Glück. Immer wieder begann sie alles zu überdenken.

Wie sie da in der Toreinfahrt stand, und es regnete, und plötzlich – immer wieder von vorn.

Sie tat es noch, als sie zu Hause war. Sie saß im Salon, sie hatte es abgelehnt zu essen, sie trank nur etwas Wein, und sie starrte vor sich hin. Da stand sie also in der Toreinfahrt, und es regnete, und ich dachte, ich könnte nebenan in das Bistrot gehen, bis der Regen aufhört, und da kommt ein Mann, und der sagt: Pardon! – und dann...

Und seine Küsse, seine Umarmungen. Sein Körper, sein Mund, seine Hände.

Sie blickte sich in dem schönen stillen Raum um. Der Teppich war hell, die seidenen Polster leuchtend rot, die Möbel zierlich geschwungen, dort an der Wand hing das goldgerahmte Bild, ein Schäferspiel in frühlingsgrüner Landschaft, ein Boucher, und da drüben – so ein schönes Zimmer, so ein großes schönes Haus – und er dort in der elenden Kammer. Ausgerechnet er. Und ich sitze hier allein in diesem Haus. Ich bin ganz allein hier. Es ist so viel Platz, er könnte bei mir sein…

Das war im März geschehen. Der April verging, der Mai, der Juni kam und am 6. Juni die Invasion in der Normandie. Sie kam später, als er gedacht hatte, aber sie kam. Nun war also wieder Krieg in Frankreich. Und die kleine Gruppe in der Hinterhofwohnung wartete auf den Aufbruch. Zu dieser Zeit wußte Iris längst, daß sie ein Kind erwartete, und Jean-Claude wußte es auch, und trotz der irrsinnigen Situation freuten sie sich beide darüber.

Jean-Claude hatte viel erlebt, aber es hatte nicht ausgereicht, seine leichtherzige Lebensfreude, seinen Optimismus zu zerstören. Nun gut, es waren üble Jahre gewesen, aber nun waren sie bald vorbei, und dann würde das Leben wieder sein wie zuvor. Und es bestand kein Zweifel daran, auch nicht für Iris, daß er wieder der sein würde, der er war: der lässige charmante Mann, der Lebenskünstler, der zärtliche Liebhaber – einer, der mit dem Leben spielte und keine Probleme an sich heranließ. Er war auch jetzt nicht viel anders, seine Arbeiterkleidung wirkte wie eine Maskerade, die armselige Behausung war eine Durchgangsstation. All das berührte ihn im Grunde nicht. Er blieb der Grandseigneur – ein Fremdkörper unter den anderen, die Iris manchmal hier traf.

Es war eine kommunistische Gruppe, mit der Jean-Claude arbeitete; und als sie ihn – ziemlich am Anfang – einmal fragte, wieso er gerade mit diesen Leuten zusammenarbeitete, erklärte er es ihr sehr ausführlich.

»Die Résistance hat sich lange selbst geschwächt und ist nicht wirksam geworden, weil es viele Gruppen gab, die alle gegeneinanderstanden, ja, sich sogar bekämpften. De Gaulle hat das erkannt. Wir konnten es uns nicht leisten. Die Arbeiter und die Kommunisten waren die besten Kräfte der Résistance. Aber sie haben selten mit den Offizieren zusammengearbeitet. Es gab da ganz lächerliche Rivalitäten. Dazu ist jetzt keine Zeit. Auf irgendeine Art wird man das später sowieso ausfechten müssen.

Für uns in England hatte es wenig Zweck, nur große Töne zu reden und den Leuten hier und den Engländern die ganze Arbeit zu überlassen. Ich war längere Zeit bei einem Marquis in der Bourgogne. Wir haben in den Wäldern gelebt und allerhand geleistet. Dann war ich zu bekannt und mußte weg. Ich bin mit den Leuten gut ausgekommen, mit denen auf dem Land, und nach einigen Schwierigkeiten jetzt auch mit den Parisern.

Man weiß nicht, was hier am Schluß passieren wird; aber wir müssen da sein. Beim letzten Kampf müssen wir da sein. Und wir müssen da sein, wenn die Alliierten kommen und mit ihnen de Gaulle. Es soll keinen Bürgerkrieg geben in Frankreich, das wäre ein schlechter Ausgang. Darum mußten wir uns mit den Linken verständigen.«

Mit René Lémont und Madeleine kam Iris mit der Zeit ganz gut aus, sie saß manchmal bei ihnen in der Küche und aß mit ihnen und Jean-Claude. Eine gewisse Reserve natürlich blieb bestehen. Denn wenn sich auch Iris ganz einfach anzog, so fiel sie doch aus dem Rahmen, das war nicht zu übersehen. Am Anfang traute sie sich kaum, den Mund aufzumachen, denn obwohl sie inzwischen gut genug französisch sprach, fürchtete sie doch, daß ihr Akzent sie verriet. Auch Jean-Claude hatte das bedacht und ihnen gesagt, seine Frau sei Schwedin. Aber Gustave wußte, wer sie wirklich war. Er als einziger wußte auch, wer dieser François war. Zwischen Gustave und François gab es keine Freundschaft, sie kamen aus zu verschiedenen Welten, auch der Kampf, der sie jetzt einte, konnte diesen Abgrund nicht überbrükken.

Gustave verriet zwar den anderen nicht, daß er wußte, wer sie war, aber er begegnete Iris mit offener Feindseligkeit.

Einmal, sie waren allein in der Küche, Jean-Claude, Gustave und Iris – René war noch nicht zu Hause, und Madeleine war einkaufen gegangen –, sagte Gustave brutal: »Sie wird uns ans Messer liefern, deine deutsche Frau. Wenn du schon eine Boche geheiratet hast, hättest du besser getan, mit ihr zum Teufel zu gehen.«

Jean-Claude gab ihm eine scharfe Antwort, doch Gustave fuhr fort: »Ich weiß, woran ich mit ihr bin. Sie verkehrt mit dem Nazipack. Ihr Bruder sitzt beim Militärbefehlshaber, und ihr Freund ist bei der Geste. Du wirst schon sehen, was dir das einbringt. Es dauert nicht mehr lange, bis ich euch beide hinauswerfe.«

Aber offenbar war auch Gustave, der eine Art Führungsrolle in dieser Gruppe spielte, nicht derjenige, der den Oberbefehl hatte, es gab da wichtige Hintermänner, die auf Jean-Claude nicht verzichten wollten.

Iris begriff die Zusammenhänge nie, sie drang auch niemals in Jean-Claude, sie genau zu informieren. Vielleicht würde er es ihr später einmal erzählen. Aber später sprach man am besten gar nicht mehr davon.

Es ergab sich erst mit der Zeit und war zweifellos leichtsinnig, daß Iris öfter in die kleine Straße hinter den Hallen ging, ziemlich unbekümmert, als mache sie einen Besuch bei Freunden. Anfangs betrachtete sie es jedesmal als ein ungeheuerliches und sehr gefährliches Unternehmen, wenn sie Margots Bistrot betrat, sich an den hintersten Tisch setzte, kaum aufzublicken wagte und wartete.

Margot sprach niemals mit ihr. Auch sie schien der blonden Fremden zu mißtrauen, aber sie übermittelte ihre Botschaft, falls ihr eine aufgetragen worden war. Entweder sie schüttelte den Kopf, das hieß: keine Ahnung. Dann blieb Iris ein Weilchen sitzen und wartete und ging dann enttäuscht von dannen. Oder Margot wies mit dem Daumen über die Schulter, das bedeutete, daß Iris hinaufgehen könne. Manchmal kam es auch vor, daß Jean-Claude bereits im Bistrot auf sie wartete. Wie gesagt, anfangs waren diese Begegnungen selten, und einmal sagte Jean-Claude: »Du darfst nicht mehr herkommen, chérie. Es ist zu gefährlich für dich.«

Dann trieb sie sich nur in der Gegend herum, vermied die

Straße, in der Margots Bistrot lag. Schon ihn in der Nähe zu wissen, erfüllte ihr Leben zu dieser Zeit.

Aber auch Jean-Claude wurde immer leichtsinniger; eines Tages sagte er: »Ich habe dich eine Woche nicht gesehen, chérie. Das ist kein Leben. All die Jahre habe ich dich nicht bei mir gehabt. Ich kann nachts nicht mehr schlafen, wenn ich an dich denke. Komm morgen wieder.«

Offiziell arbeitete er in einer Reparaturwerkstatt, aber Iris wußte nicht, wo sie lag. Sie wußte ja auch nicht, was er außerdem tat. Sie fragte nicht.

Immer häufiger wurden ihre Besuche in dem Hinterhaus, immer sorgloser wurden sie beide. Vollends, als sie dann wußte, daß sie ein Kind haben würde. Jean-Claude war so glücklich darüber, daß er es sogar Madeleine erzählte.

Mehr denn je war Iris nicht zu Hause; das mußte sie natürlich in den Augen von Maurice und Berthe noch verdächtiger machen. Aber das spielte ja nun keine Rolle mehr. Später würde sich alles aufklären.

Arne und Günther sah sie in dieser Zeit sehr selten. Arne bemerkte, daß sie verändert war. Um sie herum bereitete sich ein Weltuntergang vor, aber sie war hübscher denn je, ihre Augen leuchteten, sie lächelte, sie war voller Leben – eine Frau, die geliebt wird.

»Was ist eigentlich mit dir los?« fragte Arne sie einmal. »Du strahlst jetzt immer so. Die ganze Zeit warst du in moll gestimmt. Jetzt bist du ganz Dur.«

»Findest du?« fragte Iris, und es klang geradezu kokett.

»Ja. Man könnte denken, du seist verliebt.«

»Vielleicht«, sagte Iris. »Ich kann nicht immer allein bleiben, nicht?«

Arne zog die Brauen hoch und sah sie prüfend an. »Wer ist es?«

Iris lachte übermütig. »Das würde ich dir gerade verraten. Angenommen, es wäre so.«

Wenn sie bei Jean-Claude war, lagen sie meist im Bett. Iris hatte nie gewußt, daß es so eine Art von Liebe geben konnte. Alles, was früher gewesen war, erschien ihr jetzt wie ein harmloses Kinderspiel. Es lag auch an ihr. Sie war eine Frau geworden, sie wußte nun, was Leidenschaft war, und ihr Verlangen nach seiner Liebe, seinen Umarmungen war unersättlich.

Vielleicht war auch die Situation daran schuld. Man lebt nie so intensiv wie in der Gefahr, man kann das Leben nie so genießen wie auf der schmalen Brücke über dem Abgrund angesichts des Todes. Sie vergaßen die Welt um sich, wenn sie sich liebten.

René machte manchmal eine scherzhafte Bemerkung dazu; dann lachte Iris nur. Sie schämte sich nicht. Madeleine schwieg.

Einige Male, wenn sie die Sperrstunde verpaßte, blieb so sogar über Nacht bei Jean-Claude. Es war sehr unbequem in dem kleinen Zimmer, in der kleinen Wohnung, mit der Toilette im Treppenhaus, aber sie hätte mit ihm im Wald geschlafen, in einem Maquis-Lager, unter freiem Himmel – es hätte ihr nichts ausgemacht. Hauptsache, sie konnte bei ihm sein. Es war kein Wunder, dachte sie manchmal, daß sie das Kind empfangen hatte. Und diesmal würde sie es behalten. Das wußte sie. Sie war bereit dafür gewesen. Sie bejahte es vom ersten Augenblick an, sie freute sich darauf.

Und ihr kamen keine Zweifel, wenn Jean-Claude ihr sagte, daß es im Frieden geboren werden würde.

Der Krieg würde vorbei sein, sie würden zusammen sein, und dann endlich würde sie das Kind bekommen. Und dann würden sie sich noch viel mehr lieben, und dann würde sie noch ein Kind bekommen. Auch das wollte sie. Was sonst noch in der Welt geschah, war gar nicht mehr wichtig.

Es waren seltsame Wochen und Monate, dieses Frühjahr des Jahres 1944, es war die aufregendste Zeit, die Iris je erlebt hatte, sie lebte in einer ständigen hektischen Spannung, und gleichzeitig war sie unvorstellbar glücklich. Sie lebte in einer irrealen, aufregenden Gegenwart, die eher einer Traumwelt glich, und während rings um sie eine Welt zusammenbrach, wurde ihre eigene innerste Welt gefestigt wie nie, war sie sicher und entschieden in allem, was sie tat, von einer geradezu übermütigen Sicherheit: Es würde alles gut gehen. Weil sie ihn liebte, und weil er sie liebte. Die Liebenden werden beschützt. In ihren Gedanken lebte sie eigentlich nur in der Zukunft. Wenn der Krieg erst einmal vorbei war – das war das Zauberwort. Das war das Lieblingsspiel, mit dem sie sich beschäftigten. Was sie dann tun würden. Wohin sie reisen würden. Wie die Kinder sein würden. Welche Pferde sie haben würden. Wie er den Weinbau nun ernsthaft studieren würde. Vielleicht würde er auch später ein Staatsamt übernehmen, diplomatischer Dienst vielleicht – er wußte es noch nicht. Auf jeden Fall erblickte er in der kommenden Regierung de Gaulle das Heil für Frankreich.

»Es ist die richtige Mischung, verstehst du, Frankreich braucht eine feste Hand. Es darf nicht wieder werden wie vor dem Krieg. Ich denke, daß wir alle gelernt haben.«

Iris glaubte ihm bedingungslos alles, was er sagte. Sie verstand zu wenig von französischer Politik, noch immer, und es war ihr auch gleichgültig. Hauptsache, der Krieg war erst einmal vorbei, dann konnte es nur noch besser werden.

»Kann sein, daß es am Anfang etwas Unruhe gibt und ein paar stürmische Monate; damit muß man rechnen. Ehe Deutschland nicht kapituliert hat, kann man noch keine neue Welt in Angriff nehmen. Man muß vor allem mit den Amerikanern ernsthaft darüber reden, was nach einer Kapitulation mit Rußland geschehen soll. Meiner Meinung nach muß man die Deutschen von einem gewissen Punkt an unterstützen. Sie müssen sich von Hitler befreien. Oder wir müssen sie von Hitler befreien. Und dann muß man im Osten dem Russen Einhalt gebieten.«

»Du meinst, daß der Krieg noch weitergehen soll?«

»Nein. Das meine ich nicht. Man muß zu einer Vereinbarung kommen, die die Russen nicht brüskiert; das wäre töricht. Sie haben schwer gelitten in diesem Krieg; natürlich müssen sie in irgendeiner Weise entschädigt werden. Ich denke, daß de Gaulle dazu schon bestimmte Pläne hat.«

Jean-Claude war ein typischer Franzose. Einerlei, was geschehen war, Heil und Rettung konnte nur von Frankreich kommen. Ganz selbstverständlich nahm er an, daß die Franzosen dem politischen Verstand der Amerikaner weit überlegen waren. Und ein bißchen auch dem der Engländer. Von Churchill hatte er nicht die allerbeste Meinung, und für Roosevelt konnte er sich überhaupt nicht begeistern.

»Du bist also das, was manche Leute einen Gaullisten nennen«, sagte Iris einmal.

»Ich bin gar nichts. Ich bin nur ein vernünftig denkender Mensch. Und ein Franzose, der seine Lektion gelernt hat. Und wenn du mich schon irgendwo einreihen willst, also gut, dann bin ich ein Gaullist. Mir hat der General imponiert. Wie er das durchgehalten hat all die Jahre – man hat es ihm nicht leicht gemacht. Die Engländer haben ihn eigentlich schändlich behandelt.«

»Man hat auf deutscher Seite keine gute Meinung von de Gaulle und den Gaullisten.«

Er lachte. »Ich weiß, chérie. Das ist dumm von den Deutschen. Natürlich – er war der einzige, der standgehalten hat, der nicht unterzukriegen war. Aber die Deutschen werden sehen, daß er der Mann ist, mit dem sie am besten verhandeln können. England will Deutschland am Boden sehen. Und was der Russe will, davon brauchen wir gar nicht erst zu reden. Und die Amerikaner? Die haben sowieso keine Ahnung. Die werden den Rest von Europa noch kaputtmachen in ihrer gutgemeinten Naivität.«

»Und was wollt ihr mit Deutschland machen?«

»Zunächst einen Waffenstillstand – je eher, um so besser. Dann müssen die Nazis weg, und dann wird man am besten, als Übergang wenigstens, ein Militärregime errichten, das mit uns zusammenarbeitet.«

Iris mußte lächeln. »Also, wenn ich das recht verstehe, so eine Art Gegenstück zur Pétain-Regierung?«

Er küßte sie. »Du bist gescheit, chérie. Ja, so ungefähr in der Art. Bis man aufgeräumt hat und einigermaßen klarsieht. Dann muß man natürlich zu einer politischen Weiterentwicklung kommen.«

»Und was sagen deine kommunistischen Freunde dazu? Sind sie damit einverstanden?«

»Soweit sie es durchschauen – und das tun sie sicher, denn es sind ganz kluge Köpfe dabei –, sind sie natürlich nicht einverstanden. Man wird sie anfangs angemessen an allen Entscheidungen beteiligen. Dann wird man sehen.«

So etwa sah Jean-Claudes zukünftiges Weltbild aus. Es klang ganz befriedigend, Iris fand nicht viel daran auszusetzen.

Nur eines mißfiel ihr: daß Jean-Claude schließlich – es war Anfang Juli – ernsthaft darauf drang, daß sie nach Chaumencey zurückkehre.

»Ich will nicht.«

»Es geht jetzt nicht darum, was du willst, Iris. Du mußt vernünftig sein. Die Front in der Normandie wird nicht mehr lange halten. Rommel ist bestimmt ein tüchtiger Mann, wir schätzen ihn auch. Sogar die Engländer, denen er allerhand Sorgen in Afrika bereitet hat, haben Respekt vor ihm. Weißt du, was ich finde?«

»Nein, Jeannot, ich weiß es nicht«, sagte Iris und kuschelte sich enger an seine Brust.

»Versuche nicht mich zu betören. Du fährst nach Hause.«

»Aber dann bin ich nicht mehr bei dir.« Sie schlang die Arme um ihn und küßte ihn. Sie küßte ihn lange und voll Leidenschaft, das hatte sie nun endgültig gelernt. Zwar ging Jean-Claude mit gleicher Konzentration darauf ein; aber später kam er auf das Thema zurück.

»Ich habe ernsthaft mit dir zu reden, Iris, und du sollst mich nicht immer ablenken. Was wollte ich sagen?«

»Du sprichst von Rommel.«

»Sehr richtig. Er wäre der richtige Mann für ein deutsches Militärregime. Er ist in Deutschland beliebt und anerkannt, und bei uns respektiert man ihn.«

»Aber er ist ein General Hitlers.«

»Nicht unbedingt, glaube ich. So viele Gefolgsmänner hat Hitler nicht mehr. Und schon gar nicht unter seinen Generälen. Die meisten wären heilfroh, wenn sie ihn endlich los wären. Er hat ihnen die ganze Strategie verpatzt.«

»Am Anfang hieß es immer, er hat alles großartig gemacht.«

»Ja – vielleicht am Anfang. Da war es auch noch nicht schwierig. Erstens ist der Mann nicht mehr normal, und zweitens hat er von wirklicher Kriegführung keine Ahnung.«

»Dann wundere ich mich nur, daß die Generäle das so lange mitgemacht haben.«

»Darüber wundert sich die ganze Welt. Aber das ist wohl die deutsche Mentalität. Gehorsam sein, und sei es auch einer schlechten Sache. Die Deutschen waren nie selbständige Denker. Sie haben es nie fertiggebracht, auszubrechen. Aber das alles geht dich jetzt nichts mehr an. Du fährst zurück nach Chaumencey, ma chère. Das ist kein Wunsch, das ist ein Befehl vom Jeannot. Ausnahmsweise wirst du ihm auch einmal gehorsam sein. Du bist im dritten Monat, es wird Zeit, daß du dich zurückziehst. Dir darf nichts geschehen. Dem Kind darf nichts geschehen.«

»Und wie soll ich hinkommen? Jeder zweite Zug fliegt in die Luft. Sollen mich deine Freunde mit in die Luft sprengen?«

»Ich lasse dich mit dem Wagen hinfahren. Wir haben genug Autos zur Verfügung, und unsere Leute beherrschen das ganze Hinterland. Die Deutschen haben dort nicht mehr viel zu melden. Sobald Jojo zurück ist, fährt er dich. Er macht das schon. Er kennt die Stationen und Stützpunkte, er kriegt von mir genaue Anweisungen. Und er wird dann bei euch im Château bleiben als Schutz und mit entsprechenden Instruktionen von mir.«

Iris mußte lachen. »Ausgerechnet Jojo!«

»Laß nur. Der Junge ist in Ordnung. Den kann man für alles verwenden. Er ist mutig, gescheit, und seine dumme Tollkühnheit habe ich ihm ausgetrieben. Er arbeitet lange genug mit mir zusammen. Ich habe ihn schon in der Provence dabei gehabt. Außerdem möchte ich nicht, daß er zu sehr unter Gustaves Einfluß gerät.«

»Also ist Jojo kein Kommunist?«

»Was versteht er denn schon davon? Er ist achtzehn. Du kannst ihn, wenn du ihn richtig behandelst, für alles begeistern. Und gleichzeitig, wenn du an seinen Verstand appellierst, gegen alles mißtrauisch machen. Jojo ist von mir erzogen und von mir beeinflußt. Er war noch nicht einmal sechzehn, als er zu mir kam. Er ist mir treu ergeben. Gustave tut alles, um ihn mir abspenstig zu machen. Bis jetzt ist ihm das nicht gelungen. Aber wer weiß, was geschieht, wenn es hier losgeht und wenn es vielleicht dramatisch wird. So ein Junge ist schnell verrückt gemacht. In dem Alter kann er noch nicht vernünftig urteilen.«

Iris kannte diesen Jojo, zwei- oder dreimal war sie ihm kurz begegnet. Ein schmales wendiges Bürschchen mit einem frechen Mundwerk; aber er hing mit großer Liebe an Jean-Claude. Er war in der Provence als Halbwüchsiger zu Jean-Claude gestoßen, am Anfang war er mehr eine Belastung als eine Hilfe gewesen, eben durch das, was Jean-Claude seine Tollkühnheit nannte. Er stammte aus Marseille, war im Hafenviertel aufgewachsen, besaß keine Eltern – ein herumgestoßener Straßenjunge. Bei Jean-Claude hatte er so etwas wie eine Heimat gefunden. Er war im Maquis dabei gewesen, bei den abenteuerlichen Fahrten durchs Land, bei den verschiedensten Aktion, und jetzt war er mit in Paris. Das heißt – er war meist in Paris, man verwendete ihn für eine Art Kurierdienst, denn es gelang ihm, überall durchzuschlüpfen und in der prekärsten Situation einen Ausweg zu finden. In der ersten Zeit hatte Jean-Claude oft Ärger mit ihm gehabt: Der Junge trank gern mehr, als er vertrug, und er war ständig hinter Mädchen her. Aber mit der Zeit hatte er sich eine gewisse Disziplin angeeignet und gelernt, sich zu beherrschen. »Wenn er will, kann er später bei uns bleiben«, fuhr Jean-Claude fort. »Oder ich lasse ihn einen Beruf lernen. Er hat Verstand, und es wäre schade, wenn er sein Leben lang ein Herumtreiber bliebe.«

Gut. Soweit hatte Jean-Claude sich alles überlegt. Einen Wagen würde er beschaffen. Jojo würde sie fahren, ihre Papiere waren in Ordnung. Blieb nur noch ein Punkt...

»Ich glaube nicht, daß deine Mutter mich dort gern wiedersehen wird.«

»Sei nicht kindisch, Iris. Müssen Frauen denn immer kindisch werden, wenn sie ohne Aufsicht bleiben?«

»O la la!« sagte Iris. »Mon cher, du wirst dich doch nicht zum Tyrannen entwickelt haben?«

»Das kann ich nicht versprechen. Maman mochte dich ganz gern, sie hat mir selbst einmal gesagt, daß du gute Figur machst und daß sie mich verstehen kann. Voilà! Es war nicht gut, daß du so lange weggeblieben bist. Und daß natürlich jetzt durch diese ganzen Umstände eine gewisse Verwirrung entstanden ist, kann man verstehen. Ich werde das schnell in Ordnung bringen. Was denkst du, wie glücklich Maman sein wird, wenn ich wieder da sein werde! Du wirst es ihr nicht anmerken. Aber ich weiß es.«

»Bien. Aber noch bist du nicht da.«

»Ich werde ihr einen Brief mitschicken. Und sie wird dich mit offenen Armen aufnehmen, wenn sie hört, daß du mit dem Erben von Saint-Mar zurückkommst.«

Das letzte klang pathetisch. Iris unterdrückte ein Lächeln. Das sah ihm ähnlich. Solche Worte gefielen ihm: der Erbe von Saint-Mar.

Möglicherweise jedoch gefielen sie Madame-Mère auch. In diesem Punkt waren Mutter und Sohn aus einem Holz.

Das ganze war also ein Befehl und beschlossene Sache, und von diesem Tag an hatte Iris die Anweisung, sich reisebereit zu halten. Sobald Jojo, der zur Zeit mit einer Botschaft für den Chef der Résistance in Orléans unterwegs war, zurückkehrte, sollte das Unternehmen starten.

Iris hatte sich mit dem Gedanken vertraut gemacht. Jean-Claude hatte sie überzeugt, daß es das beste sei für sie und das Kind. Irgendwie war es beängstigend, an die Nähe der Front zu denken. Falls die Amerikaner wirklich in der Normandie durchbrachen – und daran zweifelte niemand mehr –, würden sie vermutlich schnell in Paris sein. Der Gedanke, dann ganz allein allem ausgesetzt zu sein, was hier geschah, hatte etwas Erschreckendes. Zumal sie eine Deutsche war; man konnte nicht wissen, wie sich die Leute verhalten würden, was in der Stadt geschehen würde. Und sie durfte nun nicht mehr allein an sich denken. Das Kind war wichtiger, ihm durfte nichts geschehen.

Immer mehr ergriff der Gedanke an das Kind, an das, was vor ihr lag und ihr Leben viel mehr bestimmte als der Krieg, Besitz von ihr.

Jean-Claude hatte ein Recht darauf, daß sie sein Kind gesund zur Welt bracht. Sie selbst wollte es ja auch. Nachdem sie wieder erfahren hatte, daß Jean-Claude sie liebte, hatte auch der Gedanke an Madame-Mère nichts Beängstigendes mehr. Sie würde sich eben hoheitsvoll abschließen, daran war Iris gewöhnt. Und auch daran war sie gewöhnt, für sich selbst zu leben. Aufnehmen mußte man sie, sie war Jean-Claudes Frau, sie war – wie hatte er gesagt – die Mutter des Erben von Saint-Mar. War das nichts?

Und bald würde Jean-Claude selbst da sein. Dann war überhaupt alles wunderbar.

In dieser Stimmung befand sich Iris Anfang Juli. Sie war wirklich bereit, zu reisen, sie hatte ihr Gepäck vorbereitet, viel brauchte sie nicht mitzunehmen. In ihren Gedanken und Gefühlen war der Krieg schon so gut wie zu Ende.

An einem Abend, als sie nach Hause kam, fand sie eine Nachricht von Arne vor. Er hätte sie leider lange nicht gesehen, er hätte viel Arbeit, aber er bitte um ihren Besuch am nächsten Abend. Es sei dringend.

In gewisser Weise war das Gespräch mit Arne ein Gegenstück zu den Gesprächen, die sie in letzter Zeit mit Jean-Claude geführt hatte.

Arne teilte ihr ohne Umschweife mit, daß er es nicht länger verantworten könnte und auch nicht dulden werde, daß sie in Paris bleibe. Er werde einen Wagen für sie besorgen und sie nach Deutschland bringen lassen. Die Schlacht in der Normandie gebe zu Besorgnissen Anlaß, und er wünsche nicht, daß sie in Paris oder in der Nähe von Paris sei, wenn es zu Kämpfen komme.

»Die Front in der Normandie bricht zusammen, nicht wahr?« fragte Iris.

»So bestimmt kann man das nicht sagen. Noch hält sie sehr gut. Was können die Amerikaner schließlich gegen unsere Soldaten ausrichten!«

»Mach dich nicht lächerlich. Unsere Soldaten sind auch nur Menschen. Sie kämpfen mit dem Rücken an der Wand. Sie haben keine Panzer mehr, wenig Munition, kein Benzin, und Flugzeugdeckung haben sie auch nicht mehr. Die Amerikaner haben alles doppelt und dreifach. Sie decken die deutsche Front einfach zu. Es muß die Hölle sein.«

»Du bist bemerkenswert gut informiert.«

»Wer wäre das nicht? Jetzt ist es soweit, Arne, nicht wahr? Jetzt ist es bald zu Ende.«

Er schwieg.

Es war das erste Mal, daß er nicht widersprach, sie nicht widerlegte, sie nicht belehrte.

»Komm«, sagte er, »wir wollen essen. Ich habe heute allerdings nur kalte Küche. Ganymed hat uns was zurechtgemacht. Und einen guten Elsässer Wein habe ich.«

»Hat Jean nicht gekocht heute?«

»Jean ist nicht mehr da.«

»Nanu? Wo ist er denn?«

»Weggelaufen.«

»Na, das ist wohl eindeutiger als jeder Wehrmachtsbericht. Wenn Jean seine Kochtöpfe verläßt und zur Résistance geht, dann bleibt wirklich nicht mehr viel Zeit.«

»Wer sagt denn, daß er zur Résistance geht?« fragte Arne nervös.

»Oh, da gehen sie doch jetzt alle hin, die noch nicht dabei waren. Es wird höchste Zeit. Er muß seinen Kopf retten. Zwei Jahre lang war er jetzt Koch bei dir. Für die anderen ist er ein Collaborateur. Er kann sich nur noch helfen, wenn er schleunigst noch ein paar Minen auf Eisenbahnschienen legt.«

»Du hast eine merkwürdig leichtfertige Art, über die Lage zu sprechen.«

»Eine realistische. Du siehst die sogenannte Lage vermutlich auch nicht anders, auch wenn du es nicht zugibst. Die Front in der Normandie bricht in ein paar Tagen zusammen, die Amerikaner, die Engländer, die Franzosen de Gaulles stoßen vor. Ich würde sagen, sie erreichen Paris spätestens in vierzehn Tagen, unterwegs und erst recht hier vereinigen sie sich mit den Kräften der Résistance, die mittlerweile vorzüglich bewaffnet und formiert sind – also ich würde sagen, Arne, am besten reisen wir zusammen.«

»Woher beziehst du deine Informationen?«

»Du hättest Jean fragen sollen, woher *er* seine Informationen bezieht. Denkst du, man muß beim Stab sitzen, um Bescheid zu wissen.«

»Du hörst englische Sender?«

»Jeder Mensch hört englische Sender. Laß dich doch nicht auslachen.«

Ganymed bediente sie schweigend, das schöne ebenmäßige Gesicht unbewegt wie immer.

»Was machst du mit ihm?«

»Darüber habe ich auch schon nachgedacht«, erwiderte Arne erstaunlicherweise. »Aber diesmal kann ich ihn nicht mitnehmen. Diesmal muß er sehen, was aus ihm wird. Wenn alles so kommt, wie du es so schön schwarz an die Wand malst, werde ich kämpfen müssen.«

»Da wärst du schön dumm. Das nützt dann doch nichts mehr.«

»Also, Iris, hör auf mit dem törichten Gerede. In jedem Krieg gibt es kritische Situationen. Wenn erst unsere neuen Waffen voll zum Einsatz kommen...«

»Nom de Dieu – die Wunderwaffen! Für wie dumm hältst du mich eigentlich? An die glaubt ihr doch selber nicht! Frag doch mal deinen Chef, den Militärbefehlshaber, was er davon hält. Oder frag den Oberbefehlshaber, den Generalfeldmarschall Rommel, was der dazu zu sagen hat? Die werden dich vermutlich auslachen. Sie werden es nicht für möglich halten, daß es so einen dämlichen Offizier wie dich in der deutschen Wehrmacht gibt.«

»Iris!« rief Arne, befremdet und verärgert.

»Aber es ist doch wahr! Irgendwann muß man den Tatsachen doch ins Gesicht sehen! Ich sage dir seit Jahren, daß der Krieg verloren ist. Mit Recht verloren. Und daß das Ganze eine einzige Katastrophe wird. Erst faselst du mir von deinem Wunder-Europa vor, das ihr schaffen werdet, und jetzt kommst du mit den Wunderwaffen, die euch retten werden. Wo sind denn diese großartigen Waffen? Warum beschützt ihr eure Soldaten in der Normandie nicht damit, die so erbärmlich abgeschlachtet werden? Das ist doch ein Verbrechen! Sie haben keine Munition, keine Panzer, sie ersticken da draußen in ihrem Blut! Die anderen haben alles. Das ist doch eine Gemeinheit. Man muß doch wissen, wenn es nicht mehr geht. Macht doch endlich Schluß! Macht wenigstens hier im Westen Schluß! Bietet ihnen den Waffenstillstand an. Sofort. Lieber heute als morgen!«

Arne betrachtete sie fassungslos. So hatte er sie noch nie erlebt. Ihre Wangen hatten sich gerötet, ihre Augen blitzten, sie war von einer ganz neuen Energie beseelt, und alles, was sie sagte, war leider wahr. Das wußte er.

»Sag mal, was ist eigentlich mit dir los?«

»Ach, es ist doch wahr!« wiederholte Iris. »Es ist nicht mutig, für eine verlorene Sache weiterzukämpfen. Es ist vielmehr feige, eine Niederlage nicht einzugestehen und statt dessen noch so viele Menschen unnütz zu opfern. Sie haben alle Mütter. Sie haben Frauen und Schwestern und – Arne! Habe ich denn nicht recht? Ihr habt ja damals auch erwartet, daß die Franzosen kapitulieren, daß sie es einsehen und sich mit euch verständigen.«

»Das läßt sich nicht vergleichen. Damals! Erstens kannst du uns nicht mit den Franzosen vergleichen. Wir haben gekämpft, sie nicht. Und wir kämpfen noch. Wir kämpfen bis zum Ende. Wir ergeben uns nicht.«

»Ja, ja, ich weiß. Ich kenne diesen Unsinn. Wo der deutsche Soldat steht – da steht er. Leider stimmt das schon längst nicht mehr. Und auch in der Normandie steht er nicht mehr, sondern er liegt im Dreck.«

»Und zweitens«, fuhr Arne mit erhobener Stimme fort – und jetzt war er sehr böse –, »zweitens haben wir den Franzosen eine brüderliche Hand geboten, zur Verständigung und zur Einigung. Was denkst du, was sie tun werden?«

»Na ja, vermutlich werden sie mit euch kein neues Europa aufbauen wollen, das glaube ich auch. Und ganz bestimmt werden sie mit Hitler nicht verhandeln. Der muß zunächst mal weg.«

»In was für Kreisen verkehrst du eigentlich neuerdings?«

»In gar keinen. Aber deshalb bin ich nicht blind oder taub.«

Arne stand auf, sie gingen hinüber in das große schöne Zimmer, von dessen breiten Fenstern man auf die Seine hinabsah. Arne nannte das Zimmer die Bibliothek, weil an zwei Wänden Bücher standen, darunter sehr wertvolle Erstausgaben und alte Dokumente. In der einen Wand war ein Kamin ausgebaut. Und an diesen Lieblingsplatz stellte sich Arne nun, den Arm auf den Kaminsims gestützt, die Zigarette in der Hand. Ganymed brachte Kaffee; alles war gepflegt und kultiviert, wie Iris es nun seit über zwei Jahren kannte.

Wie oft hatte sie in diesem Raum gesessen! Mit ihm allein, mit ihm und Günther, mit Gästen. Bei Wein, Champagner oder Kaffee. Und wie wohl hatte sich ihr dekorativer Bruder in diesem dekorativen Raum gefühlt.

Wenn sie dagegen an Jean-Claudes armselige Behausung dachte – nun ja, er würde nicht mehr lange darin leben müssen. Das Palais, das Château, beides war in seiner Art so schön wie diese Wohnung.

»Die Wohnung wird dir fehlen, wie?«

Arne gab keine Antwort.

»Du wirst viel Geld verdienen müssen, wenn du dir einmal so eine Wohnung leisten willst. Sehr viel Geld. Und womit man in nächster Zeit in Deutschland Geld verdienen wird, ist mir schleierhaft. Und woher die Wohnungen kommen sollen, auch. Zunächst werden sie offenbar erst einmal alle zertrümmert. Hatten wir das eigentlich nötig?«

Sie konnte keine Ruhe geben. Es war kein böser Wille dabei. Es war mehr der Wunsch, ihn zu überzeugen, ihn zu einem Eingeständnis der Niederlage zu bringen, ihn auf ihrer Seite zu wissen. Und natürlich war es auch der Einfluß der Gespräche, die sie in letzter Zeit mit Jean-Claude geführt hatte.

Plötzlich hatte sie eine erschreckende Idee: »Ihr werdet Paris doch nicht zerstören?«

»Woher soll ich das wissen?«

»Das fehlte noch. Wir haben genug Unrecht getan.«

»Was das betrifft, können die anderen uns kaum noch etwas vorwerfen. Wenn du Berlin heute siehst…«

Iris wußte, daß er vor einigen Wochen in Berlin gewesen

war. Und er hatte ihr damals bereits von der Zerstörung der Stadt erzählt. Auch Melanie war inzwischen ausgebombt und lebte in Thüringen. Das alte Haus in Halensee war weg. Die alten Möbel, der Lehnstuhl des Generals, die Betten, in denen sie als Kinder geschlafen hatten. Aber es hatte Iris kaum berührt. Sie hatte sich von der Welt ihrer Kindheit gelöst, das einzige, was sie haben wollte und was sie brauchte, das war er, dieser verbohrte Schöngeist in der Offiziersuniform, der hartnäckig eine verlorene Sache verteidigte.

Er würde es einsehen müssen. Sehr bald sogar.

»Ihr dürft Paris nicht zerstören. Man würde es uns nie verzeihen.«

»Damit wären wir beim Thema«, sagte Arne. »Ich weiß nicht, was mit Paris geschehen wird, falls die Alliierten durchbrechen. Ich glaube nicht, daß wir es kampflos übergeben.«

»Ach! Und wer wird es verteidigen? Und womit? Die Herren vom Stab und aus der Avenue Foch mit Messer und Gabel?«

»Iris! Wenn du jetzt nicht aufhörst...«

»Schon gut«, sagte sie und gab nach, »ich will dich nicht ärgern, Arne. Ich möchte dich nur zur Vernunft bringen.«

»Dasselbe versuche ich bei dir. Du brauchst dir nicht den Kopf zu zerbrechen – weder über die Front in der Normandie noch über Paris. Du sollst bloß schnell von hier verschwinden. Ich besorge einen Wagen, und du fährst nach Deutschland. Am besten zu Mama.«

»Ich fahre nicht nach Deutschland. Ich verlasse Paris – das ist richtig. Aber ich kehre nach Saint-Mar zurück.«

»Was soll denn das heißen?«

»Habe ich mich nicht deutlich genug ausgedrückt? Ich fahre nach Chaumencey, in die Bourgogne. Aufs Schloß zurück.«

»Ich höre wohl nicht recht? Was willst du denn da? Ich denke, deine Schwiegermutter will von dir nichts mehr wissen?«

»Sie wird sich an mich gewöhnen. Ich will dort sein, wenn Jean-Claude zurückkommt.«

»Also das kommt auf keinen Fall in Frage. Auch dort kann gekämpft werden. Sicher sogar. Und du wirst nicht zu diesen Leuten zurückgehen.«

Iris hatte das Gespräch plötzlich satt. Es war so sinnlos. Warum stritten sie? Es gab nichts zu streiten.

»Ich werde zurückgehen«, sagte sie leise, »und am liebsten wäre es mir, ich könnte dich mitnehmen. Ich könnte dir einen Zivilanzug anziehen und dich mitnehmen.« Sie hob die Hand. »Ja, gut, ich weiß, das tust du nicht. Auch mir zuliebe nicht. Dann kann ich bloß hoffen, daß du so bald wie möglich kommen wirst. Wie ich schon sagte – ich kann mir vorstellen, daß die Lebensbedingungen in Deutschland nach dem Krieg nicht besonders angenehm sein werden. Vergiß nicht, daß du eine Schwester in Frankreich hast, die mit einem wohlhabenden Mann verheiratet ist. Und vergiß nicht, daß du dort immer willkommen bist. Jean-Claude ist nicht kleinlich. Er ist immer Gentleman. Er ist sehr großzügig und großherzig. Mein Bruder wird auch sein Bruder sein.«

»Also das ist ja wohl das letzte!« Iris hatte Arne noch nie so fassungslos gesehen. »Du bietest mir gewissermaßen Asyl an, im Hause deines Mannes, der sich bis jetzt in England herumdrückt und nachher hier womöglich den Sieger spielen will? Weißt du, daß ich eher – daß ich eher – ich weiß nicht, was ich lieber täte. Mich wirst du dort nicht sehen. Nie! Und du gehst auch nicht zurück. Du fährst nach Deutschland.«

»Nein. Ich fahre nach Hause.«

»Nach Hause?« schrie er, unbeherrscht auf einmal. »Wo ist denn das?«

»Das Schloß Saint-Mar in Chaumencey. Ich bin dort sehr glücklich gewesen, Arne. Und ich möchte es wieder sein. Und ich möchte, daß mein Kind dort geboren wird.«

»Dein – dein was?«

»Ich erwarte ein Kind.«

Sie hatte es nicht sagen wollen. Aber nun hatte sie es doch gesagt.

»Du erwartest ein Kind?«

»Ja. Schau mich nicht so ungeniert an. So etwas kann vorkommen.«

»Von wem? Von Günther?« fragte er naiv.

Iris lachte hell auf – so komisch war diese Vermutung.

»Von Günther! Bist du verrückt? Ich habe mit Günther kein Verhältnis, das hast du doch nicht im Ernst angenommen.«

»Nein. Allerdings. Von wem ist das Kind also?«

»Das spielt doch jetzt keine Rolle.«

»Ich würde sagen, doch. Wenn du dieses Kind partout dort zur Welt bringen willst...«

Sie begriff sofort den Fehler, den sie gemacht hatte. »Ich habe Jean-Claude im März getroffen. Er war kurz in Paris.«

»Er war in Paris?« wiederholte Arne und blickte sie starr an.

»Für einige Tage nur«, sagte Iris nervös. »Er kam von England und ist gleich wieder weggefahren.«

»Ach! Er kam von England. Per Schiff? Per Express oder per Flugzeug? Ich wußte gar nicht, daß der Reiseverkehr schon wieder so gut funktioniert.«

»Ach, tu nicht so, du weißt ganz genau, daß ständig Leute von England herüberkommen. Sie springen hier mit Fallschirmen ab, oder sie kommen im Süden über das Mittelmeer. Das weiß schließlich jeder.«

»Und der Herr Gemahl ist wieder abgereist?«

»Ja, er ist wieder abgereist.«

»Per Fallschirm aufwärts?«

»Das weiß ich nicht, auf welche Weise. Ich habe ihn nicht gefragt.«

»Und er war dort bei dir in diesem – Palais?«

»Ja, einige Tage.«

»Ich sehe dir nicht an, daß du ein Kind bekommst.«

»Das kann man auch jetzt noch nicht sehen. Jedenfalls nicht, wenn ich etwas anhabe. Aber du kannst es mir glauben, ich bekomme ein Kind. Und ich werde es in Chaumencey bekommen. Jean-Claude ist der Vater, ich habe keine anderen Männer gehabt. Nie – und ich will auch keinen anderen. Wenn es hier vorbei ist, wird er herüberkommen aus England und dann – ja!« Sie seufzte, stand auf, ging zu ihm, der immer noch am Kamin stand, und legte ihre Hand auf die seine. Seine Hand lag geballt zur Faust auf dem Kaminsims, sie war weiß und kalt. »Gewöhn dich daran, daß ich zu ihm gehöre. Und komm zu uns, sobald du kannst. Am liebsten wäre es mir, du könntest Pate sein. Wenn bis dahin der Krieg zu Ende wäre!«

Er schüttelte ihre Hand heftig ab, warf sie geradezu von sich. »Geh mir aus den Augen!« sagte er kalt und böse. »Du Verräterin!«

»Ich habe dich nie verraten, Arne. Ich habe mir immer nur eines gewünscht – daß du zu uns gehören wirst. Ich liebe euch beide, dich und Jean-Claude. Und ich werde nie aufhören, darum zu kämpfen, daß auch du wieder richtig zu mir gehörst. Wie du es ja im Grunde auch willst. Wenn nur dieser verfluchte Krieg endlich zu Ende wäre, damit diese ganze Bösartigkeit und dieser Haß aufhört. Ich will in einer Welt leben, wo es keinen Krieg mehr gibt. Und mein Sohn soll nie – nie eine Uniform tragen.«

»Sehr fraglich, ob die Familie Saint-Mar de Chaumencey, die, wenn es nach dir geht, demnächst einer siegreichen Nation angehört, damit einverstanden sein wird«, sagte Arne. Seine Stimme klang wieder so beherrscht und kühl wie immer. Er löste sich vom Kamin, ging zum Fenster und blickte hinaus, über die Stadt, über den Fluß, über die grünen Bäume an seinem Ufer. Der Sommerabend war hell, der Himmel blau und seidig.

Iris trat hinter ihm.

»Ist es nicht schön hier? Möchtest du nicht einmal im Frieden hierherkommen? Möchtest du nicht irgendwann als Freund wiederkommen – statt als Feind?«

Er schwieg. Sie blickte auf seinen schmalen gespannten Rücken. Eine schmerzliche Liebe, ein tiefes Mitleid erfüllte ihr Herz.

Man muß Verständnis dafür haben. Er war so jung. Was wußte er schon vom Leben? Man hatte ihn verdorben. Aber er würde es begreifen und neu beginnen. Er war ja noch so jung.

Sie waren am gleichen Tag geboren. Er war immer der Überlegene gewesen, aber jetzt kam sie sich viel älter, viel erfahrener, viel klüger vor. Sie würde ihm helfen. Seine Welt zerbrach. Und es lag eine gewisse Gerechtigkeit darin, denn er hatte bis jetzt nur der Zerstörung dienen dürfen. Doch es war nicht seine Schuld. Es war sein Verhängnis.

Sie war dabei, neues Leben zu schaffen. Das gab ihr ein Gefühl der Kraft und der Macht, das mit nichts vergleichbar war, was sie bisher erlebt hatte. Aus dieser Kraft heraus und mit aller Liebe,die sie für ihn empfand, würde sie ihm helfen, *sein* Leben nur zu schaffen.

Sie fühlte sich stark und sicher; die Angst, die sie anfangs empfunden hatte, wenn sie Jean-Claude besuchte, gab es nicht mehr. Seine Sicherheit, seine leichte Art, mit der Zeit und den Dingen umzugehen, hatten auf sie abgefärbt. Vielleicht lag es auch daran, daß der Krieg für sie eben meist im Kino stattgefunden hatte. Er hatte ihr keine selbsterlebte Not, keinen Schmerz, nicht den Verlust eines Menschen gebracht. Die Trennung von Jean-Claude war das einzige Opfer gewesen, das von ihr gefordert worden war, aber seit sie ihn in der Nähe wußte, blieb überhaupt keine Sorge mehr. Ein bißchen einfacher zu essen, im Winter schlecht geheizte Räume, was bedeutete das für einen jungen Menschen? Dafür lebte sie nach wie vor in einem großzügigen Rahmen und blieb ganz und gar unbehelligt.

Nein, in den Wochen und Monaten dieses Frühjahrs und Sommers war ihre Welt ohne besondere Probleme, es schien nur noch eine Frage der Zeit zu sein, bis alles gut war. Vielleicht kam der Egoismus der werdenden Mutter dazu, die stets geneigt ist, das, was mit ihr geschieht, als Mittelpunkt allen Geschehens zu betrachten. Sicher war auch das ein Grund dafür, daß Iris kaum Anteil daran nahm, was mit der übrigen Menschheit geschah.

Am nächsten Tag, nach dem Abend bei Arne, ging sie zu René Lémonts Wohnung.

Madeleine war allein an diesem Tag und sagte ihr, daß die Männer so bald nicht kommen würden, aber sie hätte den

Auftrag, Iris mitzuteilen, daß sie sich bereithalten solle, übermorgen gehe die Reise los. Jojo und der Wagen seien da.

»Übermorgen schon?« fragte Iris, keineswegs begeistert.

Madeleine nickte. Sie hatte Kaffee gekocht und lud Iris ein, eine Tasse mit ihr zu trinken. Es war eine dunkle, bittere Brühe, die wenig Ähnlichkeit mit Kaffee hatte, aber man gewöhnte sich daran, und der Kaffee in Frankreich hatte Iris früher auch schon nicht geschmeckt. Die beiden jungen Frauen saßen sich am Küchentisch gegenüber, sie rauchten, und Madeleine, sonst immer etwas abweisend, war an diesem Tag erstaunlich aufgeschlossen.

Das hatte einen Grund, wie sich herausstellte.

»Ich kriege auch ein Kind«, sagte sie. »So was scheint ansteckend zu wirken.«

»Oh, Madeleine! Wie schön!«

»Na, wie man's nimmt. Ich habe zu René gesagt, er hätte ja noch warten können, bis der Schlamassel hier vorüber ist.«

Iris lachte. »Das hätten Sie ihm vorher sagen müssen. Aber es macht nichts, Madeleine. Sie haben noch mehr Zeit als ich. Bis es soweit ist, wird bestimmt alles vorüber sein.«

»Ja – das sagt René auch. Hoffentlich hat er recht.«

»Werden Sie uns einmal besuchen mit Ihrem Baby?«

Madeleine verzog ein wenig spöttisch die Mundwinkel. »Wo denn? Und es ist noch sehr die Frage, ob Sie dann noch etwas von uns wissen wollen, Sie und François.«

»Wie kommen Sie auf die Idee, Madeleine?«

»Na, man weiß, wie das ist. Wir wissen nicht, wer François ist und woher er kommt, aber er ist ein Feiner, das merkt man. Und Sie gehören auch nicht zu uns. Wenn die Zeiten wieder normal sind, kennen Sie uns wahrscheinlich nicht mehr.«

»Das glaube ich nicht. Das, was wir gemeinsam erlebt haben, verbindet uns doch, das vergißt man nicht. Das heißt, ich habe ja nicht viel erlebt, ich bin für euch sehr unnütz, ich habe gar nichts getan.«

»Warum sollten Sie etwas tun – als Ausländerin.« Madeleine sagte das sehr betont, ihr Blick war ein wenig lauernd. »François hat gesagt, Sie sind Schwedin.«

»Ja«, sagte Iris unsicher. »Ja eben.«

»Jojo hat mal gesagt, in Wirklichkeit seien Sie eine Deutsche.«

Iris lachte, es klang unnatürlich. »Jojo? Wie kommt er denn darauf?«

»Weiß ich auch nicht. Er hat was aufgeschnappt, was Gustave zu Pierre gesagt hat.«

»Wer ist Pierre?« fragte Iris, bemüht, Madeleine von diesem Thema abzulenken.

»Na, der kleine Dunkle, dieses Anhängsel von Gustave.«

»Ach so, der. Ich wußte nicht, wie er heißt. Ich habe ihn, glaube ich, nur ein einziges Mal gesehen. Er hat nie ein Wort gesprochen.«

»Der spricht nur, wenn Gustave es erlaubt.«

Iris lächelte. »Na ja, Gustave kann mich sowieso nicht leiden, das wissen Sie ja. Er hat es nicht gern, wenn ich hierher komme. Aber schauen Sie, Madeleine, das ist ja alles Unsinn. Ich bin die Frau von François, und darum bin ich Französin. Das ist doch ein ganz klarer Fall.«

So ist es richtig, dachte Iris. Da habe ich nicht direkt gelogen, falls wir uns später wirklich einmal wiedersehen und sie erfahren dann die Wahrheit. Eine geschickte Lügnerin war sie nie gewesen.

Als sie wieder zu Hause war, rief Günther an. Ob er sie zum Abendessen abholen dürfe?

»Ja, gern«, sagte sie, ging hinauf und zog sich um. Dabei überlegte sie, daß sie doch noch zwei Koffer mehr mitnehmen würde als geplant. Warum eigentlich nicht? Wenn sie mit einem Wagen fuhren, war nicht einzusehen, warum sie all ihre hübschen Sachen hier lassen sollte. Es würde nett sein, sie zu haben, wenn Jean-Claude später kam. In den letzten Monaten war sie immer sehr einfach gekleidet gewesen; aber sie hatte Lust, sich wieder einmal für ihn hübsch zu machen, in einem der eleganten Modelle von Monsieur Drouent bei Kerzenlicht mit ihm zu speisen. Das konnte man im Château auch. Daß die Kleider nicht mehr ganz neu waren, spielte keine Rolle, die Mode hatte sich kaum geändert; nur die Röcke waren noch kürzer geworden.

Dabei erhob sich natürlich die Frage, wie lange sie die Kleider noch anziehen konnte. Ihre Taille war immer sehr schlank gewesen, das würde sich jetzt bald ändern. Lästig war das. Ob sie morgen noch einmal rasch zu Monsieur Drouent ging und – Unsinn! Sie konnte ihm nicht sagen, daß sie ein Kind erwartete, was sollte er davon denken. Aber vielleicht hatte er wenigstens einen Stoff. Isabelle ließ manchmal in Beaune bei einer Schneiderin arbeiten.

Mit diesen sehr weiblichen und alltäglichen Gedanken beschäftigte sich Iris, bis Günther kam. Sie nahm ihre Kleider und Kostüme aus dem Schrank, breitete sie auf den Sesseln und dem Sofa im Ankleidezimmer aus und traf ihre Auswahl, was sie davon mitnehmen würde. Am nächsten Tag konnte sie dann alles einpacken.

Maurice kam herauf, um zu melden, Besuch sei da.

Er tat das mit der eisigen Miene, die er immer aufsetzte, wenn Günther in Uniform ins Haus kam.

»Danke«, sagte Iris. »Ich gehe aus zum Essen. Und noch etwas, Maurice, ich verreise übermorgen für einige Zeit. Sagen Sie auch Berthe Bescheid.«

Maurice gab keine Antwort, und Fragen stellte er ihr nie.

Dann lief sie hinunter. Günther stand in der Halle, und sie ging lachend auf ihn zu und umarmte ihn.

»Schön, daß du kommst. Ich hatte heute gar keine Lust, allein zu sein.«

Sie küßte ihn auf die Wange, und er, erfreut über den liebevollen Empfang, hielt sie einen Augenblick fest.

»So guter Laune? Das tut gut, einen Menschen zu sehen, der noch lachen kann.«

»Lacht bei euch keiner mehr?«

»Selten.«

Maurice war hinter Iris die Treppe herabgekommen. Sie blickte nicht hin zu ihm – sie wußte genau, was für ein Gesicht er machte. Sie hatte den Deutschen umarmt und geküßt, und natürlich hatte sie auch deutsch gesprochen – nun, es spielte keine Rolle mehr. Ab übermorgen brauchte Maurice sich darüber nicht mehr zu ärgern.

»Ich hoffe, es wird mir heute abend gelingen, dich mal

zum Lachen zu bringen. Oder wenigstens zum Lächeln, wo es doch unser letzter Abend ist.«

»Nanu?« fragte er verwundert. »Woher weißt du das?«

»Weiß ich was?«

»Du sprachst von unserem letzten Abend. Woher weißt du denn, daß ich Paris verlasse? Ich habe mit Arne noch nicht darüber gesprochen.«

»Ich weiß es auch nicht. Du gehst fort von hier? Wohin denn?«

»Jetzt verstehe ich gar nichts mehr. Wenn du es nicht weißt, warum sprichst du dann von unserem letzten Abend?«

»Weil *ich* abreise.«

»Nach Deutschland?«

»Aber nein. Zurück nach Chaumencey.«

»Wieso das auf einmal?«

»Ach, es ist besser so. Und was ist mir dir?«

»Ich bin nach Berlin versetzt.«

»Ach, du Armer. Mit all den Luftangriffen dort, das muß ja scheußlich sein.« Sie sagte es in einem Ton, als regne es in Berlin häufig.

»Hier wird es auch nicht mehr lange sehr gemütlich sein. Gehen wir? Du mußt mir erzählen, wieso du Chaumencey auf einmal wieder mit deiner Gegenwart beehren willst. Es kommt sehr überraschend. Aber ich werde viel beruhigter hier abreisen, wenn ich weiß, daß du in Sicherheit bist.«

Anständig, fair und selbstlos – das war er immer gewesen, das blieb er. Ihr Wohlergehen war ihm das wichtigste, seine Gefühle mußten zurückstehen.

Es wurde ein hübscher Abend, sie speisten ausgezeichnet in einem guten Restaurant und tranken zum Abschluß eine Flasche Champagner. Das gab es alles noch, wenn man den richtigen Begleiter hatte.

Iris war heiter, geradezu vergnügt, sie redete so viel wie selten, sie sah sehr hübsch aus, und sie war sehr nett zu ihm. Im Grund tat sie alles, unbewußt natürlich, um ihm den Abschied schwerzumachen. Er war stiller und auch ein wenig betrübt, aber wie immer von tadelloser Haltung, stellte keine unnützen Fragen und respektierte ihre Entscheidung.

Zum Abschied küßten sie sich. Es war ein richtiger Kuß, nicht leidenschaftlich, aber sehr zärtlich.

»Bleib am Leben und bleib gesund«, sagte Iris und legte die Hand an seine Wange. »Du bist mein Freund. Und ich hoffe, wir werden uns in nicht zu ferner Zeit wiedersehen. In einer besseren Zeit.«

Günther sagte nichts mehr. Er blieb neben seinem Wagen stehen und starrte auf das geschlossene Tor des Hauses – noch lange, nachdem sie verschwunden war.

Würde er sie wiedersehen?

Warum sollte er sie wiedersehen? Sie würde ihm dann mehr denn je verloren sein.

Sie blieb hier. Sie hatte sich entschieden.

Am nächsten Nachmittag gegen fünf fand Iris sich bei Lémonts ein. Sie hatte sich an diesem Tag besonders hübsch gemacht, war beim Friseur gewesen, und statt wie sonst Rock und Bluse trug sie ein ärmelloses hellblaues Sommerkleid aus reiner Seide, ein Modell von Monsieur Drouent. Es war ein warmer Tag, und wenn sie Jean-Claude heute schon zum letztenmal hier traf, sollte er sie möglichst attraktiv im Gedächtnis behalten.

In der Toreinfahrt begegnete ihr ein dunkelhaariger Mann, der sie von oben bis unten musterte; sie dachte, es geschähe, weil sie gut aussah, und schenkte ihm ein flüchtiges Lächeln.

Zu ihrer Enttäuschung war die Wohnung voller Leute. Gustave war da, der kleine Jojo und noch zwei Männer, die sie noch nie gesehen hatte. Sie hatte gehofft, an diesem letzten Tag eine Stunde mit Jean-Claude allein zu sein, eine Stunde für l'amour, aber sie erkannte gleich, daß es damit heute nichts sein würde. Schade.

Die Männer machten sehr wichtige Gesichter, offenbar hielten sie eine Art Kriegsrat ab, und natürlich verstummten sie, als Iris kam.

Gustave sagte spöttisch: »Ah, Madame gibt uns die Ehre. So elegant?«

Iris lächelte ihn herausfordernd an. »Ich störe wohl?«

»Ja«, knurrte er zurück.

Jean-Claude sagte: »Ich habe mit meiner Frau nur kurz etwas zu besprechen. Trinkt inzwischen einen Calvados.«

René schenkte ein, als Iris und Jean-Claude die Küche verließen. Jojo folgte ihnen auf einen Wink von Jean-Claude. Sie gingen nebenan in die kleine Kammer. Iris hörte noch einmal, was sie schon wußte. Morgen ging die Reise los, der Wagen stand bereit, voll aufgetankt, mit guten Reifen, Jojo hatte gute Papiere und die nötigen Instruktionen.

»Wirklich morgen schon?« fragte Iris.

»Sei vernünftig, Iris«, sagte Jean-Claude ein wenig ungeduldig. »Ich bin froh, daß ich alles so gut vorbereiten konnte. Es ist höchste Zeit, daß du von hier fortkommst. Du fährst morgen, und nun wird nicht mehr darüber geredet. Jojo ist gegen zehn Uhr bei dir, du bist bereit und steigst ein, und wenn alles klappt, könnt ihr am Nachmittag zu Hause sein. Heute abend schreibe ich noch den Brief an Maman, Jojo bringt ihn dir mit.«

»Aber daß ich gerade jetzt weg muß«, maulte Jojo.

»Du hältst den Mund und tust, was ich dir sage. Ich vertraue dir meine Frau an, nicht nur für morgen. Auch für die Zeit, bis ich komme. Ich bringe dich eigenhändig um, wenn ihr ein Haar gekrümmt wird. Compris?«

»Ist gut, François, ich weiß schon. Sie haben es mir oft genug erklärt. Sie kommt todsicher dahin, wo Sie sie haben wollen. Aber ich kann nicht verstehen, warum ich nicht zurückkommen darf.«

»Weil du dort auch auf sie aufpassen sollst, Schafskopf. Kapierst du das endlich?«

»Aber wenn es doch jetzt hier bald losgeht...«

»Es kann dort auch losgehen. Und dann ist kein Mann im Haus.«

Das Wort vom Mann im Haus tröstete den Achtzehnjährigen. »Na ja, ich seh's ja ein.«

»Du fährst nach Beaune, meldest dich bei der Adresse, die ich dir gesagt habe. Dort kannst du dir im Notfall immer Rat und Hilfe holen. Und nun schieb ab.«

Der Junge grinste Iris an und verzog sich zurück in die Küche. Sie waren allein.

»Ist denn etwas Besonderes hier los?« erkundigte sich Iris.

»Gar nicht. Gustave muß wieder mal den Feldherrn spielen. So wie es jetzt ist, gefällt es ihm gar nicht. Er möchte am liebsten, wie in Spanien, hinter einem Felsen sitzen, die Knarre in der Hand und jeden abknallen, der um die Ecke kommt. Schrecklich, diese Landsknechtstypen. Immerzu kommt er mit Plänen an, was er morgen oder übermorgen in die Luft sprengen will. Wozu? Man braucht gar nichts mehr in die Luft zu sprengen. Schade um alles, was noch kaputtgeht. Man muß bloß noch die paar Wochen warten, bis die Amerikaner da sind. Dann werden wir, so schnell es geht, in Frankreich aufräumen, und dann ist er erledigt.«

Er schloß sie in die Arme. »Ich werde bald bei dir sein, chérie. Und du versprichst mir, ganz brav zu sein. Du bleibst im Château, gehst schön im Park spazieren und denkst bloß an dich und das bébé. Alles andere geht dich nichts an.«

»Sehe ich dich morgen nicht mehr?«

»Nein. Du bist fertig; wenn Jojo kommt, steigst du ein und fährst ab.«

»Ach, Jeannot.«

»Wir sehen uns bald, chérie.«

Er küßte sie, und sie küßte ihn, eine Weile standen sie in schweigsamer Umarmung. Und plötzlich, sie wußte auch nicht warum, sagte sie: »Ich habe Angst.«

»Du brauchst keine Angst zu haben, das kann morgen nicht schiefgehen. Jeannot liebt dich und wird der glücklichste Mann von der Welt sein, wenn er wieder bei dir ist. Nein, da noch nicht. Der glücklichste Mann wird er sein, wenn das bébé da ist. Im Januar, sagst du?«

»Ja. Im Januar.«

»Ein halbes Jahr noch. Ich kann es kaum erwarten. Nächstes Jahr um diese Zeit – ach, chérie!«

Nächstes Jahr um diese Zeit würde wieder Sommer sein, der Himmel blau, das Land Burgund so sonnig grün, die Reben reifen in der Sonne, sie würde auf der Altane sitzen, neben sich das Kind. Jean-Claude würde bei ihr sein und Frieden – Frieden auf dieser Welt.

Hatte sie sich so etwas nicht schon einmal ausgemalt?

Ach, das war lange her. Das galt nicht mehr. Jetzt war alles anders.

»Du mußt gehen, Iris. Ich muß mich noch ein bißchen an ihrem Palaver beteiligen und ihnen beibringen, daß sie sich jetzt still verhalten müssen. Es hat wenig Zweck, sich noch unnötig in Gefahr zu bringen.«

»Ja. Sag ihnen das. Und du versprichst mir, daß du ganz vorsichtig bist.«

Sie küßten sich noch einmal. Iris ließ den Blick durch die kleine Kammer schweifen, die ärmliche Umgebung, das schmale Bett – aber sie war glücklich hier gewesen. Mit ihm. »Muß ich ihnen noch adieu sagen?«

»Nicht nötig.«

Er brachte sie zur Tür, öffnete und schloß sie gleich wieder hinter ihr. Nur den Abschied nicht hinauszögern und schwer machen. Sie verstand es.

Als sie die oberste Stufe der Treppe betrat, sah sie die Männer kommen.

Sie standen auf der halben Treppe, unter ihnen auch der, den sie vorhin in der Toreinfahrt gesehen hatte.

Sie begriff sofort, wandte sich um, stürzte zur Tür zurück. Doch da waren die Männer schon bei ihr, drängten sie beiseite, der eine klingelte.

»Nein!« schrie sie. »Nein!«

»Halt die Schnauze!« sagte der Mann, der sie hielt. Er sagte es auf deutsch.

Erstarrt sah sie, wie noch andere die Treppe heraufkamen. Sie waren nicht in Zivil. Sie trugen Uniform.

Jean-Claude öffnete selbst die Tür, vermutlich, glaubte er, sie sei es, sie wollte ihm noch etwas sagen.

Sie stießen ihn sofort zurück, drängten in die Wohnung hinein. Es blieb merkwürdig still.

»Was machen Sie da?« flüsterte Iris entsetzt. Auch sie sprach deutsch.

»Verschwinden Sie hier!« sagte der Mann in Zivil, der von der Toreinfahrt.

»Wer sind Sie? Was bedeutet das?«

»Stellen Sie sich nicht dumm!« Es klang sachlich, nicht

einmal unfreundlich. »Ich kann Ihnen nur den Rat geben, zu verschwinden. Sonst müssen wir Sie mit verhaften.«

»Aber ich…«

»Wir haben Befehl, Sie gehen zu lassen. Aber Sie müssen auch gehen. Sonst kann ich es nicht verantworten.«

»Lassen Sie mich los!«

»Bitte!«

Man ließ sie los. Sie wollte zur Wohnungstür, aber man riß sie zurück und wies sie die Treppe hinab. »Da hinunter, meine Dame, und zwar schnell.«

Einer, der unten auf dem Treppenabsatz stand, blickte herauf. »Ist was?«

»Komm her, Paul, bring sie 'runter. Sie soll verschwinden hier, aber schleunigst.«

»Aber warum…«

»Frag nicht so dußlig. Sie gehört nicht dazu. Fort mit ihr, ganz schnell.«

Iris versuchte sich loszureißen, aber der Mann, der von unten gekommen war, hielt sie eisern fest. Er war ein Riesenkerl, er trug sie fast die ganze Treppe hinunter, sie wehrte sich heftig, sie schrie, und der von oben rief ihnen nach:

»Sie soll den Mund halten.«

»Sie ham's gehört, Frollein«, sagte der Große. Es klang geradezu gutmütig. »Ich täte Ihnen ungern weh.«

Dann waren sie im Hof. Der Hof war leer. Iris wehrte sich noch immer gegen die riesigen Hände und den festen Griff, Seide knirschte, an ihrer Schulter riß das Kleid.

»Aber so lassen Sie mich doch. Ich muß…«

»Halt die Klappe, du dummes Luder«, sagte der Große. »Sei doch froh, wenn du so gut wegkommst. Hast du dich mit 'm Franzosen eingelassen? In so 'ner miesen Bude hier? Schön blöd, so was.«

»Was macht ihr denn hier?«

»Geht dich nichts an.«

Es war ein Wahnsinnstraum. Es konnte nicht Wirklichkeit sein. Sie wußte nicht, was geschah, sie hatte aufgehört zu kämpfen, sie stand still und starr, umklammert von dem harten Griff des großen Mannes. Sie waren jetzt auf der Straße, da standen mehrere Autos.

»Na mach schon, hau ab!«

Sie wollte zurück in den Hof, er riß sie brutal zurück. »Gibt's denn so was Dämliches von einem Frauenzimmer? Muß ich dir denn erst eine knallen?«

Er hielt sie wieder fest, die Arme auf den Rücken gebogen, es tat weh, sie merkte es gar nicht.

Jetzt kamen sie. Zuerst Gustave, denn René, dann Jean-Claude, dahinter Jojo, Madeleine und die beiden anderen, die Iris nicht kannte. Sie hatten ihnen die Hände gefesselt, die Uniformierten gingen neben ihnen, sie hielten Pistolen in den Händen, nicht auffällig, halb gesenkt, man bemerkte es kaum.

»Jean-Claude!« schrie Iris verzweifelt.

Der Große bog ihr die Arme noch fester zusammen. Gustave spuckte ihr vor die Füße. Jean-Claude warf ihr einen kurzen Blick zu.

Als letzter kam der Zivilist, dem sie zuerst begegnet war. Er blieb stehen. »Machen Sie bloß kein Geschrei hier. Seien Sie froh, daß Sie so davonkommen.«

Es ging alles furchtbar schnell. Die Gefangenen verschwanden in einem Kastenwagen, einer nach dem anderen, die Tür klappte zu.

Die Männer stiegen ein, als letzter der Große, nachdem er Iris losgelassen hatte. Die Wagen fuhren weg. Die Straße war leer.

Iris lehnte an der Hauswand, ihre Knie waren weich, die Straße verschwamm vor ihrem Blick.

Es mußte ein Traum gewesen sein.

»Ich hab' mir immer gedacht, daß das mal so kommt«, sagte eine harte Stimme neben ihr.

Iris wandte langsam den Kopf. Es war Margot; ihr Blick war kalt und böse.

»Darauf habe ich gewartet, seit Sie das erste Mal hier aufgekreuzt sind. So eine wie Sie hat nichts verloren, wo Männer kämpfen.«

»Margot!« flüsterte Iris.

»Hauen Sie bloß ab! Ehe einer kommt, der Ihnen den Hals umdreht. Hier hilft Ihnen keiner.«

Hinter Margot war der dünne Pierre aufgetaucht. Gustaves Schatten. Er war ganz grün im Gesicht.

»Ich hab' sie gesehen, wie ich kam. Mensch, Margot, eine Minute später, und sie hätten mich auch geschnappt. Ich hab' mich da drüben im Haus versteckt. Die Deutsche hat sie verpfiffen, was?«

»Welche Deutsche?«

»Die hier. Das ist doch 'ne Deutsche. Sieht doch jeder. Gustave hat's immer gesagt.«

»Ach – sieh mal an.«

Margot starrte Iris an, das bösartige Funkeln in ihrem Blick, dazu Pierre, der die Zähne fletschte wie ein wildes Tier.

»Wir finden Sie schon«, zischte Pierre. »Darauf können Sie Gift nehmen. Sie sind dann die erste, die wir aufhängen.«

Die Straße war nicht mehr leer, hier und da Gestalten, Fenster öffneten sich, Türen knarrten.

Und überall Augen. Augen, die sie ansahen, Augen voller Haß.

Iris wandte sich ab und rannte die Straße entlang.

Sie rannte davon vor diesen Augen, sie schwankte, sie sah das Pflaster nicht, gleich würde sie stürzen, aber sie rannte, sie rannte…

Sie hatte noch nicht begriffen, was geschehen war.

Habe ich Philipp das alles erzählt?

Nein. Ich habe nur kurz berichtet, daß sein Vater an einem Nachmittag im Juli in meiner Gegenwart verhaftet wurde. Die Einzelheiten zu schildern, ging an jenem Tag, oder besser gesagt in jener Nacht, über meine Kraft. Ich war nicht mehr imstande, zusammenhängend und vernünftig zu reden.

Das Schlimmste war, daß ich Arne beschuldigt habe. Warum habe ich das getan? Ich habe mich immer dagegen gewehrt, daß man mir eine so große Schuld auflud. Und daß ich keine Möglichkeit hatte, mich zu verteidigen.

Arne hat diese Möglichkeit noch viel weniger. Er ist tot.

Warum beschuldige ich ihn? Ich weiß nicht, was er getan hat und was nicht.

Ich bin zumindest mitschuldig an Jean-Claudes Tod. Ich hätte nicht hingehen dürfen – hätte ihn nicht besuchen dürfen. Er war leichtsinnig. Ich war es auch. Das war meine Schuld. Kannte ich ihn nicht gut genug? Es paßte zu ihm, für ein paar Stunden Liebe, für ein paar Umarmungen sein Leben aufs Spiel zu setzen, seines und das der anderen. Ich hätte stark sein und darauf verzichten müssen, ihn wiederzusehen, ehe der Krieg zu Ende war.

Meine Schuld also doch.

Aber Arne?

Ich weiß nicht, ob die Männer von ihm geschickt waren, die Jean-Claude verhafteten. Ich werde es nie wissen.

Damals an jenem Tag im Juli dachte ich nur: Arne!

Er muß helfen! Das war der erste vernünftige Gedanke, der mir kam, nachdem ich eine Weile vollkommen kopflos durch die Gegend geirrt war.

In seiner Wohnung war er nicht, Ganymed wußte nicht, wann er kommen würde. Er blickte mich mit erstaunt fragenden Augen an. Ich muß auf ihn den Eindruck einer Irren gemacht haben. Von Arnes Wohnung stürzte ich zum Hotel Majestic, wo die Führungsabteilung des Militärbefehlshabers residierte, und von dort zum Hotel Raphael, wo die Offiziere ihr Kasino hatten. Keiner wußte, wo Arne war. Oder man sagte es mir nicht. Da ich es all die Jahre vermieden hatte, in den deutschen Dienststellen in Erscheinung zu treten, kannte mich dort keiner. Das einzige, was ich herausbrachte: er sei zu irgendeiner Inspektion gefahren. Man wisse nicht, wann er zurück sein würde.

Günther! In die Avenue Foch traute ich mich nicht; also ins Palais, von dort konnte ich telefonieren. Das alles brauchte viel Zeit, denn ich lief die weiten Strecken zu Fuß, ich rannte mehr als ich ging, ich war einfach nicht imstande, klar zu denken und mit klarem Kopf zu handeln. Die ganze Zeit wurde ich von Schreckensbildern verfolgt. Was taten sie mit Jean-Claude? Verhören? Foltern? Erschießen? Wie schnell ging so etwas?

Es mußte etwas geschehen. Gleich – sofort.

Auch auf Maurice muß ich wie eine Wahnsinnige gewirkt haben, als ich heimkam. Noch ehe ich versuchte, Günther zu erreichen, fiel mir ein, was er mir am Abend zuvor erzählt hatte. Seine Versetzung nach Berlin. Er wisse noch nicht genau, wann er reise, aber vermutlich bald. Und er wolle vorher hinter die Front fahren und einen Freund besuchen und von ihm Abschied nehmen. Der Freund war beim II. SS-Panzerkorps, das in der Normandie kämpfte. Ob Günther schon gefahren war? Er war nicht da. Keiner war zu erreichen, von dem ich Hilfe erwartete.

Also am besten zurück in Arnes Wohnung und dort auf ihn warten. Irgendwann würde er nach Hause kommen.

»Madame?« sagte Maurice fragend, als ich das Palais wieder verlassen wollte, und wies mit stummer Anklage auf meine Schulter. Die Seide war weiter gerissen, der Stoff hing herunter, meine ganze Schulter war entblößt. Ich hatte es gar nicht bemerkt.

»Ach ja«, sagte ich, »ich muß mich umziehen.«

Ich drehte mich um, wollte die Treppe wieder hinaufstürmen. Auf der ersten Stufe blieb ich stehen und wandte mich zu Maurice, der mitten in der Halle stand und mir nachsah. Plötzlich konnte ich es nicht mehr für mich behalten.

»Ich muß – Maurice, es ist etwas Schreckliches geschehen. Ich muß noch einmal fort. Er ist verhaftet worden.«

Maurices Gesicht verschloß sich abwehrend, er begriff nicht.

»Der Comte – mein Mann – sie haben ihn verhaftet.«

Jetzt kam Leben in das stumme Gesicht von mir. »Monsieur le Comte?« Ungläubiges Staunen lag in seiner Stimme.

»Ja. Er ist heute nachmittag von den Deutschen verhaftet worden.« Maurice verstand mich noch immer nicht. »Monsieur le Comte? Ist er denn hier?«

Natürlich – er wußte es nicht. Sofort bereute ich, daß ich etwas gesagt hatte. Das hätte ich nicht tun dürfen. Ich versuchte, mich zu beherrschen.

»Ja, er war für einige Tage in Paris. Ich wußte es auch nicht. Ich habe es zufällig – ich meine, ich traf ihn durch Zufall, ich...« Alles falsch; ich benahm mich wie eine Idiotin. Wenn ich mich nicht endlich zusammennahm, würde ich Jean-Claude nicht mehr helfen können.

»Ich weiß auch nicht genau, was vorgefallen ist. Ich muß mich erst erkundigen. Darum muß ich noch einmal weg. Ich zieh' mich nur schnell um.«

Als ich kurz darauf das Haus verließ, war die Halle leer.

Arne war noch immer nicht da. Ganymed wußte nichts.

»Ich warte!« sagte ich.

Ob er mir etwas zu essen bringen solle, etwas zu trinken?

»Nein, danke. Doch, bring mir einen Cognac.«

Ich saß in der Bibliothek, ich trank Cognac, ich rauchte. Ich wartete. Ich lief im Zimmer hin und her, ich starrte aus dem Fenster, ich war meiner Fantasie ausgeliefert. Ich sah furchtbare Bilder. Und dann beruhigte ich mich wieder. Das mußte sich alles regeln lassen. Besaß ich nicht die besten Verbindungen? Einen Bruder im Stab des Militärbefehlshabers, einen Freund beim SD. Wenn jemand etwas ausrichten konnte, dann ich.

Irgendwann, als ich begann etwas klarer zu denken, wurde ich mißtrauisch.

Warum hatte man mich eigentlich nicht mit verhaftet? Ich war aus der Wohnung herausgekommen. Nicht wahr? So war es doch. Woher wußten sie, daß ich nicht dazu gehörte? Woher wußten sie, daß ich eine Deutsche war? Und wenn auch, warum hatten sie mich nicht mit verhaftet? Warum ließen sie mich laufen? Ganz bewußt und ganz geplant?

Also mußten sie gewußt haben, daß ich dort war. Also hatten sie gewußt, wer ich war. Von wem konnten sie das erfahren haben? Wer wußte...

Das war der Moment, wo ich zu Stein wurde. Wo ich gefror, wo das nackte Entsetzen mir die Luft abschnürte.

Als Arne kam, ziemlich spät am Abend, überfiel ich ihn wie eine Tobsüchtige.

»Du hast mich verraten! Du hast mich verfolgen lassen! Du hast sie mir nachgeschickt!«

Ich weiß nicht, was ich dafür geben würde – ich habe nicht mehr viel zu geben und zu sagen, ich würde den Rest meines Lebens dafür geben, der ist ja jetzt nicht mehr viel wert, aber ich weiß nichts anderes, ich kann nicht sagen, ich würde Philipps Leben dafür geben, nein, das nicht, aber sonst alles, alles – wenn ich je die Wahrheit erfahren würde, wenn ich je von diesem schrecklichen Verdacht befreit sein könnte – ob Arne es war, der mich verriet. Ich hatte ihm zwei Tage zuvor erzählt, daß ich ein Kind erwartete, daß Jean-Claude vor Monaten dagewesen sei. Mehr hatte ich nicht gesagt. Aber zwei Tage darauf fand man ihn. Man brauchte mir bloß nachzugehen.

Es mußte nur einer sagen: Beschatten Sie diese Frau! Beobachten Sie, wo sie hingeht, wen sie trifft.

War es nicht so?

Günther hatte ich nichts erzählt. Gar nichts. Und daß *er* das nicht getan hätte, das wußte ich. Das weiß ich heute noch. Aber Arne mit seiner lächerlichen Eifersucht, mit seinem krankhaften Wunsch, mich wiederzuhaben, mich mitzunehmen?

Ich kann nicht mehr darüber nachdenken. Ich will nicht mehr darüber nachdenken. Vergessen will ich endlich. Vergessen! Aber ich sagte in jener Nacht zu Philipp: »Ich hatte Grund zu der Annahme, daß mein Bruder es war, der die Gestapo schickte. Daß er mir nachspüren ließ. Daß er schuld daran war, daß man Jean-Claude fand und ihn und die anderen verhaftete.«

Warum habe ich das gesagt? Ich weißt es noch nicht! Warum klage ich Arne heute noch an, einundzwanzig Jahre später, obwohl seine Schuld nie bewiesen wurde?

Er nahm sich das Leben. Er erschoß sich im Frühling des Jahres 1945. Warum? Deswegen?

Weil er es getan hatte. Weil ich ihn beschuldigte. Weil ich ihm meinen Haß, meine ganze Verachtung ins Gesicht schleuderte, hemmungslos, wie eine Rasende. Weil ich mich von ihm lossagte.

Oder weil seine Welt zusammenbrach? Weil der Krieg verloren war? Weil alles zu Ende war? Ich weiß es nicht.

An jenem Abend gelang es ihm noch, mich zu beruhigen. Das sei doch alles lächerlich, was ich da sage. Ich solle jetzt erst einmal in Ruhe berichten, was eigentlich geschehen sei. Er verstehe kein Wort.

So. Mein Mann sei also noch in Paris gewesen. Jetzt noch. Ich hätte ihn also belogen. Verhaftet? Aha! Er werde versuchen, ob er etwas tun könne. So wie die Dinge allerdings lägen, das wisse ich ja wohl, seien seine Möglichkeiten bescheiden. Das falle nicht in das Ressort des Militärbefehlshabers. Es sei mir wohl bekannt, daß es eine höhere SS- und Polizeiführung in Frankreich gäbe. Die sei dafür zuständig.

Er war sehr ruhig, sehr gelassen. Er stand da wie immer, gepflegt, elegant.

Die Erschöpfung, die mich vorübergehend ruhiger gemacht hatte, wich. Es machte mich rasend, das gleichmütige Gesicht meines Bruders zu sehen. Und der letzte Rest jeder Beherrschung verließ mich, als mein Blick die arrogante und, wie mir schien, höhnische Miene des Majors v. Barnim traf. Er war mit Arne zusammen gekommen, hatte sich etwas abseits in einen Sessel gesetzt, er rauchte und genoß offensichtlich das Schauspiel, das ich darbot. Gefühl hatte dieser Mensch nicht, das wußte ich ohnedies. Er hätte sich selbst die Hände wahrscheinlich nicht schmutzig gemacht, aber er würde ungerührt zusehen, wie ein Mensch vor seinen Augen zugrunde ging, das wußte ich.

In diesem Augenblick haßte ich sie beide, meinen Bruder und ihn, wie ich sie da vor mir sah in ihren Uniformen, in ihrer lächerlichen überlegenen Siegerpose, die nichts mehr war als eine Farce. Hatten sie das immer noch nicht begriffen? Nur noch Wochen, vielleicht nur noch Tage würde es dauern, bis man sie aus diesem Land jagte, wie man sie überall hinausjagte, wo sie sich anmaßend breitgemacht hatten. Wenn Arne es immer noch nicht wußte, sein bewunderter Freund wußte es bestimmt, dem machte keiner etwas vor, und gerissen, wie er war, wußte er auch sicher einen Ausweg für sich aus der Katastrophe der Niederlage.

Ich stand mit geballten Fäusten vor Arne und schrie ihn an: »So geh doch endlich! Geh! Unternimm etwas! Tu etwas!«

»Jetzt?« fragte er indigniert. »Es ist mitten in der Nacht. Ich erreiche doch jetzt keinen Menschen.«

»Sie werden ja nicht alle schlafen auf euren verdammten Dienststellen. Schließlich ist das kein Sanatorium hier, sondern ein Land im Krieg. Du wirst schon jemanden erreichen. Du darfst nicht warten bis morgen. Die warten auch nicht. Diese Schweine! Diese verfluchten deutschen Schweine!«

Das schrie ich, laut und unbeherrscht, und Arnes Gesicht versteinerte, er trat von mir zurück, blickte zu Barnim hin, wollte etwas sagen, aber ich war noch nicht fertig.

»Man weiß doch, wie sie es machen, nicht wahr? Willst du behaupten, du weißt es nicht? Und Sie, Major? Sie wissen doch bestimmt sehr gut Bescheid darüber, was in den Gefängnissen geschieht, im Cherche-Midi zum Beispiel; daß man die Menschen quält, daß man sie foltert. Ich weiß, es macht Ihnen nicht das geringste aus. Und du«, wandte ich mich wie eine Rasende wieder an Arne, »du elender Lügner, du Verbrecher, du gehörst zu ihnen, du schämst dich nicht, mit diesen Schweinen gemeinsame Sache zu machen. Du müßtest in den Boden versinken vor Scham und vor Entsetzen, daß du zu dieser Mörderbande gehörst.«

Der Major stand auf, trat neben Arne, der mit weißem Gesicht vor mir stand, legte ihm die Hand auf die Schulter und sagte zu ihm mit gewohnt gleichmütig-lässigem Ton: »Nun, mon cher, mach nicht so ein entsetztes Gesicht. Wenn Frauen hysterisch werden, nimmt das meist solche Formen an, das kenne ich schon. Auch deine bezaubernde Schwester macht da offenbar keine Ausnahme. Nur würde ich Ihnen empfehlen, Comtesse, sich ein wenig um Zurückhaltung zu bemühen. Wir sind hier unter uns, gewiß, und das ist ein Glück für Sie. Und wir sind beide großzügige und tolerante Menschen. Ich entschuldige Ihre Ausdrucksweise mit Ihrem Erregungszustand. Mir ist zwar diese ganze Affäre noch nicht ganz klargeworden. Vielleicht ist es Ihnen möglich, sich etwas deutlicher auszudrücken. Offenbar haben Sie sich sehr leichtsinnig in eine gefährliche Situation begeben, und es dürfte keine Rolle dabei spielen, daß es sich um Ihren Mann handelte, den Sie besuchten. Ich würde sagen, Sie sind sehr gut dabei weggekommen, und dafür sollten Sie dankbar sein. Auf keinen Fall können Sie von Ihrem Bruder verlangen, sich da einzumischen. Was soll das für einen Eindruck machen? Und tun kann er wirklich nichts. Dies ist keine Angelegenheit der Wehrmacht.«

»Daß Sie mir nicht helfen würden, selbst wenn Sie könnten, das weiß ich.«

»Das ist eine irrige Ansicht Ihrerseits, Comtesse. Ich weiß, Sie haben keine besonders gute Meinung von mir. Ich will Ihnen helfen. Und zwar mit einem guten Rat. Gehen Sie nach Hause, und verhalten Sie sich möglichst still. Und am besten wäre es, Sie verlassen Paris so schnell wie möglich.«

»Und meinen Mann überlasse ich seinem Schicksal, wie? Das ist es, wie Sie in einem ähnlichen Fall handeln würden; ich kann es mir vorstellen.«

»Sie können ihm sowieso nicht helfen. Und Arne kann es erst recht nicht. Ganz im Gegenteil, es wäre seine Pflicht gewesen, dazu zu helfen, daß man diese Leute verhaftet.«

Ich starrte den Major an. »Vielleicht hat er es getan.«

»Soweit ich aus Ihren Worten klug geworden bin, Comtesse, handelt es sich hier um eine sehr gefährliche Gruppe der Résistance. Du erinnerst dich?« Er wandte sich zu Arne. »Der rote Gustave, der Spanienkämpfer? Sie haben eine Druckerei hier in Paris, wo sie Flugblätter machen. Bis jetzt konnte man sie nicht aufspüren, aber es sieht so aus, als habe man sie jetzt geschnappt. Da gibt es keine Hilfe, Comtesse. Da gibt es vermutlich nur ein rasches Urteil.«

Ich hätte den Kerl eigenhändig umbringen, sein widerliches Gesicht mit meinen Nägeln zerreißen können. Er sah es mir wohl an, trat vorsorglich einen Schritt zurück, und ich – ach, ich weiß nicht mehr, was ich alles sagte, was ich schrie, ich war wie von Sinnen, bis ich schließlich zusammenbrach und schluchzend auf dem Sofa lag.

Arne saß bei mir und versuchte mich zu trösten. Er flößte mir irgend etwas ein, zur Beruhigung, wie er sagte. Ich solle mich nicht so aufregen, und er werde noch heute nacht versuchen, in Erfahrung zu bringen, was geschehen sei und ob man etwas tun könne.

An den weiteren Verlauf der Nacht kann ich mich nicht

erinnern. Arne mußte mir ein starkes Schlafmittel gegeben haben, ich schlief plötzlich ein, und ich schlief lange.

Als ich erwachte, war es heller Tag. Ich war so benommen, daß es eine Weile dauerte, bis die Erinnerung an die Geschehnisse des vergangenen Tages ebenfalls wieder erwachte. Und die Begegnung mit der furchtbaren Wirklichkeit war so lähmend, daß ich wünschte, die Augen wieder zu schließen, wieder zu schlafen. War es nicht nur ein Traum gewesen?

Aber ich lag auf dem Sofa in der Bibliothek, in meinen Kleidern. Mein Kopf war wirr und dumpf. Ein Schlafmittel? Natürlich. Wo war Arne?

Vielleicht war alles schon gut. Jean-Claude wieder frei. Gerettet. Ich mußte nach Hause.

Ganymed fragte, ob er mir ein Frühstück bringen solle; ich gab keine Antwort, lief fort.

Im Palais war Hortense. Maurice hatte sie gerufen.

Sie wußte Bescheid. Ich nehme an, daß Emile, ihr Mann, Verbindung zu Résistance-Kreisen hatte.

Und da hörte ich es zum ersten Male. Nein – zum zweiten Male. Margot und Pierre hatten es ja auch schon gesagt: meine Schuld.

»Ihre Schuld, Madame«, sagte Hortense kalt. »Sie haben ihn verraten.«

»Wie können Sie so etwas sagen!« Ich starrte sie an, ich war zu matt, zu verzweifelt, um mich zu verteidigen. »Sie wußten, daß er hier in Paris war?«

»Ich wußte es nicht. Aber leider haben Sie es gewußt.«

»Warum soll ich ihn verraten? Ich liebe ihn doch. Ich erwarte ein Kind von ihm.«

Hortense schürzte nur verächtlich die Lippen.

Noch am Nachmittag kamen Madame-Mère und Isabelle. Ich wunderte mich nicht einmal darüber. Wenn ich noch hätte logisch denken können, dann hätte es mir bewiesen, daß die Résistance bereits das ganze Hinterland beherrschte. Sie mußten mit einem Auto gekommen sein. Irgend jemand mußte sie hergebracht haben. Und da standen sie nun alle drei vor mir. Drei Augenpaare voller Haß.

»Du Mörderin!« sagte Isabelle.

Ich konnte mich nicht einmal mehr verteidigen. Sie glaubten mir nicht. Alle Welt wisse, daß mein Liebhaber bei der SS sei, erfuhr ich. Wenn ich ein Kind bekäme, wie ich behauptete, dann würde wohl er der Vater sein.

Und schließlich wieder Isabelle: »Es dauert nicht mehr lange. Nicht mehr lange. Und Sie werden es bezahlen, Iris, Sie werden es bezahlen! Dafür werden wir sorgen!«

Diese Stunden, diese zwei Tage – sie sind ein einziger Wirrwarr in meinem Kopf. Schließlich sagte ich gar nichts mehr. Ich konnte nicht mehr sprechen, nicht mehr denken.

Und dann plötzlich kam Günther. Wie ich später erfuhr, war er gegen Abend von seiner Fahrt zurückgekommen und hatte eine Nachricht von Arne vorgefunden. Er kam sofort zu mir, und sein Auftritt im Palais war für alle die Bestätigung ihres Verdachtes.

»Bring mich von hier fort!« sagte ich. »Bitte, Günther, bring mich von hier fort!«

Er benahm sich sehr korrekt, kein Wort zuviel, er begriff, daß ich nicht länger in diesem Hause bleiben konnte.

Ich weiß nicht, wie die anderen ihn ansahen – wenn sie ihn überhaupt ansahen. Gesprochen haben sie bestimmt nichts mit ihm.

»Vergessen Sie Ihr Gepäck nicht, Madame«, sagte Isabelle. »Wie wir gesehen haben, war bereits gepackt. Sie hatten die Abreise vorbereitet.«

Ich schwieg. Es war einerlei. Maurice brachte meine Koffer herunter. Günther lud sie in den Wagen, ich stieg ein, wir fuhren fort. Ich fragte nicht wohin.

Ich hatte keinen mehr angesehen.

Sie verschwanden aus meinem Leben, wie ich aus ihrem Leben verschwand.

Und keiner hat jemals wieder nach mir gefragt.

Ich weiß nicht, ob Jean-Claude an diesem Abend schon tot war. Ich weiß nicht, wann sie ihn erschossen haben. Sie müssen es bald getan haben, viel Zeit blieb ihnen sowieso nicht mehr. Das wußten sie. Es war keine Zeit für einen Prozeß, für eine Verhandlung. Warum auch. Er war längst verurteilt. Sie hatten ihn lange gesucht.

Ich blieb eine Woche in einem kleinen Schlößchen in der Ile de France, in das mich Günther an jenem Abend gebracht hatte. Es lag einsam mitten im Wald. Der Arzt beschrieb mir einmal die Gegend, erklärte mir, wo ich mich befand. Ich hörte gar nicht zu. Ich lag fast den ganzen Tag apathisch auf dem Bett und starrte vor mich hin.

In diesem kleinen Schloß war ein Lazarett untergebracht, ein Lazarett für Männer, die mit einem psychischen Schaden von der Front kamen, einen Schock davongetragen, einen Nervenzusammenbruch erlitten hatten. Ich habe sicher sehr gut in dieses Haus gepaßt. Günther, der den Arzt kannte und im ersten Augenblick natürlich nicht wußte, wo ich unter Aufsicht sein könnte, brachte mich dorthin. Der Arzt war sehr freundlich, er kam jeden Tag zweimal, um nach mir zu sehen, gab mir Spritzen, sprach zu mir wie zu einem kranken Kind. Eine dicke, gutmütige Schwester kam, sie war die Ruhe selbst, sie brachte mir das Essen, und wenn ich nicht essen wollte, fütterte sie mich und schalt dabei. Die Medikamente, die ich bekam, waren wohl alles Beruhigungsmittel, ich habe nur ganz verschwommene Erinnerungen an diese Tage.

Günther kam einmal. Er sagte, man bemühe sich um den Fall. Ja, selbstverständlich, Arne auch.

»Er hat es getan. Er hat mir diese Leute nachgeschickt.«

»Iris, ich bitte dich, verrenne dich doch nicht in so unsinnige Gedanken!«

»Wer soll es denn sonst gewesen sein? Sonst wußte doch keiner davon.«

»Das weißt du doch nicht. Man kann sie schon lange beobachtet haben. Es sind nicht die einzigen Widerstandskämpfer, die wir in letzter Zeit verhaftet haben.«

»Und ich? Warum hat man mich ganz unbehelligt laufenlassen? Nicht einmal verhört hat man mich. Kannst du mir das erklären?«

»Mein Gott, sie werden gewußt haben, daß du eine Deutsche bist.«

»Und? Das genügt? Du glaubst doch selber nicht, was du da sagst. Aber bitte, wenn Arne daran unschuldig ist, wenn es von der Gestapo ausgegangen ist, wirst du das ja wohl herauskriegen können.«

»Das kann ich nicht herauskriegen.«

»Warum nicht? Du willst nicht. Du weißt, daß er es war.«

Wußte er es?

Vermutete er es?

Hat Arne es getan?

Ich weiß es nicht.

Und dann kam Günther und sagte, er werde in zwei Tagen nach Deutschland fahren und ich mit ihm.

»Nein.«

»Doch. Du kannst hier nicht mehr bleiben.«

Ich richtete mich auf und sah ihn an.

Sein Gesicht war blaß und merkwürdig starr. Er gehörte nicht zu denen, die sich verstellen können.

»Er ist tot?«

»Iris...«

»Gib mir Antwort. Ist er tot?«

Er senkte den Kopf.

»Ihr habt ihn umgebracht. Ihr habt ihn ermordet!«

Er legte seine Hand auf meine, ich zog meine Hand weg.

»Mörder seid ihr! Mörder!«

»Ja«, sagte er nach einer Weile. »Du hast recht. Wir morden und wir töten. Die anderen tun es auch. Alle tun es. Aber wir haben angefangen. Wir müssen es bitter bezahlen, Iris. Es werden noch viele von uns sterben. Und was aus Deutschland werden soll – daran kann ich gar nicht denken.«

»Mir ist egal, was aus Deutschland wird. Und ihr verdient den Tod. Alle verdient ihr den Tod.«

Ich weinte nicht. Ich hatte es ja gewußt. Weinen konnte ich nicht mehr. Ich war wie ein Stein.

Nein. Ich wurde noch einmal lebendig, noch einmal, am nächsten Tag, als Arne kam, um sich von mir zu verabschieden. Da kam es zu jenem furchtbaren Auftritt.

»Ich hasse dich. Ich verabscheue dich. Ich wünschte, es hätte dich nie gegeben. Und ich will dich nie, nie wiedersehen.« Es war das letzte Mal in meinem Leben, daß ich meinen Bruder sah.

Der Arzt gab mir eine Spritze, dann lag ich wieder wie betäubt auf dem Bett, ich konnte nicht einmal mehr leiden.

Wir fuhren in einem Konvoi von vier Wagen nach Deutschland. Günther saß neben mir. Ich fragte nicht einmal, wohin wir fuhren. Die Männer hatten Maschinenpistolen neben sich liegen, es war damals sehr gefährlich, durch Frankreich zu fahren. Ich wünschte mir, wir würden überfallen. Aber uns geschah nichts.

Günther sagte: »Nach Berlin kann ich dich nicht mitnehmen, das wäre unsinnig. Ich habe mir gedacht, ich bringe dich zunächst einmal zu meiner Schwester. Ich habe dir doch von ihr erzählt, nicht wahr? Sie ist ein sehr liebevoller und vernünftiger Mensch. Ich könnte mir denken, daß du jetzt eine Frau um dich brauchst.«

Ich gab keine Antwort.

»Sie wohnt in einem Vorort von Frankfurt. Natürlich ist es in Frankfurt jetzt auch nicht so gemütlich, und es ist besser, du ziehst irgendwohin aufs Land. Kann sein, daß Ilse mit den Kindern auch aus der Stadt fortgeht, ich bin dafür. Sobald ich mich in Berlin gemeldet habe, versuche ich ein paar freie Tage zu bekommen, und dann komme ich und werde euch irgendwo unterbringen. Du brauchst einen Ort, an dem du in den nächsten Monaten in Ruhe leben kannst, Iris. Und du mußt mir versprechen, vernünftig zu sein. Du mußt an das Kind denken.«

Ich schwieg.

»Es ist genug Tod und Unglück in der Welt, Iris. Deine Aufgabe ist es jetzt, an das Leben zu denken. An deines und an das deines Kindes.«

»Was für ein Kind? Ich brauche kein Kind. Ich will kein Kind.«

»Es ist doch Jean-Claudes Kind, Iris. Auch daran mußt du denken.«

»Ich will kein Kind.«

Das war immer noch nicht das Ende. Der Krieg dauerte noch fast ein Jahr, noch zehn Monate. Das heißt, für uns in Frankfurt war er früher zu Ende. Am 29. März besetzten die Amerikaner Frankfurt.

Günther war nicht gekommen, um mich aufs Land zu bringen. Zuerst konnte er nicht wieder weg, dann wurde er bei einem Luftangriff verschüttet und verletzt, und dann konnte er Berlin nicht mehr verlassen.

Im Januar gebar ich das Kind. Im April schnitt ich mir die Pulsadern auf.

Im März, nachdem die Amerikaner bei Remagen den Rhein überschritten hatten, hatte Arne sich erschossen, um der Schande der Gefangenschaft zu entgehen. Ich erfuhr es von Barnim.

Im Juni kam meine Mutter. Sie war sehr alt geworden, ganz mager und zusammengeschrumpft. Und sehr schweigsam. Sie sprach nicht von früher. Nicht von ihrem Führer, nicht von ihrem Sohn, nicht von Jean-Claude.

Doch eines Tages sprach sie wieder von früher. Von ganz früher – von ihrem Mann. Nun sei alles verlorengegangen, was sie noch von ihm gehabt hätte, die alten Uniformen, das Eiserne Kreuz, die Bilder, der Pokal…

Ich schrie sie an. »Du bist bloß schuld! Nur du! Mit deiner verfluchten Vergangenheit. Die hat alles angerichtet. Fang bloß damit nicht wieder an, ich kann es nicht mehr hören.«

Sie blickte mich erschreckt an und begriff nicht. Noch immer begriff sie nicht.

Schuld!

Alles schien nur noch aus Schuld zu bestehen.

Aber wer ist schon so schuldig wie ich – schuld am Tod Jean-Claudes, schuld an Arnes Tod, schuld daran, daß Günther nicht glücklich werden konnte – ach, was für ein Unsinn. Er ist glücklich geworden, da unten in Südafrika. Ich weiß es nicht genau, aber es könnte sein. Und ein paar Jahre lang hat er mich auch noch gehabt, länger als Jean-Claude mich hatte. Ob er dabei nun glücklich war, das ist seine Sache. Mehr konnte er von mir nicht haben, mehr war nicht da.

Schuld bin ich nun schließlich auch daran, daß Philipp

fortging. Er wird wiederkommen, sicher. Ob es allerdings zwischen uns noch so sein wird wie früher – das bezweifle ich. Ich wollte schweigen, aber ich habe gesprochen. Und jetzt, nachdem ich wochenlang Zeit hatte, darüber nachzudenken, nachdem ich es tage- und wochenlang bereut habe – jetzt sage ich: Nein, ich bereue es nicht.

Philipp mußte die Wahrheit erfahren. Er mußte alles wissen. Er soll mich lieben, wie ich bin und wie alles war, oder er soll es bleiben lassen.

Er hat mich gefunden in meinem Niemandsland. Allein mit den beiden Toten.

Keine Helden, Philipp. Keine, denen man Denkmäler setzt, denen man Kränze bringt.

Der eine starb, weil er mich liebte. Kein Kämpfer, ein Spieler. Er wollte mich küssen und im Arm halten, darum mußte er sterben und die anderen mit ihm.

Der andere starb an seiner Schwäche, an der Lüge seines Lebens. Auch er kein Held. Ein Phantast, der nicht zugeben wollte, daß er den falschen Weg gegangen war.

Keine Denkmäler für diese Toten in meinem Niemandsland.

Keine Kränze, kein Sieg, kein Triumph.

Besiegte, wir alle. Keine Helden – nur Opfer. Nur Toren. Wie die meisten, die dieser Krieg in sich hineinfraß.

Laß mich allein im Niemandsland bei ihnen, Philipp. Du bist frei. Du kannst gehen, wohin du willst, du sollst nicht zurückblicken und dich nicht mehr darum kümmern.

Das ist es, was ich ihm sagen werde, wenn er kommt.

Ich warte nicht mehr.

An einem Nachmittag im Mai, an einem leuchtenden hellen Frühlingstag, die Kastanien blühen, die Tulpen und die Narzissen in den Anlagen auch, die Springbrunnen plätschern, es ist so richtig hübsch und harmonisch rundherum – an diesem Nachmittag im Mai kommt Philipp.

Ich bin im Laden und unterhalte mich mit einer Dame und einem Herrn, einem Ehepaar. Sie haben sich ein Zweithaus im Taunus gebaut und suchen ein paar gute Stücke dafür.

»Wir machen das in Ruhe, wissen Sie«, sagt die Dame, sie ist sehr hübsch, kupferfarbenes Haar, dunkle Augen, hellgrünes Chanelkostüm, sehr dezenter Schmuck, »ich bin dagegen, daß man unbesonnen Sachen zusammenkauft, die einem nicht liegen. Wo ich bin, schaue ich mir etwas an, und meist finde ich dann auch was. Ich habe auf diese Weise die besten Erfahrungen gemacht. Nicht, Edgar? Mein Mann staunt immer, was ich alles heranschleppe. Voriges Jahr habe ich aus Österreich eine Truhe mitgebracht. So etwas Bezauberndes haben Sie noch nicht gesehen. Bauernbarock. Sie sind nicht böse, wenn wir uns heute erst mal umschauen hier? Ich komme wieder, wissen Sie, ich komme immer wieder, ich bin da sehr geduldig. Mit der Zeit werden Sie wissen, was ich suche.«

Ich lächle sie an, ebenso geduldig. »Lassen Sie sich nur Zeit, gnädige Frau. Mit der Schönheit ist es wie mit der Liebe, man kann sie nicht mit Gewalt einfangen. Sie muß einem zuwachsen.«

Sie finden es nett, daß ich das sage. Es sei charmant, sagt er. Und sie meint, ich hätte sehr viel Verständnis, und wir würden sicher noch gute Geschäfte miteinander machen. Man könnte auch bei mir gelegentlich gute Bilder bekommen, wie sie gehört habe. Für Bilder sei sie immer zu haben.

»Es ist mir schon passiert, daß ich etwas gekauft habe, und als es an der Wand hing, mochte ich es nicht mehr. Man kann sich täuschen, nicht? Es ist wie mit Schuhen. Man kauft ein Paar Schuhe, und wenn man sie im Laden probiert, passen sie ausgezeichnet. Aber wenn man darin laufen will, passen sie überhaupt nicht.«

»Aber Olga«, sagt der Herr und schüttelt tadelnd seinen attraktiven, graumelierten Kopf, »was für ein Vergleich! Nur eine Frau kann auf eine solche Idee kommen, wie?« Er sieht mich an und lächelt. Sehr netter Mann, ich lächle auch.

Und da sehe ich Philipp zur Tür hereinkommen. Er hat die Lederjacke an, seine Koffer in der Hand, er stößt die Tür mit der Schulter auf, kommt hereingelatscht, grinst. Ludmilla irgendwo im Hintergrund gibt einen hohen Ton von sich.

»Es ist kein schlechter Vergleich«, sage ich zu dem netten Mann der kupferfarbenen Frau. »Mit den Schuhen ist es wie mit vielen anderen Dingen. Sogar mit Menschen ist es so. Nur kann man Schuhe leichter umtauschen. Oder verschenken. Oder ganz einfach unten im Schrank verstecken.«

Ludmilla ist bei Philipp angekommen, sie redet auf ihn ein und tut, als sei er von einer Weltreise zurück. Er hat die Koffer hingestellt, lacht, umarmt sie sogar und drückt ihr einen Kuß auf die Wange. Ich kann nicht verstehen, was sie reden. Auch habe ich noch mit den Kunden zu tun.

»Mir gefällt der Sekretär, was meinst du, Edgar? Er würde gut in das kleine Eckzimmer passen.«

»Hm«, macht er.

»Wir dürfen es uns noch ein paar Tage überlegen?« fragt sie, zu mir gewandt. »Wissen Sie, ich bin dagegen, überstürzt zu kaufen. Sie werden ihn sicherlich nicht gleich verkaufen?«

»Kaum anzunehmen«, sage ich. »Denken Sie ruhig darüber nach und schauen Sie sich das Eckzimmer noch mal daraufhin an. Er ist schon seit sechs Wochen hier.«

»Ich komme dann nächster Tage wieder vorbei. Hübsche Sachen haben Sie, wirklich.«

Sie wollen noch ins Casino, wie ich erfahre.

»Ich mache mir nicht besonders viel aus dem Spiel«, sagt die Kupferfarbene. »Mir macht es nur Spaß, so ein bißchen zu beobachten. Die Leute, wissen Sie. Also dann, bis demnächst.« Ich gehe mit ihnen zur Tür, sie geben mir sogar die Hand. Sie kommen bestimmt wieder, demnächst.

Als ich mich umdrehe, hat Philipp sich auf den Louis-Seize-Schreibtisch gesetzt. Er grinst mich an. Er sieht gut aus, ist braungebrannt, munter, fröhlich. Und mehr denn je ähnelt er Jean-Claude. Nein – heute ähnelt er ihm zum erstenmal richtig. Es ist Jean-Claudes Lächeln, so ein bißchen spöttisch und sehr überlegen aus dem Mundwinkel heraus. Mein Gott, dieses Kind ist ein Mann geworden.

»Bonjour, Madame«, sagt er. »Comment allez-vous? Je suis très heureux de vous voir.«

»Sehr gut«, sage ich. »Wenn einer eine Reise tut, dann lernt er fremde Sprachen. Vous avez appris bien le français, monsieur?«

»Pas bien. Seulement un peu.«

Ludmilla gackert wie ein Huhn. In ihrem Gesicht mischt sich Neugier mit Enttäuschung. Sie hat offenbar eine dramatische Wiedersehensszene erwartet.

Er zieht aus seiner Jackentasche ein kleines Schächtelchen, das er ihr überreicht. »Kleines Mitbringsel, Ludmilla. Damit Sie mich auch fürderhin in Ihr Nachtgebet einschließen.«

»Ui!« macht sie. »Arpège! Meine Lieblingsmarke. Danke, Philipp. Du bist ein Schatz.«

»Sagte ich ja immer, mir glaubt bloß keiner. Du kriegst auch noch was, Iritschka. Später. Können wir diesen Nibelungenhort hier für eine Weile Ludmilla überlassen?«

»Ich denke«, antwortete ich. »Komm, gehen wir hinauf.«

Ludmilla ist enttäuscht. Sie muß unten bleiben, ich gehe mit meinem Sohn hinauf in die Wohnung.

Wir schweigen, während wir hinaufgehen. Wir schweigen, während wir die Wohnung betreten.

Er stellt die Koffer hin, sehr langsam und leise. Zieht seine Jacke aus. Sagt: »Ich wasche mir nur schnell die Hände«, verschwindet im Bad.

Ich stehe in meinem Wohnzimmer. Stehe verloren mitten im Raum und weiß nicht, was ich tun soll. Das letzte Mal sahen wir uns in jener Nacht. Was er inzwischen getan, gesehen, erlebt und erfahren hat, weiß ich nicht. Was tut man in solch einem Fall? Wie verhält sich eine Mutter? Ach Gott, ich war wohl immer eine sehr unkonventionelle Mutter. Und Situationen wie diese – vermutlich gibt es dafür keine Spielregeln.

Dann kommt er ins Zimmer, sein Hemd ist verknautscht und nicht mehr ganz sauber. Er grinst nicht mehr, er lacht auch nicht. Er kommt auf mich zu und schließt mich in die Arme. »Meine kleine Iritschka«, sagt er. Seine Stimme ist warm und weich und sehr zärtlich.

Ich habe die Augen geschlossen, fühle seinen warmen jungen Körper an meinem, seine Arme um mich, seine Wange an meiner. Er ist da. Und ich spüre nichts von Fremdheit, nichts von Feindschaft.

»Ich bin ein ganz abscheulicher Bengel«, spricht er in mein Haar hinein. »Einfach abhauen – ich weiß, das tut man nicht. Schlecht erzogen, dieser Junge. Dir fehlt es eben doch an Autorität. Gut, daß du nicht noch mehr solcher Kinder hast. Was wäre aus denen bloß geworden? Nicht alle sind so gut veranlagt wie ich.«

Ich biege meinen Kopf zurück und lache. »Du elender Fratz«, sage ich, »da dürftest du mit jedem Wort recht haben.«

Wir schauen uns an, und es ist wie immer. Ich habe ihn nicht verloren, er gehört mir noch. Und ich gehöre ihm.

»Ich habe eine Flasche Champagner im Koffer. Echten französischen Champagner. Ich würde ihn gern jetzt mit dir trinken. Aber wahrscheinlich explodiert er, wenn ich ihn aufmache. Er muß kochen.«

»Ich habe eine Flasche ganz popligen deutschen Sekt im Kühlschrank. Wenn es der sein darf?«

»Ich hole ihn.«

Er bringt den Sekt, bringt Gläser, macht die Flasche geschickt auf, füllt die Gläser, hält mir eines hin. Die ganze Zeit stehe ich, ohne mich zu rühren. Ich könnte keinen Schritt gehen. Ich kann auch nicht sprechen. Der Schock kommt nun erst.

Er ist da.

Was werde ich hören?

»Also denn«, sagt er, »suis-je bienvenu?«

»Tu es bienvenu. Et je suis très heureuse que tu es revenu. Chez moi.«

Wir trinken. Dann küßt er mich auf beide Wangen.

»Das machen sie dort so, weißt du. Küßchen rechts, Küßchen links. Haben sie das bei dir auch so gemacht?«

»Nein. Das hat keiner bei mir gemacht.«

»Ja, die Zeiten ändern sich. Jetzt paß auf, Iritschka, wir müssen gleich zur Sache kommen, damit du dich seelisch darauf einstellst.«

»Worauf?«

»Na ja, so allgemein und überhaupt. Ich bin also wieder da. Was ich erlebt habe, werde ich dir alles mal in Ruhe erzählen. Zunächst soll ich dir eine Menge Grüße bestellen.«

»Grüße?« frage ich, und meine Knie werden weich.

»Ja, setz dich mal hin. So. Also die wichtigsten Grüße kommen von Onkel Charles.«

»Charles?« Meine Stimme ist kaum zu hören.

»Ja. Charles. Er ist von Reue zerfressen und Tag und Nacht pausenlos erschüttert, und, na ja, so was alles, und er sagt, er wird sich nie verzeihen, daß er sich nicht um dich gekümmert hat. Du wärst ganz groß in Ordnung, hat er gesagt, und er kann dich überhaupt gut leiden. Und weißt du, Iritschka, daß sie gedacht haben, du wärst tot?«

»Tot? Nein. Nein, das weiß ich nicht.«

»Ja. Irgend jemand hat ihnen erzählt, du wärst tot. Stell dir so was vor. Charles hat sich ziemlich bald nach dem Krieg nach dir erkundigt. Allerdings in Berlin, und er hat die Auskunft bekommen, du wärst tot. Iritschka, ich habe für vieles Verständnis. Sicher, die Zeiten waren irre. Aber ihr habt euch alle benommen wie die Wahnsinnigen. Muß man denn eigentlich so unvernünftig sein? Wozu soll das gut sein?«

Ich beiße mir auf den Fingerknöchel, nehme den Finger gleich wieder aus dem Mund, trinke aus meinem Glas, zünde mir eine Zigarette an.

»Also Philipp – du kannst nicht von mir erwarten, daß ich aus deinem Gerede klug werde. Entweder du redest vernünftig, oder du läßt es bleiben. Du sprichst von Charles, von – Jean-Claudes Bruder?«

»Ja. Von wem sonst? Von deinem Schwager gewissermaßen. Von meinem Onkel.«

»Aber wieso – ich verstehe kein Wort?«

»Was ist denn dabei nicht zu verstehen? Er wohnt dort in der alten Raubritterburg und züchtet seinen Wein. Und er war ganz hin und weg vor Begeisterung, daß ich aufgetaucht bin.« Er grinst. »Die Familienchronik, nicht? Was täten sie denn ohne mich? Die Alte wollte mich gar nicht mehr weglassen. Sie brauchen doch händeringend einen Sproß, der die Familie weiterleben läßt. Kannst du mir sagen, was sie ohne mich täten?«

»Die Alte?«

»Na ja, meine Oma. Die Comtesse Saint-Mar de Chaumencey.« Er hebt sein Glas. »Trinken wir auf sie. Weißt du, so alt zu sein und so auf Draht, also das haut einen glatt um.«

»Sie lebt noch?«

»Und ob die lebt. Da sind wir Abziehbilder dagegen.«

»Aber sie muß doch…«

»Sie ist vierundachtzig. Und wie sie daherkommt, wird sie hundert. Die überlebt uns alle.«

»Philipp!«

»Ja, schon gut. Ich werde gleich seriös. Pausenlos. Also in der alten Burg wohnt erst mal die alte Comtesse. Sie ist bei bestem Appetit, und der Wein schmeckt ihr auch noch. Sie geht jeden Sonntag zur Messe. Du wirst es nicht für möglich halten, aber ich mußte mitgehen. Was sagst du dazu?«

Ich sage gar nichts. Ich sitze da und starre meinen Sohn an. Er sitzt mir gegenüber, hat sein Glas in der Hand, er ist vergnügt und ganz gelassen; jetzt steht er auf und spaziert durchs Zimmer, guckt zum Fenster 'raus, sagt: »Schönes Wetter, hier auch. Bin ich froh. Bei uns weiß man ja nie. Wär' mir ja peinlich, wenn's hier regnet.«

»Philipp!«

»Ja, ich komm' schon zur Sache. Also eins kann ich dir sagen: mir gefällt's da. Und ich könnte dir fast übelnehmen, daß du mir das alles vorenthalten hast. Burgund! Hab' ich nur in der Schule davon gehört, nicht sehr viel, und ein bißchen an der Uni auch, mein Professor hat gesagt, wir machen da vielleicht mal 'ne Exkursion hin. Und dabei bin ich dort zu Hause. Also das muß man doch wissen.«

»Zu Hause...«

»Na klar. Genaugenommen ist das mein Schloß, Iritschka, du kannst mir doch nicht einfach 'n Schloß vorenthalten. So 'ne richtige, schöne alte Raubritterburg. Wer hat denn so was! Stell dir vor, ich heirate mal. Ich kann ja überhaupt das dollste Mädchen kriegen. Mit so einer Burg als Aussteuer.«

»Philipp, du machst mich wahnsinnig.«

Er kommt, setzt sich neben mich, umarmt mich, küßt mich auf die Wange.

»Ich bin ein Idiot, Iritschka, ich weiß. Aber du mußt nun mal schön vernünftig sein und die Sache ganz friedlich sehen. Kannst du das?«

»Wie bist du dort hingekommen?«

»Na, durch Gérard.«

»Gérard? Ich denke, das ist ein Junge, den du kennengelernt hast.«

»Gérard ist nicht irgendein Junge, Gérard ist mein leibhaftiger Vetter. Der Sohn von Isabelle?«

»Der Sohn von Isabelle?«

»Klar. Eine Tochter hat sie auch noch. Sehr niedliches Kind. Hat sich pausenlos über mein Französisch totgelacht. Sechzehn Jahre – in dem Alter sind sie noch sehr albern.«

»Philipp?«

»Also paß auf. Gérard habe ich in Paris kennengelernt, wir fanden es erst einmal wahnsinnig komisch. Und dann sind wir zu seinen Eltern gefahren.«

Mir geht ein Licht auf. »Nach Avignon.«

»Genau. Gérards Vater ist Präfekt im Departement Vaucluse. Sehr netter Mann. Und Isabelle ist einfach süß. Was denkst du, wie die sich gefreut hat, als ich kam. Wie einen richtigen verlorenen Sohn haben sie mich empfangen.« Er grinst höchst amüsiert. »Plötzlich war ich 'n Comte. Kannst du dir so was vorstellen?«

»Philipp, ich kann mir gar nichts vorstellen.«

Er wird ernst. »Du mußt nicht böse sein, daß ich so albern bin. Ich mein's nicht so. Ich weiß ja, wie das alles für dich ist.

Ich habe es ihnen auch gesagt. Und sie sehen jetzt ein, wie gemein sie zu dir waren. Es tut ihnen schrecklich leid. Und darum sind sie jetzt auch hier.«

»Sie sind...«

»Ja, Iritschka. Und wir wollen mal so ganz kühl und sachlich sein, ja? Gérard studiert in Paris und wohnt dort in dem Palais, von dem du mir erzählt hast. Bis ich das gefunden hatte! Und als ich soweit war, sind wir zusammen nach Avignon gefahren. Und haben dann noch so ein bißchen die Gegend unsicher gemacht, wo ich doch nun mal da war. Und Isabelle hatte gesagt, sie muß erst mit ihrer Mutter und mit Charles allein reden. Sie vorbereiten gewissermaßen. Sind ja auch nicht mehr die Jüngsten, nicht? Na, und wie das passiert war, sind wir dann alle nach Chaumencey gefahren. Dort war ich die letzten beiden Wochen.«

»Charles ist in Chaumencey?«

»Ja. Er ist nach dem Krieg zurückgekommen. Und seitdem lebt er dort. Bißchen klapprig ist er, aber geistig schwer auf Draht. Und ich habe einen Brief für dich dabei.«

»Einen Brief?«

»Einen Brief von Charles. Da steht alles drin. Daß sie dir unrecht getan haben und daß es ihnen leid tut. Und daß du nun schleunigst kommen sollst. Du gehörst zur Familie.«

»Nein, Philipp. Nein!«

»Doch, Iritschka. Ganz kühl und klar, ja? Sieh mal, das war nun mal eine verrückte Zeit damals. Ihr wart alle nicht ganz normal. Charles hat so ziemlich dasselbe gesagt wie du. Er hat gesagt, der Mensch ist immer ein Produkt seiner Zeit – auch der klügste. Er ist das Echo seiner Zeit. Und wenn Unrecht und Haß die Welt beherrschen, dann werden die Menschen davon befallen wie von einer ansteckenden Krankheit. Dann kann keiner mehr klar denken. Iritschka, du hast so etwas Ähnliches gesagt, hier in der Nacht, ehe ich weg bin. Weißt du es nicht mehr?«

»Doch.« Mein Kopf ist wirr, ich habe Angst. »Doch, ich weiß.«

»Siehst du. Aber seither ist soviel Zeit vergangen, und nun sieht alles anders aus.«

»Wirklich?«
»Bestimmt. Und darum sind sie auch hier.«
»Wer ist hier, Philipp?«
»Isabelle ist hier und Gérard.«
»Isabelle?«
»Ja. Ich bin mit ihnen zurückgekommen. Isabelle wollte partout mitfahren. Sie will dich sehen und sprechen, und zwar sofort. Und dann sollst du mitfahren nach Frankreich. Für Charles ist die Reise zu anstrengend, sonst wäre er auch mitgekommen. Das steht alles in dem Brief.«
»Nein, Philipp. Nein.«
Er legt den Arm um meine Schulter. Sein Gesicht ist ernst, seine Stimme eindringlich. »Iritschka, ich kenne dich doch, wie du bist. So gescheit und vernünftig. Ich verstehe jetzt alles. Und ich verstehe auch, was das für dich war. Aber heute ist es vorbei. Es ist vorbei, und es gibt keine Feindschaft mehr. Darum ist Isabelle hier. Mit Gérard verstehe ich mich prima. Er ist nur vier Monate jünger als ich. Und weißt du, was ich mache? Ich bleibe nur noch dieses Semester in München und gehe dann an die Sorbonne, das haben wir schon besprochen. Ich wohne dann auch in dem tollen Haus. Gefällt mir gut. Und in Saint-Mar mache ich Ferien. Und du auch. Es ist so schön dort. Und du bist dort zu Hause. Genau wie ich.«
»Warum sind sie hier?«
»Weil man das alles nicht länger aufschieben kann, verstehst du? Beinahe hätte ich sie nicht unterbringen können. Im ›Nassauer Hof‹ ist alles voll, ist wieder mal irgend so eine Tagung hier. Aber im ›Schwarzen Bock‹ haben wir glücklicherweise noch zwei Zimmer bekommen. Da sind sie jetzt. Und ich habe gesagt, wir kommen zum Abendessen. Ins Dachrestaurant. Ich hab' dem Portier gleich gesagt, daß sie uns dort einen Tisch reservieren. Da gehen wir nachher hin.«
»Wir?«
»Ja, klar, du und ich. Wir wollten doch sowieso mal fein zum Essen ausgehen. Hast du mir zum Geburtstag versprochen, wo ich doch jetzt tun und lassen könnte, was ich will. Und du ziehst das schicke neue Kleid an, von dem du mir erzählt hast.«

»Philipp – das kann ich nicht.«

»Das kannst du. Ich bin ja bei dir.«

Er legt den Kopf zurück und betrachtet mich prüfend. »Haare sind in Ordnung, Frisur liegt prima. Du malst dich noch ein bißchen an, das kannst du ja gut. Ich hab' gesagt, wir kommen so gegen acht. Erst trinken wir einen Aperitif, und dann essen wir, ganz fürstlich. Wir müssen ihnen doch zeigen, daß wir das hier auch können.«

»Ich kann das nicht, Philipp.«

»Du kannst das.«

»Nein.«

»Doch. Du kannst alles. Ich kenne dich besser.«

»Warum bist du nur hingefahren!«

»Das mußte sein. Ich bin froh, daß du mir alles erzählt hast. Glaub mir, es ist heute alles anders. Kein Mensch sagt ein böses Wort gegen dich. Charles hat gesagt, er hat sich oft gewundert, warum er noch lebt. Aber nun weiß er es. Weil er dich wiedersehen wollte und alles gutmachen möchte.«

»Gutmachen...«

»Steht alles in dem Brief. Ich geb' ihn dir gleich. Und weißt du was, Iritschka, jetzt bade ich schnell, nicht?«

»Ja.« Ich starre an ihm vorbei ins Nichts.

»Ich bade, und dann ziehe ich meinen besten Anzug an, und du ziehst dich um und machst dich ganz fein. Und vorher liest du den Brief. Und dann gehen wir.«

»Ich kann nicht, Philipp.«

»Sag nicht immer dasselbe. Tu mir den Gefallen und schalt einen Gang 'runter. Kein Grund, dramatisch zu werden. Ist doch so lange her.«

Er geht ins Bad, ich höre das Wasser rauschen. Ich sitze da, den Brief von Charles ungeöffnet in der Hand.

Es ist so lange her.

So lange.

Es war mein Leben.

Und jetzt soll ich hingehen, soll Isabelle treffen, ihr die Hand geben, lächeln, plaudern, so als sei nichts gewesen. Philipp war im Château. Da ist Charles, da ist Madame-Mère. Ich soll hinkommen.

Nein.

Nein!

Nein!!!

Ich kann nicht.

Ich will nicht.

Tausend Jahre sind vergangen. Hunderttausend Jahre sind vergangen. Es ist so lange her.

Nichts ist vergangen. Es war erst gestern.

Ich will nicht, und ich kann nicht.

Philipp steckt den Kopf zur Tür herein. »Frisch gewaschen und sogar rasiert. Ich bin der Schönste, einer wie mein Vater, haben sie gesagt. Du mußt dich anstrengen. Und tu mir den Gefallen, geh runter und sperr den Laden zu. Die arme Ludmilla muß Überstunden machen, das kommt zu teuer. Und zieh dich um.«

Die Tür geht zu, und er ist weg.

Da stehe ich mitten im Zimmer. Ich habe den Finger im Mund und beiße auf meinen Knöchel, so fest ich kann. Nein. Ich will nicht. Ich kann nicht.

Wer will mich vertreiben aus meinem Niemandsland?

Das kann keiner. Keiner.

Wer – wer könnte mich vertreiben aus dem Niemandsland?

Die Zeit?

Die Zeit, die alles ändert, die angeblich alle Wunden heilt? Die Wunden schmerzen wie am ersten Tag.

Und was hat sich denn geändert?

Nichts.

Ich gehe hinunter und verabschiede Ludmilla für diesen Tag. Und dann stehe ich in dem leeren Laden und fürchte mich davor, wieder hinaufzugehen.

Fürchte mich vor dem ungeöffneten Brief. Fürchte mich vor Philipps vorwurfsvoller Frage: »Bist du noch nicht umgezogen?«

Denn im Grunde weiß ich ja, daß es nichts nützt, in mir nach dem alten Trotz und dem verblichenen Haß zu suchen. Allen könnte ich mich verweigern. Aber nicht Charles. Nicht Philipp.

Charles' Brief ist eine ausgestreckte Hand. Das weiß ich, bevor ich ihn gelesen habe. Charles war mein Freund, vom ersten Augenblick an. Wenn er mich bittet zu kommen, kann ich nicht nein sagen.

Und Philipp hat ein Recht auf das Land, auf das Haus seines Vaters. Es ist so schön dort, hat er gesagt.

Wer wüßte das besser als ich?

Werde ich also die Reise noch einmal machen in das sonniggrüne Land Burgund, werde ich alles noch einmal sehen, daß Dorf zwischen den Hügeln voller Weinstöcke, das Schloß hinter der hohen Mauer?

Ich werde es wiedersehen. Man wird mich erwarten, wenn auch anders als damals. Und ich werde nicht allein kommen, sondern mit einem, dessen Heimat es werden soll.

Utta Danella

Niemandsland
Roman
496 Seiten, gebunden

Der blaue Vogel
Roman
544 Seiten, gebunden

Gespräche mit Janos
Vom Umgang mit einem Pferd
128 Seiten, gebunden

Der dunkle Strom
Roman
595 Seiten, gebunden

Eine Heimat hat der Mensch
Roman
300 Seiten, gebunden

Jacobs Frauen
Roman
592 Seiten, gebunden

Die Unbesiegte
Roman
552 Seiten, gebunden

Das Hotel im Park
Roman
480 Seiten, gebunden

Die Hochzeit auf dem Lande
295 Seiten, gebunden

Flutwelle
525 Seiten, gebunden